Judith Pella

GESCHRIEBEN IM WIND

Judith Pella

Geschrieben im Wind

STURMZEITEN — BAND 1

francke

Über die Autorin:
Judith Pella studierte Sozialwissenschaften und gilt als Meisterin des historischen Romans. Sie liebt es, gründlich zu recherchieren und in verschiedene Zeitepochen einzutauchen. Zusammen mit ihrem Mann lebt sie in Oregon.

Bibliografische Information der Deutschen Nationalbibliothek
Die Deutsche Nationalbibliothek verzeichnet diese Publikation
in der Deutschen Nationalbibliografie;
detaillierte bibliografische Daten sind im Internet
über http://dnb.ddb.de abrufbar.

ISBN 978-3-86827-669-5

Originaltitel: Written on the Wind

Published by Bethany House, a division of Baker Publishing Group,
Grand Rapids, Michigan, 49516, USA

35037 Marburg an der Lahn
Deutsch von Eva Weyandt
Umschlagbild: © iStockphoto.com / mikolajn
Umschlaggestaltung: Verlag der Francke-Buchhandlung GmbH
Satz: Verlag der Francke-Buchhandlung GmbH
Druck und Bindung: CPI books GmbH, Leck – Germany

www.francke-buch.de

Teil 1

„Und während ich zu euch Müttern und Vätern spreche, gebe ich euch eine weitere Zusicherung, und ich wiederhole es immer und immer wieder: Eure Jungen werden nicht in irgendeinen ausländischen Krieg geschickt werden."

Franklin D. Roosevelt
Wahlabend im Oktober 1940

1

Beverly Hills, Kalifornien,
Februar 1941

Das Orchester spielte eine langsame Fassung von „Moonlight Serenade", als Cameron Hayes tief durchatmete und sich in Bewegung setzte. Nicht weit von ihr entfernt saß der Industrielle Donald Farr. Sein perfekt frisiertes graues Haar, die gleichmäßigen Gesichtszüge, sogar die Krähenfüße an seinen Augenwinkeln verliehen ihm das Aussehen eines harmlosen, gutmütigen Großvaters.

Und doch war er in letzter Zeit wegen einiger auf zweifelhafte Weise erworbener Regierungsverträge ins Gerede gekommen. Er hatte vor einem Untersuchungskomitee des Senats ausgesagt und seine glattzüngigen, hoch bezahlten Rechtsanwälte hatten ihn rausgehauen. Aber Cameron war nicht so leicht zu täuschen wie ein paar Senatoren. Sie hatte die Story für das *Los Angeles Journal* aufgetan – ein journalistischer Coup, durch den sie sich vor sechs Monaten endgültig als Reporterin hatte etablieren können. Keine leichte Aufgabe für eine Frau von gerade vierundzwanzig Jahren, nicht einmal zu Beginn der Vierzigerjahre im zwanzigsten Jahrhundert.

Bis jetzt war sie nicht begeistert gewesen, an der Feier des fünfzigsten Geburtstags ihres Vaters teilnehmen zu müssen. Aber der Anblick des berüchtigten Industriellen änderte ihre Einstellung. Da saß Farr und war vollkommen ihrer Gnade ausgeliefert. Von den Schmetterlingen in ihrem Bauch oder ihrer Angst, weil sie sich den Wünschen ihres Vaters widersetzte, konnte er nichts wissen. Sie würde sich ihm in der abgeklärten Haltung eines ausgebufften Medien-Veteranen nähern – und wenn es sie das Leben kostete.

Auf keinen Fall würde sie einen Frontalangriff auf den unwissenden Partygast starten. Sie konnte sehr feinsinnig sein, ganz im Gegenteil zu dem, was viele ihrer „Opfer" über ihren verletzenden Schreibstil sagten. Mit einem Lächeln auf dem Gesicht überquerte sie die riesige Rasenfläche des Anwesens ihrer Eltern in Beverly Hills, auf dem für die zweihundert Gäste viele kleine Tischgruppen aufgestellt waren.

Die meisten Tische waren besetzt. Farr würde gar nicht merken, wie ihm geschah.

Neben ihm saß seine Frau, eine attraktive Blondine, die bestimmt zwanzig Jahre jünger war als er. Unter den anderen Gästen an seinem Tisch war auch der Polizeichef der kalifornischen Metropole. Kein Stuhl war mehr frei. Davon ließ sich Cameron jedoch nicht abhalten. Mit einem strahlenden Lächeln begrüßte sie den Industriellen und seine Bekannten.

„Ein wunderschöner Tag für eine Party, finden Sie nicht auch?" Das war ihrer Meinung nach ein guter Einstieg.

„Ein so milder Tag im Februar ist ungewöhnlich. Ihr Vater hat großes Glück gehabt", erwiderte Mrs Farr.

„Sogar Mutter Natur leistet dem guten alten Dad Gehorsam." Cameron schnappte sich einen freien Stuhl vom Nachbartisch und quetschte sich in die kleine Lücke neben Farr. Freundlich lächelnd fügte sie hinzu: „Sie haben doch nichts dagegen, wenn ich mich eine Minute zu Ihnen setze?"

„Nun ... ", begann Farr.

„Es war so nett von Ihnen, zu Daddys Party zu kommen, Mr Farr", fuhr Cameron schnell fort und ignorierte Farrs Versuch, zu protestieren. „Ich weiß, dass Sie in letzter Zeit sehr beschäftigt waren. Sind Sie nicht gerade erst aus Washington zurückgekommen?"

„Ja, vor ein paar Tagen."

„Das Wetter dort war sehr ungemütlich. Ich bin so froh, wieder hier zu sein", fügte Mrs Farr hinzu. „In Washington hat es geschneit."

„Dann ist es bestimmt eine große Erleichterung, wieder zu Hause zu sein – in mehr als einer Hinsicht. Ich nehme an, Ihre Reise war erfolgreich?"

Farr lächelte. Sein graues Haar mochte ihn vielleicht großväterlich erscheinen lassen, doch seine Augen waren hart, auch wenn er lächelte. „Das war sie; trotzdem war ich froh, als ich Washington hinter mir lassen konnte."

„Bestimmt waren Sie in Anbetracht Ihrer Aussage vor dem Senat sehr nervös."

„Ich hatte nichts zu befürchten ..."

„Da bist du ja, Cameron!", unterbrach ihn eine weibliche Stimme. „Daddy hat mich geschickt. Ich soll dich holen."

Cameron drehte sich um und sah ihre jüngste Schwester Jackie. „Was kann er denn wollen?“ Die Unterbrechung passte ihr überhaupt nicht.

„Komm mit, dann wirst du es erfahren“, erwiderte Jackie.

„Aber wir haben uns gerade so nett unterhalten …“

Farr sprang auf. „Auf keinen Fall wollen wir Sie aufhalten, Miss Hayes. Immerhin ist es der Geburtstag Ihres Vaters.“

Cameron zögerte, aber ihre Schwester zupfte sie am Arm. „Er wartet.“

Als sie sich erhob, sagte Cameron zu Farr: „Vielleicht können wir unser Gespräch später fortsetzen.“

„Aber gern.“ Doch Farrs Blick konnte sie entnehmen, dass er eher damit rechnete, dass die Bucht von Los Angeles zufror, als dass er sich auf eine weitere Unterhaltung mit ihr eingelassen hätte.

Als Cameron und ihre Schwester sich einige Schritte von Farrs Tisch entfernt hatten, blieb Cameron stehen. „Was soll das eigentlich? Dad ist dort drüben.“ Sie deutete mit dem Kopf in die entgegengesetzte Richtung.

Ein wenig verlegen antwortete Jackie: „Er hat mich geschickt, um dich zu retten – oder vielmehr den armen Mr Farr. Er hat mir aufgetragen, dir auszurichten, du sollest auf keinen Fall arbeiten.“

„Wer sagt, dass ich arbeite? Ich habe mich doch nur …“

„Ich weiß, ein ‚nettes Gespräch‘. Ich tue nur, worum ich gebeten wurde, Cameron.“

„Oh, kleine Jackie, wann wirst du endlich klug?“

„Es ist sein Geburtstag. Kannst du dich denn nicht wenigstens heute an die Abmachungen halten?“

„Nun, ich schätze, ich bin es ihm schuldig, wenigstens einen Tag lang die liebevolle Tochter zu spielen.“

Jackie lächelte. Mit ihren kaum zwanzig Jahren war sie ein nettes Kind, so hübsch und unschuldig, dass sie in dem lavendelfarbenen Traum aus Organza kein bisschen dumm aussah. Ihre schulterlangen braunen Locken waren mit lavendelfarbenen Spangen zu beiden Seiten ihres Kopfes festgesteckt. Sie war das Bild einer Collegestudentin – mit weit aufgerissenen Augen, eifrig darauf bedacht zu gefallen, enthusiastisch und natürlich höchst naiv in Bezug auf ihre Zukunft.

Die einzige Ähnlichkeit zwischen den beiden Schwestern bestand in den weit auseinanderstehenden Augen, die sie von ihrer Mutter geerbt hatten. Aber während Jackie braune Augen hatte, waren Camerons grün oder haselnussbraun oder dunkelbraun, je nach Kleidung, ihrer Umgebung, ihrer Stimmung. Doch Cameron war attraktiv, keine Frage. Ihr kastanienbraunes Haar umrahmte ein herzförmiges Gesicht und es hätte genauso weiblich und unschuldig wie Jackies wirken können, wenn Cameron sich nicht große Mühe gegeben hätte, diese Züge zu tarnen. Bei der Arbeit trug sie einfache Wollkostüme und stopfte ihre Haare unter einen einfachen, passenden Hut. Der heutige Tag war eine Ausnahme und in ihrem burgunderfarbenen Kleid aus Krepp mit dem abgesetzten Halsausschnitt und dem schmalen Rock zeigte sie, dass auch sie atemberaubend aussehen konnte. Aber ihr Aussehen war ihr nicht besonders wichtig. Sie wollte nichts weiter, als ihre journalistischen Fähigkeiten unter Beweis zu stellen, und darum gönnte sie sich nur wenig Zeit für gesellschaftliche Vergnügungen.

Die beiden Schwestern setzten sich erneut in Bewegung, aber schon bald stieß Jackie Cameron an und blieb stehen. Aufmerksam suchte sie die Menge ab.

„Ich frage mich, wo Blair steckt", bemerkte sie.

„Sag nur nicht, du willst auch ihr den Tag verderben", stöhnte Cameron.

„Daddy wird eine Rede halten und es sollen Fotos gemacht werden. Er möchte uns dabeihaben."

Blair war die mittlere Schwester und sie entdeckten sie natürlich inmitten einer kleinen Gruppe junger Herren. Sie hatte ein wenig Ähnlichkeit mit Scarlett O'Hara in dem Film *Vom Winde verweht*. Natürlich ging Cameron nur selten ins Kino, das normale Leben war weitaus stimulierender für sie. Aber sie hatte den Auftrag bekommen, über die Hollywoodpremiere zu berichten – noch nicht einmal über die Premiere in Atlanta, die weitaus spektakulärer gewesen wäre. Auf jeden Fall war sie verstimmt darüber, dass sie noch immer zu den Klatschreportern abgeschoben wurde, wenn Personalmangel herrschte. Niemand würde es wagen, Johnny Shanahan über ein gesellschaftliches Ereignis berichten zu lassen. Aber das war eine ganz andere Angelegenheit.

Cameron rechnete damit, dass Blair geziert lächeln würde, als sie und Jackie in den Kreis ihrer männlichen Verehrer eindrangen. Doch stattdessen nahm sie einen Schluck Champagner, wie um sich selbst zu stärken, und sagte: „Du meine Güte, ich glaube, die Konkurrenz ist eingetroffen!"

„Mit dir könnten wir doch nie konkurrieren, Blair, meine Liebe", erwiderte Cameron schnippisch. Sie liebte ihre Schwester, aber in vielen Dingen konnte sie sie einfach nicht verstehen.

Blair lebte die gesellschaftlichen Vergnügungen aus, die Cameron so gezielt mied. Ihr größter Ehrgeiz im Leben schien zu sein, nach der neusten Mode gekleidet zu sein und die Männer zu verführen. Ihre Mutter versuchte immer wieder, sie zu einer Heirat zu bewegen, damit sie ihren Platz im Leben fand, aber Blair mochte die Männer viel zu sehr, um sich auf nur einen zu beschränken. Tatsächlich betonte sie immer wieder, sie hätte nicht die Absicht, in der näheren Zukunft zu heiraten. Sie würde gern Schauspielerin oder Sängerin werden und ihre Zeit mit den Leuten aus Hollywood verbringen. Aber dies war nicht ihr brennender Ehrgeiz – eigentlich zeigte sie für nichts besonderen Ehrgeiz. Sie verbrachte ihre Zeit auf Partys, trank viel zu viel Alkohol und flatterte von einem Mann zum anderen. Ihr Lebensstil schockierte ihre Eltern – und vielleicht war dies sogar ihr höchstes Ziel im Leben.

Blair trank ihr Glas Dom Pérignon aus und hielt es einem der Männer hin. „Sei so lieb und hol mir noch eins."

Cameron nahm ihr das Glas ab, bevor sie es in die ausgestreckte Hand drücken konnte. „Später, Blair. Daddy möchte uns sehen."

„Ach, pfeif auf ihn. Ich bin beschäftigt." Sie verzog ihre roten Lippen zu einem Schmollmund.

„Na komm schon, Blair, sei nicht so eigensinnig. Daddy ruft."

„Und seit wann bist du die gehorsame Tochter?"

Cameron schien tatsächlich in eine für sie recht untypische Position geraten zu sein, aber sie beherrschte die Kunst der Diplomatie besser als ihre Schwester. „Nur für den Augenblick, Blair. Es wird keinen von uns umbringen."

Blair blickte in die Runde der gut aussehenden jungen Männer, dann zuckte sie die Achseln. „Die Pflicht ruft, Jungs. Aber ich komme wieder."

Sie drehte sich zu ihren Schwestern um und mit untergehakten Armen marschierten sie zum Haupttisch.

2

Cameron glaubte ihren Vater zu lieben, aber an ihr nagte der Verdacht, dass diese Liebe eher aus Pflichtgefühl geboren war. Denn Keagan Hayes war einfach nicht die Art von Mann, die einen anderen Menschen richtig lieben konnte. Er würde Gefühle dieser Art als sentimentalen Quatsch abtun.

Eher passten auf ihn die Worte „zäh" und „kühl". Er sah aus wie ein irischer Arbeiter und nicht wie der Herausgeber einer der angesehensten Zeitungen Kaliforniens. Mit seinen fünfzig Jahren war er noch immer eine imposante Erscheinung, wenn auch sein Körper auseinandergegangen war. Unterstrichen wurde seine Erscheinung durch seine dichten roten, von grauen Strähnen durchzogenen Haare, seine hervorstehende Nase, die an der Stelle, an der sie bei einem Faustkampf gebrochen worden war, einen Höcker aufwies, und seine blitzenden grünen Augen. Die Vorstellung, dass sich eine kleine Tochter auf seinen Schoß kuschelte, war vollkommen abwegig. Zumindest konnte sich Cameron nicht daran erinnern, dies jemals getan zu haben. Es hatte Zeiten gegeben, wo sie sich danach gesehnt hatte, die Arme ihres Vaters um sich zu spüren. Jetzt aber nicht mehr. Das Warten hatte zu wehgetan, zu lange hatte sie sich nach dem Unmöglichen gesehnt, und sie würde nicht zulassen, dass sie von irgendeinem Mann jemals wieder so verletzt würde.

Vielleicht ermutigte er die Mädchen nicht zu solchem Verhalten, weil er einfach nicht die Tatsache akzeptieren konnte, dass er anstatt mit Söhnen gesegnet mit Töchtern geschlagen war. Und jeder wusste, dass Söhne nicht mit ihren Vätern schmusten. Erst bei Jackies Geburt hatte ihre Mutter Cecilia all ihren Willen aufgebracht, um durchzusetzen, dass diese Tochter als das akzeptiert wurde, was sie war – ein Mädchen. Also wählte sie einen Namen, der auch als weiblich gelten konnte. Und selbst jetzt noch rief sie ihre Jüngste Jacqueline und nicht mit dem männlicheren Namen, den Keagan und die anderen gebrauchten.

Bei Camerons Geburt war das noch anders gewesen. Keagan war überzeugt davon gewesen, sein erstes Kind würde ein Junge sein. Er wollte ihn nach seinem Vater nennen. Auch als ihm klar wurde, dass das Kind nur eine Tochter werden würde, blieb er bei dem irischen Männernamen Cameron. Ein Jahr später war er wieder sicher, endlich den gewünschten Sohn zu bekommen, der ihn für die Enttäuschung mit Cameron entschädigen würde. Diesmal hatte er vor, den Stammhalter nach seinem Bruder zu nennen, der mit ihm gemeinsam von Irland aufgebrochen, aber gestorben war, bevor er das „verheißene Land" erreichte.

Nie würde Keagan seinen Töchtern ihre Locken und Rüschen, ihr Gekicher und ihre Tränen vergeben. Die Seelen der Mädchen hatten deswegen Narben davongetragen und Keagan war in Camerons Achtung gesunken.

Natürlich hielt das die Leute nicht davon ab, ihn an diesem wichtigen Geburtstag zu ehren. Die Gäste, die ihre Champagnergläser hoben, um auf ihn anzustoßen, waren die reichsten und einflussreichsten Leute, die Kalifornien zu bieten hatte. Zweifellos respektierten und bewunderten ihn viele von ihnen. Aber genauso viele hassten ihn. In jedem Fall fürchteten sie ihn alle bis zu einem gewissen Grad, weil er die Art von Macht repräsentierte, die sie aufbauen oder zerschmettern könnte.

„Eine Rede!", rief einer der Gäste, als wäre dies nicht ohnehin an einem so wichtigen Tag vorgesehen gewesen.

Angesichts seiner Größe und seiner groben Gestalt erhob sich Hayes mit erstaunlicher Anmut. Er nahm einen großen Schluck Champagner, dann reichte er seiner Frau die Kristallflöte und grinste.

„Es hat doch keinen Sinn, den Champagner warm werden zu lassen, oder?" Obwohl er in Irland geboren worden war, hatte er nur einen Hauch von Akzent zurückbehalten. „Ich bin gerührt, dass trotz des Krieges in Europa so viele Journalisten und andere Freunde die Zeit gefunden haben, meiner Einladung Folge zu leisten. Um ehrlich zu sein, ich dachte nicht, dass ich in diesem Staat so viele Freunde hätte." Er hielt inne, um die Leute lachen zu lassen. „Aber schließlich bin ich ja nicht ins Zeitungsgeschäft eingestiegen, um mir Freunde zu machen, und ich bin sicher, keiner von Ihnen ist hier, um dem Herausgeber des *Los Angeles Journal* um den Bart zu gehen. Wir schätzen die Wahrheit und ich denke, darum geht es an diesem Tag. Mit anderen Worten, wir wollen einfach diese Sache mit dem Geburtstag vergessen. Ich bin sowieso zu alt für Geburtstagsfeiern, auch wenn meine Familie der Meinung war, ich sollte eine bekommen. Und ein Mann, der mit einem Haufen Weiber geschlagen ist, kann sich gegen ihre Launen kaum wehren. Dann und wann muss er eben mal nachgeben. Noch einmal vielen Dank, euch allen."

Hayes streckte die Hand aus und seine Frau gab ihm sein Glas zurück, dann nahm er ihre Hand und zog sie neben sich.

„Komm schon, Cecilia! Du solltest hier ebenfalls geehrt werden. Immerhin hast du es mehr als die Hälfte dieser fünfzig Jahre mit mir ausgehalten."

Cecilias Lippen verzogen sich zu einem sanften Lächeln. Mit ihrer Größe von ein Meter siebzig und ihrer schlanken Gestalt sah sie in ihrem blassrosa Chiffonkleid beinahe aus wie ein Schwan. Die strenge Schule ihrer jahrelangen Internatsausbildung war an ihrer eleganten Haltung deutlich zu erkennen, aber ein genauer Beobachter hätte die Anspannung in ihren Augen bemerkt, die darauf schließen ließ, dass sie lieber woanders gewesen wäre, als hier vor zweihundert aufmerksamen Gesichtern zu stehen.

In diesem Augenblick sprang ein Fotograf vor und schoss ein Foto von dem Paar. „Mr Hayes, wie wäre es mit einem Foto von der ganzen Familie?", fragte er.

„Großartige Idee!", erwiderte Hayes. „Wo sind die Mädchen?"

Kurz darauf wurden seine drei Töchter vorgeschoben und der Fotograf stellte sie zu beiden Seiten ihres Vaters auf. Nach dem Foto umarmte Hayes jede Tochter kurz und gab ihr einen Kuss. Eine Extravorstellung für den Fotografen.

„Es sind vielleicht keine Söhne", dröhnte Hayes, „aber wenigstens sind sie hübsch! In Ordnung, Leute, eine halbe Tonne Essen wartet auf euch, also bitte, bedient euch. Aber lasst noch Platz für den Kuchen!"

Eine allgemeine Völkerwanderung zu dem mit Rippchen, gebratenem Truthahn, Schinken, Dutzenden Salatsorten, Schüsseln mit Kaviar, Brot und Kuchen überladenen Büfett setzte ein. Erlesene Champagnersorten standen bereit, um all das hinunterzuspülen. Es war ein Fest, von dem Keagan Hayes damals in New York, als er noch Zeitungen auf der Straße verkaufte, nur träumen konnte. Noch immer konnte er seinem unglaublichen Erfolg im Leben kaum trauen und das ließ er andere nie vergessen, vor allem seine Familie nicht.

Sie hatten die Geschichte gehört, bis sie sie wortwörtlich wiedergeben konnten, wie seine Eltern ihn mit fünfzehn Jahren vor die Alternative gestellt hatten, von seinem Zuhause in Irland fortzugehen oder zu verhungern. Bei zehn Geschwistern lag es nahe, dass die beiden Ältesten – er und sein Bruder – geopfert wurden. Wenigstens hatten sie auf diese Weise eine geringe Chance zu überleben. Sie gingen nach Belfast und heuerten auf dem ersten Frachter nach Amerika als Kajütenjungen an. Keagans Bruder starb unterwegs; er wurde während eines Sturmes über Bord gerissen. Seit Keagan in New York von Bord gegangen war, hegte er eine ernsthafte Abneigung gegen das Wasser.

In den Staaten durchlebte er die üblichen Härten des Einwandererlebens, wozu auch Verfolgung und Armut gehörten. Aber er schien die Auseinandersetzung zu lieben und hatte nie Vorbehalte, sich auf einen Kampf für eine lohnenswerte Sache einzulassen. Nachdem er Muskeln angesetzt hatte, war er ein Mann, den man nicht ungestraft herausforderte.

Mit achtzehn Jahren hatte er durch verschiedene Jobs so viel Geld verdient, dass er in den Westen gehen konnte. Er bekam einen Job bei der Werbeabteilung des *Los Angeles Journal.* Seine Aufgabe war es, Anzeigen zu verkaufen. Eigentlich lief er nur mit einem Werbeschild durch die Straßen von L.A. Aber er hatte wenigstens den Fuß in der Tür. Und er nutzte die Gelegenheit, indem er mehr Werbeanzeigen verkaufte als jeder seiner Vorgänger. Jeder Trick, egal wie schmutzig, war ihm recht, um seine Quoten zu steigern. Es dauerte nicht lange, bis er die Aufmerksamkeit seines Vorgesetzten errang. Noch vor seinem zwanzigsten Geburtstag hatte man ihn zum Leiter der Werbeabteilung befördert. Zu dieser Zeit gehörte das *Journal* noch längst nicht zu den angesehenen Zeitungen in Kalifornien. Die Zeitungsarbeit dümpelte vor sich hin und wäre zusammengebrochen, wenn Hayes nicht die Werbeabteilung verjüngt hätte.

Und doch war er weit mehr an der Berichterstattung interessiert als am Verkauf. Seine Chance bekam er, als er auf einen Skandal stieß, der mit gefälschten Anteilen an Öl- und Zuckerfirmen zu tun hatte. Auf der Spur gewaschenen Schwarzgeldes stieß er bis in das Büro des Bürgermeisters vor, sodass dieser gezwungen war, seinen Rücktritt zu erklären. Die Aufdeckung dieses Skandals steigerte nicht nur das Ansehen der Zeitung, sondern öffnete Keagan auch die Tür zur Redaktion, wo er seine wahre Begabung wusste. Auf einer Party für die Redakteure lernte er Cecilia Atkins, die Tochter des Herausgebers, kennen.

Innerhalb eines Jahres hatte er ihr Herz erobert und sie geheiratet. Amos Atkins war nicht begeistert von der Heirat seiner einzigen Tochter mit dem Immigranten, auch wenn er insgeheim den Biss des jungen Mannes bewunderte. Doch er kapitulierte, als Keagan sich bereit erklärte, zum Protestantismus überzutreten. Das war für Atkins Beweis genug, dass Keagan seine Tochter tatsächlich liebte.

Trotz aller Kritik an seinem Schwiegersohn beharrte er darauf, dass Keagans Aufstieg in der Zeitungshierarchie allein auf seine harte Arbeit und seine Fähigkeiten zurückzuführen war und nicht auf seine Beziehungen. Doch selbst Hayes gab zu, dass er die Position des Herausgebers ohne seine Ehe wohl nicht erreicht hätte, obwohl er hartnäckig leugnete, Cecilia nur aus diesem Grund geheiratet zu haben. Im Jahre 1932 zog sich Atkins aus der Zeitungsarbeit zurück und es war nur logisch, die Zeitung an Hayes zu übergeben, da Cecilia sein einziges Kind war. Keagan hatte sowieso seit Jahren die Aufgaben des Herausgebers wahrgenommen, aufgrund des schlechten Gesundheitszustands seines Schwiegervaters.

Was immer man vom *Journal* halten mochte – und man hatte ihm schon alle möglichen Namen gegeben, vom *Hetzblatt* bis zum *Signalfeuer der Wahrheit* –, Hayes hatte die Zeitung zum wirtschaftlichen Erfolg verholfen. Er hatte eine untergehende zweitklassige Zeitung übernommen und sie zu einer der mächtigsten politischen und sozialen Kräfte im Staat gemacht. Kein Wunder, dass der Name Atkins schnell in Vergessenheit geraten war. Das *Los Angeles Journal* war zum Synonym für Erfolg geworden und hatte den Triumph des Hayes-Medienreiches begründet.

Cameron wusste sehr wohl, was ihr Name in der Stadt Los Angeles für einen Klang hatte. Und sie wollte das am liebsten vergessen. Wie ihr Vater hatte sie ihren Job als Reporterin für das *Journal* nicht durch ihre Familienbeziehungen bekommen. Ganz im Gegenteil. Häufig schien es so, als sei ihr Vater das größte Hindernis in ihrer Karriere. In der vorwiegend von Männern bestimmten Welt des Journalismus musste sie sich mithilfe ihrer Ellbogen den Weg bahnen. Von der Putzfrau mit Besen und Kehrblech zum Kopiermädchen, von der Klatsch- und Modekolumnistin zur Kummerkastentante hatte sie jeden noch so geringen Job übernommen, den die Zeitung zu bieten hatte, bevor ihr Vater widerwillig ihren ersten Artikel akzeptierte. Und noch immer gewährte er ihr nur zögernd Raum für ihre Reportagen, obwohl sie sich das Lob und den Respekt vieler Kollegen erworben hatte.

Ja, sie hatte tatsächlich eine seltsame Beziehung zu ihrem Vater. Wie es schien, lag sie im ständigen Clinch mit ihm um ihre Arbeit oder seine Anerkennung. Doch unterschwellig gab es in ihrem Herzen eine klare Motivation. Sie wollte ihm gefallen.

3

„Ich brauche einen Drink!“, stöhnte Blair, als sie sich mit ihren Schwestern vom Tisch ihrer Eltern entfernte.

Es gab viele Gründe, warum Blair keine Lust hatte, den Geburtstag ihres Vaters zu feiern, und einer davon war der, dass sie gezwungen war, so zu tun, als würde es ihr Spaß machen. Andererseits war sie eine aufstrebende Schauspielerin, und dies war die beste Gelegenheit, ihre schauspielerischen Fähigkeiten unter Beweis zu stellen. Als sie lächelnd in die Kamera blickte, die das Ereignis aufzeichnete, war sie sicher, die Haltung einer Tochter auszustrahlen, die stolz auf ihren Daddy war. Ihre Pose war zweifellos perfekt. Die Kamera würde niemals die Tatsache einfangen, dass ihr Lächeln nicht ihr Herz erreichte.

„Du meine Güte, was für ein Haufen heißer Luft! Aber Daddy hat es schon immer verstanden, den Leuten Honig um den Bart zu schmieren, nicht?“, fügte Blair trocken hinzu.

„Was sagt ihr Thespisjünger immer?“, erwiderte Cameron. „Die Show muss weitergehen.“

„Und was für eine Show das ist! Ich frage mich, ob es einen Preis für dieses aufgesetzte Grinsen gibt.“

Cameron lachte, was sie nicht häufig tat, aber wenn sie es tat, dann kam es von Herzen. Jackies Lächeln war weit weniger enthusiastisch. Zweifellos nahm sie diese Party mal wieder viel zu ernst.

Blair und Cameron hatten eines gemeinsam – einen gewissen Zynismus in Bezug auf das Leben. Denn mehr als ihre jüngere Schwester waren sie Zielscheibe von Keagans tyrannischem Charakter. Und mehr als alles andere belastete sie das Stigma ihres schlimmsten Versagens – dass sie als Mädchen auf die Welt gekommen waren. Ständig konfrontierte ihr Vater sie mit dieser Unzulänglichkeit. Auf jedes der drei Mädchen wirkte sich das anders aus.

Cameron wollte ihm um jeden Preis beweisen, dass sie genauso gut war wie jeder Sohn. Nicht dass sie im Innersten wirklich gehofft hätte, jemals die Billigung ihres Vaters erlangen zu können. Aber dieser Wunsch hatte sie immerhin ins Zeitungsgeschäft gebracht.

Jackie war noch zu jung, um eine eigene Reaktion zu zeigen, aber bisher war bei ihr keine Neigung zur Rebellion zu erkennen. Sie benahm sich gut, brachte hervorragende Noten nach Hause und schlug in der Regel keine Wellen.

Blair dagegen war ins andere Extrem verfallen. Sie erkannte, wie aussichtslos es war, Keagan Hayes gefallen zu wollen, und beschloss, genau das Gegenteil davon zu tun. Sie setzte ihre Weiblichkeit gleichzeitig als schützende Rüstung und als tödliche Waffe ein. Und sie schlug so viele Wellen, wie sie nur konnte.

„Na los, bald ist es vorbei", ermutigte Cameron die anderen, „und dann sind wir wieder die geliebte elende Familie, die wir so gut kennen."

Ja, so einfach war das, zumindest für Cameron. Und doch lag ihr nichts ferner, als sich unter dieses traurige Los zu beugen. Sie war stark, die Art von Frau, die das Leben nach ihren eigenen Vorstellungen anging. Weil sie innerlich stahlhart war – zumindest erschien sie Blair so –, konnte das Gewicht der väterlichen Zurückweisung sie nicht niederdrücken. Sie stellte sich ihm, Auge in Auge, Nase an Nase, auf seinem eigenen Terrain, und, bei Gott, sie hatte ihn tatsächlich geschlagen, oder zumindest hatte sie bewiesen, dass sie nach seinen Regeln Erfolg haben konnte. Und sie hatte sich in der von Männern bestimmten Zeitungswelt viel Respekt erworben.

Blair selbst hatte es nie gewagt, ihrem Vater fest ins Auge zu sehen. Wie immer ihr Inneres aussah, es war nicht aus Stahl. Vermutlich war sie eher mit einem Bühnenbild zu vergleichen. Nach außen wirkte sie bezaubernd, hübsch und gut gebaut, aber im Inneren bestand sie nur aus Holzlatten und Pappmaschee und würde bei dem kleinsten Windhauch umkippen. Zu ihrem Glück lag sie ihrem Vater nicht so sehr am Herzen, dass er ihre Standfestigkeit auf die Probe gestellt hätte. Sie war eben nur ein Mädchen und keiner Mühe wert ...

Ganz bewusst verdrängte Blair diese Gedanken. Sie hasste Selbsterkenntnis, vor allem wenn sie eine Party besuchte, und noch mehr hasste sie es, über ihre Familie nachzudenken. Erfreut entdeckte sie einige bekannte Gesichter in der Menge der Partygäste.

„Na, wenigstens sind ein paar interessante Leute hier", sagte sie zu ihren Schwestern. „Die Produzenten Sam Katz und Darryl Zanuck – ich habe mit beiden gesprochen! Und Errol Flynn! Das ist beinahe so gut wie eine Hollywoodparty."

„Daddy ist doch zu etwas gut."

Zweifellos in einem aussichtslosen Versuch, den Neid, wenn nicht sogar die Bewunderung Camerons zu bekommen, fuhr Blair fort: „Errol versprach, mir in seinem nächsten Film eine Rolle freizuhalten ..." Blairs Blick war während des Redens ziellos über die Menge gewandert. Jetzt hielt sie inne. „Wer ist denn dieser hübsche Mann dort hinten?"

Er gehörte nicht zu ihrem Bekanntenkreis in Hollywood. Ganz bestimmt hätte er vom Aussehen her ein Schauspieler sein können. Aber er trug eine Uniform. War er vielleicht vom Set aus direkt zur Party gekommen? Er befand sich in Begleitung eines weiteren, weniger attraktiven Uniformierten.

Cameron drehte sich um, folgte dem Blick ihrer Schwester und erklärte: „Den mit dem sandfarbenen Haar kenne ich. Walter irgendwas. Sein Vater ist Designer bei Douglas Aircraft. Den anderen habe ich nie gesehen."

„Wenn du ihn schon mal gesehen hättest, würdest du dich bestimmt an ihn erinnern. Bei mir zumindest wäre das so. Sie scheinen gerade erst gekommen zu sein. Ich möchte ihn unbedingt kennenlernen."

„Nanu, Blair, ich hätte nie gedacht, dass du dich für einen Armeemenschen interessieren könntest."

„Ich auch nicht, aber das wäre vielleicht mal eine amüsante Abwechslung."

Cameron verdrehte die Augen. „Du meine Güte, bist du bösartig." Und der Hauch von Bewunderung in ihrer Stimme veranlasste Blair, ihrer Schwester diese Bemerkung sofort zu vergeben.

„Komm, wir wollen uns miteinander bekannt machen."

„Ich bin nicht interessiert."

„Oh, ich vergaß", erwiderte Blair ärgerlich und überheblich, „du klebst ja an diesem schrecklichen Johnny Shanahan, obwohl ich keine Ahnung habe, was du an ihm findest. Ganz bestimmt könntest du etwas Besseres bekommen als einen schmuddeligen Zeitungsschreiberling –"

„Sieh dich vor, Blair!", warnte Cameron. „Über Shanahan kannst du sagen, was du willst, aber bitte nichts Negatives über meinen Beruf."

Blair lachte fröhlich. „Das würde ich doch nie tun, nicht einmal, obwohl es auch Dads Beruf ist. Wie ist es mit dir, Jackie?"

„Nein, ich denke, ich sehe besser mal nach der Küchenhilfe", entschuldigte sich Jackie. „Ich möchte nicht, dass Mom sich heute um irgendetwas kümmern muss."

Blair verdrehte verächtlich die Augen über diese für ihre Schwester so typische Gewissenhaftigkeit. „Komm schon, Cameron. Lass uns zu diesen Männern gehen, bevor sie uns jemand wegschnappt. Außerdem muss jemand Walter Wer-auch-immer ablenken, während ich mich mit Mr Gutaussehend bekannt mache."

Sie setzte sich in Bewegung und Cameron schloss sich ihr achselzuckend an. Sie murmelte vor sich hin, wie nützlich es wäre, mit einem Mitarbeiter von Douglas Aircraft Bekanntschaft zu schließen.

Niemals wagte sich Blair mit Männern in eine offene Unterhaltung. Nachdem sie von ihrem Vater zurückgewiesen worden war, fürchtete sie dasselbe von allen Männern und fühlte sich daher sicherer in ihrer Taktik, sie einfach zu überrumpeln. Nur wenige Männer hatten bisher ihren Charme-Offensiven widerstehen können.

Als sie sich den beiden Offizieren näherten, beugte sich Blair zu ihrer Schwester hinüber und sagte in verschwörerischem Tonfall, gerade laut genug, dass die Männer sie verstehen konnten: „Diese Herren kommen mir nicht bekannt vor. Denkst du, sie könnten sich hier eingeschlichen haben?" Dann richtete sie ihren vor Charme sprühenden Blick auf die beiden ahnungslosen Männer.

Der große, auffallend gut aussehende Offizier schien schnell begriffen zu haben, denn er antwortete in gespieltem Entsetzen: „Oh nein, ich fürchte, wir sind entdeckt, Walt!"

„Unglaublich!", rief Blair und sah ihn an. Sofort zogen seine dunklen Augen sie in ihren Bann und es durchzuckte sie wie ein elektrischer Schlag. Mit krächzender Stimme fügte sie hinzu: „Trotzdem, ich glaube, Sie sind kein übler Bursche."

„Mit einem solchen Willkommen hatte ich gar nicht gerechnet", erwiderte er.

Sein trockenes Lächeln war atemberaubend und erhellte sein ganzes Gesicht. Blair war schon mit vielen netten Männern zusammen gewesen – du meine Güte, viele davon waren immerhin echte Filmstars! Aber dieser Mann übertraf sie alle. Sein muskulöser Körper kam in seiner Uniform hervorragend zur Geltung, aber dieses Paket hätte in jeder Verpackung gut ausgesehen. So dunkel wie sein pechschwarzes

Haar waren auch seine Augen, die ihm ein geheimnisvolles Aussehen verliehen, doch irgendwie wirkte er auch wieder sehr jungenhaft. Die perfekte Mischung aus Clark Gable und Gary Cooper. Und Blair war davon überzeugt, einen Schauspieler vor sich zu haben. Sie konnte sich einen solchen Mann nicht im Dreck eines Schlachtfeldes vorstellen.

Die neue Stimme, die sich in ihre angeregten Gedanken über diesen Gast einschlich, nahm sie kaum wahr.

„Ich habe ihn als meinen Gast mitgebracht", erklärte der andere Mann. „Ich hoffe, niemand hat etwas dagegen. Ich wollte nicht der Einzige in Uniform hier sein."

„Wir vergeben Ihnen, wenn Sie sich vorstellen", raunte Blair, wobei sie nicht einmal den Blick von dem Fremden nahm.

„Ich bin Walt Davenport", erwiderte der Mann mit den sandfarbenen Haaren.

„Ihr Vater ist bei Douglas Aircraft beschäftigt, nicht?", fragte Cameron.

Blair ärgerte sich über die Frage ihrer Schwester. War ihr denn nicht klar, dass es hier nicht um den blässlichen Kerl mit dem Blondschopf ging?

„Ja, tatsächlich. Er entwirft die Flugzeuge und ich fliege sie. In der kommenden Woche werde ich mich der RAF anschließen. Großbritannien braucht verzweifelt gute Flieger."

„Bewundernswert", erwiderte Cameron. „In diesem Jahr hat sich die Lage in London ein wenig beruhigt, aber nur die großen Optimisten gehen davon aus, dass das so bleiben wird. Während des Blitzkrieges haben die Engländer viele gute Flieger verloren."

„Und Sie fliegen ebenfalls?", fragte Blair an den dunkelhaarigen Offizier gewandt. Mittlerweile war ihr klar geworden, dass er tatsächlich Armeeangehöriger war, nicht Schauspieler.

„Nein, nicht so glamourös. Ich bin nur bei der Armee. Lieutenant Gary Hobart." Er streckte seine Hand aus und Blair nahm sie, wobei sie ihm tief in seine faszinierenden Augen sah.

„Ich bin ..."

„Ich weiß, wer Sie und Ihre Schwester sind. Ich bin froh, dass ich die Gelegenheit habe, Sie kennenzulernen ... äh, Sie beide." Doch während er das Wort „beide" aussprach, klebte sein Blick an Blair. Und für einen kurzen Augenblick machte die Bewunderung eines Mannes sie verlegen, eine große Seltenheit in ihrem Leben. „Wie es aussieht, hat sich die Schlange vor dem Büfett ein wenig verkürzt", bemerkte Cameron. „Walt, würden Sie mich wohl begleiten? Ich bin ausgehungert."

Immer die Praktische, nicht?, dachte Blair. Aber vielleicht war das nur ein Trick, um Blair mit Lieutenant Hobart allein zu lassen.

„Sehr gern. Wie steht es mit dir, Gary?"

Gary sah sie an. „Oh, ich nasche für mein Leben gern!"

„Aber Lieutenant Hobart! Sie sind mir ja ein ganz Gieriger!"

Blair neckte ihn, wie sie das von dem Geplänkel auf den Partys, die sie besuchte, gewöhnt war. Doch Gary errötete tatsächlich, denn offensichtlich hatte er bis dahin die Zweideutigkeit seiner Worte nicht erfasst. Blair schämte sich ihrer schlüpfrigen Antwort. Wie dumm, so etwas zu sagen!

„Ich meine ... Essen ... Mittagessen ... äh ...", stammelte er.

Sie beeilte sich, ihn zu retten und sich selbst zu erlösen. Freundlich lachend, aber nicht herablassend, sagte sie: „Im Augenblick würde ich keinen Bissen hinunterbringen. Vielleicht später."

„Ich werde auch erst später etwas essen", teilte Gary seinem Freund mit.

Während Cameron und Walt Arm in Arm davonmarschierten, hakte sich Blair bei Gary ein. „Tanzen Sie, Lieutenant?", fragte sie.

Das Orchester begann ein romantisches Tanzlied zu spielen. Blair wartete Garys Antwort nicht ab, sondern zog ihn einfach auf die Tanzfläche. Innerhalb von wenigen Sekunden hielt er sie an sich gedrückt, und als sie ihren Kopf an seine Schulter legte, konnte sie seinen Herzschlag hören – stark und sicher – und irgendwie auch beruhigend. Sie begann die Melodie mitzusummen, und ohne nachzudenken, sang sie das Lied schließlich mit.

„Falling in love with love ..."

Es war wie eine Szene aus einem Film und wie in einem Film ließ Blair sich mitreißen, wohin, wusste sie nicht, einfach irgendwohin außerhalb der Realität ihres Lebens.

„Sie haben eine wunderschöne Stimme", flüsterte er in ihr Haar. Seine Worte verursachten ihr eine Gänsehaut.

„Vielen Dank", hauchte sie.

„Was tun Sie, wenn Sie nicht die Tochter eines Zeitungsherausgebers sind?“

„Ich bin Schauspielerin, oder hoffe, es zu werden.“ Einerseits wollte sie nicht reden, doch andererseits musste sie alles über diesen Mann erfahren. „Und Sie, Gary? Wenn Sie nicht gerade Soldat sind?“

„Manchmal habe ich das Gefühl, mit der Armee verheiratet zu sein. Im vergangenen Jahr habe ich West Point absolviert. Die Akademie hat mein Leben dominiert. Tut es noch immer, schätze ich.“

„Hmmm ... West Point ... Dann stammt Ihre Familie also von der Ostküste? Der Name Hobart ist mir hier an der Westküste nicht bekannt.“

„Es gibt keinen Grund, den Namen zu kennen.“ Er sprach leise und sachlich. „Ich wurde hier in Südkalifornien geboren. Meine Eltern leben schon ihr ganzes Leben in Van Nuys.“

„Van Nuys ...?“ Nur wenige gesellschaftlich angesehene Familien kamen aus Van Nuys.

Er lachte, als könnte er ihre Gedanken lesen. „Mein Vater ist Lastwagenfahrer für eine Frachtgesellschaft. Meine Mutter ist Hausfrau und hält unser kleines Haus mit den drei Schlafzimmern in Ordnung.“

„Oh.“ Sie errötete. Er musste sie für einen schrecklichen Snob halten.

Er trat ein paar Schritte zurück, nahm ihr Kinn in die Hand und zwang sie, ihn anzusehen. „Sind Sie enttäuscht?“ Er wirkte nicht die Spur verlegen, eher besorgt, sie nicht zufriedenstellen zu können.“

„Nein, natürlich nicht“, erwiderte sie schnell und fügte entschuldigend hinzu: „Ich habe nichts gegen Söhne von Lastwagenfahrern. Ehrlich. Es ist nur so, dass wir ihnen hier auf den Festen in Beverly Hills nicht so häufig begegnen.“

„Glauben Sie mir, ich bin auch nicht häufig auf einem Fest in Beverly Hills zu finden!“

Sein entwaffnendes Lachen ließ sie entspannen und sie stimmte in sein Gelächter mit ein. „Aber West Point ...“ Sie hielt inne. „Ich dachte, nur reiche Leute mit guten Beziehungen würden dort angenommen.“

„Aber auch ausdauernde junge Männer, die ihre Kongressabgeordneten peinigen, bis sie ihnen entweder einen Termin verschaffen oder verrückt werden. Die Tatsache, dass ich die Highschool als Jahrgangsbester abgeschlossen habe,.hat mir geholfen.“

„Warum die Armee?"

„Mein Großvater hat in der Armee gedient. Als Unteroffizier. Bei seiner Pensionierung hatte er sich zum Stabsfeldwebel hochgedient. Er hat den Großen Krieg mitgemacht und als Kind hat er mir immer die Geschichten aus seiner Militärzeit erzählt. Mein Dad ist nicht in seine Fußstapfen getreten, darum hat er gehofft, ich würde dies tun. Ich kann mich nicht erinnern, jemals meinen Wunsch, Soldat zu werden, infrage gestellt zu haben."

„Für ihn?"

„Vielleicht zum Teil, aber ich glaube nicht, dass ich West Point überstanden hätte, wenn es nicht auch mein eigener Traum gewesen wäre."

„Es hat also geklappt und außerdem sehen Sie in Ihrer Uniform auch noch unverschämt gut aus", schmeichelte sie ihm.

Er lachte. „Wenn ich nicht wüsste, dass Sie scherzen, wäre ich jetzt verlegen."

„Sie haben keinen Grund, verlegen zu sein", erwiderte sie und beließ es dabei.

Sie tanzten noch eine Weile weiter. Die Luft war für Februar außergewöhnlich mild und schon bald zog Gary seine Jacke aus und warf sie zusammen mit seiner Mütze auf einen leeren Stuhl. Das war seltsam beruhigend für Blair, weil sie merkte, dass er vorhatte, noch eine Weile zu bleiben. Als das Orchester eine Pause machte, schlenderten die beiden durch den Hausgarten ihrer Mutter. Blair hatte für die farbenfrohen Blumenrabatten nie viel übrig gehabt, aber jetzt bildeten sie die perfekte romantische Umgebung. Gary erzählte, dass seine Mutter auch eine große Vorliebe für Gartenarbeit hätte, und Blair gefiel es, dass sie etwas so Gewöhnliches gemeinsam hatten. Sie unterhielten sich eine Weile, vor allem über ihn, da Blair das Talent hatte, viel zu reden, ohne etwas von sich selbst zu offenbaren. Gary erzählte von seiner Familie und auch seine Gemeinde spielte eine große Rolle in dem, was er sagte. Seltsamerweise fühlte sie sich dadurch nicht abgestoßen, weil er ganz natürlich blieb und nicht plump wurde. Sie nickte sogar hin und wieder, als hätte sie eine Vorstellung von Familienleben und Gemeindepicknicks. Und um sein Bild von ihr perfekt zu machen, warf sie ein paar passende Bemerkungen ein, die sie bei Gesprächen ihrer Mutter mit Jackie über solche Dinge aufgeschnappt hatte. Blair war eine Expertin darin, „allen Männern alles zu sein". Ein Chamäleon. Als sie von der Ankündigung über Lautsprecher unterbrochen wurden, dass es Zeit sei für den Geburtstagskuchen, hatte sie Gefallen gefunden an ihrer neuen Rolle.

Blair interessierte sich nicht für das Kaffeetrinken und hätte diese Durchsage auch ignoriert, wenn ihr nicht in diesem Augenblick ihre Mutter von der anderen Seite des Rasens aus zugewinkt hätte.

„Ich muss jetzt gehen“, sagte sie resignierend.

Da auch Davenport an Aufbruch zu denken schien, verabschiedete sich Gary nicht ohne Bedauern von ihr.

Sie hätte ihm anbieten können, ihn zu fahren, und ihn damit sicher zum Bleiben bewegt, doch irgendetwas hielt sie zurück. Gary Hobart war anders als alle anderen Männer, mit denen sie jemals zusammen gewesen war. Er spielte nach anderen Regeln, ja, er schien überhaupt nicht zu „spielen“. In gewisser Weise war er arglos, fast schon naiv. Doch er strahlte eine Stärke aus, ein Selbstbewusstsein, das sie beunruhigte. Vielleicht war sie nur nicht an einen solchen „Jungen von nebenan“ gewöhnt.

Ein wenig zögernd schlüpfte er in seine Jacke. Würde er sie um ein Rendezvous bitten? War er denn wirklich ihr Typ? Sie war sich nicht sicher. Und das hatte nichts mit der Tatsache zu tun, dass er aus *Van Nuys* stammte! Auf jeden Fall nicht so direkt, keineswegs! Nun, sie war wirklich kein Snob, aber, Van Nuys ...

„Darf ich Sie anrufen?“, fragte er schließlich.

„Natürlich.“ Das klang, als täte sie ihm einen großen Gefallen. Würde er sich deswegen aufregen?

Er lächelte. „Großartig! Ich werde mich bald melden. Ich schätze, ich gehe jetzt besser. Es hat mich wirklich gefreut, Sie kennengelernt zu haben.“

Clark Gable hätte diese Rolle eines lächerlichen Verehrers nicht besser spielen können. Aber warum nur hatte Blair das Gefühl, als würde Gary Hobart ihr den Boden unter den Füßen wegziehen?

4

Jackie sah ihren Schwestern nach, wie sie Arm in Arm davongingen. Noch nie hatte sie sich so wenig mit ihnen verbunden gefühlt wie in diesem Augenblick. Sicher, sie hatten sich nie richtig nahegestanden, zumindest nicht so, wie gewöhnliche Familienbande es erlaubten. Eine unterschied sich von der anderen wie ein Fisch vom Hasen. Sie hatten nur wenig ähnliche Interessen, Ziele oder Vorlieben gemein. Doch in letzter Zeit fühlte sich Jackie noch mehr von ihnen „ausgeschlossen". Sie wusste, es hatte mit ihrem Glauben an Gott zu tun und mit der Tatsache, dass Cameron und Blair kaum Interesse für geistliche Dinge zeigten. Doch während ihre Schwestern Gott vollständig ausgeblendet hatten, war Jackies Glaube gewachsen. Vielleicht lag das am Älterwerden. Ihr Glaube war nicht abhängig von der Einflussnahme ihrer Mutter. Christus war für sie selbst real geworden und es war eine wundervolle Beziehung, auch wenn dies eine Barriere zwischen ihr und ihren Schwestern aufrichtete.

Da sie nur selten zusammen waren – Cameron hatte ein eigenes Apartment in L.A. und Blair besuchte allabendlich irgendeine Party –, trat diese Kluft zwischen ihnen nicht so deutlich zutage. Heute aber empfand sie sie sehr stark und sie zeigte sich vor allem in ihrer unterschiedlichen Einstellung ihrem Vater gegenüber. Cameron und Blair waren, was Dad betraf, zynisch und distanziert. Das konnte Jackie verstehen. Keagan war ein harter Mann und auch sie hatte ihre Schwierigkeiten mit ihm. Aber sie wusste, dass Gott von ihr erwartete, dass sie ihren Vater trotz seines Verhaltens respektierte, und darum weigerte sie sich, ihn jetzt vor seinen Freunden zu kränken. Sie hegte die Hoffnung, dass er, wenn sie ihm freundlich und liebevoll begegnete, weicher werden und sich vielleicht sogar Gott zuwenden würde.

„Jacqueline."

Jackie näherte sich der Hintertür zur Küche und hielt inne, als sie ihren Namen hörte. „Mom", erwiderte sie, bevor sie sich noch umdrehte. Sie wusste, es war ihre Mutter, weil sie nur von ihr mit ihrem vollen Namen angesprochen wurde und nicht mit dem Spitznamen, den alle anderen gebrauchten.

„Was hast du ausgerechnet heute in der Küche zu suchen, Liebes?“, fragte Cecilia gutmütig schimpfend.

„Ich wollte nur sichergehen, dass alles in Ordnung ist und nichts fehlt.“

„Die Haushälterin wird uns Bescheid geben, wenn etwas fehlt.“

„Und warum bist du hier, Mom?“ Jackie grinste trocken.

Cecilia lächelte verlegen. „Aus demselben Grund wie du, nehme ich an. Aber ich bin die Gastgeberin. Du solltest dich amüsieren, wie deine Schwestern.“ Sie seufzte und griff mit ihren zarten Fingern nach Jackies Locken. „Du bist wirklich ein Geschenk, Jacqueline. Ich weiß nicht, was ich ohne dich tun würde.“

„Mom, warum genießt du nicht die Party und überlässt diese Dinge hinter den Kulissen mir? Mir macht das wirklich nichts aus. Ich weiß, dass Daddy dich jetzt gern an seiner Seite wissen würde.“

Cecilia zog die Augenbrauen in die Höhe und ihr Gesichtsausdruck wurde geheimnisvoll. Jackie kannte diesen Ausdruck sehr gut, obwohl sie den Grund dafür nie hatte herausfinden können. Sie stand ihrer Mutter sehr viel näher als ihre Schwestern, aber in den Augenblicken, da dieser Ausdruck auf Cecilias Gesicht lag, fühlte sich Jackie meilenweit von ihr entfernt. Es war seltsam zu denken, dass ihre Mutter Geheimnisse hatte, vielleicht bestimmte Verletzungen, aber dieser Ausdruck machte Jackie deutlich, dass dem tatsächlich so war.

„In Ordnung.“ Cecilia tätschelte ihrer Tochter den Arm. „Aber geh nicht in der Küche verloren. Ich bin sicher, die Dienstboten haben alles im Griff.“

Cecilia entfernte sich widerstrebend. Bei einem Fest wie diesem fühlte sie sich genauso fehl am Platze wie Jackie. Cecilias Unbeholfenheit war in erster Linie auf ihre ausgeprägte Schüchternheit zurückzuführen. Doch die Zurückhaltung ihrer Jüngsten konnte sie nicht richtig definieren.

Auch Jackie selbst war sich nicht sicher, ob ihre Isolation auf ihren Glauben zurückzuführen war. Sie hielt sich eher für einen Menschen, der die Einfachheit liebte. Als Kind eines gewöhnlichen Arbeiters wäre sie vermutlich besser dran gewesen. Aber sie war nun mal die Tochter eines mächtigen Zeitungsherausgebers.

Sie zuckte die Achseln und öffnete die Küchentür. Gab es nicht einen Vers in der Bibel, der besagte, man solle zufrieden sein mit dem, was man hatte? Ob Paulus damit auch die Reichen gemeint hatte?

Jackie verbrachte ein paar Minuten in der Küche, wurde dort aber nicht gebraucht und kehrte zur Party zurück. Cameron beschäftigte sich gerade mit dem Essen und plauderte mit einem Mann in Uniform. Sie hielt einen kleinen Block und einen Stift in der Hand. Offensichtlich hatte sie einen Interviewpartner gefunden. Blair schlenderte mit einem anderen Offizier im Garten herum.

Jackie wurde bewusst, wie wenige der Partygäste sie kannte. Von ihren College-Freunden war niemand anwesend, weil sie ihre Mutter gebeten hatte, keinen einzuladen, dessen Eltern nicht auch willkommen gewesen wären. Außerdem hätten sie sich bei einem solchen Fest zu Tode gelangweilt. Die Musik war sehr moderat, genau wie das Tanzen. Jitterbug war nicht erlaubt!

Aber Jackie ermahnte sich, zufrieden zu sein. Und sie würde auch keine schlechte Laune bekommen. Das sollte ihr Geschenk an ihren Vater sein. Darum ging sie zur Tanzfläche, trat auf einen der jungen Männer zu und tippte ihm auf die Schulter.

„Jeffrey Meade“, lächelte sie, „ich würde zu gern tanzen. Würdest du mir die Ehre geben?“

Er grinste sie an. „Aber gern.“

Die meisten Gäste waren gegangen. Cameron ließ ihren Blick über die weitläufige Rasenfläche des Hayes-Hauses schweifen, die jetzt ganz und gar nicht mehr festlich aussah. Als sie an dem leeren Tisch vorbeikam, an dem Donald Farr gesessen hatte, hob Cameron eine heruntergefallene leere Champagnerflasche auf und stellte sie auf den Tisch. Die Dienstboten waren bereits mit dem Aufräumen beschäftigt.

„Was für ein Tag“, seufzte Cameron.

„Das stimmt.“

Cameron hatte das Kommen ihres Vater nicht bemerkt. Sie drehte sich um und lächelte. „Und, war es so, wie du es dir erhofft hattest?“

Keagan zuckte die Achseln. „Ich erhoffe mir nichts. Ich will etwas und bekomme es – das solltest du doch wissen.“

„Ich hätte es beinahe vergessen“, antwortete sie trocken. „Aber Dad, als du vor fünfunddreißig Jahren von Bord dieses Schiffes gegangen bist, hast du doch bestimmt gehofft, es würde so ausgehen. Der amerikanische Traum und so."

„Ausgehen? Du meine Güte! Wenn ich denken würde, dies sei das Ende, würde ich mir einen Strick nehmen. Ich habe gerade erst angefangen."

„Wo willst du denn noch hin?"

„Typisch die Jugend von heute. Keine Visionen. Du siehst einen erfolgreichen Mann mit fünfzig, der alles erobert hat. Ich sehe nur die nächste Herausforderung. Es gibt ihn nicht, Cameron, den zentralen Gipfel dieser Welt. Du gehst einfach von Höhe zu Höhe. Wenn du vorhast, eines Tages das *Journal* zu übernehmen, dann tust du gut daran, deinen Blickwinkel zu erweitern. Ich werde nicht zulassen, dass kurzsichtige Schwächlinge in meinem Büro sitzen."

„Natürlich hast du recht, Dad." Und so war es auch, obwohl sie das nur ungern zugab.

„Aber ich bin dir nicht hinterhergekommen, um mit dir zu plaudern", fuhr Keagan fort. „Ich hatte einen Anruf, der dich vielleicht interessieren könnte. Der Kongress hat das Leih-Pacht-Gesetz von Franklin D. Roosevelt verabschiedet. Das sollte den Einsatz im Europäischen Krieg ein wenig steigern."

„Das sind gute Nachrichten."

„Wir wollen nur hoffen, dass das nicht zu spät kommt."

Seit 1939 hatte Hitler in Europa ein Land nach dem anderen erobert. Mittlerweile waren das gesamte westliche Europa und Polen gefallen und Großbritannien stand allein. Schon bedrohten die Achsenmächte Deutschland und Italien den Balkan und England hatte angefangen, Truppen nach Griechenland zu entsenden. Churchill hatte Roosevelt um Hilfe gebeten, denn seinem Land fehlten zunehmend die Mittel für Vorräte aus den Vereinigten Staaten, und sie suchten verzweifelt nach einer Lösung dieses Materialproblems. Durch das Leih-Pacht-Gesetz umging Roosevelt die Kriegsschuldenprobleme, die nach dem Krieg auf sie zukommen würden.

„Bei der Wahl im vergangenen Herbst hat Roosevelt noch versichert, er hätte die Absicht, nur Material nach England zu schicken, keine Männer. Denkst du, das würde uns aus der Schusslinie halten?", fragte Cameron.

Obwohl Cameron auf kommunaler Ebene arbeitete, war sie mit nationalen und internationalen Angelegenheiten sehr gut vertraut, weil sie – ganz im Gegensatz zur Meinung ihres Vaters – sehr wohl einen breiten Blickwinkel hatte.

„Wir werden noch in diesen Krieg eintreten", sagte Keagan mit funkelnden Augen voraus.

Als überzeugter Roosevelt-Anhänger war Keagan ein starker Befürworter des Leih-Pacht-Gesetzes gewesen und hatte sich häufig in seinen Leitartikeln dafür ausgesprochen. Zumindest Cameron glaubte, das sei der Grund dafür, dass er sich so für eine amerikanische Beteiligung engagierte, und nicht die reine Lust an der Schlagzeile.

„Nun, Dad, wie fühlt man sich, wenn man vom Präsidenten höchstpersönlich ein Geburtstagsgeschenk bekommen hat?"

„Gut! Fast so gut wie 1939, als ich einer Gruppe von Isolationisten den deutsch-sowjetischen Nichtangriffspakt vorausgesagt habe. Aber ich wusste, dass Stalin auf diese Weise die UdSSR vor einem Angriff Deutschlands schützen wollte, zumindest Zeit zum Aufrüsten gewinnen konnte." Er grinste. „Dies sind die Erfolgserlebnisse, die das Leben lebenswert machen."

„Ja, aber du warst in Bezug auf Russland natürlich im Vorteil. Die Jahre als Korrespondent in Russland haben dir sicher geholfen, meinst du nicht?"

„Aber ich habe meinen Verstand gebraucht und die Weltereignisse aufgrund meiner Erfahrung logisch und korrekt beurteilt! Und ich sage dir, Deutschland wird sich auch gegen Russland wenden, denk an meine Worte. Selbst wenn viele das jetzt noch leugnen. Ich bin sicher, Hitler macht sich bereits Sorgen wegen Russlands Expansion in Richtung Finnland und Balkan. Die Feindschaft zwischen diesen beiden Ländern wird durch einen lumpigen Pakt nicht einfach verschwinden."

„Ich hoffe, du hast in dieser Hinsicht nicht recht, Dad. Das würde den Krieg in Europa enorm ausweiten." Cameron meinte es ernst, doch die Journalistin in ihr hoffte unwillkürlich, sie würde selbst Gelegenheit bekommen, mitten im Geschehen zu stehen. „Dad, hast du schon entschieden, wen du als Ersatz für Tom George nach Rom schicken wirst?" Cameron tat der Korrespondent des *Journal* zwar leid, den die Krankheit seiner Frau zwang, seinen Posten in dem Augenblick zu verlassen, wo die Situation interessant wurde, doch Cameron hatte ein Auge auf seinen Posten geworfen ...

„Nein, und selbst wenn, dann würde ich es dir nicht erzählen, bevor ich nicht mit dem zuständigen Redakteur gesprochen hätte."

„Du weißt, dass ich mich um den Job beworben habe."

„Du hast keine Chance, Cameron, darum schlag dir das gleich aus dem Kopf. Ich habe deine Bewerbung zerrissen, sobald ich sie zu Gesicht bekam. Du weißt, ich würde keine Frau auf einen Posten im Ausland schicken. Und nun, da Italien den Alliierten den Krieg erklärt hat, werde ich auf keinen Fall eine zweitklassige Korrespondentin dorthin schicken."

Cameron kochte vor Wut. „Ist das gegen mich persönlich oder gegen die Frauen im Allgemeinen gerichtet?"

„Ich brauche das nicht näher zu erläutern. Du wirst nicht reisen, also vergiss es."

„Aber Dad ..."

„Jetzt verdirb mir nicht meinen Geburtstag, Cameron. Das Thema ist beendet." Er sah zu einem vorübergehenden Dienstboten hin. „Hey, gibt es noch irgendwo einen guten Whisky? Ich habe den Champagner so über."

„Ich hole Ihnen welchen, Sir."

„Mit Eis."

„Jawohl, Sir."

„Auf jeden Fall", beharrte Cameron, „weißt du, dass ich am liebsten nach Moskau gehen würde."

„Ich kann es mir nicht leisten, dort auch nur einen Mann hinzuschicken", erwiderte er. „Die zwei Korrespondenten der beiden großen Nachrichtenagenturen reichen vollkommen aus. Und außerdem legen die Sowjets keinen großen Wert auf die Verbreitung von Nachrichten im großen Stil."

„Aber Dad, du selbst hast davon gesprochen, einen Journalisten nach Russland zu schicken, um über den Fortschritt des Paktes zu berichten. Du weißt, dass ich genau die Richtige dafür wäre. Ich habe bereits einige Zeit in Russland verbracht, wie du sehr genau weißt."

Sie merkte, dass ihm die Gegenargumente fehlten. Aber sie las noch etwas anderes in seinem Gesichtsausdruck. War er beeindruckt von ihrer Schlagfertigkeit? Sie war stolz, auch wenn sie es nicht zugegeben hätte. Anscheinend war sie in seiner Achtung gestiegen, auch wenn er das niemals zugeben würde.

„Ich will das noch immer, doch im Augenblick lässt es das Budget nicht zu", erwiderte er.

„Aber du wirst jemanden hinschicken müssen, wenn es stimmt, was du sagst und der Krieg sich tatsächlich auf Russland ausweitet."

„Wenn es so weit ist, werde ich einen Mann hinschicken."

„Du weißt genau, dass ich für diese Aufgabe besonders qualifiziert bin. Immerhin habe ich sechs Jahre meines Lebens dort verbracht –"

„Als du ein Kind warst."

„Ich habe meinen Kopf aber nicht in den Sand gesteckt. Im Gegensatz zu Blair und Jackie habe ich meine Zeit nicht mit Puppenspielen verbracht."

Keagan verdrehte die Augen. „Das weiß ich nur zu gut! Mit sieben warst du schon hinter den Beamten her und wolltest ein Interview. Mit dreizehn hast du versucht, die Tscheka-Agenten zu bestechen."

„Ich habe sie nicht bestochen."

„Oh doch, wir wurden beinahe des Landes verwiesen." Einen kurzen Augenblick meinte Cameron eine Spur von Stolz im Gesichtsausdruck ihres Vaters erkennen zu können. „Auf jeden Fall werde ich keinen weiblichen Korrespondenten losschicken – schon gar nicht in die Sowjetunion, die jeden Augenblick in den Krieg hineingezogen werden kann."

„Hör zu, Dad", beharrte Cameron, die sich von der Weigerung ihres Vaters nicht aus der Ruhe bringen ließ, „du kannst mich nicht kaltstellen, nur weil ich eine Frau bin. Sieh dir Dorothy Thompson in Berlin an. Sie hat den Pulitzerpreis bekommen."

„Wirklich eine Seltenheit. Aber du bist keine Dorothy Thompson."

Keagan wusste, dass die berühmte Kolumnistin und ehemalige Berlin-Korrespondentin Camerons Vorbild war. Er merkte, dass seine Worte ihr wehtaten, aber sie ließ sich nichts anmerken. Sie argumentierte einfach weiter. „Das reicht nicht aus."

„Oh, du willst weitere Gründe? Okay, komm morgen früh in mein Büro –"

„Morgen ist Samstag."

„Dann komm am Montag, wie jeder andere Angestellte, und ich werde dir eine ganze Liste von Gründen geben. Der erste wird sein, dass ich einen solchen Posten niemals jemandem geben würde, der mich an meinem Geburtstag mit solchen Dingen belästigt!“ Er drehte sich um und marschierte davon.

Cameron wusste, sie hätte den Mund halten oder zumindest warten sollen, bis er seinen Whisky hatte. Aber Geduld war eine Tugend, die ihr gänzlich fehlte. Auf jeden Fall war sie nicht bereit, die Weigerung ihres Vaters zu akzeptieren. Sie würde am Montag tatsächlich in seinem Büro erscheinen und sie würde ihn weiter bearbeiten – und wenn sie nichts weiter bekam als die Befriedigung, seine volle Aufmerksamkeit in Anspruch genommen zu haben. Der Krieg in Europa drohte täglich weiter zu eskalieren und sie hatte nicht vor, all die damit verbundenen Abenteuer und den journalistischen Ruhm zu verpassen.

5

Am Montagmorgen kam Cameron nicht dazu, mit ihrem Vater zu sprechen, da sie losgeschickt wurde, um über einen Vorfall in Santa Monica zu berichten. Es ging um einen Gangster von der Ostküste, den im Wahlkampf stehenden Bürgermeister von Los Angeles und unerlaubte Glücksspiele. Cameron war davon überzeugt, dass das eine Story für die Titelseite werden würde, darum konnte ihr Traum, nach Europa zu gehen, warten. Tatsächlich tat sich eine hervorragende Story auf, aber bei dem Versuch, eines der Glücksspielschiffe dieses Gangsters zu entern, fiel sie ins Wasser der Santa Monica Bay.

Einem begossenen Pudel gleich schlich sich Cameron in die Redaktion des *Journal* in der Stadtmitte von Los Angeles, um sich die Ersatzkleidung zu besorgen, die sie in ihrem Schrank aufbewahrte, und begab sich auf die Damentoilette, um sich umzuziehen. Es war nicht das erste Mal, dass sie auf der Suche nach einer Story ihre Kleidung ruinierte.

In aller Eile kleidete sie sich um, da sie zu den Fotos noch ihren Artikel schreiben musste. Sie packte ihre nassen Sachen zusammen und kehrte zurück zu ihrem Schrank, um sie zum Trocknen aufzuhängen. Gerade beugte sie sich über ihre Strümpfe, als sie von hinten gepackt wurde. Sie wirbelte herum, bereit, mit dem Knie zuzustoßen, doch eine Stimme ließ sie innehalten. „So, der Matrose ist von See zurück“, knurrte die Stimme eines Mannes sarkastisch.

„Johnny Shanahan!“, rief Cameron. „Du Scheusal ...“

Doch er legte die Arme um sie, zog sie an sich und ehe sie reagieren konnte, pressten sich schon seine Lippen auf die ihren.

Hastig entwand sie sich seinem Griff und zischte: „Ich muss an die Arbeit.“

Johnny ignorierte ihre Worte, legte den Arm um ihre Taille und drückte sie sanft gegen die Wand. Schnell sah Cameron sich um – sie waren allein in einem abgelegenen Bereich des Hauses. Es fiel ihr schwer, ihre Behauptung, arbeiten zu müssen, in die Tat umzusetzen. Sein weicher Filzhut war nachlässig nach hinten geschoben, die Ärmel aufgerollt und die Krawatte locker gebunden. Alles in allem wirkte er unordentlich, aber beunruhigend verlockend.

„Wie kannst du an Arbeit denken, wo unsere Herzen so voller Liebe sind?“ Und erneut drückte er den Mund auf ihre Lippen.

„Was ist denn in dich gefahren, Shanahan?“ Er war kein Mann, der von sentimentalen Dingen wie Liebe sprach, und selbst wenn er es wie im Augenblick tat, dann trieften seine Worte vor Sarkasmus.

„Ich habe dich vermisst, Liebling.“

„Es geht gar nicht um Liebe, nicht?“ Das hätte sie in der Tat mehr überrascht als sein überraschendes Auftauchen.

Er zuckte die Achseln und verzog die Lippen zu einem verlegenen Grinsen. „Du kennst mich viel zu gut, Hayes. Aber wenn ich jemanden lieben könnte, dann dich. Oh, ich würde dich sogar heiraten ... falls ich jemals so schwach werden sollte.“

„Hilfe ...“, jammerte sie spöttisch, „solche Worte können einem Mädchen schon den Kopf verdrehen.“ Dann duckte sie sich unter seinem Arm hindurch, den er an der Wand abgestützt hatte. „Du vergisst eines, *Liebling*“, fügte sie hinzu. „Ich bin nicht der Typ für die Ehe.“

Bei diesen Worten brach er in schallendes Gelächter aus. „Das ist der Grund, warum ich dich tief in meinem Inneren wirklich liebe, Hayes. Du bist die einzige Frau, die ich von Herzen respektieren kann.“

„Vermutlich weil ich dir so ähnlich bin.“

„Vermutlich.“

Sie wandte sich ihm wieder zu und lächelte über das Funkeln in seinen Augen, als er das letzte Wort aussprach. Johnny Shanahan war kein muskulöser „Aufreißer“. Er war nur wenige Zentimeter größer als Cameron und wog vollständig angezogen und vollkommen durchnässt kaum siebzig Kilo, trotzdem besaß er eine Anziehungskraft, die nicht auf sein Äußeres zurückzuführen war. Er machte nicht viel her. Seine dicht beieinanderstehenden Augen überwölbte eine dünne Narbe, wo ihn ein prominenter Preisboxer, verstimmt über seine Berichterstattung, mit einem Stuhl bearbeitet hatte. Seine Lippen konnten so sinnlich sein wie die eines Günstlings einer Königin oder so scharf wie der Säbel ihres Scharfrichters. Seine eckigen Wangenknochen und das Grübchen im Kinn vervollständigten das Bild eines Mannes, dem eine Macht über Frauen zugeflogen war, die ihm eigentlich nicht zustand.

War es nun Charme oder Charisma – Shanahan besaß beides. Nur ungern dachte Cameron an die Frauen, mit denen er zusammen gewesen war. Verheiratet, alleinstehend, geschieden, Debütantinnen,

Schauspielerinnen und Mädchen aus dem Schreibbüro. Sie umschwärmten ihn. Cameron machte sich keine Illusionen darüber, dass er ihr selbst jetzt, wo sie sich „regelmäßig" sahen, nicht wirklich treu war. Und in gewisser Weise machte ihr das auch nichts aus. Diese Distanz war ihr Sicherheitsnetz. Sie wollte genauso wenig zugeben wie er, wie tief ihre Gefühle füreinander sein könnten. Sie musste an ihre Karriere denken. Oder sie wollte daran denken. Und ein Mann wie Shanahan machte es einem leicht, eine Schutzmauer gegen zu viel Intimität aufrechtzuerhalten.

„Ich muss jetzt an die Arbeit." Sie riss ihren Blick von seinen magnetischen Augen los. „Ich denke, mein Artikel über die Glücksspielschiffe wird morgen auf die Titelseite kommen."

„Hat Landis dir das gesagt?"

„Nein, aber es ist bestes Material für die Titelseite."

„Dieses Leih-Pacht-Gesetz könnte deine Story ausstechen."

„Das ist doch ein alter Hut." Ihr Grinsen strahlte Selbstbewusstsein aus.

„Ich hoffe, du hast recht, Baby."

„Das hoffe ich auch. Ich wäre beinahe ertrunken bei diesem Unternehmen und ich will nicht erleben, dass diese Sache nur wegen dieses unsäglichen Krieges in Europa auf eine der inneren Seiten verdrängt wird. Die Amerikaner interessiert einfach nicht, was Tausende von Meilen entfernt passiert." Als sie Luft holte, bemerkte sie ein Schmunzeln auf Shanahans Gesicht. „Was ist daran so lustig? Du weißt, ich hasse es, wenn du so herablassend tust!"

„Glaub mir, ich weiß es!" Er versuchte, ernst zu werden. „Erst vor ein paar Tagen noch hast ausgerechnet du darüber räsoniert, wie klein die Welt doch geworden ist und dass ‚kein Mensch eine Insel' sei."

„Ja, gut, das war, bevor ich erfahren habe, dass ich keine Aussicht auf Tom Georges Job habe."

Er legte ihr mitfühlend die Hand auf die Schulter, was sie erstaunte. „Das tut mir leid, Cameron."

„Du wusstest es die ganze Zeit, nicht?"

„Ich wusste es natürlich nicht offiziell, aber ich schätze, ich habe das Menetekel an der Wand gesehen. Ich wollte deinen Überschwang nicht dämpfen." Sein Tonfall war noch immer sanft. Und Cameron bemerkte wieder diese ungewohnt selbstlose Seite seiner Persönlichkeit, die er unterdrückte und nur dann zeigte, wenn er es für nützlich hielt. Dennoch, auch wenn es kalkuliert war und Cameron sich nicht ganz sicher sein konnte, dass es sich um aufrichtiges Mitgefühl handelte, fühlte sie sich getröstet, weil er wenigstens so tat, als sei es echt.

„Ich dachte, dieses eine Mal würde mein Vater mir eine Chance geben."

Shanahan stieß ein trockenes Lachen aus. „Hayes, eine solche Naivität hätte ich dir nicht zugetraut."

„Ja, das war ziemlich dumm von mir. Er hat meine Bewerbung zerrissen. Ich werde später mit ihm sprechen –"

„Warum tust du dir das an? Er wird nie eine Frau nach Europa schicken, schon gar nicht jetzt in Kriegszeiten."

„Ich wünschte, ich könnte wie du sein, Shanahan, zufrieden mit der kommunalen Berichterstattung. Viele Frauen würden für das, was ich erreicht habe, töten, aber ... ich weiß nicht – ich bin einfach nicht zufrieden."

Er sah sie an, als würde er sie zum ersten Mal sehen. Sie dachte, er würde sie erneut küssen und wünschte, er würde es tun. Stattdessen sagte er: „Solange es einen höheren Berg zu ersteigen gibt, wirst du nie zufrieden sein."

Sie dachte an die Worte ihres Vaters und erneut wurde ihr klar, wie ähnlich sie dem alten Mann war. „Willst du nicht mehr erreichen, Shanahan?"

„Ich hatte einen Vorgeschmack darauf. Ich habe über den Spanischen Bürgerkrieg berichtet."

„Und?"

„Hey, wir wollen doch kein totes Pferd schlagen, okay? Du und ich sind genau richtig da, wo wir sind. Ich habe einen Pulitzerpreis unter meinem Gürtel, weil ich zu den besten Journalisten gehöre –"

„Und zu den bescheidensten." Sie lächelte, dann tat sie, was sie sich so sehnlichst wünschte. Sie legte die Arme um ihn und drückte ihre Lippen auf seine.

„Lass uns hier verschwinden ...", murmelte er während des Kusses.

„Ich muss arbeiten", entgegnete sie widerstrebend, als sie sich von ihm löste und sich in Bewegung setzte.

Sie hatten den Aufzug erreicht, als eine Stimme sie zusammenzucken ließ.

„Cameron, haben Sie den Artikel über die Glücksspielschiffe immer noch nicht geschrieben?“ Es war der Redakteur für kommunale Angelegenheiten, Harry Landis. Cameron konnte ihn schwerlich ignorieren.

Mit einem inneren Stöhnen drehte sich Cameron um. „Ich arbeite daran, Chef.“

Landis zog skeptisch die Augenbraue hoch. „Ach ja?“

„Ich wollte gerade im Fotolabor nachfragen, ob die Fotos bereits fertig sind.“

„Das Labor befindet sich aber dort drüben.“ Landis deutete in die dem Aufzug entgegengesetzte Richtung.

„Oh ja, äh ...“

„Nun lassen Sie das Mädchen mal vom Haken, Harry“, warf Shanahan ein. „Wir wollten uns nur eine Tasse Kaffee holen.“

Cameron spürte Ärger in sich hochsteigen darüber, dass Shanahan sich einmischte, auch weil sie sich ertappt fühlte und Beistand gut gebrauchen konnte. Es fiel ihr immer schwer, Hilfe anzunehmen.

„In Ordnung, aber ich will den Artikel in einer Stunde haben. Bei der Redaktionssitzung muss ich etwas Konkretes vorweisen können, wenn ich die Story auf die Titelseite kriegen will.“

„Auf die Titelseite?“ Cameron hasste die Ehrfurcht des kleinen Mädchens, die sich in ihren Tonfall eingeschlichen hatte.

„Wenn er gut genug ist.“

„Ich werde mich sofort daransetzen, Harry“, erwiderte Cameron gehorsam. Während Landis davonging, wollte sie in der Lokalredaktion verschwinden.

„Hey“, Shanahan packte sie am Arm. „Was ist mit uns?“

„Das kann nicht warten, Johnny. Das verstehst du doch.“

Sie setzte sich in Bewegung, doch dann drehte sie sich noch einmal um, lächelte ihn mitfühlend an und wollte eine Verabredung zum Abendessen treffen. Aber Shanahan stieg gerade in den Aufzug. Die Kabine war voll, und als er eingetreten und sich umgedreht hatte, schlossen sich die Türen bereits wieder. Sie hatte nicht einmal die Gelegenheit, ihm zum Abschied zuzuwinken. Doch eigentlich sollte er das verstehen. Sie beide wussten sehr genau um die Prioritäten des anderen. Zuerst kam die Arbeit, danach alles andere.

6

Cameron erfuhr den Namen des neuen Rom-Korrespondenten, bevor sie die Stadt verließ. Es war 17.00 Uhr. Shanahan war bereits gegangen. Sie hatte die Geschichte vom Kopierjungen gehört und hoffte, dass sie nicht offiziell war. Trotzdem traf es sie wie ein Faustschlag in den Magen. Obwohl sie damit professionell umgehen wollte, war ihr klar, dass es sich bei dem Vorgang um eine persönliche Beleidigung handelte. Und es tat mehr weh, als sie für möglich gehalten hätte.

Sie hatte sich mit Shanahan zum Abendessen verabredet und Cameron sah keinen Grund, diese Verabredung nicht einzuhalten. Zunächst war sie verstimmt gewesen, als er das Steak Pit vorschlug, ein nahe gelegenes Schnellrestaurant und beliebter Treffpunkt der Reporter. Einfallsloser hätte seine Wahl nicht ausfallen können. Auch zeigte es, dass er sich ihrer sehr sicher zu sein schien. Jetzt war sie jedoch froh darüber, denn es wäre eine Schande gewesen, diesen Abend in einem eleganten Restaurant zu vergeuden.

Noch zweifelte sie an dieser Geschichte zugunsten Shanahans. Immerhin waren Zeitungen die schlimmsten Brutstätten für Gerüchte. Sie hatte versucht, sich bei Landis eine Bestätigung für den Bericht des Kopierjungen zu holen, aber er war bereits gegangen. Hatte Johnny nicht bei ihrer letzten Begegnung noch betont, er sei durchaus zufrieden mit der Lokalberichterstattung? Hatte er nicht sein Desinteresse an einem Job als Auslandskorrespondent bekundet?

Bestimmt lag da ein Irrtum vor.

Als sie das Steak Pit betrat, versuchte sie, sich zu beruhigen. Für einen Montagabend war es sehr voll. Ein ohrenbetäubender Lärm schlug ihr entgegen und eine dicke Rauchwolke hing unter der Decke. Obwohl Cameron zu den wenigen Reporterinnen der Stadt gehörte, hatte sie sich bereits einen festen Platz in diesem Allerheiligsten der schreibenden Männerzunft erobert. Auch wenn ihr die Statuten die Mitgliedschaft im Presseklub noch verwehrten – hier hatten ihre männlichen Kollegen sie akzeptiert. Nichtsdestotrotz vergaßen sie immer wieder die Tatsache, dass sie eine Frau war, und rauchten, tranken und fluchten ohne jede Hemmungen in ihrer Gegenwart.

Johnny hatte eine abgeschiedene Nische ergattert. Mit einem aufgesetzten Lächeln ging sie auf ihn zu. Grüßend hob er ihr seinen Martini entgegen.

„Was trinkst du, Puppe?", fragte er und sah aus, als hätte er schon ein paar Drinks intus. Feierte er?

„Du weißt, ich hasse es, wenn du mich mit Puppe oder anderen herabsetzenden Namen ansprichst." Sie winkte einer Kellnerin und setzte sich Johnny gegenüber auf die Bank. „Ich nehme eine Tasse Kaffee", sagte sie zu der Kellnerin.

„Also gut, Hayes ... meine Liebe", spottete er. „Du bist zu spät."

„Ich komme doch immer zu spät."

„Du bist zu spät, aber schön. Was will der Mensch mehr?"

„Du bist in außergewöhnlicher Spötterlaune, Shanahan."

Er holte eine Packung Lucky Strikes aus seiner Jackentasche. „Du beschwerst dich doch nicht etwa, oder?"

Er bot ihr eine Zigarette an, doch sie schüttelte verneinend den Kopf. Er wusste sehr wohl, dass sie nicht rauchte. Immer wieder hatte sie erlebt, wie Leute von Zigaretten abhängig wurden, und sie war zu sehr auf ihre Unabhängigkeit bedacht, als dass sie sich durch irgendjemanden oder irgendetwas kontrollieren lassen würde. Außerdem hatte ihre Mutter ihr eingetrichtert, Rauchen sei nicht damenhaft, und dies war wenigstens ein Bereich, in dem Cameron ihrer Mutter gefallen konnte.

Während Shanahan seine Zigarette anzündete, brachte die Kellnerin den bestellten Kaffee. Sie nahm einen großen Schluck. Vielleicht hätte sie besser etwas Stärkeres bestellt, damit sie Johnny einholen konnte, bevor sie ihn mit ihrer neuen Information konfrontierte. Aber nachdem er seinen Martini geleert und einen neuen bestellt hatte, erkannte sie die Unmöglichkeit, ihn einzuholen, ohne flach auf der Nase zu landen. Am besten war es sowieso, ihm nüchtern entgegenzutreten – zumindest einer von ihnen sollte nüchtern sein.

„Bevor ich heute Abend die Redaktion verlassen habe, habe ich ein höchst interessantes Gerücht gehört", begann sie.

„Wann gibt es in dieser Zeitung einmal keine Gerüchte?", fragte er lauernd.

„Das stimmt, Johnny. Darum kann ich dieses auch nur mit einem Körnchen Salz nehmen." Während sie einen weiteren Schluck Kaffee trank, redete sie sich ein, nie würde er so tief sinken und die Sache mit Rom verheimlichen wollen.

„So nimmt man Gerüchte am besten – mit Salz, weißt du.“ Er verrenkte sich den Hals. „Wo steckt denn nur diese Kellnerin?“

„Shanahan, ist dir dieser Job in Rom angeboten worden?“ Endlich war es heraus.

„Nun ...“ In diesem Augenblick kam eine Kellnerin vorbei und er schnappte sie sich. „Hey, Puppe, ich habe einen Martini bestellt, und das ist schon eine Stunde her ...“

„Ich werde nachfragen, Johnny“, erwiderte die Frau. „Kann ich Ihnen was zu essen bringen?“

Shanahan winkte ab. „Zuerst der Martini; das Essen dann später.“

„Also, Shanahan, was ist mit Rom?“, beharrte Cameron. Ihr war nicht nach Essen zumute.

„Komm schon, Hayes. Kannst du denn nicht wenigstens warten, bis ich meinen Drink bekomme?“

„Pünktlichkeit mag vielleicht nicht zu meinen Tugenden gehören, Geduld schon gar nicht.“ Sie stieß die Worte zwischen zusammengebissenen Zähnen hervor. Sie witterte sein schlechtes Gewissen. Dieser Geruch war stärker als Wermutdunst.

„Was willst du von mir, Hayes?“

„Die Wahrheit.“

„Nun, das ist wirklich zu viel verlangt“, brummte er, dann brach er in Gelächter aus. „Komm schon, zeig mir dein Lächeln. Du hast ein wunderschönes ...“

„Du machst mich krank, du lügnerischer, betrügerischer, elender ...“ Sie schnappte nach Luft und suchte nach den schlimmsten Adjektiven. Immerhin war sie Reporterin; ihr sollten doch ein paar gute einfallen. Aber irgendetwas ließ sie innehalten. Hätte sie nicht Kriminellen und Politikern eher die Gelegenheit gegeben, sich zu rechtfertigen? Und Shanahan war immerhin ihr Freund, wenn nicht sogar noch mehr.

„Du hast verräterische, greinende und lügnerische Schlange vergessen“, spottete er.

„‚Lügnerisch‘ habe ich gesagt“, erwiderte sie trocken. „Aber ‚Schlange‘ habe ich tatsächlich vergessen.“ Sie hielt inne und betrachtete ihre Tasse, aber ihr Magen war zu verkrampft, als dass sie davon hätte trinken können. „Warum hast du es getan? Warum hast du dich um diesen Job beworben und mich angelogen?“

„Ich habe mich nicht beworben –“, er brach abrupt ab und fuhr sich mit den Händen über das Gesicht. Er ließ den Kopf kreisen und rief: „Cora, ich brauche diesen Drink!“

Die Kellnerin war bereits unterwegs gewesen und kam nun mit Shanahans Martini an den Tisch. Er schnappte danach wie ein Ertrinkender nach dem rettenden Ast. Doch dann kippte er ihn nicht sofort hinunter, sondern starrte in das Glas und spielte mit dem Zahnstocher mit der Olive herum. Er nahm sie heraus und starrte sie mit blutunterlaufenen Augen an. Auf einmal wirkte er sehr betrunken.

„Ich hasse diese Dinger. Warum müssen die immer Oliven in die Drinks tun?“ Er ließ die Olive auf den Tisch fallen und jetzt entdeckte Cameron auch die anderen Oliven, die aufgereiht wie die Zinnsoldaten vor der Schlacht auf der Tischplatte lagen. Er blickte sie an. Seine Augen waren beinahe so grün und mitleiderregend wie die unerwünschten Oliven. „Du hattest keine Chance, den Job zu bekommen, Cameron“, erklärte er ein wenig wehleidig. „Ich habe dir nichts weggenommen.“

„Aber warum du ... wenn du dich gar nicht darum beworben hast?“

„Manchmal bist du wie ein Hund mit einem Knochen – du kannst einfach nicht loslassen.“ Kopfschüttelnd hob er das Glas an die Lippen und kippte seinen Drink hinunter.

„So bin ich eben.“

„Prima für den Journalismus. Schlimm für das Leben.“

„Jetzt werde bitte nicht philosophisch, Johnny.“

„Das werde ich nur, wenn ich betrunken bin.“

„Das gehört nicht zu deinen guten Eigenschaften.“

„Wir beide haben unsere Fehler.“

Das Gespräch brach so unvermittelt ab, wie ein Gegenstand gegen eine Wand prallt. Die Stille zwischen ihnen war greifbar. Cameron wusste, sie hätte das Thema jetzt fallen lassen können. Johnnys müder, resignierender Tonfall ließ darauf schließen, dass es besser für sie gewesen wäre, keine weiteren Einzelheiten über die Sache zu erfahren. Er hatte recht, als er sagte, sie hätte den Job nie bekommen. Dann war es doch auch egal, wer damit beauftragt wurde. Sie sollte sich für ihren Freund freuen und es dabei bewenden lassen. Aber sie hatte ein ungutes Gefühl bei der Sache und sie konnte das Ganze so lange nicht auf sich beruhen lassen, bis sie die Hintergründe aufgedeckt hatte.

So war sie eben.

„Du solltest es mir erzählen“, forderte sie ihn auf. Ihr sanfter Tonfall konnte ihre Absicht nicht verschleiern. „Ich weiß, dass du irgendetwas verbirgst.“

„Heiliger Strohsack, Frau! Hör doch endlich damit auf.“

„Warum hat mein Vater dir diesen Job gegeben?“

Er verdrehte die Augen und trank mit einem Zug seinen Martini leer. „Ist dir nie in den Sinn gekommen, dass ich vielleicht der beste Mann für diese Aufgabe bin?“

„Ja, und das stimmt auch. Aber nach Spanien warst du voll und ganz damit zufrieden, Lokalnachrichten zu machen“, erwiderte Cameron. Shanahan sprach nicht oft über Spanien, aber den Gerüchten zufolge war er aus dem Land gewiesen worden, weil er ein Techtelmechtel mit der Tochter eines Generals angefangen hatte. Das *Journal* hatte das Akkreditierungsgeld verloren – zehntausend Dollar –, das als Garantie für das gute Benehmen eines Journalisten hinterlegt wurde. Cameron fügte hinzu: „Und außerdem bist du wegen der Freundschaft mit mir in der Gunst meines Vaters gesunken. Lass uns doch ehrlich sein, du bist eben nicht der Liebling meines Vaters.“

Cameron konnte nicht sagen, wie oft sie und ihr Vater sich wegen ihrer Beziehung zu Johnny gestritten hatten. Obwohl Keagan Johnny als Reporter achtete, schätzte er ihn in Bezug auf Cameron als einen Mitgiftjäger ein. Cameron wusste, dass das nicht stimmte. Es war einfach nicht Johnnys Stil.

Trotzdem hätte sie sich darüber freuen sollen. Anscheinend lag sie ihrem Vater so sehr am Herzen, dass er sich in ihr Leben einmischte.

Doch im Augenblick konnte sie das nicht so sehen. Er wollte etwas Besseres für Cameron, nicht weil er sie liebte, sondern weil ihm die Zeitung wichtig war, die sie erben würde.

„Kann man einen schlecht angesehenen Angestellten besser loswerden, als ihn Tausende Meilen weit fortzuschicken?“, fragte Shanahan trocken.

„Das macht keinen Sinn. Warum hat er dich nicht einfach gefeuert?“ Plötzlich traf die Wahrheit sie wie ein Schlag. Wie betäubt brachte sie einen Augenblick lang kein Wort heraus. Die Erklärung, die ihr kam, war unglaublich. Sie verspottete ihr ganzes Selbstverständnis als moderne und unabhängige Frau. Und das Schlimmste war, dass die Spötter die beiden Männer waren, denen sie eigentlich am ehesten vertraut hatte – ihr Vater und der Mann, der sie angeblich liebte.

Während sie Shanahan anstarrte, wurde ihr heiß und kalt. Sie öffnete den Mund, um zu sprechen, aber noch immer brachte sie kein Wort heraus.

„Es tut mir leid, Cameron", entschuldigte sich Shanahan leise, sogar zerknirscht, falls er zu einer solchen Empfindung fähig gewesen wäre.

„Du Schwein!"

„Ich –"

Sie unterbrach ihn. „Er hat dir eine Möhre vor die Nase gehalten und du hast wie ein Verhungernder angebissen." Sie hatte ihre Sprachlosigkeit überwunden. „Und ich wette, er brauchte dich nicht zweimal zu fragen. Du hast bestimmt nicht überlegt, ob du sein Angebot annehmen sollst. Was bedeutet schon etwas so Nebensächliches wie eine Freundschaft – oder was immer wir miteinander haben –, wenn es um den Ehrgeiz geht, nicht, Shanahan? Du bist noch niedriger, als ich je gedacht hätte."

„Jetzt halt aber den Mund!", gab Shanahan zurück. Seine Schuldgefühle und seine Reue waren verschwunden. „Hör auf, die Betrogene zu spielen. Du hättest mich, ohne mit der Wimper zu zucken, fallen gelassen, um nach Rom oder sonst wohin zu gehen. Also, wo liegt der Unterschied zwischen uns?"

„Der Unterschied ist, du hast eine Abmachung mit meinem Vater getroffen. Nur zur Erinnerung, so war es doch, oder?" Während sie ihn anfunkelte, hoffte sie noch immer, er würde es leugnen. „Er sagte, er würde dich nach Rom schicken, wenn du mich dafür in Ruhe lässt, richtig?"

„Du willst es nicht anders haben, nicht, Cameron?", fuhr er sie an. „Okay, genau so ist es gewesen. Und ich habe die Chance ergriffen. Das ganze Gerede, ich wäre zufrieden mit dem, was ich tun würde – alles Blödsinn. Ich wurde für diesen Job geboren und für den Krieg in Europa hätte ich sogar meine eigene Mutter verkauft. Und du tu nicht so verächtlich. Du hättest dasselbe getan."

„Es geht nicht um das, was du getan hast, Shanahan, es geht darum, *wie* du es getan hast. Weißt du, wie ich mich fühle, nachdem ich erkannt habe, dass du mit meinem Vater hinter meinem Rücken meine Zukunft manipuliert hast? Ich bin kein hilfloses Weibchen, dem man so übel mitspielen kann.“ Aber die Tränen in ihren Augen straften ihre Worte Lügen. Zornig wischte sie sie fort, dann sprang sie auf und verließ die Nische.

„Komm schon, Hayes“, sagte er versöhnlich.

„Vergiss es.“ Mehr brachte sie nicht über ihre zitternden Lippen. Auf keinen Fall wollte sie ihn Zeuge weiterer Gefühlsausbrüche werden lassen. Sie wirbelte herum und marschierte durch das Restaurant.

Die Seeluft war frisch und kühl und tat gut nach der stickigen Luft im Restaurant. Cameron lief einen Block weit, bevor sie ein Taxi herbeiwinkte. Als das Auto neben ihr hielt, wollte sie nach Beverly Hills fahren, um sich mit ihrem Vater auseinanderzusetzen. Doch nachdem sie eingestiegen war und sich auf dem zerschlissenen Ledersitz zurückgelehnt hatte, überfiel sie eine lähmende Müdigkeit.

„Wohin, Madam?“, fragte der Taxifahrer.

Sie nannte ihm die Adresse ihres Apartments im Stadtteil Santa Monica. Während sie durch die abendliche Stadt rollten, schwor sie sich, es nie mehr zuzulassen, dass irgendein Mensch sie jemals wieder unterbutterte. Aber ihren Vater am Feierabend in seinem Heim zur Rede stellen zu wollen, war einfach unprofessionell. So verhielt sich ein gekränktes Mädchen und auf keinen Fall wollte sie ihm als die ewige Tochter gegenübertreten, auch wenn sein Verhalten eher die Tochter als die Angestellte treffen sollte.

Sie wütete und zitterte noch immer, als das Taxi ihr Haus erreicht hatte. Sie bezahlte die Fahrt und marschierte zur Tür. Mit jeder Bewegung versuchte sie, ihren Schmerz durch Zorn zu übertönen. Sie zerrte die Post aus dem Briefkasten und stampfte zu ihrer Wohnung im zweiten Stock hoch. Die sterile Atmosphäre ihrer Wohnung umfing sie und tat ihren Nerven gut. Eigentlich nutzte sie das Apartment nur zum Schlafen und sie war in der Lage, mit außerordentlich wenig Schlaf auszukommen. Die karge Einrichtung bestand aus einem Bett, einem Sessel, einem kleinen Tisch, einer Stehlampe und einem Radio auf dem Küchentisch. In der Küchenzeile verloren sich eine Kaffeemaschine und ein wenig Geschirr, das sie sich aus der Küche ihrer Mutter geliehen hatte. Der kleine Kühlschrank war leer, das wusste sie. Sie kochte nie, ging immer auswärts essen. Für den abendlichen

Imbiss holte sie sich höchstens einen Hot Dog von einem Straßenverkäufer oder aus einem preiswerten Schnellrestaurant. Die einzigen persönlichen Gegenstände in der Wohnung waren ein paar Bücher, für die sie noch nicht einmal Regale angebracht hatte, und ihre tragbare Underwood-Schreibmaschine.

Kaum hatte sie die Türe geschlossen, schaltete sie das Radio ein, weil die Stille der Wohnung sie bedrückte. Eine Melodie von Tommy Dorsey besänftigte ihr aufgewühltes Inneres. Sie kickte ihre Schuhe in eine Ecke, ließ sich in den großen Sessel sinken und sah ihre Post durch. Da nichts Interessantes dabei war, warf sie sie beiseite und seufzte.

Das war ihr Leben.

Und nach all dem, was heute geschehen war, empfand sie es zum ersten Mal als trostlos.

Vielleicht auch, weil es erst halb neun war und sie sich nicht erinnern konnte, wann sie das letzte Mal zu so früher Stunde zu Hause gewesen war. Was tat sie hier eigentlich? Saß sie hier wie eine gekränkte Geliebte? Pflegte sie ihr Selbstmitleid?

Das war absolut lächerlich. Sie sprang auf, schlüpfte wieder in ihre Schuhe, schnappte sich ihre Handtasche und verließ die Wohnung. Warum nicht zurück in die Stadt fahren? Wenn ihr nichts anderes einfiel, würde sie eben zu ihrer Lieblingswache fahren und sehen, ob sich etwas Berichtenswertes ereignet hatte.

Cameron kam erst um zwei Uhr morgens zurück. Zu ihrer Freude war sie auf einen prächtigen Mordfall gestoßen und befand sich zur rechten Zeit am rechten Ort. Sie schrieb einen Artikel darüber und platzierte ihn noch in der Morgenausgabe des *Journal.*

7

Nach wenigen Stunden Schlaf war Cameron um sechs Uhr auf. Wie üblich hatte sie nach ihrer Morgentoilette eine Tasse Kaffee getrunken und die Morgenzeitung gelesen. Befriedigt registrierte sie, dass ihr Artikel über die Glücksspielsache einen schönen Platz auf der Titelseite gefunden hatte und sich mit dem Schnappschuss des Roulettekönigs an Deck seines Schiffes hervorragend machte.

Als sie in die Redaktion fuhr, war sie froh, dass sie gewartet hatte, bevor sie ihren Vater zur Rede stellte. Sie glaubte sich mittlerweile wieder so weit im Griff zu haben, dass ein vernünftiges Gespräch möglich sein sollte. Auf jeden Fall wollte sie ihrem Vater keinen Grund geben, sie eine hysterische Ziege zu schimpfen.

Um sieben Uhr erwartete sie ihn in seinem Büro. Während sie auf den Aufzug wartete, trat Shanahan neben sie.

„Hallo, Hayes." Er gab sich betont fröhlich, obwohl seine Augen rot gerändert und glasig waren. „Na, haben sich die Federn wieder ein wenig geglättet?"

Sie funkelte ihn an und plötzlich war ihr Zorn wieder da. Er ergriff sie mit voller Wucht.

„Oh ... ich sehe, wir sind noch ein wenig empfindlich", fuhr er fort. „Ich hätte dir Pralinen und Blumen schicken sollen."

„Du ... du ...", wütete sie, aber sie konnte die richtigen Worte nicht finden, um zu sagen, was sie von seinen herabsetzenden Worten hielt.

Dann kam der Aufzug, und als sie sich hineindrängte, war sie nicht sicher, wer die Atempause bekommen hatte. Wenigstens war Shanahan klug genug, auf den nächsten Aufzug zu warten.

Als sie das Büro ihres Vaters betrat, versuchte sie, sich zu beruhigen.

„Guten Morgen, Cameron", begrüßte sie Molly, seine Sekretärin, wie immer fröhlich, aber geschäftsmäßig.

„Ich würde gern mit Mr Hayes sprechen", erwiderte Cameron gepresst.

„Oh, er darf im Augenblick nicht gestört werden. Er führt ein sehr wichtiges Ferngespräch."

„Sie meinen, es würde ihn ärgern, wenn ich jetzt hineingehen würde?"

„Ja, ich fürchte schon."

Cameron marschierte zu seiner geschlossenen Bürotür.

„Cameron!", rief Molly.

Doch die riss die Tür mit solcher Wucht auf, dass sie mit einem lauten Knall gegen die Wand flog. Keagan Hayes, den Telefonhörer ans Ohr gepresst, blickte verärgert auf. Cameron angelte mit dem Absatz ihres Schuhs nach der Tür und knallte sie zu.

Keagan sagte in den Hörer: „Äh ... Herr Senator, würde es Ihnen etwas ausmachen, wenn ich Sie zurückrufen würde? Mir ist gerade eine Störung dazwischengekommen." Er legte den Hörer auf und blickte Cameron mit eiskaltem Blick an. „Was soll das?"

Cameron hasste ihre Emotionen und verfluchte sie im Stillen, aber sie waren da und kochten in ihr. Vor ihr saß der Grund für ihre Erregung und sie konnte ihre Gefühle nicht im Zaum halten, obwohl ihre rationale Seite ihr zuzuflüstern schien, dass sie dabei war, einen Narren aus sich zu machen.

„Erklär mir doch bitte, lieber Daddy, was das soll, was du gestern gemacht hast", forderte sie ihn heraus.

„Ich nehme an, du sprichst von dem Posten in Rom? Nun, ich habe dir gesagt, du würdest ihn nicht bekommen."

„Dies hat nichts mit dem Posten zu tun, obwohl ich ihn verdient hätte, und das weißt du genau." Sie schnappte nach Luft, und im selben Augenblick wurde ihr klar, dass sie das nicht hätte sagen sollen. „Ich bin ärgerlich darüber, dass du versuchst, mein Leben zu manipulieren. Darum geht es."

„Du bist also wütend, dass ich den Wunsch habe, einen unpassenden Verehrer wegzuschicken –"

Sie lachte trocken. „Sei versichert, auch das macht mir nichts aus. John Shanahan ist weder mein Liebhaber noch mein Verlobter noch sonst irgendetwas. Du kannst ihn nach Timbuktu schicken, das wäre mir egal. Du kannst ihn geradewegs in die –"

„Beruhige dich doch, Cameron!"

„Mach dich nicht lächerlich, Dad. Ich bin vielleicht zornig, aber ich bin ruhig." Natürlich war das gelogen, doch keinesfalls würde sie vor ihm etwas anderes eingestehen. „Du kannst mein Leben nicht auf diese Weise kontrollieren. Verstehst du? Ich weigere mich, dir zu gestatten, mich weiterhin unter deinem Daumen zu halten. Wenn ich zu heiraten beschließe, dann heirate ich, wen ich will. Weder du noch irgendjemand sonst wird meine Zukunft manipulieren. Ich bin eine selbstständige Frau –"

Schallendes Gelächter schnitt ihr das Wort ab. „Ach komm schon, Cameron! Du bist doch nicht wirklich so naiv, das zu denken? Dein Daddy zahlt dir immerhin deinen Lohn. Dein Daddy hat dir einen schönen, gemütlichen Job besorgt. Dein Daddy hat gestern dafür gesorgt, dass dein Artikel über dieses Glücksspielschiff auf die Titelseite kommt. Wie sonst, meinst du, hätte ein vierundzwanzigjähriges Stück Handelsware in diesem Geschäft etwas erreichen können?"

Diese Worte trafen sie wie eine Bombe. Ja, es war immer angedeutet worden, wenn nicht von ihrem Vater, dann von anderen. Aber sie hatte es nie geglaubt. Sie tat es noch immer nicht. Sie hatte Talent. Sie war ein Naturtalent. Sie war gut. Oder etwa nicht?

„Du weißt, dass ich die Wahrheit sage", fuhr Keagan kalt fort.

Camerons Lippen zitterten so stark, dass sie sie kaum dazu bringen konnte, Worte zu formulieren. Dann traten Tränen in ihre Augen. Sie sah zur Decke hoch und versuchte verzweifelt, ihre Emotionen unter Kontrolle zu halten.

Schließlich murmelte sie: „Und um die Wahrheit geht es ja, nicht, Daddy?"

„Ja, so ist es."

Sie schluckte, um den Zorn im Zaum zu halten und die Tränen in ihr zu unterdrücken, die ihr keinesfalls aus den Augen tropfen sollten. Dann blickte sie Keagan mit demselben kalten Blick an, den sie im Gesicht ihres Vaters entdeckte.

„Du irrst dich, Dad, du irrst dich sehr." Auf einmal war sie ganz ruhig und sie wusste genau, was sie zu tun hatte. „Aber selbst wenn in dem, was du sagst, nur ein Körnchen Wahrheit liegt, habe ich es satt, mich von dir manipulieren und unterdrücken zu lassen. Ich weiß nicht, warum ich nicht schon vor langer Zeit etwas dagegen unternommen habe. Hiermit kündige ich beim *Journal.* Innerhalb der nächsten Stunde wird dir noch eine schriftliche Kündigung vorliegen." Sie konnte kaum glauben, wie gut ihr diese Worte taten.

„Prima", meinte er gleichmütig. „Wir brauchen nicht einmal die zweiwöchige Kündigungsfrist einzuhalten. Aber dir ist natürlich klar, dass du höchstens in einem Restaurant oder in einem Laden als Verkäuferin einen Job finden wirst. Keine Zeitung wird dich haben wollen –"

„Dafür wirst du schon sorgen, nicht?"

„Das brauche ich gar nicht. Wenn du es nicht einmal in der Zeitung deines Daddys schaffen konntest, in welcher anderen Zeitung wirst du Erfolg haben? In diesem Geschäft bist du erledigt, Cameron."

„Das werden wir noch sehen."

„Wir werden sehen, dass du auf allen vieren zu mir zurückgekrochen kommen wirst." Seine Lippen verzogen sich zu einem humorlosen Lächeln. „Du wirst noch an deinen Worten ersticken."

„Du kennst mich nicht sehr gut, wenn du das glaubst. Aber ich bin nicht überrascht, weil du nur das siehst, was du sehen willst." Sie zwang ein Lächeln auf ihre Lippen, ein Lächeln, das seinem sehr ähnlich war. Wenn sie es hätte sehen können, wäre sie verblüfft gewesen. „Du wirst derjenige sein, der seine Worte noch bedauern wird, der bedauern wird, dass er mich hat gehen lassen. Ich werde nichts bedauern. Ich habe das Gefühl, als sei eine schwere Kette von mir abgefallen."

Das Zittern setzte ein, als sie den Aufzug erreichte. Doch die Realität dessen, was sie getan hatte, kam ihr erst, als sie auf dem Redaktionsflur ausstieg und in Harry Landis hineinrannte.

„Warum sitzen Sie nicht an Ihrem Schreibtisch?", fragte er sie ohne Vorrede. „Ich habe ein paar Aufträge für Sie und der Tag vergeht wie im Flug."

„Tut mir leid –", begann sie und dann traf sie die Erkenntnis mit voller Wucht. „Ich werde keine Aufgaben für das *Journal* mehr erledigen, Harry."

„Was reden Sie da?"

„Ich arbeite nicht mehr hier."

Bei dieser Eröffnung blinzelte er einmal kurz, dann fragte er in seinem kurz angebundenen Redakteurstonfall: „Was ist los?" Er sah auf seine Uhr. „Machen Sie schnell. Ich habe in fünf Minuten eine Sitzung und Sie müssen zum Rathaus ..."

„Ich habe gerade gekündigt. Der Herausgeber und ich hatten eine, sagen wir, kleine Meinungsverschiedenheit."

„Hat er Sie gefeuert?"

„Ich sagte, ich habe gekündigt."

„Das können Sie nicht machen! Ich werde das nicht zulassen. Ich brauche Sie. Weiß er, dass Sie einer meiner besten Männer – äh, Reporter sind? Ich gehe hoch zu ihm und rede mit ihm –"

Seine erregten Worte verblüfften Cameron und machten sie glücklich. Er musste sie ernst gemeint haben, denn für falsche Schmeicheleien war keine Zeit.

Doch sie erwiderte so sachlich, wie es nur ein Zeitungsmensch fertigbringt: „Tun Sie das nicht, Harry. Das Einzige, was ich an dieser Zeitung vermissen werde, ist die Arbeit für Sie. Von Ihnen wurde mir nichts als Respekt entgegengebracht, und das bedeutet mir viel. Aber es ist an der Zeit, dass ich weiterziehe, vorzugsweise an einen Ort, wo der Name Hayes nichts weiter ist als fünf Buchstaben des Alphabets."

„Ich habe nie auf den Namen geachtet, Cameron", erwiderte Landis mit untypischer Ernsthaftigkeit. „Und ganz bestimmt glaube ich nicht, dass Ihnen das bei Ihrem Vater weitergeholfen hat."

„Er ist da anderer Meinung. Aber es ist egal. Ich lasse Sie nur ungern sitzen, Harry, doch mir bleibt keine andere Wahl." Tränen stiegen erneut in ihr auf. In solchen Situationen hasste sie es, eine Frau zu sein. Ein Mann würde sicher nicht in Tränen ausbrechen. Johnny Shanahan würde einfach die Nase rümpfen, den Staub von seinen Schuhen schütteln und gehen. „Wir sehen uns, Harry." Sie drehte ab und rannte beinahe davon.

Im weiteren Verlauf dieses Tages wurde Cameron unangenehm bewusst, dass sie kein Leben außerhalb der Zeitung kannte. Sie hatte keine Hobbys, keine Freunde, keine Ablenkungen. Der Tag lag vor ihr wie das aufgerissene Maul eines Tiefseefisches. Sie spazierte am Strand entlang, lief eine Weile durch die Stadt, langweilte sich bei dem Versuch, einkaufen zu gehen, holte sich schließlich ein Sandwich und fuhr nach Hause, wo sie nichts anderes vorfand als ihr leeres Apartment.

Den Rest des Nachmittags verbrachte sie damit, Bewerbungen in ihre Schreibmaschine zu hämmern. Sie verfasste zehn Bewerbungen für die zehn interessantesten Zeitungen, vom *Christian Science Monitor* bis zur *New York Times*. Einige hatte sie ausgesucht, weil sie von vakanten Stellen gehört hatte, andere, wie die *New York Times,* weil sie ein herausragendes Renommee hatten. So zog sie gerade den letzten Lebenslauf aus ihrer Schreibmaschine, als es an ihrer Tür klopfte.

Einen Augenblick lang reagierte sie nicht. Sie bekam nie Besuch. Dann fiel ihr ein, es könnte vielleicht Shanahan sein oder – noch viel weiter hergeholt – ihr Vater. Es war keiner von beiden.

„Mom! Jackie! Was um alles in der Welt ..." Ihre Mutter war noch nie in ihrer Wohnung gewesen und Jackie war nur einmal vorbeigekommen, um sie zum Abendessen abzuholen.

„Können wir denn nicht einmal zu einem Freundschaftsbesuch vorbeikommen?", fragte Cecilia mit ihrer von Natur aus sanften Stimme.

„Mom, Cameron ist zu klug für eine solche Finte", warf Jackie ein. „Wir haben gehört, was passiert ist, und wir sind gekommen, um dich ein wenig aufzuheitern."

„Warum solltet ihr mich aufheitern müssen?"

„Cameron, Liebes", erwiderte Cecilia, „warum bittest du uns nicht herein, damit wir reden können?"

Cameron trat zur Seite, und nachdem sie die Tür geschlossen hatte, fiel ihr ein, dass ihre Wohnung wohl kaum dazu geeignet war, Gäste zu empfangen. Sie eilte zum Sessel, räumte das Papier von ihrem Sandwich und den anderen Müll beiseite und ging zu dem kleinen Tisch, auf dem ihre Schreibmaschine stand.

„So, jetzt kannst du dich hinsetzen, Mom", sagte sie und deutete auf den Sessel. Sie und Jackie ließen sich auf der Bettkante nieder.

„Ich weiß nicht, warum du mich dir nicht helfen lässt, die Wohnung ein wenig herzurichten", bemerkte Cecilia. „Das würde mir Spaß machen und dies könnte ein so hübscher kleiner Raum werden."

„Nun ..." Cameron sah sich in dem kalten Raum um und ihr wurde etwas anderes klar, das ihr eigentlich schon beim Schreiben der Bewerbungen hätte aufgehen müssen. „Ich werde vermutlich nicht mehr lange hier wohnen."

„Was meinst du damit?"

Cameron nahm den Stapel Umschläge zur Hand. Sie ging sie durch und las vor: „Kansas City, Chicago, New York –"

„Du kannst dich doch nicht um einen Job in New York bewerben", rief Jackie. „Nicht so weit weg."

„Warum willst du denn in New York arbeiten, wo es hier in L.A. so viele Zeitungen gibt?" Cecilia blickte ihre Tochter entsetzt mit weit aufgerissenen Augen an. „Die *Times* ist fast so gut wie das *Journal*. Auch wenn ... nun, der *Globe* ist auch nicht so übel."

„Ich versuche nur, für alles offen zu sein."

„Diese ganze Sache ist so traurig. Dein Vater ist nicht gerade einfach im Umgang, das gebe ich zu, aber eine vielversprechende Karriere einfach wegzuwerfen ..."

„So weit bin ich noch nicht, Mutter. Ich kann noch immer Karriere machen. Ich bin doch erst seit ein paar Stunden arbeitslos." Ja, ihr kam es bereits wie Jahre vor, aber das sollte keiner wissen. „Es gibt viele Tonnen Fisch im Meer und ich habe hervorragende Qualifikationen. Ich mache mir keine Gedanken."

„Hast du auch an einen Berufswechsel gedacht?" Camerons Mutter hatte den Job ihrer Tochter nie richtig akzeptiert. Auch wenn Cecilia mit der Zeitung aufgewachsen war, konnte es in ihren Augen keine Beschäftigung für eine Dame sein, in diesem Metier zu arbeiten.

„Du solltest das College zu Ende machen –" Auch das war eine Erfahrung gewesen, die Cecilia schwer zu schaffen gemacht hatte. Cameron hatte nach nur einem Jahr das Studium aufgegeben, um bei der Zeitung zu arbeiten. „Wäre es nicht lustig, wenn du und Jacqueline gemeinsam die UCLA besuchen würdet?" Doch der eigentliche Beweggrund ihrer Mutter, ein Studium am College zu befürworten, war der, dass sie hoffte, ihre Töchter würden einen passenden Ehemann finden.

„Ich möchte keinen neuen Beruf, Mom", erwiderte Cameron mit zusammengebissenen Zähnen. Bei ihrer Kündigung hatte sie nicht damit gerechnet, dass die Familie die Lage nutzen und jene alte Wunde aufreißen würde.

„Vielleicht könnte ich mit deinem Vater sprechen. Möglicherweise nimmt er dich ja wieder, wenn man vorsichtig an ihn herantritt."

„Nein, Mom. Ich glaube nicht, dass ich jemals wieder zurückgehen würde. Dort werde ich nie vorankommen. Es ist schlimm genug, dass Dad mir den Korrespondentenposten in Rom nicht gegeben hat. Vielleicht war das zu viel verlangt von ihm, aber es gibt keinen Grund, warum er mich nicht nach Moskau schicken sollte, um einen Sonderartikel zu schreiben. Ich kenne die Stadt und habe Kontakte."

„Ich verstehe einfach nicht, warum du so versessen darauf bist, in diese fremden Länder zu reisen!" Cecilia sprach mit ungewöhnlicher Heftigkeit.

„Es ist immer mein Traum gewesen, einmal dorthin zurückzukehren."

„Ein rückständiges, unterdrücktes Land. Niemand interessiert sich dafür, was dort vorgeht."

„Wenn das tatsächlich so ist, dann wird es höchste Zeit, dass ein amerikanischer Journalist dorthin reist. Es ist dumm, die Macht der Sowjetunion zu unterschätzen. Wir –"

„Ich bin so froh, dass du nicht dahin fährst."

„Dann stehst du also auf Dads Seite?", fragte Cameron, selbst überrascht über den herausfordernden Tonfall ihrer Mutter gegenüber.

„Hier geht es doch nicht darum, auf welcher Seite jemand steht –"

„Hey Leute, ich habe eine Idee", warf Jackie fröhlich ein. „Wir könnten doch zum Essen gehen. Ich bin halb verhungert."

Die liebe Jackie, die Vermittlerin in der Familie. Ihrem Alter weit voraus, fand sie fast immer einen Weg, die Dinge zusammenzuhalten, wie ein guter Kleber.

Aber Cecilia ließ sich dieses Mal nicht darauf ein. „Es ist vier Uhr nachmittags", erklärte sie spitz.

„Dann zum Abendessen? Bis wir ein Restaurant gefunden haben, ist genau die richtige Zeit."

„Ich denke, das wäre in Ordnung", erwiderte Cameron. „Aber Mom, du musst mir versprechen, nicht mehr an mir herumzunörgeln."

Cecilias Blick schoss zwischen ihren Töchtern hin und her. Vermutlich schätzte sie ab, wie erfolgreich sie gegen die beiden ankommen könnte. Sich ihrer Schwächen offensichtlich bewusst, zuckte sie die Achseln. „Also gut. Aber ich möchte für dich beten, Cameron. Das ist doch in Ordnung, oder?"

„Jetzt gleich?" Unwillkürlich wand sich Cameron. „Du weißt, wie unangenehm mir das ist."

„Ich denke, dann werde ich das still für mich tun." Cecilia erhob sich. „Und jetzt lasst uns essen gehen. Und wir werden alle brave Mädchen sein, ja?"

8

Seit Camerons Kündigung beim *Journal* waren kaum zwei Wochen vergangen, ihr aber kam es vor wie ein Jahr.

Shanahan war nach Europa abgereist. Beide hatten keinen Versuch unternommen, sich vor seiner Abreise noch einmal zu sehen. Es war besser so. Cameron wusste, dass sie sich viel zu weit auf diesen Mann eingelassen hatte, vor allem da sie nicht die Absicht hatte zu heiraten. Und eines war ihr vollkommen klar – selbst wenn sie eines Tages kapitulieren und eine Heirat in Betracht ziehen würde, dann war Johnny kaum der Mann, mit dem sie eine Ehe wagen würde. Zwar übte er eine starke Anziehungskraft auf sie aus, aber selbst sie merkte, dass ihm etwas fehlte. Sie konnte das nicht erklären, wusste nicht einmal so richtig, was es war, aber sie hatte immer wieder gespürt, dass ihm das gewisse Etwas fehlte, das sie sich an einem Mann wünschte. Und doch krampfte sich ihr Inneres zusammen, wenn sie nur daran dachte, dass sie ihn nie wiedersehen würde.

Diese Schlange! Dieser Mistkerl! Dieser Schuft!

Andererseits …

Bei allem, was ihm abging – er hatte auch wundervolle Seiten. Sie brauchte nur die Augen zu schließen und schon sah sie dieses Funkeln in seinen gefährlich tabakbraunen Augen. Und dann fragte sie sich, was er denn eigentlich Schlimmes getan hatte. Sollte sich ihr Zorn nicht eher auf ihren Vater richten? Hatte Johnny nicht nur eine Gelegenheit ergriffen, die kein Mensch dieser Welt ausgelassen hätte? Und rührte ihr Zorn nicht von der Tatsache her, dass er bereit gewesen war, einen Job so weit weg von ihr anzunehmen?

Doch sie durfte sich nicht eingestehen, dass er ihr so viel bedeutete. Darum zwang sie sich, nicht an Johnny zu denken.

Arbeit hatte sie noch immer nicht gefunden. Auf ihre Bewerbungen waren ein paar Antworten gekommen. Im Grunde genommen ließen sie sich auf den Satz zusammenfassen: „Wir glauben nicht, dass jemand mit Ihren besonderen Qualifikationen zu diesem Zeitpunkt in unser Redaktionspersonal passt." Was heißen sollte: „Unser Männerklub ist geschlossen." Eine Zeitung deutete sogar an, ihre Referenzen ließen zu wünschen übrig. Sie hatte den Eindruck, dass ihr Vater sich mit den betreffenden Personalchefs in Verbindung gesetzt hatte.

Nur eine Antwort unterschied sich von den anderen.

Max Arnetts Sekretärin hatte Cameron zu einem Mittagessen mit ihrem Chef eingeladen. Cameron versprach zurückzurufen, um einen Termin zu vereinbaren, dachte aber nicht daran, sich so weit herabzulassen und für seine drittklassige Zeitung zu arbeiten. Sie wusste, es war der Gipfel der Arroganz, den Herausgeber des *Los Angeles Globe* abzuweisen.

Aber wenn sie schon für eine Zeitung von solcher Qualität arbeiten musste, dann nicht in Los Angeles, wo ihr Scheitern für alle offensichtlich geworden wäre.

Nach weiteren zwei Wochen des Müßiggangs setzte die Verzweiflung ein. Eine nagende Furcht erfasste sie und schnürte ihr die Luft ab, wenn sie an einem Restaurant vorbeikam, an dem ein Schild hing mit der Aufschrift „Aushilfe gesucht". Doch ihr Geld wurde allmählich knapp. Im Gegensatz zu ihren Schwestern, die zu Hause wohnten, kam sie selbst für ihren Lebensunterhalt auf. Sie hatte dies getan seit dem Tag, an dem sie das College verließ, und nie hatte sie es bedauert. Mit ihren wenigen Ersparnissen würde sie nicht lange durchhalten können. Sie brauchte dringend einen Job.

Als ihre Mutter sie zum Abendessen einlud – „nur um zu sehen, ob du und dein Vater die Sache nicht bereinigen könnt" –, nahm sie die Einladung an. Und bedauerte es.

„Na, ist das die Heimkehr der verlorenen Tochter?", witzelte ihr Vater schadenfroh, als er sie bei ihrer Ankunft in Beverly Hills begrüßte.

„Keine Sorge, Dad, ich hasse gemästete Kälber." Sie versuchte, sich seiner Schlagfertigkeit anzupassen, wusste aber, dass sie nicht mit ihm mithalten konnte. Wenn sie eine Art verlorene Tochter war, dann war sie sicher, dass sie nicht den herzlichen Empfang bekommen würde wie der in der Bibel beschriebene Sohn.

Cecilia legte den Arm um Cameron. „Kommt ihr zwei, seid nett zueinander. Wir wollen doch Geschäft und Familie nicht durcheinanderbringen."

Die Naivität ihrer Mutter war verblüffend. Obwohl Cecilia schon seit Jahrzehnten Teil der Hayes'schen Familiendynamik war, hatte sie sich ihren eigenen Herzensrhythmus bewahrt.

Jackie und Blair waren an diesem Abend ebenfalls anwesend und wie immer, wenn ihr Vater mit am Tisch saß, herrschte eine gespannte Atmosphäre. Waren die Frauen unter sich, konnten sie entspannt und herzlich miteinander umgehen, jetzt aber hieß es, auf der Hut zu sein. Keagans Anwesenheit dominierte alles.

Cameron fragte sich, warum sie überhaupt gekommen war. Um ihre Mutter zu beschwichtigen? Oder war sie genauso naiv wie Cecilia? Cameron konnte nur bis zu einem gewissen Grad stark sein, dann ...

Nun, ihr Leben war ein Beweis dafür, wie weit das ging. Wie sehr wünschte sie sich, nur einen Funken Respekt von ihrem Vater zu bekommen. Wenn sie es auch die meiste Zeit tief in ihrem Inneren verbergen konnte, das Bedürfnis war da.

Als sie sich an den Tisch setzten, bemerkte Keagan beiläufig: „Habe einen Anruf von meinem alten Kumpel Hal Bigalow bekommen, er ist jetzt Herausgeber des *Kansas City Herald*. Du erinnerst dich doch an ihn, nicht, Cecilia? Er war mit uns in Moskau."

„Der Name ist mir bekannt", antwortete Cecilia vage. Ihr war es immer unangenehm, wenn das Gespräch der Familie auf ihren Aufenthalt in Moskau kam. Cameron wusste nicht, warum das so war.

„Irgendwie seltsam, aber aus heiterem Himmel hat sich auch Don Schults von der *New York Times* bei mir gemeldet." Keagan grinste. Er fügte hinzu: „Wir alten Zeitungshasen halten eben zusammen."

„Warum, Dad?", fragte Cameron. Sie hatte eine Ahnung, was das Ganze zu bedeuten hatte.

„Das ist einfach so. So ist das im Zeitungsgeschäft."

„Und ich dachte immer, die Konkurrenz sei so groß."

Keagan zuckte die Achseln und bat um die grünen Bohnen.

Cameron fügte hinzu: „Seltsam, aber ich habe mich sowohl beim *Herald* als auch bei der *Times* beworben."

Keagan lachte nur und häufte sich Bohnen auf den Teller.

„Was hast du getan, Dad?" Camerons Stimme war leise, denn wenn sie lauter gesprochen hätte, hätte ihre Stimme gezittert.

„Ich habe heute Abend ein Dessert gemacht", warf Jackie fröhlich ein. „Einen tollen Kuchen. Ist hervorragend gelungen."

„Vergiss es, Jackie", schnitt Cameron ihr das Wort ab. Den Blick fest auf ihren Vater gerichtet, fragte sie erneut: „Was hast du getan?"

„Ich habe mit ein paar alten Freunden gesprochen", erwiderte Keagan glattzüngig.

„Warum konzentrieren wir uns nicht einfach auf das Essen ...“, schlug Jackie vor in dem Bemühen, die Katastrophe abzuwenden.

Doch Cameron fuhr sie an. „Halt den Mund, Jackie! Ich habe deine Diplomatie so satt. Merkst du denn nicht, dass das Zeitverschwendung ist?“

Als Cameron sah, wie ihre Schwester praktisch in sich zusammensank, tat es ihr leid, aber ihr Zorn hatte sich mittlerweile verselbstständigt. Um Jackies verletzte Gefühle würde sie sich später kümmern.

„Entschuldige dich bei deiner Schwester“, forderte Keagan.

„Wie bitte? Machst du dir plötzlich Sorgen um die Gefühle deiner Kinder?“ Cameron sprang auf. „Was ist mit meinen Gefühlen, nachdem ich herausfinden musste, dass mein eigener Vater mich sabotiert?“, schrie sie.

„Jemand musste dich an deinen Platz verweisen“, schrie er zurück.

„So, du gibst es also zu.“

„Keiner von denen, mit denen ich gesprochen habe, hätte dich eingestellt“, erwiderte er. „Du hältst dich vielleicht für eine hervorragende Reporterin, aber ich habe schon Leute erlebt, die besser sind als du. Du musstest es eben auf die harte Tour lernen.“

„Vielen Dank, Dad, ich weiß die Lektion zu schätzen“, erwiderte sie trocken, dann wandte sie sich um und verließ das Haus.

Sie ging zu ihrem Wagen und setzte sich hinter das Lenkrad, doch als sie versuchte, den Schlüssel ins Zündschloss zu stecken, begann ihre Hand so stark zu zittern, dass ihr der Schlüssel aus der Hand fiel. Dies schien eine Schleuse in ihr zu öffnen. Tränen, von denen sie nicht gewusst hatte, dass sie so dicht unter der Oberfläche lauerten, schossen ihr in die Augen. Mit einer ungeduldigen Handbewegung wischte sie sie fort, doch sie strömten und strömten, ohne aufzuhören.

„Warum?“, schluchzte sie immer wieder. Sie hatte keine Ahnung, was sie eigentlich wissen wollte. „Warum?“

Was für ein Schreck war es, als sie erkannte, dass ihr Lamentieren sich nicht um die Frage drehte, warum ihr Vater ihr das angetan hatte, sondern warum um alles in der Welt sie so an ihm hing und sich seine Gegenliebe so verzweifelt ersehnte.

Wie pathetisch von ihr! Und doch wusste sie, dass der Wunsch, geliebt zu werden, zu den Grundbedürfnissen eines jeden Kindes gehörte. War das wirklich zu viel verlangt?

Ihre Mutter hatte Cameron immer gesagt, ihr Vater könne seine Gefühle nicht zeigen, er würde seine Kinder aber trotzdem von ganzem Herzen lieben. Sabotierte er sie vielleicht aus Liebe? Oh, wie sehr wünschte sie sich, glauben zu können, dass das, was er getan hatte, nur seinem Bedürfnis entsprungen war, sie in seiner Nähe zu behalten, weil er sich an ihrer Gesellschaft freute, und nicht, um sie zu kontrollieren.

Aber ihr Kopf sagte ihr, dass sie sich etwas vormachte. Vielleicht war es das Beste, die Realität zu akzeptieren und alle Sentimentalitäten über die Liebe zu vergessen.

„Cameron."

Sie hatte nicht gehört, dass jemand sich dem Auto genähert hatte, doch als sie aufsah, standen Blair und Jackie neben dem Wagen. Sie ließ das Fenster herunter, brachte aber keinen Ton heraus.

„Ich habe deinen Wagen nicht wegfahren hören, darum hoffte ich, wir würden dich noch hier antreffen", sagte Jackie. „Hast du geweint?", fügte sie besorgt hinzu.

„Nein ... nein", erwiderte Cameron, doch die Lüge war offensichtlich.

„Natürlich hast du nicht", sagte Blair nicht beschwichtigend, sondern eher mit sanfter Unterstützung. Sie verstand, wie unangenehm es war, wenn man dabei ertappt wurde, wie man Tränen über seine Beziehung zum Vater vergoss.

„Ich dachte, du hättest vielleicht Lust auf ein Eis", sagte Jackie. „Ich kenne eine neue Eisdiele nicht weit von hier entfernt."

„Ich weiß nicht ..." Cameron hasste es, in einem so bedürftigen Zustand zu sein. Immerhin war sie die große Schwester.

„Jedes Mädchen braucht dann und wann ein Eis", beharrte Blair.

In diesem Augenblick wurde Cameron klar, wie froh sie war, dass ihre Schwestern gekommen waren. Sie lächelte schwach. „Sicher, warum nicht?"

„Ich fahre", bot Jackie an.

Cameron rutschte auf den Beifahrersitz und Jackie setzte sich ans Steuer. Blair stieg hinten ein.

„Nur zur Erklärung", sagte Jackie, als sie den Motor anließ, „Mom hat uns aufgefordert, dir nachzugehen."

Mit einem Hauch Zynismus fügte Blair hinzu: „Nun, sie hat Jackie ein Zeichen gegeben und mit dem Kopf zur Tür gedeutet."

„Trotzdem, ich bin sicher, sie war wütend auf Dad wegen dem, was er getan hat“, sagte Jackie.

„Ich nehme an, es hätte auch nichts ausgemacht, wenn sie etwas gesagt hätte.“ Cameron erwartete schon lange nichts mehr von ihrer Mutter. Cecilia meinte es gut, aber was sagte Keagan immer? Die Straße ins Versagen ist gepflastert mit guten Absichten. Dann fiel ihr noch etwas anderes ein. „Jackie, bitte verzeih mir, dass ich dich eben so angefahren habe. Ich konnte nicht richtig denken.“

Jackie lächelte beruhigend. „Ich weiß, dass du es nicht so gemeint hast.“

„Ich bin dafür, wir vergessen alles, was eben passiert ist, und amüsieren uns“, schlug Blair in der ihr typischen Art vor.

Später in der Eisdiele versuchten sie, Blairs Vorschlag zu beherzigen. Sie aßen nicht nur ein Eishörnchen, sondern nahmen ein großes Bananensplit mit einer dicken Portion Schlagsahne dazu. Cameron gab sich Mühe, am Geplauder ihrer Schwestern teilzunehmen, aber ihre Gedanken schweiften immer wieder ab. Die Sorge um ihre Zukunft ließ sie einfach nicht ruhig werden.

„Bist du in Ordnung, Cameron?“, fragte Jackie.

„Ja ... sicher. Das Eis ist wirklich hervorragend.“

„Wenn du darüber sprechen möchtest ...“

Blair schnalzte ungehalten mit der Zunge, weil Jackie die Stimmung verdarb.

Cameron seufzte nur. „Ich schätze, ich mache mir Sorgen, was ich jetzt tun soll. Wenn ich bei keiner anderen Zeitung mehr einen Job bekomme?“

„Du wirst einen finden. Da bin ich ganz sicher!“, ermutigte Jackie sie. „Trotz allem, was Dad sagt, hast du sehr wohl Talent.“

Cameron sah ihre Schwestern an. Plötzlich überfiel sie das Gefühl, etwas Entscheidendes zu verlieren. Eine Veränderung stand bevor, das wusste sie. Die Welt stand am Rande eines Krieges und ihr persönliches Leben entwickelte sich in eine unbekannte Richtung. Sie war sich sicher, dass sie und ihre Schwestern so bald kein Eis mehr zusammen essen würden. Und wenn sie jemals wieder zu einem solchen Anlass zusammenkämen, würden sie ganz andere Menschen sein.

9

Max Arnett rief erneut an, dieses Mal persönlich. „Kommen Sie morgen früh in mein Büro, Cameron, und lassen Sie uns reden. Als Sie klein waren, haben Sie auf meinen Knien gesessen, und ich würde unsere Bekanntschaft gern wieder auffrischen."

Cameron willigte ein, aber nicht weil er die Vergangenheit erwähnt hatte. Max und Keagan waren Rivalen, so lange Cameron denken konnte. Es gab sogar Gerüchte, Keagan hätte dem Mann Cecilias Zuneigung gestohlen. Über Jahre hinweg hatte Arnett am Thron des *Journal* gesägt. Manchmal hatte der *Globe* die Nase vorn gehabt und im Laufe der Jahre hatten die beiden häufig die Plätze getauscht. Das *Journal* lag im Augenblick auf Platz zwei hinter der *Times*, doch der *Globe* folgte ihnen dicht auf den Fersen, sodass Arnett sich Hoffnungen machte, sie beide packen zu können.

Cameron wollte nicht für den *Globe* arbeiten, aber sie wusste, allein die Tatsache, dass sie eine Beschäftigung dort in Betracht zog, würde ihren Vater ärgern. Natürlich konnte er sich das nicht anmerken lassen, aber es würde seinem Ansehen bei den Kollegen schaden, wenn seine Tochter für eine rivalisierende Zeitung arbeitete. Je mehr sie darüber nachdachte, desto verlockender wurde die Vorstellung. Und als sie am folgenden Morgen Arnetts Büro betrat, war sie der Sache gar nicht mehr so abgeneigt.

„Ich bin froh, dass wir endlich zusammenkommen", begrüßte Arnett sie und bot ihr einen kostbaren Lederstuhl vor seinem Schreibtisch an. Er setzte sich jedoch nicht hinter seinen Schreibtisch, sondern neben sie. „Es ist lange her. Wann haben wir uns zuletzt gesehen? Leider konnte ich nicht zur Party Ihres Vaters kommen."

Cameron fragte sich, ob er überhaupt eingeladen gewesen war.

„Nun", fuhr er fort, „wann immer es war, Sie haben sich zu einer netten jungen Dame entwickelt, Cameron, und zu einer hervorragenden Journalistin."

Cameron wusste nun wieder, warum ihr Vater diesen Mann nicht mochte, ganz abgesehen von der Rivalität zwischen ihren Zeitungen.

Er verkörperte all das, was Keagan nicht war. Aristokratisch, elegant, beredt, mit guten Manieren. Die Arnetts betrieben das Zeitungsgeschäft seit der Zeit des Goldrauschs. Max war auf diesen Job hin erzogen worden, nicht nur als Herausgeber, sondern als Mann der Gesellschaft. Kein Wunder, dass Keagan ihn verachtete.

Cameron aber wollte sich ihre eigene Meinung über den Mann bilden, ungetrübt von seinem selbstgefälligen Verhalten. Mit seiner schmächtigen Statur, dem schütteren blonden Haar, dem ordentlich rasierten Kinn und den hellgrauen Augen sah er aus, als könnte er keiner Fliege etwas zuleide tun. Doch sie wusste, dass er durchaus auch harte Seiten hatte. Vor ein paar Jahren, als es Probleme mit der Gewerkschaft gegeben hatte, war er sich nicht zu schade gewesen, einige Streikführer zur Rede zu stellen und sie dann persönlich aus dem Gebäude zu werfen.

„Darf ich Ihnen eine Erfrischung anbieten?“, fragte er.

„Nein, vielen Dank. Ich würde jedoch zu gern den Grund für dieses Treffen erfahren“, erwiderte Cameron.

„Sie kommen schnell zur Sache, nicht? Das macht Sie zu einer hervorragenden Reporterin.“ Er hielt inne, als müsse er sich erst auf ein Gespräch einstimmen, das frei war von gesellschaftlichem Vorgeplänkel. „Ich habe Ihre Arbeit verfolgt und ich möchte sagen, dass ich recht beeindruckt bin. Ihr letzter Artikel über die Glücksspielschiffe war scharfsichtig und fundiert.“

„Das war mein letzter Artikel für das *Journal.*“

„Ach ja, eine schreckliche Angelegenheit. Ich möchte jedoch nicht lügen und muss sagen, dass ich Ihren Schritt für das Beste halte, was Sie in dieser Situation tun konnten. Es war nicht erkennbar, dass Sie dort beruflich außerordentlich weit gekommen wären.“

Cameron zog die Augenbraue hoch. „Nicht?“

„Haftete nicht der Makel der Vetternwirtschaft an Ihnen?“

„Vermutlich schon, aber glauben Sie mir, mein Vater hat mir keine besonderen Vergünstigungen gewährt. Das hätte ihn umgebracht.“ Unwillkürlich dachte sie an das, was er über den Artikel über die Glücksspielschiffe gesagt hatte. Doch sie durfte ihre Gedanken nicht in diese Richtung driften lassen.

„Bitte verstehen Sie mich nicht falsch. Sie haben Talent. Ich habe fast alles gelesen, was Sie für das *Journal* geschrieben haben, und fand es außergewöhnlich gut. Und ich kenne auch den eigentlichen Grund dafür, warum Sie gegangen sind."

„Tatsächlich?"

„Ja. Ihnen wurde ein Korrespondentenposten verwehrt – nur weil Sie eine Frau sind. Ist es nicht so?"

„Im Grunde genommen ja. Aber Sie sollen nicht den Eindruck bekommen, ich sei eine ehrpusselige Primadonna. Es waren noch andere Gründe im Spiel, über die ich nicht sprechen möchte."

„Das dachte ich mir." Er tippte mit dem Finger an seine Lippe und blickte sie über seine Brillengläser hinweg an. Er strahlte Großzügigkeit und Freundlichkeit aus, doch Cameron wappnete sich innerlich gegen seinen Charme. „Und das ist auch der Grund, warum ich der Meinung bin, Sie haben sich durch Ihre Kündigung beim *Journal* selbst einen Gefallen getan. Ich halte Sie für eine Journalistin, die gerne ohne die Ketten persönlicher Verpflichtungen arbeiten möchte. Und ich, meine Liebe, möchte Ihnen eine solche Gelegenheit bieten."

„Einen Job beim *Globe*?"

„Ja."

„Bei der Lokalredaktion?"

„Das wäre meine zweite Wahl für sie."

„Die zweite Wahl?" Schreckliche Bilder von Modenschauen und Filmpremieren verdüsterten ihre Gedanken.

Lächelnd hob er die Mundwinkel seiner dünnen Lippen. „Meine erste Wahl wäre, Ihnen den Posten einer Korrespondentin anzubieten."

„Wirklich?" Sofort witterte sie einen Haken.

„Sind Sie interessiert?"

„Wo?"

„Wäre das von Bedeutung?"

„Nun, so verzweifelt, dass ich überallhin gehen würde, bin ich noch nicht, Mr Arnett."

Er lächelte wohlwollend und lehnte sich zurück. „Sagen Sie mir doch einfach, wo Sie gern hingehen würden."

„Nach Europa natürlich. Ich möchte über den Krieg berichten. Ich kenne mich ein wenig in der Sowjetunion aus, weil ich ein paar Jahre in diesem Land gelebt habe, als mein Vater dort gearbeitet hat. Ich habe immer davon geträumt, dorthin zurückzukehren. Mein Aufenthalt in Russland war ungeheuer interessant für mich."

„Nicht viele Korrespondenten sind daran interessiert, nach Russland geschickt zu werden. Die meisten würden es als Abstieg betrachten."

„Das mag für den Augenblick stimmen, aber früher oder später wird die Sowjetunion im Krieg eine Schlüsselrolle übernehmen. Mein Vater hat ganz zutreffend den Deutsch-Sowjetischen Nichtangriffspakt vorausgesagt und er prophezeit weiterhin, dass Deutschland sich gegen Russland wenden wird. In vielen Dingen stimme ich mit meinem Vater nicht überein, aber sein politischer Instinkt ist phänomenal, vor allem in Bezug auf Russland." Sie fügte hinzu: „Ich sage Ihnen, Mr Arnett, dass ein Artikel über den Hitler-Stalin-Pakt zum jetzigen Zeitpunkt eine wirklich lohnende Aufgabe für einen Korrespondenten wäre."

Wieder umspielte dieses väterliche Lächeln Arnetts Lippen. „Falls ich jemals einen Korrespondenten dorthin senden werde, würde ich selbstverständlich Sie in Betracht ziehen, doch leider kann sich der *Globe* zurzeit keinen Korrespondenten dort leisten. Aber wie klingt Rom in Ihren Ohren?"

Mit allem hatte sie gerechnet, nur nicht damit.

„Rom?"

„Im Moment habe ich dort eine Vakanz. Der *Globe* hat noch kein Geld für eine große Auslandsabteilung und wir unterhalten in Rom nicht einmal ein Büro. Sie würden von einem Hotelzimmer aus arbeiten müssen. Sie sehen, unsere Auslandsabteilung ist gegenwärtig nicht gerade optimal organisiert, aber ich denke, Sie könnten das für uns ändern."

„Warum?", brachte sie schließlich heraus. Ihre Stimme gehorchte ihr nicht richtig und war kaum mehr als ein Flüstern. Zuerst hatte sie gedacht, dieses ganze Gespräch sei rein akademisch, doch nun sah es so aus, als würde ihr tatsächlich ein Posten angeboten, der zu schön war, um wahr zu sein.

„In Europa herrscht Krieg und ich glaube, der Krieg wird die Fahrkarte des *Globe* an die Spitze der Westküsten-Blätter sein. Ich bin dabei, alle unsere Auslandbüros zu verstärken, zumindest diejenigen, die unmittelbar im Einzugskreis des Krieges liegen. Vermutlich werden Sie sich nun fragen, wie ich in diesem Zusammenhang ausgerechnet auf Sie gekommen bin. Und weil Sie eine gute Reporterin sind, werden Sie keine oberflächlichen Begründungen akzeptieren. Zum einen spielen Ihre Fähigkeiten eine große Rolle bei meiner Entscheidung. Dann auch die Tatsache, dass Sie eine Frau sind. Das ist meiner Meinung nach – und hier weicht meine Ansicht von der vieler kurzsichtiger Männer dort draußen entscheidend ab – durchaus ein Vorteil und wird der Berichterstattung eine neue Perspektive verleihen.“ Unvermittelt beugte er sich vor und fixierte sie mit seinen grauen Augen. „Mein Hauptgrund aber ist folgender: Ich möchte mit Ihnen, Cameron, vor allem die Korrespondenten des *Journal* aus dem Feld schlagen. Sollte Ihnen dieser Aspekt meines Planes Probleme bereiten, lassen Sie es mich ehrlich wissen.“

„Seien Sie ganz beruhigt, ich sehe da keine Probleme.“

„Ich dachte mir, dass wir uns einigen würden. Durch Ihren Eifer möchte ich den *Globe* voranbringen. Ich denke, gemeinsam werden wir das schaffen.“

Cameron lehnte sich zurück, in erster Linie, um Arnetts prüfendem Blick zu entgehen. Sie kannte nun seine Macht – seine unheimliche Fähigkeit, die Arglosen durch Freundlichkeit zu ködern und sie dann in seinem Charisma zu fangen.

Seit zwei Wochen überlegte sie nun schon, wie sie ihrem Vater eins auswischen könnte; und jetzt bot Arnett ihr die Chance dazu.

Außerdem kam noch hinzu, dass sie gegen Shanahan in Konkurrenz würde treten können, und das war einfach zu verlockend. Zweifellos hatte Arnett auch daran gedacht. Doch ein Punkt machte ihr noch Kopfzerbrechen.

„Hören Sie, Mr Arnett, Sie haben recht mit dem, was Sie über meine Arbeit für meinen Vater gesagt haben. Ich weiß, dass ich qualifiziert bin, aber trotzdem hege ich einen kleinen Zweifel. Warum bieten Sie mir die Stellung meines Lebens an? Im Wesentlichen doch wohl wegen meines Vaters, weil Sie mich gegen ihn einsetzen wollen. Ich weiß einfach nicht, was ich davon halten soll. Sollte ich Sie verachten, genau wie ihn, weil Sie mich als Schachfigur benutzen wollen? Oder sollte ich Ihnen dankbar sein für die Chance, die Sie mir bieten?“

„Missinterpretieren Sie mich nicht, Cameron. Die Zeitung liegt mir zu sehr am Herzen, als dass ich jemanden einstellen würde, der für die für ihn vorgesehene Aufgabe nicht qualifiziert ist. Sehen Sie sich meine Leute an. Sie werden keine Niete darunter finden. Ich selbst übernehme die Verantwortung für die Tatsache, dass der *Globe* in der Stadt nur an dritter Stelle steht. Wir brauchen qualifizierte Verstärkung wie Sie, junge Dame." Sein Blick hielt sie fest. Cameron ließ die Zweifel an seiner Aufrichtigkeit fahren.

„Ich denke nur", fuhr er fort, „dass mir das Glück gnädig war – dass es mir zur rechten Zeit den richtigen Journalisten für den richtigen Ort geschickt hat. Ich weiß nicht, wie ich Sie sonst überzeugen kann."

Cameron schwieg eine Weile und wog innerlich das Gehörte gegeneinander ab. Am Ende war sie überzeugt, ihrem eigenen Instinkt zu folgen. Sie kannte ihre Fähigkeiten besser als jeder andere und war davon überzeugt, alle Voraussetzungen für einen Aufenthalt in Europa zu besitzen. Sollten diese Männer doch denken, was sie wollten. Ihre Überzeugung konnte ihr niemand rauben.

Sie streckte dem Herausgeber die Hand hin. „In Ordnung, Mr Arnett, ich nehme den Job, aber unter einer Bedingung." Sie hielt inne und selbst sie wusste, wie wagemutig ihre Forderung war. „Ich möchte nicht an Rom gebunden sein. Sollte der *Globe* ein Büro in der Sowjetunion eröffnen, möchte ich dorthin gehen. Auch wenn ich einen Teil der Auslagen selbst finanzieren muss, würde ich gern in der nahen Zukunft für den *Globe* nach Moskau reisen und einen ausführlichen Artikel über den Nichtangriffspakt schreiben."

„Abgemacht, Cameron." Arnett nahm ihre Hand. „Sehen wir zu, dass Sie zuerst nach Rom kommen. Dort wird Ihr Hauptquartier sein. Und ich werde die Papiere besorgen für einen Abstecher nach Russland. In etwa einem Monat wird sicher alles geregelt sein."

Flüchtig kam Cameron der Gedanke, dass er viel zu schnell auf ihre Bedingung mit Moskau eingegangen war. Sie sollte sich eigentlich Sorgen machen. Aber was hatte sie schon zu verlieren? Sie fuhr nach Rom, und das allein war schon ein großer Coup.

10

Cameron war erstaunt, als ihre Mutter zwei Tage später anrief und sie zum Mittagessen einlud. Es war nicht ungewöhnlich, dass sie zusammen aßen, aber Cameron kam der Zeitpunkt verdächtig vor. Sie hatte keinem etwas von ihrem Gespräch mit Arnett erzählt. Es war nicht so, dass sie es geheim halten wollte, aber sie hatte einfach die Komplikationen umgehen wollen, die es sicherlich geben würde, wenn diese Nachricht ihre Eltern erreichte. Hatte ihre Mutter bereits davon erfahren? Wie würde sie reagieren, wenn sie hörte, dass ihre Tochter für den schlimmsten Konkurrenten des *Journal* arbeiten würde?

Sie trafen sich in einem kleinen französischen Bistro in der Nähe des Hollywood Boulevard. Dort aß Cecilia besonders gern mit ihren Töchtern zu Mittag. Die Einrichtung war kitschig französisch, die Rüschengardinen an den Fenstern waren aus Spitze und die Tischtücher rosa. Cameron fühlte sich hier so, wie ihre Mutter sich im verqualmten Redaktionsraum gefühlt hätte.

Cecilia ließ sich immer Zeit damit, zur Sache zu kommen. Sie verwickelte Cameron in ein freundliches Geplauder, während sie bestellten und auf ihr Essen warteten. Im Umgang mit ihrer Mutter fühlte sich Cameron nicht sicher genug, sodass sie beschloss, sie nicht zu drängen. Darum ertrug sie ein Gespräch über Mode und Gesellschaftsklatsch und war erleichtert, als ihr der Salat gebracht wurde.

Sie hatten den Rinderbraten in Burgundersoße halbwegs verzehrt, als Cecilia bereit zu sein schien, den Grund dieses Treffens anzusprechen.

„Cameron, ich bin ein wenig enttäuscht von dir."

„Warum, Mom?"

„Du gehst weg, nicht?"

Das Essen schmeckte ihr nicht mehr. Cameron legte die Gabel auf den Teller und bereitete sich darauf vor, Schläge einzustecken. „Ich wollte es dir erzählen."

„Und wann, Liebes? Wir sind doch schon fast fertig mit dem Essen." Cecilia sprach nach wie vor freundlich, aber Cameron wusste, dass ihre Mutter ihre Verbitterung nur mühsam verbarg.

„Nun“, Cameron konnte jetzt nachempfinden, wie sich ihre Gesprächspartner bei Interviews fühlten, „ich wollte uns das Essen nicht verderben“, erklärte sie lahm.

Cecilia seufzte kopfschüttelnd. „Ach Cameron, wie kannst du so weit weggehen? Und noch dazu, wo Krieg herrscht.“

„Dann hast du also mit Max Arnett gesprochen?“

„Wir sind schon lange befreundet. Er hat mich angerufen, vermutlich weil er dachte, ich würde die Nachricht von deinem Weggang besser verkraften, wenn sie direkt von ihm käme.“ Mit einem weiteren frustrierten Kopfschütteln fügte sie hinzu: „Oh, das ist so nicht richtig. Mir war von dem Augenblick an, wo du dich beim *Journal* um die Stelle in Rom beworben hast, klar, dass ich dich loslassen musste. Du bist niemals so heimatverbunden gewesen wie Jackie oder sogar Blair. Ich wusste, du würdest niemals glücklich sein, wenn du nicht mitten ‚im Geschehen‘ stehen würdest, wie du es ausdrückst.“

„Und warum spüre ich bei dir dann Missfallen?“

„Meine Gefühle sind im Augenblick noch sehr gemischt. Ich bin aufgebracht, dass du es mir auch nach zwei Tagen noch nicht erzählt hast. Ich bin aufgebracht, weil Max dich nach Russland schicken wird. Ich bin auch verwirrt, weil ich mich immerzu frage, ob das Gottes Wille ist. Irgendwie sagt er mir ...“ Sie brach ab und fuhr sich mit der Hand an den Hals. „Ich weiß nicht, ob ich mehr sagen kann – oder sollte. Ich weiß einfach nicht, was ich tun soll.“ Ihre Augen füllten sich mit Tränen.

„Mom ...“, sagte Cameron leise. Sie griff nach der schlanken, zarten Hand ihrer Mutter. Camerons Hand war im Vergleich dazu rau, die Nägel nicht manikürt. Die Fingerspitzen mehrerer Finger waren dunkel gefärbt, weil sie das Farbband ihrer Schreibmaschine hatte auswechseln müssen. Mit einem ermutigenden Lächeln fügte sie sanft hinzu: „Komm, wir verschwinden hier. Wir könnten einen Spaziergang machen. Die Sonne wird bestimmt nicht den ganzen Tag scheinen, darum sollten wir das schöne Wetter doch ausnutzen, solange wir es haben.“

„Das ist eine gute Idee.“

Cecilia bezahlte die Rechnung und sie verließen das Restaurant. In der Tat war es für Februar ausgesprochen sonnig und angenehm. Die Temperaturen lagen bei etwa zwanzig Grad. Auf den Straßen tummelten sich Fußgänger und Fahrzeuge. Cameron führte ihre Mutter in einen kleinen Park in der Nähe. Ihre Mutter liebte Blumen und Natur, ein Park würde ihre Nerven sicher beruhigen.

Im Park atmete Cameron tief durch. Der Duft von Rosen hing in der Luft.

„Ich werde die warmen Winter Südkaliforniens vermissen", bemerkte sie.

„In Moskau gibt es im Februar bestimmt keine Rosen."

„Aber Mom, kannst du denn nicht verstehen, warum ich gehen möchte?"

„Nein, das kann ich nicht, nicht richtig."

„Es waren gute Jahre für mich." Cameron hatte schon immer gewusst, warum Russland für sie so attraktiv war, obwohl sie normalerweise versuchte, nicht darüber nachzudenken. Jetzt musste sie es tun, um ihrer Mutter willen. „Es war die beste Zeit, die ich je mit Dad erlebt habe. Er war ... ich weiß nicht, er war dort ganz anders. Sicher, er hat viel gearbeitet und das hat dir bestimmt nicht gefallen, aber er hat mich mitgenommen. Und es war wie im Himmel. Ich kann aufrichtig sagen, dies waren die besten Jahre meines Lebens."

Ein ironisches Lächeln umspielte Cecilias Lippen. „Für mich waren es die schlimmsten Jahre meines Lebens."

„Warum, Mom?"

Cecilia blieb bei einer wunderhübschen rosa Kamelie stehen, bückte sich und zupfte etwas Unkraut aus der satten braunen Erde. „Du meine Güte, was tue ich hier? Das ist vermutlich ein Reflex." Sie zuckte die Achseln. „Aber ich habe nichts dagegen, in dem Garten eines anderen Unkraut zu zupfen. Ich finde es entspannend."

„Max wird meine Reiseunterlagen wohl in ein paar Wochen bereithaben", bemerkte Cameron. Sie hielt es für das Beste, ihre Mutter in die Realität zurückzuholen. „Mom, bitte versuch doch zu verstehen. Das ist eine wichtige Aufgabe, sowohl in Rom und hoffentlich auch später in der Sowjetunion. Ich weiß, dass ich dorthin gehöre."

„Ich verstehe." Cecilia richtete sich auf und rieb sich die Erde von den Händen.

Sie gingen ein Stück weiter, bis Cecilia vor einem Busch mit gelben Rosen stehen blieb. „Cameron, es ist nicht, dass ..." Unsicher hielt sie inne. Kopfschüttelnd schien sie sich zu zwingen fortzufahren. „Am meisten fürchte ich deine Reise nach Russland. Es ist ein gefährliches Land. Ein unglückliches Land."

Cecilias deutliche Worte über Russland erstaunten Cameron. Noch nie hatte sie ihre Mutter eine so klare Meinung über dieses Land äußern hören. Wenn Cameron nicht selbst vor Jahren mit ihrer Mutter dort gewesen wäre, hätte sie sich fragen können, ob Cecilia jemals von diesem eurasischen Riesenreich gehört hatte. Ihre Reaktion war vollkommen untypisch für sie.

„Mutter", sagte sie, „was ist los?"

Cecilia wandte den Blick ab, studierte eine der Rosenknospen, die sich gerade öffnen wollte. Sie berührte die weichen Blütenblätter.

„Mir war klar, dass ich es dir früher oder später würde sagen müssen", erklärte sie mit weicher Stimme. „Das ist mit ein Grund, warum ich gegen deine Reise nach Russland war. Ich hoffte vermutlich, ich könnte dieses Gespräch umgehen. Doch jetzt bin ich hin- und hergerissen und verwirrt. Ich habe darüber gebetet und ich bin noch immer verwirrt – bis zu diesem Augenblick. Doch ich weiß, dass es unausweichlich ist. Cameron, du bist die Einzige, mit der ich darüber sprechen kann. Blair würde es nie verstehen und Jackie ... sie ist noch so jung." Sie hielt inne und nahm Camerons Hand. „Komm, wir wollen uns setzen. Das wird eine Weile dauern."

Sie suchten sich eine Bank und nahmen Platz. Ein leichter Wind ging über sie hinweg. Er brachte den Duft von Blumen mit sich, aber Cameron bemerkte außer der Anspannung in der Stimme ihrer Mutter kaum etwas davon. Was würde jetzt kommen? Es konnte nichts Gutes sein.

„Gott vergebe mir, aber ich hoffte, mein Geheimnis würde für immer gewahrt bleiben. Ich dachte, ich könnte es mit ins Grab nehmen. Vielleicht wäre das das Beste, doch ... ich weiß, das geht nicht. Es schreit danach, offengelegt zu werden, und ich sehne mich danach, dass jemand mir hilft, die Last zu tragen. Wirst du dieser Mensch sein?"

„Ich werde es versuchen, Mutter. Was ist das für ein Geheimnis?" Cameron versuchte, angemessen ernst zu sein, denn ihre Mutter bat sie um eine große Sache. Aber auf der anderen Seite, was für ein welterschütterndes Geheimnis konnte eine so sanfte, weltfremde Frau wie ihre Mutter schon haben?

„Es war vor langer Zeit in Russland, bevor du geboren wurdest." Cecilia zögerte, fuhr mit dem Finger durch die feine Staubschicht auf der Bank aus Gusseisen. „Dein Vater nennt diese Zeit seine ‚glorreichen Tage'. Er berichtete über den Großen Krieg und war in St. Petersburg stationiert. Ich hatte ihn begleitet. Wir waren jung, frisch verheiratet und hielten uns für unbesiegbar. Aber was für ihn eine gute Zeit war, wurde für mich zum Elend. Er war immerzu unterwegs und ich fühlte mich wie gestrandet an einem Ort, den ich nicht kannte und dessen Sprache ich nicht beherrschte. Wenn er sich nicht an der Front aufhielt, war er – nun, er war überall, nur nicht bei mir. Ich war vollkommen mir selbst überlassen, weißt du. Es gab zwar noch ein paar andere ausländische Frauen in der Botschaft, aber ich war schon immer schrecklich schüchtern, damals noch viel mehr als jetzt. Ich habe immer das Gefühl gehabt, nicht zu ihnen zu passen. Die Verabredungen zum Mittagessen, die Partys – wie habe ich sie gefürchtet. Normalerweise stand ich ganz allein in einer Gruppe und dein Vater, falls er daran teilnahm, unterhielt sich immer mit dem einen oder anderen und hat sich nicht um mich gekümmert."

„Es muss schrecklich gewesen sein, Mom."

„Bald begann ich, diese gesellschaftlichen Veranstaltungen zu meiden, wenn dein Vater nicht darauf bestand, dass ich ihn begleitete. Und selbst dann schob ich häufig Kopfschmerzen oder Übelkeit vor." Sie blickte ihre Tochter an und in ihren Augen entdeckte Cameron einen Schmerz, der noch genauso frisch zu sein schien wie vor siebenundzwanzig Jahren. „Aber trotzdem war ich so einsam. Dein Vater sagte, ich sei selbst an meinem Elend schuld, und ich schätze, er hatte recht. Aber das machte es auch nicht besser. Natürlich sprach ich kein Russisch, darum war ich auch von den Russen isoliert. Und es gab selbst zur Zarenzeit eine Barriere zwischen Ausländern und Einheimischen – nicht so ausgeprägt wie später, aber es war dennoch schwer, sie zu überwinden. Ich flüchtete mich ins Lesen, und als ich die Bücher in der Wohnung ausgelesen hatte, begann ich die Büchereien zu durchstöbern. Ich fand einen englischen Buchladen, den ich häufig aufsuchte." Sie hielt inne und sprang auf. Offensichtlich war sie sehr erregt. Sie ging ein paar Schritte und blieb bei einer Fuchsie neben der Bank stehen. Zerstreut zupfte sie ein paar verwelkte Blätter ab. „Ich habe diese ganzen siebenundzwanzig Jahre lang nie von ihm gesprochen."

„Von ihm?“, fragte Cameron. Ihre Kehle war wie zugeschnürt.

„Sein Name war Jakow Luban. Er war ein russischer Jude. Der Laden gehörte ihm, aber wichtiger noch, er sprach Englisch. Er empfahl mir Bücher und manchmal, wenn ein Buch hereinkam, von dem er meinte, es könnte mir gefallen, schickte er mir eine Nachricht. Ich ging dann vorbei und holte es ab und wir sprachen über das, was wir gelesen hatten. Er war noch jung, nur etwa ein Jahr älter als ich, aber er war Witwer und ich schätze, er war genauso einsam wie ich.“

„Oh Mom ...“ Cameron ahnte, wohin dies führen würde, und sie wollte keinesfalls vorwurfsvoll klingen. Doch dies war ihre Mutter, ihre liebe, gute und beinahe heilige Mutter!

Cecilia wandte sich zu ihrer Tochter um. „Es tut mir leid, Cameron. Ich habe dir gesagt, dass ich schwach war.“

„Ich bin die Letzte, die dich verurteilen würde“, fügte Cameron schnell hinzu. „Es ist nur ein Schock, das ist alles.“

„Wäre es weniger schrecklich, wenn ich dir sagen würde, dass es nichts Schmutziges oder Niedriges war?“ Sie zuckte die Achseln, als würde die Frage keiner Antwort bedürfen. „Er war ein netter, sanfter Mann und er hat mich nicht absichtlich verführt. Es ist einfach passiert. Ich kann jetzt nicht einmal sagen, dass wir uns besonders geliebt hätten, aber wir brauchten einander verzweifelt. Wir füllten in dem anderen diese Leere aus, gaben ihm das fehlende Element. Ihm war klar, dass ich meinen Mann nicht verlassen wollte – konnte. Selbst nachdem ich erfuhr, dass ich ... in Schwierigkeiten steckte –“

„Was?“ Camerons Kopf fuhr hoch und sie starrte ihre Mutter an.

Cecilia nickte. „Und bevor du fragst, ob das Kind nicht auch Keagans hätte sein können, muss ich sagen, dass es das eindeutig nicht war. Damals war dein Vater für drei Monate an die Front gereist. Ich wusste also, dass es von Jakow stammte.“

Cameron versuchte erfolglos, ihre ausgetrockneten Lippen zu befeuchten, da ihr Mund ebenfalls trocken war. „Aber ...“ Ihre Gedanken überschlugen sich, das konnte nicht sein. Im Moment beschäftigte sie die Frage, wie ihre Mutter dies hatte geheim halten können. „Hattest du eine Abtreibung?“, fragte sie offen.

„Jakow hatte keine Kinder und trotz der Umstände war er begeistert von der Aussicht, ein Kind zu bekommen. Ich hätte tun können, was andere Frauen in ähnlichen Situationen getan haben, ich hätte meinen Mann täuschen und ihm weismachen können, dieses Kind sei von ihm. Das hätte vielleicht sogar funktioniert und nach dem, was schließlich passiert ist, wünschte ich jetzt auch, ich hätte es getan. Aber Jakow bedeutete mir so viel, dass ich ihm sein Kind einfach nicht vorenthalten konnte. Und ich glaubte, wenn ich das Kind behalten und deinen Vater täuschen würde, würde unser Leben durch Schuldgefühle und Zweifel vergiftet werden, sodass weder wir noch das Kind jemals glücklich würden werden können. Und so ersann ich einen Plan, durch den ich meinte, mich aus meiner Zwangslage befreien zu können. Ich erzählte Keagan, eine Freundin aus dem College wohne in Stockholm und hätte mich für ein paar Wochen zu sich eingeladen. Ich hatte meinen Zustand verbergen können, weil Winter war und ich viele Kleidungsstücke übereinandertrug. Und wenn dein Vater und ich intim waren, was übrigens sehr selten vorkam ... nun, Frauen waren damals sehr viel zurückhaltender als heutzutage. Er dachte, ich hätte einfach nur zugenommen. Ich schaffte es, über den fünften Monat zu kommen, ehe ich nach Stockholm aufbrach. Ich war so unglücklich, dass er vermutlich froh war, mich los zu sein."

„Mutter, das ist unglaublich", keuchte Cameron. „So etwas vor dem eigenen Mann geheim zu halten ..."

„Wir hatten keine besonders gute Beziehung", gestand Cecilia seufzend. „Er leugnet es jetzt, aber ich weiß, dass er mich nur wegen der Zeitung geheiratet hat. Es machte mir nicht so sehr viel aus. Er war ein gut aussehender, aufregender Mann. Aber er hatte andere Frauen, sogar in Russland. Und das ist mit ein Grund gewesen, warum es mir so schlecht ging. Glaube mir, er hat mich in *jeder* Hinsicht kaum wahrgenommen."

„Du bist also nach Stockholm gefahren?", fragte Cameron. Diese Richtung des Gesprächs gefiel ihr nicht.

„Ich blieb dort, bis das Baby geboren wurde. Ich erfand eine Entschuldigung nach der anderen, um meinen verlängerten Aufenthalt zu erklären. Zum Beispiel erzählte ich Keagan, die Schwester meiner Freundin würde heiraten und ich sollte bis zur Hochzeit bleiben oder ich hätte die Grippe bekommen. Ich konnte die Krankheit ganz gut vortäuschen und sie war dann auch ein Grund für meinen ‚Gewichtsverlust', als wir uns dann schließlich wiedersahen."

„Was geschah mit dem Baby?"

Cecilia ließ sich wieder auf die Bank sinken. Sie war sehr blass. „Jakow kam zur Geburt nach Stockholm. Wir verständigten uns darauf, dass er das Kind aufziehen würde." Sie blinzelte mehrmals und Cameron sah die Tränen in den Augen ihrer Mutter aufsteigen. „Das war das Schwerste, was ich je getan habe."

Cameron nahm die Hand ihrer Mutter. Auch ihre Augen füllten sich mit Tränen.

„Ich wusste, es war das Beste für ihn …" , begann Cecilia.

„Für ihn?", fragte Cameron erstaunt. Hatte sie irgendwo einen Bruder? War das möglich?

„Ja, wir hatten einen Sohn. Wir nannten ihn Semjon – das war der Name von Jakows Vater. Später kehrte ich für kurze Zeit nach Russland zurück, aber ich war so deprimiert, mein Kind ganz in meiner Nähe zu wissen und es doch nicht sehen zu können. Schließlich kehrte ich allein in die Staaten zurück. Ich hatte die wildesten Pläne, wollte Keagan von einem armen Waisenkind erzählen, das wir adoptieren könnten. Aber Semjon war keine Waise. Er hatte einen Vater, der ihn innig liebte. Außerdem wusste ich, dein Vater könnte nie einen Sohn akzeptieren, der nicht sein eigener war. Und ich bezweifle, dass ich die Täuschung hätte aufrechterhalten können …" Sie hielt inne und lächelte ironisch. „Ich schätze, schließlich habe ich es doch getan, nicht? Denn dein Vater weiß noch immer nichts davon. Damals jedoch glaubte ich nicht, dass ich würde durchhalten können. Ich war davon überzeugt, das Beste für das Kind zu tun. Ich konnte ja nicht ahnen, dass zwei Jahre später das Land, in dem ich mein Kind zurückgelassen hatte, explodieren würde."

„Die Revolution!", rief Cameron. „Waren sie …?" Sie konnte die Frage nicht aussprechen.

Cecilia antwortete nicht direkt. Sie schien die Geschichte in einer bestimmten Reihenfolge erzählen zu müssen, aus Furcht, sonst etwas zu vergessen. „Nach meiner Rückkehr erkannte mein Vater, wie schlecht es mir ging, und nahm natürlich an, der Grund dafür sei die Trennung von Keagan. Darum zwang mein Vater Keagan durch ein wenig Einschüchterung und ein wenig Bestechung, ebenfalls nach Hause zurückzukehren. Kurz darauf wurdest du geboren." Cecilia lächelte und drückte Cameron die Hand. „Du hast mir das Leben gerettet, Liebes! Du hast mir Freude gegeben, als ich glaubte, niemals wieder fröhlich sein zu können. Nun war es an deinem Vater, sich elend zu fühlen, denn sein erstgeborenes Kind war nicht nur kein Sohn, er verpasste auch eine der größten Storys in der Geschichte – die Russische Revolution. Mein Vater hatte ihm versprochen, ihn zum Redakteur der Zeitung zu machen, wenn er sich verpflichten würde, zehn Jahre in Los Angeles zu bleiben. Und wieder war es die Zeitung, die uns zusammenhielt."

„Was ist mit dem Kind passiert?"

„Über eine Vermittlungsstelle hier in den Staaten bin ich mit Jakow in Kontakt geblieben. Wie du sehr wohl weißt, lässt die Kommunikation zwischen Russland und den Staaten sehr zu wünschen übrig. Und während jener unsicheren Zeiten brach alles zusammen. Den letzten Brief bekam ich 1920. Ich versuchte, diskrete Nachforschungen zu betreiben, aber Informationen zu bekommen, war fast unmöglich. Diese Unwissenheit war quälend, doch schon bald wurde mir klar, dass ich aufgeben musste, wenn ich bei Verstand bleiben wollte. Und das habe ich auch getan. Ich weiß, das klingt kalt, aber was hätte ich machen sollen?"

„Ich verstehe dich, Mom. Du brauchst dich nicht zu rechtfertigen."

„Natürlich rechtfertige ich mich. Meine Beziehung zu Jakow war falsch. Sie hat wehgetan und hätte auch viele andere verletzt, wenn sie bekannt geworden wäre. Vermutlich bin ich wegen meiner Schuldgefühle im Umgang mit deinem Vater immer so schwach gewesen."

„Er war auch kein Engel."

„Ja, aber ich habe vorgetäuscht, gut zu sein. Ich denke, das hat alles nur noch schlimmer gemacht. Aber es war nicht alles Heuchelei. Diese Erfahrung hat meine Beziehung zu Gott gestärkt. Ich habe Vergebung von Gott erfahren und das hat mich demütig gemacht. Dass ich das all die Jahre über geheim gehalten habe, war eine andere Sache, die ich Gott vorgelegt habe. Ich weiß noch immer nicht, ob es richtig oder falsch war. Aber ich schätze, es war das Beste, was ich damals habe tun können."

„Das denke ich auch, Mom." In gewisser Weise wünschte Cameron, ihre Mutter hätte ihr Geheimnis auch weiterhin gewahrt. Aber es berührte sie, dass sie ausgerechnet ihr die Wahrheit anvertraute. „Weißt du noch immer nicht, was aus ihnen geworden ist, Mom?"

„1924, drei Jahre vor Ablauf der Zehnjahresfrist, die mein Vater Keagan gesetzt hatte, schickte er Keagan ins Büro nach Moskau", fuhr Cecilia fort.

„Das war die Zeit, als Lenin das Land für amerikanische Reporter öffnete, um Korn zu bekommen, weil eine Hungersnot herrschte?", fragte Cameron.

Cecilia nickte und erwiderte: „Sogar meinem Vater war klar, dass Keagan für diese Aufgabe am besten geeignet war. Und glaube mir, dein Vater sonnte sich wieder in seinem Ruhm. Er schleppte uns alle mit. Ich wollte partout nicht gehen und Wunden wieder aufreißen, die gerade zu heilen begannen, aber unsere Ehe war stärker geworden und ich konnte ihm das nicht verweigern." Sie lächelte schwach. „Dein Vater ist ein guter Mann, Cameron, trotz all seines Gehabes. Erinnerst du dich noch an den Schrecken, den wir erlebten, als wir dachten, Jackie hätte Polio?"

Cameron nickte. „Selbst ich habe damals angefangen zu beten."

„Dein Vater ebenso. Jeden Abend ging er mit mir in die Krankenhauskapelle. Er kniete sogar neben mir nieder und wir beteten gemeinsam. Ich weiß, dass es ihn viel Überwindung gekostet hat, sich so vor jemandem zu demütigen, selbst vor Gott. Aber er tat es, weil er wusste, wie wichtig es mir war."

„Davon hatte ich keine Ahnung."

„Doch die Probleme in Russland waren genauso sehr meine Schuld wie seine, da bin ich sicher. Vielleicht arbeitete er so verbissen, weil ich so deprimiert war."

„Ich erinnere mich daran, dass du damals schrecklich launenhaft und zurückgezogen warst. Ich fühlte mich wohl dort und konnte nicht verstehen, warum du immer so traurig warst."

Ein schwaches Lächeln umspielte Cecilias Lippen. „Jetzt weißt du es ... jetzt weißt du alles."

Cameron lehnte sich zurück. Sie war vollkommen ausgelaugt. Wie hatte ihre Mutter so lange mit einem solchen Geheimnis leben können? Und warum hatte sie jetzt beschlossen, dieses Geheimnis Cameron zu offenbaren? Doch obwohl so viele Fragen in ihr aufbrachen, fand sie nicht den Mut, auch nur eine einzige zu stellen. Sie und ihre Mutter blieben eine ganze Weile schweigend sitzen. Die Sonne stieg immer höher am Himmel, aber die Wärme drang nicht zu Cameron durch.

Ein Gedanke beherrschte sie. *Ich habe einen Bruder.* Oder doch nicht? Vielleicht war er im Chaos der Revolution, des Bürgerkriegs und der Hungersnot ums Leben gekommen. Und falls er noch am Leben war, dürfte er wohl für immer verschollen sein. Sie hatte einen Bruder, einen großen Bruder, den sie sich nur als Kind vorstellen konnte, als das außereheliche *Baby* ihrer Mutter. Aber wenn er noch am Leben war, dann wäre er gut ein Jahr älter als Cameron, etwa fünfundzwanzig. Sie sah zu ihrer Mutter hinüber und wusste, dass sie dasselbe dachte. Ein Schluchzen entrang sich Cecilias Lippen. Cameron nahm ihre Mutter in den Arm und weinte mit ihr. Sie kannte diesen Jungen mit Namen Semjon Luban nicht. Wie konnte sie dann einen solchen Verlust empfinden? Wie konnte sie den Schmerz ihrer Mutter so mitfühlen?

Und plötzlich hörte sie sich die Worte aussprechen, die so hart klangen und doch gesagt werden mussten.

„Das kannst du Dad nie erzählen."

„Ich weiß. Es würde ihn umbringen."

„Aber ich bin froh, dass du es mir erzählt hast, Mom."

„Ich auch. Es scheint mir richtig zu sein, dass du es weißt."

„Was ist mit Blair und Jackie?"

„Ich fürchte, wenn zu viele davon wissen, könnte dein Vater auch davon erfahren."

Cameron nickte. Auch wenn ihre Schwestern keinen vertrauten Umgang mit Keagan hatten, konnten sie sich verplappern. Zudem war zu befürchten, dass Blair die Information benutzen würde, um ihren Vater in einem Wutanfall zu verletzen.

„Cameron, jetzt weißt du, warum ich so beunruhigt bin", erklärte Cecilia. „Seit ich erfahren habe, dass du bald nach Russland gehst, konnte ich nur daran denken, dass du dort sein wirst – du, die niemals aufgibt, bis du deine Story und dein Ziel erreicht hast. Du könntest ihn finden."

„Ja, das könnte ich." Cameron legte nachdenklich den Finger an die Lippen. Schon überlegte sie, wie sie eine solche Suche angehen würde. Sie könnte ihren Bruder finden. Das wusste sie!

„Bin ich selbstsüchtig?", fragte Cecilia. „Keagan wäre am Boden zerstört. Der Junge – falls er am Leben ist – welche Auswirkungen wird das auf ihn haben? Und wenn du ihn gefunden hast, könnte er Russland verlassen? Ich habe gehört ..."

„Wir würden einen Weg finden“, erklärte Cameron zuversichtlich. „Und was Dad betrifft, bin ich mir nicht sicher. Wir müssen eins nach dem anderen anpacken. Zuerst muss ich nach Russland fahren, doch das ist ja noch immer nicht sicher.“

„Max sagte, du hättest angeboten, diese Reise auf eigene Kosten zu machen.“

„Ja.“

„Mach dir bitte um die Kosten keine Gedanken. Ich verfüge über eigenes Geld. Ich habe auch verschiedene Kontakte, von denen nicht einmal dein Vater etwas weiß. Nicht in Russland, sondern hier in den Staaten. Ich könnte dir helfen.“

„Du musst vorsichtig sein, Mom. Dad darf das nicht erfahren.“

„Wir werden es in Gottes Hände legen. Falls Keagan es doch herausfindet ... nun, auch dessen wird Gott sich annehmen. Wir müssen beten, dass Gott das Richtige tut.“

„Ich weiß nicht, vielleicht übernimmst du das Beten. Ich bezweifle, dass Gott auf mich hören würde.“

„Du wärst erstaunt, Liebes.“

Cameron seufzte. „Weißt du, was? Ich habe einen Bärenhunger. Französisches Essen hält bei mir nie lange vor. Ich kenne ein tolles Restaurant, in dem man selbst gebackenen Kuchen bekommt.“

„Dann zeige mir den Weg, Liebes.“

11

Die Reiseunterlagen nach Europa kamen schnell. Einen Pass hatte sie bereits. Sie war immer darauf bedacht gewesen, dass er gültig war – für alle Fälle ...

Auch Arnett hatte anscheinend alle Hebel in Bewegung gesetzt, um die Sache voranzutreiben. Sie fragte sich, wie viel ihre Mutter damit zu tun haben mochte. Wie auch immer, für den zehnten März hatte sie einen Flug von Los Angeles aus gebucht.

Max teilte ihr mit, das Visum für Russland würde noch etwas dauern. Anfang April hoffte sie, in die Sowjetunion reisen zu können. Max begeisterte sich immer mehr für die Idee, einen ausführlichen Artikel über den deutsch-sowjetischen Nichtangriffspakt zu bringen. Cameron hatte den Eindruck, dass ihm vor allem die Vorstellung gefiel, Keagan diese Schlagzeile stehlen zu können und ihm in Moskau einen Schritt voraus zu sein. Da Cameron ihre Reise selbst bezahlte, brauchte er sich – anders als Keagan – um die Kosten keine Sorgen zu machen.

An dem Tag vor ihrer Abreise herrschte in Camerons kleiner Wohnung das Chaos. Der Schrank war ausgeräumt, sein Inhalt über das Bett, den Sessel und auf dem Boden verteilt, ebenso wie der Inhalt ihrer Kommode. Ins Flugzeug konnte sie nur zwei Koffer mitnehmen, kaum schwerer als 20 Kilo. Sie legte drei Mäntel bereit, einschließlich eines Regenmantels, denn selbst in Rom war es im Winter kalt. Der dritte, der schwerste Mantel, eignete sich für die arktische Kälte Moskaus. Sie hatte vor, alle drei mit ins Flugzeug zu nehmen, um Platz in den Koffern zu gewinnen. Ihr Modebewusstsein war nur mäßig ausgeprägt, trotzdem gab es bestimmte Dinge, die sie als Frau einfach besitzen musste. Zwei Abendkleider samt Accessoires waren bereits verworfen worden. Jetzt prüfte sie die dritte und letzte Robe, um letztlich auch sie beiseitezuwerfen. Falls sie es schaffte, zu einer italienischen Abendgesellschaft eingeladen zu werden, um ein hohes Tier zu interviewen, würde sie improvisieren müssen. Ihr dunkelblaues Kostüm, ein Modell aus Paris, hatte sie sich im vergangenen Jahr für das Interview eines Gouverneurs angeschafft. Es war nicht gerade

Abendkleidung, aber trotzdem sehr schick und würde ihr sicher gute Dienste leisten, egal wohin sie ging.

„Du meine Güte! Das sieht ja aus, als hätte hier eine Bombe eingeschlagen", ertönte eine Stimme von der Tür.

Cameron sah auf und erblickte Blair.

„Ich muss das Flugzeug um sechs Uhr morgen früh bekommen und meine Koffer sind noch fast leer", erklärte Cameron hilflos. Sie war froh, ihre Schwester zu sehen. „Du bist doch in Europa gewesen, Blair. Hilf mir."

„Du doch auch."

„Als ich vierzehn war!"

Blair kam näher und inspizierte die Koffer auf dem Bett. Der eine war noch leer, der andere halb gefüllt mit Büchern, Schreibblöcken, Stiften und Schreibmaschinenpapier.

„Dieses Zeug muss eine Tonne wiegen", bemerkte Blair. „Können diese Pfennigfuchser beim *Globe* dir denn drüben kein Material zur Verfügung stellen?"

„Ich möchte einfach vorbereitet sein. Und diese Dinge werden in der Sowjetunion wahrscheinlich ziemlich knapp sein."

„Dann willst du also wirklich in dieses schreckliche Land zurückkehren?"

„Falls ich Glück habe und Max es arrangieren kann."

Mit einem Achselzucken sah Blair die Kleidungsstücke auf dem Boden durch, dann hielt sie inne, bückte sich und hob eines der Abendkleider hoch. „Warum liegt das auf dem Boden, Cameron? Sag mir nicht, du willst keine Abendkleider mitnehmen."

„Das Gewicht. Nicht nur die Kleider, sondern auch die Schuhe, Handtaschen und passenden Hüte. Das geht einfach nicht."

„Du musst wenigstens ein Abendensemble dabeihaben." Blair verdrehte die Augen. „Vielleicht ist es ja nur Rom und nicht Paris, aber trotzdem gibt es gesellschaftliche Konventionen, die beachtet werden müssen."

„Ich werde mir halt etwas kaufen, wenn ich es brauche."

„Jetzt, wo Krieg herrscht? Wer weiß, was du bekommst." Sie ließ das Kleid fallen, das sie in Händen hielt, und hob ein anderes auf, ein lavendelfarbenes Abendensemble aus Crêpe de Chine mit einem geraden Rock, einem perlenbestickten Oberteil in einem helleren Farbton und einer kurzen, einfach geschnittenen Jacke. „Das steht dir, Cameron, und es ist sehr vielseitig. Du musst es mitnehmen. Also, wo sind die Schuhe?“

„Alle diese Perlen wiegen mehr als meine Schreibmaschine“, protestierte Cameron, als Blair das Kleid in den leeren Koffer legte.

„Dann muss eben etwas anderes hierbleiben.“ Blair griff in den anderen Koffer, holte ein Buch heraus und warf es mit Schwung auf das Bett.

„Das ist mein Wörterbuch!“

„Wenn du dieses Abendkleid trägst, wird es absolut niemanden interessieren, wie du ‚Sozialismus‘ schreibst!“ Blair grinste sie anzüglich an.

Cameron lächelte. „Ich fürchte, das ist den Italienern tatsächlich zuzutrauen.“

Gemeinsam füllten sie nach und nach beide Koffer. Sie enthielten mehr Wollpullover und Röcke als Blair recht war, aber auch mehr Schals, als Cameron eingepackt hätte. „Sie geben allem, was du trägst, den richtigen Pep. Und glaube mir, den Italienern wird das gefallen.“

Cameron schaffte es sogar noch, das Wörterbuch hineinzuquetschen, und Blair wurde fuchsteufelswild, als Cameron eine Hutschachtel durch ihre acht Kilo schwere Schreibmaschine ersetzen wollte. Zu guter Letzt schloss Cameron die Koffer, stellte sie auf den Boden und beschriftete sie.

„Was meinst du? Werde ich es schaffen?“

„Lächle sie nur freundlich an, dann wirst du keine Probleme haben.“

„Das mag bei dir funktionieren, Blair, aber ich bezweifle, dass ich damit durchkomme.“ Cameron ließ sich auf das Bett fallen. Blair setzte sich neben sie. „Ich bin froh, dass du vorbeigekommen bist. Bestimmt hätte ich morgen früh um halb sechs noch immer mit diesen Koffern zu kämpfen gehabt.“

„Ich helfe immer gern.“

Cameron sah auf die Uhr. „Du meine Güte! Es ist ein Uhr morgens! Warum bist du so spät noch unterwegs, Blair?“

„Ich habe mich auf Jack Warners Party gelangweilt und bin gegangen. Dann beschloss ich, auf einen Sprung bei dir vorbeizukommen, für den Fall, dass du das mit dem Packen nicht allein schaffst.“

„Als ich gestern mit dir gesprochen habe, wolltest du gerade zu einer anderen Party gehen. Wie schaffst du das nur? Ich finde sie alle langweilig."

Blair zuckte die Achseln. „Ich liebe das! Und es sieht so aus, als würde ich doch schließlich eine Filmrolle bekommen. Wie es scheint, verfolgen wir beide unsere Träume mit zunehmendem Erfolg."

Cameron hörte dennoch eine gewisse Leere aus den Worten ihrer Schwester heraus und sie hätte Blair eigentlich die Gelegenheit geben sollen zu reden, aber sie war vollkommen erschöpft und es war bereits so spät, dass ihr nur noch drei Stunden Schlaf blieben, bevor sie zum Flughafen fahren musste.

„Kommst du klar?", fragte sie.

„Um Himmels willen, ja! Ich bin eine Katze – lande immer auf den Füßen. Sieh du zu, dass du klarkommst."

„Ich werde dich vermissen. Und alle anderen", sagte Cameron, die die oberflächliche Antwort ihrer Schwester nur zu gern akzeptierte. „Es war nett, dass Mom mich gestern Abend zum Abendessen eingeladen hat."

„Sie ist noch immer fassungslos darüber, dass Dad nicht gekommen ist."

„Das erstaunt mich nicht. Schließlich arbeite ich jetzt für den Feind."

„Ich bewundere dich, Cameron." Blair war auf einmal ernst. „Du bist jetzt richtig frei und musst dich gut fühlen."

„Ich glaube nicht, dass wir jemals frei sein werden von unserem Vater. Ich habe diesen wundervollen Job, aber sein Schatten lastet noch immer auf mir, und wenn es nur der Gedanke ist, dass ich jetzt beim Feind arbeite." Sie seufzte. „Aber das bedeutet nicht, dass wir es nicht trotz unserer Ketten schaffen können." Cameron fragte sich, was ihre Schwester denken würde, wenn sie wüsste, was ihre Mutter in Russland erlebt hatte. Aber sie wollte nicht daran denken, wollte nicht einmal eine Andeutung machen, die die Neugier ihrer Schwester wecken könnte.

Blair sagte gerade: „Genau das tust du. Du zerbrichst die Ketten. Manchmal denke ich ..." Blair hielt inne, fuhr sich mit der Hand durch ihr seidenweiches, platinfarbenes Haar. „Ach, ich denke so viel dummes Zeug. Hör nicht auf mich. Du fährst nach Rom! Trotz des Krieges wird es wundervoll werden. Die ewige Stadt."

Cameron legte einen Arm um ihre Schwester und zog sie an sich. „Ich werde dich vermissen, Schwester.“ Unvermittelt traten ihr Tränen in die Augen. Sie konnte sich das nicht erklären. Nicht einmal bei dem Abendessen mit ihrer Mutter hatte sie geweint. Vielleicht war der Grund der, dass Blair sich so sehr bemühte, leichtfertig zu erscheinen, und doch so verletzlich war. Vielleicht war der Grund der, dass sie einander mehr brauchten als ihnen bisher klar gewesen war. Vielleicht aber auch, weil Blair nun allein dastand, wenn ihr Vater auf Konfrontation ging. Oder vielleicht auch, weil Cameron das Gefühl hatte, mitten ins Zentrum eines Krieges zu ziehen und die Schlacht gegen die Dominanz der Männer offener auszutragen als jemals zuvor.

Sie blinzelte die Tränen fort. „Blair, kann ich dir ein Geheimnis anvertrauen? Ich habe ein wenig Angst.“

„Du?“ Zum Glück fing sie nicht an zu lachen. „Oh Cameron, alle haben Angst, aber ich kenne niemanden, der besser geeignet ist, über seine Ängste zu lachen und erfolgreich durchs Leben zu gehen, als du.“

Cameron begleitete ihre Schwester zur Tür und umarmte sie ein letztes Mal, bevor sie ging. Dann sah sie sich in der Wohnung um. Ihr blieb nichts zu tun übrig, als ins Bett zu gehen und zu schlafen. Sie hatte Angst und war aufgeregt. Zwar wollte sie erhaben und gelassen bleiben, wie es sich für eine Journalistin gehörte, doch ihr aufgewühlter Magen erinnerte sie daran, dass sie eben auch eine Frau war – eine Frau, die auf eine große Entdeckungsreise ging.

Dessen war sie sich sicher.

Teil 2

„Irgendwo über dem Regenbogen, ganz oben, da ist ein Land,
von dem ich einst in einem Wiegenlied gehört habe.
Irgendwo hinter dem Regenbogen ist der Himmel blau,
und die Träume, die du zu träumen wagst,
gehen wirklich in Erfüllung."

E.Y. Harburg
The Wizard of Oz, 1939

12

Hollywood, Kalifornien
April 1941

„Take five!“, rief der Regisseur.

Niemals war die vollkommen erschöpfte Blair so froh gewesen, diese beiden Worte zu hören. Sie probte für einen neuen Musicalfilm. Irgendetwas mit dem Titel *Three on a Match*, der während des Großen Krieges spielte. Er handelte von drei GIs auf Urlaub in Paris, die – wie konnte es anders sein – drei französische Mädchen aufgabelten und sich in sie verliebten. Blair hatte nur eine Statistenrolle, aber sie spielte endlich in einem richtigen Film mit, darum beklagte sie sich nicht. Nun, es war ein Film ohne großes Budget. Der große Busby Berkely hatte wahrlich keinen Anlass zur Eifersucht; auch Ginger und Fred nicht. Niemand hatte jemals von dem Regisseur oder den Hauptdarstellern in diesem Film gehört.

Doch das war egal, Blair war noch immer fasziniert. Errol Flynn hatte sich tatsächlich bei ihr gemeldet – und so schnell! Weniger als eine Woche nach der Geburtstagsparty. Es war zwar nicht sein eigener Film, aber er hatte angedeutet, dass man nie wüsste, was sich noch entwickeln könnte, wenn sie sich gut machte. Sie hatte ganz und gar nichts dagegen, dass sie ihn als Gegenleistung für seinen Gefallen an einem Abend zu Sardi begleiten sollte.

Die Proben hatten Blair gezeigt, dass das Dasein einer Musical-Schauspielerin kein Zuckerschlecken war. Sie hatte den Platz eines Mädchens aus dem Chor eingenommen, das gegangen war – niemand nannte den Grund für ihren Ausfall, aber Blair kam zu der Überzeugung, dass das arme Ding vermutlich vor Erschöpfung umgefallen war.

Blair schnappte sich ihr Handtuch, um sich den Schweiß abzuwischen, doch sofort war die Maskenbildnerin zur Stelle und nahm ihr diese Arbeit ab.

„Passen Sie auf Ihre Grundierung auf!“, schimpfte die Frau, während sie sich mit dem Lippenstift des Stars beschäftigte.

„Wozu?“, entgegnete Blair. „Es wird doch gar nicht gedreht.“

„Oh doch, Otto will unbedingt weitermachen und ich habe keine Lust, meine Arbeit zweimal zu machen.“

„Na wenn es denn wenigstens ein richtiger Film wäre, den wir hier drehen“, sagte eines von den Chormädchen, das sich zu Blair gesellt hatte.

„Irgendwo muss eine Schauspielerin halt anfangen“, erwiderte Blair.

„Wir sind nicht alle Anfänger, Darling“, kam die Antwort. „Schon bald werde ich für alles andere außer Charakterrollen zu alt sein.“ Sie gehörte zu den größeren Mädchen und sah auf Blair herab, die mit ihren gut ein Meter siebzig auch nicht gerade klein war. „Ich habe bei einem halben Dutzend zweitklassiger Filme wie diesem mitgespielt und jedes Mal sagt mir jemand, es könnte *der* Film sein.“ Sie schnaubte verächtlich. „Ich hätte schon vor Jahren nach Hause fahren sollen. Topeka erscheint mir immer attraktiver.“

„Ich weiß, es ist nicht leicht – tut mir leid. Ich habe deinen Namen vergessen.“

„Die Geschichte meines Lebens! Was tue ich überhaupt in diesem Geschäft? Mein Name ist Cynthia Bell, und das ist ein schöner Name. Ich habe ihn selbst erfunden, aber manchmal vergesse selbst ich ihn.“

Cynthia war gut gebaut und hübsch. Sie mochte gerade mal dreißig sein – für Hollywood war dies in der Tat schon alt. Blair mit ihren zweiundzwanzig war dagegen noch ein Kind.

„Hast du schon in einem großen Film mitgespielt, Cynthia?“, fragte Blair, als sie sich ein Glas Wasser aus dem Krug eingoss, der für die Darsteller bereitgestellt worden war.

„Ich habe 1935 im Chor von *Goldgräber* gesungen. Hatte nie eine Hauptrolle – hey, da ist Fred Banister.“

Blair blickte zur anderen Seite des Sets hinüber und da stand tatsächlich der größte Produzent des Studios und unterhielt sich mit Otto Feinstein. Banister besaß Anteile an Olympic Pictures und war mit der Tochter des Präsidenten des Studios verheiratet. Darum war er ziemlich einflussreich. Was konnte er mit einem zweitklassigen Regisseur wie Otto zu besprechen haben?

Blairs Neugier verflog, als der Chor auf die Bühne gerufen wurde. Otto war entschlossen, die Szene noch heute in den Kasten zu bekommen. Sie gehörte zu den letzten des Films und noch vor Ende der Woche wollte er diesen Film abgedreht haben. Banister blieb auf dem Set und sah zu. Nachdem sie die Szene weitere zwei Mal geprobt hatten, gab der Regisseur das Zeichen zum Drehen. Die ganze Zeit über hatte Blair das Gefühl, dass Mr Banister nur sie beobachtete. Natürlich bildete sie sich das nur ein, aber trotzdem gab sie ihr Bestes. Sie war keine richtige Tänzerin, aber man musste vielseitig sein, wenn man einen Job in Hollywood bekommen wollte. Deshalb nahm sie Tanz- und Schauspielunterricht. Mittlerweile kannte sie die richtigen Bewegungen, auch wenn sie nicht so begabt war wie Ginger Rogers. Nach nur zwei Takes war die Szene im Kasten und Blair hatte das Gefühl, viel zu diesem Erfolg beigetragen zu haben.

Offensichtlich war Fred Banister ebenfalls dieser Ansicht. Als er seine Zigarette in einem Mundstück aus Elfenbein an die Lippen hob, betrachtete er sie von oben bis unten. Das Lächeln, das seine Lippen umspielte, ließ darauf schließen, dass ihm gefiel, was er sah.

„Miss Hayes“, rief Otto, „Mr Banister möchte Sie sprechen.“

Blair schritt in ihrem knappen, mit Pailletten besetzten Kostüm zu den beiden Männern hinüber. Ihr Schauspiellehrer hatte ihr gesagt, sie solle spielen. Und sie wusste mit Männern umzugehen, sogar mit großen Produzenten. Natürlich war es von Vorteil, dass ihre nächste Mahlzeit nicht von diesem Job abhing. Trotzdem war es ihr Traum, im Showgeschäft Erfolg zu haben. Das hatte nichts mit Geld zu tun. Sie wusste selbst nicht so genau, warum sie das wollte. Vielleicht wollte sie etwas erreichen, was ihren Vater von ihrem Wert überzeugen musste, obwohl er nicht viel vom Showgeschäft hielt. Im Gegenteil, er zählte die Schauspielerei zu den niedrigsten Dingen, die eine Frau tun konnte. Also, wenn es schon unmöglich war, ihm zu gefallen, dann wollte sie ihn wenigstens mit ihrem undamenhaften Verhalten ärgern.

„Mr Banister“, sagte Blair, als sie zu den beiden Männern trat. „Was für eine Ehre, dass Sie bei der Aufnahme zusehen! Ich denke, dies wird ein wundervoller Film werden.“ Sie klimperte mit den Wimpern und warf sogar Otto einen schüchternen Seitenblick zu – sie konnte die Gelegenheit ja nutzen, um auch ihn ein wenig zu umgarnen.

„Ein Musical wird unserem Budget nicht schaden“, erwiderte Banister. „Aber diese Kostüme sehen sehr teuer aus.“ Er berührte den perlenbestickten Träger von Blairs Kostüm. Seine Finger strichen über ihre bloße Schulter und verharrten einen Augenblick länger dort als nötig gewesen wäre.

„Alle Kostüme stammen noch aus der letzten Saison“, erwiderte Otto schnell. „Abgesehen von geringfügigen Kosten für die Änderungen kosten sie uns gar nichts.“

Banisters Blick wanderte über Blairs Kostüm. Ohne mit der Wimper zu zucken, hielt sie seiner eingehenden Musterung stand. Sie hatte auch keinen Grund, verlegen zu sein, denn in ihrem glitzernden Badeanzug in Königsblau und Silber und mit den Netzstrümpfen sah sie sehr gut aus. Ihr platinblondes Haar glänzte unter dem keck auf ihrem Kopf sitzenden Kopfschmuck.

„Feinstein, warum suchen Sie sich nicht irgendeine Aufgabe?“, forderte Banister ihn auf.

„Ja, Sir, natürlich, Sir“, beeilte sich Otto zu versichern.

Dann sagte Banister zu Blair, ohne den Blick von ihr zu nehmen: „Errol hatte recht in Bezug auf Sie. Er meinte, Sie seien einen Ausflug zum Set wert. Aber Sie sind keine Tänzerin, oder?“

Mit dieser Frage hatte Blair nicht gerechnet, aber sie antwortete schnell: „Nun, ein Mädchen tut, was es tun muss.“

„Diese Einstellung gefällt mir.“

„Ich bin eine viel bessere Sängerin“, fügte Blair hinzu, „aber ich habe auch meine schauspielerischen Fähigkeiten ausgebildet. Ich habe Schauspielunterricht genommen –“

„Das schauspielerische Talent ist nicht erlernbar; es kommt von innen heraus.“

Banister wusste bestimmt, wovon er sprach. Zwei seiner Filme waren für den Academy-Award nominiert worden. Trotz des lüsternen Ausdrucks in seinen Augen war er ein fähiger Produzent und ein Mann, dessen Aufmerksamkeit jede aufstrebende Schauspielerin kultivieren sollte.

„Ja, Sie haben vollkommen recht“, erwiderte Blair.

„Ich habe gerade mit dem Casting für eine neue Produktion angefangen, eine Tragödie. Für eine Nebenrolle suche ich noch ein Mädchen. Es wird ein großer Film werden. Zurzeit kann ich noch keine Namen nennen, aber ich habe einen Oscarpreisträger für die männliche Hauptrolle interessieren können. Wäre ein solcher Film für Sie von Interesse, Blair?“

Was für eine Antwort erwartete er? Jede Schauspielerin, die recht bei Sinnen war, würde sich für eine solche Rolle den Arm abhacken lassen. Aber obwohl alles in ihr danach drängte, aufzuspringen und Ja zu schreien, lächelte sie nur – ein geheimnisvolles und gleichzeitig unschuldiges Lächeln.

„Eine solche Rolle könnte ich wohl kaum ablehnen", erwiderte sie.

„Das dachte ich mir. Warum gehen wir nicht hoch in mein Büro und sprechen über die Einzelheiten?"

„In Ordnung." Aber als Banister sich umdrehte und vorangehen wollte, legte Blair ihm sanft die Hand auf den Arm. „Wäre es in Ordnung, wenn ich zuerst dieses Kostüm ausziehe?"

Er bedachte sie erneut mit dem besagten Blick und eine weniger erfahrene Frau hätte sich darunter gewunden. Blair dagegen grinste nur, als ob ihr so etwas nichts ausmachen könnte.

„Dann erwarte ich Sie in zehn Minuten oben in meinem Büro."

Er ging davon. Blair eilte in den Umkleideraum. Die anderen Mädchen befanden sich in den unterschiedlichen Phasen des Umkleidens. Offensichtlich brauchte Otto den Chor erst am folgenden Tag wieder. Blair erzählte den anderen von ihrem Glück.

„Banister vergibt die Rollen in seinen Filmen nicht umsonst", erklärte Cynthia.

„Nein, vermutlich nicht", antwortete Blair vage.

„Und wie weit willst du gehen, um diese Rolle zu bekommen?", fragte eine andere.

„Was für eine Frage!", erwiderte Blair leichthin, als sie ihr paillettenbesticktes Kostüm beiseitewarf und in ihr Kleid schlüpfte. Zu schade, dass sie heute nur dieses einfache mit Blumenmuster bedruckte Kleid trug. Andererseits zeigte gerade das ihre Vielseitigkeit. Sie sah in dieser Aufmachung genauso gut aus wie in dem Kostüm.

Sie nahm den Kopfschmuck ab und schüttelte ihre schulterlange platinblonde Mähne, die unter dem Hut aufgesteckt war. Es blieb ihr keine Zeit, sich neu zu frisieren, darum steckte sie ihr Haar wieder hoch, dieses Mal unter den kleinen Strohhut mit den Federn und dem Netz im Nacken, der genau zu dem Kleid passte. Sie frischte ihr Make-up auf, dann trat sie zurück, um ihren Anblick im Spiegel zu überprüfen. Das musste genügen. Hätte sie doch am Morgen ihr atemberaubendes Wollkostüm von Chanel angezogen ... Das wäre jedoch bei ihren Kolleginnen nicht gut angekommen, deren Budget meistenteils sehr knapp bemessen schien.

Es waren fast zwanzig Minuten vergangen, als Blair in Fred Banisters Büro geschoben wurde. Ihre Verspätung schien ihn nicht im Geringsten zu stören. Er hatte die Zeit genutzt, um seine Anzugjacke gegen eine Smokingjacke aus Seide zu vertauschen. Er sah wirklich sehr elegant aus. Für einen Mann mittleren Alters machte er eine hervorragende Figur. Sein stämmiger Körper war trotz seiner einundvierzig Jahre noch immer straff. Man sagte, im College habe er Football gespielt. Aber sein sportliches Aussehen wurde getrübt durch sein sich lichtendes Haar und die tiefen Falten, die sein sonnengebräuntes Gesicht durchzogen.

Blair bemerkte kaum, dass sie den Mann musterte, bis er das Wort ergriff.

„Und, gefällt Ihnen, was Sie sehen?“, fragte er anzüglich. Er wusste, dass er eine gute Figur machte.

„Wie könnte es nicht?“, wich sie aus. Sie vergaß nicht, dass er verheiratet war.

Er führte seinen Zigarettenhalter samt Zigarette an die Lippen und nahm einen tiefen Zug, dann stieß er den Rauch in Ringen aus.

„Das ist beeindruckend“, sagte sie.

„Möchten Sie eine?“ Er hielt ihr sein geöffnetes goldenes Zigarettenetui hin.

„Vielen Dank, nein. Meine Mutter hat mir beigebracht, dass das eine undamenhafte Angewohnheit ist.“

„Dann einen Drink?“

„Gern.“

Er ging zur Bar und füllte zwei Gläser aus einer Karaffe mit bereits gemischter Flüssigkeit.

Er reichte ihr ein Glas und bot ihr einen Platz an. Sie wählte eine mit Satin bezogene Couch.

„Blair ... das ist ein ungewöhnlicher Name“, sagte er, als er neben ihr Platz nahm. Er war ihr sehr nahe.

„Ich bin nach meinem Onkel benannt worden.“

„Ein Männername, wie seltsam.“ Er legte den Kopf zur Seite und betrachtete sie abschätzend. Wieder lag ein besitzergreifender Ausdruck in seinen Augen. „Das ist in unserem Geschäft unmöglich. Ich könnte mir für Sie einen weiblicheren Namen vorstellen. Vielleicht Jennifer. Und natürlich müssen Sie den Nachnamen Hayes ändern, damit Sie nicht mit Helen verwechselt werden."

„Das wäre doch gar nicht so übel, oder? Sie ist eine große Schauspielerin."

„Ich sehe Sie eher als die nächste Jean Harlow."

„Danke, doch ein so früher Tod ..."

„Mag sein, vor Ihnen aber liegt eine strahlende Zukunft." Er nahm einen Schluck von seinem Martini und einen Zug von seiner Zigarette. Den Rauch blies er ihr ins Gesicht.

Ihr Blick blieb fest, obwohl ihr unbehaglich zumute wurde. Sie hatte das Gefühl, die Situation nicht mehr unter Kontrolle zu haben, und im Umgang mit Männern achtete sie darauf, das Steuerruder immer in der Hand zu halten. Doch Fred Banister übte auf so vielen Ebenen Macht aus, dass Blair sich unsicher fühlte.

„Ich – ich hoffe", erwiderte sie und hasste sich, weil ihre Stimme zitterte.

„Sehr strahlend", raunte er, stellte sein leeres Glas auf den Tisch und drückte seine Zigarette im Aschenbecher aus. Theatralisch hielt er ihr seine geöffnete Hand vor das Gesicht. Was er damit sagen wollte, war klar. Er hielt ihre Zukunft in seinen Händen. Mit einem gierigen Funkeln in den Augen beugte er sich über sie.

Sie versuchte, nicht zurückzuzucken, obwohl sein Verhalten eindeutig aggressiv war. Auf einer bestimmten Ebene hatte sie viel Erfahrung mit Männern. Sie hatte sie umschmeichelt und mit ihnen geflirtet. Sie gab ihnen alles ... und nichts. Alle gingen davon aus, dass sie schon längst bis zum Letzten gegangen war, und natürlich stand den Männern, mit denen sie ausgegangen war, nicht der Sinn danach, diese Fehlvorstellung zu korrigieren. Aber trotz ihres Flirtens war Blair noch immer Jungfrau.

Unwillkürlich zuckte sie leicht zusammen, als er ihr den Finger an die Wange legte und ihr über Kinn und Hals fuhr. Seine Hand verharrte an dem Dekolleté ihres Kleides. Falls sie bisher Zweifel an seinen Absichten gehabt hatte, dann war jetzt klar, was dieser Mann – dieser einflussreiche Mann – wollte. Ihre Kehle war wie ausgedörrt und sie versuchte zu schlucken.

„Sind Sie nervös, Blair?"

„Nein“, log sie.

„Ich verlange doch wirklich nicht viel, meinen Sie nicht?“ Seine Lippen strichen über ihre und sein Atem war warm. Er roch nach Pfefferminz und Alkohol. „Und ich biete so viel.“

„Das scheint ein wundervoller Film zu sein.“ Sie hoffte, hinauszögern zu können, was mehr und mehr unausweichlich erschien. „Die Rolle, von der Sie gesprochen haben, wie klein ist sie?“

„Sicher haben Sie schon von dem Sprichwort gehört, dass es keine kleinen Rollen gibt –“

„Nur kleine Schauspieler“, beendete sie den Satz mit einem schwachen Lächeln.

Er zog die Augenbrauen hoch und fuhr fort: „Diese spezielle Rolle ist wirklich sehr interessant. Es ist die Rolle der todkranken kleinen Schwester eines Mannes, der gezwungen ist, das Leben eines Kriminellen zu führen, um ihre Arztrechnungen zahlen zu können. Eine kleine, aber sehr wichtige Rolle, und sie hat große Chancen, den Oscar für die beste Nebenrolle zu bekommen.“

Blair leckte sich die Lippen, die nun genauso trocken waren wie ihre Kehle. Bilder von der Oscarpreisverleihung standen ihr vor Augen. Ihr Vater würde sie zur Kenntnis nehmen müssen, wenn sie ihm die goldene Statue zeigte. Vielleicht würde sie den alten Mann sogar ehren. *„Ich danke der Jury und vor allem meinen Eltern, ganz besonders meinem Vater, der mir beigebracht hat –“*

Aber hier wurde ihre Träumerei abrupt unterbrochen. Ihr Vater hatte ihr nie etwas beigebracht, abgesehen vielleicht davon, dass sie nie selbst etwas erreichen würde und es nur „schaffen“ würde, wenn sie ihren Körper gegen den Erfolg eintauschte. Und wie üblich hatte Keagan Hayes vermutlich recht. Sie würde ihre Träume nur verwirklichen können, wenn sie sich einem Mann wie Fred Banister unterwarf.

Aber sie wäre nicht die erste Frau, die einen solchen Weg beschritt. Wie sonst könnte eine Frau in einer Männerwelt Erfolg haben? Cameron war sicherlich die Ausnahme – doch selbst Cameron konnte nicht leugnen, dass die Position ihres Vaters als Zeitungsherausgeber ihr weitergeholfen hatte.

Trotzdem wussten alle, dass die „Casting Couch“ im Showgeschäft der größte Verbündete einer Frau war. Sie brauchte vielleicht Talent, um weiterzukommen, aber für den ersten Durchbruch mussten Zugeständnisse gemacht werden. Und als Blair das „Zugeständnis“ betrachtete, das vor ihr saß, redete sie sich ein, dass das so schrecklich doch gar nicht sei. Er war kein abstoßender Mann. Sogar ziemlich charmant. Was hatte sie zu verlieren? Ihre Moral? Ihren Ruf? Die meisten Leute dachten sowieso, sie hätte all das schon lange verloren.

Auf der anderen Seite war sehr viel zu gewinnen. Ruhm. Vielleicht.

Das Klopfen an der Tür ließ ihn mehr zusammenfahren als Blair, aber in diesem Augenblick ließ sie die Luft entweichen und ihr wurde klar, dass sie den Atem angehalten hatte.

„Ich habe meiner Sekretärin gesagt, ich wollte nicht gestört werden“, murmelte Banister verstimmt.

Doch es klopfte erneut. „Mr Banister, Sir, es tut mir leid, aber ein dringender Anruf.“

„Ich habe Ihnen gesagt ...“, rief er.

„Es ist Mr Eisenburg.“

Blair wusste, dass Eisenburg Banisters Schwiegervater war, der Präsident von Olympic Pictures.

Banister brummte verhalten, riss sich von Blair los und erhob sich. „Trinken Sie ruhig aus, meine Liebe“, sagte er, als er zu seinem Schreibtisch ging. „Ich bin gleich wieder bei Ihnen.“

Das Gespräch dauerte nur wenige Augenblicke. Nachdem Banister den Hörer aufgelegt hatte, marschierte er zur Tür. Er blieb kurz stehen, bevor er die Tür öffnete.

„Ich muss gehen. Auf einem der Sets ist ein Feuer ausgebrochen“, erklärte er ihr.

„Ist jemand verletzt?“

„Ich glaube nicht, aber der finanzielle Schaden ist vermutlich sehr hoch. Sie warten besser nicht auf mich.“

Die Erleichterung, die Blair überkam, erstaunte sie. „In Ordnung“, erwiderte sie.

„Wir werden unser Gespräch später fortsetzen. Rufen Sie mich an.“

Sie nickte.

Doch als er fort war, konnte sie gar nicht schnell genug sein Büro verlassen.

13

Am folgenden Tag traf sich Blair mit Jackie in ihrem Lieblingsrestaurant auf dem Sepulveda Boulevard. Blair war froh, ihre Schwester zu sehen. Auch wenn sie im selben Haus wohnten, sahen sie sich doch immer seltener, weil Blair ganz von ihrer Arbeit in Beschlag genommen wurde. Jackie dagegen hielt sich so weit wie möglich von der Hollywoodszene fern. Die zwanzigjährige Collegestudentin trug ein blau-weiß gestreiftes Baumwollkleid mit einem Faltenrock und einem weiten Kragen. Sie hatte verblüffende Ähnlichkeit mit der jungen Judy Garland in einem ihrer frühen Filme und doch war sie ein Mensch aus Fleisch und Blut, keine Leinwandikone.

„Ich habe schon Baguettes und Kaffee bestellt", erklärte Jackie, als ein Kellner Blair zu ihrem Tisch führte.

„Gut. Ich bin halb verhungert." Blair nahm sich ein Weißbrot und biss die Spitze ab. „Noch nie in meinem Leben habe ich so schwer gearbeitet. Lass dir von niemandem erzählen, die Schauspielerei sei ein Kinderspiel. Sie ist harte Arbeit." Sie verschwieg, dass ihr Tag mit einem Kater begonnen hatte, den sie von der Party am vergangenen Abend zugezogen hatte, und mit einem scharfen Verweis des Regisseurs, weil sie zu spät zum Set gekommen war.

„Aber es ist doch aufregend, oder?", fragte Jackie. „Ich kann es kaum erwarten, dich auf der Leinwand zu sehen."

„Ich dachte auch, das wäre aufregend, aber um ehrlich zu sein, ich bin froh, wenn ich in einer Woche meine Rolle zu Ende gespielt habe und weiterziehen kann. Mir ist es egal, wenn ich *Three on a Match* niemals auf der Leinwand sehe."

„Dein erster Film, und du bist bereits desillusioniert?"

Blair zuckte die Achseln. „Ich weiß nicht ..."

„War die Schauspielerei wirklich dein Traum, Blair?"

„Aber natürlich!"

„Im vergangenen Jahr wolltest du Sängerin werden und im Jahr davor Modedesignerin."

Blair tat Sahne und Zucker in ihren Kaffee. Sie hatte vergessen, dass die süße kleine Jackie so ärgerlich direkt sein konnte.

„Ich denke, ich werde meine Frisur ändern", lenkte Blair ab. „Ich habe einen süßen Kurzhaarschnitt gesehen und der würde mir bestimmt ausgesprochen gut stehen." Sie schob ihre schulterlangen Haare mit der Hand zurück, sodass sie kürzer wirkten.

„Du hast wundervolles Haar. Schneide es nicht ab", erwiderte Jackie. „Außerdem kannst du viel mehr damit machen, wenn es länger ist."

„Das sieht so altmodisch aus."

„Und was ist daran verkehrt?"

Jackie verstand wieder einmal nicht und Blair wurde klar, warum sie diese Verabredung zum Mittagessen am liebsten abgesagt hätte. Zwar hatte sie das verlogene Hollywood über, doch außerhalb dieser Szene war die Welt auch nicht besser. Diese Erkenntnis war in ihr gereift in einer durchgrübelten Nacht und sie war zu dem Entschluss gekommen, Fred Banister zu treffen und sich in die Rolle zu fügen, die Voraussetzung für den Erfolg war, ungeachtet dessen, was sie dafür tun musste. Vielleicht hatte sie deswegen die Desillusionierte gespielt, weil sie ihre Schwester dazu bringen wollte, ihr Argumente gegen eine Karriere als Schauspielerin zu liefern. Blair musste diese Angelegenheit so verdeckt angehen, weil sie ihrer Schwester niemals direkt erzählen könnte, in welchen Gewissensnöten sie steckte. Wenn Jackie nicht einmal Verständnis hatte für rebellische Frisuren, wie sollte sie erahnen, was für eine verdrehte Welt das Showgeschäft war?

Cameron hätte es vielleicht verstanden, doch die war in Europa. Aber auch sie würde Blairs Entscheidung niemals unterstützen – nicht wie Jackie aus moralischen Gründen, sondern eher, weil sie niemals akzeptieren würde, dass eine Frau sich so ausliefern sollte. Cameron würde jeglichen Respekt vor Blair verlieren, wenn sie das täte.

Blair konnte nicht verstehen, warum ihr überhaupt wichtig war, was ihre Schwestern dachten. Hatte sie sich nicht gerade erst mit viel Mühe die totale Missbilligung der Familie erworben?

Sie trank ihren Kaffee, doch sie brauchte etwas Stärkeres und winkte den Kellner heran.

„Einen Gin Fizz, bitte."

Jackie setzte einen missbilligenden Gesichtsausdruck auf, sagte aber nichts. Der Kellner brachte den Drink. Dann plauderten die Schwestern über banale Dinge, doch eine leichte Spannung hing in der Luft, die wuchs, als Blair ihren zweiten Drink bestellte.

„Erzähl mir von deinem Verehrer, Schwesterherz“, forderte Blair sie auf. Sie hielt dies für ein unverfängliches Thema.

„Jeffrey?“

„Hast du denn mehr als einen?“, lachte Blair anzüglich, um Jackie zu ärgern.

„Es gibt nur einen, falls man ihn einen Verehrer nennen kann.“

„Mom sagte, es würde ernst.“

„Jeffrey meint es ernst. Aber ich weiß noch nicht so recht.“ Jackie wurde tatsächlich rot.

„Männer! Sie sind unmöglich, oder etwa nicht?“ Blair nahm einen großen Schluck, bevor sie hinzufügte: „Ich bin so froh zu hören, dass du dich noch nicht binden lässt. Sondiere das Feld, Mädchen. Warum sollen die Männer den ganzen Spaß haben? Ich bin in diesem Jahr mit mehr als einem Dutzend Männern ausgegangen, Jackie, Liebes. Was für ein Erlebnis!“

„Das gefällt mir auch nicht.“

„Du musst das Leben genießen, Schwester!“

„Macht dich das glücklich?“ Jackie blickte ihre Schwester eindringlich an.

Blair widerstand dem Drang, sich zu winden. Stattdessen trank sie ihr Glas leer. „Glücklich? Natürlich bin ich glücklich – überglücklich!“

„Deine Arbeit scheint dich nicht glücklich zu machen.“

„Das ist doch nicht alles, weißt du.“ Blair war gerade betrunken genug, um nicht zu merken, dass sie sich verteidigte.

Jackie spielte mit dem Henkel ihrer Kaffeetasse und sagte dann: „Ich weiß, wir haben nicht dieselben Wertvorstellungen im Leben, aber ... nun, mir scheint, dass wir, da wir gleich erzogen worden sind, so unterschiedlich doch gar nicht sind. Ich habe immer gedacht, dass wir uns, tief im Innern, ähnlicher sind, als es oberflächlich scheint. Blair, möchtest du denn nicht auch einen Mann und Kinder und ein kleines Haus und Frieden?“

Blair lachte, ein hartes Lachen, das so klang, als würde sie ihre Schwester verspotten. Sie wusste jedoch, dass sie sich selbst verhöhnte. „Ich kann mir so etwas Langweiliges nicht vorstellen!“

„Dann willst du also wirklich von einem Mann zum nächsten flattern, jeden Abend auf Partys gehen, trinken, bis du umfällst.“

„Jackie, jetzt fang nicht an, mir eine Predigt zu halten!“

„Das tue ich nicht!“

„Aber du würdest es gern, stimmt's?“ Blair hielt inne, atmete tief durch und fügte etwas ruhiger hinzu: „Ach komm, wir wollen uns doch nicht unser Zusammensein verderben. Ich bekomme dich kaum zu Gesicht. Können wir nicht einfach plaudern über ... na, über Kleider und Filme und solche Dinge?“

Jackie antwortete lange nicht. In ihren Augen lag eine Traurigkeit, die Blair sich nicht erklären konnte.

„Heute haben wir einen Brief von Cameron bekommen“, erzählte Jackie schließlich ein wenig resigniert.

„Ich vermisse das alte Mädchen irgendwie“, erwiderte Blair, während sie den Saal nach dem Ober absuchte. Als sie ihn entdeckte, hob sie ihr leeres Glas. „Ich nehme an, sie erobert Rom im Sturm. Was für ein Abenteuer!“

„Ich weiß nicht, ob es das ist“, erwiderte Jackie. „Ich meine, dort drüben herrscht Krieg.“

„Du glaubst doch wohl nicht die ganze Propaganda, die Daddy in seiner Zeitung abdruckt, oder?“ Blair lachte überlegen. Bereitwillig nutzte sie jede Gelegenheit, alles, was mit ihrem Vater zu tun hatte, herunterzumachen. „Sie versuchen nur, Zeitungen zu verkaufen, darum bauschen sie die Situation im Ausland so auf.“

„Cameron hat einige dieser Artikel geschrieben, zumindest im *Globe*.“

„Oh, sie ist die Schlimmste von allen. Sie sprach immer über Russland, als wäre es ein Feenland. Noch immer hofft sie, dorthin zurückzugehen. Ich persönlich hatte mehr als genug, als Dad dort stationiert war. Es war kalt, schmutzig, rückständig und die Kleider waren einfach schrecklich!“

„Du warst doch noch ein Kind.“ Jackie lächelte kopfschüttelnd. „Damals hast du dir doch noch gar nichts aus Kleidern gemacht.“

„Schon als Baby bevorzugte ich Windeln aus Seide.“

Jackie lachte, wurde aber sofort wieder ernst. „Wie auch immer, ich denke, der Krieg in Europa ist nicht zu unterschätzen“, meinte sie ernst. „Man sagt, England habe nur mit Mühe den Blitzkrieg überstanden. Falls Hitler erneut anfängt, England zu bombardieren, könnte es tatsächlich fallen, und das wäre dann das Ende eines freien Europas.“

„Und das wird behauptet, um uns in ihre kleinen Balgereien mit hineinzuziehen."

„Ich wusste gar nicht, dass du die Zeitung liest, Blair", lachte Jackie gutmütig, doch ihr Blick war noch immer angespannt.

„Ich habe eine Schlagzeile oder zwei gelesen. Und egal wie du es betrachtest, das, was in Europa passiert, ist das Problem der Europäer."

Jackie zog die Augenbraue in die Höhe. „Ich wusste auch nicht, dass du so auf Isolation bedacht bist."

Blairs dritter Drink wurde gebracht und sie nahm einen Schluck, bevor sie antwortete. „Ich bin eigentlich gar nichts. Mir ist das eine wie das andere egal. Es geht uns einfach nichts an. Dort drüben wird doch immer gekämpft. Aber ich würde mich ärgern, wenn wir mit hineingezogen und alle jungen Männer in den Krieg ziehen würden. Mit wem kann man dann noch ausgehen?" Sie grinste.

Jackie schüttelte verstimmt den Kopf. „Auch wenn du nicht dieser Meinung bist, Blair, die Chance besteht, dass wir mit hineingezogen werden. Und Mom macht sich Sorgen, weil Cameron mittendrin steckt."

„Mom macht sich immer wegen irgendetwas Sorgen, aber ich schätze, dass Cameron sich nicht beklagt, selbst wenn diese Deutschen sie massakrieren."

„Nun, dem kann ich wohl kaum widersprechen. Sie reist durch ganz Südosteuropa. Natürlich würde sie verschweigen, wenn sie tatsächlich in Gefahr gewesen wäre, aber sie hat viele Berichte über die politischen Auseinandersetzungen geschrieben. Um ehrlich zu sein, sie ist glücklicher als –" Jackie brach ab. Ihr Blick wanderte kurz zu Blair, dann wandte sie ihn schnell ab.

„Dann sind wir ja alle glücklich!", fügte Blair hinzu. „Ist das nicht einfach wundervoll?" Sie lächelte, aber nur, weil ein neuer Drink gebracht worden war.

„Blair, ich wünschte ..."

Aber Blair unterbrach sie. „Was wünschst du, Jackie, Liebes?", fragte sie scharf.

„Nur dass ..."

In diesem Augenblick wurde ihr Essen gebracht und Jackie konnte ihren Satz nicht zu Ende sprechen. Blair gab ihr natürlich nicht die Gelegenheit dazu. Ihre Worte wären sowieso nur sentimentales Gewäsch gewesen. Jackie hatte keine Vorstellung von der Realität. Ihre Welt war zu süß, zu glatt, zu – nun, viel zu sehr wie im Film.

Und Blair liebte den Film. Aber sie wusste, sie würde niemals ein Leben wie im Märchen führen, selbst wenn sie das wollte. Doch sie wollte es nicht.

Überhaupt nicht.

Sie kippte ihren Drink hinunter und begann zu vergessen, wie sehr sie ihre kleine Schwester um ihre vereinfachende und vornehme Weltsicht beneidete.

Als sie ihr Mittagessen beendet hatten, war Blair beinahe genauso froh, von ihrer Schwester wegzukommen, wie sie froh gewesen war, aus Fred Banisters Büro entfliehen zu können. Was war nur los mit ihr? Würde sie jemals irgendwohin passen?

Sie liebte das Leben in Hollywood. Doch sie konnte nicht leugnen, dass einige der Dinge, die Jackie sich ersehnte, auch für sie eine gewisse Anziehungskraft besaßen. Vielleicht hatte sie sich deswegen von Gary Hobart angezogen gefühlt, dem Offizier, den sie bei der Geburtstagsfeier ihres Vaters kennengelernt hatte.

Sie dachte noch immer an den Mann, der einen Wendepunkt in ihrem Leben hätte herbeiführen können – wenn sie es zugelassen hätte. Aber sie hatte Angst gehabt. Was würde Jackie darüber denken? Vielleicht wäre sie gar nicht so überrascht, dass ein anständiger Mann wie Gary Blair sie so tief beeindruckt hatte.

14

Nach dem Mittagessen mit Jackie war Blair niedergeschlagen, doch den Grund dafür konnte sie nicht benennen. Jackies Gegenwart hatte sie aus irgendeinem Grunde erzürnt. Hasste sie den winzigen Stachel des Neides, der sie immer quälte, wenn sie mit ihrer Schwester zusammen war? Das war ein vollkommen lächerliches Gefühl, weil sie für das bürgerliche, normale Leben ihrer Schwester nichts übrig hatte. Vielmehr war sie wütend darüber, dass die Erinnerung an Gary wieder hochgekommen war. Ihn wollte sie auch nicht.

Sie strebte nach Hollywoods Glanz und Glamour.

Und das war auch der Grund, warum sie tief durchatmete und mit zitternden Knien zu Banisters Büro ging. Sie war bereit zu tun, was getan werden musste, um es in ihrem selbst gewählten Beruf zu schaffen. Auch die törichten Moralvorstellungen ihrer Schwester würden sie nicht davon abbringen. Menschen wie Jackie begriffen eben die Realitäten des Lebens nicht.

Doch trotz ihrer Entschlossenheit klopfte ihr Herz zum Zerspringen, als sie auf Banisters Etage aus dem Aufzug stieg.

In diesem Augenblick überfielen sie die verfluchten Gedanken an Gary Hobart erneut. Warum musste sie ausgerechnet in diesem Augenblick an ihn denken? Am Tag nach der Geburtstagsparty ihres Vaters hatte er sie angerufen und sie zum Abendessen eingeladen. Auch bei diesem Gespräch hatte sie sich ihrer Selbstzweifel und Ängste kaum erwehren können. Sie hatten fünfzehn Minuten lang miteinander geredet, in denen sie Gary als jungen Mann erlebte, der auf eine betörende Art normal war. Er hatte von seinem Leben erzählt, als würde sie von Dingen wie Rasenmähen, Hundefüttern oder dem Wagen seines Vaters etwas verstehen. Seine Mutter arbeitete bei der Organisation eines Kirchenbasars mit und er musste ihr helfen, Kisten zu schleppen.

Ein Kirchenbasar. Du meine Güte!

Doch genau wie damals während der Party tat Blair nichts, um die Illusionen zu zerstören, die Gary in Bezug auf sie hatte. Sie konnte noch immer nicht sagen, warum. Schämte sie sich angesichts seiner

Anständigkeit ihres Lebenswandels? Schnell verwarf sie diesen Gedanken.

„Aber Sie wissen ja, wie das ist, schätze ich", hatte er gesagt. „Vermutlich werde ich einige Stunden beschäftigt sein."

„Oh ja", hatte sie gelogen. „Ich bin selbst in verschiedenen Hilfskomitees tätig."

„Aber zum Abendessen werde ich fertig sein. Würden Sie mit mir zum Essen ausgehen?"

Die Frage hatte sie in Panik versetzt. Bestimmt hatte er nicht die Absicht, mit ihr ins Coconut Grove oder zu Sardi zu gehen. Nein, bestimmt würde er ein nettes kleines italienisches Restaurant aussuchen oder, falls er sie beeindrucken wollte, vielleicht sogar ein Hotel der gehobeneren Preisklasse. In dem Lokal, in das er mit ihr gehen würde, würden sie keine Berühmtheiten antreffen, keine Reporter, die versuchten, Stars zu fotografieren. Nach dem Abendessen wäre ein Spaziergang im Park angesagt. Vielleicht würde er ihre Hand halten. Vielleicht würde er sie auch mit nach Hause nehmen, damit sie seine Eltern kennenlernte – Mama Kirchenbasar und Papa, den Besitzer eines alten, verrosteten Fords.

Ja, sie hatte wirklich Panik bekommen. Wie konnte sie solche Dinge ersehnen und sie gleichzeitig verachten? Daran war bestimmt ihre Erziehung schuld. So wie ihre Schwester beim Mittagessen gesagt hatte: „Ich weiß, wir haben nicht die gleichen Wertvorstellungen im Leben, aber ... nun, mir scheint, dass wir, da wir gleich erzogen worden sind, so unterschiedlich doch gar nicht sind."

Bei diesen Worten sah Blair ihre Mutter vor sich, die ihr beibrachte, eine Dame zu sein, die sie lehrte, ein gutes Mädchen zu sein, und sie vor den Versuchungen der Sünde warnte. Dann rief Blair sich in Erinnerung, dass sie bereits so viele Gebote übertreten hatte, dass es kein Zurück mehr gab.

Darum war sie vor Gary Hobart geflohen. Sie hatte seine Einladung abgelehnt mit der Entschuldigung: „Es tut mir leid, aber ich habe schon eine Verabredung."

Sie hatte sich für einen Lebensstil entschieden, der gleichzeitig auch eine *Strafe* war. Sie war so weit entfernt von Kirchenbasaren wie Gary von Frauen, die ihre Tugend auf dem freien Markt feilboten.

Noch immer dachte sie ab und zu an Gary, weil ihre Begegnung, wenn sie es recht bedachte, eine Art Wendepunkt in ihrem Leben markierte. Von diesem Augenblick an hatte sie sich ganz auf ihre Karriere als Schauspielerin konzentriert. Ein für alle Male, glaubte sie, auch die letzten Überreste ihrer moralischen Erziehung beiseitegeschoben zu haben. Warum aber, um alles in der Welt, hatte ihr Gewissen noch immer keine Ruhe gefunden? Warum übertönte es noch immer das Wissen, den Wertvorstellungen ihrer Eltern niemals gerecht werden zu können? Ihr war doch seit Langem klar, dass sie ihnen niemals würde gefallen können, vor allem ihrem Vater nicht.

Nun, dann musste eben dieser Tag den endgültigen Bruch herbeiführen. Und hatte sie einmal getan, was sie vorhatte, dann war wirklich keine Umkehr mehr möglich. Alle würden wissen, welchen Preis ein Mädchen wie Blair dafür bezahlte, von Banister eine Rolle zu bekommen. Ihre Eltern würden es erfahren. Ihr Vater kannte Banister, und ganz bestimmt wusste er, was für ein Mann er war. Ein für alle Mal konnte Blair die Ketten ihrer Erziehung abschütteln.

Trotzdem zitterte sie am ganzen Körper und ihr Magen war wie verkrampft. Das vornehme Gesicht ihrer Mutter und der fragende Blick ihrer Schwester standen ihr vor Augen. Aber sie zwang sich zum Weitergehen. Schließlich kam sie zu Banisters Büro. Doch als sie nach dem Türgriff griff, schwang die Tür auf.

„Blair, Darling! Was für eine Überraschung, dich hier zu sehen!" Darla Brooks grinste. Ihr Lippenstift war verschmiert und der Kragen ihrer Bluse verdreht. Darla war ein aufstrebendes junges Starlet, das schon mehr erreicht hatte als Blair. Darla hatte bereits in wichtigen Filmen mitgespielt, natürlich nicht in der Hauptrolle, doch immerhin in Rollen, die so bedeutend waren, dass die Kritik sie zur Kenntnis nahm.

„Das könnte ich auch sagen." Erst gestern Abend hatten sie im Coconut Grove zusammengesessen. Sie hatte sich sehr gut mit Darla unterhalten und Blair, die keinen großen Freundeskreis besaß, hatte angefangen, sich zu fragen, ob Darla diese Lücke wohl würde ausfüllen können. Blair hatte der erfahreneren Schauspielerin von Fred Banister erzählt und Darla hatte ihr Mut gemacht zu tun, was notwendig war, um die Rolle zu bekommen.

Jetzt war Blair beunruhigt. Darla arbeitete für MGM. Noch nie hatte sie einen Film für Olympic Pictures gedreht.

„Heute ist mir etwas Seltsames passiert", fuhr Darla aufgedreht fort. „Ich bin zufällig im Studio vorbeigekommen, um Tom zu sprechen – er spielt in dem neuen Flynn-Film mit. Auf jeden Fall habe ich Fred getroffen. Ich werde in seinem neuen Film mitmachen. Ich werde die sterbende kleine Schwester spielen. Ist das nicht aufregend?"

„Diese Rolle war doch mir angeboten worden", erwiderte Blair hölzern.

„Tatsächlich? Nun, jetzt spiele ich sie!" Darla wirkte so unschuldig, dass das nur gespielt sein konnte. Sie wusste sehr wohl, dass sie Blair bestohlen hatte. Vermutlich war sie nur hergekommen, um diese Rolle zu ergattern.

Blair brachte kein Wort mehr heraus. Ihr war schwindelig von dem vielen Gin beim Mittagessen und von den Gefühlen, die sie angesichts dieses Verrats überfielen. Sie schob sich an Darla vorbei.

„Ich möchte Mr Banister sprechen", sagte sie gepresst zu der Sekretärin. Ihre Kehle war wie zugeschnürt. Sie hatte gerade eine spontane Entscheidung getroffen. Sie war bereit gewesen, sich an Fred Banister zu verkaufen. Jetzt war ihr alles ins Gesicht geschleudert worden. Sie zitterte noch mehr als vorher.

Sie hörte nicht, wie die Sekretärin in die Gegensprechanlage sprach, hörte auch nicht Banisters Stimme aus seinem Büro.

„Ah, Blair, meine Liebe ...", quäkte ihr seine glatte und ekelhafte Stimme entgegen.

„Ich – ich habe gerade Darla getroffen ..." Sie wusste nicht, was sie sagen sollte, wen sie anklagen sollte. Sie fühlte sich betrogen, aber von wem? Banister, Darla ... oder von sich selbst?

„Ich hatte damit gerechnet, Sie gestern Abend zu sehen", erwiderte er. „Als das nicht der Fall war, nahm ich an –"

„Oder vielleicht war ein warmer Körper in der Hand besser als ...", begann sie mit schriller Stimme.

„Bitte, wir wollen uns doch wie Erwachsene unterhalten", unterbrach er sie.

„Sie ... Sie ... !" Aber sie brachte keine weiteren zusammenhängenden Worte heraus. Stattdessen drehte sie sich um und floh aus dem Raum.

Blair war völlig egal, welchen Eindruck sie machte als Frau ohne Begleitung allein in einer Bar. Vielleicht hatte sie sich nicht an den Produzenten verkauft, aber sie fühlte sich noch immer schmutzig, weil sie die Absicht gehabt hatte. Und dieses Gefühl vermischte sich mit ihrer Verwirrung, ihrem Zorn und ihrer Enttäuschung.

Zumindest hätte sie, wenn sie bis zum Äußersten gegangen wäre, die Genugtuung gehabt, eine Rolle in einem großen Film zu spielen. Jetzt hatte sie gar nichts und sie musste trotzdem mit der Tatsache leben, dass sie dazu bereit gewesen wäre. Sie hasste Banister für das, was er getan hatte.

Aber noch mehr hasste sie sich selbst.

Sie war schon reichlich angetrunken, als sie ihren Namen hörte.

„Sind Sie das, Blair Hayes?"

Sie wandte sich um. Das Gesicht kam ihr bekannt vor, doch an den Namen erinnerte sie sich nicht. Nachdenklich runzelte sie die Stirn und versuchte, ihn einzuordnen.

Er war von mittlerer Größe, stämmig gebaut, mit schütterem Haar und einer Hornbrille vor den kleinen kugelrunden Augen. Mit seiner dicken roten Nase war er ein durch und durch unattraktiver Mann. Sein Anzug wirkte teuer, aber da er so schlecht saß, hätte er geradeso gut aus einem Billigladen stammen können.

Er lachte gut gelaunt. „Ich hatte nicht erwartet, dass Sie mich noch kennen."

Ja, vermutlich würden nur wenige schöne Frauen sich an ihn erinnern. „Es tut mir leid. Wo haben wir uns kennengelernt?"

„Bei Peter Marquets Party im vergangenen Monat. Ich bin Claude Fleischer." Lächelnd streckte er ihr die Hand hin.

Sie reichte ihm die Hand. Er nahm sie und führte sie an die Lippen. „Ich bin eine Närrin, dass ich mich nicht an Sie erinnere", erwiderte sie, angetan von seinem Charme. „Vermutlich hatte ich ein bisschen zu viel Champagner."

„Wie wir alle, soweit ich weiß."

„Setzen Sie sich doch bitte, Mr Fleischer." Sie deutete auf den leeren Barhocker neben sich.

„Ich möchte nicht stören", entschuldigte er sich. Offensichtlich nahm er an, dass sie in Begleitung hier war.

„Ich wollte mich mit einem Freund treffen", log sie, „aber gerade hat er mir mitteilen lassen, dass er verhindert ist.“ Es war doch schwieriger, als sie dachte, ihre puritanische Vergangenheit abzuschütteln.

Er nahm Platz und rutschte ein wenig herum, damit er auf die Sitzfläche passte. „Auf jeden Fall erinnere ich mich noch an Ihre wundervolle Stimme“, sagte er, nachdem er richtig saß. „Sie haben die Judy-Garland-Melodie aus *The Wizard of Oz* gesungen.“

„Over the Rainbow.“

„Ja. Ich war beeindruckt.“

Der Barkeeper kam und brachte Blair einen neuen Martini. Fleischer bestellte ein Glas Sherry.

„Wie ich höre, arbeiten Sie im Augenblick bei einem Film mit“, sagte Fleischer.

„Ein kleines Musical. Nichts Wichtiges.“

„Dann singen Sie?“

„Nur in einem Chor.“

„Was für eine Verschwendung. Sie haben Talent.“ Fleischer blickte sie über den Rand seines Sherryglases hinweg an, als er einen Schluck nahm. „Ich bin erstaunt, dass Sie es in diesem Geschäft nicht weiter gebracht haben. Haben Sie einen guten Agenten?“

„Ach ja, richtig!“, sagte Blair, der endlich ein Licht aufging. „Sie besitzen ja eine Theateragentur.“

„Ich besaß sie, habe sie aber vor ein paar Wochen verkauft, um mich auf ein neues Abenteuer einzulassen. Ich habe einen Nachtklub gekauft – ein jahrelanger Traum. Ich werde wohl nie wissen, wie ich ins Agenturgeschäft gekommen bin. Es ist einfach passiert. Das Geld kam herein und ich habe weitergemacht. Aber ich war nie glücklich dabei. Doch jetzt ... ach, jetzt bin ich in meinem Element. Nie habe ich das Leben mehr genossen.“

„Wie schön für Sie, Claude.“ Sie lächelte. Er schien sich zu freuen, dass sie seinen Vornamen benutzte.

„Und Sie, Blair, sind Sie denn zufrieden mit dem, was Sie machen?“

Eigentlich hatte sie nicht vorgehabt, persönlich zu werden, doch dann zuckte sie die Achseln. Instinktiv spürte sie, dass er die Art von Mann war, dessen brüderliche Art sein Gegenüber einlud, sich zu öffnen. Sie konnte sich ihn gut vorstellen, wie er durch seinen Nachtklub schlenderte und unzähligen Gästen auf die Schultern klopfte.

„Das Showgeschäft ist eine üble Angelegenheit, Claude“, sagte sie.

„Ich war Agent. Ich weiß das.“ Er lachte. „Einige würden sagen, Agenten seien die bösartigsten Tiere im Dschungel des Showgeschäfts.“

Sie lachte. „Ich mag Sie, Claude.“

„Und ich mag Sie, Blair.“ Er hielt inne und schien über etwas nachzudenken, bevor er weitersprach. „Als ich Sie auf Peters Party singen hörte, habe ich eine Leidenschaft bei Ihnen gespürt, die man nur bei wenigen Sängern findet. Ich hatte das Gefühl, dass Sie glücklich sind, nicht nur oberflächlich, sondern tief in Ihrem Innern, falls Sie verstehen, was ich meine. Sie waren in Ihrem Element.“

„Ich singe gern“, erklärte sie leichthin. Tief in ihrem Innern? Sie wusste nicht, ob sie das so ausdrücken würde.

„Vielleicht arbeiten Sie in einem falschen Segment des Showgeschäfts.“

„Sie meinen, ich sollte Platten machen?“

„Später vielleicht. Aber zuerst müssen Sie überhaupt erst mal anfangen, öffentlich zu singen.“

„Öffentlich?“

„Zum Beispiel in einem Nachtklub.“

„Vielleicht in Ihrem Nachtklub?“

Er lächelte. „Er ist nicht das Coconut Grove.“

„Nun, ich bin auch nicht Judy Garland.“

„Sie würden in Betracht ziehen, in meinem Klub zu arbeiten?“ Auf einmal war er sehr ernst, als würde er zu viel von ihr verlangen. „Mein Klub befindet sich nicht einmal auf dem Sunset Strip.“

„Ich bin ein Niemand, Claude. Ich bin erstaunt, dass Sie mich überhaupt wollen.“

„Aber Sie kennen Leute. Ihr Vater ist der Herausgeber einer der größten Zeitungen im Staat. Was Sie für meinen Klub tun könnten“ – er schüttelte den Kopf – „wage ich mir nicht einmal vorzustellen.“

„Vielleicht könnten wir so miteinander in Beziehung treten, dass es für beide Seiten gewinnbringend ist.“ Sie war erstaunt über die Erregung, die sich auf einmal in ihr breitmachte. Noch zehn Minuten zuvor hatte sie sich gehasst. Aber dieser untersetzte, hässliche Mann hatte das mit nur wenigen Worten verändert. Vielleicht war sie doch nicht so tief gesunken, wie sie dachte. Vielleicht besaß sie doch noch einen Wert. Vielleicht war die Schauspielerei doch nicht ihr wahrer Traum gewesen. Vielleicht war es das Singen.

Sie hielt ihm die Hand hin. „Das wollen wir mit Handschlag besiegeln, Claude."

Er nahm eifrig ihre Hand. „Wie man im Film so schön sagt: ‚Dies könnte der Beginn einer wundervollen Beziehung sein.'"

15

Belgrad, Jugoslawien
April 1941

Die Tür flog auf. Das Krachen weckte Cameron aus einem tiefen Schlaf. Einen schrecklichen Augenblick lang war sie vollkommen desorientiert.

„Wieso schläfst du zu einem solchen Zeitpunkt?“, ertönte eine vage bekannte männliche Stimme.

„Wie bitte? Wie viel Uhr ist es?“

„Zwei Uhr nachts.“

Sie rappelte sich hoch und rieb sich die Augen. „Shanahan?“ Sie griff nach dem Lichtschalter der Nachttischlampe neben ihrem Bett.

Johnny hielt ihre Hand fest. „Kein Licht. Stromausfall. Komm schon, aufstehen. Zeit zu gehen.“

So langsam lichtete sich der Nebel in ihrem Kopf. Sie erinnerte sich, dass sie sich in einem billigen Hotel in Belgrad befand. Sie war dorthin geschickt worden, um über den Staatsstreich der Regierung zu berichten. Unklar blieb ihr allerdings, warum Johnny Shanahan mitten in der Nacht so erstaunlich frisch wirkte. Außerdem arbeiteten sie für konkurrierende Zeitungen, warum war er hier, was hatte er überhaupt vor?

„Gehen? Wohin? Warum?“, fragte sie und versuchte, den Kopf klar zu bekommen, um mit ihm mithalten zu können.

„Du meine Güte, Frau! Würdest du nur einmal im Leben keine Fragen stellen?“

Sie schwang die Beine aus dem Bett und rieb sich noch einmal die Augen. Normalerweise schlief sie nicht so tief, aber in der vergangenen Woche war sie quer durch den Balkan gereist, angewiesen auf launenhafte Fahrpläne von Flugzeugen und Zügen. Sie hatte mit wenig Schlaf auskommen müssen, und das auf hölzernen Bahnhofsbänken oder harten Sitzplätzen in überfüllten Zügen. Bei ihrer Ankunft in Belgrad war sie vollkommen erschöpft gewesen und in dem schlechten Hotelbett in einen tiefen Schlaf gesunken.

„Wo sind deine Koffer?", fragte Shanahan. Er öffnete eine Schranktür und fand sie. „Ich werde für dich packen, während du dich anziehst."

„Ich möchte nicht, dass du meine Sachen durchwühlst. Was ist denn eigentlich los? Ich werde mich nicht rühren, bis du nicht wenigstens diese Frage beantwortest."

Er zog einen der schweren Koffer heraus und ließ ihn neben sie aufs Bett fallen. „Okay, das ist nur fair. Ich habe aus sicherer Quelle erfahren, dass Deutschland Belgrad bombardieren wird. Noch weitere Fragen?"

„Ja, eine Million."

„Später."

„Warum erzählst du mir das?", fragte Cameron, während sie zum Schrank lief und einen Rock und einen Pullover herausholte.

„Warum ich dir das erzähle?", wiederholte er ungläubig und einen kurzen Augenblick hielt er inne und starrte sie einfach nur an. „Es ist mir nicht zum Spaßen zumute, Hayes. Ich versuche, deinen Kopf zu retten."

„Ich kann selbst auf mich aufpassen."

„Ach ja? Ich habe fünf Minuten lang an deine Tür gehämmert, bis ich schließlich den Portier geholt habe, der mich hineingelassen hat. Nicht einmal eine Bombe hätte dich aufwecken können."

„Ich habe seit zwei Tagen nicht mehr geschlafen", verteidigte sie sich. Shanahan auch nicht, aber er war trotzdem hier.

Seit ihrer Ankunft in Rom zwei Wochen zuvor waren sie sich durch ganz Südosteuropa gefolgt. Es war gleichzeitig erheiternd und frustrierend. Gerade wenn sie das Gefühl hatte, dem Mann ebenbürtig zu sein, schaffte er es irgendwie, sie zu übertrumpfen, so wie jetzt.

Das Budget des *Globe* war knapp bemessen, sodass das Büro in Rom für ganz Südosteuropa zuständig war. Jim Prichard, dem Korrespondent des *Globe* in Rom, gefiel die Vorstellung, eine Assistentin für die Knochenarbeit zu haben. Zuerst versuchte Cameron, ihm klarzumachen, dass sie keine Assistentin war, die in Prichards Augen höchstens eine Stufe über einer Sekretärin stand. Aber schon bald wurde Cameron klar, dass nur härteste Knochenarbeit der Situation angemessen war.

„Also gut." Johnnys Stimme wurde weicher. „Du kannst nicht immer über alles Bescheid wissen. Wir haben einen mörderischen Terminplan. Und die Serben spielen schon zu lange Spielchen mit den Deutschen. Man musste damit rechnen, dass das nicht ewig so weitergehen konnte."

„Ich hätte wissen müssen, was passieren wird", sagte sie. „Die Deutschen würden nicht tatenlos zusehen, wie ihre Marionette, der Prinzregent, abgesägt wird. Sie brauchen Jugoslawien, um Griechenland zu bekommen."

„Wir können das alles später analysieren. Zieh dich an."

„Ich nehme an, es ist zu viel verlangt, wenn ich das gern allein tun würde?"

Er verdrehte die Augen. „In Ordnung, Ich gehe schnell hinüber zur britischen Gesandtschaft, um sicherzustellen, dass sie nicht ohne uns aufbrechen. Sie verfügen über eine Reihe von Fahrzeugen für einen raschen Aufbruch. Sei in fünfzehn Minuten da."

„Ich schätze, wir haben keine Wahl. Ich hasse es davonzulaufen. Doch ich habe gestern ein Telegramm von Max bekommen, in dem er mir mitteilt, dass mein Visum für die Sowjetunion eingetroffen ist. Er schickt es weiter nach Athen, wo ich in ein paar Tagen eintreffen soll."

„Falls wir hier wegkommen."

„Warum ich abreisen möchte, Johnny, weiß ich, aber willst du denn nicht hier sein, wenn es losgeht?"

„Mir gefällt die Vorstellung nicht, in einer von den Deutschen besetzten Zone eingeschlossen zu sein. Technisch gesehen mögen wir ein neutrales Land vertreten, aber die Nazis finden trotzdem immer Wege, uns das Leben schwer zu machen. Ich kenne ein paar amerikanische Korrespondenten, die von der Gestapo in der Tschechoslowakei verhaftet wurden, und um ein Haar wären sie als Spione erschossen worden. Aber wie auch immer, wir werden auf jeden Fall Auseinandersetzungen mit der serbischen Armee im Süden erleben."

„Welche Korrespondenten? Wie sind sie entkommen?"

Er schüttelte nur den Kopf und öffnete die Tür. „Das werde ich dir alles später erzählen, Hayes. Jetzt beeile dich. Fünfzehn Minuten."

Einige Zeit später zwängten sich zwei britische Diplomaten, ihr Fahrer, des *Journal*-Herausgebers Carl Levinson, Shanahan und Cameron in einen Sedan, der mit Nahrungsmitteln, Gepäck und Reserve-Benzin beladen war. Es dauerte etwas länger als fünfzehn Minuten, bis sie endlich aufbrechen konnten, das war jedoch nicht Camerons Schuld. Die beiden Briten eilten ihren Kollegen mit wichtigen Papieren voraus und es dauerte eine Weile, bis sie entschieden hatten, welche Papiere unbedingt weggebracht werden mussten.

Sie erreichten Mitrovica einhundertfünfzig Meilen südlich von Belgrad kurz vor Mittag desselben Tages. Dort erfuhren sie von dem Kommandanten der serbischen Ibar-Division, dass die Hauptstadt kurz nach ihrem Aufbruch heftig bombardiert worden war. Siebenundzwanzig deutsche Bomber waren abgeschossen worden.

Cameron betrachtete das Telefon auf dem Schreibtisch des Adjutanten, und während Shanahan und Levinson mit dem Kommandant ins Gespräch vertieft waren, gesellte sie sich zu dem Adjutanten.

„Ich muss einen sehr wichtigen Anruf machen", erklärte sie. „Dürfte ich Ihr Telefon benutzen?"

„Ich muss die Leitung für Notfälle frei halten", erwiderte der Mann. Er war noch jung und ein stattlicher Bursche mit einem breiten Gesicht.

„Natürlich, das verstehe ich. Aber es wird nicht lange dauern. Ich muss meinem Boss in Rom mitteilen, dass es mir gut geht. Er wird sich Sorgen machen."

Der junge Mann lächelte entschuldigend und zuckte die Achseln.

„Ich werde gleichzeitig einen Bericht durchgeben können, über das, was hier passiert, und das wird Ihrem Land die so dringend benötigte Unterstützung der Öffentlichkeit verschaffen." Sie strahlte ihn betörend an.

„Ich weiß nicht ..." Er sah zu dem Kommandanten hinüber, dann sprach er ihn an. Sehr zu Camerons Missfallen wurde so auch die Aufmerksamkeit von Shanahan und Levinson geweckt.

Der Adjutant erklärte dem Kommandanten etwas in seiner Sprache. Sie debattierten eine Weile miteinander, bis der Kommandant zu Cameron sagte: „Sie wollen Rom anrufen?"

„Ich versichere Ihnen, es handelt sich nicht um etwas Subversives."

„Sie müssen sich beeilen."

„So schnell es geht." Als der Kommandant sie stirnrunzelnd anblickte, fügte sie hinzu: „Ja, ich beeile mich."

„Hey, das ist großartig", sagte Shanahan. „Ich muss auch mein Büro anrufen –"

„Nur ein Anruf", bestimmte der Kommandant.

„Aber –"

„Es tut mir leid. Wir können nicht sagen, wie lange die Leitung noch steht."

„Hör zu, Shanahan", sagte Cameron. „Ich schulde dir was für das, was du heute Morgen getan hast. Du kannst eine Nachricht über mein Büro weiterleiten."

„Ach Hayes, das ist sehr großzügig von dir."

„Und was ist mit mir?", fragte Levinson.

„Natürlich...", begann Cameron, doch sie wurde von dem Kommandanten unterbrochen.

„Es muss schnell gehen", bestimmte er.

„Ja, ja. Sehr schnell", erwiderte sie.

Der Adjutant rief die Vermittlung an, doch es dauerte zehn Minuten, bis der Anruf endlich durchging. Erleichtert nahm Cameron zur Kenntnis, dass Prichard sich in seinem Zimmer aufhielt.

„Jim, ich habe nicht viel Zeit", sagte Cameron in den Hörer. „Du wirst die Story selbst schreiben müssen." Der Kommandant hörte genau zu, was sie sagte, und einmal unterbrach er sie, als sie ein sensibles Thema ansprach. Sie gab die Informationen über die Bombardierung weiter und kurze Beschreibungen der Zustände, die sie auf ihrer Fahrt von der Hauptstadt wahrgenommen hatte. Die Leitung knackte ein paar Mal und sie musste sich häufig wiederholen. „Hast du alles?"

„Cameron, beeile dich", drängte Shanahan.

Sie nickte ihm zu, während sie eindringlich auf Prichards Stimme hörte. Die Störungen nahmen erheblich zu. „Jim, ich möchte, dass du auch Mitteilungen für Shanahan und Levinson entgegennimmst – Jim? Kannst du mich hören?" Sie drückte auf die Gabel. „Jim? Ich habe ... Jim?" Mit einer Grimasse wandte sie sich zu ihren Kollegen um. „Die Leitung ist tot."

„Was? Bist du sicher?" Shanahan trat an den Schreibtisch.

Doch der Kommandant nahm ihr den Hörer ab und drückte mehrmals auf die Gabel. Erleichtert hielt er den Hörer so, dass das Freizeichen zu hören war.

„Sehen Sie. In Ordnung!", strahlte er. Shanahan griff nach dem Hörer, aber der Kommandant zog ihn fort. „Nur ein Anruf, habe ich gesagt."

„Ja, und ich möchte diesen Anruf nur beenden", argumentierte Shanahan.

„Der Teilnehmer hat aufgelegt."

Shanahan und Levinson protestierten lautstark, dann richtete sich ihr Zorn gegen Cameron.

„Sie haben die Verbindung absichtlich unterbrochen", beschuldigte Levinson sie.

„Das habe ich nicht!"

„Du musst zugeben, Hayes", sagte Shanahan, „es war ein ziemlich gutes Timing, dass die Leitung gestört wurde, nachdem du deinen Bericht beendet hattest."

„Wie kannst du es wagen!" Sie blickte den Kommandanten an. „Sagen Sie ihnen, dass ich nichts dafür konnte."

Aber natürlich tat der Kommandant nichts, um sie zu unterstützen. Er hielt ein funktionierendes Telefon in der Hand.

„Wir befinden uns mitten in einem Krieg, um Himmels willen! Leitungen werden unterbrochen." In der Vergangenheit hatte sie vielleicht ein paar krumme Dinge gedreht, um ihre Chancen im Wettkampf zu verbessern, aber dieses Mal war sie unschuldig.

Doch ihre Kollegen glaubten ihr nicht.

„Und das, nachdem ich dir heute deinen Hals gerettet habe", beschwerte sich Shanahan.

„Ich wäre auch ohne deine Hilfe aus Belgrad herausgekommen", knurrte sie. „Vermutlich hast du mich nur aus dem Grund aus der Stadt gezerrt, weil du nicht den Nerv hattest, eine Bombardierung durchzustehen, und du wolltest nicht, dass ich dich aussteche."

„Du hattest schon immer eine lebhafte Fantasie, Hayes", bemerkte Shanahan.

Cameron war gezwungen, Shanahans Gesellschaft noch eine Weile zu ertragen, während sie auf ihrer Reise durch Jugoslawien den Deutschen immer einen Schritt voraus waren. Die Spannungen von L.A. waren Cameron nach Europa gefolgt. Sie und Johnny gingen höflich miteinander um und Cameron hatte versucht, eine emotionale Distanz zu ihm zu wahren. In gewisser Weise war ihr klar, dass er in L.A.

nichts getan hatte, womit er sich eine ewige Bestrafung verdient hatte. Aber angesichts der Lage hielt sie es für sicherer, Distanz zu wahren. Trotzdem merkte sie schon bald, dass seine Freundschaft ihr wichtig war, wichtiger als jede romantische Liaison. Jedoch fiel es ihr schwer, diese feine Linie zu ziehen. Am sichersten fühlten sich beide mit ihrem üblichen Geplänkel.

Doch all dies wurde überschattet von der Faszination ihrer abenteuerlichen Reise durch Südosteuropa. Einmal wurden sie von serbischen Polizisten bei Stara Kachanik verhaftet, die auf der Suche waren nach deutschen Spionen in einem Automobil mit Diplomatenschildern. Einige Stunden lang wurden sie festgehalten, bis die Behörden ihre Papiere überprüft hatten und sie weiterreisen ließen. Unterwegs sprachen sie mit Flüchtlingen und Soldaten und Cameron konnte wichtige Informationen sammeln. Aber es gab keine Telefonverbindungen mehr, und sie blieb auf ihren Berichten sitzen, bis sie einen Weg finden würde, sie abzuschicken. Ihr einziger Trost war, dass es Shanahan genauso ging.

Am zweiten Tag nach ihrer Abreise aus Belgrad kamen sie bis vor Skopje, eines der größeren Bevölkerungszentren im mazedonischen Süden. Auf der Straße befanden sich viele Flüchtlinge, Menschen mit Wagen und Bündeln, die versuchten, vor dem Unausweichlichen zu fliehen. Deutsche Bomber donnerten über sie hinweg und Cameron bezweifelte, dass sie heil an ihrem Ziel ankommen würden. Eine Messerschmitt flog besonders tief, ein beunruhigender Anblick, als sie vor ihrer Windschutzscheibe vorbeibrummte.

„Das gefällt mir nicht“, murmelte Shanahan.

Dann ertönte das schwere Wummern der Artillerie. Ihr Fahrer riss das Steuer herum, als nur wenige Meter vor ihnen Geschosse auf der Straße einschlugen. Die Bremsen kreischten, der Wagen brach zur Seite aus und kam in einem Graben zum Stehen.

„Jemand verletzt?“, fragte der Fahrer mit zittriger Stimme.

Die Passagiere versicherten ihm, alle seien unbeschadet, dann kletterten sie aus dem Wagen. Er steckte mit der Kühlerhaube voran im Morast. Zwei Reifen waren platt.

„Und was nun?“, fragte Levinson.

„Uns bleibt nichts anderes übrig, als uns dem Treck anzuschließen“, meinte Shanahan. „Skopje kann nicht weit entfernt sein.“

Die Briten beschlossen, bei ihrem beschädigten Fahrzeug auszuharren, in der Hoffnung, dass andere Diplomatenwagen ihnen folgen würden. Levinson schloss sich ihnen an. Cameron hatte keine Lust, in einem Graben zu sitzen, während die Deutschen die Straße unter Beschuss nahmen. Falls ein anderer Diplomatenwagen kam, könnten sie noch immer unterwegs zusteigen. So schloss sie sich Shanahan und dem Strom der Flüchtenden an. Ihr Gepäck ließen sie im Wagen in der Hoffnung, es in Skopje wiederzubekommen.

„Kannst mich einfach nicht aus den Augen lassen, was Süße?“, spottete Johnny, während sie sich in Bewegung setzten.

Cameron schnaubte nur verächtlich. Ganz bestimmt würde sie nicht zugeben, dass das bei ihrer Entscheidung eine Rolle gespielt hatte.

Cameron sah sich um und fragte sich, wohin alle diese Flüchtlinge ziehen würden. Vermutlich hofften sie, in Skopje Unterschlupf zu finden, aber jetzt sah es so aus, als würde auch diese Stadt bald Angriffsziel der Deutschen werden. Diese Menschen schienen überwiegend Bauern zu sein. Wahrscheinlich hatten sie bereits alles verloren und nur noch einen Rest Hoffnung für die Zukunft, eine Hoffnung, die unter der deutschen Besatzung ganz und gar schwinden müsste.

Weitere Bomber tauchten am Himmel auf und schon bald konnte man in der Stadt die Lichtblitze der Explosionen erkennen. Eine Messerschmitt, die die Straße patrouillierte, feuerte erneut auf die Flüchtlinge. Frauen und Kinder schrien voller Furcht und warfen sich in Deckung. Neben Zivilfahrzeugen befanden sich auch einige Militärfahrzeuge auf der Straße, die die Piloten zweifellos als Gefahr und damit als angemessene Ziele betrachteten. Welchen anderen Grund konnte es für den plötzlichen Beschuss geben?

Die Lage wurde ernst. Die Fliehenden schrien und rannten um ihr Leben. Die Fahrer traten in die Bremsen. Ein alter Lastwagen kippte um und ging in Flammen auf. Shanahan packte Cameron an der Schulter und schob sie über den Straßenrand in den Graben. Kugeln bohrten sich in den Boden, Erde spritzte auf und traf Cameron im Gesicht, sodass ihr die Sicht genommen war. Darum spürte sie eher, als dass sie sah, wie jemand auf sie fiel. Es gab einen dumpfen Schlag gegen ihren Körper und sie wusste, was es war, ohne es gesehen zu haben.

„Oh lieber Gott! Johnny!“, rief sie.

„Ich bin hier, Cameron", kam seine sanfte Stimme.

Nie hatte seine Stimme beruhigender geklungen. Dann wurde ihr natürlich klar, dass es nicht Johnny gewesen sein konnte, der da gegen sie gefallen war. Doch das war nur ein schwacher Trost. Als sie wieder klar sehen konnte, lag neben ihr ein Körper. Es war eine Frau. Blut sickerte aus ihrem Kopf.

„Tanja!", schrie ein Mann. Er tauchte über ihnen am Straßenrand auf.

Wieder donnerte ein Flugzeug vorbei. Shanahan sprang auf die Straße, packte den Mann, der wie in Trance schien, und zog ihn gerade in den Graben, als weitere Projektile den Asphalt umpflügten.

„Tanja!", weinte der Mann aufs Neue. Er beugte sich über sie und murmelte etwas in seiner fremden Sprache.

Die Frau bewegte sich, flatternd öffneten sich ihre Lider und der Mann stöhnte dumpf.

Cameron rückte näher an Shanahan heran. Sie zitterte am ganzen Leibe und es war ihr egal, ob er das bemerkte. Im Augenblick musste sie die Nähe eines Menschen spüren.

„Das war sehr mutig", flüsterte sie ihm zu.

Er zuckte nur die Schultern, als wäre es nichts Besonderes, einem Mann das Leben zu retten. „Ich hatte Angst, er würde erschossen, auf mich fallen und mir das Genick brechen", erwiderte er. Ganz eindeutig behagte es ihm nicht, bei einer Heldentat beobachtet worden zu sein.

„Ach so", murmelte sie zweifelnd.

Nachdem der Mann die Wunden der Frau mit einem Taschentuch versorgt hatte, nahm er sie auf die Arme und erhob sich. Cameron wollte ihn aufhalten, denn es schien unmöglich zu sein, dass er die Frau den ganzen Weg nach Skopje trug. Dann sah sie den mit Stofftaschen beladenen Wagen auf der Straße. Sie beobachtete, wie der Mann seine Frau sanft zwischen ihre weltlichen Besitztümer bettete. Obwohl seine Frau mit dem Leben davongekommen war, trug er einen grimmigen Gesichtsausdruck, denn vor ihnen lagen weitere Etappen einer langen und gefährlichen Reise ins Ungewisse.

Cameron kuschelte sich an Shanahan und er legte den Arm um sie.

„Der Ruhm des Krieges", meinte er trocken.

„Johnny, ich muss dir ein Geständnis machen, wenn du versprichst, es niemandem zu verraten."

Sein Lachen hatte einen klaren, hellen Klang, der nicht zu ihrer Umgebung passte. „Hayes, ich bin Reporter. Es ist mein Beruf, die Geheimnisse anderer Menschen zu verraten."

„Na ja, ich werde es dir trotzdem erzählen. Ich hatte eben schreckliche Angst. Ich habe noch immer Angst."

Obwohl er sein Lachen unterdrückte, schien es doch noch in seinen Mundwinkeln zu spielen. „Dann bist du doch nicht aus Stahl?"

„Nicht ganz, schätze ich."

„Hast du Angst vorm Sterben, Hayes?"

„Das kann sein. Ich weiß es nicht. Ich habe nie viel über das Sterben nachgedacht. Ich habe noch nie einen toten Menschen gesehen, vielleicht ein paar Särge in einer Friedhofskapelle oder einen Toten, der mit einem Laken abgedeckt am Ort eines Verbrechens lag. Aber als ich gerade neben dieser Frau lag, erkannte ich, wie nah wir alle ihm sind – dem Tod, meine ich."

„Wir befinden uns in einem Krieg, Cameron. Es wird Leichen geben. Ich bin jedoch froh, dass du dieses Mal verschont geblieben bist." Mit seinen dunklen Augen musterte er sie eindringlich. „Bist du bereit, Hayes?", fragte er eher bittend als herausfordernd, und das war seltsam tröstend für sie.

„Hast du denn überhaupt keine Angst, Shanahan?", fragte sie. „Machst du dir keine Gedanken über den Tod?"

„Natürlich habe ich Angst, aber es gibt etwas, das mir weit mehr Angst macht als das Sterben, und das ist, verwundet zu werden, hier liegen zu bleiben und zusehen zu müssen, wie jemand anderes mir die Story wegschnappt. Ich bete nur, dass ich, wenn ich schon eine Kugel schlucken muss, wenigstens gleich tot bin."

„Du meine Güte! Das ist makaber, Shanahan. Selbst für deine Verhältnisse."

„Nur praktisch, Süße, das ist alles." Er sah nach oben. Am Himmel war jetzt alles ruhig. Um sie herum stiegen die Leute wieder zur Straße hoch, um ihren trostlosen Fußmarsch fortzusetzen. „Ich denke, wir können jetzt weitergehen", sagte Shanahan und erhob sich.

Cameron legte ihm die Hand auf den Arm. „Ich bin froh, dass du bei mir warst. Es hat mich beruhigt, dich in meiner Nähe zu haben."

Er lächelte, dann zog er sie plötzlich an sich und bedeckte ihre Lippen mit einem leidenschaftlichen Kuss. Sie wehrte sich nicht gegen ihn, dachte nicht einmal daran. Ihre Umarmung zog sich hin, bis sie allein im Graben standen und die Flüchtlinge weitergezogen waren.

„Ich habe dich vermisst, Hayes“, murmelte er.

„Ich dich auch, Johnny.“

Er wischte ihr einen Schmutzstreifen von der Nase. „Was hältst du davon, wenn wir diese verrückte Fehde zwischen uns begraben?“

„Tatsache bleibt, dass wir für konkurrierende Zeitungen arbeiten“, entgegnete sie vernünftig, obwohl alles in ihr danach schrie, das einfach zu vergessen.

„Aber das bedeutet doch nicht, dass wir uns gegenseitig an die Gurgel gehen müssen, oder?“

„Nein, das nicht.“

„Gut. Komm mit.“ Er rappelte sich hoch und streckte die Hand nach ihr aus.

Es war eine Geste ihres guten Willens, dass sie sich von ihm auf die Beine und zurück auf die Straße helfen ließ. Als sie sich in Bewegung setzten, fragte sie:

„Hatte ich denn recht, Johnny?“

„Was meinst du?“

„Du weißt schon. Ging es wirklich ums Geld?“

Stöhnend verdrehte er die Augen. „Du kannst es einfach nicht lassen, oder?“

Auch sie verwünschte ihr dummes Gerede, als ihr klar wurde, dass er recht hatte. Sie wollte immer gewinnen, vielleicht erschien ihr auch die Vorstellung von einer friedlichen Koexistenz mit Johnny zu langweilig. Es war zwar schön, ihm wieder so nahe zu sein, dass er sie in den Armen gehalten hatte. Und doch, bevorzugte sie in Wirklichkeit nicht eher den Wettkampf mit ihm?

„Es tut mir leid“, mehr fiel ihr nicht ein.

„Ja, so wie es dir leid getan hat, diesen Anruf nach Rom zu unterbrechen.“

„Ich habe ihn nicht unterbrochen!“

„Das kaufe ich dir nicht ab, Hayes.“

„Also, ich habe diesen Anruf nicht unterbrochen, und wenn du das ernst meinen würdest, was du gerade gesagt hast, dass wir uns nicht gegenseitig an die Gurgel gehen sollten, dann würdest du mir glauben.“

„Du weißt, dass ich nie das meine, was ich sage!“ Er grinste. „Genauso wenig wie du mir die Wahrheit bei dem Anruf gesagt hast.“
„Du bist unmöglich!“
„Wieder auf Gefechtsstation, Hayes?“
„Darauf kannst du wetten!“
Kurz nach ihrem Eintreffen in Skopje gab es einen weiteren Luftangriff. Mit vielen anderen fanden sie Schutz im Verlies einer alten Burg. Danach holten sie sich im Disvisionshauptquartier die Akkreditierung ihrer Zeitungen und machten einen Streifzug durch die Stadt. Die Bombardierung war mit unglaublicher Präzision erfolgt, doch da es sich um Granaten mit geringer Sprengkraft gehandelt hatte, war der Schaden nicht allzu groß. Die Versorgungsleitungen jedoch waren unterbrochen worden. Es gab keinen Strom und keine Telefonverbindung und überall lagen Leichen herum. Ersten Berichten zufolge hatte der erste Luftangriff dreißig Menschenleben gefordert. Von dem jüngsten Angriff hatte man noch keine Zahlen. Sie erfuhren auch, dass es bei der Bombardierung Belgrads siebzehntausend Tote gegeben hatte.

16

Griechenland
April 1941

Da die Deutschen ihnen auf den Fersen waren, reisten Cameron und Shanahan so schnell wie möglich nach Griechenland weiter. Aber es war mehr als die deutsche Armee, die Cameron antrieb. Ihr Visum für die Sowjetunion wartete in Athen auf sie. Ja, sie war hin- und hergerissen bei dem Gedanken, diese aufregende Kriegszone zu verlassen, aber sie ahnte, dass auch die Ereignisse in der Sowjetunion sich bald überschlagen würden. Am Tag vor ihrer Abreise aus Belgrad hatte Cameron einen Regierungsbeamten interviewt, der von einem Gerücht zu berichten wusste, dass Hitler konkrete Pläne für eine Invasion der Sowjetunion vorbereitete. Geschichten dieser Art hatte Cameron schon häufiger gehört, doch die deutsche Invasion des Balkans ließ deutlich ein Muster erkennen, das den realen Hintergrund solcher Spekulationen untermauerte. Deutschland bereitete den Weg für eine Invasion Russlands, indem es sich die Kontrolle über die Balkanländer verschaffte. Den Sowjets blieb kein Puffer gegen einen Angriff.

Cameron musste nach Russland, aber der Krieg hielt sie bei jeder Wegbiegung auf. Nur mit Mühe hatten sie Jugoslawien verlassen können, ohne gefangen genommen zu werden. Es sah so aus, als würde sie in Griechenland nicht noch einmal so viel Glück haben. Deutsche Bomber hatten in der berüchtigten Blitzkrieg-Manier den Angriff auf Griechenland begonnen, beinahe gleichzeitig mit ihrer Bombardierung Jugoslawiens. Griechenland hegte keinerlei Illusionen, der deutschen Übermacht standhalten zu können, auch wenn es im vergangenen Herbst die Invasion durch das italienische Militär hatte abwenden können. Es sah so aus, als würde Griechenland fallen.

Um den deutschen Truppen zu entgehen, waren Cameron und ihre Reisegefährten gezwungen, auf Umwegen nach Athen zu reisen.

Es war der dreiundzwanzigste April und weniger als eine Woche zuvor hatte sich Jugoslawien den Nazis ergeben. Zwar war bereits eine große Widerstandsbewegung im Entstehen begriffen, aber bei den ethnischen Unterschieden unter den Jugoslawen blieb fraglich, wie effektiv sie sein würde.

Cameron war mit Shanahan und Levinson unterwegs. Die Briten hatten sich bei ihrer Ankunft in Patras auf dem Peloponnes verabschiedet. Die Journalisten versuchten nun auf eigene Faust, eine Mitfahrgelegenheit nach Osten zu finden. Obwohl nur etwa einhundertfünfzig Meilen zwischen Patras und Athen lagen, war nicht daran zu denken, mit dem Auto über die gefährlichen Küstenstraßen zu fahren. Und doch war es von entscheidender Bedeutung für die drei, Athen bald zu erreichen – nicht nur wegen der vorrückenden Deutschen, sondern auch weil die Hauptstadt das einzige noch funktionierende Kommunikationszentrum in Griechenland zu sein schien. Alle wollten unbedingt ihr Material in die Staaten übermitteln.

In Patras führte Cameron ein Interview mit dem britischen Kommandanten. Sie hatte ein schlechtes Gewissen, weil sie die Situation ausnutzte, während Shanahan und Levinson in der Stadt unterwegs waren, um ein Transportmittel für sie aufzutreiben. Obwohl jeder für eine andere Zeitung schrieb, waren sie durch die Umstände zur Zusammenarbeit gezwungen. In Athen jedoch würde zweifellos ein jeder versuchen, vor den anderen das nächste Telegrafenamt zu erreichen.

„Colonel, wie weit sind die Deutschen nach Griechenland vorgedrungen?“, fragte Cameron, Block und Stift in der Hand.

„Nördlich von hier haben wir starke Befestigungen“, erwiderte der Offizier angespannt. Seine Haltung schrieb Cameron sowohl der militärischen Zensur als auch der typisch britischen Zurückhaltung zu. „Ich bin zuversichtlich, dass wir die Deutschen bei Thermopylae zurückschlagen werden.“

„Sie können kaum mehr als fünfzig Meilen entfernt auf der anderen Seite des Golfes stehen.“

„Das stimmt.“

„Gab es Opfer?“

„Wir hatten ein paar Verluste“, gab der Mann zu.

Natürlich würde er nicht verraten, wie viele seiner Soldaten ums Leben gekommen waren, aber Cameron hatte gehört, dass die Zahl der Gefallenen auf britischer Seite beinahe doppelt so hoch war wie bei den Deutschen. Diese Invasion wurde allmählich ziemlich zum Fiasko für die Briten, die Anfang des Jahres ein achtundfünfzigtausend

Mann starkes Expeditionskorps nach Griechenland geschickt hatten. Doch die Demütigung einer einzelnen Niederlage war nichts im Vergleich zu der Aussicht, dass Großbritannien seine strategisch wichtige Stellung im Mittelmeer verlieren könnte, wodurch seine Truppen in Ägypten und im Mittleren Osten in Gefahr gerieten.

In diesem Augenblick platzte Shanahan in das Büro. Der Colonel wirkte erleichtert.

„Hayes, ich habe Fahrkarten für den Nachmittagszug nach Athen ergattert. Wir haben nicht viel Zeit."

Da die Kämpfe immer näher rückten und die Auseinandersetzungen an Heftigkeit zunahmen, reiste Cameron nur widerwillig ab. Schlachtengetümmel übte eine beinahe ebenso starke Faszination auf sie aus wie ihr Wunsch, nach Russland zu kommen.

Der Colonel bemerkte ihr Zögern und sagte: „Sie sollten diese Gelegenheit wirklich nutzen. Es könnte der letzte Zug sein, der diese Stadt verlässt."

Mit einem Seufzen ergriff Cameron ihren Koffer und die Schreibmaschine. Ihr Gepäck hatte sich auf diesen einen Koffer reduziert, nachdem sie auf ihrer Reise durch Jugoslawien ihre Habseligkeiten neu sortiert hatte. Alle ihre Bücher hatte sie zurückgelassen – ein schmerzlicher Abschied –, ihre Abendkleider und die anderen nicht absolut notwendigen Dinge. Obwohl die Temperatur in Griechenland etwa zwanzig Grad betrug, hatte sie ihre Mäntel behalten. Ihr schwerer Wollmantel steckte im Koffer und den Regenmantel hatte sie angezogen. Schweißgebadet erreichte sie den Bahnhof. Shanahan, der die Gründe für die seltsame Wahl ihrer Garderobe kannte, neckte sie und sagte, Moskau sei noch immer weit.

Auf dem Bahnsteig wimmelte es von Leuten, die versuchten, die Stadt noch vor der Invasion zu verlassen. Es grenzte an ein Wunder, dass sie Levinson in dem Gewühl fanden. Umso ernüchterter waren sie, als über Lautsprecher verkündet wurde, dass der Zug gestrichen worden war.

Shanahan fluchte und trat gegen seinen Koffer, bevor er ihn und seine Schreibmaschine aufnahm und den Bahnhof verließ. Cameron folgte ihm, während Levinson in die andere Richtung loszog, um eine Transportmöglichkeit aufzutun.

Ein Luftangriff zwang Cameron und Johnny, über eine Stunde in einen Bunker abzutauchen. Der kleine Raum war so überfüllt, dass sie kaum atmen konnten. Über dem Eingang hatte Cameron ein Schild mit der Aufschrift gesehen: „Mit Geldmitteln der amerikanischen Regierung erbaut".

„Hätten sie nicht ein paar Dollar mehr spendieren können?", stöhnte Cameron, als ein Ellbogen sie in die Rippen traf und ein großer Fuß ihre Zehe unter sich begrub.

Nach dem Luftangriff suchten sie ein Café auf, in dem sie seit ihrer Ankunft in Patras schon häufiger zu Gast gewesen waren. Zu essen gab es nichts, aber sie bekamen eine Tasse Tee, ein eher schwaches Gebräu. Cameron stellte ihre Schreibmaschine auf den Tisch und öffnete den Koffer.

„Was machst du?", fragte Shanahan.

„Na, wonach sieht das wohl aus? Ich werde etwas schreiben, selbst wenn es nie zu Hause ankommen wird."

„Vergiss es", forderte er. „Wir müssen uns überlegen, wie wir hier wegkommen."

„Ich kann gleichzeitig denken und schreiben." Sie spannte einen Bogen Papier in die Schreibmaschine, griff in die Tasten und begann, ihr Interview mit dem Colonel zu Papier zu bringen. Plötzlich hielt sie inne und fragte: „Wie wäre es mit einem Militärlaster? Wenn wir zu diesem Colonel zurückgehen und ihm unsere Situation schildern, ist er sicher bereit, uns mitfahren zu lassen. Er schien es gar nicht erwarten zu können, uns loszuwerden."

„Dich loszuwerden, meinst du wohl", erwiderte Shanahan trocken.

Cameron verdrehte die Augen und tippte weiter. Kurz darauf betrat eine auffallend hübsche Frau das Café. Sie war groß und geschmeidig. Ihre schwarzen Haare, ihre dunklen Augen und ihre samtene Haut verliehen ihr das Aussehen einer klassischen griechischen Schönheit.

„Da bist du ja, Johnny, mein Lieber!" Sie sprach Englisch mit einem ausgeprägten Akzent.

„Filia", begrüßte Shanahan sie und schenkte ihr ein unergründliches Lächeln.

„Willst du noch immer die Stadt verlassen?", fragte sie.

„Ja, aber der Zug ist gestrichen worden und vermutlich fährt kein anderer mehr."

„Ich wüsste vielleicht einen Weg." Sie hielt inne und richtete ihre exotischen Augen auf Cameron. „Vielleicht könnten wir allein miteinander sprechen?“

„Ach, keine Sorge“, erwiderte Shanahan mit einem Blick auf Cameron. „Sie ist unwichtig – eine Kollegin, weißt du. Du kannst ihr vertrauen.“

Cameron schluckte eine scharfe Erwiderung hinunter. *Unwichtig*, ach wirklich! Aber wenn dieses griechische Mädchen sie nach Athen bringen könnte, würde ein wenig Zurückhaltung sie nicht umbringen.

„Möchtest du dich setzen?“, forderte Shanahan seine Freundin auf und deutete auf einen leeren Stuhl.

„Nein danke. Ich habe noch eine wichtige Verabredung. Aber ich wollte dir noch sagen, dass mir ein Freund eingefallen ist, der für die Eisenbahn arbeitet. Bestimmt verfügt er über Informationen, die der Allgemeinheit nicht zugängig sind. Manchmal werden Züge für den Personenverkehr gestrichen und stattdessen für Militärtransporte verwendet, von denen niemand etwas weiß.“

„Es ist einen Versuch wert. Wie finde ich diesen Mann?“

„Ich werde dich ihm vorstellen. Wir treffen uns in einer Stunde beim Adonis-Hotel.“

„Danke, Süße“, sagte Shanahan mit einem Grinsen, das nun sehr wohl zu deuten war und besagte, dass er bereit war, seine Dankbarkeit nicht nur in Worten zu beweisen. „Du bist wundervoll, Filia!“

Sie streckte die Hand aus und strich ihm mit großer Vertrautheit über die Wange. „Ich hoffe, wir werden noch Zeit haben, uns angemessen voneinander zu verabschieden, bevor du gehst.“

„Darauf kannst du dich verlassen, mein Engel!“

Damit verließ die griechische Schönheit das Café.

Shanahan sah auf seine Armbanduhr. „Ich hoffe nur, Levinson taucht auf, bevor wir aufbrechen müssen.“

„Du glaubst doch nicht wirklich, dass diese Frau uns helfen würde.“ Cameron hatte den Eindruck, dass dieses Mädchen Johnny nur an der Nase herumführen wollte.

„Warum sollte sie nicht?“ Dann dämmerte es ihm und er schüttelte den Kopf. „Ich verstehe. Du bist eifersüchtig.“

„Ha! Nicht im Geringsten. Aber ich habe nicht vor, mich von irgendeiner dahergelaufenen Göre abhängig zu machen.“

„Du weißt gar nichts, Hayes. Du kennst sie überhaupt nicht.“ Er schien getroffen zu sein, so als würde ihm diese Frau, deren Bekanntschaft er doch erst vor zwei Tagen gemacht haben konnte, wirklich am Herzen liegen. Das passte nicht zu ihm.

„Nun, angesichts deiner Vorgeschichte ..."

„Im Gegensatz zu dir, Hayes, habe ich keine Angst, die Leute, über die ich schreibe, dort aufzusuchen, wo sie leben, und mich voll und ganz auf sie einzulassen."

„Bitte versuch jetzt nicht, eine deiner geschmacklosen Affären schönzureden."

Er zuckte kalt die Schultern. „Das kannst du nicht verstehen, Hayes, weil du, seit du nach Europa gekommen bist, Angst hast, in die harten Fakten der Nachrichten einzutauchen."

„Nur weil ich nicht bereit bin, für eine Story mit jedem auf der Straße zu schlafen –"

„Ich behaupte nicht, ein Heiliger zu sein, aber ich kann wenigstens mit dem Herzen schreiben, Cameron. Ich habe ein paar deiner Sachen gelesen und ..."

„Du hast in meinen Sachen geschnüffelt?"

„Beruhige dich, Mädchen! In den letzten Wochen haben wir praktisch zusammengelebt. Es ist schwer, dir nicht gelegentlich über die Schulter zu blicken." Er hielt inne und rieb sein Kinn. Die Tatsache, dass er durch ihre Worte nicht beleidigt zu sein schien, sondern eher nachdenklich wirkte, ärgerte sie.

„Ich gebe dir doch nur einen kostenlosen Rat", setzte er hinzu.

„Ach, tatsächlich?" Ihr Tonfall forderte ihn heraus.

„Cameron, du hast ein Problem mit Intimität."

„Ich!", platzte sie heraus. Mit einem solchen Satz aus seinem Mund hätte sie am allerwenigsten gerechnet. „Und das ausgerechnet von dem Mann, der nie häufiger als zweimal mit einer Frau ausgeht."

„Mit dir war ich öfter aus."

„Dieses Thema sollten wir jetzt besser nicht vertiefen."

Der Anflug eines Lächelns umspielte seine Lippen, bevor er sprach. „Zu Hause in L.A. kamst du mit deinen Artikeln ganz gut zurecht. Vielleicht hat dich diese neue Umgebung zurückgeworfen. Du konzentrierst dich zu sehr auf die Fakten und Zahlen des Krieges. Deine Artikel sind kalt, ohne Leidenschaft. Ich habe dich in ziemlich gefährlichen Situationen erlebt und ich habe beobachtet, wie du emotional reagiert hast, das aber hast du auf dem Papier nicht rübergebracht."

Sie wollte ihn unterbrechen und ihm sein freches Maul stopfen. Doch dann fiel ihr ein, dass Johnny Shanahan früher ihr Mentor gewesen war, den sie sehr bewunderte. Und obwohl sie es jetzt nicht zugeben wollte, wusste sie, dass er noch immer der Beste war, und es wäre dumm gewesen von ihr zuzulassen, dass ihre Gefühle die Wahrheit seiner Worte überschatteten. Wenn es stimmte, dann müsste sie das tatsächlich in Ordnung bringen. Sie wollte so gut sein wie er.

„Ist es wirklich so schlimm, Johnny?", fragte sie und auf einmal fühlte sie sich sehr verletzlich.

„Denk an den Luftangriff in Jugoslawien und an die verletzte Tanja."

„Du weißt sogar noch ihren Namen!" Sie konnte nicht sagen, warum sie das erstaunte. Es sah ihm überhaupt nicht ähnlich. Doch auf der anderen Seite ...

„Natürlich erinnere ich mich daran", fuhr Shanahan fort, „es gehört zu meinem Job, mir solche Details zu merken. Jedenfalls habe ich gesehen, was du danach geschrieben hast. Es war ein großartiger Bericht über den Flugzeugtyp, den die Deutschen eingesetzt hatten, und die Sprengkraft der Granaten sowie eine exakte Aufzählung der Opfer, von behördlicher Seite bestätigt. Du hast treffend das Ausmaß der Zerstörung beschrieben. Aber ich habe nicht das Entsetzen und die Furcht gespürt, die man empfindet, wenn man in eine solche Situation gerät. Ich habe nichts gemerkt von all der Tragik, als Tanjas Mann sie auf seinen Wagen legte, obwohl ich weiß, dass dich diese Szene tief berührt hat. Du hast Talent, Hayes", fügte er hinzu und er sprach so aufrichtig, dass sie beinahe Angst bekam. Das musste bedeuten, dass die Dinge schlimmer waren, als sie gedacht hatte. „Aber verflixt noch mal, du bist noch grün hinter den Ohren. Du bist erst seit wenigen Jahren im Geschäft und arbeitest gerade mal ein paar Wochen als Korrespondentin. Du hast Angst, deine Unerfahrenheit zu zeigen, wenn du um Hilfe bittest, und du hast Angst davor, bei deinen Artikeln dein Herz zu öffnen."

„Aber wir bringen doch Nachrichten und keine Herz-Schmerz-Geschichten ..."

„Schreib ruhig über die Fakten, aber vergiss nicht, dass dies ein

Krieg ist. Und Fakten umschreiben immer nur das Leid der Menschen, die Narben im Land und auf den Seelen der Menschen. Wenn du das nicht rüberbringen kannst, warum bist du dann überhaupt hier – mitten im Geschehen? Du könntest genauso gut in den Staaten sitzen und die offiziellen Verlautbarungen umschreiben." Er hielt inne und sah zur Tür. „Dieses Mädchen ist das perfekte Beispiel. Ich habe sie kennengelernt, weil ich nicht mehr damit zufrieden war, nur Kommandeure zu interviewen." Er griff in seine Tasche und holte ein Blatt hervor. „Hier, sieh dir das an."

Cameron nahm das Blatt, faltete es auf und las:

Patras ist eine vom Krieg zerstörte Stadt. Früher war sie ein hübsches griechisches Fischerdorf, doch jetzt sieht man überall Trümmer und Schutt. Kaum ein Gebäude ist unbeschädigt geblieben. Auf den Straßen drängen sich die Heimatlosen und Vertriebenen, Menschen, deren Leben nie mehr so sein wird wie zuvor, nicht einmal, wenn dieser Krieg zu Ende gegangen sein wird.

Vor Kurzem habe ich einen solchen Menschen kennengelernt, eine junge Frau, die weinend durch die Straße lief. Ich hielt sie für eine von denen, die in den Trümmern nach einem vermissten Angehörigen suchten. Doch ihr Schicksal war weitaus tragischer. Sie hatte gerade die Nachricht erhalten, dass ihre beiden Brüder bei den Kämpfen in der Nähe von Thermopylae ums Leben gekommen waren. Ihr Vater, der auch beim Militär ist, konnte nicht ausfindig gemacht werden; er weiß noch nichts von dieser schrecklichen Nachricht. Dieses Mädchen blieb nun mit zwei gleich schlimmen Ängsten zurück: erstens, dass sie ihrem Vater begegnen würde, bevor die Behörden ihn ausfindig gemacht hatten, und ihm die schreckliche Nachricht mitteilen müsste, dass seine beiden Söhne tot waren. Und zweitens, dass auch er bei den Auseinandersetzungen ums Leben gekommen sein könnte.

Ich war nicht in der Lage, den Schmerz der Frau zu lindern. Ich ließ sie eine Weile an meiner Schulter weinen …

Cameron hob den Blick von dem Blatt und fragte skeptisch: „An deiner Schulter weinen, Shanahan?"

Er lachte verlegen. „Okay, vielleicht habe ich sie mehr als das tun lassen, aber es gibt bestimmte Grenzen, die man auf dem Papier nicht überschreiten sollte, weißt du."

Sie lächelte, dann sagte sie: „Das ist wirklich gut, Johnny."

„Darum bin ich hier drüben", erwiderte er mit einem Anflug von Bescheidenheit, doch umgehend fiel er in seine gewohnte Arroganz zurück: „Und das ist der Grund, warum ich einen Pulitzer bekommen habe."

„Junge, ich dachte schon, du würdest es schaffen, deinen Pulitzer einen ganzen Tag lang nicht zu erwähnen."

Er lachte und in diesem Augenblick kam Levinson herein. Bevor sie ihre Informationen austauschten, widmete Cameron Shanahan einen letzten Gedanken. Er konnte ein kaltes, arrogantes Miststück sein, doch sein Text hatte sie berührt, und sie fragte sich, wer der wirkliche Johnny Shanahan war. Hatte er sich aus reiner Besorgnis um das weinende Mädchen auf der Straße gekümmert oder nur, weil er eine Story gerochen hatte? Oder einfach, weil er Sehnsucht nach weiblicher Gesellschaft hatte? War er ein so komplexer Mann? Oder ein besserer Schauspieler als Erroll Flynn?

Irgendwo war er ihr fremd geblieben. Er sprach von Intimität, schrieb mit Leidenschaft, und doch war er Experte darin, die Frau, die er vermutlich am besten auf der Welt kannte, auf Armeslänge von sich fern zu halten. Und das Seltsame war, er konnte dies tun, während Cameron in seinen Armen lag. Wie schon so oft redete sie sich ein, dass es besser so war. Tatsächlich hatte sie ihm applaudiert. Sie würde gern lernen, sich ebenso zu verhalten.

17

Filias Freund bei der Eisenbahn hatte ihnen von einem Militärtransport erzählt, der kurz vor Anbruch des folgenden Morgens abfahren sollte. Er versicherte ihnen, sie unbemerkt in den Zug bringen zu können – alle, außer Cameron. Er musterte sie von oben bis unten, lüstern und gleichzeitig missbilligend.

„Keine Frauen in Militärzügen", sagte er. „Sie würden auffallen wie – wie sagt ihr Amerikaner noch? – ein buntes Huhn."

„Ein bunter Hund", korrigierte Cameron, dann fügte sie hinzu: „Keine Sorge, ich bin ein Meister der Tarnung."

Filia, die viele Bekannte unter den Soldaten hatte, besorgte einen Drillichanzug für Cameron und Tarnjacken für die Männer. Cameron fand den Drillichanzug so bequem und praktisch, dass sie sich fragte, warum sie so etwas nicht schon früher aufgetrieben hatte. Natürlich waren Frauen in Hosen in den Mittelmeerländern nicht gern gesehen, und sie hatte die Menschen, von denen sie Neuigkeiten erfahren wollte, nicht beleidigen wollen, indem sie Hosen trug. Jetzt galten natürlich andere Prioritäten.

Doch als sie in Filias Spiegel sah, musste sie schlucken – sie, die normalerweise herzlich wenig auf ihr Aussehen achtete. Dieser Drillichanzug war schmutzig und zerknittert und hing schlaff an ihrer schlanken Gestalt herunter. Ja, er war bequem, aber darin sah sie aus wie ein alter Sack Kartoffeln. Flüchtig dachte sie an ihre Schwester. Blair wäre entsetzt, wenn sie sie so sehen könnte.

„Ich bin weit vom Tragen von Abendkleidern entfernt", murmelte sie.

Zum ersten Mal seit Langem dachte sie darüber nach, wie fern ihr Leben in Kalifornien lag. Sie hatte sich vor Soldaten und Bomben versteckt, Essen und Kleidung organisiert, auf dem Boden, auf dem Rücksitz von Autos oder unter freiem Himmel geschlafen. Im Vergleich dazu war ihr Leben in den Staaten das einer verwöhnten Gesellschaftsdame gewesen. Seltsamerweise vermisste sie das gar nicht. Natürlich fehlte ihr ihre Familie und sie war frustriert, dass sie keine Verbindung zu ihnen aufnehmen konnte. Sie fragte sich, ob Blair die

Rolle in dem Film bekommen hatte, von der sie geträumt hatte. Wie es Jackie wohl auf dem College erging? Machte sich ihre Mutter große Sorgen um sie? Und ihr Vater? Wie vertrieb er sich die Zeit, nun da er ihr das Leben nicht mehr schwer machen konnte?

Ja, alles schien so weit von ihrer Realität entfernt.

Cameron schnallte sich den Gürtel enger um die Taille, damit die Jacke sich nicht bauschte, dann gesellte sie sich zu ihren Kollegen, die in einem Café neben Filias Wohnung warteten. Shanahan pfiff anerkennend, als sie näher kam. Lachend drehte sie sich wie ein Model.

Sie kehrten in ihre Hotelzimmer zurück und verbrachten ihre letzte Nacht in Patras. Cameron sprach nur wenig und wachte problemlos um vier Uhr morgens auf. Sie zog ihren Drillichanzug an, packte ihren Koffer und traf sich mit den anderen in der Lobby. Zum Frühstück tranken sie nur eine Tasse Kaffeeersatz. Filia gab ihnen einen Laib Brot für die Reise mit. Cameron hätte sich dem Mädchen gegenüber dankbarer gezeigt, wenn sie nicht verärgert gewesen wäre, sie so früh am Morgen mit Shanahan zusammen zu sehen.

Und wieder herrschte dichtes Gedränge am Bahnhof.

„Und das soll ein geheimer Zug sein", murmelte Cameron.

Doch die Menschenmenge hätte sie eigentlich nicht in Erstaunen versetzen müssen, hatte doch Shanahan sie an diesem Morgen mit der bedrückenden Neuigkeit begrüßt, dass die Deutschen bei Thermopylae die britische Verteidigungslinie durchbrochen hatten. Der Feind kontrollierte nun den Küstenstreifen auf der anderen Seite des engen Golfes. Alle, Zivilisten und Militärangehörige gleichermaßen, konnten es kaum erwarten wegzukommen.

Der Zug fuhr mit nur zehn Waggons ein. Ein erbitterter Kampf um die Plätze brach los. In dem Gedränge vergaß Cameron, dass sie und ihre Gefährten eigentlich gar nicht das Recht hatten, in dem Zug mitzufahren, denn sie waren nicht nur keine Militärangehörigen, sie waren auch Ausländer. Aber sie schob und drängte sich durch die Menge, bis sie die Tür eines Waggons erreichte, kurz vor einem hünenhaften griechischen Gefreiten. Ohne lang zu fackeln, stieß er ihr seinen Ellbogen ins Auge und feixte hinterhältig, als sie zusammenzuckte und beinahe den Türgriff losließ. Ihr Auge schmerzte und tränte, aber sie klammerte sich fest, als der Mann versuchte, sie wegzuschieben. Zornig über dieses Verhalten verlor Cameron die Beherrschung und stieß ihm instinktiv das Knie in den Unterleib. Mit einem Stöhnen ließ der Mann die Klinke fahren und Cameron schwang sich in den Waggon.

Shanahan und Levinson hatten bereits das Abteil geentert und zwei leere Plätze ergattert. Sie wechselten sich mit dem Sitzen ab. Cameron widersprach nicht, als die Männer sie zuerst auf einem der Plätze sitzen ließen. Manchmal zahlte es sich eben aus, eine Dame zu sein, auch wenn man in einem Drillichanzug steckte.

Als der Zug aus dem Bahnhof auslief, hatten sich Hunderte Passagiere hineingezwängt, und viele saßen noch auf dem Dach der Waggons. Cameron dachte daran, was das in Friedenszeiten für eine idyllische Fahrt an der griechischen Küste entlang gewesen wäre. Die Klippen über dem Meer fielen tief in das funkelnde azurblaue Wasser des Golfes ab. Man konnte sich kaum vorstellen, dass eine feindliche Armee auf der anderen Seite dieses Golfes lauerte.

Wenigstens so lange, bis der Lärm einer Messerschmitt sie aus ihren Träumen riss.

Die Sonne stand hoch am Himmel und sie waren bereits mehrere Stunden unterwegs. Der Schaffner hatte ihnen mitgeteilt, sie würden einen ganzen Tag bis zu dem nur einhundertzwanzig Meilen entfernten Korinth brauchen. Cameron hielt das für übertrieben, bis ihr klar wurde, dass der Zug an jedem Bahnhof hielt – nicht weil das im Fahrplan so vorgesehen war, sondern weil Soldaten und Flüchtlinge die Schienen blockierten und den Zug zum Anhalten zwangen, um einsteigen zu können.

Auf das Dröhnen der nahenden Flugzeugmotoren folgte das Geratter von Maschinengewehren. Die Passagiere reagierten alle gleich auf das tödliche Geräusch – sie drängten zu den Gängen. Diejenigen, die bereits dort standen, wurden niedergerissen. Ein Menschenknäuel war die Folge. Cameron wusste nicht, ob es ein Segen oder ein Fluch war, ganz obenauf zu liegen. Sie wurde zwar nicht von schwitzenden Körpern erdrückt, doch als das Flugzeug erneut feuerte, wurde ihr klar, dass sie das perfekte Ziel abgab, weil sie sich in Fensterhöhe der Waggons befand. Sie wagte nicht, an die armen Menschen oben auf dem Dach zu denken. Doch die Schreie und der Anblick fallender Körper brannten sich in ihr Gedächtnis ein.

Das Flugzeug stellte das Feuer ein und Cameron beobachtete, wie es einen weiten Bogen flog, als wollte es erneut zum Angriff ansetzen. Dieses Mal jedoch ließ es eine Bombe fallen und zerstörte das Gleis hinter dem Zug und einen großen Teil des letzten Waggons. In Anbetracht der demolierten Schienen und des tiefen Kraters war das definitiv der letzte Zug nach Athen. Mit kreischenden Bremsen kamen sie zum Stehen. Cameron konnte dafür keinen Grund erkennen. Vielleicht war der Lokführer getroffen worden oder er dachte, der beste Weg, weiteren Bomben auszuweichen, sei der, auszusteigen und im Wald Deckung zu suchen. Auf jeden Fall war es genau das, was alle taten, nachdem der Zug angehalten hatte.

Die Messerschmitt flog ihren dritten Angriff, als Cameron und ihre Gefährten gerade die Tür des Waggons erreicht hatten. Einen Augenblick später zerfetzte eine Maschinengewehrsalve das, was von den Fenstern des Waggons noch übrig war, und einen großen Teil der Tür.

„Lieber Gott im Himmel!“, schrie Levinson mit zitternder Stimme, als er zum Himmel deutete.

Das Flugzeug zog eine weitere Schleife. Falls der Pilot noch eine Bombe fallen ließ, war es aus mit ihnen, denn sie würden niemals rechtzeitig die Deckung des Waldes erreichen können, und wenn sie riskierten, den Waggon zu verlassen, würden sie zur Zielscheibe des Maschinengewehrs werden.

„Für ein Gebet ist es ein wenig zu spät“, murmelte Shanahan.

„Meine Mutter sagt immer, für ein Gebet sei es niemals zu spät“, widersprach Cameron. Bemerkungen dieser Art von ihrer frommen Mutter hatte sie immer verachtet und sie wusste beim besten Willen nicht, warum sie ausgerechnet jetzt über ihre Lippen kamen. Vielleicht stimmte ja das Sprichwort, dass es in der Höhle des Löwen keine Atheisten gibt – oder unter einer feuernden Messerschmitt.

„Das hat deine Mutter gesagt, ja, Hayes?“, fragte Shanahan in seinem üblichen trockenen Humor, trotz der Tatsache, dass sie alle dem Tod ins Auge blickten.

„Ja.“ Ihr fiel einfach keine schlagfertige Antwort ein.

„Die Frau des guten alten Keagan Hayes? Na, das ist ja was! Aber wenn ich es recht bedenke, so braucht sie vermutlich viel Gebet, bei ihm als Mann und dir als Tochter.“

„Also wirklich, von allen ...“, begann Cameron, doch sie brach ab, als das Flugzeug näher kam und erneut anfing, Blei zu spucken.

Als es endlich abdrehte und offensichtlich nicht vorhatte, einen weiteren Angriff zu fliegen, kamen die Reporter aus ihrer Deckung.

Levinson packte Cameron am Arm. „Einen Augenblick mal!“, sagte er. „Was hat Shanahan gesagt? Du bist doch nicht etwa diese Hayes, oder?“

„Du bist mir ja wirklich ein hervorragender Reporter“, spottete Cameron. „Wenn du nur drei Wochen brauchtest, um das herauszufinden.“

„Das erklärt natürlich eine Menge.“

„Was meinst du damit?“, fragte Cameron herausfordernd.

„Warum ein unerfahrenes Mädchen ...“

„Halt den Mund, Carl“, unterbrach Shanahan ihn scharf. „Hayes ist hier, weil sie es verdient, hier zu sein. Sie arbeitet nicht einmal für ihren Vater.“

„Wenn du nichts dagegen hast, kann ich meine Schlachten selbst austragen“, schnappte Cameron, die nicht wusste, auf welchen ihrer Kollegen sie ärgerlicher war.

Johnny blickte sie finster an und sie merkte, dass sie einen schlechten Zeitpunkt gewählt hatte, um eine feministische Debatte zu führen. Warum konnte sie sich nicht einfach bedanken und es dabei belassen? Vielleicht hätte er jeden, Mann oder Frau, genauso verteidigt.

„Wir sollten diesen Zug verlassen, ehe das Flugzeug zurückkommt“, brummte Johnny.

Sie sahen Rauch von der Lok aufsteigen und zum ersten Mal wurde ihnen bewusst, dass der Zug übel getroffen worden war. Der Lokführer war tot. Schnell holten sie ihr Gepäck. Shanahans Koffer wies an einer Seite eine Reihe von Einschusslöchern auf. Tote und Verwundete lagen draußen auf der Erde. Die Verletzten wurden von Sanitätern versorgt. Es blieb nichts mehr zu tun.

Die drei Journalisten marschierten mehrere Meilen, hielten sich in Sichtweite der Schienen, blieben aber, soweit es möglich war, in der Deckung des Waldes. Als ihnen klar wurde, dass sie nicht den ganzen Weg nach Athen, das etwa sechzig Meilen entfernt liegen musste, zu Fuß würden zurücklegen können, beschlossen sie schließlich, das Risiko einzugehen und die Straße zu suchen. Aber es fuhr kein Auto, in keine Richtung. Sie marschierten bis zum Spätnachmittag. Camerons Füße taten in den Stiefeln weh, die sie zusammen mit dem Drillichanzug von Filia bekommen hatte, die ihr aber viel zu groß waren, selbst mit mehreren Socken.

Die drei Flüchtlinge begannen über die Möglichkeit einer Übernachtung im Freien nachzudenken, als aus heiterem Himmel ein Lastwagen der RAF auftauchte. Sie hielten ihn an, und obwohl er mit Verletzten aus dem Zug beladen war, schafften sie es, sich zusammen mit dem Fahrer und einem Sanitäter ins Führerhaus zu zwängen.

„Ja, wir fahren nach Athen", antwortete der Fahrer auf ihre erste Frage. „Hoffentlich kommen wir noch rechtzeitig dort an."

„Rechtzeitig für was?", fragte Cameron.

„Das Land wird bald evakuiert."

„Steht es so schlimm?", fragte Shanahan.

„Ganz Griechenland ist von den Deutschen überrannt worden, fürchte ich. Wir sind heute Morgen gerade noch aus Patras entkommen, bevor es gefallen ist. Sie können sich glücklich schätzen, dass sie noch rausgekommen sind."

Irgendwie fühlte Cameron sich nicht glücklich. Sie dachte an all die Toten entlang der Schienen. Sie dachte an die Menschen, die in Patras und den anderen Dörfern zurückgeblieben waren. Sie dachte sogar an Filia. Nachdem sie zwei Brüder und vielleicht sogar ihren Vater verloren hatte, war sie nun gezwungen, als Gefangene des Feindes zu leben. Falls sie überlebt hatte. Wer wusste, wie verbissen die verzweifelten Bürger ihre Stadt verteidigt hatten?

Cameron sah zu Shanahan hinüber. Er starrte stur geradeaus, aber seine Kiefermuskeln mahlten. Dachte auch er an die griechische Schönheit, seine neue Freundin, und an das grauenvolle Schicksal, das sie erwarten mochte?

Impulsiv legte Cameron ihm die Hand auf den Arm. Traurig lächelnd blickte er hinab auf ihre Finger, dann in ihre Augen. Sie wusste, auch er schätzte sich nicht glücklich.

Die Evakuierung begann zwei Tage nach ihrer Ankunft in Athen. Viele erinnerten sich an Dünkirchen ein Jahr zuvor zurück. Cameron fragte sich, ob Hitler seine Ziele in Europa tatsächlich erreichen würde. Alles sprach dafür, dass er seinen Willen bekam. Denn abgesehen von Großbritannien gab es für ihn nur noch ein anderes „Haar in der Suppe“, und zwar seinen angeblichen Verbündeten, die Sowjetunion. Aber würde der „Führer“ tatsächlich so verrückt sein, Russland anzugreifen, wo Großbritannien noch nicht niedergerungen war? Ein Zweifrontenkrieg wäre der pure Wahnsinn. Hitlers gescheiterte Versuche, den Ärmelkanal zu überqueren, mussten ihn doch gewarnt haben. Ein ehernes Gesetz der Kriegsführung war, niemals Russland anzugreifen. Und trotz der gegenteiligen Gerüchte und der Vorhersagen ihres Vaters konnte Cameron nicht glauben, dass ein Feldherr so dumm sein konnte, den Kardinalfehler Napoleons einfach zu wiederholen.

Doch was sie am meisten ärgerte, war die Tatsache, dass sie die entscheidenden Ereignisse verpassen würde.

Ihr Visum für Moskau war nicht in Athen angekommen.

Prichard hatte es zwar abgeschickt, es musste aber unterwegs verloren gegangen sein. Ein neues zu beantragen oder auch nur eine Abschrift zu bekommen, konnte Wochen dauern. Sollte es tatsächlich Krieg im Osten geben, dann würde sich niemand Gedanken um das Visum einer amerikanischen Reporterin machen.

Über diesen Dinge brütete Cameron, während sie auf einem britischen Schiff nach Ägypten unterwegs war. Mittlerweile war Mitte Mai. Sie war gezwungen gewesen, einige Zeit auf Kreta zu verbringen, wohin die britischen Streitkräfte nach der Evakuierung aus Griechenland verlegt worden waren. Als ihre Stellung dort unhaltbar wurde, beschloss sie, zusammen mit Shanahan und Levinson Kreta auf einem der letzten Evakuierungsschiffe zu verlassen. Der Kriegsschauplatz hatte sich in den Mittleren Osten verlagert. Eigentlich sollte sie sich freuen, dorthin unterwegs zu sein.

Es war schwer, den Traum abzuschütteln, den sie seit Jahren hegte. Mehr denn je zog es sie in die Sowjetunion. Falls Hitler Stalin angreifen würde, musste er es bald tun, damit seine Truppen Fuß fassten, bevor der Winter einsetzte. Hinzu kam für ihn die Unsicherheit über das Verhalten der Vereinigten Staaten. Amerikas Eintritt in den Krieg würde Hitlers Chancen auf den Sieg erheblich verringern. Darum musste er handeln, und zwar bald …

Cameron konnte nur daran denken, was für ein Coup das werden würde, wenn sie sich dann in Russland aufhielt.

Während sie an der Reling lehnte und tief die feuchte, salzige Luft einsog, fragte sie sich, ob sie das Richtige tat. Und wenn sie nun nach Russland gereist wäre und Hitler auf einen Angriff verzichtete? Dann würde sie dort festsitzen, fernab vom Geschehen. Bei der wachsenden Bereitschaft Amerikas, in den Krieg einzutreten, musste sie außerdem die Möglichkeit in Betracht ziehen, dass sie, falls sie auf dem europäischen Festland blieb, als Angehörige einer feindlichen Partei von den Deutschen gefangen genommen werden konnte. Sie würde gut daran tun, in Ägypten zu bleiben. Da sich Europa nun in deutscher Hand befand, verschärfte sich der Krieg im Mittleren Osten. Eine deutsche Offensive im März, unmittelbar vor der Invasion des Balkans, hatte die Briten aus Libyen vertrieben und bis tief nach Ägypten hinein zurückgeworfen. Ganz bestimmt gab es genügend Feuerwerk, um einen Journalisten zufriedenzustellen.

„Ich dachte, du magst das Wasser nicht", sagte Shanahan, als er neben sie trat.

„Das tue ich auch nicht, aber die frische Luft an Deck beruhigt meine aufgewühlten Innereien."

Er lachte. „Schön, zur Abwechslung mal wieder ein bisschen Frieden zu erleben."

„Wirklich, Johnny? Ich dachte, du liebst das Abenteuer. Was mich betrifft, ich fange an, mich zu langweilen."

„In der Wüste wird es einige gute Schlachten geben."

„Hmm ...", erwiderte sie unverbindlich.

„Du hast noch ein anderes Ass im Ärmel, nicht?"

„Ich möchte mir nur die Möglichkeiten offenhalten."

„Ich habe deinen Vater gebeten, mir eine Akkreditierung für die Achte Armee zu beschaffen. Ein Abstecher als Kriegsberichterstatter wäre doch mal eine nette Veränderung. Wenn ich zusammen mit den Truppen in den Schützengräben liege, werde ich eine Menge gutes Material bekommen."

„Das wird bestimmt aufregend."

„Du hegst noch immer die Hoffnung, nach Moskau zu kommen, nicht?"

„Ich schätze, ich werde es erst erfahren, wenn ich in Kairo mit Arnett sprechen kann."

„Du meine Güte, bist du heute aber ausweichend."

„Nicht bewusst." Sie blickte hinaus auf die Schaumspur, die das Schiff hinterließ, und fragte sich, ob das stimmte. Sie wusste nicht, warum ihre Zurückhaltung ihr so wichtig war, aber Shanahan war ein so gerissener Hund, dass er aus jeder Information etwas machen konnte, und Arnett hatte sie und Johnny bewusst gegeneinander ausgespielt. Doch jetzt hatte sie die Chance, sich aus diesem Spiel zu befreien, um wirklich auf sich selbst gestellt zu sein. Es schien klug zu sein, diese Chance nicht in Gefahr zu bringen.

18

Kairo, Ägypten
Mai 1941

„Ägypten!“, murmelte Cameron, als sie auf das Telegramm in ihrer Hand blickte.

Sie fluchte und zerknüllte das Blatt in ihrer Faust. In dem Telegramm hatte Arnett sie darüber informiert, dass er versuchte, sie bei der Achten Armee zu akkreditieren. Noch vor weniger als einer Woche hatte Shanahan darum gebeten, derselben Einheit zugewiesen zu werden. Cameron brauchte kein Genie zu sein, um darauf zu kommen, dass Arnett Wind davon bekommen hatte und seine Planungen entsprechend ausgerichtet hatte. Noch immer war er interessiert daran, das Katz-und-Maus-Spiel zwischen ihr und Shanahan aufrechtzuerhalten. Er schien den Verlust des Visums sogar für einen „Segen“ zu halten. Ihre Talente würden weit besser dort eingesetzt, wo sie sich im Augenblick befand.

„Wo“, hatte er gesagt, „das Schicksal Sie hingestellt hat.“

„Das Schicksal! Pah!“, zischte sie durch die Zähne. Sie hatte ein Telegramm zurückgeschickt und ihm unmissverständlich klar gemacht, was sie davon hielt und dass sie es gar nicht schätzte, dass er sein Versprechen nicht hielt. Wenn das kein Grund war, sie zu feuern ...

Als sie das Telegrafenamt verließ, lief sie Shanahan in die Arme.

„Schlechte Nachrichten?“, fragte er. Zweifellos hatte er das zornige Funkeln in ihren Augen bemerkt. Eine Zigarette hing zwischen seinen Lippen und seine Augen funkelten amüsiert.

„Was willst du?“, fuhr sie ihn an.

„Ich möchte ein Telegramm abschicken.“

„Oh.“ Sie reagierte ganz entgegen ihrer Stimmung. „Nun, dann viel Glück. Du wirst es hier brauchen.“

Sie schob sich an ihm vorbei und marschierte zum nahe gelegenen Hotel. Selbst in Kriegszeiten bot Kairo einige passable Unterkunftsmöglichkeiten. Kein Viersternehotel, aber akzeptabel. Sie betrat das Hotel, dessen verschwenderische Ausstattung noch aus der Zeit vor dem Großen Krieg stammte. Wie in den meisten Ländern neigten Journalisten zum Herdentum, sie übernachteten im selben Hotel, tranken in denselben Bars. Cameron war nicht sicher, ob der Grund dafür die Kameradschaft war oder ob sie sich einfach nur gegenseitig im Auge behalten wollten. In Kairo war es nicht anders.

Als sie in die Lounge des Hotels kam, wurde sie von mehreren Kollegen begrüßt – Engländern, Franzosen, Amerikanern und anderen. Sie setzte sich zu einer kleinen Gruppe an den Tisch und hörte zu, wie sie sich über den Krieg unterhielten. Ein Deckenventilator drehte sich langsam über ihnen und konnte doch die heiße Wüstenluft dieses Frühlingstages kaum durchdringen.

Obwohl sie aufgewühlt war, versuchte sie, dem Gespräch zu folgen. Wenn sie hier arbeiten sollte, musste sie über die „Lage im Land" informiert sein. Außerdem war die Aufgabe gar nicht mal so übel. Nordafrika war im Augenblick der wichtigste Kriegsschauplatz. Seit dem Fall Frankreichs hatte Großbritannien den größten Teil seiner Truppen hierher zur Verteidigung des Suezkanals abgestellt. Vielleicht neigte sie aufgrund der Verbindung ihres Vaters zu diesem Land und dem, was ihre Mutter ihr gesagt hatte, emotional eher zu einer Reise in die Sowjetunion, aber falls Arnett sie einer Kampfeinheit in Afrika zuteilen könnte ... nun, das wäre wirklich eine Sache für eine Frau.

„Unsere Tommys haben große Ehrfurcht vor dem Mann", sagte der Korrespondent der *London Times* gerade.

„Er ist ein brillanter Taktiker", ergänzte Don Mayfield, der Kairo-Korrespondent des *Journal*. „Das hat er in Frankreich bewiesen."

„Von wem sprecht ihr?", fragte Cameron.

„Von Rommel natürlich."

„Der deutsche Feldmarschall?" Cameron hatte von seinem Triumphzug in Frankreich gehört. Bei der Invasion im vergangenen Jahr hatte seine Panzerdivision als Erste den Kanal erreicht.

„Er ist erst seit wenigen Monaten in Afrika, aber er macht sich bereits einen Namen."

„Leider auf unsere Kosten", lamentierte der Brite.

„Das wird sich jetzt ändern, da ihr keine Truppen in Griechenland mehr braucht", meinte Cameron.

„Richtig! Wir können nur hoffen", erwiderte der Brite und hob sein

Glas mit warmem Bier an die Lippen. „Natürlich hätten wir mehr Chancen, wenn ihr Yankees in den Krieg eintreten würdet."

„Roosevelt hat bei der Wahl im vergangenen Herbst versprochen, er würde unsere Jungs nicht in einen Krieg im Ausland schicken", erklärte Levinson, der *UP*-Korrespondent.

„Bockmist! Reine Wahltaktik. Er hätte alles gesagt, um der erste Mann in eurer Geschichte zu sein, der eine dritte Amtsperiode als Präsident antritt. Jeder weiß, dass er in den Krieg eintreten möchte. Nur einen Monat nach der Wahl hat er erklärt, die beste Verteidigung Großbritanniens sei die beste Verteidigung der Vereinigten Staaten."

„Es würde Amerika – wie hat er es noch ausgedrückt? – *zum Zeughaus der Demokratie* machen", bemerkte Cameron. „Er verglich das damit, dass man einem Nachbarn, dessen Haus in Flammen steht, einen Gartenschlauch ausleiht. Aber trotz all seiner Umschreibungen – er hat unglaubliches Glück gehabt, dass das Leih-Pacht-Gesetz durch den Kongress gekommen ist", fügte Cameron hinzu, „und ich bin sicher, dass man es nur gebilligt hat, um unser kollektives Gewissen zu besänftigen. Die Isolationisten sind jedenfalls noch immer wütend darüber."

„Oh, wir werden bestimmt in den Krieg eintreten!" Shanahan hatte die Lounge betreten, aber sein fröhlicher Gesichtsausdruck von vorhin war verschwunden. Er wirkte irgendwie abwesend. „Und ich werde in der Sowjetunion festhängen." Er schnappte sich einen Stuhl von einem anderen Tisch, stellte ihn an den Tisch und funkelte Cameron an. „Wieso ist dein Vater nur so von Russland besessen?"

„Was ist los, Shanahan?", fragte Mayfield.

Johnny schwenkte ein Stück Papier – das so aussah wie jenes, das Cameron eine halbe Stunde zuvor in der Hand zerknüllt hatte. „Ich stecke mitten in der heißesten Phase dieses Krieges und dieser Schwachsinnige will mich nach Russland schicken. Sagt, ein ausführlicher Bericht über den Nichtangriffspakt sei fällig. Ich kann ihm alles, was es zu berichten gibt, hier und jetzt sagen. Deutschland schießt sich den Weg durch Europa frei, während der Russische Bär auf seinen Hinterpfoten sitzt und den Göttern, oder wen auch immer dieser atheistische Idiot anbetet, dankt, dass er verschont bleibt."

„Alle außer Stalin wissen, dass sie als Nächste an die Reihe kommen", erklärte Cameron. Sie schluckte den Zorn über Johnnys Glück hinunter.

„Nun, ich weiß es zumindest nicht", schoss Shanahan zurück. „Und es wäre der reine Wahnsinn von Hitler, wenn er jetzt zuschlagen würde. Er hätte nur vier Monate Zeit, bevor der Winter einsetzt. Selbst der ‚Führer' kann nicht so arrogant sein, sich einzubilden, er könnte ein Land wie Russland in dieser Zeitspanne überrennen. Falls er angreift, dann nicht vor dem kommenden Frühjahr, und in der Zwischenzeit werde ich herumlaufen und versuchen, aus nichts eine Nachricht zu machen."

„Das ist wirklich schlimm", bedauerte ihn der Mann von der *Associated Press*. „Wie ich gehört habe, gibt es im Augenblick nur zwei vollzeitliche Journalisten im ganzen Land, von der *AP* und der *UP*. Den *AP*-Mann kenne ich, Henry Cassidy, und er hat in der vergangenen Zeit nicht gerade heiße Nachrichten bringen können."

„Das ist deine Schuld, Hayes!", beklagte sich Johnny.

„Meine Schuld?!"

„Dein alter Herr weiß, dass du mir durch ganz Europa folgst –"

„Ich dir folgen!", platzte sie heraus. Sie kam sich vor wie ein Papagei, aber im Augenblick hatte sie keine schlagfertige Antwort parat. Verärgert schob sie ihren Stuhl zurück. „Mach dir nichts draus!", mehr brachte sie nicht heraus, bevor sie sich umdrehte und davonmarschierte.

Eilig schritt sie über den zerschlissenen Perserteppich in der Hotellobby und verschwand zur Tür hinaus. Ein Schwall Hitze empfing sie und erinnerte sie daran, dass es im Hotel kühler war als ihr klar gewesen war. Nun, egal, wenn sie in der Hitze zusammenschrumpfte. Keinen Augenblick länger würde sie sich Shanahans Beleidigungen anhören. Was für eine Behauptung! Und das vor all ihren Kollegen! Dafür allein könnte sie ihn schon umbringen.

Cameron versuchte, sich auf die Gebäude und den Lärm der Stadt zu konzentrieren. Kairo war bei Weitem die fremdartigste Stadt, die sie bisher auf ihren Reisen als Auslandskorrespondentin gesehen hatte. Das *Cairo Arms* befand sich am Rand des europäischen Sektors der Stadt, wo die Straßen breiter waren und moderner wirkten. Die Anwesenheit der Briten war spürbar. Überall sah man Unmengen von Militärfahrzeugen. Den Gerüchten zufolge war König Farouk in seiner Beziehung zur britischen Oberherrschaft ein wenig ambivalent. Eigentlich war er viel zu freundlich zu Mussolinis Diplomaten, Hitlers

Verbündeten. Die Ägypter unterstützten den Krieg zwar nicht, aber sie waren auch dem Geld, das damit zu verdienen war, nicht abgeneigt. Nach den Jahren unter britischer Herrschaft freuten sie sich im Geheimen über die Niederlagen und Demütigungen der Briten. Doch dieselben Menschen, die über den Rückzug aus Lemey lächelten, würden in ihren Sandalen schwitzen, falls die Deutschen näher kämen. Man konnte diese armen Leute beinahe bedauern, die auf ihrem goldenen Mittelweg gefangen zu sein schienen, doch nur bis man das opportunistische Funkeln in den Augen eines arabischen Unternehmers sah.

Hier wimmelte es von Gerüchten, der Traum eines Nachrichtenmannes. Cameron konnte damit leben, wenn nur Johnny nicht abreisen und sich *ihren* Traum erfüllen würde. Dieser Gedanke schnürte ihr die Luft ab wie ein heißer Wüstensturm.

„Hey du! Bleib stehen!"

Johnnys Stimme brach in ihre Gedanken ein wie ein Dieb. Wollte er sie noch weiter ärgern? Sie beschleunigte ihren Schritt, als ihr klar wurde, wie kindisch sie sich verhielt. Sie blieb stehen, drehte sich aber nicht um.

Keuchend trat er neben sie und schnaufte. „Du wirst mich noch umbringen, Hayes!"

„Was willst du?", erwiderte sie durch zusammengebissene Zähne.

„Mich entschuldigen."

„Wie bitte?" Sie starrte ihn fassungslos an.

„Drüben im Hotel war ich nicht richtig bei mir." Er schüttelte den Kopf und es schien, als würde er seine Bemerkung aufrichtig bereuen. „Ich habe meinen Ärger an dir abreagiert, dabei hätte ich ihn an deinem Vater auslassen sollen, was jedoch ziemlich unmöglich ist, da er Tausende Meilen entfernt ist. Ich habe vergessen, dass du auf genauso schlechtem Fuß mit ihm stehst wie ich."

„In Ordnung. Entschuldigung akzeptiert", antwortete sie gepresst. Sie hasste es, wenn er kapitulierte, bevor sie ihre Emotionen überwunden hatte.

„Komm mit zurück ins Hotel, ich spendiere dir einen Drink."

„Im Augenblick ist mir nicht danach zumute, Johnny. Ich denke, ich gehe ein wenig spazieren."

„Hast du etwas dagegen, wenn ich dich begleite?"

„Das ist ein freies Land."

„Es ist eher eine von einer ausländischen Macht besetzte Monarchie“, erwiderte er leichthin.

„Ich weiß, wie sich diese Leute fühlen müssen.“ Sie setzte sich in Bewegung und er begleitete sie. „Ich folge dir nicht, Johnny. Das möchte ich klarstellen. Aber Max Arnett hat irgendwie die Vorstellung, dass du mir ein wenig Rückendeckung geben sollst.“

„Vielleicht hat er recht.“

Sie verdrehte die Augen. „Du bist unmöglich.“

„Nun, sieh es doch einmal von dieser Seite. Vielleicht bin ich ja deine Fahrkarte nach Russland.“ Er zog eine Augenbraue hoch. „Wenn Arnett erfährt, wo ich hinfahre ...“

„Daran habe ich noch gar nicht gedacht.“ Ihr Tonfall hob sich hoffnungsvoll, doch dann wurde sie nüchtern, als ihr die Bedeutung von Johnnys Worten aufging. „Du verstehst es nicht, Johnny. Es stimmt, ich habe diesen Job angetreten in dem Wissen um seine Absichten, aber ich möchte mich nicht mehr benutzen lassen. Ich habe es satt. Schon seit Jahren habe ich den Wunsch, als Journalistin nach Russland zu gehen. Ich bin qualifizierter als jeder andere. Es macht mich wütend, dass ich nur als Schachfigur hingeschickt werde. Ich hasse das. Das würde nicht passieren, wenn ich ein Mann wäre ...“

Sein Brummen ließ sie abbrechen. Sie sah Johnny an. Er grinste kläglich. „Das stimmt, Puppe, auch ich bin eine Schachfigur – ich, ein Mann! Ich wäre auch nicht hier, wenn du nicht wärst. Weißt du, was ich dazu sage? Vergiss sie alle! Wir werden zuletzt lachen, weil wir hier erleben, was nur wenige Zivilisten in diesem Krieg je erleben werden. Und ich habe vor, das bis zum Letzten auszukosten – selbst wenn ich das in den gefrorenen Weiten Russlands tun muss.“

Schockiert darüber, dass er die Fähigkeit besaß, sie ihren Zorn auf ihn vergessen zu lassen, musste sie unwillkürlich lächeln. „Du hast eine besondere Art, die Dinge zu betrachten, John Shanahan.“

„Dann ist also wieder alles gut, Puppe?“

„Nur wenn du aufhörst, mich Puppe zu nennen.“

„Oh, natürlich, ähm ... Miss Cameron Hayes.“

Sie verspürte den Drang, ihn zu umarmen, und hätte das bestimmt auch getan, wenn sie sich nicht mitten in einer überfüllten Straße befunden hätten. Die mit einem Turban bekleideten moslemischen Männer und die verschleierten Frauen wären entsetzt gewesen, und soweit Cameron wusste, gab es in diesem arabischen Land sogar Gesetze gegen ein solches Verhalten in der Öffentlichkeit. Stattdessen beschleunigte sie ihren Schritt. Sie erreichten jetzt den ägyptischen Sektor. Die Straßen wurden enger, holpriger und stark reparaturbedürftig. Automobile drängten sich zwischen Ochsenkarren, Eseln und Kamelen, die alle hoch beladen waren mit exotischen Waren. Kinder mit schmutzigen Gesichtern flitzten zwischen den Wagen und Kiosks herum, während verschleierte Frauen in ihren langen schwarzen Tschadors mit den Verkäufern um die Preise feilschten. Cameron nahm missbilligende Blicke von den arabischen Männern wahr. In ihrem knielangen Leinenrock und ihrer Baumwollbluse fiel sie in diesem Sektor sehr auf. Die Farben waren einfaches Braun und Weiß, doch auf einmal fühlte sie sich wie ein Pfau.

„Hast du Hunger?", fragte Johnny, als sie an einem Stand mit duftenden Backwaren vorbeikamen. Ohne auf eine Antwort zu warten, blieb er stehen und kaufte zwei Stück Kuchen, wovon er eines ihr reichte. Während sie weitergingen, sagte er: „Du hast meine Frage noch nicht beantwortet. Was ist mit Russland und deinem Vater? Und dir, um genau zu sein."

„Nun, es ist keine Besessenheit", erklärte sie verteidigend, dann dachte sie noch einmal nach und fügte hinzu: „Eher ein stark ausgeprägtes Interesse, denke ich. Nein, es ist mehr." Sie biss ein Stück von ihrem Kuchen ab. Nach einer weiteren Pause fuhr sie fort: „Russland geht einem einfach unter die Haut. Das ist schwer zu erklären. Ein russisches Sprichwort heißt: ‚Russland ist kein Staat, sondern eine Welt.' Das gehört zu seinem Zauber."

„Dein Vater hat mehrere Jahre dort verbracht, richtig?"

„Ja, länger, als meine Mutter ertragen konnte." Sie dachte an das Gespräch mit ihrer Mutter. Es hatte keinen Sinn, all das mit Shanahan zu erörtern. Aber sie wusste jetzt, warum ihre Erinnerungen an diese Jahre in Russland gleichermaßen positiv und negativ besetzt waren, ähnlich wie dieses geheimnisvolle Land. „Mein Vater war zum ersten Mal während des Großen Krieges dort ..."

„Ich habe einige seiner Artikel aus dieser Zeit gelesen", unterbrach Johnny sie mit einem Anflug von Bewunderung in seinem Tonfall. „Manchmal vergesse ich, dass er selbst ein recht guter Journalist war."

„Ja, ich habe auch alles von ihm gelesen. Das hilft mir, mich daran zu erinnern, was für ein Mann er vorher war." Vor was? Cameron wusste nicht so genau, was aus dem idealistischen, leidenschaftlichen Mann geworden war, der so eloquent über die russischen Leistungen im Großen Krieg geschrieben hatte. Was immer es war, es schien zu persönlich zu sein, um es in diesem Augenblick mit Johnny zu besprechen. Aber Cameron vermutete, dass Keagan Hayes nach diesem ersten Aufenthalt in Russland irgendetwas Einschneidendes erlebt hatte. Es war beinahe so, als hätte er um das Geheimnis seiner Frau gewusst. Natürlich hätte er darüber Bescheid wissen können, aber vielleicht hatte die Tatsache, dass sie so schrecklich unglücklich war, ihm mehr zu schaffen gemacht, als er sich hatte anmerken lassen. Auf jeden Fall war dies der Zeitpunkt, an dem sein Idealismus anfing abzubröckeln. Cameron hatte immer vermutet, dass es etwas mit ihrer Mutter zu tun hatte und auch mit der Geburt von ihr und ihren Schwestern. Achselzuckend fuhr sie fort: „Meine Mutter war fast ein Jahr bei ihm, aber sie wurde krank. Vermutlich hatte sie ganz einfach Heimweh, weil er sie so oft allein gelassen hatte. Auf jeden Fall kehrte sie nach Hause zurück. Bald darauf, noch vor Kriegsende und Revolution, folgte er ihr. Das hat ihn, gelinde gesagt, überhaupt nicht begeistert. Und dann kam ich ..."

„Das hat seine Laune doch bestimmt gebessert!", neckte Johnny sie.

„Der Mann konnte überhaupt nicht damit umgehen, dass sein erstgeborenes Kind eine Tochter war und kein Sohn." Sie verdrehte die Augen. „Und seine Freude wurde durch die Ankunft zweier weiterer Töchter noch gesteigert. Aber ich komme vom Thema ab – eigentlich bin ich sicher, dass er uns als Betriebsunfälle betrachtete. In der Entstehungsphase der Sowjetunion waren keinerlei Auslandskorrespondenten zugelassen. Das änderte sich erst 1921, als nach Krieg, Revolution und Bürgerkrieg das Land auch noch von einer Hungersnot heimgesucht wurde. Lenin musste um ausländische Hilfe bitten. Die Vereinigten Staaten waren bereit, unter einer Bedingung zu helfen: dass im Land Korrespondenten zugelassen wurden, die über die Ergebnisse der Hilfsaktion berichteten. Lenin hatte keine Wahl, er musste zustimmen."

„Und da ist Hayes zurückgekehrt?"

„Nein, da wurde meine jüngste Schwester geboren." Sie lächelte, als würde ihr der Gedanke an den Unwillen ihres Vaters über die Verzögerung gefallen. Und doch hatte sie zum ersten Mal in ihrem Leben beinahe Mitleid mit ihm. Sie fühlte sich schlecht, weil sie ihn in der Verwirklichung seiner Träume behindert hatte. „Niemand hat jemals ein Wort darüber verloren, aber ich habe immer vermutet, dass er einen Handel mit seinem Schwiegervater abgeschlossen hatte. Wenn er so lange blieb, bis Jackie alt genug war, diese Reise zu verkraften, würde Grandpa Atkins ihn zum Leiter des Moskauer Büros ernennen und ihn mit seinem Segen nach Russland ziehen lassen. Das geschah dann im Herbst '23, nur wenige Monate vor Lenins Tod. Während der folgenden acht Jahre blieb mein Vater dort, abgesehen von einigen Pflichtbesuchen zu Hause."

„Und was war mit dem Rest der Familie?"

„Zuerst war meine Mutter begeistert von der Reise, doch allmählich setzte eine Depression ein. Ich vermute, das hatte viel mit der Tatsache zu tun, dass Dad wieder einmal nur selten zu Hause war. Mom ist extrem schüchtern und sie hat sich nie richtig in der Gesellschaft eingelebt – du weißt schon, sie wurde nie richtig warm mit den Frauen der anderen Journalisten und ausländischen Diplomaten. Mir aber hat das Leben dort gefallen. Ich war sechs Jahre alt und hatte das Gefühl, gerade in ein weißes Zauberland gekommen zu sein. Ich war alt genug, um eine rechte Plage für meinen Vater zu sein, und manchmal nahm er mich zu Besprechungen mit. Ich habe mit Trotzki Tee getrunken, bevor er ins Exil geschickt wurde. Molotow hat mir Süßigkeiten geschenkt. Ein paar Männer, die jetzt hartgesottene Generäle sind, haben mich auf ihren Knien reiten lassen. Es war eine Zeit unglaublicher Freiheit für mich. Ich war zu jung, um Angst vor der Geheimpolizei zu haben, aber alt genug, dass meine Eltern mich auf eigene Faust losziehen ließen. Mit zehn Jahren ..." Sie hielt plötzlich inne und blickte Johnny entschuldigend an. „Du willst das alles doch gar nicht hören, oder?"

„Machst du Witze? In all der Zeit, die ich dich jetzt kenne, habe ich noch nie die Geschichte deines Lebens gehört. Das ist sehr interessant."

„Ich spreche nicht viel darüber." Zum ersten Mal wurde ihr dies richtig klar. „Es war wunderschön und gleichzeitig sehr schwierig. Für meine Mutter war es sehr schwer. Sie fuhr ein paar Mal nach Hause – zum Glück waren die Reisekosten für ihren Vater kein Problem. Als ich zehn war, hatte sie schließlich genug. Sie sagte, ich und meine Schwestern brauchten eine amerikanische Erziehung, und kehrte mit uns zurück in die USA. Das war auf jeden Fall ein Vorwand und doch immer noch besser, als zu sagen, sie würde meinen Vater verlassen. Aber ich habe es ihr nicht leicht gemacht." Shanahan schien den Grund dafür zu begreifen. Cameron fuhr fort: „Ich wollte nicht aus meiner Zauberwelt weg und in ein Internat gesteckt werden. In der Schule machte ich so lange Probleme, bis ich schließlich mit meinem Vater nach Moskau zurückkehren durfte, direkt in den siebten Himmel. Damals war ich dreizehn und die folgenden zwei Jahre waren die schönsten meines Lebens. Ich bedauere nur, dass ich die russische Sprache nie gelernt habe. Ich habe keinen Kopf für Sprachen, aber ich bekam einen süßen Jungen als Dolmetscher zugeteilt. Darum hatte ich gar nicht den Wunsch, die Sprache zu lernen und damit zu riskieren, seine verträumte Aufmerksamkeit zu verlieren. Und das war's. Als ich fünfzehn war, kehrten wir für immer in die Staaten zurück."

Shanahan verzog nachdenklich das Gesicht und zählte schnell an seinen Fingern ab. „Dann hat dein Vater ungefähr 1932 die Zeitung übernommen."

„Meine Mutter und ihre Familie bestanden darauf, dass Dad nach Hause kam. Ich glaube, es wurde ein weiterer Handel abgeschlossen. Ich habe nie viel darüber nachgedacht, aber ich denke, mein Vater hat sich nur deshalb mit meiner Mutter ausgesöhnt, weil er Herausgeber werden wollte." Diese Geschichte mochte für Johnny interessant sein, für sie jedoch nicht minder. Als sie jetzt aus der Perspektive einer Erwachsenen darüber nachdachte, wurde ihr vieles klar, und sie wusste nicht, ob das so gut war. Sie kannte nun ja auch den Aspekt der Geschichte ihrer Mutter. Kein Wunder, dass sie selten davon sprach. Seufzend fügte sie hinzu: „Der gute alte Dad."

„Der Ehrgeiz bringt Menschen dazu, bestimmte ... Dinge zu tun", bemerkte Johnny.

„Du weißt, wovon du sprichst, ja?"

„Wir beide wissen es."

Sie nickte. „Es fällt mir trotzdem schwer, ihn dafür nicht zu hassen. Ich glaube, damals hat er sich grundlegend verändert. In Moskau hatten wir eine so gute Beziehung – vielleicht liebe ich diese Stadt deswegen so. Dies war die einzige Zeit in meinem Leben, dass Dad und ich etwas gemein hatten."

„Du und dein Vater, ihr steht viel zu sehr in Konkurrenz, als dass es angenehm sein könnte."

„Ich frage mich, warum das so ist." Sie warf den Kopf frustriert nach hinten. „Du meine Güte, was sind wir für eine verdrehte Familie."

„Da stehst du nicht allein."

„Dann wirst du mir jetzt auch deine Lebensgeschichte erzählen, Shanahan? Ich sterbe vor Neugier."

„Ich habe genug Geschichten für einen Tag. Ein anderes Mal."

Der Nachmittag zog sich hin. Von einer nahe gelegenen Moschee ertönte der Ruf zum Gebet.

„Und was nun, Johnny?", fragte Cameron nach einem langen Schweigen.

„Möchtest du beten oder so etwas?", fragte er auf das moslemische Ritual anspielend.

„Wohl kaum. Ich habe nur über die Ironie unserer Situation nachgedacht. Ich bin hier, wo du sein möchtest, und du fährst hin, wo ich hin möchte."

„Ein prekäre Situation", überlegte er.

„Vermutlich müssen wir das Beste daraus machen", erwiderte sie. „Ich bin sicher, es wird nicht lange dauern, bis ich bis zu den Ellbogen in Nachrichten stecken werde."

„Und ich werde bis zu den Ellbogen im Schnee stecken."

„Unterschätze die Russen nicht. In einem anderen russischen Sprichwort, eigentlich einem Gedicht, heißt es: ‚Russland kann nicht durch Verstand allein begriffen werden. Allgemeine Maßstäbe gelten hier nicht. Es hat einen ganz besonderen Charakter. Man muss einfach an Russland glauben.' Wenn du dem Land mit der richtigen Haltung begegnest, wirst du nicht davon enttäuscht werden."

„Das werde ich mir merken. Hast du noch einen Schatz der Weisheit auf Lager, Miss Hayes?" Er lächelte sie so herzlich an, dass Cameron eine Gänsehaut bekam.

Sie schüttelte den Kopf. Enttäuschung machte sich wieder in ihr breit. „Oh Johnny, ich wünschte, ich könnte dich begleiten." Und sie wusste, dass sie sich das nicht nur in einer Hinsicht wünschte. Auch so würde sie ihn vermissen. Er ärgerte sie manchmal zu Tode, aber er war ein guter Freund, wenn nicht sogar mehr.

„Ich bin erstaunt, Hayes, dass du nicht einfach fährst. Warum wartest du auf Arnetts Erlaubnis?"

„Zum Beispiel brauche ich Papiere."

„Über deinen Vater hast du doch bestimmt Beziehungen zum State Department. Ein paar gut platzierte Telegramme müssten doch eigentlich zu Ergebnissen führen. Du warst doch bereits im Besitz eines Visums, das nur verloren gegangen ist."

Shanahans Idee war nichts Neues für sie. Sie hatte schon darüber nachgedacht und erkannt, warum auch das nicht funktionieren würde. „Ich kann es nicht riskieren", antwortete sie finster. „Wenn Arnett mich feuert, dann bin ich im Geschäft erledigt. Mein Vater hat mich bereits bei mehreren Zeitungen schlechtgemacht. Wenn sein Rivale mich auch gehen lässt ... nun, das würde nicht gut aussehen. Ich sitze hier fest. Aber ich werde sehen, ob meine Mutter nicht ein wenig Druck ausüben kann."

„Deine Mutter? Warum sie?"

„Oh, nun, auch sie hat ihre Kontakte und mein Vater wird ganz bestimmt nicht helfen."

„Gib die Hoffnung nicht auf. In der Zwischenzeit hält dich ja dieser kleine Krieg hier auf Trab."

Sie nickte und sagte nichts weiter. Sie ließ ihn in dem Glauben, dies hätte weniger mit ihm als mit Russland zu tun.

19

Cameron besichtigte die Pyramiden und war tief beeindruckt. Noch mehr beeindruckten sie Charles de Gaulle und die Freien Franzosen, die sich für den Kampf gegen Hitler in Nordafrika sammelten. Als sie nach drei Wochen noch immer keine Akkreditierung für eine Kampfeinheit hatte, nutzte sie die Zeit ihres Wüstenaufenthalts, um Würdenträger und Diplomaten zu interviewen. Es schien doch nicht so leicht zu sein, wie Max geglaubt hatte, sie bei der kämpfenden Truppe unterzubringen. Würde ihn das dazu bringen, die Sache mit Russland erneut anzugehen?

Sie machte eine Reise zum heftig umkämpften Suezkanal. Kaum zu glauben, dass dieser schmale und unscheinbare Wasserweg von so großer strategischer Bedeutung war. Die Deutschen konnten ihn leicht bombardieren und dadurch große Verwüstung anrichten, aber sie wollten ihn genauso sehr wie alle anderen, und sie wollten ihn unbeschädigt.

Pflichtbewusst schickte sie ihre Berichte über das Kriegstheater zum *Globe*, während sie gleichzeitig ihrem Chef wegen Russland im Nacken saß. Auch telegrafierte sie ihrer Mutter, die genauso motiviert wie Cameron war, und obwohl sie sich unmöglich vorstellen konnte, dass ihre Mutter auf jemanden Druck ausübte, schien sie doch nicht so hilflos zu sein, wie man glauben konnte.

Am 22. Juni befand sich Cameron am späten Nachmittag in der Hotel Lounge. Es war sehr heiß und sie verschaffte sich Kühlung, indem sie sich ihr Glas mit Eistee an die Stirn hielt. Don Mayfield vom *Journal* kam herein.

„Dieser Shanahan hat wirklich unverschämtes Glück. Das muss man ihm lassen." Er ließ sich an Camerons Tisch auf einen Stuhl sinken.

„Und was hat er jetzt wieder getan?", fragte Cameron.

Mayfield rief den Kellner. „Bringen Sie mir einen Scotch und Soda – vielleicht sollte ich aber auch lieber einen Wodka nehmen, Johnny zu Ehren."

„Wovon sprichst du, Mayfield? Was ist los?"

„Gerade ist die Nachricht hereingekommen. Deutschland ist in die Sowjetunion einmarschiert …"

„Was?"

„Du bist gar nicht erstaunt, stimmt's? Sieht so aus, als ob das nur für Stalin eine Überraschung wäre."

„Es ist trotzdem grauenhaft. Und Johnny mittendrin." Sie aber nicht. Um ihre Enttäuschung unter Kontrolle zu halten, versuchte sie, stattdessen Stalins Irrtum zu analysieren. „Nun, Stalin hätte es wissen müssen. Du meine Güte, Churchill hat ihn immer wieder vor den deutschen Truppenbewegungen im Osten gewarnt."

„Aber er dachte, die Briten wollten nur Stimmung machen."

„So hat er auch Rudolf Hess' kleinen Abstecher nach Schottland im vergangenen Monat fehlgedeutet." Diese kleine Komödie der Irrungen zauberte ein Lächeln auf Camerons Lippen. Die Sache mit dem Überlauf von Hitlers Stellvertreter war noch immer sehr mysteriös. Nachdem Hess in Schottland gelandet und von den Briten gefangen genommen worden war, hatte Hitler ihn, den dritthöchsten Mann in der Nazi-Hierarchie, für verrückt erklärt. Die Briten sperrten ihn ohne viel Federlesens ein. Stalin vermutete, Hess hätte eine Abmachung mit den Briten treffen wollen, einen separaten Frieden, der Deutschland die Freiheit verschafft hätte, Russland anzugreifen und den verhassten Bolschewismus zu eliminieren. „Das wird dem Krieg eine neue Dimension verleihen", bemerkte Cameron nachdenklich. Und wieder versuchte sie, nicht daran zu denken, was sie alles verpasste. „Churchill und Stalin misstrauen einander fast genauso sehr, wie sie Hitler misstrauen. Beiden wird es schwerfallen, sich nun zu verbünden."

„Noch vor einer Woche hat Stalin versucht, den Deutschen um den Bart zu gehen", bemerkte Mayfield. „Sein Kommuniqué zeigte eine Naivität, die man dem Mann nicht zugetraut hätte. Er bestätigte die deutschen Truppenbewegungen an den sowjetischen Grenzen, beharrte aber auf seiner Einschätzung, dass sie keine Bedrohung für die Sowjetunion seien."

„Mein Vater hat mir beigebracht, dass ein Korrespondent in Russland als Erstes lernen muss, zwischen den Zeilen zu lesen. Offensichtlich versuchte Stalin noch immer, Zeit zu schinden. Er wusste, dass Russland nicht vor dem kommenden Jahr für einen Krieg bereit wäre. Er dachte vermutlich, er könnte die Deutschen bis zum Herbst dieses Jahres hinhalten, dann hätte er sich über den Winter bis zum Frühjahr 1942 Luft verschafft. Ich wette, noch gestern wiegte er sich in Sicherheit, weil es Wahnsinn ist, zu dieser Jahreszeit anzugreifen. In Russland beginnt der Winter bereits im Oktober." Sie hielt inne, drehte sich um und entdeckte den Kellner, der die Tische in der Nähe abwischte. „Salih, funktioniert das Radio noch? Ich würde gern die Nachrichten hören, wenn es möglich ist."

„Ich habe es repariert, Miss Hayes, aber der Empfang ist noch immer nicht besonders gut." Der Kellner eilte hinter die Theke, wo das Radio auf einem Regal an der Wand stand. Er drehte einen Knopf. Statisches Rauschen ertönte aus dem veralteten Lautsprecher. Vermutlich war es eines der ersten Geräte im Land gewesen. Salih drehte den Knopf immer weiter, bis eine verzerrte Stimme mit einem britischen Akzent zu hören war.

„Hier BBC, hier BBC. Wir bestätigen, dass die deutsche Armee um vier Uhr morgens sowjetischer Zeit ohne Provokation seines früheren Verbündeten die Sowjetunion angegriffen ..."

Weiteres Rauschen, mehr konnte Salih dem Kasten nicht entlocken. In der Zwischenzeit waren weitere Gäste in die Bar gekommen, da sie das Radio gehört hatten und offensichtlich mehr nach Neuigkeiten dürsteten als nach einem Drink.

„Stellen Sie es nicht ab", forderte ein Neuankömmling.

„Funktioniert nicht", erklärte Salih.

„Lassen Sie mich mal probieren", bat ein britischer Hauptmann. Er kam um die Theke herum und machte sich an dem Gerät zu schaffen.

Innerhalb einer halben Stunde war der Laden voll und an der Bar drehte sich das Gespräch nur um den Krieg. Cameron beteiligte sich daran, obwohl ihre Gedanken um ihre missliche Lage kreisten. Erneut überdachte sie Shanahans Vorschlag, auf eigene Faust nach Russland zu reisen. Doch andererseits wollte sie nicht zu solchen verzweifelten Maßnahmen greifen. Arnett kannte ihren Wunsch und ihre Qualifikation. In der jetzigen Situation würde er bestimmt einen Reporter nach Russland schicken wollen und sie konnte am besten dorthin gelangen. Viel billiger als wenn er jemanden aus den Staaten schicken würde. Sie musste nur Geduld haben.

„Wie ich Geduld hasse!", jammerte sie, als eine laute Stimme aus dem Radio sie innehalten ließ. Sie sprach russisch. Eine britische Stimme übersetzte.

„... ohne Forderungen an die Sowjetunion zu stellen, haben die deutschen Truppen unser Land angegriffen ..."

„Das ist Molotow", erklärte Cameron. Die Stimme klang noch genau so, wie sie sie aus ihrer Kindheit kannte.

Seine Rede wurde einen Augenblick lang von statischem Rauschen überlagert und die Leute in der Bar fingen an, auf den armen Hauptmann einzureden, der daraufhin verzweifelt versuchte, den Sender wieder klar einzustellen.

Schließlich tönte die Stimme des sowjetischen Kommissars für Auslandsangelegenheiten erneut durch den Raum. „Dieser unerhörte Angriff auf unser Land ist ein in der Geschichte der zivilisierten Nationen beispielloser Akt des Verrats ..."

Er ließ sich über den Nichtangriffspakt aus und betonte, wie gewissenhaft sich die Sowjetunion an alle darin vereinbarten Punkte gehalten habe. Dieser Angriff sei also allein von Deutschland zu verantworten. Auch betonte er, der Krieg sei nicht dem deutschen Proletariat anzulasten, sondern vielmehr allein den „blutrünstigen Herrschern" Deutschlands.

Seine letzten Worte, die nicht von der monotonen Stimme des Übersetzers übertönt wurden, ließen Cameron einen Schauer über den Rücken laufen.

„Die Regierung ruft euch, Männer und Frauen, Bürger der Sowjetunion auf, euch noch enger um die ruhmreiche bolschewistische Partei zu scharen, euch hinter die Sowjetregierung und unseren großen Führer, den Genossen Stalin zu stellen. Unsere Sache ist gut. Der Feind wird niedergeschmettert werden. Der Sieg wird unser sein."

„Können sie wirklich gewinnen?", fragte Mayfield, als die Rede beendet war und Klänge von Guy Lombardo ertönten. „Stalins Säuberungen in den Dreißigerjahren haben die Zahl der Offiziere in der Armee stark vermindert. Ich habe gehört, dass Zehntausende Offiziere entweder exekutiert oder inhaftiert wurden."

„Sie müssen siegen", sagte Cameron. „Ich kann mir einfach kein von Hitler regiertes Europa vorstellen. Und macht euch keine Illusionen, falls Russland fällt, wird Großbritannien als Nächstes die Fahnen strecken."

„Und was ist jetzt mit euch Yankees?", fragte der Hauptmann. „Ich denke, jetzt wird die Opposition eurer Isolationisten gegen eine amerikanische Intervention noch stärker werden, wenn es bedeutet, sich mit den Kommunisten zu verbünden."

„Mal sehen, wie Churchill reagiert", sagte Mayfield. „Niemand steht dem Kommunismus kritischer gegenüber als er."

„Ich bin sicher, Hitler geht davon aus, dass die Vereinigten Staaten und Großbritannien die Sowjetunion im Stich lassen. Nie hätte er ein so waghalsiges Unternehmen begonnen, wenn er fürchten müsste, dass die demokratischen Nationen der Welt sich mit dem Kommunismus verbünden würden", sagte Cameron.

Churchill äußerte sich erst ganze vierundzwanzig Stunden später zu dem Angriff, doch als er sich schließlich zu Wort meldete, tat er dies in der für ihn typischen, bewegenden und wortgewandten Art. Er sagte der Sowjetunion britische Unterstützung zu. Und selbst wenn „Hitler in die Hölle einmarschierte", würde er, Churchill, zum Unterhaus gehen und ein freundliches Wort für Satan einlegen. Roosevelt versprach Russland ebenfalls seine Unterstützung, wenn auch etwas zurückhaltender wegen der starken antisowjetischen Strömungen in Amerika.

Erst eine Woche später äußerte sich Stalin öffentlich zu der Invasion. Zweifellos hatte er so lange gebraucht, das Brett von seinem Kopf zu schrauben, dachte Cameron trocken. Sie hielt sich in der Hotelbar auf und hörte zu, wie der BBC-Sprecher den Text der Rede verlas. Stalin brachte die erwarteten Entschuldigungen dafür, dass Russland nicht gerüstet war, dann verteidigte er den Nichtangriffspakt und wies darauf hin, dass er dem sowjetischen Militär Zeit verschafft habe, sich auf den Krieg vorzubereiten. Er rief das russische Volk auf, alles für seinen Sieg zu geben, den Feind daran zu hindern, auch nur einen Bruchteil sowjetischen Besitzes in die Hände zu bekommen. Er ermahnte die Russen, notfalls ihr eigenes Land zu zerstören und niederzubrennen, damit es dem Feind nicht in die Hände fiel, und den faschistischen Hunden nichts als verbrannte Erde zu hinterlassen, sollte es dazu kommen. Er wiederholte vieles aus Molotows Rede, aber der vermutlich verblüffendste Teil seiner relativ kurzen Ansprache war sein Lob auf seine neuen westlichen Verbündeten.

„Die historische Aussage von Mr Churchill, der der Sowjetunion die Unterstützung Großbritanniens zugesichert hat, und die Bereitschaft der Regierung der Vereinigten Staaten, unserem Land zu helfen, ruft im Herzen unseres Volkes tiefe Dankbarkeit hervor."

Cameron musste daran denken, dass dieser Mann seinem Volk mit beispielloser Rücksichtslosigkeit den Kollektivismus aufgezwungen hatte und durch grausame Säuberungen eine beispiellose Schreckensherrschaft über seine Landsleute ausgeübt hatte. Doch jetzt war er ein Verbündeter – Stalin, der Gute, gegen Hitler, den Bösen.

Ja, das könnte noch interessant werden. Aber darüber hinaus auch sehr grausam. In Europa würde Blut fließen wie nie zuvor. Wie könnte es bei so unversöhnlichen Gegnern anders kommen?

In diesem Augenblick trat ein arabischer Junge in die Bar und rief mit starkem Akzent: „Mies Camroon Hayes! Mies Camroon Hayes!"

„Ja, hier", antwortete sie.

Er lief zu ihr und reichte ihr ein Telegramm. Sie gab ihm eine Münze. Während der Junge sich entfernte, starrte Cameron auf das Papier. Sie hatte tatsächlich Angst, es zu öffnen. Es könnte alles Mögliche sein. Nachrichten von zu Hause vielleicht. Sie hatte auf das Telegramm an ihre Mutter keine Antwort erhalten und hielt es durchaus für möglich, dass ihr Vater ihrer Mutter verboten hatte, das Schreiben zu erwidern. Aber diese Möglichkeit war nicht der Grund, warum ihre Hände plötzlich zu zittern begannen.

Langsam faltete sie das Blatt auf.

> CAMERON, REISEN SIE SOFORT IN DIE UDSSR STOP REISEUNTERLAGEN SIND UNTERWEGS UND WERDEN BEI ANKUNFT VORLIEGEN STOP HEBEN SIE DAS NOTWENDIGE GELD VON DER BANK VON ENGLAND IN KAIRO AB STOP DENKEN SIE AN UNSER BUDGET STOP ICH ENTSCHULDIGE MICH FÜR DIE VERZÖGERUNG STOP MAX

Camerons spontane Reaktion war, einen Jubelschrei auszustoßen, was nicht gerade professionell wirken würde. Doch dann zuckte sie mit den Achseln, warf das Telegramm in die Luft und stieß ein lautes *Jippieh* aus.

Salih, der Kellner, starrte sie an, fassungslos über ein so undamenhaftes Verhalten. Sie aber sprang lachend von ihrem Stuhl auf. Es gab eine Million Dinge zu erledigen.

20

Beverly Hills, Kalifornien
Juni 1941

Blair stahl sich durch die Küchentür ins Haus. Es war drei Uhr morgens und sie wollte ihre Familie nicht aufwecken. Leise schloss sie die Tür und schlich auf Zehenspitzen über den Küchenboden. Sie schaffte es bis zu der vorderen Treppe, legte die Hand auf das Treppengeländer und stellte den Fuß auf die erste Stufe.

„Da bist du ja!“, ertönte eine tiefe, harte Stimme hinter ihr.

Sie zuckte zusammen, drehte sich aber nicht um. Seit sie in Claudes Klub arbeitete, häuften sich Szenen dieser Art.

„Es ist spät, Dad. Ich möchte zu Bett gehen“, erwiderte sie.

„Du drehst dich gefälligst um und siehst mich an, wenn ich mit dir spreche.“

Plötzlich ging ein Licht an und fing sie ein wie der Suchscheinwerfer eines Gefängnisses. Wie sehr wünschte sie, sie könnte sowohl das Licht als auch ihren Vater ignorieren und einfach weitergehen, aber sie wusste, das würde alles nur noch schlimmer machen. Ihre Haltung, ihr Gesichtsausdruck, ihre angespannte Stimme, alles strahlte Rebellion aus, als sie sich umdrehte und sagte: „Musst du so streitlustig sein?“

„Jetzt schieb das nicht mir zu! Ich bin nicht derjenige, der um drei Uhr morgens nach Hause kommt.“

„Ich komme nicht zum ersten Mal so spät nach Hause“, erwiderte sie aufsässig. „Ich bin erwachsen, weißt du.“

Er schnaubte verächtlich und erwiderte: „Du hast es zu weit getrieben, junge Dame. Bisher habe ich beide Augen zugedrückt, aber jetzt reicht es. Ich weiß, was du treibst, und das dulde ich nicht.“

„Was interessiert dich denn, was ich tue? Du hast noch nie Interesse für mein Leben gezeigt –“

„Das wäre wohl anders gelaufen, wenn du irgendetwas von Wert getan hättest.“

Darauf fiel ihr keine Antwort ein. Sie war nicht in der Stimmung, sich gerade jetzt mit ihrem Vater auseinanderzusetzen, schon gar nicht zu diesem Thema. Sie hatte den größten Teil des Abends damit verbracht, sich von einem Haufen lüsterner Trunkenbolde betatschen zu lassen, und nun war auch sie ziemlich betrunken. Sie wusste besser als ihr Vater, dass das, was sie tat, wenig Wert hatte, und es ärgerte sie, diesen Lebensstil auch noch vor ihm verteidigen zu müssen. Doch nie hätte sie vor einem anderen Menschen zugegeben, wie tief sie gesunken war.

Als sie nicht antwortete, fügte Keagan hinzu: „Keine meiner Töchter wird sich vor einer Horde von Männern zur Schau stellen, hörst du? Ich dachte, du wärst mit deiner sogenannten Schauspielerkarriere bereits tief gesunken, aber das hier“ – er spuckte die Wörter aus, als wären sie wahrhaft böse – „liegt noch bei Weitem darunter. In einem Nachtklub zu arbeiten, um Himmels willen! Und nicht mal in einem respektablen, sondern in irgendeiner üblen Spelunke am Hafen.“

„Er ist nicht am Hafen“, gab sie zurück. Aber der Nachtklub lag tatsächlich sehr nah am Hafen und er war übel und er war eine Spelunke.

Claude Fleischer war ein netter Kerl, aber ein vollendeter Lügner. Vielleicht war ihm gar nicht bewusst, dass er eigentlich log. Er liebte seinen kleinen Nachklub. Dummerweise hatte er vergessen, Blair zu erzählen, dass er seine Theateragentur durch Fehlinvestitionen verloren und nur mithilfe eines anderen Mannes, den Blair noch nicht kennengelernt hatte, das Kapital für diesen Klub aufgetrieben hatte. Sie war naiv genug gewesen, ihn beim Wort zu nehmen und einen Vertrag zu unterzeichnen, ohne sich das Lokal angesehen oder seinen Partner kennengelernt zu haben. Die Ironie war, dass sie Claude trotzdem noch mochte. Irgendwie wurde sie das Gefühl nicht los, ihn und seinen verrufenen Schuppen verdient zu haben.

Nichts davon würde sie jedoch ihrem Vater gegenüber erwähnen.

„Mir ist egal, wo er ist“, schrie Keagan. „Du hörst sofort damit auf.“

„Das werde ich nicht tun“, zischte sie zurück. Wie gern würde sie aussteigen! Aber was sollte sie dann tun? Filmangebote gab es nicht im Überfluss. Offensichtlich hatte Banister die Nachricht verbreitet, sie sei keine kooperative Schauspielerin. Ihr drohte also aufs Neue die Abhängigkeit von ihrem Vater. Doch wenn ihr eines klar war, dann dass dieser Zustand ein Ende haben musste. Seit sie denken konnte, hatte sie es verabscheut, unter seiner Fuchtel zu stehen, das Gefühl zu haben, dass jeder Brocken, den sie in den Mund steckte, jeder Faden,

den sie trug, seinen Preis hatte. Cameron war endlich frei und vielleicht war nun die Chance für Blair gekommen, es ihr gleichzutun.

„Waaas?"

Ihr Trotz schockierte ihn tatsächlich. Sie widersetzte sich ihm schon seit Jahren. Warum interessierte ihn das jetzt?

„Ich mag meinen Job", log sie. „Ich bin sehr gut darin und ich werde nicht aufhören. Eine vielversprechende Karriere liegt vor mir."

„Ich habe gehört, dass du singst, aber ich bezweifle, dass das alles ist", schnaubte er.

„Oh du ... du ..."

„Pass auf, was du sagst. Ich bin immer noch dein Vater!"

Auf einmal wusste sie, warum er über ihren Widerstand so entsetzt war. Das war die sogenannte Stunde der Wahrheit, auf die sie bereits seit Langem hingearbeitet hatte. Diese Erkenntnis erfüllte sie mit Furcht, gleichzeitig aber auch mit Freude. Plötzlich drang eine neue Stimme in ihre Gedanken.

„Keagan, Blair! Warum schreit ihr so?"

Es war Blairs Mutter. Sie stand im Nachthemd oben auf der Treppe. Wie viel hatte sie schon von der hitzigen Auseinandersetzung mitbekommen? Ihre dünne Stimme zitterte. Auch sie schien zu spüren, was unweigerlich kommen musste.

„Geh ins Bett zurück, Cecilia", befahl Keagan. „Ich werde diese Sache selbst zu Ende bringen."

„Welche Sache?" Cecilia umklammerte das Treppengeländer, als könnte sie von dem kleinsten Windhauch umgepustet werden. Vielleicht wirkte sie nur wegen der späten Stunde und der Tatsache, dass ihr normalerweise hochgestecktes Haar ihr blasses Gesicht einrahmte, so zerbrechlich.

„Daddy missbilligt meinen neuen Job", erklärte Blair noch immer trotzig, ungeachtet der Tatsache, dass ihr Herz sich bei Cecilias Anblick zusammenkrampfte. Ein Bruch mit Keagan würde gleichzeitig bedeuten, mit ihrer Mutter zu brechen, und vielleicht auch mit Jackie.

„Bestimmt kannst du noch etwas anderes, Blair!", flehte Cecilia.

„Vielleicht etwas, was euch beide glücklicher machen würde?", gab Blair zurück.

Aber Cecilia hörte nicht den Sarkasmus in Blairs Tonfall heraus und sie erwiderte hoffnungsvoll: „Ja!"

„Und was ist mit meinem Glück?"

„Bist du denn glücklich?" Diese Frage wirkte arglos, traf aber genau den Punkt.

„Hört mit diesem sentimentalen Gewäsch auf", antwortete Keagan. „Mir ist vollkommen egal, wer *glücklich* ist. Meine Tochter wird sich nicht vor betrunkenen Männern in einer Bar zur Schau stellen – und das ist endgültig!"

„Für mich ist das überhaupt nicht endgültig", gab Blair zurück.

„Wenn du unter meinem Dach lebst, dann wirst du tun, was ich sage. Entweder du gibst diesen Job auf oder du gehst!"

Nun war es ausgesprochen, das unausweichliche Ultimatum. Blair hatte immer gewusst, dass es irgendwann kommen musste. Sie war nicht überrascht und doch schnürten ihr diese Worte den Hals zu. Sie hasste es, unter dem Dach ihres Vaters zu hausen – doch auf sich allein gestellt leben zu müssen, bereitete ihr existenzielle Angst. Was würde das allein für ihre Garderobe bedeuten? Ihre Kleidung bedeutete ihr einfach alles. Würde sie ihre Sachen behalten können, wenn sie ging? Immerhin war fast alles von Keagans Geld gekauft worden. Sie sah, wie viele ihrer schauspielernden Freundinnen lebten. Von der Hand in den Mund, kaum ein Dach über dem Kopf. Könnte sie so leben?

Aber das Ultimatum war ausgesprochen und Keagan würde nicht nachgeben. Er wollte sie aus dem Haus haben, dessen war sie sicher, und endlich hatte er einen Grund gefunden. Sie war der Stachel in seinem Fleisch, eine Peinlichkeit für ihn. Er wollte sie loswerden.

„Keagan, nicht!", flehte Cecilia.

„Halt dich da raus!", befahl Keagan.

Blair spürte, dass Cecilia innerlich sofort kuschte. Obwohl sie an der Treppe stehen blieb, sagte sie nichts mehr.

„Das ist in Ordnung", erwiderte Blair. „Ich hätte schon vor langer Zeit gehen sollen. Du hast einen Weg gefunden, Cameron loszuwerden, und jetzt bin ich eben an der Reihe." Sie sprach mit fester Stimme, die nichts von ihrem inneren Aufruhr verriet. Und mit festem Schritt schob sie sich an ihrem Vater vorbei und ging zur Tür.

Sie meinte ein Stöhnen von ihrer Mutter zu hören. Keagan jedoch schwieg.

Während sie die Haustür öffnete, fragte sie sich schon, ob sie in der Lage sein würde, sich noch einmal herzuschleichen und ihre Kleider und Sachen zu holen. Sie empfand kein Bedauern. Es war unausweichlich gewesen. Eigentlich war dieser Bruch schon lange überfällig.

Am folgenden Morgen fand Jackie ihre Mutter am Fenster sitzend und hinaus in den trüben und regnerischen Tag starrend.

„Was ist denn gestern Nacht los gewesen, Mom?“, fragte sie, als sie sich in den Chippendale-Sessel dem Fensterplatz gegenüber setzte.

Jackie war in den frühen Morgenstunden von dem Lärm geweckt worden. Sie hatte eine Weile zugehört, weil sie dachte, ihre Eltern würden streiten, doch dann wurde ihr klar, dass die weibliche Stimme nicht die ihrer Mutter war – sie hätte das auch sofort wissen können, weil ein Streit zwischen Keagan und Cecilia meistens sehr einseitig verlief. Keagan wütete und schimpfte, während Cecilia wie eine Maus fiepte oder leise weinte.

Bis Jackie herausgefunden hatte, dass die Frauenstimme Blair gehörte, hatte das Schreien aufgehört. Solche Konfrontationen zwischen Blair und Keagan waren nicht unüblich und Jackie hatte gelernt, sich herauszuhalten. Immer wieder war es vorgekommen, dass sie, wenn sie zu schlichten versucht hatte, auf einmal angegriffen wurde, wie auch damals bei dem Streit mit Cameron.

Als Cecilia an diesem Morgen ihre von tiefen Ringen umrahmten, geröteten Augen auf sie richtete, war Jackie sicher, dass das, was in der Nacht geschehen war, nicht nur eine der üblichen Auseinandersetzungen gewesen war.

„Blair ist gegangen“, erklärte Cecilia mit dünner Stimme.

„Was meinst du?“

„Nun, eigentlich bin ich gar nicht sicher, ob sie gegangen ist oder ob euer Vater sie hinausgeworfen hat. Aber wie auch immer, sie ist auf jeden Fall fort.“

Erstaunlich an dieser Nachricht war nur, dass es so lange gedauert hatte, bis Blair gegangen war, oder umgekehrt, dass Keagan so lange gebraucht hatte, um sie hinauszuwerfen. Aber wie auch immer, Jackie war entsetzt darüber, dass es schließlich doch passiert war.

„Wo ist sie hingegangen?“, fragte Jackie. Etwas anderes fiel ihr nicht ein.

„Ich weiß es nicht. Es war drei Uhr morgens. Wohin kann sie zu so später Stunde noch gehen? Ich bin krank vor Sorge.“

„Blair kann sehr gut auf sich selbst aufpassen.“

Cecilia schüttelte den Kopf. Sie verhielt sich entschlossener als sonst. „Sie tut so, als sei das Leben ein Film. Aber im Grunde genommen ist sie ein hilfloses Kind.“ Cecilia blinzelte und Jackie sah, wie neue Tränen in die Augen ihrer Mutter traten. „Armes Ding, sie ist mir so ähnlich ... Nun, wenigstens hat sie sich ihrem Vater widersetzt, was ich nicht getan habe. Ich kann trotzdem nicht glauben, dass er sie mitten in der Nacht auf die Straße gesetzt hat. Ich kann nicht glauben, dass ich das zugelassen habe. Ich hätte etwas sagen sollen ...“

„Oh Mom, du weißt doch, dass beide starrköpfig wie die Maultiere sind.“ Jackie ging zum Fenstersitz und nahm die Hände ihrer Mutter. „Manchmal muss man den Menschen einfach erlauben, ihr Schicksal selbst zu bestimmen.“

„Woher hast du nur diese Weisheit?“ Cecilia rang sich ein schwaches Lächeln ab.

„In diesem Semester habe ich Psychologie belegt.“ Sie lächelte zurück und drückte die Hand ihrer Mutter.

„Es ist offensichtlich, dass Cameron nach deinem Vater und Blair nach mir kommt. Aber wem du nachschlägst, Jacqueline, habe ich noch nicht herausgefunden. Vielleicht hast du die besten Charakterzüge von uns beiden geerbt.“

„Das weiß ich nicht so genau.“ Jackie schüttelte ihr Unbehagen angesichts dieses Lobes ab. „Aber vielleicht habe ich auch nur eine gute Portion gesunden Menschenverstand mitbekommen.“

„Möglicherweise ist der Grund aber auch der, dass du Gott in dein Leben aufgenommen hast und bereit bist, von seiner Weisheit zu lernen.“ Cecilia seufzte. „Ich bin auch Christ, aber aus irgendeinem Grund bin ich nicht so weit gekommen.“

„Vielleicht“, meinte Jackie, „ist es, weil du mehr für mich als für dich selbst gebetet hast.“ Sie lächelte trocken. „Wer weiß, warum Gott so wirkt, wie er es tut?“

Cecilia blickte durch das regennasse Fenster nach draußen. „Ich werde mich immer fragen, warum Blair und Cameron gegen Gott rebellieren. Ich weiß, er könnte ihnen helfen, vor allem Blair. Ich habe große Angst um sie. Ich fürchte, sie wird körperlichen Schaden erleiden, mache mir aber auch Sorgen um ihr Herz und ihre Seele. Ich bete für sie, doch ich kann so wenig tun."

„Ja", stimmte Jackie zu. „Sie geht einem praktisch an die Gurgel, wenn man sie auch nur zum Gottesdienst einlädt."

„Ich schätze, du hast recht. Sie muss selbst ihren Weg finden und wir müssen weiter beten, dass sie zu Gott findet."

„Mom, ich bin fest davon überzeugt, dass Blair und Cameron zum Glauben finden werden, weil du uns als Kinder alles über Gott erzählt hast."

„Dann kamen jedoch andere Einflüsse."

Cecilia brauchte nichts mehr zu sagen. Beide wussten, dass sie auf Keagan anspielte. Sie hatte ihren Kindern vielleicht von Gott erzählt, aber Keagan verachtete ihren Glauben, obwohl er sich nach außen als frommer Kirchgänger zeigte. Immer wieder deutete er an, die Religion sei eine Krücke für die Schwachen, und er hatte wenig Respekt vor den Übereifrigen. Ein wenig Glauben, sagte er immer, sei sicherlich keine schlechte Sache, aber man solle sich vor den Fanatikern in Acht nehmen.

„Nun, ich werde weiter beten", erklärte Jackie mit der Hoffnung der Jugend.

„Mehr können wir nicht tun", seufzte Cecilia mit der Resignation des Alters.

„Vielleicht sollte ich versuchen, Blair zu finden", schlug Jackie vor.

„Nun, bevor dein Vater heute Morgen das Haus verließ, hat er mir verboten, ihr nachzugehen. Er sagte, sie dürfe dieses Haus nicht mehr betreten, bis sie Reue zeigen und diesen Job aufgeben würde."

„Hat er gesagt, ich dürfe auch nicht nach ihr suchen?"

Cecilias Lippen verzogen sich zu einem verschwörerischen Lächeln. „Nein, dein Name wurde nicht erwähnt."

„Hat er gesagt, ich dürfe ihr keinen Koffer packen?"

„Er hat nichts von ihren Sachen gesagt." Cecilias Gesicht und ihr Tonfall hellten sich auf. „Hast du eine Ahnung, wo du sie finden kannst?"

„Ich werde in den Hotels nachfragen, die infrage kommen."

Cecilia sprang auf. „Warte einen Augenblick." Eilends verließ sie das

Zimmer, kehrte ein paar Minuten später zurück und drückte Jackie ein kleines Bündel Geldnoten in die Hand. „Das ist alles Bargeld, das ich zur Hand habe. Es wird ihr helfen."

Jackie steckte das Geld in die Tasche und wollte sich erheben, doch ihre Mutter legte ihr sanft die Hand auf die Schulter.

„Warte, Liebes." Sie ließ sich wieder auf den Platz am Fenster gleiten. „Wir beide haben lange nicht zusammen gebetet. Wollen wir das jetzt tun?"

„Oh ja, sehr gern, Mutter!" Unvermittelt traten Jackie Tränen in die Augen, als sie die Arme um ihre Mutter legte. Dann nahmen sie sich an den Händen und beteten für Blair.

21

Blairs Finger flogen über die Tasten. Mit einem Akkord beendete sie das Lied „If I Didn't Care". Vereinzelt ertönte Applaus aus dem Publikum, was darauf schließen ließ, dass zumindest ein paar Leute zugehört hatten. Sie hob den Blick von den Tasten und durch den Zigarettenrauch hindurch bemerkte sie, dass die Gäste an diesem Samstagabend lebhaft, wenn nicht sogar aufmerksam waren.

Sie rutschte von der Klavierbank, um eine Pause zu machen, als Claude Fleischer auf sie zugewatschelt kam.

„Eine sehr nette Nummer", sagte er in seiner verbindlichen Art, die Blair mittlerweile als Einleitung für die Bitte um einen Gefallen kannte.

„Daddys Geld für Klavierstunden war gut angelegt", bemerkte Blair trocken. Und falls sie überhaupt Gefallen an ihrer gegenwärtigen Situation finden konnte, dann nur durch solche Ironien.

„Kommen Sie, ich möchte Sie jemandem vorstellen."

„Kann ich zuerst einen Drink bekommen? Ich bin absolut ausgedörrt."

„Ich werde einen Kellner bitten, Ihnen das Übliche zu bringen. Aber Sie müssen Stan kennenlernen. Er ist gerade angekommen."

„Stan?"

„Mein Partner Stan Welton."

Claude führte Blair zu einem der besten Tische in der Bar, an dem mehrere Männer und Frauen Platz genommen hatten. Die Männer sahen aus wie Geschäftsleute. Sie trugen Anzüge und schienen einer besseren Schicht anzugehören als die Stammgäste im Klub. Dennoch machten sie auf Blair keinen guten Eindruck.

Claude stellte sie einander vor und Blair vergaß sofort alle Namen außer dem von Stan Welton, einem Mann von muskulöser Statur und prahlerischem Gehabe. Er war Mitte dreißig, hatte hellbraune Haare, einen Schnurrbart und eine Narbe über der rechten Augenbraue. Eine Zigarette hing lässig zwischen seinen Lippen, als er Blair angrinste – dasselbe Grinsen, das sie von den meisten Männern bekam und das zeigte, dass sie wussten, was sie mit einer schönen Puppe wie ihr anstellen mussten. In seinem Blick lag eine seltsame Mischung aus Unmoral und Charme, aber Blair hatte so etwas so oft gesehen, dass sie es kaum wahrnahm, als sie sich auf den leeren Stuhl neben Stan setzte. Sofort legte er den Arm um sie.

„Nun, Claude, alter Junge“, sagte Stan, „du hast wirklich nicht übertrieben. Das ist eine atemberaubende Dame!“ Er wandte sich an Blair. „Was tun Sie in einer Spelunke wie dieser?“

„Gehört diese Spelunke nicht zur Hälfte Ihnen, Mr Welton?“, erwiderte sie trocken.

„Nennen Sie mich Stan, Süße. Und ja, sie gehört mir, aber selbst ich kenne den Unterschied zwischen dem Treasure Cove und dem Coconut Grove.“

„Wir alle müssen irgendwo anfangen, nicht?“

Er lachte laut und kam Blair so nahe, dass sie den billigen Tabak und den noch billigeren Whisky in seinem Atem roch. Er rückte noch näher an sie heran und Blair war erleichtert, als ihr Martini gebracht wurde. Nach ein paar Drinks hatte sie nichts mehr dagegen und fing sogar an, ihn als einen attraktiven Mann zu betrachten.

Sie war schon ziemlich betrunken, als sie sich erhob, um ihre letzte Darbietung für den Abend zu bringen. Sie verspielte sich ein paarmal auf dem Klavier und auch ihre Stimme setzte ein- oder zweimal aus, da aber alle im Klub alkoholisiert waren, bemerkte es niemand.

Offensichtlich war Stan ein paar Monate lang geschäftlich in New York unterwegs gewesen. Blair hatte keine Ahnung, welche Geschäfte er betrieb, aber im Gegensatz zu ihrer älteren Schwester war sie nicht neugierig. Bei den meisten Männern hatte sie das Gefühl, dass es besser war, möglichst wenig zu wissen. Auf jeden Fall war Stan jetzt nach L.A. zurückgekehrt und hatte vor, eine Zeit lang hier zu bleiben und sich um den Klub zu kümmern. In den folgenden Wochen sahen sich Blair und Stan häufig. Während ihrer Pausen saß sie an seinem Tisch. Wenn das Cove für die Nacht schloss, besuchten sie private Partys, die häufig die ganze Nacht dauerten.

Stan war lustig und vorzeigbar, auch wenn er sie nicht immer wie eine Dame behandelte, was sie ja nach der Meinung ihres Vaters auch nicht war. Sie glaubte, auch die Ohrfeige verdient zu haben, die er ihr gab, weil sie schuld daran war, dass er zu einer geschäftlichen Verabredung zu spät kam und sich nicht angemessen zerknirscht gezeigt hatte. Sie hegten keine romantischen Gefühle füreinander, und das war auch gut so.

Dann kam die Nacht, die er bei ihr im Hotelzimmer verbrachte. Sie war kaum romantisch zu nennen, denn sie war so betrunken gewesen, dass sie kaum wusste, was sie tat, geschweige Widerstand leistete. Doch was machte das schon? Für wen bewahrte sie sich auf? Für Prinz Charming? Das war lächerlich. Ihre Jungfräulichkeit war genauso wertlos wie sie, warum also sich Mühe machen?

Früher hatte sie das Gefühl gehabt, es ihrer Familie schuldig zu sein, bis zur Hochzeit zu warten, aber jegliches Pflichtgefühl in dieser Hinsicht war an dem Abend, an dem ihr Vater sie aus dem Haus gewiesen und ihre Mutter tatenlos dabei zugesehen hatte, zu Bruch gegangen. Sicher, Jackie hatte sie am folgenden Tag gefunden, ihr einige Sachen und etwas Geld von ihrer Mutter gebracht und ihr eine Predigt gehalten, wie schlimm das alles im Augenblick sei, aber dass es nur besser werden könne. Arme naive Jackie!

Auf jeden Fall war Blair zu der Überzeugung gekommen, niemandem etwas schuldig zu sein. Und irgendetwas in ihr wollte unbedingt etwas tun, was ihre Eltern in Wut versetzte. Jemand wie Jackie, mit ihren geringen psychologischen Kenntnissen, würde das selbstzerstörerisch nennen, aber Blair war das egal. Es berührte sie einfach nicht mehr.

Als sie am Morgen erwachte und sich trotz ihres Katers an das erinnerte, was sie getan hatte, verkrampften sich ihre Eingeweide vor Scham. Alles wurde noch verschlimmert durch die Tatsache, dass Stan bereits fort war und ihr einen Zettel auf dem Bett hinterlassen hatte: „Es war großartig, Puppe. Wir sehen uns. Stan."

Bei dem Zettel lag eine Hundertdollarnote. Sie starrte auf das Geld und konnte nichts anderes denken, als dass ihr Vater wieder einmal recht gehabt hatte.

Am Abend im Klub erzählte ihr Claude, Stan habe die Stadt wieder verlassen.

„Er sagte, dieses Mal wäre es auf unbestimmte Zeit", berichtete Claude.

Dieses Schwein! Blair kochte. Sie hätte wissen müssen, dass er die ganze Zeit nur auf eine Eroberung aus gewesen war. Auch wenn sie nichts für ihn empfand, betrachtete sie es als niederträchtig, sie zu nehmen, umgehend fallen zu lassen und darüber hinaus auch noch zu erniedrigen, indem er sie auszahlte wie eine Prostituierte!

Sie war außer sich vor Zorn und wusste dennoch um ihren eigenen Anteil an dieser Sache. Am folgenden Abend spielte sie eine Schnulze nach der anderen. In den Pausen trank sie unentwegt Martinis. Als der Klub schloss, verließ sie ihn mit einem fremden Mann in einem teuren Anzug, was Empfehlung genug für ihn war. Sie erfuhr seinen Namen nicht, und falls er ihn nannte, vergaß sie ihn gleich wieder. Er nahm sie mit zu einer Party im Haus eines Freundes in den Bergen Hollywoods. Seit dem Problem mit Banister hatte sie keine Filmparty mehr besucht. Natürlich nicht freiwillig, sondern weil sie nicht mehr eingeladen wurde. Sie vermutete, dass sie auf Banisters Einfluss hin auf die schwarze Liste gesetzt worden war.

Immerhin kannte sie ein paar Leute, die durchaus freundlich zu ihr waren. Vielleicht sollte sie zu ihren alten Bekannten zurückkehren. Vielleicht könnte sie einen neuen Film machen. Alles wäre besser als Claudes Bar. Auch hätte sie jetzt keine Skrupel mehr, auf die „Casting Couch" zu springen. Dieses Mal würde sie es schaffen.

Um diese Fragen drehten sich ihre letzten zusammenhängenden Gedanken an diesem Abend. Nur vage erinnerte sie sich daran, die Stufen der Veranda heruntergetaumelt zu sein. Die Musik, das Gelächter und der Lärm der Gäste im Innern des eleganten Hauses waren laut. Sie und der Mann in dem schönen Anzug verließen die Party, um in sein Hotel zu fahren. Sie ließ sich gegen ihn sinken und warf die Arme um seinen Hals. Sie wollte mehr als nur Zuneigung. Plötzlich gaben die Beine unter ihr nach. Vermutlich war die kühle Nachtluft schuld daran.

„Wie fühlen Sie sich?" Wie durch einen Nebel drang eine Stimme zu ihr durch.

„Na, höchstens noch mit meinen Händen", nuschelte sie und kicherte.

„Bleiben Sie stehen. Der Diener bringt meinen Wagen."

„O.k., o.k. ..."

Während sie warteten, trafen noch späte Gäste ein. Einer der Männer trug Uniform. Er war groß und hatte dunkle Haare. Sein Gesicht verschwamm vor Blairs Augen.

„Gary ... was machen Sie hier?", lallte sie. „Lieutenant Gary ... Kirchenbasare und Hollywoodpartys ... hmmm ..."

Die Leute blieben stehen. Der Soldat antwortete: „Ich bin zwar Lieutenant, aber ich heiße nicht Gary."

„Oh ... natürlich sind Sie nicht Gary ... er geht nur zur Kirche ..." Kichernd winkte sie die Gruppe weiter.

In diesem Augenblick fuhr ein schwarzer Wagen vor. Ihr Kavalier und ein Bediensteter hievten sie in den Wagen. Der Mann – wie hieß er noch? – ging zur Fahrerseite hinüber, stieg ein, legte den Gang ein und fuhr davon. Blair sank gegen seine Schulter und wusste nichts mehr.

Der Mann weckte sie nicht auf, als sie sein Hotel erreichten. Im Gegenteil, seine Unternehmungslust war einer gewissen Nervosität gewichen. Immerhin war er verheiratet und es würde einen Skandal geben, falls er mit einer bewusstlosen Frau im Wagen erwischt wurde. Vor allem, da diese Frau, wie er auf der Party erfahren hatte, die Tochter des *Journal*-Herausgebers war. Als er das hörte, hätte er sich aus dem Staub machen sollen, aber sie war so schön und er hatte so viel getrunken, dass er keinen klaren Gedanken mehr fassen konnte. Er hatte gehofft, sich mit ihr eine oder zwei Stunden lang in einem Hotelzimmer vergnügen zu können und ihr dann zu helfen, das Hotel diskret zu verlassen.

Aber von einer bewusstlosen Frau war kaum ein diskretes Verhalten zu erwarten.

Mehrmals versuchte er sie aufzuwecken, doch sie reagierte nur mit einem unzusammenhängenden Grunzen. Er nahm ihre Handtasche. Wenn er herausfand, wo sie wohnte, könnte er sie vielleicht dorthin bringen. In ihrer Tasche fand er einen Lippenstift, eine Puderdose, ein paar Dollars und einen Schlüsselbund, der zum Carlisle gehörte. Keine schlechte Adresse, ging ihm durch den Kopf.

Auf dem Weg zu diesem Hotel überlegte er sein weiteres Vorgehen. Ihre Eltern konnte er nicht anrufen, aber er wusste, dass sie Schwestern hatte. Vor ein paar Monaten, zur Geburtstagsparty ihres alten Herrn, hatte er von ihnen gelesen. Wie hießen sie noch? Er glaubte, sich an Namen erinnern zu können. Unweit vom Carlisle stellte er seinen Sedan ab, für den Fall, dass ihn jemand erkannte. Aus demselben Grund zögerte er, sie in ihr Zimmer zu bringen.

Flüchtig kam ihm der Gedanke, sie einfach aus dem Wagen zu stoßen und auf dem Bürgersteig liegen zu lassen, bis sie von einem Fußgänger gefunden wurde – am besten, nachdem er schon lange fort war! Das würde dieses Flittchen lehren, sich zusammenzunehmen. Doch sein Ehrgefühl verbat ihm ein solches Vorgehen. Außerdem, falls ihr etwas zustieß und dann herauskam, dass er zuletzt mit ihr zusammen gewesen war, nun, das durfte er nicht zulassen.

Er stieg aus dem Wagen und ging zu einer Telefonzelle, suchte die Nummer im Telefonbuch und hielt inne. Was würde er tun, wenn die Schwester nicht am Apparat oder nicht zu Hause war? Immerhin war es erst sechs Uhr morgens. Er würde auflegen und sich etwas anderes ausdenken müssen. Entschlossen nahm er den Hörer von der Gabel. Konnte man der Schwester trauen? Dieses Risiko musste er eingehen. Er wählte die Nummer.

„Hallo, hier Hayes-Residenz. Kann ich Ihnen helfen?“ Zweifellos die Stimme eines Dienstboten.

„Ich möchte bitte mit Miss Jacqueline Hayes sprechen.“

„Es tut mir leid, Sir. Miss Hayes ist noch nicht aufgestanden.“

„Ich muss sie unbedingt sprechen.“

„Falls es sich um einen Notfall handelt, könnte ich ihren Vater holen ...“

„Nein!“, rief er. Panik stieg in ihm hoch. „Ich meine, es handelt sich nicht um einen Notfall. Ich bin ein alter Freund von außerhalb und ich bin sicher, sie würde wollen, dass Sie sie aufwecken und ihr sagen, dass ich sie sprechen möchte.“ Er log miserabel und rechnete damit, dass die Hausangestellte auflegte.

„Einen Augenblick“, hörte er sie jedoch erwidern.

Er stellte sich schon darauf ein, die Stimme von Mr Hayes zu hören, doch es meldete sich eine Frauenstimme.

„Hallo. Hier ist Jackie. Mit wem spreche ich?“

„Ich bin ein Freund Ihrer Schwester Blair.“

„Oh, ich dachte, Sie wollten mich sprechen.“

„Das möchte ich auch! Die Sache ist kompliziert. Ihre Schwester befindet sich sozusagen in einer Zwangslage. Nichts Ernstes, aber sie könnte Hilfe gebrauchen. Könnten Sie zum Carlisle kommen? Wir treffen uns um die Ecke auf der Siebenundzwanzigsten Straße. Wir sitzen in einem schwarzen Oldsmobile. Ich denke, Blair würde es zu schätzen wissen, wenn Sie niemandem von Ihrem Ausflug erzählen. Das ist ihr ein wenig peinlich, verstehen Sie?“

„Ich weiß nicht recht ... das ist alles sehr seltsam.“

„Sie haben jeden Grund, mich für einen Betrüger zu halten, aber ich versichere Ihnen, ich meine es gut. Und Ihre Schwester braucht Sie wirklich."

Nach einer langen Pause sagte das Mädchen: „Ich denke, ich werde in fünfzehn bis zwanzig Minuten da sein."

22

Jackie starrte in ihren Kaffee. Sie hatte gehofft, in der leeren Schulcafeteria in Ruhe nachdenken zu können. Doch nun war sie sich gar nicht mehr so sicher, ob sie das wirklich wollte. Ihre Gedanken kreisten um Blair und es waren düstere Gedanken.

Wie ungern hatte sie Blair an diesem Morgen verlassen, und hätte nicht heute ihr letztes Examen stattgefunden, wäre sie bei ihrer Schwester in dem Hotelzimmer geblieben. Als Jackie ging, lag Blair jedoch noch immer im Tiefschlaf, darum würde sie vermutlich gar nicht vermisst. Gerade war die Prüfung zu Ende gegangen und sie hatte gehofft, bei einer Tasse Kaffee ihre Reaktion Blair gegenüber überlegen zu können. Doch im Grunde schob sie die Begegnung hinaus, weil sie Angst davor hatte, sich mit den Problemen ihrer Schwester herumschlagen zu müssen.

Als Jackie sie von ihrem Verehrer übernommen hatte, war Blair so betrunken gewesen, dass an ein Gespräch nicht zu denken war. Kaum im Bett, war sie in tiefen Schlaf gesunken. Jackie wusste, dass ihre Schwester exzessiv trank, doch so weggetreten hatte sie sie noch nie erlebt. Der Grund dafür lag im Dunkeln, doch es war offensichtlich, dass es mit Blair stetig bergab ging. Irgendetwas musste getan werden, aber was? In einer Hinsicht wusste Jackie genau, was ihre Schwester brauchte – den Glauben an Christus. Aber dafür war Blair nicht offen.

Und das war Jackies Dilemma. Wie konnte sie Blair jetzt gegenübertreten, wenn das, was sie anzubieten hatte, aller Voraussicht nach nur eine Kluft zwischen ihnen schaffen würde?

„Entschuldige bitte." Eine Stimme riss sie aus ihren Gedanken. „Könntest du mir bitte das Salz reichen?"

Sie sah auf und erinnerte sich daran, dass sie in der Cafeteria saß, obwohl sie sich eben noch gefühlt hatte, als wäre sie allein auf einer Insel. Es war kein schönes Gefühl gewesen und sie war ziemlich erleichtert über die Störung.

„Ja, hier bitte." Sie reichte den Salz- und Pfefferstreuer an einen jungen Mann weiter, der unbemerkt an ihrem Tisch Platz genommen hatte.

„Danke." Er nahm das Salz und streute sich eine kräftige Portion über seinen Teller.

Jackie starrte ihn an, denn der Teller war vollgehäuft mit Kartoffelbrei, Roastbeef, Makkaroni, Käse und Reis mit Bratensaft, flankiert von einem Extraschälchen mit einem großen Haufen Mais. Er machte sich über sein Essen her, dann schien er ihren Blick zu bemerken, hielt inne und sah sie fragend an.

„Ach du meine Güte!", rief sie, verlegen über ihre Unhöflichkeit. „Tut mir leid. Ich wollte dich nicht anstarren."

„Ist es die Menge oder die ausgewogene Auswahl?"

Sie lachte über seinen trockenen Humor. „Seit dem letzten Waschtag meiner Mutter habe ich nicht mehr so viel Stärke gesehen."

Er lachte. „Dann ist es also beides. Nun, ich habe gerade mein Examen hinter mich gebracht, und nachdem ich Tag und Nacht gebüffelt und kaum etwas gegessen habe, bin ich regelrecht ausgehungert. Das erklärt die Menge. Das andere – nun, ich hasse Gemüse. Wenn etwas grün ist, vergiss es, ich kann es nicht ausstehen."

„Wie hast du es dann geschafft, so groß und stark zu werden?" Das Geplänkel war ihr willkommen. Es lenkte sie von ihren schweren Gedanken ab und sie wollte das Gespräch in Gang halten.

„Das ist selbst meinen Eltern rätselhaft. An den Genen kann es jedenfalls nicht liegen."

Ihre Wangen färbten sich bei dieser Bemerkung rosa und sie ärgerte sich über ihre Reaktion. Der junge Mann mit dem Teller voller Essen war Asiat, aber von einer für seine Rasse untypischen Körpergröße. Obwohl er saß, schätzte sie ihn auf über eins neunzig. Unter seinem Pullover mit dem V-Ausschnitt schien er auch gut gebaut zu sein. Allein bei diesem Gedanken errötete sie erneut.

„Ich habe dich in Verlegenheit gebracht", sagte er und sein Humor war nun einer großen Ernsthaftigkeit gewichen. „Entschuldige."

„Das braucht dir nicht leid zu tun. Ich weiß auch nicht, was mit mir los ist", kam Jackie ihm entgegen.

„Doch, doch. Sieh mal, ich brauchte zwar ein wenig Salz, aber ich hätte mich auch an einen anderen Tisch setzen können." Er hielt inne, atmete durch und betrachtete dann die leeren Tische. „Wir haben denselben Kurs in englischer Literatur belegt, aber vermutlich erinnerst du dich nicht an mich."

„Natürlich erinnere ich mich an dich! Du bist der einzige ..." Sie hatte sagen wollen, dass er der einzige asiatische Junge in dem Kurs war, aber er sollte nicht denken, dass sie so etwas bemerkte.

„Der einzige Japaner." Er lächelte, als er den Satz zu Ende sprach. „Das brauchst du mir nicht zu sagen! Auf jeden Fall wollte ich dich schon das ganze Semester lang kennenlernen, aber ich bin nicht besonders geschickt darin, jemanden anzusprechen, und du warst immer mit anderen Studenten zusammen."

Sie streckte ihm die Hand hin. „Ich bin Jackie Hayes."

„Ich weiß." Er nahm ihre Hand und schüttelte sie. „Ich bin Sam Okuda."

„Nett, dich kennenzulernen."

„Und eigentlich ganz leicht. Als ich dich hier ganz alleine sitzen sah, beschloss ich, mit meinem dummen Verhalten aufzuhören. Mir hat das, was du zum Unterricht beigetragen hast, sehr gut gefallen und das wollte ich dir schon das ganze Semester über sagen. Du hast dich nicht mit oberflächlichen Antworten zufriedengegeben und immer versucht, in das Herz der Autoren und ihrer Figuren zu sehen. Es ist erstaunlich, aus wie vielen Texten du eine religiöse Dimension herausgearbeitet hast. Manchmal auch gegen die Lehrmeinung der Professoren."

„Ja, nicht wahr?", erwiderte Jackie. „Sogar in *Zwei Städte*, wo Lucys Charakter so ganz eindeutig vom Glauben an Gott bestimmt ist, versuchte Professor Hawkins, es anders zu interpretieren."

„Und da ihm das nicht gelang, hat er ihren Glauben einfach runtergemacht."

„Das war schon frustrierend. Ich liebe Dickens, aber Hawkins hat mir die Freude an seinen Büchern beinahe verdorben."

„*Zwei Städte* ist jetzt mein Lieblingsbuch. Ich kannte es noch nicht, aber nach eurem Disput im Unterricht wollte ich selbst herausfinden, was Dickens zu sagen versuchte, und las es in diesem Semester gleich ein paar Mal durch." Er lächelte verlegen. „Entschuldige, dass ich so viel rede, es war unhöflich von mir, deine Ruhe zu stören."

„Wenn ich wirklich die Einsamkeit gesucht hätte, dann wäre ich in den Wald gegangen." Sie blickte auf sein unberührtes Essen. „Ich würde mich gern mit dir unterhalten, aber dein Essen wird kalt."

„Okay, aber während ich esse, kannst du mir sagen, was du von der

Prüfung hältst. Was sagst du zu diesen Fragen? Hawkins werden meine Antworten bestimmt nicht gefallen."

Im Folgenden versuchte sie wiederzugeben, was sie von ihren Antworten noch behalten hatte. Der Berg auf seinem Teller nahm ab. Zwischen den Bissen sprach er über seinen Eindruck vom Test und über englische Literatur.

„Ist Englisch dein Hauptfach?", fragte Jackie.

„Ja. Ich möchte Schriftsteller werden – sehr zum Missfallen meiner Eltern."

„Wie stellen sie sich denn deine Zukunft vor?"

„Ich soll etwas Praktisches machen. Ganz bestimmt werde ich nicht in die Fußstapfen meines Vaters treten, der Farmer ist. Darum haben sie mir Mut gemacht, das College zu besuchen, allerdings in der Hoffnung, dass ich einen lukrativen Beruf ansteuern würde. Wollte ich Arzt werden, wären sie begeistert. Sie kennen keine wohlhabenden Schriftsteller."

„Was möchtest du schreiben?"

„Erzählungen. Den *großen amerikanischen Roman,* weißt du." Er lächelte schüchtern. „In meiner Freizeit habe ich eine japanisch-amerikanische Version von *Zwei Städte* geschrieben. Es ist schrecklich geworden, aber es hat Spaß gemacht."

„Bist du in Japan geboren worden, Sam?"

„Nein, eigentlich bin ich der erste Okuda, der in Amerika geboren wurde und die amerikanische Staatsbürgerschaft hat. Darum bekam ich auch einen amerikanischen Vornamen. Meine Eltern sind Buddhisten, aber ich bin Christ." Er wurde wieder verlegen und nahm einen großen Schluck von seiner Limonade.

„Das habe ich deinen Bemerkungen entnommen. Wie bist du Christ geworden? Ich meine, bei buddhistischen Eltern?"

„Meine armen Eltern. Ich habe mich in so vieler Hinsicht ihren Traditionen widersetzt. Aber sie wollten, dass ich mich den amerikanischen Sitten anpasse, obwohl sie damals bestimmt noch nicht wussten, was das bedeutet. Das haben sie erst gemerkt, als es schon zu spät war. Zum Beispiel haben sie mich mit einem der weißen Freunde meines Vaters eine protestantische Kirche besuchen lassen. Wer hätte ahnen können, dass das mein Leben verändern würde?" Er hielt kurz inne und fügte dann hinzu: „Kann ich dir eine Tasse frischen Kaffee holen? Ich würde gern noch ein Stück Schokoladenkuchen essen."

„Gern."

Sam nahm ihre Tasse und ging zur Theke. Jackie dachte an ihre Schwester und bekam ein schlechtes Gewissen, dass sie nicht längst ins Hotel geeilt war. Aber das Gespräch mit Sam gefiel ihr. Sie hatte ihn auf Anhieb gemocht. Er war so offen und gleichzeitig so schüchtern, eine nette Mischung. Natürlich war er nicht der einzige Asiat auf dem Campus, aber Jackie hatte noch nie mit einem von ihnen gesprochen. Dabei wurde ihr klar, dass sie keine Freunde anderer Nationalitäten hatte, und sie fand, dass das nicht gerade für sie sprach.

Als Sam an den Tisch zurückkehrte, sagte er: „Ich habe vergessen, dich zu fragen, wie du deinen Kaffee bevorzugst."

„Schwarz ist prima."

Er setzte sich wieder auf seinen Stuhl. „Schwarz? Wirklich? Das scheint mir so – wie soll ich sagen – *reif*."

„Ich bin ja auch reif, findest du nicht?", erwiderte sie leichthin. „Ich trinke meinen Kaffee schon seit Jahren schwarz. Mein Vater hat mir das beigebracht. Er konnte es nicht leiden, dass seine Töchter Zucker oder Sahne hineinschaufelten wie kleine Prinzessinnen. Meine mittlere Schwester schaufelt sich Zucker und Sahne hinein, nur um ihn zu ärgern. Aber ich habe mich daran gewöhnt, ihn schwarz zu trinken."

„Aber du bist doch ein Mädchen", erwiderte er.

„Sehr zum Widerwillen meines Vaters."

„Bist du sicher, dass er kein Japaner ist? Weißt du, auch bei uns werden die Söhne vergöttert und die Mädchen versklavt. Ich werde mit meinen eigenen Kindern nicht so umgehen. Ich liebe Jungen und Mädchen gleichermaßen."

„Manchmal frage ich mich, ob es überhaupt möglich ist, seinen Eltern zu gefallen." Jackies Gedanken wanderten erneut zu ihrer Schwester und eine tiefe Traurigkeit machte sich in ihr breit.

„Ich merke, dies ist ein deprimierendes Gesprächsthema. Sollen wir über etwas anderes reden?"

Jackie seufzte. „Nun, eigentlich sollte ich jetzt wirklich gehen –"

In diesem Augenblick wurde ihr Name gerufen. „Jackie! Da bist du ja."

Es war Jeffrey Meade, und auf einmal fiel ihr ein, dass sie verabredet hatten, sich nach dem Examen zu treffen.

„Ich dachte, wir wollten uns im Psychologiegebäude treffen", beklagte er sich, als er an den Tisch kam. Er machte nicht einmal den Versuch, seine Verärgerung darüber zu verbergen, dass er versetzt worden war.

„Oh Jeffrey, das habe ich vollkommen vergessen."

„Bleibt es wenigstens dabei, dass wir in den Country Club gehen?" Sein Blick wanderte kurz zu Sam.

„Jeffrey, es geht nicht." Jackie erhob sich und nahm Tasche und Bücher. „Meine Schwester ist krank und ich muss mich um sie kümmern."

„Deine Schwester?"

„Ja – Blair. Ich musste sie allein lassen, um an der Prüfung teilnehmen zu können, aber sie braucht mich jetzt wirklich." Seltsam, dass sie es während des Gesprächs mit Sam überhaupt nicht eilig gehabt hatte, zu Blair zu kommen. Bei Jeffrey war das anders. Er verhielt sich besitzergreifend und überheblich und fing an, sich aufzuführen wie ihr Vater!

„Mir gefällt es nicht, wie du unsere Pläne im letzten Augenblick über den Haufen wirfst."

„Das ist nun mal nicht zu ändern. Ich begleite dich noch hinaus." Sie wandte sich an Sam. „Es war nett, dich kennenzulernen, Sam. Vielleicht können wir ..."

„Komm jetzt, Jackie!", unterbrach Jeffrey sie ungeduldig. „Ich möchte wenigstens meinen Tee im Klub einnehmen."

„Bis später, Jackie", sagte Sam, aber an ein baldiges Wiedersehen schien er selbst nicht zu glauben.

Mit einem schwachen Lächeln eilte Jackie davon. Als sie und Jeffrey die Cafeteria verließen, fragte er: „Wer war denn dieser Japse, mit dem du gesprochen hast?"

„Jeffrey, bitte!"

„Nun, es macht einfach keinen guten Eindruck, ein weißes Mädchen und ein Schlitzauge ..."

„Das ist lächerlich!", widersprach Jackie mit fester Stimme. „Ich gehe jetzt zu meinem Wagen. Viel Spaß im Klub." Der Tonfall, in dem sie diese Bemerkung machte, deutete an, dass sie ihm das Gegenteil wünschte.

Als sie ihren Wagen erreicht hatte, stand ihr Entschluss fest, ein für alle Male mit Jeffrey zu brechen. Warum hatte sie sich überhaupt von ihm umwerben lassen? Oh, sie wusste sehr gut, aus welchem Grund. Er stammte aus der richtigen Familie und ihre Eltern waren begeistert von dieser Beziehung. Ihr Vater höchstpersönlich hatte sie bei einem Essen im Country Club einander vorgestellt und natürlich war sie davon überzeugt, dass ein gutes Mädchen seinen Eltern gehorsam sein müsse – ganz wie in der Bibel gefordert. Aber bestimmt erwartete Gott nicht von einem Mädchen, sich an ein Ekel wie Jeffrey auszuliefern, nur um dem Vater zu gefallen.

Sam Okuda hatte mit ihrer Entscheidung nichts zu tun. Doch es hatte sie wütend gemacht, wie Jeffrey über Sam gesprochen hatte. Und sie traf noch eine andere Entscheidung. Sie wollte sich mit Sam anfreunden. Es würde ihr guttun, ein wenig Abwechslung in ihre Bekanntschaften zu bringen.

23

Blairs Kopf dröhnte wie nie zuvor in ihrem Leben. Das Licht, das durch das Fenster ins Zimmer fiel, blendete sie entsetzlich. Stöhnend drehte sie sich auf die andere Seite und verbarg ihr Gesicht in dem Kissen. Aber ihr Drang, die Toilette aufzusuchen, war stärker als ihr Wunsch, einfach in ihrem Bett liegen zu bleiben.

Schließlich stand sie langsam auf und tastete sich zum Badezimmer. Als das erledigt war, hatte sie gerade noch die Energie, um zum Telefon zu gehen und den Zimmerservice anzurufen.

„Eine Kanne Kaffee", murmelte sie in den Hörer. „Kein Essen!"

Während sie auf den Zimmerservice wartete, grübelte sie darüber, warum es ihr so schlecht ging. Dabei wurde ihr klar, dass sie sich an die vergangene Nacht nicht erinnern konnte. An gar nichts!

Der Kellner brachte auf einem eleganten Servierwagen eine Kaffeekanne, Porzellantassen und eine Auswahl süßer Kuchenstücke. Blair verdrehte die Augen. Beim Anblick des Essens wurde ihr beinahe übel.

Sie suchte in ihrer Geldbörse nach einem Trinkgeld für den Kellner und entließ ihn schnell. Dann goss sie sich eine Tasse des schwarzen Gebräus ein – stark und schwarz. Das würde ihr den Kopf klar machen.

Aber so war es nicht. Auch eine zweite Tasse half nicht. Sie dachte an das alte Hausmittel „das Haar des Hundes, der dich gebissen hat", ging zur Minibar und suchte nach Gin, als sich die Zimmertür öffnete.

„Hallo Blair. Du bist ja wach!", begrüßte Jackie sie.

„Was machst du denn hier? Woher hast du den Schlüssel?"

„Ich freue mich auch, dich zu sehen. Mir geht es gut, danke!", erwiderte Jackie sarkastisch. „Aber nachdem ich dich gestern Nacht oder besser heute Morgen ins Bett gepackt hatte, habe ich mir vom Portier einen Ersatzschlüssel geben lassen für den Fall, dass du noch schläfst, wenn ich zurückkomme."

„Du hast mich ins Bett gebracht?" Sie wandte sich von der Minibar ab, doch es war offensichtlich, was sie vorgehabt hatte. Innerlich wand sie sich, als sie den missbilligenden Ausdruck auf dem Gesicht ihrer Schwester entdeckte.

„Hattest du gestern Abend noch nicht genug, Blair?“, fragte Jackie enttäuscht.

„Hör auf ...“

„Es tut mir leid“, entschuldigte sich Jackie, obwohl sie im Recht war.

Diese Erkenntnis brachte Blair zur Vernunft. Sie war diejenige, die gestern Nacht anscheinend so betrunken gewesen war, dass sie von ihrer Schwester hatte gerettet werden müssen, ins Bett gebracht worden war und jetzt schon wieder mit demselben Blödsinn anfing. Was war nur los mit ihr? Was für eine Frau war sie? Eine Alkoholikerin? War es schon so weit mit ihr gekommen?

Sie ließ sich auf das Sofa sinken. Niedergeschlagen barg sie den Kopf in den Händen. „Ich erinnere mich an überhaupt nichts mehr“, murmelte sie durch die Finger. „Ich weiß nicht, in wessen Begleitung ich war. Ich erinnere mich nicht an dich.“ Tränen brannten ihr in den Augen.

Jackie setzte sich neben sie und legte den Arm um ihre bebenden Schultern. „Na komm, beruhige dich ...“

Schluchzend fuhr Blair fort: „Du hattest recht. Ich bin ein schrecklicher Mensch ...“

„Das habe ich nie gedacht, Blair.“

„Aber es stimmt. Ich bin das Stück Dreck, das ich nie sein wollte. Ich wollte – ach, ich weiß nicht, was ich wollte! Aber jetzt gibt es kein Zurück mehr. Meine Zukunft ist im Eimer.“ Sie bekam einen Schluckauf und konnte nicht mehr weitersprechen.

Jackie strich ihr sanft über den Rücken und sprach beruhigend auf sie ein. Blair aber erwartete keine Nachsicht. Sie hatte sie nicht verdient. An ihrer Situation war sie ganz allein schuld. Nun, vielleicht nicht ganz allein. Sicherlich trugen Banister und auch Fleischer einen Teil der Schuld, und natürlich dieser Mistkerl Welton. Und ihr Vater. Sie alle hatten ihr harte Schläge versetzt. Sie wollte doch nur Schauspielerin oder Sängerin werden, etwas erreichen, auf das sie stolz sein konnte. Aber sie hatten ihr den Teppich ihrer Träume unter den Füßen weggezogen.

Doch egal, wer welchen Anteil an ihrem Schicksal hatte, es änderte nichts an der Tatsache, dass ihr Leben ruiniert war. Ihr Vater, der zweifellos bereits Wind davon bekommen hatte, würde sie jetzt bestimmt enterben.

Ratlos starrte Blair ihre Schwester an, in der Hoffnung, dass die ach so kluge Jackie ihr irgendwie helfen könnte.

„Was soll ich jetzt tun, Jackie?"

„Willst du meinen Vorschlag wirklich hören?"

„Ja." Blair wusste genau, was Jackie sagen würde, und – na ja, warum nicht? Bei ihr war alles schiefgegangen. Vielleicht war es an der Zeit, dass sie auf Jackie hörte.

„Komm mit mir in die Kirche, Blair."

Mit einem letzten Schniefen flüsterte Blair: „In Ordnung."

Die Gottesdienste, die sie in den folgenden Wochen besuchte, waren langweilig. Blair versuchte, dieser Sache eine Chance zu geben, doch bei aller Liebe ... Die Predigten rauschten an ihr vorüber und nur das Singen gefiel ihr. Leider wurden gewöhnlich nur zwei oder drei Choräle gesungen, und die häufig quälend langsam und ausdruckslos. Neben den Predigten hasste sie am meisten die Gespräche nach dem Gottesdienst. Sie fühlte sich immer so schrecklich fehl am Platze. Nett waren sie zwar alle – doch sicher nur so lange, bis sie erfuhren, wen sie da vor sich hatten.

Nach drei Sonntagen war sie drauf und dran, die Hoffnung aufzugeben, dass in der Kirche die Antwort auf ihre Probleme zu finden sein könnte. An diesem dritten Sonntag ging sie mit Jackie nach dem Gottesdienst zum Mittagessen. Sie sprach das Thema an.

Jackie schien zu verstehen und gab zu, dass auch sie die Predigten nicht immer vom Hocker rissen. Stattdessen lud sie Blair kurzerhand zur Sonntagsschule ein, bei der sie sich mehr einbringen könnte. Doch die Vorstellung von einer weiteren „Schulstunde" behagte Blair überhaupt nicht.

„Sonntagsschule ist für Kinder." Eine bessere Ausrede fiel ihr nicht ein.

„Es gibt auch eine Reihe von Erwachsenengruppen."

„Ich habe die Schule immer gehasst."

Sie schwiegen eine Weile, dann fügte Jackie mit ungetrübtem Enthusiasmus hinzu: „Ich habe die Idee! An diesem Freitag findet unser Sonntagsschulpicknick zum vierten Juli statt. Keine Predigten, nur

Spaß. Komm mit. Du kannst mir bei meiner Gruppe helfen. Was hälst du davon?“

Ein Picknick mit der Sonntagsschule. Nun, da werde ich mich bestimmt zu Hause fühlen, dachte Blair innerlich stöhnend. Ihre Mutter hatte sie oft zu solchen Veranstaltungen mitgeschleppt, als sie noch zu jung gewesen war, um sich dagegen wehren zu können. Schon damals hatte sich Blair bei all diesen läppischen Spielchen fehl am Platze gefühlt – Sackhüpfen, Kuchenwettessen und ähnliche Lustbarkeiten.

Aber Jackie blickte sie so hoffnungsvoll an. Und sie hatte Blair bereits so viel geholfen, während ihre Eltern nie ein Wort erfuhren. Blair fand, dass sie Jackie zumindest einen Versuch schuldig war. Falls es nicht funktionierte, würde sie sich frei fühlen, die Sache mit der Kirche einfach zu vergessen. Sie hätte dann auf jeden Fall ihren guten Willen gezeigt.

Als der Freitag kam, wählte Blair luftige Strandkleidung aus, weil das Picknick am Meer stattfinden sollte. Eine rote Baumwollbluse mit kurzen Ärmeln und einen weiten Baumwollrock mit einem blau-roten Blumenmuster. Sie trug einen breitkrempigen Hut aus demselben Stoff wie der Rock und Sandalen an den Füßen. Einen Badeanzug wollte sie nicht mitnehmen, denn es war ein Gemeindepicknick und sie hatte das Gefühl, ein Bad wäre unpassend gewesen. Jackie allerdings trug einen Badeanzug unter ihren Sachen, weil sie mit den Kindern schwimmen gehen wollte.

Der Tag war sonnig und heiß und Blair war froh über ihren Hut, der ihre blasse Haut vor den Sonnenstrahlen schützte. Etwa hundert Leute waren gekommen. Den Gottesdienst der presbyterianischen Kirche, der Jackie angehörte, besuchten sonntags an die dreihundert Menschen. Es war nicht die Gemeinde in Beverly Hills, die ihre Mutter besuchte, sondern eine unauffällige kleine Kirche in Pasadena. Blair hätte sich in der großen presbyterianischen Gemeinde in Beverly Hills vermutlich wohlergefühlt, wo viele Mitglieder in Limousinen vorfuhren und Designerkleider trugen. Aber jetzt war sie nun mal eben hier gelandet, entschlossen, das Beste daraus zu machen. Einzig und allein dem Sackhüpfen und Kuchenwettessen verweigerte sie sich. So unterhielt sie sich mit einigen Damen, die ihr einen Platz auf ihrer Decke angeboten hatten. Sie gaben an mit ihren Enkeln, die gerade an einem Sandrennen teilnahmen. Die Kinder waren zwar süß, aber wohl kaum die überragenden Geschöpfe, zu denen ihre Großmütter sie machten. Blair fing an, sich zu langweilen, und sah sich um, ob sie sich zu einer interessanteren Gruppe setzen könnte.

Und dann sah sie ihn.

Zuerst konnte sie ihren Augen kaum trauen, aber sein Anblick brachte sie erneut aus der Fassung. Er war dieselbe stattliche Erscheinung wie bei der Geburtstagsfeier ihres Vaters, wenn er auch an diesem Tag keine Uniform trug, sondern ein blaues Baumwollhemd und eine beige Hose.

Was um alles in der Welt tat Gary Hobart hier?

Auch Jackie musste ihn entdeckt haben, denn schon sprang sie auf ihn zu. Einen Augenblick lang wusste Blair nicht, was los war. Doch bei dem Gedanken, dass ausgerechnet Jackie sich mit ihm verabredet haben könnte, stieg Wut in ihr hoch.

Die beiden kamen jetzt auf Blair zu. Sie wollte aufstehen und in der entgegengesetzten Richtung davongehen, da aber alles um sie herum kniete, saß und lag, konnte sie nicht unauffällig entfliehen. Stattdessen setzte sie ein charmantes Lächeln auf.

„Na, ist die Welt nicht klein?“, rief sie fröhlich.

„Ja, nicht?“, sagte Jackie.

„Hallo Blair“, begrüßte Gary sie mit seiner tiefen, ernsten Stimme.

„Verzeihen Sie mir, wenn ich nicht aufstehe“, entschuldigte sich Blair, „aber irgendwie stecke ich im Sand fest.“

„Haben Sie etwas dagegen, wenn wir uns zu Ihnen gesellen?“, fragte Gary.

„Das ist nicht meine Decke.“

Aber die Damen waren ganz in das Rennen vertieft und schienen nichts gegen zwei weitere Gäste auf ihrer Decke zu haben. Gary und Jackie setzten sich.

„Ich wusste gar nicht, dass ihr zwei euch kennt“, sagte Blair, die ihre Neugier nun nicht mehr im Zaum halten konnte.

„Neulich habe ich Gary in der Stadt getroffen“, erklärte Jackie, „und wir haben uns von der Party her wiedererkannt.“

„Als ich mich nach Ihnen erkundigt habe“, fügte Gary hinzu, „hat Jackie mich hierher eingeladen.“

„Sie haben sich nach mir erkundigt?“ Blairs Gehirn rotierte, als sie darüber nachdachte, was Jackie ihm wohl über sie erzählt hatte. Aber ihre Schwester hätte einem Fremden niemals die Wahrheit verraten, oder doch? Sie sah zu Jackie hinüber, die so unschuldig aussah wie eh und je.

In diesem Augenblick wurde Jackie zu den Kindern gerufen. Sie entschuldigte sich und eilte davon und schon bald war sie von einer lebhaften Schar Fünfjähriger umringt.

„Ich hätte nicht kommen sollen", sagte Gary plötzlich. Blair wurde klar, dass die Situation allmählich peinlich wurde.

„Wenn Sie meine Schwester sehen wollen, dann ist das vollkommen in Ordnung –"

„Ich bin gekommen, um Sie zu sehen."

„Warum?", fragte sie kurz angebunden. Sie wusste, dass sie abweisend klang, aber seine Bemerkung hatte sie ein wenig aus der Fassung gebracht.

„Ich dachte, wir hätten uns auf der Party ganz gut verstanden. Und dann haben wir miteinander telefoniert ..." Er zuckte die Achseln, als würde sie verstehen, was er meinte. „Doch von da ab haben Sie meine Anrufe nicht mehr erwidert ..."

„Sie haben nur zweimal angerufen", verteidigte sie sich.

„Jeder Mann kann nur ein gewisses Maß an Zurückweisung vertragen. Trotzdem, wenn ein Mädchen es darauf anlegt, einen Mann verrückt zu machen, dann ist sie so auf dem richtigen Weg. Es war wirklich sehr verwirrend."

„Dann war also Ihr männliches Ego angekratzt? Ich schätze, ein Mann wie Sie wird nicht oft abgewiesen", erwiderte sie schneidend.

„Nein ..." Er sprach das Wort langsam und nachdenklich aus. „Das war es nicht. Ich treffe mich nicht oft mit Mädchen. Habe einfach nicht die Zeit. Aber ..." Er hielt inne und zuckte dann wieder die Achseln. „Ich schätze, Sie gehörten einfach nicht zu meiner Liga. Trotzdem habe ich Sie nicht vergessen."

Und ich habe dich nicht vergessen, Gary Hobart, schoss es ihr durch den Kopf. Und gleichzeitig wusste sie, wie schwer es ihr fallen würde zuzugeben, wie sehr sie ihn und die besondere Art von Mann, die er verkörperte, begehrte. Doch dann fiel ihr ein, dass sie jetzt nur noch für Kerle wie Stan Welton gut genug war. Was hatte Jackie sich dabei gedacht, Gary heute einzuladen? Wollte sie Schicksal spielen?

„Ich fühle mich geschmeichelt", mehr brachte sie nicht heraus.

„Ich wollte Ihnen nicht schmeicheln. Ich weiß nur, dass mir, als ich Ihre Schwester sah und wir von Ihnen sprachen, klar wurde, dass ich Sie wiedersehen wollte. Dass ich vielleicht zu schnell aufgegeben hatte."

„Ich denke einfach nicht, dass daraus etwas wird", erwiderte sie, so ehrlich sie konnte. „Und nicht, weil ich mich für etwas Besseres halte. Wir sind einfach zu unterschiedlich, das ist alles."

„Hey, wir sind beide Presbyterianer! Das ist doch schon mal was."

„Was?" Sie blinzelte irritiert, denn seine Bemerkung war wie aus dem Nichts in ihre Gedanken gedrungen.

„Wir haben einen gemeinsamen Glauben. Das ist das Wichtigste, nicht?"

„Unser, äh, Glaube?" Sie starrte ihn fassungslos an. Dann ging ihr ein Licht auf. Jackie hatte ihm nichts von ihrer Einstellung erzählt. Gary dachte, dies sei ihre Gemeinde, ihr Sonntagsschulpicknick. Er hatte keine Ahnung, dass sie eine gefallene Frau war, die recht erfolglos versuchte, ihr Leben wieder in Ordnung zu bringen. Sie wollte gerade seinen Irrtum aufklären, als er weitersprach.

„Ich hatte den Eindruck, dass Sie sich bei der Party Ihres Vaters nicht richtig wohlgefühlt haben – das heißt, bis wir uns begegnet sind." Er grinste bei dieser letzten Bemerkung, dann fuhr er fort: „Und jetzt weiß ich auch, warum. Sie mögen solche Veranstaltungen genauso wenig wie ich. Als ich Sie zusammen mit all den jungen Männern gesehen habe, lachend, Champagner trinkend, haben Sie so getan, als würden Sie sich amüsieren, um Ihrem Vater zu gefallen. Ich habe mir das damals schon gedacht, aber jetzt bin ich sicher."

Sie starrte ihn fassungslos an. Dieser Mann war Soldat, hatte West Point absolviert. War er tatsächlich so naiv? Oder war es leichter für ihn, sich seine eigenen Erklärungen zu schaffen, als die Realität zu sehen? Wieder wollte sie die Sache richtigstellen, aber die Worte, die aus ihrem Mund kamen, verblüfften sie.

„Sie sind ein ziemlich scharfsichtiger Mann, Lieutenant Hobart. Ich hoffe, mein Vater hat es nicht gemerkt."

„Ich bin sicher, er hat es nicht gemerkt. Sie waren eine gute Schauspielerin. Und wenn ich es recht bedenke, haben Sie mir nicht erzählt, Sie wollten Schauspielerin werden?"

„Jetzt nicht mehr. Ich habe gemerkt, was für ein heuchlerisches

Geschäft das ist.“ Das war zwar die Wahrheit, aber nicht die *ganze* Wahrheit.

„Sagen Sie, die Sonne wird bald untergehen. Hätten Sie Lust auf einen Strandspaziergang?“, fragte er.

Sie schlenderten zur nahe gelegenen Pier. Auf halbem Weg zogen sie ihre Schuhe aus und liefen barfuß durch den nassen Sand. Die Wellen umspielten ihre Füße. Schon bald verklangen die Geräusche des Picknicks und es gab nur noch sie beide. Auf ihr Drängen hin erzählte er ihr mehr über sich. Es war genau wie an jenem Tag auf der Party. Blair war erstaunt, dass dieser magische Augenblick so schnell wieder eingefangen werden konnte.

Was hatte er nur an sich? Was war mit ihnen? Sie verstand es nicht.

Nur einen kurzen Augenblick lang verschwand der Zauber – als er sie bat, ihm mehr von sich zu erzählen. Ihr Leben zog im Bruchteil einer Sekunde vor ihrem inneren Auge vorbei, wie das häufig von Sterbenden berichtet wird. Aber davon erzählte sie ihm nichts.

Stattdessen erfand sie für sich ein Leben, das er ihrer Meinung nach verstehen konnte.

„Oh ja, meine Gemeindeaktivitäten sind mir sehr wichtig, aber wissen Sie, ich gehöre nicht zu Jackies Gemeinde. Ich schäme mich, es zuzugeben, ich bin schon seit einiger Zeit nicht mehr in meiner Gemeinde gewesen. Mein Terminplan während des Filmdrehs war so vollgepackt, dass ich sonntags oft ausgeschlafen habe. Ich habe mich dort sowieso nicht richtig wohl gefühlt. Nun will ich es in Jackies Gemeinde versuchen. Es tut so gut, wieder zurück zu sein! Ich habe die Gemeinschaft vermisst, und natürlich auch das Wort Gottes und das Singen! Oh, wie ich die Lieder liebe. Das Schöne an meiner alten Gemeinde war der Chor – er war wirklich hervorragend. Ich würde gern wieder in einem Chor singen ...“

Die Jahre im Dunstkreis der mütterlichen Kirche halfen Blair, das Richtige zu sagen. Und die Worte flossen ihr so leicht von den Lippen. Sie hatte den Eindruck, dass dies ihre bisher beste Vorstellung war. Natürlich empfand sie auch Schuldgefühle wegen dieses Täuschungsmanövers. Aber sie wünschte sich, dass das, was sie erzählte, stimmen könnte. Zählte das nicht auch etwas?

Und es tat so gut, wie Gary sie anblickte. Sie konnte es kaum erklären. Sie, die von mehr Männern angemacht worden war, als sie zählen konnte, wurde endlich einmal mit Respekt behandelt. Gary Hobart sah nicht ihren Körper an. Oh, natürlich war ihr klar, dass ihre Schönheit ihn in erster Linie angezogen hatte, aber jetzt schien er etwas zu sehen, was darüber hinausging. Ihren Geist. Du meine Güte, ihren *Geist!*

Diese Erfahrung war einfach unglaublich. Niemand konnte ihr Vorwürfe machen, dass sie das auskostete. Als er sie in seine Gemeinde einlud, nahm sie die Einladung gern an.

Nachdem sie zum Picknick zurückgekehrt waren, sorgte sie dafür, dass sie Jackie kurz allein sprechen konnte. Obwohl Jackie sich zuerst wehrte, war sie schließlich bereit, Blairs Geschichte zu bestätigen. Niemand von ihnen hätte ahnen können, wie weit dies gehen würde.

Teil 3

„Jeder General, der gegen die Russen kämpft,
kann eines ganz sicher wissen:
Er wird zahlenmäßig unterlegen sein."

Paul von Hindenburg

24

Moskau
Juli 1941

Cameron versuchte ihre steifen Muskeln zu lockern. Sie hatte keine bequeme Reise erwartet, aber zwischen Kisten in einem Frachtflugzeug eingezwängt? Na ja, was machte das schon. Sie war endlich in Russland! Steif, ja, und sie stank nach Achsfett und Benzindampf, aber ansonsten war sie gesund und wohlauf.

Sie hatte beinahe einen Monat gebraucht, um von Ägypten fortzukommen. Es hatte Verzögerungen mit ihren Reisedokumenten gegeben und natürlich war es schwierig gewesen, ein Transportmittel in ein Land zu finden, das sich im Krieg befand. Selbst ohne Krieg war es nicht leicht, in die Sowjetunion zu kommen. Aber das alles verdrängte sie aus ihren Gedanken und konzentrierte sich auf die letzten Hürden.

Als sie sich umsah, bemerkte sie, dass auf dem Flughafen in Moskau hektische Aktivität herrschte. Pawel, der Pilot ihres Flugzeugs, stürmte sofort davon, um sich um die Formalitäten zu kümmern. Sie blieb zurück, streckte ihren Körper und versuchte, wieder Gefühl in ihre Hände und Füße zu bekommen. Zehn Minuten später kehrte Pawel mit einer überraschenden Neuigkeit zurück.

„Miss Hayes" – die Russen konnten das H in Hayes nicht aussprechen – „ich fürchte, ich kann Sie nicht in die Stadt bringen", erklärte er. „Wir können nur einen Zivilfahrer für Sie erübrigen."

„Das ist mehr, als ich erwartet habe, Pawel. Schließlich befindet sich Ihr Land im Krieg. Ich verstehe das schon."

Während Pawel sich noch mit Erklärungen aufhielt, warum er noch eine Weile bei seiner Fracht bleiben müsse, gesellte sich ein Mann zu ihnen. Er war ein drahtiger, unordentlicher Geselle in den Fünfzigern. Mit seinen fettigen schwarzgrauen Haaren, den dunklen Augen und dem stoppelbärtigen dünnen Gesicht war er wohl kaum das Abbild eines hoffnungsvollen Begrüßungskomitees. Aber Cameron hatte auch nicht mit einem diplomatischen Empfang gerechnet. Sie hatte nicht die Zeit gehabt, ihre Kontaktleute bei der amerikanischen Botschaft von ihrer Ankunft zu verständigen. Wie auch immer, sie war nur eine Journalistin. Sie würde nicht an den Rockschößen ihres Vaters hängen, selbst wenn er das zulassen würde.

„Ah, Gruk", begrüßte Pawel den Neuankömmling. Es folgte ein Austausch auf Russisch; dann wandte sich Pawel wieder Cameron zu. „Das ist Gruk. Er wird Ihr Fahrer sein. Ich habe ihm gesagt, er soll Sie ins Hotel Metropole bringen." Cameron hatte Pawel erzählt, ihr Redakteur hätte dort ein Zimmer für sie reserviert. In diesem Hotel stiegen die meisten ausländischen Korrespondenten in Moskau ab. Sie freute sich, dass er sich daran erinnert hatte. „Es ist ein gutes Hotel. Wird Ihnen gefallen", fügte er mit einem beruhigenden Lächeln hinzu.

„Ganz bestimmt." Sie streckte dem Fahrer die Hand hin. „Nett, Sie kennenzulernen, Mr Gruk."

Gruk fletschte seine verfaulten Zähne. „Wie geht es?", leierte er auswendig gelernt herunter und umfasste Camerons dargebotene Hand mit seinen unglaublich schmutzigen Fingern. Seine Stimme klang, als würde er einen Mundvoll Kieselsteinen kauen.

„Das ist schon Gruks gesamter englischer Wortschatz", erklärte Pawel mit einem entschuldigenden Lächeln. „Aber das dürfte eigentlich kein Problem sein, da er weiß, wohin er Sie bringen soll."

„Wir werden prima miteinander auskommen." Doch Cameron war weniger zuversichtlich, als sie klang. Sie hatte schon einige der typischen Klippen einer Auslandsreise umschifft und der Ausdruck „kein Problem" war ein Euphemismus, der nur selten passte. Daher war sie, bis sie das Metropole erreichte, wo ihr ein Dolmetscher zugewiesen würde, der Gnade dieses verschlagenen Kerlchens ausgeliefert.

„Die Luftangriffe werden nur nachts geflogen", erklärte Pawel, „so haben Sie ein paar Stunden Zeit, um sich einzurichten. Aber seien Sie vorsichtig und achten Sie darauf, dass der Portier Ihnen den nächstgelegenen Luftschutzbunker zeigt."

Sie verabschiedete sich von dem Piloten, und obwohl sie sich erst kurze Zeit kannten, fühlte sie sich verlassen in einem fremden Land, nachdem er gegangen war. Doch dann rief sie sich in Erinnerung, dass Johnny ja da war – sie würde also nicht ohne Freunde dastehen. Zumindest hatten sie sich in Freundschaft getrennt, aber man konnte nie sagen, wo sie mit ihrer seltsamen Beziehung standen.

Es dauerte eine knappe halbe Stunde, bis sie den Zoll passiert hatte, was, wie sie später erfuhr, eine selten kurze Zeit war. Auf einer Toilette machte sie sich frisch, stieg mit Freuden aus der verknitterten Hose und dem Pullover, die sie im Flugzeug getragen hatte, und zog einen einfachen Wollrock und eine hellblaue Baumwollbluse an. Ihr Fahrer wartete vor dem Hangar auf sie.

Der Abend war klar und angenehm kühl. Es war Ende Juli und der Winter schien noch weit entfernt zu sein, viel weiter als nur drei Monate. Cameron war jedoch froh über die Strickjacke, die sie über die Bluse gezogen hatte.

Sie fuhren in einem uralten Pick-up. Es machte nichts, dass Gruk kein Englisch sprach, denn sie hätte ihn bei dem Motorenlärm sowieso nicht verstehen können.

Nach kurzer Zeit erinnerte sie sich an den Brief ihrer Mutter, der ihr vor ihrer Abreise aus Teheran ausgehändigt worden war, und sie zog ihn aus ihrer Handtasche. Während des Fluges war sie so müde gewesen, dass sie die meiste Zeit gedöst hatte. Da es jedoch noch eine Weile dauern könnte, bis sie ihn in Ruhe würde lesen können, öffnete sie den Brief. Er war fast zwei Monate alt und hatte sie anscheinend nur auf Umwegen erreicht.

Liebe Cameron,
ich war so erleichtert, dein Telegramm zu bekommen. Ich wusste, dass du mitten in diese schrecklichen Auseinandersetzungen in Jugoslawien und Griechenland geraten warst, und ich muss gestehen, dass ich viele schlaflose Nächte verbracht habe, bis ich endlich eine Nachricht von dir bekam. Deine Artikel habe ich mit großem Interesse und Stolz gelesen. Und ich will dir ein kleines Geheimnis anvertrauen. Ich sah, wie dein Vater neulich den Globe *gelesen hat. Er bezog sich auch in einem Gespräch auf etwas, das du geschrieben hast, darum weiß ich, dass auch er deine Arbeit verfolgt. Der eigensinnige alte Mann will zwar nicht über dich sprechen, aber er ist stolz auf dich.*
Und jetzt zu einigen angenehmeren Themen. Mein Rosengarten hat vom Gartenverein ein blaues Band bekommen. Ich bin natürlich begeistert. Du weißt, wie sehr ich meine Rosen liebe, und wenn es nach mir gegangen wäre, hätten meine Mädchen Rosennamen und keine Jungennamen bekommen. Wäre dir nicht Violet

lieber gewesen als Cameron? Und da ich gerade von meinen Mädchen spreche – deinen Schwestern geht es gut. Jackie macht sich sehr gut im College. Sie ist wieder Studentensprecherin. Sie möchte Lehrerin werden, aber ich halte sie für so klug, dass sie genauso gut Ärztin werden könnte. Sie hat einen Verehrer, einen netten jungen Mann aus einer guten Familie. Sein Name ist Jeffrey und er will Anwalt werden. Vielleicht werden wir nach ihrem Abschlussexamen die Hochzeitsglocken läuten hören. Ich wünschte, ich könnte ebenso Gutes von Blair berichten. Ich dachte, sie würde vielleicht eine Beziehung mit einem netten jungen Mann eingehen, den sie bei der Geburtstagsfeier deines Vaters kennengelernt hat – du meine Güte, das scheint schon so lange her zu sein! Seine Familie entstammt nicht unseren gesellschaftlichen Kreisen, aber wenigstens ist er kein Schauspieler. Auf jeden Fall glaube ich nicht, dass sie sich mit ihm trifft, wenn ich auch zugeben muss, dass ich das gehofft hatte. Zweifellos hatte auch er Probleme mit ihrem gegenwärtigen Weg. Oh Cameron, deine Schwester singt in einem Nachtklub! Ich bin außer mir, und es ist nicht gerade ein anständiger Klub in Beverly Hills, sondern eine schreckliche Hafenspelunke. Sie ist bei uns ausgezogen, weil ihr Vater sie vor die Alternative gestellt hat, entweder diesen Job aufzugeben oder zu gehen.

Doch oh je – ich wollte dich doch nicht mit schlechten Nachrichten belasten. Aber so ist es nun mal, unser Leben hier in Los Angeles. Hier verändert sich wenig, nehme ich an. Nach all deinen Abenteuern muss es schrecklich langweilig sein. Und jetzt höre ich, du wirst in die Sowjetunion reisen. Ja, ich stehe mit Max Arnett in Verbindung, obwohl dein Vater explodieren würde, wenn er das wüsste. Aber was er nicht weiß, kann ihn auch nicht ärgern, nicht? Bitte pass auf dich auf, Liebes! Ich mache mir immerzu Sorgen um dich und vermisse dich. Deine Schwestern vermissen dich ebenfalls und lassen dich herzlich grüßen. Ich bete für dich und weiß, dass Gottes Hand über dir ist, auch wenn du sie nicht siehst. Ich würde dich bitten, zur Kirche zu gehen, aber ich glaube nicht, dass es in Russland noch Kirchen gibt, oder? Nun, falls meine Gebete etwas bewirken, dann bist du auch unter Atheisten nicht allein. Gott segne dich!

Alles Liebe
deine Mutter

Cameron wischte die Träne fort, die sich in ihr Auge gestohlen hatte. Dieser Brief war typisch für ihre Mutter. Cameron konnte beinahe ihre Stimme hören. Erst jetzt wurde ihr klar, wie ausgehungert sie war nach Nachrichten von zu Hause. Sie lächelte, als sie an ihre Schwestern dachte. Sie hatten sich ganz bestimmt nicht verändert. Jackie war noch immer die Brave, aber es fiel schwer, ihr deswegen böse zu sein, weil sie ein so gutmütiges Mädchen war. Und Blair ... was würde aus ihr werden? Nachtklubsängerin. Ja, ihr Vater hatte bestimmt einen Anfall bekommen. Sie konnte beinahe sehen, wie Keagans Kopf rot wurde und seine grünen Augen funkelten bei dem Versuch, sie unter seinen Willen zu zwingen. Nun, gut für Blair, dass sie die Kraft gehabt hatte, sich ihm zu widersetzen. Trotzdem wusste Cameron sehr gut, dass er so seine Art hatte, Schlachten zu gewinnen.

Cecilia hatte ihr Gespräch mit Cameron über das, was in Russland passiert war, mit keinem Wort erwähnt. Nichts außer dem Satz: „Was er nicht weiß, kann ihn nicht ärgern." Aber das erstaunte Cameron nicht. Es war sicherer für ihr eigenes emotionales Wohlergehen, sich nicht mit diesen Dingen aufzuhalten, zumindest nicht bis es etwas Wichtiges zu besprechen gab.

Cameron dachte über das nach, was sie Johnny in Ägypten erzählt hatte, wie nett Keagan während ihres gemeinsamen Aufenthalts in Russland gewesen war. Na ja, „nett" wäre ein wenig zu viel gesagt. Seine Frau hatte er ignoriert und von morgens bis spätabends gearbeitet. Cameron hatte nur deshalb eine Beziehung zu ihm haben können, weil sie sich in seine Welt gedrängt hatte.

Und jetzt drang sie erneut in eine unbekannte Welt ein, doch dieses Mal allein. Sie wollte nicht darüber nachdenken, was ihr Vater davon hielt. Bestimmt wusste er von ihrem neuen Auftrag. Sie wünschte, ihre Mutter hätte etwas über seine Reaktion geschrieben.

Cameron zuckte die Achseln, als sie den Brief in ihre Tasche steckte und ihre Aufmerksamkeit wieder der Gegenwart zuwandte. Der Flughafen lag eine halbe Stunde von der Stadt entfernt, und da sie jetzt die Stadtmitte erreichten, wollte sie nichts verpassen.

Moskau durch die Augen eines Erwachsenen zu sehen, war für sie, als würde sie es zum ersten Mal erleben. Vor ihrer Reise hierher hatte Cameron viel über ihre Erfahrungen in dem Land gesprochen, in erster Linie deshalb, weil sie die anderen von ihrer Qualifikation für die Aufgabe einer Moskau-Korrespondentin überzeugen wollte. Jetzt wusste sie, dass ihre Worte nichts als heiße Luft gewesen waren. Auf einmal fühlte sie sich neu und vollkommen unvorbereitet. Außer den breiten Straßen mit den vergleichsweise schmalen Bürgersteigen erkannte sie kaum etwas wieder. Es herrschte kaum Verkehr, abgesehen von Militärfahrzeugen – vor allem Lastwagen voller Soldaten, die zweifellos an die Front gebracht wurden. Viele Menschen waren zu Fuß unterwegs, was auf die Benzinrationierung zurückzuführen war. Gruk überquerte eine Brücke und Cameron erhaschte einen ersten Blick auf den Kreml. Die dicken Mauern aus roten Ziegeln waren jetzt überstrichen, damit sie wie die Mauern eines Wohnhauses aussahen. Die eleganten Kuppeln der Basilius-Kathedrale, einst golden glänzend, waren mit einem tristen Grau übermalt worden. Trotz dieser Verunzierungen freute sie sich darauf, über den Roten Platz zu laufen. Erst dann würde sie wissen, dass sie wirklich in Russland war.

Plötzlich machte der Lastwagen beunruhigende Geräusche. Gruk trat die Kupplung durch, als das Fahrzeug zu stottern begann. Er lenkte es an den Straßenrand und machte sich an unterschiedlichen Hebeln zu schaffen – die Zündung und den Choke konnte Cameron noch erkennen. Der Motor stöhnte, sprang aber nicht an.

Gruk zuckte die Achseln und erklärte ihr, was er tat – auf Russisch natürlich. Dann öffnete er die Tür und stieg aus. Er machte sich eine Weile am Motor zu schaffen, dann stieg er wieder ein und versuchte erneut, den Motor anzulassen – ohne Erfolg. Er sagte etwas zu ihr, stieg aus, ging jedoch nicht wieder zu der Motorhaube, sondern marschierte durch das Abendrot davon.

„Wo gehen Sie hin?“, rief Cameron durch das geöffnete Fenster.

Nur selten hatte sie sich so hilflos gefühlt. Der Mann konnte ihr nicht einmal seine Absichten mitteilen. Sie verfluchte ihre Sorglosigkeit und die Tatsache, dass sie sich vor Jahren nicht mehr Mühe gegeben hatte, die Sprache zu lernen. Sie hoffte, ihre geringen Kenntnisse würden ihr bald wieder präsent sein. In der Zwischenzeit suchte sie in ihrer Tasche nach ihrem russischen Wörterbuch, nahm es heraus, doch als sie das Wort für „wohin“ gefunden hatte, war Gruk bereits außer Hörweite. Sie nahm an, dass er Hilfe holte.

Sie wartete fünf Minuten, die ihr eher wie eine Stunde vorkamen. So weit war sie schon gekommen, sie durfte jetzt nicht scheitern. Ihr sehnlichster Wunsch war, sich in ihrem Hotelzimmer einzurichten, sich bei der sowjetischen Presseabteilung zu melden, ihre Kollegen kennenzulernen und mit der Arbeit zu beginnen. Danach würde sie sich gern die Stadt ansehen, aber vorzugsweise mit einem Dolmetscher im Schlepptau.

Sie öffnete die Beifahrertür, stieg aus dem Lastwagen und lief ein wenig herum, wobei sie aber immer in der Nähe des Fahrzeugs blieb. Von Gruk war nichts zu sehen. Die Dämmerung setzte ein, doch wegen der Verdunklung hatte man den Eindruck, dass es schon viel später war. Ihre Armbanduhr zeigte halb zehn. Cameron lief eine Weile auf und ab, schnappte Gesprächsfetzen von Fußgängern und Ladenbesitzern auf in der Hoffnung, irgendwo einige englische Worte zu hören. Leider wurde sie enttäuscht, doch der Klang der russischen Sprache war seltsam tröstlich und beruhigte ihre wachsende Ungeduld.

Nachdem sie mehrmals bis zum Ende der Straße und wieder zurück gelaufen war, kehrte sie zum Lastwagen zurück, holte ihr Gepäck von der Ladefläche und verstaute es im Führerhaus, damit keine böswilligen Beobachter sich daran bedienten. Ihr Gepäck war jetzt wieder auf zwei Koffer angewachsen, da sie in Kairo einige Einkäufe hatte tätigen können. Entschlossen zog sie den Schlüssel aus dem Zündschloss, verschloss die Türen und marschierte in der Richtung davon, in die Gruk gegangen war. Wenn sie Glück hatte, würde sie ihn finden. Wenn sie ihn nicht auftrieb ... nun, er konnte nicht verschwinden, weil sie die Schlüssel hatte. Sie würde sich eine Weile umsehen und dann zum Lastwagen zurückkehren. Vielleicht kam sie ja zufällig am Hotel Metropole vorbei.

Es war ein kleines Wunder, dass sie doch noch einige Erinnerungen an Moskau hatte. Sicher hatte die Stadt sich verändert, da sie sich auf den Krieg vorbereitete. An allen strategisch wichtigen Stellen waren Sandsäcke aufgeschichtet worden – mit Blumenmustern, farbigen Streifen und in Pastelltönen, notdürftig zusammengeflickt aus den Stoffen abgelegter Frauenkleider. Jede dieser Barrieren hatte das heitere Aussehen einer bunten Patchworkdecke.

Cameron fiel auf, dass über einen Kanal ein künstliches Dach gesetzt worden war, um die feindlichen Piloten in die Irre zu führen. Auf einige Gebäude waren falsche Fenster gemalt worden und die Straßen zierten zur Tarnung falsche Bäume, zum Teil ganze Bühnenbilder. Cameron fühlte sich wie Alice im Wunderland und rechnete jeden Augenblick mit einem großen weißen Hasen, der auf sie zuhoppelte und schimpfte: „Du bist zu spät! Du bist zu spät!“

Eine Million Fragen brannten ihr auf der Seele und sie war frustriert über ihre Unfähigkeit, sich verständlich zu machen. Wie weit entfernt war die Front? In welchem Zustand war die Rote Armee? Stand es wirklich so schlimm, wie man hörte? Man prophezeite allerorten, das Land würde in drei bis neun Wochen besiegt sein. Doch es hatte bereits einen Monat durchgehalten. Der Anblick von ausgebombten Häusern und Trümmerbergen verriet ihr allerdings, dass es kein leichter Monat gewesen sein konnte. Wie viel Zerstörung hatten die Deutschen angerichtet? Wie sicher war die Stadt? Diese letzte Frage war auf jeden Fall eine rein theoretische. Wenn sie Sicherheit gesucht hätte, wäre sie in Los Angeles geblieben.

Bald wurde ihr klar, dass ihr Ausflug sie nicht weiterbringen würde. Die Straße, auf der sie sich befand, war gesäumt von Geschäften, Wohnhäusern und Bürogebäuden, keine einzige Werkstatt in Sicht. Sie bog in eine Seitenstraße ab in der Annahme, dass eine Reparaturwerkstatt eher abseits vom Hauptverkehr zu finden sein müsste. Sie versuchte dabei, sich genau den Weg zu merken, um sich nicht auch noch zu verirren. Doch die meisten Straßennamen und Wegweiser waren abmontiert worden und unwillkürlich fragte sie sich, ob diese Tarnversuche tatsächlich geeignet waren, den Feind in die Irre zu führen.

So gelangte sie in ein Arbeiterviertel mit einfachen Gebäuden, vorwiegend Mietskasernen. Kinder mit schmutzigen Gesichtern spielten auf dem Bürgersteig. Eine Frau rief ihnen aus einem Fenster im zweiten Stockwerk etwas zu. Etliche Fahrzeuge waren am Straßenrand geparkt, aber abgesehen von einem Fahrradfahrer herrschte kein Verkehr auf der Straße.

Als Cameron eine alte Babuschka entdeckte, die aus einem Gebäude trat, holte sie ihr Wörterbuch aus der Tasche. Wieder einmal wünschte sie, sie hätte ein wenig von dem Russisch behalten, das sie als Kind gelernt hatte. Sie blätterte die Seiten durch auf der Suche nach dem Wort für *Reparaturwerkstatt*, fand aber nur *binzakalonka*, was so viel bedeutete wie *Tankstelle*. Ausgerüstet mit diesem Zauberwort eilte sie der Frau nach. Sie lächelte sie freundlich an und die Alte lächelte zurück, wenn auch etwas reserviert – in Kriegszeiten konnte jeder Fremde ein Spion oder Schlimmeres sein.

„*Graspazha*“, sprach Cameron die Frau an. Pawel hatte ihr im Flugzeug erklärt, wie man die Leute ansprach. Statt „Mr“ oder Mrs“ sagten die Sowjets *graspadin* zu einem Mann und *graspazha* zu einer Frau. Beides bedeutet *Bürger.*

„*Da?*“, erwiderte die Frau. Sie war nach russischer Mode mit einem langen Wollmantel bekleidet, auch im Sommer. Sie hatte sich einen Schal um den Kopf gebunden und trug einen Korb am Arm.

„Ich bin Amerikanerin“, erklärte Cameron auf Englisch. Sie sprach sehr langsam und deutlich, als ob das helfen würde.

Die Frau erwiderte mit einem Schwall russischer Wörter und das Einzige, was Cameron verstand, war *Amerikanka.* Zumindest das schien die Frau verstanden zu haben.

„Da“, erwiderte Cameron. Sie war dankbar, dass sie wenigstens ein Wort einigermaßen richtig aussprechen konnte, aber nur für den Fall nickte sie heftig mit dem Kopf. „Ich suche nach einer Tankstelle ... binzakalonka.“ Sie fügte das letzte Wort hinzu – ihr Zauberwort – in der Hoffnung, dass sie es einigermaßen richtig aussprach.

„Binzakalonka?“, wiederholte die Frau mit hochgezogenen Augenbrauen, dann zuckte sie unmissverständlich die Schultern und schüttelte den Kopf.

Cameron zuckte ebenfalls die Schultern. Sie sprach das Wort noch ein paar Mal mit unterschiedlicher Betonung aus, aber ohne Erfolg. Schließlich gab sie auf und bedankte sich bei der Frau mit einem der wenigen russischen Wörter, an die sie sich noch erinnerte. „*Spasiba.*“

„*Pazhalusta*“, erwiderte die Frau. Das bedeutet so viel wie *gern geschehen.*

Die Frau wackelte davon und Cameron setzte ihre Suche fort, die ihr mehr und mehr sinnlos vorkam. Sie bog in eine Gasse ein, die so aussah, als könnte man hier eine Reparaturwerkstatt finden. Waren da nicht Männerstimmen zu hören, darunter Gruks tiefer Bass? Sie eilte die endlose Häuserschlucht hinab, fand aber keine Reparaturwerkstatt und keinen Gruk, sondern Monteure, die an einer Rohrleitung herumwerkelten. Erneut probierte sie ihr Zauberwort aus – wieder ohne Erfolg. Sie beschloss, das Gebiet weiter zu erforschen. Weiter hinten sah es so aus, als würde eine Seitenstraße abzweigen, und wenn sie dieser nach rechts folgte, müsste sie wieder an den Ausgangspunkt ihrer Expedition kommen. Von dort aus könnte sie wenigstens zum Lastwagen zurückkehren in der Hoffnung, dass Gruk mehr Erfolg gehabt hatte als sie.

Doch diese vermeintliche Abkürzung stellte sich als Sackgasse heraus.

Mitten in ihre zunehmende Verzweiflung ertönte ein lauter Sirenenton. Die Warnung vor einem Luftangriff. Panik kroch in ihr hoch. Nach ihren Erfahrungen in Jugoslawien und Griechenland kannte sie dieses Geräusch, nie würde es seinen Schrecken verlieren. Hier musste es doch irgendwo einen Luftschutzbunker geben. Cameron lief zu der Stelle zurück, wo die Männer gearbeitet hatten, aber sie waren fort. Nirgendwo waren Menschen zu sehen und die Dunkelheit verschluckte die Konturen der Häuser. Sie beschleunigte ihre Schritte. Wenn sie die Hauptstraße erst einmal erreicht hatte, könnte sie sich den zu dem Luftschutzbunker laufenden Menschen anschließen. Unterwegs rüttelte sie an verschiedenen Hintertüren in der Hoffnung, Zugang zu einem Gebäude und somit zu einem Luftschutzkeller zu finden. Doch die Türen waren alle verschlossen.

25

Das Heulen der Sirene hallte in Camerons Ohren wider, hob und senkte sich in einer schrillen Kadenz und weckte in ihr den Wunsch, sich die Ohren fest zuzuhalten und den Lärm auszuschalten. Sie stolperte in einen Hinterhof und hörte im Zwielicht ein ganz anderes Geräusch, das im Vergleich zu dem Röhren der Sirene leise, aber umso eindringlicher und beängstigender war – wie ein Wimmern. Ihr Blick tastete ihre Umgebung ab und zuerst erkannte sie nichts als Erde, einen kümmerlichen Busch und ein paar Mülltonnen. In der Annahme, es sei das Raunzen eines verängstigten Tiers, wollte sie sich zurückziehen, als der Laut erneut ertönte – beinahe ein Jammern, aber anders als der Lärm der Sirene und eindeutig von einem Menschen.

„Ma ... Ma!"

Cameron trat näher und fand, was sie suchte: Neben einer Tonne kauerte ein Kind, das Gesichtchen fest gegen seine Knie gepresst. Sie konnte nicht erkennen, ob es ein Junge oder ein Mädchen war.

„Was ist los?", fragte Cameron und hoffte, ihr besorgter Tonfall würde ihre unverständlichen Worte ausgleichen.

Zwei große, schokoladenbraune Augen voller Tränen blickten sie an. Jetzt erkannte sie, dass es sich um einen Jungen handelte, trotz der langen braunen Haare, die sich über seinem Kragen wellten. Sein schmutziges Gesicht war tränennass. Der Junge mochte etwa fünf Jahre alt sein.

Cameron sah sich um und hoffte – wenn auch vergebens –, dass die Mutter des Jungen auftauchen würde. Sie wusste, dass es keinen Zweck hatte, weiter auf den Kleinen einzureden. Stattdessen rüttelte sie an den Haustüren. Sie waren verschlossen. Vielleicht war das der Grund für den Kummer des Jungen. Es war in der Tat furchtbar, während eines Luftangriffs aus der Wohnung ausgesperrt zu sein.

„Komm, kleiner Mann, wir müssen einen Luftschutzbunker finden. B-u-n-k-e-r? Verstehst du?" Aber wie langsam sie die Worte auch aussprach, er würde sie nicht verstehen. Sie versuchte es mit ihrem Wörterbuch, doch ihre Hände zitterten so sehr, dass sie die Seite kaum aufschlagen, geschweige denn das richtige Wort finden konnte.

Sie ergriff die Hand des Jungen. „Wir müssen hier verschwinden."

Sein Heulen hatte sich in Schluchzen verwandelt und zweifellos war er fasziniert von dieser seltsamen Fremden, doch er wich vor ihrer ausgestreckten Hand zurück. Offensichtlich hatte ihm seine Mutter eingeschärft, niemals mit Fremden zu gehen.

Erneut buchstabierte sie das Wort *Luftschutzbunker*, fand jedoch keine Reaktion. Die Sirene heulte weiter, raubte ihr den letzten Rest Konzentration und drängte sie zur Flucht. Dann fiel ihr das einzige russische Wort ein, das sie für Gebäude oder Haus kannte.

„Datscha", sagte sie.

Jetzt starrte der Junge sie an, als ob sie verrückt geworden wäre.

Schließlich versuchte sie es mit: „Mama? Mama suchen?"

Daraufhin brach der Junge erneut in Tränen aus und jammerte: „Mama! Mama!"

Cameron hatte schon immer gewusst, dass sie mit Kindern nicht umgehen konnte. Diese Begegnung bewies das einmal mehr. Aber selbst ein Fünfjähriger in Moskau musste die Bedeutung eines Luftangriffes kennen. Vermutlich hatte er weitaus mehr erlebt als sie. Cameron hatte gehört, die meisten Kinder seien aus der Stadt evakuiert worden. Warum war er noch hier?

Da Cameron ihre Aufmerksamkeit ganz dem Kind zugewandt hatte, bemerkte sie nicht, dass sich nun ein neues Geräusch in das Heulen der Sirene mischte – das Geräusch eines Flugzeugs. Sie musste sich in der Nähe des Kreml befinden, da sie ihn kurz vor ihrer Motorpanne von der Brücke aus gesehen hatte. Das war natürlich das wichtigste Ziel für die deutschen Bomber.

Die erste Explosion ließ sie zusammenfahren. Der Junge sprang direkt in ihre Arme.

„Jetzt ist es zu spät, Junge", sagte sie in einem sanften Tonfall, der im krassen Gegensatz stand zu dem Gesagten. Aber sie wusste, dass er den Klang ihrer Stimme verstehen würde, nicht ihre Worte.

Die schluchzende Gestalt fest an die Brust gedrückt, lief sie in Richtung Straße. Die hohen Ziegelmauern in der Gasse standen zu dicht beieinander und auf der Straße drohte zumindest nicht die Gefahr, von einem einstürzenden Haus erschlagen zu werden.

Es war ihr klar, dass es außerhalb eines Luftschutzbunkers keinen sicheren Ort gab, falls die Bomben irgendwo in der Nähe einschlagen sollten. Aber es bestand immer noch die Chance, eine Metrostation zu finden, die Schutz vor den Bomben bieten würde.

Am Ende der Gasse blieb Cameron ungläubig staunend stehen. Der Nachthimmel über ihr war erleuchtet von Blitzen und grünen, roten und gelben Lichtstreifen, wie beim Feuerwerk zum Unabhängigkeitstag. Beinahe hätte sie Gefallen gefunden an dem makabren Spektakel, wäre da nicht das markerschütternde Donnern der Explosionen gewesen. Der Boden vibrierte, wenn eine Luftmine ihr Ziel traf. Mittendrin wummerten die Salven der Flugabwehrkanonen, in denen sie jetzt den Ursprung der bunten Farbbahnen erkannte. Eine davon spie ihr Feuer von einem nahe gelegenen Dach. Es war ein atemberaubendes Schauspiel.

Schnell jedoch riss sie sich wieder zusammen und versuchte, sich auf die anstehende Aufgabe zu konzentrieren. Ratlos wanderte ihr Blick die Straße hinab auf der Suche nach einem Unterstand. Nicht weit entfernt glaubte sie etwas erkennen zu können, das wie der Eingang zu einer Untergrundstation aussah; jedenfalls sah sie im flackernden Licht der Brände eine Tür mit einem abwärts gerichteten Pfeil. Sie wollte sich gerade in Bewegung setzen, als ein Schrei hinter ihr sie innehalten ließ. Im Umdrehen erblickte sie einen Mann, der in geduckter Haltung auf sie zuhielt.

Dann ging alles ganz schnell.

Das grauenvolle Heulen eines nahenden Flugzeugs überrollte sie förmlich und eine Detonation gewaltigen Ausmaßes zerriss die Luft. Camerons Schreie gingen in dem Krachen unter und sie wurde zu Boden gerissen. Instinktiv schirmte sie das Kind mit ihrem Körper ab. Auch der Fremde, der sie mittlerweile erreicht hatte, warf sich schützend über sie. Aus der Seitenstraße schoss eine Rauch- und Staubwolke und nahm ihnen die Sicht und den Atem. Sie waren jedoch weit genug entfernt, dass nur ein Regen leichter Steinchen sie noch erreichen konnte – trotzdem waren ihre Nerven zum Zerreißen angespannt.

Noch immer bebte die Erde und die Luft brannte, doch die folgenden Einschläge schienen sich zu entfernen. Der Mann stand auf, packte, ohne auch nur ein Wort zu verlieren, Camerons Arm und riss sie mitsamt dem Kind, das sie noch immer an sich gedrückt hielt, hoch.

Auf Russisch sprach er eindringlich auf den Jungen ein. Der schien ihn zu kennen und antwortete schniefend und schluchzend. Daraufhin zog der Unbekannte sie beide hinter sich her von der Straße. Sie wusste, er wollte ihr helfen, und das reichte ihr fürs Erste. Auf jeden Fall befand sie sich nicht in der Position zu widersprechen.

Vor einem Wohnhaus blieb er stehen und Cameron folgte ihm, als er die Treppen zur Eingangstür hinunterstieg. Im Inneren war es dunkel, doch Camerons Retter schien den Weg zu kennen. Sie folgte ihm einen Flur entlang, bis er eine Tür aufriss. Treppenstufen führten in einen Keller hinab. Schnell nahm er Cameron das Kind ab und bedeutete ihr voranzugehen. Dann schloss er sorgfältig die Tür und lief die Treppe hinunter.

In dem Keller hielten sich mehr als hundert Menschen auf. Viele saßen auf Stühlen und Bänken, einige lagen ausgestreckt auf den wenigen Betten an der Wand, während andere mit Matratzen oder Decken vorliebnahmen. Es war eine ruhige, geordnete Gruppe, vorwiegend Frauen unterschiedlichen Alters, einige ältere, wenige junge Männer und eine Handvoll Kinder. Es gab keine Fenster und nur eine einzige Glühbirne hing von der Decke, die den Raum in trübes Licht tauchte.

Unten angekommen, wandte Cameron sich um. Da sie den Eindruck hatte, es sei an der Zeit, ihrem Retter zu danken, sagte sie: „Vielen Dank – ich meine, *spasiba.*“

In diesem Augenblick tauchte eine junge Frau auf, die erregt auf sie einredete und nach dem Kind griff. „Sasha! Sasha!“

„Mama!“ Der Junge wand sich aus den Armen seines Retters und schmiegte sich in die Arme der Frau.

Der Mann grinste über die Wiedervereinigung, dann wandte er sich an Cameron. „Sie sind also Amerikanerin.“

„Und Sie sprechen Englisch!“ Allein wegen dieser Tatsache hätte sie ihn am liebsten umarmt.

„Allerdings. Ich habe einige Jahre in Chicago gelebt.“

„Dann sind Sie kein Russe?“

Sein Englisch hatte einen Akzent, aber er war weit weniger ausgeprägt, als es im Allgemeinen bei Russen der Fall war. Sie betrachtete ihn eingehender. Ein Mann von etwa dreißig Jahren, annähernd zwei Meter groß und ausgesprochen kräftig, wie Cameron nicht ohne Wohlgefallen feststellte. Er hatte eine ausgeprägte Kieferpartie, eine wohlgeformte Nase, markante und gut rasierte Wangenknochen und dunkelblaue Augen. Sein Haar war sandfarben und glänzte golden im Licht der Glühbirne, die beinahe seinen Kopf berührte.

Er setzte an, um ihr zu antworten, doch die Mutter des Jungen lenkte ihn ab. Sie sprachen eine Weile miteinander.

Schließlich sagte er zu Cameron: „Sie wollte mir danken, dass ich den Jungen gefunden habe, aber ich habe ihr gesagt, das wäre Ihr Verdienst."

„Ich bin in der Gasse über ihn gestolpert. Ich wollte eine Abkürzung nehmen." Cameron zuckte abwehrend die Achseln. Sie hatte das Gefühl, dass ein Dank nicht angebracht war. „Ich weiß nicht, was ich getan hätte, wenn Sie nicht gekommen wären. Das war wirklich ein Zufall."

„Nicht so sehr, wie es vielleicht scheint. Mira ging davon aus, dass der Junge die Nacht bei Nachbarn verbrachte. Erst bei dem Luftalarm stellten die Nachbarn fest, dass Sasha, der offensichtlich Heimweh bekommen und die Wohnung verlassen hatte, nicht in seinem Bett lag. Nun, Sie können sich vorstellen, was daraufhin hier los war, darum bin ich losgezogen, um ihn zu suchen."

„Trotzdem, Ihre Frau braucht nur Ihnen zu danken. Ich wäre hoffnungslos verloren gewesen."

Er zuckte die Achseln. „Kommen Sie, suchen wir uns einen Platz. Wir werden wohl eine Weile hierbleiben müssen."

Mira bedankte sich bei Cameron, dann zog sie sich mit ihrem Sohn in eine Ecke des Kellers zurück. Cameron bemerkte, dass Mira sich neben eine ältere Frau setzte, die ein Kleinkind in den Armen hielt, das sofort die Arme zu Mira ausstreckte. Aber sehr zu Camerons Erstaunen folgte der Mann ihr nicht. Vielmehr steuerte er auf ein leeres Fleckchen an der Wand zu. Er blickte Cameron an und deutete auf den Platz.

In diesem Augenblick kam eine andere Frau zu ihnen. Sie war mittleren Alters oder älter, stämmig und grobknochig und hatte ein Tuch um ihr graues Haar gebunden. Sie tauschte mehrere Worte mit dem Mann, wobei sie misstrauische Blicke in Camerons Richtung warf. Von Cameron ließ sie sich ihre Reisedokumente zeigen, die sie sehr sorgfältig studierte. Dann zuckte sie resigniert die Achseln, warf Cameron einen letzten Blick zu und ließ sie stehen.

„Diese Frau hat die Aufgabe des Luftschutzwarts übernommen", erklärte der Mann. „Sie hatte Bedenken, eine Ausländerin im Luftschutzkeller zuzulassen. Ich habe ihr versichert, dass Sie keine Spionin sind." Seine Augen funkelten amüsiert, während er sie abschätzend ansah. „Das stimmt doch, oder?"

„Ja, ich bin Journalistin."

„Nun, in Russland ist das beinahe dasselbe." Er lächelte, um anzudeuten, dass er nur Spaß machte, und wies erneut auf die Wand. „Kein besonderer Komfort, aber wir dürfen froh sein, uns anlehnen zu können."

Irritiert setzte sich Cameron auf den Boden, während ihr Retter sich neben ihr niederließ.

Vermutlich bemerkte er ihren verwirrten Gesichtsausdruck, denn der Mann sagte: „Mira ist nicht meine Frau. Ich habe in dem Gebäude nur Besuche gemacht."

„Besuche?"

„Ich bin Arzt. Miras jüngstes Kind gehört zu meinen Patienten." Er streckte ihr die Hand hin. „Alex Rostow – oder wenn Sie es lieber russisch haben wollen, Aleksei Rostowschikow. Glücklicherweise haben die Beamten der Einwanderungsbehörde in New York den Nachnamen zu Rostow verkürzt. Meinen Vornamen habe ich dann selbst amerikanisiert."

„Ich bin froh darüber. Meine russische Aussprache ist mitleiderregend. Ich bin Cameron Hayes."

„Nett, Sie kennenzulernen. Sie sind hier, um über den Krieg zu berichten?"

„Ich bin heute erst angekommen. Mein erster Artikel wird den Aufenthalt in einem Luftschutzbunker beschreiben." Sie lächelte ihn entspannt an. Ihr Herz schlug jetzt wieder normal und ihre Hände zitterten auch nicht mehr. „Sind Sie als Angehöriger der unterschiedlichen Beratergremien aus den USA geschickt worden, Dr. Rostow?" Sofort bedauerte sie, dass sie wieder so schrecklich professionell sprach.

„Nein", gab er ein wenig brüsk zurück.

Sie hatte den Eindruck, dass er ihr diese Frage übel genommen hatte, was auch durchaus angebracht war. Er hatte nur freundlich sein wollen und sie hatte sofort versucht, eine Story daraus zu machen.

Dann fügte er etwas umgänglicher hinzu: „Ich bin seit 1938 hier. Davor habe ich in Chicago gelebt ... den größten Teil meines Lebens."

„Dann ist Russland jetzt Ihre Heimat?“ Ganz bewusst stellte sie ihre Frage in einem beiläufigen Tonfall.

„Ja.“ Er schien nicht geneigt zu sein, dieses Thema weiter zu verfolgen. „Aus welchem Teil der Staaten kommen Sie?“

„Aus Kalifornien. Los Angeles.“

„Ich bin selbst nie dort gewesen. Muss sehr schön sein. Ewiger Sonnenschein, Hollywoodstars.“

„Es hat seine Vorteile.“

Die Konversation geriet ins Stocken und in der Stille vernahm Cameron erneut die donnernden Explosionen dort draußen.

„Wird das noch lange dauern?“, fragte sie. „Es muss schrecklich sein, immer und immer wieder, Nacht für Nacht.“ Allein bei dem Gedanken erschauderte sie.

Bei früheren Erlebnissen mit Luftangriffen in Jugoslawien und Griechenland war sie nur eine Durchreisende gewesen. Sie saß ein paar Stunden im Luftschutzbunker und reiste dann weiter in eine neue Stadt. Jetzt wurde ihr allmählich klar, dass sie für längere Zeit in Moskau bleiben würde, und der tägliche Gang in die Luftschutzkeller würde für sie genauso zur Routine werden wie für diese Leute, die sich daran gewöhnt zu haben schienen. Doch sie schauderte bei dem Gedanken, jede Nacht Stunden in einem Keller zu verbringen, die Explosionen über sich zu hören, nichts tun zu können, als dazusitzen, endlos dazusitzen, und auf einmal die Wände über sich einbrechen zu sehen ...

Sie schluckte und fuhr mit dem Finger in den Kragen ihrer Bluse. Auf einmal war ihr sehr warm.

Dr. Rostow musterte sie verständnisvoll, aber auch ein wenig amüsiert. „Sie werden sich daran gewöhnen. Ich habe erlebt, wie die Leute das Schlimmste verschlafen haben.“

Cameron sah sich um. Zwei Männer spielten eine Partie Schach. Sie konzentrierten sich auf das Spiel und schienen die Vorgänge draußen gar nicht wahrzunehmen. Andere saßen untätig mit im Schoß gefalteten Händen, geschlossenen Augen dösend oder betend herum – Cameron konnte es nicht genau sagen. Einige unterhielten sich mit gedämpfter Stimme, während andere sich aneinander drängten, den Kopf auf die Schulter von Freunden oder Verwandten gelegt. Die meisten sahen resigniert oder einfach nur gelangweilt aus.

„Ja, es wirkt tatsächlich sehr friedlich hier", bemerkte sie.

„Es gibt strikte Regeln für das Verhalten im Luftschutzkeller", erklärte Alex. „Da die meisten Luftangriffe während der Nacht geflogen werden, sollen die Leute, die am Morgen arbeiten müssen, Zeit haben zu schlafen. Ich habe nur selten die Gelegenheit, einen Luftschutzkeller aufzusuchen. Normalerweise arbeite ich in meinem Krankenhaus, Luftangriff oder nicht. In der Regel wird das Rote Kreuz auf dem Dach des Krankenhauses von den Bombern respektiert."

„Und ich sitze da und belästige Sie mit Fragen. Das ist einer meiner Fehler, fürchte ich. Es tut mir leid."

Er lachte leise. „Sie belästigen mich überhaupt nicht. Nur selten habe ich die Gelegenheit, eine amerikanische Stimme zu hören. Ich, äh, vermisse das mehr, als ich dachte."

Cameron bemerkte das seltsame Zögern in seiner Stimme. Sie konnte es nicht deuten, glaubte aber einen traurigen Unterton herausgehört zu haben. Sie unterhielten sich noch eine Weile, dann verteilte der weibliche Luftschutzwart, den Cameron auf keinen Fall wegen des Verstoßes gegen die Vorschriften verärgern wollte, heißen Tee. Dankbar nahm Cameron eine Tasse entgegen. Mittlerweile war es elf Uhr – Cameron war froh, ihre Armbanduhr auf Moskauer Zeit umgestellt zu haben. Ihr Magen begann zu knurren. Abgesehen von Brot und Käse im Flugzeug hatte sie nichts mehr gegessen. Auch hatte sie seit der vergangenen Nacht in Teheran nicht mehr geschlafen. Sie schloss die Augen und wäre vermutlich eingedöst, wenn in diesem Augenblick nicht die Kellertür aufgeflogen wäre.

Ein Junge, vierzehn oder fünfzehn Jahre alt, stürmte herein und sprach aufgeregt mit dem Luftschutzwart. Ein anderer Junge im selben Alter trat zu ihnen. Der erste Junge zog die dicken, bis zum Ellbogen reichenden Handschuhe aus und reichte sie dem anderen Jungen, der daraufhin den Keller verließ.

„Was ist los?", fragte Cameron Alex.

„Die Jungen sind Flugmelder. Der eine Junge, der gerade hereinkam, berichtete, er hätte soeben zwei Brandbomben vom Dach geworfen. Trotz seiner Asbesthandschuhe ist das eine mutige Tat. Vermutlich hat er das Gebäude vor dem Abbrennen bewahrt."

Cameron wollte sich erheben.

„Was haben Sie vor?"

„Ich möchte hören, was los ist, mit dem Jungen reden und mir ansehen, was sie auf dem Dach tun. Ich werde einen Dolmetscher brauchen“, sagte sie mit hochgezogener Augenbraue an ihn gewandt.

„Bei unserer Begegnung konnten Sie es kaum erwarten, in einen Luftschutzkeller zu kommen. Und jetzt wollen Sie ihn schon wieder verlassen?“ Er schüttelte den Kopf, als sie aufstand. „Ich kann Ihnen versichern, dies ist nur eine kurze Pause. Es wird weitergehen.“

„Ich wollte nur den Jungen in Sicherheit bringen“, verteidigte sie sich. Sie hielt inne und fügte etwas verlegen hinzu: „Nun, ich war tatsächlich ein wenig nervös. Das Ganze hat mich schon erschüttert. Aber jetzt –“

„Jetzt sind Sie von allen guten Geistern verlassen!“

„Das ist mein Job.“

„Verrückt zu sein?“

Tief seufzend nickte sie. „So ungefähr. Zumindest werde ich in meinem Beruf nichts erreichen, wenn ich keine Risiken eingehe. Das ist der Jagdinstinkt, den jeder Reporter braucht. Es war jedoch falsch von mir, Sie da mit hineinziehen zu wollen. Ich weiß zu schätzen, was Sie getan haben, doch jetzt ...“ Sie wusste nicht, wie sie ihren Satz zu Ende bringen sollte, darum zuckte sie nur die Achseln und wollte sich entfernen.

Alex sprang auf und war sofort an ihrer Seite. „Kommen Sie“, sagte er einfach.

„Sie brauchen nicht ...“

„Ich weiß. Ich kenne Sie erst kurz, aber ich weiß bereits, dass Sie einen Arzt als Freund brauchen werden. Wir wollen nur hoffen, dass meine medizinischen Kenntnisse nicht eines Tages gefragt sein werden.“ Er nahm sie am Arm und führte sie zur Tür.

Der Luftschutzwart fragte sie nach ihrem Vorhaben, aber offensichtlich hatte Alex eine akzeptable Erklärung für das Verlassen des Kellers, denn die Frau hielt sie nicht auf. Mit dem ersten Jungen würde Cameron später noch reden können, und so sehr sie auch bereit war, Risiken einzugehen, wusste sie doch, dass es ratsam war, nach draußen zu gehen, solange die Deutschen eine Pause bei der Bombardierung einlegten.

26

Cameron spurtete die Treppen vom Keller zum Dach des vierstöckigen Gebäudes empor und kam atemlos oben an. Draußen verschlug es ihr den Atem – nicht wegen Sauerstoffmangels, sondern weil sie in ihrer unmittelbaren Nähe Flammen aus einem Nachbargebäude lodern sah. Anscheinend waren die Flugmelder auf diesem Dach nicht so erfolgreich in ihren Bemühungen gewesen, die Brandbomben zu entfernen. Feuerwehrmänner kämpften fieberhaft gegen die Flammen an, denn solche Brandherde waren für die deutschen Bomberpiloten wie Leuchtfeuer. Das perfekte Ziel für weitere Bomben.

Auch an anderen Stellen leuchtete es orange, doch größtenteils weiter entfernt von dem Miethaus. Cameron erschauderte.

„Das ist kein schöner Anblick, nicht?“, sagte Alex.

„Moskau ist mir immer so solide gebaut erschienen“, erwiderte Cameron. „In siebenhundert Jahren hat es so viel durchgemacht. Bis jetzt hätte ich nicht geglaubt, dass es jemals fallen könnte. Doch es ist möglich, nicht? Wie kann man Hitler aufhalten?“

„Wissen Sie, dass die Bewohner Moskaus, als Napoleon 1812 in Russland einmarschierte und auf Moskau vorrückte, die Stadt selbst in Brand gesteckt haben? Beim Eintreffen der französischen Armee waren zwei Drittel der Stadt niedergebrannt und die Franzosen ohne Unterkunft und Vorräte. Da der Winter vor der Tür stand, sahen sie sich schließlich zum Rückzug gezwungen.“

Natürlich kannte sich Cameron in der Geschichte Russlands aus und Alex hatte nicht die Absicht, ihr Geschichtsunterricht zu erteilen, er bot nur eine Erklärung für die Gegenwart und vielleicht für die Zukunft.

„Ich nehme an“, erwiderte sie, „dass für Stalin seine Rede von der Politik der ‚verbrannten Erde‘ mehr war als nur Worte.“

„Das russische Volk ist fest entschlossen, Hitler aufzuhalten“, sagte Alex bestimmt. Auf seinem Gesicht lag eine grimmige Entschlossenheit. Seine ebenmäßigen Züge hatten sich verhärtet, die Falten vertieft. Vielleicht war es auch nur eine Täuschung im flackernden Licht der Feuer.

„Es macht mich krank, wenn ich an das denke, was uns erwartet, sollten Sie recht behalten.“ Sie blickte erneut hinaus auf die Silhouette der Stadt. Einen Augenblick lang, wie in einem Moment bitterer Vorahnung, glaubte sie, einen Haufen verkohlter Ruinen zu sehen, die in den Himmel aufragten. Rauch stieg von den Aschebergen auf, den traurigen Überresten Moskaus.

„Es wird lang und hart werden“, sagte er, als hätte er ihre Vision ebenfalls gesehen.

„Wann ist es für Russland je anders gewesen?“ Ein schwaches Lächeln umspielte ihre Lippen. Sie wusste jetzt, warum das Land ihre Fantasie gefesselt und ihr unter die Haut gegangen war. Sie waren sich sehr ähnlich, sie und diese mutige Nation. Sie suchten nie den leichten Weg, kämpften immer, waren nie zufrieden.

Sie wandte ihre Aufmerksamkeit wieder ihrem Gefährten zu. Alex starrte sie nachdenklich an. Sofort dachte sie an Johnnys Blicke, die von gönnerhaft bis lüstern reichten. Die hier waren ganz anders. Dr. Alex Rostow schien sie als respektables Gegenüber zu betrachten, nicht als Püppchen ohne Wert. Oder als „Flintenweib“, als das sie wieder andere betrachteten, wegen ihres Eindringens in die Welt der Männer. Doch sie wollte nicht wegen ihrer langen Beine, sondern wegen ihrer Leistung akzeptiert werden. Und Rostow schien genau das zu tun.

Vielleicht bildete sie sich das auch nur ein. Wie konnte sie wissen, was in ihm vorging?

Aber er wurde nicht verlegen, als sie ihn dabei ertappte, wie er sie ganz offen musterte. Er lächelte. Und was für ein Lächeln! So ganz ohne Hintergedanken, keine Tücke, keine Anzüglichkeit, keine trockene Ironie, aber auch nicht gefühlsduselig. Auf einmal empfand sie den Wunsch, diesen Fremden zu küssen, seine festen und so rätselhaften Lippen zu berühren.

Sie schluckte und kämpfte gegen die Hitze an, die plötzlich in ihr aufwallte. Sie war sogar erleichtert, erneut das Dröhnen der Flugzeuge am Himmel zu hören.

„Wir gehen jetzt besser wieder hinein“, sagte Alex.

„Äh, ja, natürlich. Ich wollte noch gern mit dem Jungen sprechen ...“ Sie deutete mit dem Kopf auf den jungen Flugmelder auf seinem Posten auf der gegenüberliegenden Seite des Daches.

„Sie werden ihn später noch sehen.“

Sie widersprach nicht, weil es ihr aus mehr als nur dem einen Grunde, dass das Haus bombardiert werden könnte, ratsam erschien, von diesem Dach mit seiner unglaublichen Aussicht zu verschwinden – von dem Ort, wo ein einfaches Lächeln so unaussprechlich geheimnisvoll wirkte.

An der Kellertür blieb Alex stehen. „Gehen Sie schon vor. Ich komme gleich nach."

„Wo wollen Sie hin?" Vermutlich hatte sie nicht das Recht, einen Fremden so auszufragen, aber immerhin hatte er etwas über Freundschaft gesagt.

„Ich gehe ins Nachbarhaus hinüber, um zu sehen, ob jemand bei dem Feuer verletzt wurde."

„Ich werde Sie begleiten. Ich kann den Gedanken nicht ertragen, länger als nötig in diesem Keller eingesperrt zu sein."

Sie stellte sich innerlich auf seinen Protest ein, aber nichts dergleichen kam. Verblüfft folgte sie ihm durch die Eingangstür. Alex sprach mit den Feuerwehrmännern, die ihm versicherten, dass es keine Verletzten gegeben hatte. Sie waren gerade auf dem Rückweg, als eine Frau auf sie zuhumpelte. Sie war alt und runzelig. Ihr schneeweißes Haar war zerzaust und der Schal, den sie sich um den Kopf gebunden hatte, hing ihr unordentlich um das Gesicht. Ihr Gesicht war verkratzt und blutig, ihre Kleider zerrissen und staubig.

Als sie sie entdeckte, beschleunigte sie ihren Schritt. Überaus erregt schrie sie ihnen etwas zu.

Alex sprach mit ihr, dann wandte er sich an Cameron. „Kommen Sie. Ich brauche vielleicht Ihre Hilfe." Seine Worte waren praktisch ein Befehl, wenn auch mehr die Anweisungen eines Arztes in einer Krise. Cameron dachte nicht daran, sie infrage zu stellen. Sie folgte den beiden.

Zwei Straßenzüge weiter war ein Gebäude von den Bomben schwer beschädigt worden. Die Vorderfront war eingestürzt, sodass der Flur zu sehen war. Inmitten der Trümmer lagen Haushaltsgegenstände durcheinander. Die Vordertreppen waren noch intakt. Die Frau führte sie die Treppen hoch in das Gebäude hinein. Cameron hatte Angst, die anderen Wände und Decken könnten bei der kleinsten Bewegung jeden Augenblick einstürzen. Sie mussten den Schutt aus dem Weg räumen, um voranzukommen zu der Stelle, wo der schlimmste Schaden angerichtet worden war. Das Gebäude war dunkel, abgesehen vom Mondlicht, das durch die klaffenden Löcher drang. Die alte Frau kannte sich auch im Dunkeln aus, doch trotzdem stolperten sie über einige Hindernisse, bevor sie ihr Ziel erreichten.

Vor einem noch relativ unbeschädigten Zimmer hielten sie an. Die Frau arbeitete sich durch umgestürzte Stühle und Tische und verharrte dann im Zwielicht. Camerons Augen hatten sich an die Dunkelheit gewöhnt, doch der Körper war inmitten der Trümmer kaum auszumachen. Ein Mann, genauso alt wie die Frau, lag bewusstlos mit einer großen klaffenden Kopfwunde ausgestreckt auf dem Boden.

Alex ging neben dem Mann auf die Knie und untersuchte ihn kurz. Er murmelte etwas auf Russisch und klang dabei erleichtert. Dann erinnerte er sich offensichtlich an seine Begleiterin und auf Englisch erklärte er Cameron: „Er lebt. Ich weiß nicht, warum er nicht in einen Luftschutzkeller gegangen ist."

„Vielleicht halten sich auch noch andere Personen in diesem Gebäude auf", meinte Cameron.

Alex stellte der alten Frau eine Frage, dann sagte er zu Cameron: „Nein, sie sind die Einzigen." Er schüttelte den Kopf. „Sie – ihr Name ist übrigens Alla – sagt, ihr Mann sei kurz vor dem Luftangriff krank geworden und sie waren einfach zu langsam beim Verlassen der Wohnung. In dem Gebäude gibt es keinen Luftschutzkeller. Die Bewohner dieses Hauses suchen in einer nahe gelegenen Metrostation Schutz."

„Warum hat ihnen niemand geholfen?", fragte Cameron, um der Frau willen nur mühsam ihren Zorn verbergend. Das fiel ihr nicht leicht, denn die Frau weinte und klammerte sich ängstlich an Camerons Arm.

Alex zuckte die Achseln. „Vermutlich sind sie in der Hektik übersehen worden." Er hielt inne, als sich eine neue Angriffswelle ankündigte. „Wir müssen ihn hier wegschaffen, aber zuerst muss ich wissen, ob er auch bewegt werden kann. Cameron, würden Sie zurück in den Keller laufen und meine Arzttasche holen? Vielleicht können Sie einige starke Männer bewegen, mir bei seinem Transport zu helfen?"

„Natürlich." So sanft wie möglich löste sich Cameron aus der Umklammerung der Frau. „Ich werde Hilfe holen", sagte sie mit einem beruhigenden Lächeln. Schließlich ließ Alla sie los und Cameron rannte zurück zu dem Luftschutzbunker. Innerhalb von zehn Minuten kam sie mit der Arzttasche und zwei Helfern im Schlepptau zurück, einem Jungen um die fünfzehn und einer Frau, die beinahe so muskulös war wie Alex.

Cameron sah, dass Alex seinen Mantel als Kissen unter den Kopf des Mannes geschoben und eine Decke über ihn gebreitet hatte. Er nahm seine Tasche, während die anderen dabeistanden und auf seine Instruktionen warteten. Seine Augen funkelten in der Dunkelheit, waren voller Leidenschaft für das, was er tat. In der Zwischenzeit waren wieder überall Explosionen zu hören. Die Mauern des Gebäudes bebten gefährlich. Lieber Herr, dachte Cameron verängstigt, werden sie denn nie aufhören?

„Cameron", rief Alex. „Nehmen Sie diese Decke und halten Sie sie wie ein Zelt über mich – genau so." Im Schutz dieser provisorischen Verdunklung nahm er eine kleine Taschenlampe aus seiner Tasche und leuchtete dem Patienten in die Augen, nachdem er die Augenlider angehoben hatte. Wieder murmelte er etwas auf Russisch.

„Was ist los?", fragte Cameron.

„Seine Pupillen reagieren auf Licht", antwortete er. „Das ist gut." Er schaltete das Licht aus. „Sie können die Decke jetzt wegnehmen", bat er. „Jetzt kann ich im Dunkeln weiterarbeiten." Während Cameron die Decke wieder über dem Verletzten ausbreitete, legte Alex sein Stethoskop an die Brust des Mannes. „Der Herzschlag ist schwach, aber regelmäßig. Er hat ein gebrochenes Bein; vermutlich von dem Sturz während des Luftangriffes. Dabei hat er sich den Kopf angeschlagen und ist bewusstlos geworden."

Cameron war dankbar, dass Alex sie auf dem Laufenden hielt, vor allem, da er dasselbe auf Russisch der Frau erklären musste, die mittlerweile ruhig geworden war und sich an die stämmige Frau aus dem Luftschutzkeller klammerte.

„Wie sollen wir ihn bewegen?"

„Ich möchte irgendwie das Bein schienen", erklärte er und tupfte eine antiseptisch riechende Lösung auf die Kopfwunde des Mannes. Er gab dem Jungen ein paar Anweisungen, dann wandte er sich erneut an Cameron. „Würden Sie und Iwana – das ist die Frau, die Sie aus dem Luftschutzkeller mitgebracht haben – sehen, ob Sie eine Matratze finden, die wir als Bahre nehmen können?"

Während sich Cameron auf die Suche machte, wunderte sie sich über die Geistesgegenwart und Effizienz des Arztes. Sie hatte Horrorgeschichten über die russische Medizin gehört, doch dieser Mann bewies, dass diese Geschichten nicht alle wahr sein konnten. Aber war er überhaupt ein Russe? Immerhin hatte er einen großen Teil seines Lebens in Amerika zugebracht. Sie fragte sich, wie alt er wohl damals gewesen war. Wo hatte er seine medizinische Ausbildung gemacht? Und warum war er zurückgekommen?

Das dunkle Apartment zu durchsuchen, war keine leichte Aufgabe. Mehrmals stieß sich Cameron das Schienbein an oder lief gegen eine Wand. Das durch die Fenster hereinfallende Mondlicht half ein wenig, aber Cameron vergaß nicht, dass es auch den deutschen Bombern den Weg wies. Mit einer dünnen Matratze, die Cameron in einem anderen Raum des Gebäudes gefunden hatte, kehrten sie und Iwana schließlich zu Alex zurück. Der Junge hatte einen Besenstiel gefunden und damit hatte Alex das Bein des alten Mannes notdürftig geschient.

Zu viert legten sie den Patienten auf die Matratze. Die alte Frau sah zu; sie war offensichtlich zu zart und schwach, um selbst mit anzupacken.

Der Weg von dem ausgebombten Gebäude zum Luftschutzkeller war quälend lang. Die Deutschen konzentrierten sich nun auf einen anderen Stadtteil, aber der Gefechtslärm war trotzdem beängstigend. Außerdem hatte der Patient das Bewusstsein wieder erlangt und wurde unruhig. Er rief nach seiner Frau und versuchte, sich von der Matratze zu wälzen. Die alte Alla humpelte, so schnell sie konnte, hinter ihnen her und versuchte, sie einzuholen, damit ihr Mann sich wieder beruhigte. Die Träger wurden langsamer und blieben schließlich stehen, um ihren Patienten nicht zu verlieren. Nachdem der Mann beim Anblick seiner Frau ruhiger geworden war, gab es keine Zwischenfälle mehr, aber sie mussten sehr langsam gehen, damit Alla mit ihnen Schritt halten konnte, denn ihr Mann weigerte sich, ihre Hand loszulassen. Es war eine Tortur, sich in diesem Schneckentempo fortzubewegen, wo doch jeden Augenblick eine Bombe auf sie fallen konnte. Cameron versuchte, ihre flatternden Nerven unter Kontrolle zu halten.

Im Luftschutzkeller war das Licht ausgeschaltet worden und aus den Ecken drang leises Schnarchen. Der Luftschutzwart ermahnte sie, leise zu sein, was angesichts ihrer Last unmöglich schien. Aber sie schafften es, die Neuankömmlinge ohne großen Aufruhr unterzubringen. Alex kümmerte sich um Allas Schnittwunden und sorgte dafür, dass ihr Mann bequem lag. Dann ging er zu Cameron, die sich auf ihrem alten Platz an der Wand niedergelassen hatte, und sank zu Boden.

„Ich denke, er wird wieder", flüsterte Alex. „Wir werden ihn sofort nach dem Luftangriff ins Krankenhaus bringen." Mit einem tiefen Seufzer lehnte er den Kopf gegen die Wand. „Ich könnte einen Monat lang schlafen."

„Wann waren Sie das letzte Mal im Bett?"

Er zog eine Augenbraue hoch. „Welcher Tag ist heute?"

„Du meine Güte, Alex!" Sie staunte über die Leichtigkeit, mit der sie dazu übergegangen waren, sich beim Vornamen zu nennen.

„Kurz vor dem Luftangriff war ich auf dem Heimweg. Nachdem ich zweiunddreißig Stunden am Stück gearbeitet hatte, wurde ich aus dem Krankenhaus geworfen. Ich hatte vor, die ganze Nacht tief und fest zu schlafen, aber zuerst wollte ich hier nach einigen Patienten sehen." Er lächelte erschöpft. „Das sollte nur ein paar Minuten dauern ..."

„Wir können nur hoffen, dass es eine Weile ruhig bleibt", meinte sie.

„Irgendwie habe ich den Eindruck, dass Sie eine Frau sind, die die Aufregung braucht."

„Normalerweise stimmt das, aber in den vergangenen zwei Tagen habe auch ich nicht viel Ruhe gehabt. Ein wenig Langeweile wäre mir jetzt höchst willkommen."

Im gegenseitigen Einverständnis verfielen beide in Schweigen. Cameron genoss die Stille – soweit man überhaupt von Stille reden konnte, denn überall in der Stadt detonierten Granaten. Cameron lehnte den Kopf gegen die Wand und lauschte der eigentümlichen Geräuschkulisse aus Bombenexplosionen und Schnarchen. Sie dachte an die Moskowiter von 1812, die ihre eigene Stadt in Brand gesteckt hatten, um sie zu retten, und sie dachte an die Einwohner des Moskaus ihrer Tage, die den Luftangriff verschliefen. In beiden Generationen floss das gleiche Blut. Falls Adolf Hitler es je schaffen würde, nach Moskau einzumarschieren, würde er nur verkohlte Reste einer mächtigen Zivilisation vorfinden.

Über ihren Gedankenspielen nickte Cameron schließlich ein. Sie spürte nicht, wie sie vornüber sackte, war sich aber des weichen Kissens bewusst, auf das ihr Kopf gelegt wurde. Mit einem Seufzer kuschelte sie sich ins das Kissen hinein. Alles verblasste – der defekte Lastwagen mit ihren Besitztümern einschließlich ihrer kostbaren Schreibmaschine, die nun den Plünderern ausgeliefert war, ihre Arbeit, die noch nicht einmal begonnen hatte, und die Stadt in Flammen.

Sie träumte gerade von Johnny Shanahan, der wie ein Opernsänger gekleidet auf einer Bühne stand, den Mund öffnete und einen heulenden Klagelaut von sich gab, als eine leise Stimme neben ihr ertönte: „Es ist vorbei."

„Wie bitte?", krächzte Cameron, dann fuhr sie hoch. Sie war eingeschlafen, tief und fest. Und das Kissen für ihren Kopf war die Schulter von Alex Rostow! „Oh je, das tut mir wirklich leid."

Er lächelte gutmütig. „Aber, ich bitte Sie!" Ihr fiel zum ersten Mal auf, dass seine heisere Stimme einen tröstenden, beruhigenden Klang hatte. Doch schließlich war er Arzt und das gehörte zu seinem Beruf. „Das war das Signal für die Entwarnung."

„Die Sirene, natürlich. Ich dachte, ich hätte es geträumt. Aber warum haben Sie meinen Kopf denn nicht weggeschoben?"

„Ich habe ihn doch kaum bemerkt. Es war sehr nett und, um ehrlich zu sein, habe ich selbst ein wenig geschlafen." Er lächelte sie schief an, halb entschuldigend, halb flehend.

„Oh." Ihr fiel nichts anderes ein. Noch immer verlegen, platzte sie mit dem Ersten heraus, was ihr einfiel. „Schätze, wir haben gleich bei unserer ersten Begegnung miteinander geschlafen." Sie konnte sich nicht erinnern, wann sie das letzte Mal so rot geworden war. Sie hätte dagegen ankämpfen können, wenn sie nicht noch so schläfrig gewesen war. Aber es war nun mal passiert.

Alex lachte, nicht herablassend, sondern eher amüsiert. Achselzuckend stimmte sie in sein Lachen ein. Dann erhob er sich und streckte ihr die Hand hin. Ganz gegen ihre Gewohnheit ließ sie sich auf die Beine helfen, weil diese Geste bei ihm nicht wirkte wie das aufgesetzte Verhalten eines notorischen Herzensbrechers.

„Kommen Sie", sagte er, „mal sehen, was von der Stadt noch übrig geblieben ist."

27

Das Metropole, zur Zeit der Zaren erbaut und in den Dreißigerjahren renoviert, wie Pawel ihr versichert hatte, war nach russischem Standard ein gutes Hotel. Es lag nur wenige Schritte vom Roten Platz, anderen größeren Hotels und der amerikanischen Botschaft entfernt. Gruk brachte Camerons Gepäck in die Lobby, dann verabschiedete er sich von ihr.

Nach dem Luftangriff hatte Alex sie zu dem Lastwagen zurückbegleitet. Der Fahrer war bereits da und nahm die notwendigen Reparaturen an dem Fahrzeug vor. Offensichtlich hatte ihm ein Mechaniker erklärt, wie er die Panne beheben könnte. Es hatte wohl funktioniert, denn der Motor des Lastwagens sprang hustend an. Sie dankte Alex und verabschiedete sich von ihm, aber nicht, ohne als Zeichen der Dankbarkeit ein Abendessen versprochen zu haben. Er nahm die Einladung an, warnte sie jedoch, dass er nur selten von seiner Arbeit loskäme.

Darüber dachte sie nach, während der Hotelportier sie zu ihrem Zimmer brachte. Waren die Worte des Arztes eine höflich verpackte Ablehnung? Sie hatte ihn als einen sehr direkten Menschen kennengelernt, aber andererseits kannte sie ihn noch nicht lange, auch wenn sie gemeinsam die Nacht verbracht und einige schlimme Augenblicke erlebt hatten.

Der Portier führte sie zum Aufzug und brachte sie hinauf ins vierte Stockwerk. Während er ihr Gepäck ins Zimmer brachte, wurde sie von der Stockwerksleiterin oder „Schlüsseldame“, wie die Frau von allen genannt wurde, begrüßt. Sie war eine dicke Frau mittleren Alters, mit einem falschen Lächeln und kleinen kalten Augen. Cameron erinnerte sich daran, dass Türsteher, Portiers und zweifellos auch Schlüsseldamen in Russland, vor allem in den Hotels, in denen Ausländer abstiegen, meistens der Geheimpolizei angehörten oder dem NKWD, wie sie jetzt genannt wurde. Eine Tatsache, die ihr zu denken gab.

Die Frau führte Cameron zu ihrem Zimmer, das klein, aber angemessen eingerichtet war. In New York, London oder Los Angeles wäre es vermutlich als drittklassig eingestuft worden, aber hier in

Moskau galt es als erstklassig. Der Balkon ging auf eine stark befahrene Seitenstraße hinaus. Das Bett stand in einem Alkoven und die Möblierung – ein Schreibtisch, ein Tisch mit zwei nicht zusammenpassenden Stühlen, ein Sofa und ein paar Sessel – war intakt, wenn auch leicht zerschlissen. Doch das Beste war, es verfügte über ein eigenes Bad! Cameron hatte genauso lange nicht mehr gebadet, wie sie nicht mehr geschlafen hatte, und dieses Bedürfnis stand über allem anderen.

Die kleinen Augen der Schlüsseldame richteten sich auf Cameron. „Gefällt Ihnen?"

„Ja, es ist schön. Vielen Dank."

„Sie möchten Frühstück?" Die Stimme der Frau schien wie ein gedämpftes Nebelhorn direkt aus ihrer breiten Brust zu kommen. Sie sprach Englisch mit einem sehr ausgeprägten Akzent und Cameron musste genau hinhören, um zu verstehen, was sie sagte.

„Sehr gern, aber zuerst möchte ich ein Bad nehmen." Cameron sah auf ihre Uhr. Es war acht Uhr morgens. „Könnten Sie mir um neun Uhr das Frühstück bringen?"

„Gut. Hier sind Handtücher." Die Schlüsseldame öffnete eine Schublade, nahm zwei Handtücher heraus und legte sie auf die Kommode.

Cameron bedankte sich bei der Frau und atmete erleichtert auf, als sie das Zimmer verließ. Sie hievte ihr Gepäck auf das Bett, nahm ihre Kulturtasche und ihren seidenen Morgenrock heraus und ging damit ins Bad. Als sie das Licht einschaltete, erlebte sie ihre erste herbe Enttäuschung. Der kleine Raum blitzte nicht gerade vor Sauberkeit und sie meinte beobachtet zu haben, wie eine Schabe davonhuschte, als das Licht anging. Nur mit Überwindung benutzte sie die Toilette und stöhnte, als sie merkte, dass es kein Toilettenpapier gab. Auch die Spülung funktionierte nur bedingt. Schmerzlich wurde ihr bewusst, dass in Russland nur wenige Dinge so funktionierten, wie sie sollten.

Die Badewanne war die schlimmste Enttäuschung. Die lächerlichen Abmessungen störten sie nicht halb so sehr wie das abgeplatzte und fleckige Emaille. Sie fragte sich, wann das gute Stück wohl das letzte Mal gereinigt worden war. Dann zuckte sie die Achseln und drehte den Wasserhahn auf. Heraus kam eine hellbraune Brühe, die bestenfalls lauwarm war, egal wie lange sie es laufen ließ.

„Gott sei Dank bist du kein Sauberkeitsfanatiker“, murmelte sie vor sich hin, als sie sich ins Wasser gleiten ließ.

Sie hatte Seife mit Rosenduft mitgebracht, Blairs Abschiedsgeschenk. Damals hatte Cameron den Kopf geschüttelt über diesen Luxus, doch jetzt wünschte sie, ihre Schwester wäre hier, damit sie sie dankbar umarmen könnte. Der Wohlgeruch ließ sie vergessen, in welcher Brühe sie badete. Sie schrubbte sich sorgfältig mit der Seife ab und sog den süßlichen Duft ein.

Ein lauwarmes Bad ist jedoch nicht jedermanns Sache und nachdem sie sich die Haare gewaschen hatte, war sie zum Aussteigen bereit. Doch als sie gerade ihren Kopf unter Wasser halten wollte, hörte sie aus dem Nebenzimmer ein Geräusch.

„Wer ist da?“, rief sie. Vielleicht der Portier mit ihrem Frühstück.

Dann bewegte sich der Türgriff zum Badezimmer.

„Hey!“, rief sie, als sich die Tür einen Spalt öffnete. Sie schnappte sich das Handtuch, das neben der Badewanne lag, und warf es über ihren Körper, während sie sich zurück ins Wasser gleiten ließ. Zum Glück war das Handtuch groß genug, um sie zu bedecken.

„Draußen bleiben“, schrie sie.

„Ist das eine Art, seine Kampfgefährten zu begrüßen?“, ertönte Johnnys Stimme hinter der Tür.

„Wenn ich eine Pistole hätte, hätte ich dich jetzt als Einbrecher umgelegt.“ Sie umklammerte die Enden des Handtuchs, das klatschnass war und eng um ihren Körper lag, denn es würde Johnny ähnlich sehen, trotzdem hereinzukommen.

„Keinen Schritt näher, Johnny Shanahan!“, warnte sie. „Was machst du überhaupt hier und wie bist du in mein Zimmer gekommen?“

„Ich habe gehört, dass du in der Stadt bist und ich konnte es kaum erwarten, dich zu sehen.“

„Nun, schließ die Tür und warte im Zimmer auf mich. Ich bin gleich fertig.“

„Ganz wie du willst, Puppe“, sagte er und schloss die Tür. In seiner Stimme lag wieder dieses halb charmante, halb verrucht klingende Timbre, das ihr eine Gänsehaut verursachte. Oder lag es daran, dass das Wasser mittlerweile eiskalt geworden war? Sie schüttelte den Kopf, amüsiert und verwirrt. Es gelang ihm doch immer wieder, sie aus der Fassung zu bringen.

Cameron spülte sich schnell die Haare, dann stieg sie aus der Wanne, wrang das nasse Handtuch aus und wand es sich um den Kopf, froh darüber, dass ihr noch ein trockenes Handtuch geblieben war. Nachdem sie sich abgetrocknet hatte, schlüpfte sie in ihren Morgenmantel. Sie war sich sehr wohl darüber im Klaren, dass die burgunderfarbene Seide sehr gut zu ihrem speziellen Hautton und ihrem kastanienbraunen Haar passte. Eigentlich war der Morgenmantel der einzige Luxusartikel, den sie im Augenblick besaß, noch mehr als das einfache schwarze Abendkleid. Beides hatte sie in Kairo erstanden. Sie knotete den Gürtel fest zusammen.

Ihr feuchtes Haar trocken reibend trat sie nach draußen. Shanahan lümmelte auf dem Sofa, die Beine von sich gestreckt und genießerisch eine Zigarette rauchend. Er sah so aus, als würde das Zimmer ihm gehören.

„Du hast meine zweite Frage nicht beantwortet", sagte Cameron. „Wie bist du in mein Zimmer gekommen?"

Johnny feixte. „Ein Päckchen Kaffee hat mir die Tür geöffnet."

„Ein Päckchen Kaffee? Oh, so viel Mühe aber auch ..." Seufzend verdrehte sie ihre Augen, war sie doch tatsächlich froh, den Idioten zu sehen. Bevor sie noch mehr sagen konnte, klopfte es an der Tür. Es war ihr Frühstück. Der Kellner stellte das Tablett auf den Tisch und wartete.

Cameron wollte gerade nach ihrer Tasche greifen, doch dann wurde ihr klar, dass sie kein Geld hatte, um dem Mann ein Trinkgeld zu geben. Sie hatte noch keine Zeit gehabt, ihr Geld umzutauschen, und ihre kleinste Geldnote war ein Zwanziger – für einen russischen Kellner bestimmt ein ganzer Monatslohn! Sie war auch dem Portier das Trinkgeld schuldig geblieben, ohne ihm klarmachen zu können, dass sie das nachholen wollte. Shanahan begriff ihre Zwangslage, sprang für sie ein und reichte dem Kellner drei Zigaretten. Das schien den Mann mehr als zufriedenzustellen, denn er bedankte sich überschwänglich.

„Danke, Shanahan, das war ungeheuer großzügig von dir." Der Sarkasmus in ihrer Bemerkung entging ihm nicht.

„Du wirst bald lernen, meine Liebe, dass Naturalien hier wertvoller sind als Geld, denn selbst wenn die Russen Geld hätten, gäbe es doch nichts zu kaufen. Dieser Kellner muss eine halbe Ewigkeit für eine Packung Zigaretten arbeiten." Er setzte sich wieder und zog an seiner Zigarette. „Wie lange bist du schon hier? Was hältst du von der Stadt?"

„Nicht lange genug, um einen Eindruck zu bekommen. Die Nacht habe ich in einem Luftschutzkeller verbracht. Das Zimmer ist in Ordnung, aber es gibt kein Toilettenpapier, Johnny! Eine kleine Unannehmlichkeit, nehme ich an, aber ..."

„Das ist eben Russland", seufzte er. „Die Russen denken, dazu seien die Zeitungen erfunden worden."

Cameron lachte und wandte ihre Aufmerksamkeit dem Frühstückstablett zu. Auf einmal wurde ihr bewusst, wie ausgehungert sie war, und erwartungsvoll hob sie die Deckel der verschiedenen Teller auf dem Tisch. Ein Omelett auf einem Teller, Toast auf dem anderen und eine kleine Schale Kaviar. Nichts davon schien heiß zu sein oder auch nur warm.

„Kaviar zum Frühstück", murmelte sie, „na, das ist ja was."

Sie goss sich zuerst eine Tasse Kaffee ein und runzelte die Stirn, als sie bemerkte, dass er nicht dampfte. Irritiert blickte sie Shanahan an. Er grinste sie wissend an.

„Dein erstes Frühstück in Russland", bemerkte er trocken.

„Ich bin zu hungrig, als dass es mir etwas ausmachen würde." Sie setzte sich. „Möchtest du was abhaben?"

„Nein danke. Ich hatte bereits das Vergnügen."

Obwohl alles kalt war, verspeiste sie jeden Krümel. Bestimmt hatte sie die Küche in Verlegenheit gebracht, weil sie später als normal ein Frühstück verlangt hatte. Morgen würde es bestimmt besser sein.

„Also, Johnny, wie ist es dir hier ergangen?", fragte sie kauend. „Wie läuft der Krieg? Niemand sagt was."

„Der Grund dafür ist der, dass niemand was weiß."

„Aber bestimmt weißt du doch ..."

„Journalisten wissen am wenigsten", fiel er ihr frustriert ins Wort. „Ich schätze, Stalin weiß etwas, aber er sagt nichts. Alle Informationen bekommen wir eine Woche zu spät. Wenn eine Nachricht gut ist, was selten vorkommt, ist sie nur drei Tage alt. Ich kann dir sagen, dass die Deutschen Litauen, Lettland und die westliche Ukraine im Sturm erobert haben. Sie nehmen nun Leningrad in die Zange. Und im letzten sowjetischen Kommuniqué wurde eingestanden, dass Hitler Smolensk erreicht hat."

„Aber das liegt doch nur dreihundert Meilen von hier entfernt!", rief Cameron erschrocken und verschluckte sich an ihrem Toast.

„Die gute Nachricht ist, dass Väterchen Stalin Freund Hitler dort gestoppt zu haben scheint – für den Augenblick."

„Und du glaubst nicht, dass die Russen ihnen standhalten können?"

„Russland war auf einen Krieg nicht vorbereitet", erwiderte er. Er beugte sich vor und nahm sich eine Scheibe Toast. „Die Russen verfügen nicht annähernd über genügend Rüstungsmaterial." Er löffelte sich ein wenig Kaviar darauf und biss hinein. „Sie mögen zwar keine Gewehre haben, dafür aber den besten Kaviar der Welt."

„So schlimm kann die Situation doch nicht sein!"

„Die Fabriken spucken jetzt verstärkt Waffen aus. Ganz bestimmt werden die Roten aufholen, wenn man ihnen die Zeit lässt ..." Er schüttelte den Kopf. „Sie können nur hoffen, die Deutschen so lange hinzuhalten, bis der Winter anbricht und ihnen die Arbeit abnimmt."

Cameron trank ihren kalten Kaffee und lächelte.

„Du magst dieses Zeug wirklich?", fragte Johnny ungläubig.

„Mein Dad trinkt jeden Sommer Eiskaffee – er glaubt, ihn erfunden zu haben. Ich habe ihn schätzen gelernt und er erinnert mich an zu Hause." Bei dem Gedanken an ihren Vater wurde ihr klar, dass sich ihr Zorn auf ihn einigermaßen gelegt hatte. Ohne sein Dazutun wäre sie nicht bis hierher gekommen.

„Das wundert mich nicht", bemerkte Johnny. „Dieser alte Tyrann bildet sich ja auch ein, ein zweiter Gutenberg zu sein. Aber nicht einmal er würde kalten Kaffee während eines russischen Winters mögen."

„Du bist noch nicht im Winter hier gewesen, Johnny. Soweit ich mich entsinne, sind viele Russen der Meinung, der Winter sei die schönste Jahreszeit."

„Nicht während eines Krieges. Es gibt Versorgungsengpässe. Der letzte Schnee ist in diesem Jahr im Juni gefallen. Sogar die Alten sagen, einen so schlimmen Winter hätten sie noch nie erlebt, und im Oktober beginnt die nächste Frostperiode. Ich bin kein Bauer, aber selbst in Russland können vier Monate keine angemessene Wachstumsperiode sein. Und da alles, was arbeiten kann, entweder mit Kämpfen oder mit dem Schmieden von Waffen beschäftigt ist, sind die Aussichten nicht besonders rosig."

Cameron dachte an ihr Gespräch mit Alex auf dem Dach des Wohnhauses. „Johnny, wenn die Weltgeschichte uns etwas gelehrt hat, dann, dass man das russische Volk niemals unterschätzen darf. Das war Hitlers größter Fehler und er wird dafür bezahlen."

Johnny schmunzelte. „Es gefällt mir, wenn du leidenschaftlich wirst."

„Dieser Ort hat eine ganz besondere Wirkung auf mich, Johnny. Ich habe die Nacht in einem Luftschutzkeller verbracht, zusammen mit Leuten, die so stark und doch so gleichgültig ihrer eigenen Stärke gegenüber waren. Diese Menschen kann man nicht so leicht niederdrücken. Vielleicht hat ein wenig davon auf mich abgefärbt."

„Nein, du warst schon immer stark, Hayes." Er nahm einen tiefen Zug von seiner Zigarette, dann drückte er sie in dem Aschenbecher auf dem Tisch aus. „Ich hoffe nur, dass dieser Ort dich nicht um den Verstand bringt."

„Wie kann das sein, wo er doch hier erst aufgebaut wurde?"

„Das russische Volk und die Sowjetregierung sind zwei verschiedene Paar Schuhe. Du hattest großes Glück, die Nacht mit dem Volk zu verbringen, denn das ist für Ausländer eine seltene Gelegenheit. Das russische Volk meidet ansonsten den Umgang mit uns – er ist sogar illegal."

Hatten die Menschen in dem Luftschutzkeller deshalb kaum versucht, sich mit ihr zu verständigen? Sie hatte gedacht, der Grund dafür sei die Sprachbarriere, doch nun fiel ihr auf, dass sich die Menschen anderer Länder in ihrer Neugier auf alles Fremde auch von größeren Verständigungsschwierigkeiten nicht aufhalten ließen. Hier war das nicht so gewesen. Tatsächlich hatte man sie eher reserviert beobachtet. Und doch passte so etwas überhaupt nicht zu ihrem Eindruck von diesem Volk.

„Vermutlich ist es schon immer so gewesen", gestand sie. „Als ich als Kind hier war, habe ich das nicht gemerkt. Jede Missachtung habe ich meinem Alter zugeschrieben."

„Nun, wappne dich", orakelte er finster. „Es ist die Regierung, nicht das Volk, mit der du es zu tun bekommst, und das fühlt sich an, als würde man mit dem Kopf gegen die Wand laufen."

„Ich habe einen harten Schädel", meinte sie zuversichtlich.

„Als ob ich das nicht wüsste. Ich hoffe nur, er ist hart genug."

28

Nachdem Shanahan gegangen war, schlief Cameron ein und erwachte erst am Spätnachmittag. Sie aß im Speisesaal des Hotels zu Abend, da man in diesem Hotel nur das Frühstück aufs Zimmer bekam. Aber sie hatte nichts dagegen, da sie so die Gelegenheit hatte, die anderen Korrespondenten kennenzulernen. Die Ausländer hatten einen eigenen Speisesaal und saßen an einem großen Tisch zusammen. An einem Nebentisch fanden ihre russischen Sekretärinnen und Dolmetscher Platz. Cameron war die einzige Frau am Korrespondententisch, doch sie wurde mit Begeisterung begrüßt.

„Was für Nachrichten hast du von zu Hause?", fragte Jed Donovan von der *New York Tribune*. „Ich habe gehört, dass Joe DiMaggio eine Glückssträhne hat."

„Tut mir leid, Jed, ich bin abgereist, bevor die Baseballsaison begonnen hat", antwortete sie.

„Junge, ich vermisse Baseball", seufzte Donovan, „fast so sehr, wie ich die herrlich duftenden, elegant gekleideten amerikanischen Ladys vermisse."

„Vergesst Baseball und Damen", meinte Ed Reed von der *Chicago Daily News*. „Ich würde alles für ein anständiges T-Bone-Steak hergeben. Oder das gebratene Hühnchen meiner Mama mit leckerem Bratensaft und cremigem Kartoffelpüree ..."

Die meisten dieser Männer hielten sich nur wenig länger im Land auf als Cameron, sie vermissten bereits die Annehmlichkeiten des Lebens. Trotzdem genoss sie ihre Gesellschaft und sie fand, dass es eine großartige Gruppe von Männern war, mit denen sie den Krieg erleben würde. Die Einladung zu einem gemeinsamen Theaterbesuch lehnte sie jedoch ab. Sie wollte lieber an dem Artikel arbeiten.

„Aha, das fleißige Bienchen", schnaubte Henry Cassidy von der *Associated Press*.

„Ihr habt bereits loslegen können", erklärte sie. „Ich möchte nur ein wenig aufholen."

„Lass sie doch, Hank", mahnte Shanahan. „Wir werden noch genügend Zeit haben, sie zu korrumpieren."

Sie arbeitete ein paar Stunden an ihrem Artikel über ihren ersten Luftangriff in Moskau, in dem sie die Unerschrockenheit der Menschen, denen sie begegnet war, heraushob. Natürlich war ihr klar, dass sie angesichts des Krieges keine Details nennen durfte, und so achtete sie bewusst darauf, dass ihre Worte sich innerhalb der Richtlinien bewegten, die ihr aus den anderen Kriegsgebieten, in denen sie sich aufgehalten hatte, bekannt waren. Als sie fertig war, hatte sie das Gefühl, einen guten Artikel geschrieben zu haben. Und erstaunlicherweise schlief sie bereits um zehn Uhr wieder ein und erwachte erst lange nach Sonnenaufgang.

Nach dem Frühstück, das wieder herzhaft, aber kalt serviert worden war, steckte sie ihren Artikel in ihre Ledertasche und zog los, um sich offiziell zum Dienst zu melden. Eine ernüchternde Erfahrung.

Beim Kommissariat für Auslandsangelegenheiten, das den klangvollen Namen *Narkomindel* trug und in der ehemaligen griechischen Gesandtschaft residierte, wurde Cameron an Nikolai Palgunow, den Leiter der sowjetischen Presseabteilung, verwiesen. Palgunow machte auf Cameron den Eindruck eines fanatischen Bürokraten – ein kleiner Mann mit großer Macht über die Auslandskorrespondenten, was sich in seiner weitschweifenden, pingeligen Art zeigte. Mit kalten Augen hinter dicken Brillengläsern starrte er Cameron an. Er schien sich über die Aussicht zu freuen, einen Frischling aus dem Ausland auf den Kohlen seiner sozialistischen Inquisition zu grillen.

„Die Sowjetregierung hat zum Wohle der Auslandskorrespondenten das sowjetische Informationsbüro ins Leben gerufen", schnarrte er mit monotoner Stimme.

Er sprach französisch, sodass sie keinen Dolmetscher brauchten. Da Cameron als Kind Eliteinternate besucht hatte, verstand sie diese Sprache, wenn sie sich auch nur gebrochen verständlich machen konnte.

„Sie werden unser System vielleicht ein wenig komplex finden, aber naturgemäß müssen in einem Staat, der sich im Krieg befindet, bestimmte Vorsichtsmaßnahmen getroffen werden."

„Natürlich", stimmte Cameron zu und begriff sofort, dass die sowjetische Regierung sich bemühte, den Informationsfluss aus dem Land zu kontrollieren. „Ich hoffe doch, ich werde in der Lage sein, einer Kampfeinheit zu folgen."

„Das wird natürlich unmöglich sein, Miss Hayes. Vielleicht werden wir, wenn es sicher erscheint, eine Reise an die Front gestatten."

Cameron interpretierte diese vage Andeutung so, dass man den Korrespondenten gestatten würde, die Front zu sehen, wenn sich der Krieg zugunsten der Sowjets wandte. Und sie erinnerte sich an das, was ihr Vater gesagt hatte: „Als Journalist kann man in Russland nur überleben, wenn man lernt, zwischen den Zeilen zu lesen. Nur selten meint ein Russe das, was er sagt."

„Selbstverständlich werden wir regelmäßig Pressekonferenzen geben", fuhr Palgunow beinahe stolz fort, als würde er ihr eine große Gefälligkeit erweisen. „Sie werden von Genosse Lozowski durchgeführt, dem Kommissar für Auslandsangelegenheiten. Es ist ein seltenes Privileg für Sie, dass ein so hochrangiger Beamter sich um Ihre Belange kümmert."

„Ich weiß das wirklich zu schätzen", erwiderte sie. Er schien ihren amüsierten Tonfall nicht wahrzunehmen.

„Auch werde ich täglich gegen drei Uhr morgens ein Kommuniqué herausgeben. So früh deshalb, damit die Korrespondenten noch Zeit haben, ihre Artikel abzusenden. Die meisten Journalisten nutzen unseren Presseraum für das Schreiben ihrer Artikel. Das Büro des Zensors liegt direkt daneben."

„Wunderbar", erwiderte Cameron, wobei sie sich keine große Mühe gab, ihren Sarkasmus zu unterdrücken. „Wie ich höre, werden mir ein Dolmetscher und eine Sekretärin zugeteilt."

„Im Augenblick sind wir sehr knapp an Bürohilfen, aber sobald wie möglich werden Sie einen Dolmetscher bekommen. Auch werden Sie Lebensmittelkarten erhalten, und wenn Sie sich bei der amerikanischen Botschaft melden, wird man Ihnen die Verpflegungsstelle der Botschaft zeigen, wo Sie die meisten Ihrer Einkäufe tätigen können."

Er ließ sich im Folgenden über die Einkaufsmöglichkeiten aus, doch Cameron hatte noch an der Tatsache zu kauen, dass ihr kein Dolmetscher zur Verfügung stand. Was sollte sie ohne einen Übersetzer anfangen? Palgunow hatte bereits erwähnt, dass die meisten Nachrichten, was sie als *alle* Nachrichten interpretierte, den staatlich gelenkten Zeitungen zu entnehmen waren, die natürlich in Russisch geschrieben waren. Die Dolmetscher übersetzten die Meldungen für die Korrespondenten und die schrieben dann anhand dieser Informationen ihre

Artikel für ihre Zeitungen. Beschränkungen dieser Art zwangen die Reporter dazu, mit einem hinter dem Rücken festgebundenen Arm zu fechten.

Schließlich war ihre Besprechung mit dem Kommissar beendet. Er erhob sich und Cameron stand ebenfalls auf.

„Ach, eines noch", sagte er unvermittelt und sie stellte sich auf die nächste Katastrophe ein, „alle Artikel müssen den offiziellen Stempel ihrer Zeitung tragen."

„Aber der *Globe* hat nie ein Büro hier gehabt und wir haben keinen Stempel", argumentierte sie.

Er schrieb etwas auf einen Zettel und reichte ihn ihr. „Dies ist ein Laden, der einen Stempel für Sie herstellen wird." Als sie den Zettel nahm, fügte er hinzu: „Im Augenblick wird dort jedoch nicht gearbeitet, weil der Laden ausgebombt wurde." Er lächelte nicht. Seine Lippen verrieten keine Regung, aber Cameron hätte schwören können, dass ein böses Funkeln in seine Augen getreten war.

„Dann können Sie mir in dieser Hinsicht doch sicher etwas Spielraum geben."

„Bedaure, das ist nicht möglich, Miss Hayes. Die Regeln müssen befolgt werden, sonst gibt es Chaos in meiner Abteilung. Und das will doch keiner, oder?"

„Aber was soll ich jetzt tun?"

„Ihnen wird bestimmt etwas einfallen, nicht wahr?"

Sie verließ sein Büro in dem Gefühl, dass der ekelhafte Kerl ihr nicht nur die Hände gefesselt und die Augen verbunden hatte, er war auch drauf und dran, ihr die Beine zu amputieren. Sie fragte sich, warum Shanahan und die anderen, mit denen sie gestern Abend am Tisch gesessen hatte, sie über all das nicht aufgeklärt hatten. Es war ein scharfer Wettbewerb, doch sie hatte ein gewisses Maß an Kameradschaft unter den Männern bemerkt. Hatten sie es bewusst unterlassen, sie einzuweihen, weil sie eine Frau war? Natürlich wäre es nicht das erste Mal, dass sie gezwungen war, für ihr Eindringen in diese Männerdomäne zu bezahlen. Aber die Kollegen waren doch freundlich gewesen und hatten sie als Gleichgestellte willkommen geheißen ...

Sie zuckte die Achseln, bog um eine Ecke und rannte in Shanahan hinein.

„Hallo Süße", begrüßte er sie flachsig.

Grantig starrte sie ihn an.

„Oh-oh, ich wette, du hast gerade dein erstes Tête-à-Tête mit unserem Liebling Nicky Palgunow hinter dir."

„Das kann man wohl sagen."

„Und du fühlst dich, als ob man dir deine hübschen Beine abgeschnitten hat, ja?"

Sie staunte über seine treffende Wiedergabe ihrer Gefühle. „Warum hast du nichts gesagt, Shanahan? Warum hat mich niemand gewarnt?"

„Hör zu, Mädchen, hättest du uns denn geglaubt?"

„Warum sollte ich nicht? Es wäre nett gewesen, eine kleine Warnung zu bekommen." Sie hielt inne und auf einmal wurde ihr klar, was sie da erwartete, nämlich genau das, was sie immer verachtet hatte – Hilfe von anderen bei ihrer Arbeit. Sie hatte viel Lärm um ihre Unabhängigkeit gemacht und jetzt erwartete sie, dass ihre Kollegen, oder Konkurrenten, sie verhätschelten wie ein hilfloses Kind. „Macht nichts, Johnny, es ist nicht deine Aufgabe, meine Hand zu halten."

„Du würdest es auch nicht zulassen, selbst wenn ich es versuchte."

„Du hast recht." Dann erinnerte sie sich an den Artikel in ihrer Tasche und fügte hinzu: „In einem Punkt könntest du mir allerdings tatsächlich helfen – wo ist das Büro des Zensors?"

„Du hast bereits etwas geschrieben?"

„Ich habe nur meine Eindrücke über den Luftangriff niedergeschrieben –"

„Cameron, lass dir eines sagen, wenn es nicht aus Palgunows Kommuniqué oder aus der *Prawda* stammt, dann wird es nicht durchkommen."

„Oh, das ist doch nur ein harmloser Artikel über – nichts Staatsgefährdendes, das ist sicher. Ich habe genau aufgepasst, keine Einzelheiten zu nennen."

„Aber ..."

„Danke, Johnny, es ist bestimmt okay."

Achselzuckend erklärte er ihr den Weg. Cameron fand ihn ohne Probleme. Fünfzehn Minuten später verließ sie das Büro mit den Überresten ihres Tausend-Wörter-Artikels.

„Gestern Abend habe ich meinen ersten Luftangriff in Russland erlebt."

Niedergeschlagen schlich sie in den Presseraum. Das vertraute und freundliche Geklapper der Schreibmaschinen empfing sie und mit großem Hallo begrüßten sie ihre Kollegen. Ja, sie hatte wirklich den Eindruck, einen Klub betreten zu haben, und trotz allem fühlte sie sich ihm zugehörig. Ihr wurde klar, dass alle Anwesenden in diesem Raum dieselben entmutigenden Schläge hatten einstecken müssen. Sie musste sich auch eingestehen, dass sie ihnen nie geglaubt hätte, auch wenn sie sie stundenlang über die Mühlen sowjetischer Pressearbeit ins Bild gesetzt hätten. Zumindest wäre sie davon überzeugt gewesen, all das überwinden zu können.

Und sie schöpfte in diesem Augenblick neue Hoffnung. Diese Männer waren alle eifrig bei der Sache. Irgendwie hatten sie einen Weg gefunden, die sowjetischen Beschränkungen zu überwinden. Sie arbeiteten. Sie berichteten über den Krieg.

Und sie würde das auch schaffen.

Jemand sprang auf und machte Platz für sie an einem Tisch. Sie hatte ihre Schreibmaschine nicht dabei, aber im Handumdrehen war ein ungebrauchtes Exemplar aufgetrieben, das sie benutzen konnte. Einer der Männer riet ihr, ihre eigene im Hotel zu lassen, um darauf zu schreiben, wenn sie aus irgendeinem Grund die Presseabteilung nicht aufsuchen konnte. Andere hielten in ihrer Arbeit inne und lauschten mitfühlend ihrer traurigen Geschichte. Der Korrespondent der *London Times* bot ihr seinen Stempel an. Seine Zeitung würde ihre Artikel an den *Globe* weiterleiten. Ein anderer Mann lieh ihr seine Dolmetscherin aus, und als die Männer ihre Arbeit wieder aufnahmen, las diese Frau ihr aus der *Prawda* vor.

Kurz vor zwei Uhr kehrte Cameron zum Mittagessen ins Hotel zurück. Sie hatte gerade ihr Zimmer betreten, um sich vor dem Essen frisch zu machen, als ihr Telefon läutete. Es war der Portier, der ihr mitteilte, ein gewisser Dr. Rostow würde sie gern sprechen. Sie erwiderte, sie würde sowieso herunterkommen und ihren Besucher in der Lobby empfangen. Sie gab sich besondere Mühe mit ihrem Make-up und ihrer Frisur, und statt wie üblich Rock und Bluse zu tragen, schlüpfte sie in eines ihrer schöneren Kleider, ein Kleid aus beiger Wolle mit einer dunkelbraunen Passe, langen Ärmeln und einem Gürtel. Es war sehr schick und sie wünschte nun, sie hätte den passenden Hut eingepackt. Unbenutzt hatte es den weiten Weg über Rom, Belgrad, Athen, Kairo bis nach Moskau mitgemacht. Es war nur für besondere Gelegenheiten vorgesehen.

„Und warum trägst du es ausgerechnet jetzt?", fragte sie sich, als sie einen letzten Blick in den Spiegel warf.

„Warum sollte ich nicht?"

Als sie die Lobby betrat, sah sie Alex Rostow unter dem Kronleuchter stehen. Er sah noch atemberaubender aus, als sie ihn in Erinnerung hatte. Er wirkte größer und sein Haar war heller. Mit seinem markanten Kiefer, den breiten Schultern und den lebhaften blauen Augen wirkte er sehr russisch, ein Erbe seiner Ahnen aus den Wikingerländern. Er trug einen leichten dunklen Anzug aus Schurwolle, ein weißes Hemd mit brauner Krawatte und einen braunen Pullover. Seine Kleidung wirkte ein wenig abgetragen, aber er schien viel Wert auf ein sauberes Äußeres zu legen.

„Hallo Alex! Was für eine nette Überraschung!" Ihre Stimme klang fremd und ihr Lächeln war sehr bewusst gewählt. Irritiert beobachtete sie sich selbst. Was tat sie da? Flirtete sie etwa?

„Ich hoffe, es stört Sie nicht, dass ich einfach so hier auftauche. Ich hatte ein wenig freie Zeit und ich wusste, wenn ich zu lange zögere, kommt ein Notfall dazwischen." Er nahm ihre ausgestreckte Rechte. Sein Griff war fest, seine Hand war warm und erstaunlich groß. In ihrer Vorstellung hatte die Hand eines Arztes schlank und feingliedrig zu sein.

„Ich bin froh, dass Sie gekommen sind. Ich brauchte unbedingt eine Pause." Sie zwang ihre Stimme herunter auf eine normale Tonhöhe. „Ich wollte gerade zu Mittag essen. Möchten Sie mir nicht Gesellschaft leisten?"

„Ich bezweifle, dass ein unerwarteter Gast im Hotel willkommen sein würde. Die russischen Gästehäuser sind in dieser Hinsicht sehr eigen. Aber vielleicht kann ich Sie dazu überreden, mit mir irgendwo in der Stadt zu Mittag zu essen?"

„Oh, sehr gern! Ich habe noch keine Gelegenheit gehabt, etwas von der Stadt zu sehen."

Sie wollten das Hotel gerade verlassen, als Shanahan aus dem Aufzug trat. Er war mit einigen ihrer Kollegen zusammen, die zum Speisesaal gingen, während er stehen blieb. Sie wünschte, sie hätte so tun können, als hätte sie ihn übersehen, obwohl sie nicht sagen konnte, warum. Aber ihr Wunsch wurde nicht erfüllt.

Hastig stellte sie die beiden Männer einander vor, berichtete in groben Zügen von der Bombennacht im Luftschutzkeller und fühlte sich dabei immer unbehaglicher, wie gefangen zwischen zwei Verehrern. Das war natürlich dumm, denn Alex war kaum als Verehrer zu bezeichnen. Und Shanahan erst recht nicht. Doch sie wusste, dass der sie in der nächsten Zeit unbarmherzig mit Alex Rostow aufziehen würde, auch wenn es absolut keinen Grund dafür gab. Sie las es in seinem Gesichtsausdruck, während er Rostow mit der Gerissenheit eines Hehlers musterte, der ein Kunstwerk auf seine Echtheit überprüft. Shanahan entging nichts. Vermutlich hatte er auch den unnatürlichen Klang in Camerons Stimme bemerkt. Auch damit würde er sie necken.

„Nun, Cameron", sagte Johnny, „jetzt willst du mir erzählen, du hättest die ganze Nacht mit dem guten Doktor in einem Luftschutzkeller verbracht, und neulich hast du kein Wort darüber verloren? Und ich dachte, du würdest mir alles erzählen."

„Nicht alles, Shanahan. Du bist doch von der Konkurrenz, weißt du nicht mehr?"

„In deinem Badezimmer gestern hätte ich das beinahe vergessen ..."

„Johnny!", fauchte Cameron, doch an Alex gewandt sagte sie mit gefasster Stimme: „Dieser Mann ist ein leidenschaftlicher Lügner und Grobian. Nur auf dem Papier sagt er die Wahrheit."

Alex lächelte, obwohl er sich offensichtlich unbehaglich in der Rolle des Außenseiters fühlte, während sie sich Insider-Witze erzählten. Dann meinte er mit schier unglaublichem Selbstbewusstsein: „Sie müssen hungrig sein, Cameron. Vielleicht sollten wir sehen, dass wir ein Mittagessen bekommen."

„Ja, ich habe tatsächlich großen Hunger. Du wirst uns entschuldigen, nicht, Johnny?"

„Du isst nicht im Hotel?"

„Alex möchte mir ein wenig von der Stadt zeigen."

„Nun, dann viel Spaß, Kinder. Und, Alex, bringen Sie sie zu angemessener Stunde nach Hause." Shanahan lächelte schief, als er sich umwandte und zum Speisesaal marschierte.

Alex und Cameron verließen das Hotel. Die Nachmittagsluft war warm, der Himmel blau und eine kühle Brise wehte durch die Stadt.

„Netter Bursche", meinte Alex beiläufig. Trotzdem merkte Cameron, dass Johnny ihn beschäftigte.

„Nett? Shanahan? Ich würde Johnny nicht unbedingt als nett beschreiben."

„Sie sind alte Freunde?"

„Dr. Rostow, versuchen Sie herauszufinden, ob Johnny und ich, nun, ob wir eine Beziehung haben?"

Er grinste und zeigte seine weißen Zähne, die absolut gerade waren.

„Ich bin nicht gerade sehr raffiniert, nicht? Ich will nicht behaupten, dass ich Erwartungen habe in Bezug auf Sie und mich, das heißt, nun ..." Lachend schüttelte er den Kopf. „Vermutlich kann ich meine Neugier nicht richtig erklären. Aber es war wirklich nur Neugier, nichts weiter."

„Johnny und ich haben früher bei derselben Zeitung in Los Angeles gearbeitet. Dann bin ich gegangen und arbeite seither für eine konkurrierende Zeitung. Wir sind miteinander ausgegangen. Doch das ist Vergangenheit." Sie hörte die Unsicherheit in ihrer eigenen Stimme. Es war doch vorbei. Oder nicht?

„Mein Vater hat Johnny als potenziellen Heiratskandidaten nicht gebilligt – nicht dass mir seine Zustimmung wichtig gewesen wäre. Glauben Sie mir, ich hätte den Mann geheiratet, nur um mich meinem Vater zu widersetzen. Nur – Johnny hat sich kaufen lassen. Aber das geht Sie ja eigentlich alles gar nichts an, stimmt's? Das klingt wie eine dieser Seifenopern aus dem Radio." Sie hielt inne und wünschte sich verzweifelt, das Thema wechseln zu können. Dann blickte sie um sich und merkte, wo sie waren.

„Der Rote Platz!", rief sie verblüfft.

Am Vormittag war sie so darauf bedacht gewesen, zum Narkomindel zu kommen, dass sie keinen Blick für den Platz hatte, an dem sie vorübergeeilt war. Jetzt sah sie sich aufmerksam um. Mit seinem halben Kilometer Länge war er größer und eindrucksvoller, als sie ihn aus ihrer Kindheit in Erinnerung hatte. Am gegenüberliegenden Ende befand sich die Basilius-Kathedrale und alle Tarnung konnte die Tatsache nicht verbergen, dass diese Kirche zu den schönsten Bauwerken der Welt gehörte. Man erzählte sich, Iwan der Schreckliche hätte dem

Architekten die Augen ausstechen lassen, damit dieses Wunder nicht kopiert werden könnte.

In der Mitte des Platzes stand ein Blumenkiosk, umgeben von einer bunten Farbenpracht – Gelb, Weiß, Blau, Rosa, Löwenmäulchen, Levkojen, Ringelblumen, Stiefmütterchen.

„Ich wünschte, ich wäre Malerin", murmelte Cameron. „Ich bin zwar Journalistin, doch manche Dinge können mit Worten einfach nicht eingefangen werden."

„Sie könnten doch darüber schreiben", meinte er. „Ihren Lesern würde es gefallen, wenn Sie sie einen Blick werfen ließen auf das, was vor Ihren Augen liegt."

Jäh verlosch das Strahlen in ihren Augen. „Selbst wenn ich das könnte, würden die Zensoren alles zusammenstreichen."

„Ich sehe, Sie haben bereits mit der sowjetischen Bürokratie Bekanntschaft gemacht."

„Das war, als würde ich mit dem Kopf gegen die Kreml-Mauer rennen! Und nicht genug damit, ich kann noch nicht einmal schreiben, was sie durchgehen lassen würden, weil im Augenblick kein Dolmetscher für mich zur Verfügung steht."

„Ich weiß, wie ich Ihre Stimmung aufhellen kann." Er nickte zu einer Frau hinüber, die einen großen Bauchladen umhängen hatte, nahm Cameron an der Hand und ging zu der Verkäuferin hinüber, die daraufhin den Deckel ihrer Kiste hob, zwei Päckchen entnahm und sie ihm für ein paar Kopeken reichte. Alex gab eines an Cameron weiter und sie setzten ihren Spaziergang fort.

„Eskimo Pie", erklärte er.

Sie riss ihre Packung auf und sah, was es war. „Aber das ist ja dieselbe Eiscreme wie in den Staaten!"

„Wir haben sogar denselben Namen dafür."

„Wer hat eigentlich behauptet, unsere Länder seien so verschieden?" Sie biss in ihr Eis. „Köstlich."

„Das wird Ihnen helfen, die Zeit zu überbrücken, bis wir ein schönes Restaurant gefunden haben. Ich fürchte, die Restaurants sind dünn gesät, nun da so viele die Stadt verlassen haben." Er hielt inne und lachte bitter. „Nicht einmal in Friedenszeiten können wir mit unserem Essen prahlen."

„Sehen Sie, da ist es schon wieder", meinte Cameron. „Sie haben erneut ‚wir' gesagt. Ich hatte aber nicht den Eindruck, dass dieses Land Ihr Zuhause ist."

Bevor er antwortete, biss er noch einmal in sein Eis. Cameron war sich nicht sicher, ob das ein Zufall war oder ob er bewusst ihre Bemerkung ignorierte. Schließlich antwortete er doch. „Ich denke, jetzt ist es meine Heimat. Fünf Jahre meines Lebens habe ich hier verbracht."

„Oh, ich dachte, Sie wären erst seit 1938 hier?"

„Ja, aber als meine Familie emigrierte, war ich zwei Jahre alt."

„Sie wuchsen in Chicago auf, richtig?"

„Ja." Er zog das Wort in die Länge, dann wandte er sich bewusst wieder seinem Eis zu.

„Ich möchte nicht aufdringlich sein, aber es war reine Neugier, nichts weiter", sagte sie beiläufig.

Doch er griff den Gesprächsfaden wieder auf. „Vermutlich haben wir beide eine faszinierende Lebensgeschichte. Erzählen wir doch einander aus unserem Leben, einverstanden?" Als sie nickte, fuhr er fort: „Ich wurde 1910 in Leningrad geboren. Als ich während eines heftigen Schneesturmes im Monat April auf die Welt kam, hieß die Stadt jedoch noch St. Petersburg. Meine Eltern waren beide Sozialisten. Glühende Anhänger Lenins, weshalb sie 1912 ins Exil geschickt wurden. Sie gingen nach Amerika in der Hoffnung, dort Unterstützung für ihre Sache zu finden. Mein Vater hatte einen Freund in Chicago, wo wir letztendlich auch landeten und ich meine Jugend verbrachte. Ich habe bis vor drei Jahren dort gelebt."

„Und was hat Sie nach Russland zurückgeführt?"

Er zögerte, dann deutete er plötzlich zu einem Stand am südlichen Ende des Platzes. *„Piroshki!"*, rief er.

„Was?"

„Mittagessen. Kommen Sie."

Sie folgte ihm über den Platz zu einem Verkäufer, der tatsächlich Fleischrollen verkaufte. Cameron hatte das Gefühl, dass er ihr nicht alles über sich erzählen wollte. Das machte sie neugierig, auch wenn sie wusste, dass sie das alles nichts anging. Dr. Alex Rostow war kein Objekt für eine „umwerfende Story".

Sie kauften Piroggen und ein Sirupgetränk, das die russische Version von Coca-Cola sein sollte. Dann suchten sie sich einen Sitzplatz auf einer niedrigen Mauer am Rand des Roten Platzes.

„Ihre Eltern waren also tatsächlich Revolutionäre?“

„Das erstaunt Sie?“

„Nun, Ihr aristokratisches Gebaren lässt eher auf russischen Adel schließen“, erwiderte sie mit einem Hauch Ironie. „Aber wenn sie als Sozialisten ins Exil geschickt worden waren, warum sind sie dann nach der Revolution nicht zurückgekehrt?“

„Ja, es war eine große Enttäuschung für sie, dass sie nicht zurückkehren konnten, um die Früchte ihrer langen Arbeit zu ernten. Meine Mutter bekam eine Herzkrankheit und eine Rückkehr nach Russland hätte sie nicht überlebt.“

„Wie traurig. Dann leben Ihre Eltern also immer noch in Chicago?“ Cameron konnte sich die Fragerei einfach nicht verkneifen. Seine Geschichte war faszinierend, auch wenn er selbst nicht dieser Meinung sein mochte.

„Sie sind beide tot. Mein Vater kam bei einem Autounfall vor etwa zehn Jahren ums Leben und meine Mutter starb vor drei Jahren.“

Irgendetwas in seinem Tonfall, seine Traurigkeit, beinahe Zerbrochenheit, sagte ihr, dass es an der Zeit war, mit ihrem Verhör aufzuhören. Seine Augen schienen beinahe sichtbar nach innen zu sinken. Ihr Blau wurde blass und wässrig.

Cameron fühlte sich schlecht, weil sie der Grund für das Verschwinden seiner guten Laune war, darum fuhr sie betont fröhlich fort.

„Mein Vater war auch ein Immigrant“, erklärte sie eilig. „Allerdings aus Irland. Bei ihm hatte das jedoch keinen Hintergrund von solcher Tragweite. Armut war der Grund für sein Auswandern. Er ging nach Kalifornien, machte sein Glück und ist heute der Herausgeber des *Los Angeles Journal*. Ich sage Ihnen das nur, weil Sie mir auch von Ihren Eltern erzählt haben. Doch sonst spreche ich nur ungern über meine Verbindung zur Zeitung meines Vaters.“

„Sie wollen es aus eigener Kraft schaffen?“ Seine Stimme klang nun wieder fröhlicher und seine Augen fanden allmählich ihre Lebendigkeit wieder.

„Ja, natürlich“, erwiderte Sie. „Trauen Sie mir das denn nicht zu?“ Als ihr klar wurde, was sie da sagte, lächelte sie verlegen. „Das klingt so, als wäre ich mir da gar nicht so sicher, nicht? Nun, manchmal habe ich tatsächlich Zweifel. Das ist mit ein Grund dafür, warum ich jetzt für den Konkurrenten meines Vaters arbeite, aber auch hier muss ich mich vor zahlreichen Gruben und Fallstricken in Acht nehmen. Sie können sich nicht vorstellen, wie oft ich mir gewünscht habe, mein Name wäre Smith oder Jones – nur nicht Hayes."

Alex ließ seinen Blick über die zinnenbewehrte Mauer des Kreml wandern.

„Jedenfalls hatte ich recht. Wir haben beide eine interessante Geschichte."

„Zumindest in dem, was wir preisgeben. Vielleicht ist nicht alles angenehm."

„Ich muss gestehen, Alex, ich bin schrecklich neugierig. Man sagte mir, ich würde einem Welpen gleichen, der so lange herumschnüffelt, bis er etwas aufgespürt hat, und wenn ich etwas finde, dann beiße ich zu und weigere mich, wieder loszulassen. Aber ich werde versuchen, mich zu beherrschen. Ich verspreche es."

Er lachte leise, beinahe zärtlich. „Kleine Hunde sind manchmal vielleicht lästig, aber sie haben eine wundervolle Art, sich in das Herz eines Menschen zu schleichen." Seine Augen, jetzt von einem verwirrenden Blau, richteten sich auf sie und in ihnen lagen eine Freude und eine Sanftheit, die ihr den Atem stocken ließen.

„Genau wie geheimnisvolle Ärzte", hörte sie sich sagen und sie wusste nicht, warum.

„Ich möchte nicht geheimnisvoll sein, Cameron. Es ist nur, dass ..." Er schüttelte den Kopf, als wollte er den Zauber brechen. „Bitte nehmen Sie es nicht persönlich, aber es gibt einfach Dinge, über die ich nicht sprechen möchte."

„Ich verstehe, Alex." Sie machte einen beinahe sichtbaren Versuch, den unwillkommenen Bann zu brechen, der sich über sie gelegt zu haben schien. Sie rieb sich die Hände, wie um sie von den Krümeln zu säubern, doch die Bedeutung dieser Geste war offensichtlich. Sie sprang auf. „Kommen Sie, es gibt noch so vieles in dieser Stadt, was ich gern sehen möchte. Haben Sie Zeit?"

„Alle Zeit der Welt."

29

Am folgenden Morgen frühstückte Cameron in ihrem Zimmer, als es klopfte. Sie ging zur Tür. Eine junge Frau stand davor.

„Miss Hayes?", sagte die Frau auf Englisch. Auch sie sprach mit einem ausgeprägten Akzent. Wie die meisten Russen, denen Cameron begegnet war, hatte diese Frau Probleme, das H in Hayes auszusprechen, weil es im russischen Alphabet kein Äquivalent für H gab.

„Ja, kann ich Ihnen helfen?"

„Mein Name ist Sophia Gorbenko. Ich wurde vom Narkomindel geschickt und bin Ihre Dolmetscherin."

„Oh wundervoll!" Cameron ließ ihre Vorbehalte fallen und riss die Tür auf. „Kommen Sie herein."

Die junge Frau sah aus wie ein Kind, zart, mit feinen Gesichtszügen und hellbraunen Haaren. Ihre Haut war blass und ihre Augen schimmerten grün-grau, umrahmt von dichten Wimpern. Sie wirkte wie eine dünnwandige Porzellanpuppe. Neben ihr kam Cameron sich vor wie eine große, ungelenke Giraffe.

Cameron deutete zum Tisch und zog einen zweiten Stuhl heran. „Nehmen Sie doch Platz", sagte sie. „Haben Sie schon gefrühstückt?"

„Ja, danke." Sophia setzte sich Cameron gegenüber.

„Möchten Sie eine Tasse Tee? Er ist nicht heiß, aber das ist er hier nie. Da ist noch eine zusätzliche Tasse."

„Sehr gern, danke."

Cameron füllte die Tasse. „Also ich hätte nie gedacht, dass mir so schnell ein Dolmetscher zugewiesen würde. Ich bin begeistert. Und Sie sprechen sehr gut Englisch."

„Ich habe es von meinem Vater und meiner Großmutter gelernt. Mein Akzent ist sehr ausgeprägt, aber ich arbeite daran. Ich freue mich, diesen Job zu haben und mit einer richtigen Amerikanerin sprechen zu können. Ich beherrsche auch Französisch und Deutsch, falls Sie Bedarf haben." Ihre Stimme war leise und entschuldigend. Cameron hatte das Gefühl, ein einziger missbilligender Blick würde dieses arme Kind umwerfen. Darum zügelte sie ihr resolutes Verhalten, so gut sie konnte.

„Wie alt sind Sie, Sophia?"
„Neunzehn."
Cameron fand, dass sie eher wie zwölf aussah, behielt diesen Eindruck aber für sich.
„Ich habe die Morgenzeitungen mitgebracht", fügte Sophia hinzu. „Mir wurde gesagt, die Korrespondenten würden gern so bald wie möglich anfangen." Sophia holte die Zeitungen aus ihrer Tasche. Sie hatte eine Ausgabe der *Prawda, Izwestia* und des *Roten Sterns*, der Militärzeitung, mitgebracht.
„Ausgezeichnet! Dann fangen wir gleich an." Cameron schob das Frühstückstablett zurück.
„Oh, essen Sie doch zuerst fertig", bat Sophia im sanftesten Befehlston, den Cameron je vernommen hatte.
„Ich würde aber lieber arbeiten."
Sophia warf einen kurzen Blick auf das Essen und Cameron glaubte für einen Sekundenbruchteil Empörung in ihren Augen zu lesen, obwohl sie zweifellos außer sich gewesen wäre, wenn sie bemerkt hätte, dass sie entlarvt worden war. Dieses Mädchen hatte vermutlich schon mehr Hunger und Entbehrungen erlebt, als Cameron sich vorstellen konnte, und es musste ihm wie der Gipfel der Arroganz vorkommen, einen Löffel voll Kaviar und ein Stück Toast zu vergeuden.
Entschuldigend fügte Cameron hinzu: „Vielleicht können wir das für einen kleinen Imbiss aufheben."
Sophias Lippen, im Vergleich zu ihrem Körper voll und rund, verzogen sich zu einem Lächeln. „Das wäre schön, Miss Hayes."
„Aber bevor wir mit der Arbeit beginnen, müssen Sie mich Cameron nennen. Nicht nur weil Sie mit dem H Probleme zu haben scheinen, sondern auch weil ich keine Freundinnen in Russland habe und ich es als eine Ehre betrachten würde, wenn Sie mir die Freundschaft nicht verwehrten."
Sophia strahlte sie an. „Sehr gern. Dr. Rostow hat gesagt, Sie wären sehr nett."
„Sie kennen Dr. Rostow?"
„Er ist ein guter Freund meiner Familie. Er war es, der beim Narkomindel ein gutes Wort für Sie eingelegt und mich für diese Arbeit vorgeschlagen hat."

Cameron hatte das Problem ihm gegenüber erwähnt, aber nur beiläufig. Nie hätte sie gedacht, dass er beim Auslandsbüro genügend Einfluss hätte, um ihr Problem zu lösen. „Dann werde ich mich bei ihm bedanken."

„Ich bin diejenige, die zu danken hat", erwiderte das Mädchen. „Ich bin nicht regelmäßig beim Narkomindel beschäftigt, darum kann ich mich glücklich schätzen, diesen Job bekommen zu haben."

Cameron freute sich über diese Worte, vor allem weil unter all den Hotelangestellten, Sekretärinnen, Stadtführern und Dolmetschern, die Agenten des NKWD waren, ausgerechnet ihre Dolmetscherin frei von Verpflichtungen gegenüber der Staatsmacht zu sein schien.

Die nächsten Stunden bis zum Mittagessen verbrachten sie mit Arbeit. Es war ein langwieriger, ermüdender Prozess. Sophia sprach zwar ein gutes Englisch, doch wegen ihres mangelnden Kontaktes zu Eglisch sprechenden Menschen war sie nicht vertraut mit der Vielzahl schwieriger Redewendungen. Aber das war ein kleines Problem im Vergleich zu dem Aufwand, die Zeitungen durchzugehen und die Edelsteine herauszupicken, die Camerons Leser in Kalifornien interessieren würden. Sophia musste eine ganze Reihe langweiliger Meldungen durchlesen, bis Cameron erkannte, dass sie nichts davon gebrauchen konnte.

In Stunden intensiver Arbeit entstanden zwei Artikel, die von Cameron auf ihrer Schreibmaschine getippt und von Sophia zum Zensor gebracht wurden. Als Sophia eine Stunde später mit dem zensierten Material zu Cameron zurückkehrte, schien ihre ganze Mühe vergeblich gewesen zu sein. Ihre Berichte waren gnadenlos zusammengestrichen worden auf ein paar Sätze, die wortwörtlich den russischen Zeitungen entnommen worden waren.

In der Zwischenzeit erhielt Cameron einen Telefonanruf, den Sophia entgegennahm und übersetzte. Um neun Uhr abends sollte im Narkomindel eine Pressekonferenz stattfinden. Sie bat Sophia, die Artikel beim Telegrafenamt abzugeben und sich den Rest des Tages bis zum abendlichen Termin freizunehmen.

Cameron ging in den Speisesaal, neugierig, welche Nachrichten die anderen den Zeitungen entnommen hatten und ob sie ihre Informationen klug gewählt hatte. Zu ihrem Erstaunen stellte sie fest, dass selbst die alten Hasen dieselbe Neugier umtrieb. Auch wenn sie selbst nie rundheraus gefragt hätte, was die anderen geschrieben hatten, so schnitten doch andere das Thema geschickt an.

Barton von *Reuters* fragte beiläufig: „Was haltet ihr von diesem Artikel im *Roten Stern* über die Einnahme Pskows?"

„Nun", erwiderte Shanahan, „zum ersten Mal wird eingestanden, dass die Deutschen Leningrad gefährlich nahe gekommen sind. Pskow muss schon vor ein paar Wochen gefallen sein."

„Was ist denn das nun wieder für ein Gerücht?", stöhnte Donovan von der *New York Tribune*, murmelte etwas von einem Zimmer, das er vergessen habe abzuschließen, und verschwand Hals über Kopf aus dem Saal. Da auch eine verspätete Nachricht besser war als überhaupt keine, würde er in aller Eile einen Zusatz zu seinem Artikel schreiben – das war klar.

Cameron hatte ein gutes Gefühl, weil sie über Pskow gelesen und die Information gebracht hatte. Der *Globe* würde diese wichtige Nachricht drucken, auch wenn sie es diesmal nicht geschafft hatte, Shanahan abzuhängen.

Um neun Uhr machten sich die Korrespondenten auf den Weg zur Pressekonferenz, die im untersten Stockwerk in einem der hinteren Räume stattfinden sollte. Die Korrespondenten nahmen an einem mit grünem Filz bezogenen Tisch Platz. Die Versammlung glich einer Pokerrunde in einer Spielhölle von Chicago. Cameron setzte sich neben Shanahan, die Dolmetscher hielten sich an der Seite ihrer jeweiligen Korrespondenten. Jemand servierte ein schrecklich süßes Sirupgetränk, das nach einem kaukasischen Rezept gepanscht war.

„Guten Abend", begrüßte Solomon Lozowski, der Kommissar für Auslandsangelegenheiten, die Korrespondenten. „Ich freue mich sehr, dass Sie so zahlreich kommen konnten." Er sprach russisch und ließ sich von seinem Dolmetscher übersetzen, aber Cameron wusste, dass er auch fließend die französische und englische Sprache beherrschte. Sophias Stift glitt eilig über das Papier.

Lozowski gab eine nichtssagende Erklärung ab. Cameron erkannte, dass er seinem Ruf, ein Meister der Propaganda zu sein, durchaus gerecht wurde. Er hatte die Kunst, viel zu sagen, ohne irgendetwas preiszugeben, bis zur Perfektion getrieben. Und doch wirkte er dabei nicht unaufrichtig. Sein unordentlicher Haarschnitt und der mächtige Schnauzbart verliehen ihm ein gutmütiges Aussehen. Er wirkte mehr wie ein Gelehrter und nicht wie ein Politiker. Tatsächlich gab er sich weltmännischer als viele seiner Genossen, da er einige Zeit im Ausland verbracht hatte.

Als er innehielt und zu Fragen aufforderte, fand Cameron, dass sie als neues Mitglied des „Klubs“ die erste Frage stellen sollte. „Genosse Lozowski, können Sie uns sagen, wo die Front zurzeit steht?“

„Sie fragen nach der Front. Was kann ich sagen? Die Front ist nicht stabilisiert.“

Dann stellte Donovan die Frage, die die Korrespondenten seit Wochen immer wieder vorbrachten. „Wann werden wir die Front besuchen können?“

„Vielleicht wenn die Front etwas stabiler ist.“ Der Hauch eines Lächelns umspielte die Lippen des Kommissars.

„Was sagen Sie zu den Berichten aus Berlin, die Deutschen hätten Smolensk eingekesselt?“, fragte Shanahan.

„Eine magere Ente aus der Gerüchteküche“, tat der Kommissar die Frage ab. „Es gibt ein altes russisches Sprichwort: ‚Die Made nagt am Kohl, aber sie stirbt, bevor er aufgefressen ist.‘ Die faschistischen Barbaren haben ihren Teil vom Kohl gehabt. Schon bald werden sie davonkriechen und sterben.“

„Dann ist Moskau also nicht in Gefahr?“, fragte Donovan.

„Hitler wird Moskau nur auf einer Postkarte zu sehen bekommen.“

Lozowski hatte viele solcher Sprüche auf Lager, weit mehr als handfeste Informationen. Allerdings verabreichte er den Korrespondenten an diesem Abend noch ein kleines Bonbon. Er stellte seine große Aktentasche auf den Tisch, machte sie auf und holte umständlich einen Stapel Papiere heraus.

„Das hier“, sagte er genussvoll, „sind Dokumente der verbrecherischen Wehrmacht, die uns unlängst in die Hände gefallen sind.“

Er reichte sie herum, und obwohl keiner der deutschen Sprache mächtig war, wirkten sie echt. Sophia überflog sie und mutmaßte, es handele sich um Ausführungen zu Gasangriffen. Lozowski bestätigte das und führte es weiter aus.

„Dieser Fund beweist, dass die Faschisten vorhaben, Giftgas gegen unsere Truppen einzusetzen.“ Er beugte sich vor, senkte die Stimme und unterstrich damit noch seine Worte. „Und tatsächlich liegen uns bereits Berichte vor über chemische Substanzen, die in unseren Schützengräben freigesetzt worden sind und bei unseren Soldaten in unterschiedlichem Ausmaß Atem- und Magenbeschwerden hervorgerufen haben."

Ein Schwall von Fragen ergoss sich über den Kommissar, aber Lozowski nannte keine weiteren Einzelheiten mehr. Er wechselte das Thema und sprach über den Erfolg der Pressekonferenzen. Er gab seiner Hoffnung Ausdruck, dass alle mit dem Prozedere zufrieden seien. Das war gleichzeitig die perfekte Einleitung für Beschwerden der Korrespondenten, aber niemand hatte Derartiges vorzubringen, außer einem japanischen Korrespondenten.

„Genosse Lozowski, ich möchte Sie bitten, den japanischen Korrespondenten Ihr tägliches Kommuniqué zwei Stunden vorab zukommen zu lassen, weil die Übersetzung in unsere Sprache größere Komplikationen mit sich bringt. Wir sind der Meinung, dass auch die Zensur aus denselben Gründen ein besonders langwieriger Prozess ist. Sie sollte für die Japaner abgeschafft werden."

Mit großem Interesse notierte sich der Kommissar die Bitte. Er nickte, als verstände er das Problem. Dann sagte er: „Noch nie habe ich das Problem so klar in Worte gefasst gehört. Vielen Dank, Genosse Hatenaka."

Damit war die Frage aufgenommen worden, ohne dass der Kommissar irgendeine Zusage gemacht hatte. Die Pressekonferenz war beendet und die Korrespondenten zogen in den Presseraum, um zu versuchen, aus den wenigen Informationen, die sie bekommen hatten, einen Artikel zu zaubern, doch dieser Versuch wurde vom Heulen der Sirenen zunichtegemacht.

Man begab sich in den Luftschutzkeller des Gebäudes. Cameron hatte ihren Block und einen Stift dabei und sie nutzte die Zeit zum Schreiben. Im Luftschutzkeller befanden sich drei Zensoren, aber sie schüttelten den Kopf, als sie versuchte, ihnen ihren fertigen Artikel zu geben.

„Wir haben keine Wörterbücher dabei", erklärten sie. „Wir werden ihn später durchsehen, ja?"

Natürlich. Die Stunden im Luftschutzkeller für die Arbeit zu nutzen, war viel zu effizient für die Russen!

Schon wieder in einem Luftschutzkeller eingesperrt zu sein, war schrecklich für Cameron. Sie war viel zu ruhelos, um mit den Männern Karten oder Schach zu spielen. Auch hatte sie kein Interesse an Palgunows beliebtem Quizspiel über sein Lieblingsthema, die westliche Literatur.

„Wer ist der Verfasser von *The Everlasting Man?*"

„Wie viele Bücher hat Dickens geschrieben?"

„Wie lautet Mark Twains richtiger Name?"

Sie unterhielt sich mit Sophia, doch schon bald geriet das Gespräch zwischen ihr und dem schüchternen Mädchen ins Stocken. Cameron lehnte den Kopf gegen die Wand. Ihre Erfahrungen mit den Sowjets ähnelten der Unterhaltung mit dem Mädchen – alles geriet ins Stocken. Auf vielen Ebenen waren ihre Pläne durchkreuzt worden. Sie hatte erfolglos versucht, mit Beamten zu sprechen. Sie hatte die Front besichtigen wollen, war jedoch mit lahmen Entschuldigungen vertröstet worden. Wie sollte sie einen ganzen Krieg überleben? Beinahe wünschte sie, Hitler würde sich beeilen.

30

Alex zog sich die Gummihandschuhe und den blutbefleckten Operationskittel aus und warf sie in den Wäschekorb. Er hatte gerade eine besonders schwierige Darmoperation bei einem jungen Mann hinter sich, einem Soldaten. In letzter Zeit waren fast alle seine Patienten Soldaten. Dieser Junge mit dem breiten Bauerngesicht und den ausladenden Schultern, der geboren wurde, um den Acker zu bestellen, und nicht, um zu töten, würde nie mehr der alte sein. Da nur noch die Hälfte seiner Eingeweide intakt war, würde er mit dem künstlichen Darmausgang vermutlich zu einem Schatten seines früheren Seins zusammenschrumpfen. Falls er überhaupt überlebte. Noch immer bestand die Möglichkeit einer Infektion oder einer der vielen anderen Komplikationen. Das einzig Gute an der Sache war, dass der Junge vermutlich nie wieder an die Front zurückkehren musste – es sei denn, der Krieg zog sich noch mehrere Jahre hin.

Aber der Bauernjunge war nur einer von Alex' Operationspatienten in dieser Nacht gewesen. Jetzt war es fünf Uhr morgens und er arbeitete seit vierundzwanzig Stunden mit einer kurzen Unterbrechung zum Abendessen. Sein Operationsteam hatte nicht einmal von dem Luftangriff Notiz genommen. Bisher hatten die Deutschen das Rote Kreuz auf dem Dach des Krankenhauses respektiert – und sie taten gut daran, denn viele von Alex' Patienten waren deutsche Gefangene.

Jetzt war es allerhöchste Zeit für eine Pause.

Er begab sich in den Aufenthaltsraum für Ärzte, nahm sich eine Tasse starken Tee aus dem Samowar und setzte sich auf einen der Stühle an einem großen runden Tisch. In dem Raum stand auch ein Sofa, aber er wagte es nicht, sich irgendwo hinzulegen. Beim Verlassen des Operationssaals hatte er gehört, wie neue Krankenwagen eintrafen. Bestimmt würde er schon bald über Lautsprecher gerufen.

Alex trank seinen Tee und betrachtete beiläufig die ihm vertraute Umgebung – die düsteren, schmutzigen Wände, die zerschlissenen alten Möbel, die vergilbten Vorhänge an den staubigen, jetzt verdunkelten Fenstern. Als er vor zwölf Jahren sein Medizinstudium begonnen hatte, war er noch ein großer Idealist gewesen. Geld hatte nie zu seiner Motivation gehört, aber das, was er jetzt tat ...

„Es ist deine eigene Schuld, und das weißt du auch", murmelte er, wobei er nicht einmal merkte, dass er laut gesprochen hatte.

Was war geworden aus seinen großartigen Visionen vom medizinischen Ruhm? Er hatte ein Zeichen setzen und etwas Eindrucksvolles für die Menschheit bewirken wollen. Aber davon war er nun weiter entfernt denn je.

„Das ist auch deine Schuld."

„Na, sprichst du mit dir selbst, mein Junge?" Eine Stimme ertönte über Alex' Schulter. Er hatte nicht gehört, wie die Tür geöffnet worden war.

Alex lachte. „Ich bin so müde, dass ich gar nicht weiß, was ich tue."

„Ja. Man sagte mir, du hättest einen schwierigen Fall gehabt."

„Komm herein und leiste mir Gesellschaft, Juri, dann habe ich einen interessanteren Gesprächspartner als mich selbst."

Der Neuankömmling, ein großer, schlanker Mann Anfang fünfzig mit dunklem, leicht ergrautem Haar, trat ins Zimmer, nahm sich eine Tasse Tee und setzte sich an den Tisch. Er trug einen weißen Laborkittel über seiner ordentlich gebügelten Hose, ein weißes Hemd und eine sorgfältig gebundene Krawatte. Offensichtlich achtete er auf sein Aussehen, trotz der Tatsache, dass seine Kleidung weder modern noch neu war. Ein Stethoskop hing ihm um den Hals und ein Namensschild auf seinem Kittel identifizierte ihn als Dr. Juri Fedortschenko, Personalchef.

„Also, wie stehen die Chancen für die Darmresektion?", fragte Fedortschenko.

„Fünfzig zu fünfzig bestenfalls. Seine Eingeweide sahen aus wie ein Sieb. Ich habe zusammengenäht, was ich konnte, aber einen großen Teil musste ich entfernen. Natürlich haben wir kaum noch Blutkonserven, darum kann ich ihm nicht so viele Einheiten geben, wie er eigentlich bräuchte. Falls er überlebt, muss er immer noch die Hürde einer drohenden Sepsis überwinden."

„Nun, wenigstens wird der Junge von einem unserer besten Ärzte betreut."

„Das ist nett, dass du das sagst."

„Ich meine es ernst!", betonte Fedortschenko. „Amerikas Verlust ist unser Gewinn!"

„Sie haben nicht gerade geweint, als ich gegangen bin."

„Alex, niemand von uns sollte sein Leben damit verbringen, für Fehler aus der Vergangenheit zu bezahlen." Fedortschenko rieb sich über sein sauber rasiertes Kinn und sah seinen Kollegen über seinen Brillenrand hinweg an.

Alex wusste, dass der Mann keine Platitüden von sich gab. Sein Chef und Mentor hatte selbst einige gravierende Fehler begangen und Alex konnte nur hoffen, dass er, falls er sich jemals über die Asche seines Versagens erhob, als ein so hervorragender Mann wie Dr. Fedortschenko daraus hervorgehen würde. Juri allerdings wies immer wieder darauf hin, dass seine Siege nicht aus eigener Kraft errungen worden waren. Seine Hoffnung war ganz auf eine höhere Macht gerichtet, auf einen Glauben an Gott, dem allein er seinen Erfolg zuschrieb. Alex war nicht bereit, ihm auf diesem Weg zu folgen. Früher war er ihn zwar auch gegangen, doch es hatte ihm nicht geholfen.

„Dr. Fedortschenko", ertönte es aus dem Lautsprecher, „bitte kommen Sie auf Station C."

Juri erhob sich, spülte seine Tasse im Spülbecken aus und ging zur Tür. Dort blieb er stehen und sagte: „Alex, wir wollen später weitersprechen. Gestern hatte ich einen faszinierenden Fall, von dem ich dir gern erzählen würde. Warum kommst du nicht mal zum Abendessen? Katja hat erst gestern gefragt, warum wir dich so lange nicht gesehen haben."

„Danke, Juri. Sobald ich mich hier loseisen kann."

„Ich bin dein Chef, wie du weißt. Ich werde dir morgen einen freien Abend verschaffen."

„Und wir können nur beten, dass keine Notfälle hereinkommen."

„Das wäre zu viel verlangt, selbst von Gott, aber wir hoffen das Beste, nicht?" Fedortschenko grinste und ging davon.

Alex dachte voller Liebe an die Familie, die ihn unter ihre Fittiche genommen hatte, seit er vor drei Jahren nach Moskau gekommen war. Sie hatten ihn praktisch adoptiert, ohne eine weitere Empfehlung als die, dass Alex' Eltern gute Freunde von Fedortschenkos Bruder in Amerika gewesen waren. Ohne Dr. Fedortschenko wäre Alex niemals in der Lage gewesen, sein Leben so aufzubauen, wie er es getan hatte. Bei dem Gedanken, wo er ohne diesen Mann gelandet wäre, erschauderte er. Schnell verdrängte er das unangenehme Bild aus seinen Gedanken.

Gerade wollte er seine Pause beenden, die nun doch länger geworden war als fünf Minuten, als die Tür erneut geöffnet wurde. Dieses Mal war es kein Arzt.

„Ah, Aleksei, mein Freund! Man sagte mir, ich würde dich hier finden."

„Hallo Anatoli", erwiderte Alex. „Sie sind hier nicht gerade in Ihrem Element, nicht?" Alex war nicht erstaunt über das selbstbewusste Auftreten, mit dem der Neuankömmling den Aufenthaltsraum beherrschte.

Falls in der Sowjetunion Football gespielt würde, wäre Anatoli Bogorodsk als Verteidiger rekrutiert worden. Er war nur knapp über ein Meter siebzig groß, aber sein zweihundert Pfund schwerer Körper bestand aus reinen Muskeln. Da er seine Kraft nicht in einem Footballspiel einsetzen konnte, hatte Anatoli eine Stellung bei Russlands Geheimpolizei, dem NKWD, gefunden.

Anatoli kam in den Aufenthaltsraum, nahm sich einen Stuhl und setzte sich Alex gegenüber. Das alte Möbelstück stöhnte und ächzte unter dem Gewicht des Mannes. „Wie Sie genau wissen, habe ich eine tiefe Aversion gegen den Geruch von Desinfektionsmitteln, aber ich wollte Sie sehen. Haben Sie ein paar Minuten Zeit, mein Freund?" Die Tatsache, dass er es sich bereits bequem gemacht hatte, deutete darauf hin, dass Alex' Antwort auf die Frage überflüssig zu sein schien.

„Ich habe nie eine freie Minute, aber für das beste Pferd im Stall des NKWD kann ich die Zeit erübrigen."

Anatoli lachte. „Wie ich eure Amerikanismen liebe! *Das beste Pferd im Stall des NKWD* – sehr lustig. Aber ich würde dem nicht widersprechen. Es ist lange her, Aleksei, seit wir uns das letzte Mal gesehen haben. Meine Frau und mein Sohn haben schon gefragt, warum Dr. Aleksei sie nicht mehr besuchen kommt."

„Seit Beginn des Krieges lebe ich praktisch hier im Krankenhaus."

„Ihre Loyalität und Hingabe sind wirklich bemerkenswert."

Alex zuckte nur die Schultern. Anatoli war tatsächlich ein Freund, wenn auch ein seltsamer Freund für einen Mann in Alex' Position, aber Alex hatte das Gefühl, dass Anatoli nicht ins Krankenhaus gekommen war, um ihn mit Lob zu überschütten. „Also, was führt Sie heute hierher?"

„Ich wünschte, ich könnte sagen, ein freundlicher Besuch."

„Aber?"
„Ich schulde Ihnen viel, Aleksei."
„Das brauchen Sie nicht zu erwähnen."
„Ich will es aber erwähnen!" Anatolis kleine dunkle Augen sprühten vor Leidenschaft. „Ihnen ist es zu verdanken, dass mein Sohn heute noch lebt. Sie allein haben mich vor dem größten Kummer bewahrt, den ein Mensch erleben kann."
Alex war das peinlich und er versuchte, den Mann von seinem Thema abzulenken. „Wie geht es Stephan?"
„Ausgezeichnet! Wunderbar! Er ist mein Stolz und meine Freude!"
„Das merke ich. Und ich würde mich gern weiter mit Ihnen unterhalten, über Ihre Familie – wirklich. Aber ich wollte gerade meine Pause beenden und muss jetzt wieder an die Arbeit."
„Und so kann ich die unangenehme Angelegenheit auch nicht mehr länger aufschieben, nicht? Glauben Sie mir, es gefällt mir nicht, was mich hierherführt. Ich mag es nicht, wenn mein Job mich zwingt, meine liebsten Freunde zu überprüfen." Anatoli rutschte auf dem Stuhl hin und her. Der Stuhl ächzte. „Ich mache mir Sorgen, Aleksei, über die neusten Berichte bezüglich Ihrer – wie soll ich das sagen? – Gesellschaft."
„Meiner Gesellschaft?"
„Die amerikanische Journalistin. Offensichtlich haben Sie mit ihr in einem Luftschutzkeller übernachtet."
„Das war reiner Zufall, das versichere ich Ihnen."
„Bestimmt. Und was ist mit dem Nachmittag, den Sie vor zwei Tagen gemeinsam verbracht haben? Bitte glauben Sie mir, ich hasse solche Fragen. Es ist reine Routine, und wenn es nach mir ginge, würde ich gar keine Fragen stellen. Für mich ist Ihre Loyalität unbestritten."
„Ich bin noch immer ein Ausländer."
„Sie befinden sich leider in einer Grauzone. Obwohl Sie fast dreißig Jahre außer Landes waren, sind Sie noch immer russischer Staatsbürger und Mitglied der Partei. Das zählt viel und gibt Ihnen einen gewissen Freiraum. Sie haben sich in diesen vergangenen drei Jahren tadellos verhalten. Die Union der Sowjetsozialistischen Republiken hält viel von Ihnen. Aus diesem Grund verstehe ich, dass das Narkomindel Ihre Empfehlung einer Dolmetscherin für die ausländische Frau angenommen hat. Trotzdem würde ich nicht gern sehen, dass Ihre Freiheit

– und ich benutze dieses Wort nur, weil mir kein besseres einfällt – durch eine, nun, durch eine fragwürdige Gesellschaft in Gefahr gerät."

Alex fuhr sich nachdenklich mit dem Finger über die Nase. Er wusste besser als jeder andere um seine Ausnahmestellung in der Partei. Die Sowjetregierung war unsicher, was sie mit ihm anfangen sollte, und so besaß er mehr Freiheiten als der russische Durchschnittsbürger und im Vergleich zu anderen Ausländern konnte er sich erstaunlich frei bewegen. Die Regierung hatte sicher eine hohe Meinung von ihm, trotzdem wurde er noch immer beobachtet, wie Anatolis Bemerkungen zeigten. Die Mitgliedschaft in der Kommunistischen Partei und sein Elitestatus im medizinischen Bereich, wo so dringend Fachleute gebraucht wurden, verschafften ihm nur ein begrenztes Maß an Deckung. Von heute auf morgen konnte er verhaftet werden und die amerikanische Botschaft würde keinen Finger für den abtrünnigen Arzt rühren, der sich in dreißig Jahren nicht die Mühe gemacht hatte, amerikanischer Staatsbürger zu werden.

Seufzend erwiderte er schließlich: „Anatoli, ich begehe weder ein Verbrechen noch einen Verrat, das versichere ich Ihnen. Die Journalistin ist sehr attraktiv, und für mich war nichts dabei, sie näher kennenzulernen."

„Es gibt viele russische Mädchen, die Sie gern kennenlernen würden, Aleksei. Meine eigene Nichte ..."

Alex hob die Hand. „Ich weiß! Ich weiß! Und sie ist ein wirklich nettes Mädchen. Es sind alles sehr nette Mädchen."

„Aber?"

Alex zuckte die Achseln. „Diese hier hat so etwas an sich. Sie ist ..."

„Amerikanerin, ja?"

„Das wäre das Letzte, was mich reizen würde", antwortete Alex schnell. „Aber ich fühle mich zu ihr hingezogen."

„Sie ist unabhängig. Sie mögen diese Sorte von Frau, nicht?"

„Ich glaube schon, aber da ist noch mehr."

Anatoli beugte sich vor. „Sie wissen das nach nur zwei Begegnungen?"

„In gewisser Weise schon. Aber ich hoffe doch, ich werde noch mehr Zeit mit ihr verbringen, um zu sehen, ob das stimmt." Alex zog fragend die Augenbraue hoch.

„Sie wollen, dass ich und meine Leute wegsehen, ja?"

„Ja."

„Sie verlangen viel, mein Freund." Anatoli richtete sich auf und verschränkte die Arme vor der Brust. „Aber andererseits schulde ich Ihnen auch viel." Anatoli schwang das Bein über die Stuhllehne und erhob sich. „Ich werde Ihnen ein Geheimnis verraten, Aleksei. Ich glaube, dieses Land braucht mehr Romantik. Nur weil wir eine Revolution der Arbeiter haben, bedeutet das nicht, dass wir immerzu arbeiten, arbeiten, arbeiten müssen. Wir brauchen mehr von dem Gewürz der Liebe."

„Ich würde meine Beziehung zu der Amerikanerin nicht Liebe nennen. Weit davon entfernt", stellte Alex klar.

„Gut, denn wenn Sie ein Verhältnis mit einer Fremden anfangen, bringt Sie das in eine schwierige Situation. Meiden Sie die Liebe, aber genießen Sie den Flirt!"

Als Alex später im Operationssaal vor dem Waschbecken stand und sich die Hände für seine nächste Operation schrubbte, dachte er über sein Gespräch mit Anatoli nach. Er wusste nicht, warum er darauf bestanden hatte, Cameron sehen zu dürfen. Als er Anatoli gesagt hatte, er fühle sich zu der Amerikanerin hingezogen, hatte er geglaubt, nur eine Ausrede zu gebrauchen. Doch wenn er ehrlich war, musste er zugeben, dass er sich tatsächlich zu Cameron hingezogen fühlte. Das hatte er im Luftschutzkeller gefühlt. Und doch spielte er mit dem Feuer, wenn er sie weiterhin sah. Besser wäre es, die Sache fallen zu lassen und sein Leben fortzusetzen auf dem Weg, den er seit drei Jahren ging – seltene Besuche bei den wenigen russischen Freunden, ein paar Verabredungen mit russischen Frauen, aber vorwiegend für sich bleiben. Das war vielleicht der einzige Weg, auf dem er das tun konnte, was er wirklich wollte: Arzt zu sein.

Cameron Hayes Eindringen in seine Welt brachte diese Freiheit nun in Gefahr. Es gab keinen Grund, sie wiederzusehen. Oder doch?

Cameron betrat gerade das Metropole, als zwei Männer auf sie zutraten und sich zu beiden Seiten neben sie stellten.

„Miss Cameron Gayes?", fragte einer in kaum erkennbarem Englisch.

„Ja."

„Sie werden uns bitte begleiten."

„Warum? Wer sind Sie, wenn ich fragen darf?" Sie unterdrückte ihre Furcht und zwang sich, sachlich zu bleiben. Die beiden Männer, obwohl einfach gekleidet, waren offensichtlich vom NKWD.

„Sie werden mitkommen."

„Aber ..."

Die Männer packten sie am Arm, nicht gewaltsam, aber mit festem Griff. Es hatte keinen Zweck, sich ihnen zu widersetzen. Nicht nur weil ihr englischer Wortschatz bereits erschöpft schien. Der NKWD hatte nichts gegen sie in der Hand und als amerikanische Staatsbürgerin kannte sie ihre Rechte. Außerdem war Cameron in ihrer gegenwärtigen Aufgabe so gelangweilt, dass ein Aufenthalt in einem sowjetischen Gefängnis eine nette Abwechslung versprach.

„Okay, okay! Aber ich kann allein gehen", knurrte sie und löste sich aus ihrem Griff.

Sie gingen zu einem schwarzen Automobil, das vor dem Hotel auf der anderen Straßenseite geparkt war, und Cameron setzte sich auf den Rücksitz zwischen die beiden Agenten. Fünfzehn Minuten später hielten sie, nachdem sie quer durch die Stadt gefahren waren, vor einem unauffälligen Bürogebäude. Sie wurde ins oberste Stockwerk gebracht und von ihren Begleitern in eines der zahlreichen Büros geführt. Die graue Amtsstube sah nicht gerade aus wie der erste Schritt in einen Gulag. Cameron entspannte sich. Vielleicht war sie zu einem Interview mit einem höheren Sowjetbeamten gekommen. Vielleicht sogar mit Stalin. Sie hatte bereits einen Brief an Stalin geschickt und wie alle anderen Journalisten würde sie auch weiterhin wöchentlich um ein Interview bitten – was der Große Mann niemals gewährte. Trotzdem versuchten es die Journalisten.

Cameron wurde jedoch klar, dass dies nicht der große Augenblick sein könnte. Sie befanden sich nicht einmal in der Nähe des Kreml.

Die Sekretärin, die bisher Camerons Anwesenheit ignoriert hatte, sah auf, als Cameron sich gerade vorstellen wollte. Die Frau sprach russisch, aber was sie wollte, war klar. „Bitte setzen."

Cameron kam der Aufforderung nach und die Sekretärin sprach in eine Gegensprechanlage. Bald darauf betrat ein Herr von etwa sechzig Jahren den Raum. Er trug – wie so viele russische Bürokraten – einen schlecht sitzenden Anzug, der vor vielen Jahren modern gewesen sein musste.

„Miss Cameron Gayes?“, fragte er. Seine massige Gestalt füllte den Türrahmen beinahe aus. Grau war sein schmaler Haarkranz, grau seine buschigen Brauen und grau seine Augen. Er streckte ihr die Hand hin und sagte auf Englisch: „Sie erinnern sich vielleicht nicht mehr an mich.“

„Es tut mir leid ...“ Doch dann fiel es ihr ein. Die buschigen Augenbrauen waren noch nicht so grau gewesen, und doch erinnerte sie sich, an eben diesen unglaublichen Bürsten gezupft zu haben. „Sie kommen mir tatsächlich bekannt vor.“ Langsam hob sich der Schleier der Vergangenheit. „Ach du meine Güte, Oberst Tiulenew!“

„Ja, aber früher haben Sie mich Onkel Boris genannt!“ Er lächelte müde.

Vollkommen davon überzeugt, dass es sich hierbei nicht um eine Verhaftung handeln konnte, nahm Cameron die Hand des Mannes. Voller Herzlichkeit legte er seine andere Hand über ihre.

„Es ist lange her!“, rief er. „Sie reichten mir gerade bis ans Knie.“

„Na, sagen wir bis zum Bauch“, lachte Cameron.

„Kommen Sie in mein Büro.“

Er setzte sich hinter den Schreibtisch und sie nahm auf einem Stuhl Platz. Er entschuldigte sich für den kargen Empfang, aber mehr hatte sein schäbiges Büro nicht zu bieten.

Nachdem sie sich niedergelassen hatten, fuhr er fort: „Ich hoffe, Sie verzeihen mir die Begleiterscheinungen meiner Einladung ...“

„Kein Problem – aber war der Aufwand denn nötig? Hätte es ein Anruf nicht auch getan?“

Er brach in Gelächter aus. „Sie sind noch nicht lange genug hier, um über die Unzuverlässigkeit des russischen Telefonsystems Bescheid zu wissen. Nicht immer sind Anrufe privat.“ Er zuckte die Achseln. Für ihn gehörte das zum Leben dazu. „Und ich dachte, für uns beide wäre es besser, unserer Begegnung einen geschäftlichen Anstrich zu geben. Das erspart einem in Russland oft viele Scherereien, wie Sie sehr bald herausfinden werden.“

„Ich lerne es bereits. Also, Oberst, ich sehe, Sie tragen keine Uniform mehr. Haben Sie Ihren Abschied aus der Armee genommen?“

„Selbst wenn ich noch gern beim Militär geblieben wäre, es ging leider nicht mehr. Vor mehreren Jahren habe ich mir den Rücken verletzt und bekam einen Schreibtischposten als stellvertretender Kommissar der Planungskommission im Bereich Verteidigungsindustrie. Immer noch im Rang eines Oberst, darum können Sie diese Anrede ruhig weiter benutzen, aber wenn es Ihnen nichts ausmacht, nennen Sie mich doch bitte Onkel Boris."

Lächelnd erinnerte sich Cameron daran, dass Onkel Boris ein schrecklich netter Mensch gewesen war. Er hatte nicht nur ihre Vorliebe für seine Augenbrauen toleriert, sondern sie auch regelmäßig mit Süßigkeiten versorgt. „Für mich werden Sie immer Onkel Boris sein", erwiderte sie herzlich, „aber vielleicht sollten wir unter den gegebenen Umständen den eher formellen Umgangston beibehalten."

„Ganz wie es Ihnen lieb ist." Er zwirbelte seine rechte Augenbraue – ein alter Tick, wie sie sich erinnerte, und blickte sie bedauernd an. „Sagen Sie mir, Cameron, wie geht es Ihrem Vater? Es ist lange her, seit ich das letzte Mal von ihm gehört habe."

„Ihm geht es gut." Sie überlegte, was sie sonst noch über ihren Vater sagen sollte, doch der Oberst ersparte ihr die Mühe, etwas Gutes über den Mann sagen zu müssen, den sie kaum kannte.

„Er ist noch immer ein großer Zeitungsmensch?", fragte Tiulenew. „Sie arbeiten für ihn, ja?"

„Er ist noch immer der Herausgeber des *Journal*, aber ich arbeite für eine andere Zeitung. Den *Globe*."

Sie sprachen eine Weile über Camerons Familie und die „guten alten Zeiten" in Russland, doch dieses Thema war schnell erschöpft. Als das Gespräch ins Stocken geriet, fiel Cameron nur noch ein anderes Thema ein, das sie interessierte.

„Wie sind Ihre Eindrücke von dem Krieg, Oberst?"

Er winkte ab. „Ich habe keine Zeit für Eindrücke. Jede Minute meines Tages ist damit ausgefüllt, Druck auf die Fabriken auszuüben, mehr zu produzieren und mehr Rohmaterial aufzutreiben, um die Waffenproduktion zu steigern. Ich habe keine Zeit, mich zu fragen, was aus meinen Maschinen wird."

„Wird die Produktion denn den Anforderungen gerecht?"

Ein schwaches Lächeln umspielte seine Lippen. „Ich vergesse, dass Sie Reporterin sind."

Cameron lächelte ihn entschuldigend an. „Es tut mir so leid. Ich wollte wirklich keinen Vorteil ziehen aus ..."

„*Niet, niet!*" Er lächelte immer noch. „Mir machen die Fragen nichts aus. Es tut mir nur Leid, dass ich sie nicht beantworten kann. Natürlich hoffen Sie darauf, dass ich Ihnen Informationen gebe. Wie oft habe ich Ihren Vater mit Informationen versorgt, aber das waren andere Zeiten. Wir befinden uns jetzt im Krieg und es ist nicht ratsam, die Regeln zu brechen. Bitte verstehen Sie das."

„Das tue ich, Oberst. Lassen Sie uns unter dem grauen Mantel des Geschäftlichen freundschaftlich verbunden bleiben." Cameron schmunzelte.

„Wir leben wirklich in einer seltsamen Welt, oder?" Nachdenklich strich er sich über seinen Schnurrbart. „Trotzdem gibt es keinen Grund, warum ich nicht dazu beitragen sollte, Ihre Erfahrungen in Russland zu erweitern. Die Intourist-Büros sind während des Krieges geschlossen, darum werden Sie ein wenig Hilfe brauchen."

„Was meinen Sie damit?" Erwartungsvoll beugte sie sich vor. Auf einmal erinnerte sie sich an ihr Versprechen ihrer Mutter gegenüber. Dieser Mann könnte Cameron helfen, eine vermisste Person zu finden.

„Sie würden gern – wie nennt ihr Amerikaner das noch? – abseits der ausgetretenen Pfade laufen? Ich erinnere mich noch gut daran, dass Ihr Vater immer hinter die Kulissen sehen wollte."

„Das würde ich auch gern, sogar sehr gern." Sie freute sich über sein großartiges Angebot.

Sein Lächeln wurde breiter. „Ich werde sehen, was ich tun kann, kleine Cameron – *Camruschka*!" Er hielt inne und runzelte die Stirn. „Aber da ist doch noch etwas auf Ihrem Herzen."

„Ich dachte nicht, dass ich so leicht zu durchschauen wäre."

„Ich habe eben gelernt, hinter die Gesichter zu blicken." Er grinste. „Sagen Sie mir, was Sie bewegt."

„Ich fürchte, es ist ein wenig zu viel verlangt, vielleicht sogar unmöglich. Und doch ist es ungeheuer wichtig für mich." Er nickte und forderte sie auf fortzufahren. „Wie schwierig ist es, hier in Russland jemanden ausfindig zu machen?"

„Das hängt natürlich von den Umständen ab."

„Es geht um einen alten Bekannten meiner Eltern. Jakow Luban oder um seinen Sohn Semjon.“ Cameron fragte sich, wie viel sie preisgeben sollte. Boris war immerhin ein Freund von Keagan, nicht von Cecilia. Aber die Wahrscheinlichkeit, dass der Oberst mit Keagan Kontakt aufnahm, war gering. Trotzdem, in dieser Phase war es ratsam, Einzelheiten für sich zu behalten.

„Den Namen habe ich nie gehört und ich dachte, ich hätte Ihrem Vater nahegestanden. War er in der Regierung?“

„Nein, nein. Jakow besaß einen englischen Buchladen in Leningrad. Er war sehr freundlich zu meinen Eltern und sie haben sich immer Sorgen um ihn gemacht, als sie nach der Revolution den Kontakt zu ihm verloren haben.“

„Ich verstehe.“

Cameron war sich sicher, dass Onkel Boris sehr viel verstand. Man stieg nicht in der Hierarchie des stalinistischen Regimes auf ohne ein gewisses *Feingefühl* ...

„Ich weiß, dass es lange her ist. Ich habe meinen Eltern versprochen, mich umzuhören.“

„Ich werde mich darum kümmern, *Camruschka*. Aber ich muss Sie auch warnen. In diesen Zeiten ist es schwierig, irgendetwas von Wert zu finden, geschweige denn jemanden, der seit zwanzig Jahren vermisst wird.“

Cameron hätte ihn am liebsten umarmt. Und als er sich erhob, um sie zur Tür zu bringen, tat sie das. Sie kniff ihn sogar in die Wange. Aber sie wagte es immer noch nicht, seine Augenbrauen auch nur zu streifen.

31

„Oh, Miss Gayes, ich war so besorgt, als ich hörte, dass man Sie abgeholt hat!“, rief Sophia, als sie Cameron sah. Sie zuckte sichtlich zusammen. Cameron fragte sich, ob dieses nette Mädchen in dieser Hinsicht eigene schlimme Erfahrungen hatte. Der Gedanke gefiel ihr überhaupt nicht.

„Das war alles ganz harmlos“, versicherte Cameron ihr. „Ein alter Freund hat die Männer geschickt und er wollte nur mit mir plaudern.“ Cameron hielt einen Umschlag in die Höhe. „Und alles hat sich zum Guten gewendet. Sehen Sie sich das an.“

In den Händen hielt sie eine Einladung zur Besichtigung zweier Munitionsfabriken und einer Bäckerei in Moskau. Als Cameron beim Abendessen ihren Kollegen von ihrem Glück erzählte, stieg sie beträchtlich in der Achtung der Männer. Nach dem Abendessen lud Shanahan sie zu einem Drink in die Hotelbar ein. Seine Motive lagen auf der Hand.

„Süße, du wirst diese Besichtigungstour doch nicht ganz allein machen wollen, oder?“ Mit besorgten Augen blickte er sie über den Rand seines Wodkaglases an. Seit er nach Russland gekommen war, war das zu seinem Lieblingsgetränk avanciert.

„Warum nicht?“

„Vielleicht hast du die einzigartige Stellung von Frauen in diesem Land noch nicht bemerkt. Viele übernehmen Männerarbeit, vor allem jetzt. Wirtschaftlich sind sie den Männern gleichgestellt, aber gesellschaftlich ...“ Er schüttelte den Kopf und trank sein Glas leer, so als sympathisiere er mit den armen, unterdrückten Frauen. „Weißt du, dass die Beamten der Sowjetregierung nur selten ihre Frauen und Töchter zu Staatsempfängen mitbringen, aus Angst, sie könnten durch den dekadenten Bourgeois vom Pfad der sozialistischen Tugend gelockt werden?“

„Und was genau willst du jetzt damit sagen?“

„Ich habe Angst, dass du auf deiner kleinen Besichtigungstour nicht ernst genommen wirst.“

„Damit lebe ich schon die ganze Zeit, Shanahan.“

„Ich dachte nur, es wäre vielleicht hilfreich für dich, ein männliches Wesen an deiner Seite zu haben …"

„Ach du liebes bisschen, Shanahan! Wenn du mitkommen möchtest, warum fragst du mich dann nicht geradeheraus?" Sie schüttelte den Kopf, doch insgeheim genoss sie das Gefühl, Shanahan überlegen zu sein.

„Aber Puppe, du hättest doch gar keinen Grund, mich einzuladen. Ich bin doch die Konkurrenz."

„Das würde mir nicht halb so viel Probleme bereiten wie die Aussicht, auch dann von dir immerzu Puppe, Süße oder Baby genannt zu werden!" Sie blickte ihn an, als hätte sie in eine Zitrone gebissen.

„Hey, so bin ich eben. Das ist nicht persönlich gemeint, das weißt du doch – gehört zu meinem Charme." Sein Grinsen, breit, spöttisch und gleichzeitig harmlos, war ebenfalls Teil seiner Charmeoffensive.

Sie verdrehte die Augen. Diesem Blick konnte man einfach nicht widerstehen.

„Hör zu, P…, ich meine, Miss Cameron Hayes!" Er grinste noch immer. „Lass uns einen Deal machen. Nimm mich mit auf deine Tour und ich werde dich nie mehr anders als mit deinem richtigen Namen anreden."

„Oh Shanahan!"

„Bitte, Cameron. Ich sterbe vor Langeweile. Meine Leber ist von diesem ständigen Trinken bereits stark in Mitleidenschaft gezogen und ich habe aufgehört, mit den Jungs Poker zu spielen."

„Nun, im Interesse deiner Leber kannst du mitkommen. Aber ich will meine Artikel über die Besichtigungstour als Erste rausschicken."

„Das ist in Ordnung, äh, Cameron!"

Ihr gefiel das Gefühl der Macht, das diese Situation ihr verschaffte. Sie fragte sich, ob sie vielleicht noch mehr von ihm hätte fordern können.

Am Morgen fuhr ein Wagen vor und holte sie ab. Dolmetscher würden sie nicht begleiten, jede Fabrik stellte einen eigenen Übersetzer zur Verfügung. Das war in Ordnung. Cameron hatte Sophia eine lange Liste mit Dingen gegeben, die erledigt werden mussten, da sie angeboten hatte, auch die Aufgaben einer Sekretärin für Cameron zu übernehmen.

Ihre erste Station war eine Automobilfabrik. Cameron war enttäuscht, weil sie erwartet hatte, die Kriegsproduktion sehen zu können. Aber wie sich herausstellte, wurden in dieser Fabrik, in der normalerweise ein russischer Personenwagen, der sogenannte „Zee“, gefertigt wurde, jetzt Lastwagen, Halbkettenfahrzeuge und sogar Munition hergestellt. Mit großem Brimborium wurden sie und Shanahan vom Fabrikleiter begrüßt. Offensichtlich erhoffte er sich, mit seiner Fabrik ins Rampenlicht der internationalen Presse zu gelangen.

Ohne Scheu sprach er über die Produktionszahlen und den Lohn seiner Arbeiter. Die Angestellten, von denen die Mehrzahl Frauen waren, arbeiteten bis zu sechzig Stunden pro Woche. Obwohl ihnen die Überstunden ausbezahlt wurden, verdienten sie nur siebenhundert bis tausend Rubel pro Monat, was einem Lohn zwischen zwanzig und vierzig Dollar entsprach. Eifrig notierte sich Cameron alle diese Zahlen. Das waren genau die Dinge, die die Amerikaner interessierten.

Die Fabrik befand sich in einem traurigen Zustand und Cameron tat der Fabrikleiter leid, auch wenn der eher stolz zu sein schien. Die Ausstattung war alt, die Böden gerissen, die Beleuchtung miserabel und offensichtlich ließ auch die Elektrik zu wünschen übrig. Im Großen und Ganzen machte die Fabrik einen ungepflegten und desorganisierten Eindruck.

Cameron flüsterte Shanahan zu: „Und das soll ein Vorzeigeobjekt sein!“

„So viel zum Fünfjahresplan“, erwiderte Johnny sarkastisch.

Bald wurden sie in einen kleinen, aber netten Aufenthaltsraum geführt, wo man ihnen einen verschwenderischen Imbiss servierte. Und zehn Uhr morgens setzte man ihnen Schweinebraten, Rinderbraten, Kaviar und Kuchen, mehrere Sorten Wein, Champagner und Wodka vor, um – wie Cameron argwöhnte – ihre Sinne zu trüben, damit sie den traurigen Zustand der russischen Industrieproduktion nicht mehr mitbekamen.

Die nächste Station war die Fabrik, in der das Stormowik-Flugzeug für die Rote Luftwaffe gefertigt wurde. Cameron war froh, Shanahan mitgenommen zu haben. Sie hatte nur wenig Ahnung vom Flugzeugbau, aber aus unerfindlichen Gründen schien Johnny nicht nur im Bereich Autobau, sondern auch in der Flugzeugfertigung gute Kenntnisse zu haben. Er stellte die richtigen Fragen und verglich die russische mit der amerikanischen Konstruktionsweise. Das löste die Zunge der Ingenieure und brachte die Informationen, die sich lohnten.

„Ist das ein Sturzkampfbomber oder ein Horizontalbomber?", fragte Johnny.

„Beides", strahlte der Direktor. „Wir haben zwei Fliegen mit einer Klappe geschlagen, wie ihr Amerikaner so schön sagt."

„Mir fiel auf, dass Sie Aluminium nur in geringen Mengen verwenden."

„Einige Teile bestehen aus Aluminium, ja. Aber die sowjetischen Vorräte an Aluminium sind knapp, da die Faschisten einige unserer Fabriken übernommen haben."

Auch diese Besichtigung wurde durch eine ausladende Kaffeetafel bereichert. Egal was die Amerikaner von der sowjetischen Industrie hielten, über ihre Bewirtung konnten sie sich nicht beklagen. Es wurden viele Trinksprüche auf die amerikanische Freundschaft ausgebracht, auf den Erfolg des Leih-Pacht-Vertrages und die Hoffnung auf eine zweite Front. Der Direktor und seine Leute, die zur Betreuung der beiden Journalisten abgestellt waren, leisteten ihnen mit Freuden Gesellschaft beim Verzehr ausgesuchter Delikatessen und dem Konsum von Unmengen Alkohol. Cameron hoffte, daraus zusätzliches Kapital schlagen zu können. Sie wollte sich davonschleichen und mit den Arbeitern reden, von denen sie bisher mehr oder weniger ferngehalten worden waren. Sie hoffte, ihre Führer würden zu benebelt vom Alkohol sein, um ihre Abwesenheit zu bemerken.

Nach dem Essen war Shanahan fertig und nicht mehr in der Lage, intelligente Fragen über den Flugzeugbau zu stellen. Er brachte kaum noch ein verständliches Wort heraus, geschweige denn einen zusammenhängenden Satz. Aber trotzdem unterhielt er die Russen mit seinen bizarren, frechen und teilweise frei erfundenen Geschichten aus der amerikanischen Flugzeugindustrie. Zu Camerons Erstaunen erfuhr sie, dass er früher einmal bei Douglas Aircraft gearbeitet haben musste. Während die Männer seinen Abenteuergeschichten lauschten, stahl sich Cameron von der Gruppe weg. Natürlich wünschte sie sich jetzt Sophia an ihre Seite, aber seit ihrer Ankunft im Lande hatte sie sich einige Sprachbrocken angeeignet, die nun, zusammen mit ihrem Wörterbuch, ausreichen mussten, um hier zurechtzukommen.

Am Eingang der nächstgelegenen Fertigungshalle, die sie zögernd betrat, standen zwei Frauen untätig an einem Fließband, das eher einer Baumwollbahn glich, die über rund geschliffene Zahnräder holperte. Selbst diese provisorische Vorrichtung schien zusammengebrochen zu sein und die Frauen warteten darauf, dass es repariert würde. Cameron hatte viele solcher Verzögerungen in der Fabrik bemerkt.

„Strastvuitie", vorsichtig brachte sie den Zungenbrecher an, der so viel wie *Hallo* bedeutete.

Die jüngere Frau lächelte über diesen traurigen Versuch, ihre Sprache zu sprechen, wurde aber für ihre Unhöflichkeit umgehend zurechtgewiesen von der anderen Frau, die älter und weiser zu sein schien.

„Hallo", sagte die ältere Frau auf Englisch und streckte ihr die Hand hin.

„Sie sprechen Englisch?"

„*Niet,* nur wenig."

„Oh, das ist ja wundervoll. Ich wünschte, ich könnte besser Russisch sprechen. Was ist Ihre Aufgabe hier?" Cameron musste laut sprechen, denn obwohl diese Arbeitsstation hier ruhte, stöhnten und ächzten die anderen Maschinen in voller Lautstärke.

„Ich nehme ..." Die Frau dachte nach und sagte dann: „Und lege. So." Sie demonstrierte ihre Arbeit, indem sie einen Metallgegenstand, vermutlich ein Flugzeugteil, vom stehen gebliebenen Band nahm und auf einen Wagen legte. „Nehmen, legen!", erklärte sie grinsend.

„Mögen Sie Ihre Arbeit?"

„Arbeit mögen?" Cameron konnte nicht beurteilen, ob der irritierte Blick der Frau auf Verständigungsprobleme zurückzuführen war oder ob sie einfach nie darüber nachgedacht hatte, wie sie ihre Arbeit fand. „Gut. Arbeit gut. Arbeit für unseren gesegneten Genossen Stalin! Faschisti besiegen, eh?"

„Ich verstehe." Cameron suchte in ihrem Wörterbuch nach einem Wort für ihre nächste Bemerkung, als sie ihren Namen hörte.

„Miss Gayes!" Es war der Direktor. Anscheinend war ihre Abwesenheit bemerkt worden. Er rief von der Tür der großen Halle aus, in die sie gegangen war, und kam direkt auf sie zu.

Sie dankte den Frauen und verabschiedete sich von ihnen, dann ging sie wieder zurück zur Besichtigungsgruppe.

Was dann geschah, passierte viel zu schnell, als dass sie es hätte begreifen können. Eine Druckwelle warf sie zu Boden. Ihr schoss der Gedanke durch den Kopf, dass der Schaden an dem Fließband doch schlimmer gewesen sein musste, als es den Anschein gehabt hatte. Dann hörte sie die Schreie und wälzte sich herum. Wo waren die beiden Frauen, mit denen sie gerade noch gesprochen hatte? Staub und Rauch nahmen ihr die Sicht. Sie rieb sich die Augen, als sie sich hochrappelte und zu der Stelle taumelte, wo sie gerade noch mit den Frauen gestanden hatte. Doch die kleine Arbeitsstation war fort, oder vielmehr von einem großen Stahlträger bis zur Unkenntlichkeit zermalmt worden. Die jüngere Frau kauerte wimmernd am Boden, Blut sickerte aus einer Kopfwunde. Cameron wollte auf sie zugehen, doch die Frau deutete heftig gestikulierend neben sich.

Cameron hielt inne. Ihr stockte der Atem. Die Ältere lag ausgestreckt auf dem Boden, unter dem Ende des Trägers. Cameron kam gar nicht der Gedanke, dass sie, wenn die Explosion nur einen Augenblick früher stattgefunden hätte, auch hier liegen würde. Sie war zu durcheinander, um überhaupt etwas zu denken, als sie neben der Frau auf die Knie ging und die Finger unter den Träger legte. Aber dieses Teil, ein riesiger Stahlkoloss, ließ sich nicht bewegen. Es war auch überflüssig. Die Frau rührte sich nicht mehr. Mit zitternden Fingern versuchte Cameron, ihren Puls zu ertasten, doch sie fand keinen. Zitternd erhob sie sich, um sich um die Überlebende zu kümmern.

Obwohl diese Augenblicke für Cameron eine Ewigkeit zu sein schienen, waren nur wenige Sekunden seit der Explosion vergangen. Menschen schrien und rannten umher – einige waren in Panik, andere versuchten, ihren verletzten Kollegen zu helfen.

Nur undeutlich nahm Cameron wahr, wie ihr Name erneut gerufen wurde. Sie war sicher, dass das Shanahan war, aber sie bekam nicht die Gelegenheit zu antworten.

Eine weitere Explosion erschütterte die Fabrik und wieder wurde Cameron von den Füßen gerissen. Nur bekam sie dieses Mal einen Schlag auf den Kopf, als sie auf dem Boden aufschlug. Schmerz durchzuckte ihren ganzen Körper. Sie war davon überzeugt, dass ein weiterer Träger auf sie gefallen war und versuchte, sich zu bewegen, aber es ging nicht. Immer wieder wurde sie getroffen, als würde das Gebäude in Einzelteilen auf sie herabregnen.

„Cameron!“ Shanahan beugte sich über sie.

Cameron öffnete ein Auge, aber ihr Blickfeld war so verschwommen, dass allein der Versuch, die Augen zu öffnen, ihr Übelkeit verursachte.

Wie im Delirium nahm sie noch wahr, wie er vorsichtig die Brocken von ihrem zerschundenen Körper räumte. Doch dann wurde die Welt um sie herum schwarz.

Nur eine Stimme tönte noch durch ihr Bewusstsein: „Cameron, du kannst nicht tot sein!“

32

Nur undeutlich nahm sie ihre Umgebung wahr, als sie die Augen erneut öffnete. Gedämpftes Licht drang in den Raum. Es hätte die Fabrik sein können, aber sie lag nicht auf einem harten Zementfußboden, sondern in einem weichen Bett. Vorsichtig bewegte sie den Kopf, um sich umzusehen, doch ein stechender Schmerz durchzuckte sie.

Schnell schloss sie die Augen. Undeutlich hatte sie die Gestalt bemerkt, die an ihrem Bett saß – Johnny. Sein Kopf lag auf der Stuhllehne, die Augen waren geschlossen. Und obwohl ihr Blick getrübt war, fiel ihr auf, dass er mitgenommen aussah. Sein Gesicht war von Ruß und Dreck verschmiert, ein Bart spross am Kinn und sein Haar war wirr und genauso verstaubt wie seine Kleidung – die Kleidung, die er, wenn sie sich richtig erinnerte, bei der Besichtigungstour getragen hatte. Und dann spürte sie noch etwas anderes. Er hielt ihre Hand.

„Wieso hast du mir nie erzählt, dass du früher in einer Flugzeugfabrik gearbeitet hast?“, fragte sie mit heiserer Stimme.

Seine Augen flogen auf. „Cameron! Mein Güte, Frau, es wurde aber auch Zeit, dass du aufwachst.“

Lächelnd drückte sie seine Hand, die er ihr sofort entzog, als hätte ihn diese Geste auf peinliche Weise kompromittiert. Sie lachte, aber die Anstrengung verursachte ihr Kopfschmerzen.

„Wie lange ...?“

„Du hast immer wieder das Bewusstsein verloren.“

„Und du bist die ganze Zeit bei mir geblieben?“ Sie hatte Shanahan noch nie so nett erlebt.

„Jemand musste doch aufpassen, dass diese russischen Quacksalber dir nicht den Garaus machen“, erwiderte er grob.

„Was ist passiert, Johnny?“ Das anfängliche Gefühl des Wohlbefindens verflog, als sich die schrecklichen Geschehnisse in der Fabrik in ihre Erinnerung drängten. „Diese Frau, mit der ich gesprochen hatte – sie ist tot, nicht?“

„Ja. Fünf Menschen kamen bei der Explosion ums Leben. Du bist nur“ – er schüttelte den Kopf und schluckte – „um Haaresbreite diesem Schicksal entkommen.“

„War das ein Unfall?"

„Sabotage."

„Johnny, nein!"

Wieder einmal trat das hinterhältige Glitzern in seine Augen. „Die größte Story seit der Invasion, und wir waren dabei, Baby – ich meine, Cameron."

„Nun, ganz bestimmt wird uns Palgunow das nicht drucken lassen."

„Die Sowjets werden nicht einmal zugeben, dass es sich um Sabotage gehandelt hat", erwiderte er. „Ich habe das nur herausgefunden, weil sie dich beinahe verhaftet hätten."

„Mich?"

„Sicher. Du hast dich kurz vor der Explosion von der Gruppe entfernt. Du bist der Verhaftung nur entgangen, weil sie die Schuldigen gefasst haben."

Sie schloss erneut die Augen und versuchte, das, was sie erfahren hatte, zu verarbeiten. Menschen waren tot. Sabotage. Sie war verdächtigt worden. Und es war eine Story, die nie gedruckt werden würde. Sie bewegte sich, wurde aber plötzlich von neuer Panik gepackt. War sie ernsthaft verletzt? Würde sie nach Hause geschickt werden? Trotz ihrer Klagen über Langeweile und ihres Ärgers über das Sowjetregime wollte sie auf jeden Fall hierbleiben.

Die Frage *Werde ich am Leben bleiben?* lag ihr auf der Zunge, doch das klang so pathetisch, dass sie sich nicht überwinden konnte, sie auszusprechen, schon gar nicht vor Shanahan. Sie würde es bald genug erfahren. Außerdem fühlte sie sich gar nicht dem Tode nahe, trotz aller Schmerzen. Um sich abzulenken, fragte sie: „Wer war es, Johnny? Verräter, deutsche Agenten?"

„Das konnte ich nicht herausfinden." Frustriert runzelte er die Stirn. Anscheinend hatte er sich um Informationen bemüht. „Aber ich habe genug Material."

„Wofür?"

„Natürlich für einen Artikel."

„Sie werden niemals zulassen, dass du ihn abschickst." Abrupt hielt sie inne und schüttelte den Kopf, wobei sie den Schmerz ignorierte, den diese Bewegung auslöste. „Johnny, du hast doch nicht etwa ... wie das denn? Über die Diplomatenpost?"

„Nein. Die Jungs von der Botschaft waren sich nicht einig darüber, ob das der russischen Sache in Washington eher helfen oder eher schaden würde. Ich habe einen Freund, der gerade das Land verlassen hat. Es war leicht zu arrangieren."

Wie beiläufig das klang. Er war schon länger hier als sie und musste sich über die Konsequenzen im Klaren sein. „Johnny, falls das Narkomindel das herausfindet, wirst du ausgewiesen. Die internationalen Zeitungen werden überprüft. Wenn sie den Artikel im *Journal* finden ..."

„Niemand wird sich mit den Zeitungen einer unwichtigen Stadt wie Los Angeles abgeben." Er schien sich zu verteidigen. „London, New York, vielleicht sogar Istanbul, aber nicht Los Angeles."

„Es ist eine wichtige Story. Und wenn sie nun von den Nachrichtenagenturen aufgegriffen wird?"

„Hör auf, dir Sorgen zu machen, Hayes. Lehn dich einfach zurück und kümmere dich nur darum, dass du wieder auf die Beine kommst."

Eine andere Erinnerung schlich sich in ihr benebeltes Bewusstsein. „Hey, einen Augenblick mal! Wir hatten doch ein Abkommen, dass ich bei allen Artikeln den Vortritt habe!"

„Du bestehst darauf, Hayes?", fragte er schneidend. „Ich könnte ..."

„Ach, halt den Mund, Shanahan! Du hast mir besser gefallen, als du meine Hand gehalten und um mich geweint hast."

„Geweint! Haha!" Er täuschte ein Lachen vor. „Noch nie in meinem Leben habe ich um eine Frau geweint."

Sie öffnete den Mund, um ihm zu antworten, hielt jedoch inne, weil sie gerade in diesem Augenblick aus den Augenwinkeln heraus eine große Gestalt in weißem Kittel hereinkommen sah. Wer hätte das gedacht, dass sie in Alex' Krankenhaus landen würde, mit ihm selbst als behandelndem Arzt. Der Gedanke, dass ihre Verletzungen durchaus zu etwas gut sein könnten, zauberte ein Lächeln auf ihr Gesicht.

„Hervorragend, ich bin froh, Sie in guter Laune anzutreffen", erwiderte Alex ihr Willkommenslächeln. Er hielt ein Klemmbrett in der Hand und ging mehrere Seiten durch. „Ihre Werte sind stabil, abgesehen von der leicht erhöhten Temperatur. In Anbetracht dessen, was Sie hinter sich haben, ist alles in bester Ordnung." Er lächelte und Cameron war froh, dass ihr gerade niemand den Puls maß.

Ein verrückter Gedanke schoss ihr durch den Kopf. Da lag sie nun zwischen zwei hochattraktiven Herren, die beide nach ihrer Pfeife tanzten. Auf einmal verstand sie Blair und konnte erahnen, wie angenehm eine solche Situation war. Doch sofort gewann ihre pragmatische Seite die Oberhand und brachte sie wieder zur Vernunft. Zwei Männer? Einer war ihr doch schon zu viel. War sie nicht glücklich und zufrieden mit ihrem Dasein und der Aussicht, unabhängig bleiben zu können?

Trotzdem ging ihr Blick zwischen den beiden Männern hin und her und sie ignorierte die Übelkeit, die diese Bewegung verursachte. Wahrscheinlich war keiner der Kerle es wert, auch nur ein winziges Stück ihrer Freiheit zu opfern.

„Sind Sie mein Arzt, Alex?“, fragte sie und versuchte, diesen Gedanken zu verdrängen.

„Eigentlich bin ich Chirurg und Gott sei Dank brauchten Sie keine Operation.“ Er nahm Camerons Hand.

Zuerst dachte sie, er wollte freundlich sein; doch dann merkte sie, dass er ihren Puls überprüfte. Sie schalt sich eine alberne Gans. Dieser Schlag auf den Kopf hatte anscheinend ihr Gehirn durcheinandergebracht.

„Gut“, sagte er und legte ihre Hand zurück auf die Bettdecke. „Ich überwache Ihre Pflege, wenn es Ihnen recht ist.“

„Natürlich.“ Ihr Atem stockte, als er sich über sie beugte, und ihr Herz begann zu rasen.

„Ich möchte Ihren Augenreflex überprüfen“, erklärte er betont sachlich, hob nacheinander ihre beiden Augenlider und leuchtete ihr mit einer Taschenlampe in die Pupille, wie er es bei dem Alten am ersten Tag ihrer Begegnung getan hatte.

Sie machte sich erneut Sorgen, denn jener Mann war ernsthaft verletzt gewesen. „Ist alles in Ordnung, Alex?“

„Ja. Ihre Reaktion auf Licht ist ein wenig langsam. Sie haben eine leichte Gehirnerschütterung, doch keine gebrochenen Knochen. Obwohl ich mir vorstellen kann, dass Sie starke Schmerzen haben. Sie wurden ziemlich heftig getroffen.“

„Ich habe das Gefühl, als sei jeder einzelne Knochen gebrochen.“ Nur ungern gestand sie ihre Furcht ein, noch mehr verabscheute sie das ängstliche Zittern in der Stimme, aber immerhin hatte sie eine Explosion hinter sich. Hatte sie nicht das Recht, ein wenig ängstlich zu sein?

Er legte ihr beruhigend die Hand auf die Schulter, eine vertrauliche

Geste und unglaublich tröstend. Als sich ihre Blicke begegneten, lief ihr ein warmer Schauer den Rücken hinunter.

„Ich möchte Sie noch einige Tage zur Beobachtung hierbehalten", sagte Alex.

„Machen Sie Witze, Doktor?", fragte Shanahan. „Sie werden sie ans Bett fesseln müssen!"

Noch während er protestierte, meinte Cameron geduldig: „Wenn Sie meinen, Alex." „Ja, ich meine es. Und jetzt sollten Sie sich ein wenig ausruhen." Alex richtete seinen Blick auf Johnny. „Und Mr Shanahan, Sie sollten sich von Ihrer Seite losreißen, denn auch Sie sehen so aus, als könnten Sie eine Mütze voll Schlaf gebrauchen."

„Vielleicht wäre eine Tasse Kaffee jetzt nicht schlecht." Shanahan erhob sich. „Und du schläfst jetzt ein wenig, Puppe."

Cameron kam nicht in den Sinn, gegen die „Puppe" aufzubegehren. Sie fühlte sich einfach gut, in die Fürsorge dieser beiden Freunde eingehüllt.

Shanahan und Alex verließen die Station.

„Gibt es in diesem Bau irgendwo Kaffee?", fragte Johnny.

„Im Aufenthaltsraum der Ärzte besteht die Möglichkeit, eine Kanne zu kochen. Kommen Sie mit."

Johnny lief neben dem stattlichen Mediziner her und musterte ihn eingehend. Er war genau die Art von Mann, auf die die Frauen flogen. Natürlich musste auch Johnny sein Licht nicht unter den Scheffel stellen. Er hätte jede Frau haben können – auch wenn sich das hier in Russland etwas schwieriger anließ, weil die Mädchen sich von Ausländern eher fernhielten. Aber im Allgemeinen war sich Johnny seiner Wirkung auf Frauen durchaus bewusst. Anziehend an ihm war allerdings sein Charme, nicht sein gutes Aussehen. Was die Sache nicht unbedingt leichter machte, denn seinen Charme spielen zu lassen, kostete ihn viel Mühe. Ein Mann wie Dr. Rostow dagegen brauchte nichts zu tun. Er betrat ein Zimmer und die Frauen reagierten. Den Rest besorgte der Nimbus eines Halbgottes in Weiß. Doppelte Bedrohung also.

Trotzdem hatte Johnny gedacht, Cameron wäre anders gestrickt als die meisten Frauen, dass zwischen ihnen die Chemie stimmte und sie viele Gemeinsamkeiten hatten. Nun sollte sie sich für einen Mann erwärmen, nur weil er aussah wie ein Apoll? Doch Frau blieb Frau und Johnny hatte selbst erlebt, wie sie dem guten Doktor praktisch aus der Hand fraß.

Nicht weniger beunruhigte Johnny der Blick in den Augen Rostows. Der hatte vielleicht Camerons Puls gemessen, aber das war nicht alles, was er überprüfte.

Alex öffnete eine Tür und winkte Johnny in einen Raum mit Tischen, Stühlen und einem Küchenbereich. Alles wirkte schäbig und Johnny dachte an die reichen Ärzte in den Staaten. Dieser Raum wäre in einem amerikanischen Krankenhaus höchstens dem Hausmeister zugewiesen worden. Wie hatte sich Rostow nur so herablassen können? War es purer Idealismus oder etwas anderes?

Johnny ließ sich in das zerschlissene Sofa sinken, das immer noch einen besseren Eindruck machte als die klapprigen Stühle am Tisch. Rostow öffnete Schränke, fand einen Kaffeetopf und eine Dose mit gemahlenem Kaffee, dann begann er das Pulver in das Sieb des Topfes zu löffeln.

„Also, Doc, Cameron wird wieder ganz in Ordnung kommen?", fragte Johnny, eifrig darauf bedacht, den Weg zu dem zu ebnen, was er eigentlich erfahren wollte.

„Ja, mit ein bisschen Ruhe wird sie wieder ganz gesund."

„Sie hat mir erzählt, Sie seien hier geboren worden, aber in den Vereinigten Staaten aufgewachsen", meinte Johnny beiläufig.

Alex ging mit dem Topf zum Spülbecken und füllte ihn mit Wasser. „Das stimmt."

„Dann haben Sie Ihr Medizinstudium also in den Staaten absolviert?"

„Ja."

Alex' gezwungener Tonfall machte Johnny klar, dass seine Fragen wie ein Verhör wirkten. „Ich möchte nur sicherstellen, dass sie die beste Pflege bekommt. Sie verstehen?"

„Ich denke schon." Er stellte den Topf auf die heiße Herdplatte. „Es könnte eine Weile dauern. Sind Sie sicher, dass Sie nicht lieber eine Tasse Tee möchten? Er ist bereits aufgegossen."

„Ich weiß nicht, wie ihr Leute so viel Tee trinken könnt. Ihr und die

Briten – eigentlich solltet ihr viel besser miteinander auskommen, wo ihr beide so viel Tee trinkt."

„Wir sind ja nun auch Verbündete." Alex nahm sich eine Tasse Tee aus dem fleckenlos sauberen Samowar und setzte sich an den Tisch. „Ist das alles, was Sie auf dem Herzen hatten, Johnny – es ist doch in Ordnung, wenn ich Sie Johnny nenne, ja?"

„Sicher, Alex. Ich habe nicht viel übrig für Formalitäten." Johnny lehnte sich auf dem Sofa zurück und fragte sich, ob die Frage des Arztes tatsächlich die Aufforderung zu einem offenen Gespräch war. Warum nicht?, dachte er und begann: „Was genau sind Ihre Absichten bei Cameron, Alex?"

„Meine Absichten?" Was immer der Arzt erwartet hatte, ganz bestimmt nicht eine solche Frage.

„Ja. Ich fühle mich für sie verantwortlich, wissen Sie. Ihr alter Herr wollte, dass ich ein wenig auf sie aufpasse. Auf jeden Fall könnte sie große Schwierigkeiten bekommen, wenn sie sich mit einem Russen einlässt."

„Nun, ich ..." Ganz offensichtlich fehlten ihm die Worte. Er trank einen Schluck Tee, bevor er weitersprach. „Ich will ehrlich zu Ihnen sein, Johnny, ich mag Cameron, aber wir haben definitiv keine Beziehung. Allerdings vermittelte sie mir den Eindruck, die Sache zwischen Ihnen beiden sei vorüber."

„Tatsächlich?" Jetzt war es an Johnny, erstaunt zu sein

„Aber wenn Sie noch immer ... oder falls Sie ..."

„Nein, wir haben bereits in den Staaten Schluss gemacht. Es ist nur, dass ..." Was war es? Für ihn und Cameron gab es keine Zukunft und doch wusste Johnny, dass sie anders war als alle seine anderen Frauen. Sie war ihm unter die Haut gegangen wie keine andere. Er war nicht verliebt – zu so etwas war er unfähig –, aber irgendetwas nagte an ihm, und das gefiel ihm nicht.

„Hat ihr Unfall Ihre Gefühle für sie wieder angefacht?", fragte Alex.

Johnny war verblüfft über die Offenheit des Mannes. Seines Rivalen? War es das? War Johnny sentimental geworden, weil Cameron verwundet worden war?

„Ich möchte nicht, dass man ihr wehtut. Das ist alles", sagte Johnny, ein wenig in die Defensive gedrängt.

„Ich auch nicht. Aber ich denke, dass es ihr am meisten schadet, wenn wir um sie in Konkurrenz miteinander stehen."

„Wir stehen nicht in Konkurrenz zueinander", sagte Johnny mit fester Stimme. Er wand sich unbehaglich; dann bemerkte er, dass der Kaffeetopf dampfte. Also sprang er auf und ging zum Herd. „Wo bewahren Sie die Tassen auf?"

„Oberstes Regal links."

Johnny fand eine Tasse, stellte die heiße Platte ab, schenkte sich Kaffee ein und ging zurück zum Sofa. Der Kaffee war noch zu heiß zum Trinken. Er pustete und fragte unvermittelt: „Sind Sie amerikanischer Staatsbürger?"

„Nein, Russe. Meine Eltern haben immer davon geträumt, nach Russland zurückzukehren, darum haben sie ihre Staatsbürgerschaft behalten. Ich hatte das Gefühl, sie zu verraten, wenn ich Amerikaner würde, darum habe auch ich meine russische Staatsbürgerschaft behalten."

„Sind Ihre Eltern Kommunisten?"

„Zuerst waren sie es." Alex sprach kurz angebunden, als würde er diese Frage nur widerwillig beantworten. „Später waren sie nicht mehr so eifrig."

„Sind Sie Kommunist?", beharrte Johnny, obwohl er merkte, dass das Thema Alex nicht gefiel.

„Testen Sie mich noch immer als Kandidat für Cameron? Wenn ja, dann kann ich Ihnen sagen, dass mir die ganze Sache höchst unangenehm ist. Ich weiß noch immer nicht, ob Sie ein Rivale oder ein großer Bruder mit einem Gewehr sind." Er beugte sich vor. „Eines jedoch kann ich Ihnen versichern. Ich kenne Cameron zwar noch nicht lange, aber ich bin ziemlich sicher, dass sie außer sich vor Wut wäre, wenn sie wüsste, dass auf eine solche Art über sie gesprochen wird."

Johnny ignorierte die Tatsache, dass Rostow so wortgewandt seine Frage in Bezug auf seine Ideologie umgangen hatte. Ein Lächeln umspielte seine Lippen. „Sie kennen sie ziemlich gut, Rostow."

„Warum sprechen wir nicht über etwas anderes?"

„In Ordnung. Worüber?"

„Sie wollen wissen, wo ich politisch stehe?" Alex blickte ihn ausdruckslos an, dann lächelte er dünn.

„Nur weil ich um Cameron besorgt bin", erwiderte Shanahan. „Um ehrlich zu sein, ich interessiere mich überhaupt nicht für Politik, es sei denn, sie wirft ein paar Nachrichten für mich ab. Mir ist es egal, ob Sie ein Roter, ein Republikaner oder ein Abstinenzler sind." Er hielt inne, nahm einen Schluck Kaffee, dann fügte er verlegen hinzu: „Also gut, ich bin neugierig. Sind Sie ein Roter?"

„Ich bin Parteimitglied."

Johnny verschluckte sich beinahe an seinem Kaffee. Das hatte er wirklich nicht erwartet. „Der kommunistischen Partei?"

„Also, wie stehen nun meine Chancen bei Cameron?"

„Du meine Güte! Ihr Vater würde Sie umbringen, bevor Sie Piep sagen könnten. Aber wir wollten ja nicht über Cameron sprechen." Er sprang auf, schenkte sich nach und lehnte sich gegen die Arbeitsplatte. „Und die Tatsache, dass Sie Parteimitglied sind, hat Sie nicht bei Ihrem Medizinstudium in den Staaten behindert? Das erstaunt mich."

„Ich bin erst später beigetreten."

„Glauben Sie denn an all das Zeug? Marx, *Das kommunistische Manifest* – den ganzen Mist?"

„Ich glaube an die Medizin. Ich habe getan, was ich tun musste, um weiter praktizieren zu können."

„Wie meinen Sie das?"

Alex rutschte auf seinem Stuhl herum. „Man kann das eine nicht ohne das andere haben." Er schob seinen Stuhl zurück und erhob sich. „Ich muss wieder an die Arbeit."

„Und ich habe Sie für einen Idealisten gehalten. Vermutlich habe ich Sie falsch eingeschätzt, Doc." Johnny war froh darüber. Idealisten mochte er nicht und er fing an, den Doktor zu mögen.

„Das war ich auch", antwortete Alex. „Früher, bevor das Leben seine Ansprüche angemeldet hat."

„Mir ist jetzt klar, was Cameron an Ihnen findet. Geheimnis, Gefahr, Tragik – Frauen stehen auf so etwas. Und haben Sie nicht bemerkt, wie sie Ihnen schöne Augen macht? In meiner Nähe ist sie nie so aufgedreht."

Am ungläubigen Gesichtsausdruck des Arztes merkte Johnny, dass ihm dieser Gedanke tatsächlich neu war. Johnny hätte das zu seinem Vorteil nutzen können, die Wahrheit zu verdrehen und so zu gestalten, dass sie ihm in den Kram passte. Aber er hatte noch nie eine Frau durch Täuschung erobern müssen, abgesehen von den lässlichen kleinen Lügen, üblichen Liebesschwüren oder läppischen Heldentaten. Er war sich sicher, den Arzt durchaus in einem fairen Wettkampf aus dem Feld schlagen zu können – falls ihm überhaupt danach war.

33

Als Cameron erwachte, saß ein neuer Besucher an ihrem Bett. Es war Sophia. Sie hielt den Kopf gesenkt und ihre Lippen bewegten sich leicht, wenn ihr auch kein Ton entschlüpfte.

„Hallo Sophia."

Das Mädchen hob den Kopf und lächelte. „Oh, Miss Hayes!" Cameron hatte Sophia nicht dazu bringen können, sie beim Vornamen zu nennen, allerdings hatte sie gelernt, das H auszusprechen. Sie selbst war dazu übergegangen, das Mädchen zu duzen. „Habe ich Sie aufgeweckt?"

„Nein, ich schlafe immer wieder ein. Es ist schrecklich nett von dir zu kommen." Cameron schob sich in eine sitzende Position.

„Ich habe mir solche Sorgen gemacht. Ich musste kommen und mich davon überzeugen, dass es Ihnen wirklich gut geht", erwiderte Sophia. Sie sprang auf und half Cameron, sich aufzusetzen.

„Es war trotzdem nett von dir. Sophia, hast du da eben etwa für mich gebetet?"

Sophias Wangen röteten sich ein wenig, aber Cameron hatte festgestellt, dass das junge Mädchen sehr leicht in Verlegenheit zu bringen war.

Sie nickte, beinahe entschuldigend. „Sie haben doch hoffentlich nichts dagegen?"

„Natürlich nicht." Cameron schob sich noch weiter hoch, um ihre Besucherin besser sehen zu können. Die Bewegungen taten immer weniger weh, was gut war, denn das Bett wurde zunehmend unbequem. „Ich muss zugeben, ich bin selbst kein religiöser Mensch, aber es ist rührend zu wissen, dass du die Zeit für mich aufwendest."

„Sie glauben nicht an Gott?"

Die Treuherzigkeit dieser Frage erstaunte Cameron – sie befanden sich immerhin im atheistischen Sowjetrussland. „Du meine Güte, das ist eine komplexe Frage", erwiderte Cameron, dann drehte sie den Spieß geschickt um. „Ich bin erstaunt, dass du das tust. Ich dachte, die meisten jungen Russen hätten sich von der Religion abgewandt und vor allem hätte ich gedacht, dass jemand in einer solchen Position im Auslandsbüro ganz bestimmt Atheist wäre."

„Das ist, wie Sie so schön sagen, tatsächlich sehr komplex." Sophia nahm wieder Platz, und während sie dies tat, sah sie sich schnell um. Außer Cameron lagen noch drei andere Patientinnen im Zimmer. Mit gesenkter Stimme fuhr Sophia fort. „Dieser Krieg hat viele Veränderungen auf diesem Gebiet mit sich gebracht. Sie sind vielleicht noch nicht lange genug hier, um zu bemerken, dass viele Kirchen wieder geöffnet worden sind. Nicht nur die orthodoxe Kirche, sondern auch andere Glaubensgemeinschaften erfreuen sich neuer Freiheiten."

„Das ist gar nicht mal so erstaunlich", erwiderte Cameron. „Stalin sucht bei christlichen Nationen Hilfe, die er wohl kaum erhalten wird, wenn er nicht Abstand nimmt von seinen alten innenpolitischen Praktiken."

„Ja, das stimmt, aber es geht noch weiter", erwiderte Sophia lebhafter als normal. „Sogar Genosse Stalin gesteht ein, dass im Krieg, wo die Menschen schreckliche Opfer bringen müssen, ein tiefes Bedürfnis nach einer Kraft besteht, die jenseits menschlicher Grenzen liegt. Sind Sie seit Ihrer Ankunft hier in irgendeiner Kirche gewesen? Sie würden feststellen, dass sie viel besser besucht sind als früher."

„Ich schäme mich zu sagen, dass ich keine Kirche aufgesucht habe." Cameron schmunzelte. „Meine Mutter wäre sehr enttäuscht von mir, obwohl ich zu Hause auch nicht regelmäßig zum Gottesdienst gegangen bin. Ich glaube, Mutter hofft, dass die Schrecken dieses Krieges mich näher zu Gott bringen, wie es bei euch Russen der Fall ist."

„Wenn Sie Angst haben, reden Sie dann nicht mit Gott, suchen Sie nicht seine Nähe?"

„Nein, das tue ich nicht." Cameron hielt inne, dann dachte sie über ihre Erfahrungen in Jugoslawien und Griechenland nach. „Nun, vielleicht habe ich es ein- oder zweimal getan. Ich will deinen Glauben nicht herabsetzen, aber ich bin stark und brauche das nicht."

Sehr zu Camerons Erleichterung schien Sophia nicht beleidigt zu sein, eher verblüfft. „Sie glauben, Gott zu suchen, sei eine Schwäche?" Als Cameron nickte, fügte Sophia hinzu: „Dann sind Sie also mit Lenin einer Meinung, dass Religion Opium für das Volk sei?"

„Das scheint mir ein harter Standpunkt zu sein." Aber Cameron stimmte tatsächlich in diesem einen Bereich mit Lenin überein, auch wenn es schwierig war, das richtig auszudrücken, vor allem dieser zarten jungen Frau gegenüber. Aber stimmte es denn nicht? Religion war etwas für die Schwachen und ihre hilflose Mutter war das beste Beispiel dafür.

Die Frage, ob ein Gott wirklich existierte, stand auf einem ganz anderen Blatt.

Seufzend griff Cameron nach dem Wasserkrug.

„Lassen Sie mich das machen“, sagte Sophia und nahm ihn Cameron aus der Hand.

„Wirklich Sophia, du brauchst mich doch nicht zu bedienen.“ Energisch holte sich Cameron den Krug zurück und drehte sich nach dem Glas um. Aber sie hatte den falschen Winkel und stieß es vom Tisch, dass es klirrend am Boden zerschellte.

Sofort erhob sich Sophia und lächelte. „Ich hole einen Besen.“

„Es tut mir so leid.“

Sophia klopfte Cameron beruhigend auf die Schulter, bevor sie das Zimmer verließ, doch Cameron fluchte innerlich. Ja, sie war stolz auf ihre Stärke, umso bedrückender empfand sie es jetzt, an ein Krankenhausbett gefesselt und so schwach zu sein, dass sie nicht einmal die Schweinerei wegwischen konnte, die sie selbst produziert hatte.

Das war aber noch lange kein Grund, sich der Religion zuzuwenden. Denn falls es einen Gott gab, konnte er wohl kaum einen Menschen respektieren, der sich nur in Notzeiten an ihn wandte.

Als Sophia mit dem Besen zurückkehrte, überlegte Cameron, ob sie dieses Thema ansprechen sollte, entschied sich dann aber dagegen, denn das Letzte, was ihr schmerzender Kopf jetzt brauchen konnte, war eine theologische Debatte.

Sophia fegte die Splitter zusammen, brachte sie fort und kehrte mit einem neuen Glas zurück. Sie füllte es mit Wasser und reichte es Cameron.

Cameron lächelte verlegen. „Ich bin wirklich ein hoffnungsloser Fall, Sophia, und ich hoffe, du kannst dich daran gewöhnen. Meine Mutter hat das verrückt gemacht. Sie schüttelte immer den Kopf und sagte: ‚Je höher sie fliegen, desto tiefer der Fall.‘“

Sophia stellte den Wasserkrug wieder auf den Tisch. „Aber Miss Hayes, Sie können doch gar nicht fliegen, das ist doch nur ein Bild, das auf Sie überhaupt nicht zutrifft.“

„Meine Mutter war der Meinung, dass früher oder später alle fallen werden“, erklärte Cameron. „Die einzige Frage war nur, wie hart der Aufprall ausfallen würde.“

„Und ein unabhängiger, ein starker Mensch würde härter fallen, weil er es am wenigsten erwartet?“

„So ungefähr, ja. Nach Meinung meiner Mutter jedenfalls.“

Sophia lehnte sich auf ihrem Stuhl zurück und sagte: „Selbst wenn ich wüsste, dass ich fallen würde, würde ich trotzdem wünschen, so stark zu sein wie Sie, Miss Hayes.“

„Du bist stärker, als du denkst, Sophia. Immerhin bist du Russin.“ Nachdenklich trank Cameron einen Schluck Wasser. „Du bist erst neunzehn, aber ich wette, du hast schon mehr Notzeiten erlebt, als ich in meinem ganzen Leben erleben werde. Du wurdest 1922 während dieser schrecklichen Hungersnot geboren. Mein Vater gehörte zu den Auslandskorrespondenten, die Stalin ins Land ließ, um im Gegenzug Weizen von Amerika geliefert zu bekommen. Dad wurden nur in begrenztem Maß die Auswirkungen der Hungersnot vorgeführt, aber ich erinnere mich, wie entsetzt er war, und er ist ein wirklich harter Hund. Später, während der Säuberungen in den Dreißigerjahren, warst du alt genug, um dich daran zu erinnern. Bestimmt hat das Auswirkungen auf dich gehabt. Und doch hast du überlebt. Das ist Stärke, Sophia.“

„Ich habe nur überlebt, weil andere mich beschützt haben“, erwiderte Sophia und ein tiefer Schmerz verdunkelte ihre Augen. „Diese Menschen sind die Starken. 1932 wurde mein Vater zur Zielscheibe der Geheimpolizei, des jetzigen NKWD. Aus Angst um uns Kinder wollten er und meine Mutter uns aus dem Land schaffen, zu unseren Verwandten nach Amerika schicken. Meine beiden Schwestern und mein Bruder waren damals Teenager und weigerten sich zu gehen. Sie wollten meine Eltern und ihr Land in der Zeit der Not nicht im Stich lassen. Ich wäre vielleicht trotzdem gefahren, aber auch ich wollte bleiben, doch nicht, weil ich so tapfer war wie sie. Ich wollte bleiben, weil ich viel mehr Angst hatte, allein in ein fremdes Land zu reisen.“

„Du warst doch noch ein Kind.“

„Jetzt bin ich kein Kind mehr und habe immer noch Angst. Mein Bruder und meine älteste Schwester sind in der Armee. Mein Mann dient in der Luftwaffe. Er ist in allergrößter Gefahr.“

„Ich wusste gar nicht, dass du verheiratet bist", sagte Cameron erstaunt. „Du hast nie davon erzählt."

„Ich möchte Sie nicht mit meinem Privatleben belasten."

„Das ist doch keine Last", schimpfte Cameron. „Ich möchte natürlich nicht neugierig sein, aber andrerseits sollst du dich frei fühlen, mit mir zu reden. Manchmal ist es leichter, eine Last gemeinsam mit einer Freundin zu tragen."

„Meine Mutter denkt genauso. Auch sie wird ärgerlich, wenn ich ihr nichts erzähle." Sie hielt inne, dachte kurz nach und fügte dann hinzu: „Mein Mann heißt Oleg." Ihr Gesichtsausdruck wurde weicher. Offensichtlich freute sie sich, über ihn sprechen zu können. „Wir haben im April vor Ausbruch des Krieges geheiratet."

„Dann warst du nur drei Monate verheiratet, als er eingezogen wurde? Wie schrecklich!"

„Mein Papa hielt uns für zu jung zum Heiraten. Vor einer Woche ist Oleg zwanzig geworden. Ich weiß nicht, wo er seinen Geburtstag gefeiert hat – auf irgendeinem schrecklichen Schlachtfeld, fürchte ich." Sie kratzte sich in einem Augenwinkel und Cameron sah Tränen in ihren großen braunen Augen glitzern. „Papa hat der Heirat schließlich zugestimmt, denn obwohl er wünschte, wir wären älter, liebt er Oleg wie einen Sohn. Er war mit Olegs Eltern im Gefängnis und hat beide bis zu ihrem Tod gepflegt."

„Sie sind im Gefängnis gestorben?" Als Sophia traurig nickte, fragte Cameron: „Dein Vater war ein politischer Gefangener, nehme ich an, der während der großen Säuberung verhaftet wurde?"

„Nein, früher. 1932. Er verbrachte zwei Jahre im Gulag."

„Warum wurde er verhaftet?"

Sophia sah sich erneut im Zimmer um. Die anderen Patienten schienen zu schlafen. Trotzdem senkte sie die Stimme. „Das war nie so ganz klar. Papa hatte immer eine recht ungewöhnliche Stellung hier. Vor der Revolution gehörte er der Aristokratie an. Sein Großvater war Berater von Zar Alexander II. Doch sein Vater, mein Großvater, hatte eine feste Bindung zum Proletariat."

„Er war ein Revolutionär?"

„In gewisser Weise, aber es ist viel komplizierter. Mein Großvater, den ich nie kennengelernt habe, wurde vom Volk hoch geschätzt. Er kam beim Blutigen Sonntag 1905 ums Leben. Er glaubte an die politische Freiheit, aber viel mehr glaubte er an die geistliche Freiheit."

„Du meinst, die Religionsfreiheit?" Diese Frage würde sie bestimmt noch bereuen, aber die ihr angeborene Neugier zwang sie, sie trotzdem zu stellen.

„Das auch, aber noch mehr." Sophia fuhr sich mit der Hand durch die Haare. Sie schien sich in einem Zwiespalt zu befinden. „Es ist schwer zu erklären, doch dies ist das Erbe, das an meinen Vater weitergegeben wurde. Er glaubt an diese Dinge und er hat dafür gelitten."

„Willst du sagen, er ist wegen seiner Religion verhaftet worden?"

„Im Haus meiner Familie gab es eine Gemeinde."

„Eine Untergrundkirche?"

„Ja, so wird sie genannt."

„Und darum wurde er 1932 verhaftet?"

Ein geheimnisvolles Lächeln umspielte Sophias Lippen. „Die Gemeinde wurde nie entdeckt, aber die Polizei wusste, dass sie existierte. Da sie uns bei keiner illegalen Versammlung überraschen konnten, beriefen sie sich auf die adelige Herkunft meines Vaters und erklärten ihn zu einem Volksverräter. Er kam nie vor Gericht, wurde einfach in den Gulag geschickt."

„Aber er ist doch wieder aus dem Lager entlassen worden, stimmt's? Ich meine mich zu erinnern, dass Alex gesagt hat, dein Vater sei der Personalchef dieser Klinik."

Sophia nickte.

„Wie ist das geschehen?" Cameron beugte sich vor. Das war eine faszinierende Geschichte. Auch wenn sie nie über Sophias Familie würde schreiben können – sie war schrecklich neugierig.

„Mein Vater gehört zu den besten Herzspezialisten im Land", erwiderte Sophia, offensichtlich stolz auf diese Tatsache. „Als ein hoher Parteifunktionär Probleme mit dem Herzen bekam und bekannt wurde, dass eine Koryphäe auf diesem Gebiet im Gulag saß, wurde er umgehend entlassen."

„Und er hat diesen Beamten behandelt?"

„Ja, das hat er", ertönte eine Männerstimme.

Unbemerkt war Alex in Begleitung eines älteren Mannes eingetreten. Cameron bemerkte das Namensschild des Mannes, doch es war in kyrillischen Buchstaben geschrieben, sodass sie den Namen des

Fremden nicht entziffern konnte. Doch hätte sie ihren Monatslohn darauf verwettet, dass dieser Mann Sophias Vater war. Unschwer erkannte sie ihn an seinen Augen, die zwar nicht so groß waren wie die seiner Tochter, aber genauso ausdrucksstark. Sie strahlten und Cameron vermutete, dass dieses Strahlen Sophia galt. Zweifellos war sie der Augapfel ihres Vaters.

Liebevoll neckte er seine Tochter. „Kleine Sophia, langweilst du deine Arbeitgeberin mit unseren Familiengeschichten?“ Er sprach ein sehr gutes Englisch mit einem Akzent, der ihm einen Hauch von Exotik verlieh.

„Ich bin ganz und gar nicht gelangweilt“, warf Cameron ein, bevor Sophia die Gelegenheit zum Antworten hatte. „Ich nehme an, Sie sind Sophias Vater?“

Sophia hatte sich erhoben und trat jetzt neben den Mann, legte ihren Arm um ihn und blickte liebevoll zu ihm auf. „Ja, das ist mein Vater.“

„Dr. Fedortschenko“, fügte er hinzu.

„Ich bin Cameron Hayes.“ Sie streckte ihm die Hand hin.

Er nahm sie nicht, um sie zu drücken, sondern in der Art eines vollendeten Gentlemans, der seine Hacken zusammenschlägt und die Hand küsst.

„Ich habe von Ihnen gehört, Miss Hayes. Es tut mir leid, dass wir uns unter diesen Umständen kennenlernen, doch ich bin sehr erfreut, dass wir uns endlich begegnen.“

Cameron fragte sich, ob er durch Alex oder Sophia von ihr gehört hatte. „Nun, wie ich schon sagte, ich bin überhaupt nicht gelangweilt“, betonte Cameron. „Das alles ist sehr interessant. Wer war der Regierungsbeamte, den Sie behandelt haben, und hat er überlebt?“

Fedortschenko lachte und blickte zu Alex hinüber. „Ich sehe, du hast nicht übertrieben, Alex“, bemerkte er und an Cameron gewandt sagte er: „Alex hat mir erzählt, er habe noch nie jemanden kennengelernt, der so viele Fragen stellt.“

„Eine Berufskrankheit, schätze ich.“ Mit einem erstaunten Blick fuhr sie fort: „Und, ist er gesund geworden?“

„Ja, er ist genesen. Aber die ärztliche Schweigepflicht und andere Gründe verbieten es mir, den Namen des Mannes zu nennen.“

„Bestimmt jemand ganz oben am Totempfahl.“

„Was soll das denn heißen? Und ich glaubte, alle eure Redewendungen zu kennen – von meinem Schwager, der auch amerikanischer Journalist ist."

„Wie ist sein Name?"

„Daniel Trent."

„Oh ja, ich habe von ihm gehört. Er ist beim *New York Register.*"

„Vor Kurzem ist er in den Ruhestand getreten. Also, was ist ein Totempfahl?"

„Um ehrlich zu sein, ich weiß es nicht genau. Ein religiöses Symbol der amerikanischen Ureinwohner – ein hoher, geschnitzter Pfahl, an dem, nehme ich an, die wichtigen Götter ganz oben stehen."

„Ähnlich der sowjetischen Hierarchie", bemerkte Fedortschenko.

„Eigentlich gehe ich keiner politischen Diskussion aus dem Weg", meldete sich Alex zu Wort und trat an Camerons Bett, „aber dies ist nicht nur ein Freundschaftsbesuch." Er überprüfte ihren Puls. „Wie geht es Ihnen?"

„Gut."

Er legte die Hand auf ihre Stirn. „Sie haben Temperatur."

„Was erwarten Sie, wenn man die Aufmerksamkeit von zwei so charmanten Herren bekommt?", scherzte sie.

Alex lachte, fuhr aber unverändert sachlich fort. „Können Sie wieder klar sehen?"

„Oh ja. Ich zähle jetzt nur vier Männer in weißen Kitteln", erwiderte sie fröhlich.

„Schön zu wissen, dass Sie Ihren Humor wiedergefunden haben. Eine wichtige Hilfe im Heilungsprozess, vor allem in einem russischen Krankenhaus", meinte Fedortschenko.

„Oh Papa", sagte Sophia, „dies ist das beste Krankenhaus in Europa."

„So weit würde ich nicht gehen", meinte er achselzuckend, „aber wir tun unser Bestes mit den Mitteln, die uns zur Verfügung stehen. So, Sophia, Dr. Alex möchte Miss Hayes untersuchen. Wir sollten uns jetzt verabschieden, nicht?"

„Ja, Papa."

„Vielen Dank, Sophia, dass du gekommen bist, und auch Ihnen, Dr. Fedortschenko", verabschiedete sich Cameron.

Fedortschenko verneigte sich erneut.

„Ich werde morgen wiederkommen", versprach Sophia.

„Ich hoffe, dann nicht mehr hier zu sein." Cameron warf Alex einen Blick zu, der nur unverbindlich mit den Achseln zuckte. „Aber falls ich doch noch hier sein sollte, Sophia, könntest du mir meine Schreibmaschine und meine Aktentasche mitbringen? Oh, und ich habe einen Block ..."

„Augenblick mal!", unterbrach Alex sie. „Sie sollen sich ausruhen. Es wäre kontraproduktiv, wenn Sie diese Station in einen Presseraum verwandeln würden."

„Eigentlich ist sie größer als der Presseraum im Narkomindel." Cameron lächelte freundlich. „Aber ich schätze, ich muss den Anweisungen meines Arztes Folge leisten."

Als sich Sophia zum Gehen wandte, fing Cameron ihren Blick auf und bedeutete ihr, sie solle trotzdem die erwähnten Dinge mitbringen.

Nachdem alle gegangen waren, zog Alex den Vorhang um Camerons Bett. Er untersuchte sie kurz, überprüfte Herzschlag und Atmung mit dem Stethoskop. Ihm fiel auf, dass sie sich noch immer sehr vorsichtig bewegte, doch sie zuckte nur mit den Achseln, als wäre das ohne Bedeutung. Auf keinen Fall wollte sie zugeben, wie sehr es sie tatsächlich noch schmerzte, weil sie Angst hatte, noch länger in der Klinik bleiben zu müssen. Nicht dass sie Alex' Gesellschaft nicht genossen hätte, aber seine Besuche waren selten, bedingt durch seine große Arbeitsbelastung.

Später, mitten in der Nacht, wachte Cameron auf. Sie hatte hohes Fieber. Alex wurde gerufen, um zu bestätigen, was sie für offensichtlich hielt. Das Thermometer zeigte über vierzig Grad an. Alex entschuldigte sich.

„Es ist doch nicht Ihre Schuld", murmelte sie.

„Vermutlich haben Sie sich das hier eingefangen. Wir hatten vor Kurzem einige Probleme, meinten aber, es unter Kontrolle zu haben."

Sie versuchte zu lächeln, konnte ihre Lippen jedoch nicht spüren und wusste nicht, ob es ihr gelungen war. „Es gibt nicht viele Ärzte, die so etwas zugeben."

„Nein, vermutlich nicht", erwiderte er in seiner vagen, geheimnisvollen Art, die Cameron mittlerweile so gut kannte und so wenig mochte.

Sie hatte das Gefühl, dass er den größten Teil der Nacht an ihrem

Bett verbrachte, aber sie war nicht sicher, ob er tatsächlich bei ihr saß oder ob er nur in ihren Fieberträumen auftauchte. Einmal meinte sie, Leute zu sehen, die um ihr Bett herumstanden und beteten. Sie trugen glänzende weiße Gewänder und hatten allesamt die Statur von Sophia, doch als sie die Köpfe hoben, zeigten sie Shanahans spöttisches Grinsen. Ein anderes Mal träumte sie von Alex, der oben auf einem Totempfahl saß. Er hatte seinen undurchdringlichen Gesichtsausdruck, bis er sich erhob, die Arme ausstreckte und zu fliegen begann. In diesem Augenblick lag ein so friedlicher und fröhlicher Ausdruck auf seinem Gesicht, dass Cameron, die ihn von unten beobachtete, in einen Tränenstrom ausbrach, der sie durchnässte bis auf die Haut.

Als sie erwachte, merkte sie, dass sie die Krisis in der Nacht überwunden hatte und in Schweiß gebadet war.

34

Cameron verpasste den Besuch von Harry Hopkins, der als Sondergesandter Roosevelts Moskau besuchte. Das Fieber hatte sie gezwungen, einen längeren Krankenhausaufenthalt zu akzeptieren.

Shanahan, Levinson und Donovan besuchten sie an dem Nachmittag, als das Fieber abzuklingen begann. Cameron war sehr schwach. Johnny brachte ihr einen riesigen Blumenstrauß, über den sie sich sehr freute.

„Er ist von den Jungs im Presseraum", erklärte er. „Ich habe ihnen gesagt, dass du nicht zu diesen dummen Puten mit einer Schwäche für Grünzeug gehörst und dass dir eine interessante Story viel lieber wäre ..."

„Quatsch, ich liebe Blumen!" Cameron griff nach dem Strauß. Nein, sie war kein Blumenmensch, aber diese Geste rührte sie.

„Ich habe dir doch gesagt, dass sie sich darüber freuen wird!", meinte Levinson.

„Nun, ich war ja auch dafür", verteidigte sich Shanahan.

„Das ist so nett von euch. Sagt das bitte auch den anderen. Donovan, würden Sie bitte bei der Schwester fragen, ob sie eine Vase für mich hat?"

Eine Weile standen die Männer ziemlich verloren um ihr Bett herum, spielten mit ihren Hüten und traten von einem Fuß auf den anderen. Dann erwähnte jemand den Besuch von Hopkins und alle flüchteten sich in das vertraute Milieu ihrer Arbeit.

„Das kam sehr überraschend für uns", meinte Donovan, der mit einer Vase zurückgekehrt war und den Strauß unbeholfen hineinstopfte. „Hopkins war schon einige Stunden da, bevor die Korrespondenten überhaupt davon erfahren haben."

„Wenigstens war er bereit, mit uns zu sprechen, nachdem er sich mit Stalin getroffen hat", bemerkte Levinson.

„Was hat das schon gebracht", brummte Shanahan. „Er hat bestätigt, dass der Präsident am Leih-Pacht-Gesetz festhält. Das war nichts Neues."

„Was hast du erwartet?“, fragte Cameron. „Eine amerikanische Kriegserklärung?“

„Nun, falls dieser Krieg sich noch länger hinzieht, wird Stalin Roosevelt mehr in die Pflicht nehmen.“

„Er sollte zufrieden sein mit dem, was er hat“, argumentierte Levinson. „Und Roosevelt wird Mühe haben, das amerikanische Volk von diesen Hilfslieferungen an Kommunisten zu überzeugen. Offiziell sind wir nicht mal ihre Verbündeten. Was ist mit England?“

Donovan lachte. „Meine Sekretärin hat mir neulich einen Witz erzählt. Gott wundert sich im Himmel über den Schlachtenlärm auf der Erde und will mit den Verantwortlichen sprechen, darum hat er den heiligen Petrus losgeschickt, um sie zu holen. Zuerst kommt Stalin. ‚Ich wurde angegriffen!‘, erklärt Stalin. ‚Es ist nicht meine Schuld – Hitler war's.‘ Doch auch Hitler fängt gleich an zu protestieren: ‚Wieso ich? Ich habe nicht angefangen. Die Briten haben mir den Krieg erklärt. Churchill ist schuld.‘ Dann tritt Churchill vor Gott und sagt mit Engelsmiene: ‚Du kannst doch nicht mich dafür verantwortlich machen. Sieh doch hinunter – siehst du irgendwo einen einzigen Engländer kämpfen?‘“

Alle brachen in Gelächter aus. Dann sagte Cameron: „Ich finde, die Russen fühlen sich zu Recht im Stich gelassen. Und sogar Churchill, ein offener Gegner des Bolschewismus, hat deutlich gemacht, dass es in diesem Krieg nicht um Ideologie geht. Es geht darum, einen Verrückten aufzuhalten, der die Welt erobern möchte.“

„Willst du eine Flagge zum Schwenken haben, Hayes?“, schnaubte Shanahan.

„Welche Flagge?“, fragte Levinson.

Cameron wusste nicht, ob sie verärgert über die Reaktion sein sollte oder eher verlegen wegen ihrer Äußerung. Sie hatte sich immer für eine Zynikerin gehalten, und ihre Parteinahme erstaunte sogar sie selbst. Aber nie und nimmer würde sie sich vor ihren Kollegen entschuldigen.

„Ich würde auch eine Flagge mit Hammer und Sichel schwenken, wenn es sein muss“, entgegnete sie. „Die Sowjets sind im Moment die Einzigen, die den Blutzoll dieses Krieges entrichten.“

„Die Briten haben bei Dünkirchen oder in der Luftschlacht um England auch nicht untätig dagesessen“, widersprach Levinson. „Auch sie haben geblutet.“

„Und selbst du, Hayes, hast Blut vergossen", meinte Shanahan leise. Seine Worte waren ein Friedensangebot. Sie zuckte die Achseln. „Jedenfalls finde ich, die Russen haben das gewisse Etwas. Ich möchte nicht, dass sie untergehen."

„Das möchte niemand", erwiderte Shanahan. „Falls Russland fällt, wird Europa verloren sein."

„Wenn man nur das amerikanische Volk dazu bringen könnte, das zu erkennen."

„Sie sehen nur rot."

„Und das wird sich nicht ändern", zürnte Cameron, „solange das Narkomindel unsere Artikel so zusammenstreicht."

„Das steht nicht in unserer Macht", bemerkte Shanahan. „Es ist nicht unsere Aufgabe, die Welt zu verändern, wir sollen sie nur beschreiben."

„Das wird uns aber ziemlich schwer gemacht, Hayes hat schon recht", meinte Donovan. „Mit dieser Politik schneiden sich die Sowjets ins eigene Fleisch. Eine freiere Berichterstattung könnte die öffentliche Meinung viel effektiver zum Positiven beeinflussen."

„Sie trauen uns nicht", sagte Levinson. „Und das werden sie nie. Sie werden sich gut mit Roosevelt und Churchill stellen und den Korrespondenten gegenüber Herzlichkeit demonstrieren, aber nur solange es ihren Zwecken dient."

„Auf jeden Fall muss bald etwas passieren", brummte Shanahan, „sonst werde ich den Staub dieses Landes von meinen Schuhen schütteln."

„Hast du eine neue Aufgabe?", fragte Cameron. Seine Reaktion erstaunte sie nicht. Shanahan war viel zu sehr Rebell, um den Druck der Sowjetregierung hinzunehmen. „Das ist doch keine Lösung", meinte Levinson, „es gibt im Augenblick kein interessanteres Arbeitsfeld."

„Wenn wir nur an die Front reisen könnten", seufzte Cameron. Im Stillen hoffte sie jedoch, eine solche Reise würde nicht zustande kommen, solange sie noch im Krankenhaus lag.

„Wird wohl kaum passieren, solange die Krauts den Iwans noch den Arsch aufreißen."

„Shanahan", mahnte Donovan, „pass auf, was du sagst! Es ist eine Dame anwesend."

„Wo?", gab Shanahan den Erstaunten.

Cameron lachte. „Danke, Johnny. Das ist das beste Kompliment, das du mir machen konntest."

In diesem Augenblick kam eine Schwester ins Zimmer. Sie rief Cameron und ihren Besuchern etwas auf Russisch zu. Als sie ihr klarmachten, dass sie nicht verstanden, deutete sie auf ihre Armbanduhr. Die Botschaft war klar.

„Hey Leute, ich habe mich über euren Besuch sehr gefreut", sagte Cameron.

„Am liebsten wären alle mitgekommen", erklärte Donovan, „aber wir wollten dich nicht erdrücken."

„Bedankt euch in meinem Namen bei ihnen."

Erstaunlicherweise war sie erleichtert, als sie fort waren. Auch wenn sie es nicht zugegeben hätte – der Besuch hatte sie ermüdet. Sobald die Schwester ihre Temperatur gemessen und den Puls gefühlt hatte, schlief Cameron ein, um einige Stunden später gestärkt zu erwachen. Ein weiterer Blumenstrauß stand auf ihrem Nachttisch. Die beigefügte Genesungskarte verriet, dass er von der staatlichen Planungskommission kam. Ein persönlicher Gruß war mit Onkel Boris unterschrieben. Oberst Tiulenew schrieb, sie hätte so fest geschlafen, dass er sie nicht hätte aufwecken wollen, aber er entschuldigte sich für das, was passiert war, und falls er etwas für sie tun könnte, sollte sie es ihm mitteilen. Ihr wäre nie in den Sinn gekommen, Oberst Tiulenew für das, was passiert war, verantwortlich zu machen. Sie wünschte, sie hätte ihn dementsprechend beruhigen können. Auch tat es ihr leid, seinen Besuch verpasst zu haben.

Es würde noch Stunden dauern, bis das Abendessen ihr eine weitere Ablenkung bieten würde. Cameron wurde unruhig. Sie stieg aus dem Bett, suchte ihren Morgenrock, den Sophia ihr zusammen mit ein paar anderen persönlichen Sachen gebracht hatte, und zog ihn über ihr grob gewobenes Krankenhaushemd. Sie war wackelig auf den Beinen und ihr war schwindelig, aber nachdem der Raum aufgehört hatte, sich zu drehen, war sie sicher, dass Bewegung ihr nicht schaden würde.

In Pantoffeln schlurfte sie aus dem Zimmer. Sie musste sich an den Möbeln festhalten, um zur Tür zu gelangen, und nachdem sie den Flur erreicht hatte, hielt sie sich dicht an der Wand. Noch nie zuvor war sie richtig krank gewesen, dieses Gefühl der Hilflosigkeit war ihr vollkommen neu und ganz und gar unwillkommen.

Niemand schien auf die entflohene Patientin zu achten in diesem Krankenhaus, in dem eine außergewöhnliche Hektik herrschte. Zwar handelte es sich nicht um ein Militärlazarett, es gehörte jedoch zu den wichtigsten medizinischen Einrichtungen für Kriegsopfer. Cameron kam an vielen Uniformierten vorbei, die verwundete Soldaten besuchten oder sich um militärische Angelegenheiten kümmerten. Auf einmal wurde ihr klar, dass das die beste Gelegenheit war, von den verwundeten Soldaten die begehrten Geschichten aus dem Leben des kleinen Mannes zu erfahren. Palgunow war schlecht beraten, ausgerechnet diesen Aspekt des Krieges zu unterdrücken, der in den Staaten Sympathie für die russische Sache wecken könnte.

Das einzige Problem war einmal mehr die Sprachbarriere. Wie sehr wünschte sie sich Sophia herbei. Sie würde warten müssen, bis ihre Dolmetscherin kam, doch Warten war Cameron schon immer schwergefallen. Als sie das Ende des Flurs erreicht hatte, blieb sie vor einer Tür stehen und zögerte. Sollte sie anklopfen? Sie war eine Frau und dies könnte eine Männerstation sein. Aber sie hatte gesehen, dass Personal und Besucher die Stationen ohne Einschränkung betraten. Und wurde ein Patient behandelt, zogen Ärzte und Schwestern immer den Vorhang um das Bett.

Sie streckte die Hand nach dem Türgriff aus.

„Ach, hier sind Sie!"

Cameron fuhr erschrocken zusammen. Sie war nur wenig erleichtert, als sie sich umdrehte und Alex entdeckte.

„Du meine Güte!", lachte sie nervös. „Alex, haben Sie mir vielleicht einen Schreck eingejagt."

„Nun, auch ich bin erschrocken, als ich Sie nicht in Ihrem Bett vorfand." Dann nickte er zu der Tür, die sie gerade hatte öffnen wollen. „Sie sind auf der falschen Station", sagte er arglos.

„Ich weiß."

„Tatsächlich?"

„Ja, ich wollte nur ... nun, ich dachte, ich könnte mich ein wenig umsehen. Vielleicht mit einigen Patienten reden." Sie lächelte lahm.

Er nickte und sie meinte ein amüsiertes Aufblitzen in seinen Augen zu entdecken. „Sie hatten an eine Besichtigungstour durch das Krankenhaus gedacht?"

„Ja, so was Ähnliches. Ich hatte gehofft, mit Soldaten reden zu können."

„Zur persönlichen Erbauung?"

„Nun, ja, ich nehme an – ach, ich kann Sie nicht anlügen, Alex. Ich dachte an einen Artikel über die Gedanken verwundeter Soldaten. Ich dachte, das würde in den Staaten bestimmt gut ankommen."

Er verschränkte die Arme vor der Brust und schwieg eine Weile. Schließlich siegte der Schalk in seinen Augen und ein Grinsen breitete sich auf seinem Gesicht aus. „Sie hätten doch nur zu fragen brauchen, Cameron. Sie brauchen doch nicht wie ein Dieb in der Nacht herumzuschleichen."

„Dann ist das in Ordnung?"

„Natürlich. Können Sie auch noch einen Führer gebrauchen?"

„Das ist mehr, als ein Schnüffler verdient hätte."

„Zufällig habe ich ein paar Minuten Zeit. Ich bitte Sie nur, dass Sie aufhören, bevor Sie erschöpft sind." Er hielt inne und deutete mit dem Kopf zur Tür. „Dies ist jedoch nicht die Militärstation."

Er brachte sie nach oben zu einer großen Station mit etwa zwanzig Betten. Er erklärte ihr, dies seien die einfachen Soldaten, die Offiziere würden auf einer anderen Station liegen. Der Lärmpegel war ziemlich hoch, im Gegensatz zu anderen Teilen des Krankenhauses, wie Cameron bemerkt hatte. Sie wurde daran erinnert, dass diese jungen Männer vor ihrer Verwundung gesund und aktiv gewesen waren.

Als Alex sie vorstellte, schienen sie erfreut zu sein, dass eine Frau, dazu noch eine Ausländerin, sie besuchte. Ein junger Mann sprach angeregt mit Alex.

„Er möchte mit Ihnen ins Kino gehen", übersetzte Alex.

„Sie meinen, eine richtige Verabredung? Sagen Sie ihm, er kenne mich doch kaum", erwiderte Cameron ausgelassen.

Der Soldat lachte und entgegnete, das mache nichts. Er sei bereits verliebt. Cameron stimmte in sein Lachen ein und nach einer flüchtigen Betrachtung fiel ihr auf, dass ihm ein Arm fehlte. Schnell wandte sie den Blick ab und tat so, als hätte sie es nicht bemerkt. Aber das funktionierte nicht.

Durch Alex ließ ihr der Soldat mitteilen: „Ich würde beide Arme hergeben, um die faschistischen Banditen zu stoppen!" Er grinste, als wolle er sie trösten. „Ich werde auch einen Orden bekommen."

„Den haben Sie bestimmt verdient. Woher kommen Sie?"

„Mein Dorf liegt in der Nähe von Pskow. Man sagte mir, es sei jetzt von den Deutschen besetzt worden. Aber wir werden es bald zurückerobern."

Ein anderer Mann meldete sich zu Wort und Alex übersetzte: „Ich komme aus der Ukraine. Werden Sie in einer amerikanischen Zeitung von mir erzählen?"

„So viel mir gestattet wird. Wo wurden Sie verletzt?"

„In der Nähe von Smolensk."

„Sie meint doch an welcher Stelle deines Körpers, du Dummkopf", unterbrach ihn ein anderer Mann.

„Stimmt das?", fragte er, verlegen, dass er sich vor einer Ausländerin zum Narren gemacht hatte.

Sie lächelte ihn ermutigend an. „Beides, denke ich."

„Ich habe ein Schrapnell in den Fuß bekommen." Er streckte den linken Fuß unter der Bettdecke hervor. Auf dem Gips waren zahlreiche Unterschriften zu erkennen. „Werden Sie auch unterschreiben?" Alex reichte ihr einen Stift und sie setzte ihren Namen darauf. „Der Doktor hier hat meinen Fuß gut zusammengeflickt und ich werde bald wieder an die Front zurückkehren, richtig, Doktor?"

Alex nickte und mit gepresster Stimme setzte er hinzu: „Es sieht so aus."

„Ich werde noch mehr Faschisten abknallen! Ich wünschte nur, ich hätte Kugeln so groß wie diese Nachttöpfe, um sie alle umzulegen!"

Die anderen Männer lachten über seinen Eifer. Höflich stimmte Cameron in das Gelächter mit ein, doch diese Begeisterung beunruhigte sie eher. Vermutlich hatten diese Männer das Recht dazu, angesichts dessen, was sie erlitten hatten, aber da war noch etwas anderes, das ihr einen kalten Schauer über den Rücken laufen ließ. Sie waren noch zu jung, um so versessen auf das Töten zu sein. Ein Mann, mit dem sie sprach, hielt sich jedoch mehr zurück.

Alex erklärte, dass er eine schlimme Unterleibsverletzung erlitten habe. Ein großer Teil seiner Eingeweide war entfernt worden. In knapp einer Woche hatte er fünfzehn Kilo abgenommen. Seine verhärmten Gesichtszüge ließen darauf schließen, dass er noch immer große Schmerzen litt.

„Vor dem Krieg arbeitete ich auf einer Kolchose", erklärte er leise, denn das Sprechen fiel ihm schwer. „Ich habe keine Ahnung, was aus meiner Familie geworden ist. Die Deutschen haben auch dieses Dorf besetzt."

„Ich bin sicher, es geht ihnen gut", erwiderte Cameron lahm.

„Ich möchte nichts weiter als zu ihnen zurückkehren und unsere Äcker zu bearbeiten. Ich bin ein guter Landarbeiter."

Camerons Kehle war wie zugeschnürt und sie spürte ein Brennen in den Augen. Aber warum sollte ihr nicht nach Weinen zumute sein nach den einfachen, aber sehr bewegenden Worten des Jungen? Sie blinzelte ein paar Mal und überlegte, was sie dem jungen Soldaten sagen sollte. Das Einzige, was ihr einfiel, war genauso verrückt wie ihr dümmlicher Beschwichtigungsversuch in Bezug auf seine Familie, die wahrscheinlich nicht mehr existierte. Darum nahm sie einfach nur die Hand des Jungen und drückte sie sanft. Sein Griff war schwach und seine Haut heiß, so wie ihre in der vergangenen Nacht.

„Genosse Stalin sagt, wir könnten beten, wenn wir wollten", fügte er hinzu. „Wenn ich in eine Kirche kommen könnte, würde ich eine Kerze anzünden und für meine Familie beten und dafür, dass ich bald wieder bei ihnen bin. Beten Amerikaner?"

„Ja ... einige."

„Wenn Sie in eine Kirche gehen, würden Sie eine Kerze für mich anzünden?"

„Ich, ja, natürlich werde ich das tun."

„Und beten Sie dafür, dass der Krieg bald vorüber ist."

Mehrere Männer, die dies hörten, stimmten dem zu. Aber eine Stimme fügte hinzu: „Bald oder nicht bald, wir werden kämpfen bis zum Ende."

Und auch hierzu ertönte ein Chor der Zustimmung.

Cameron stand noch an anderen Betten und jeder Soldat wollte ihr seine Geschichte erzählen, woher er kam, aus welcher Familie und wie er verletzt worden war. Häufig waren ihre Ausführungen mit Parteirhetorik und wüsten Flüchen gegen die Deutschen durchsetzt. Als es Zeit für sie war zu gehen, forderten die Männer sie auf wiederzukommen und sie versprach es.

Draußen im Flur bröckelte ihre Selbstbeherrschung, die sie vor den Männern mühsam aufrechterhalten hatte. Sie lehnte sich einen Augenblick gegen die Wand und versuchte, ihrer Gefühle Herr zu werden. Sie fühlte sich vollkommen ausgelaugt und die Gesichter der jungen Burschen standen ihr lebhaft vor Augen. Die einfachen und doch wundervollen Gesichter. Sie hatten sie ihre journalistischen Instinkte vergessen lassen und stattdessen in ihr etwas vollkommen Neues geweckt. Sie hatte den Wunsch verspürt, jeden dieser Männer wie eine Henne unter ihre Fittiche zu nehmen und vor weiterem Schmerz zu beschützen.

Und noch mehr. Ein Gedanke überfiel sie plötzlich, genauso schmerzlich wie beunruhigend. Ihr eigener Bruder könnte sehr gut unter diesen Männern auf der Station liegen, oder wahrscheinlicher, er könnte zu den vielen Soldaten gehören, die sie durch die Straßen hatte marschieren sehen oder die auf Lastwagen an die Front transportiert wurden. Er war jetzt sechsundzwanzig, im besten Alter für einen Soldaten. Seit Langem hatte sie nicht mehr an ihn gedacht. Bei dem Gespräch mit ihrer Mutter damals in Kalifornien schien alles so klar gewesen zu sein. Sie würde nach Russland fahren und ihren Bruder suchen. Tatsache aber war, dass sie sich die größte Mühe gegeben hatte, nicht an ihn zu denken. Sie hätte längst Nachforschungen über seinen Verbleib anstellen sollen, aber abgesehen von der kurzen Erwähnung seines Namens bei Onkel Boris hatte sie es seit ihrer Ankunft in Russland vermieden.

Hatte sie Angst, dass dieser Semjon Luban ihre Welt durcheinanderbringen könnte? Falls er noch am Leben war. Und wenn er tot war? Wie könnte sie ihrer Mutter je eine solche Nachricht überbringen?

Vielleicht lebte er ja ganz in ihrer Nähe.

Das Beste schien zu sein, alles so zu lassen, wie es war.

Jetzt wusste sie, warum sie auf einmal so erschöpft war. Das hatte nichts mit ihren Verletzungen zu tun. Der Grund war der, dass keiner – am wenigsten sie selbst – diese Jungen, oder auch ihren eigenen Bruder, vor dem Grauen dieses entsetzlichen Krieges beschützen konnte.

Cameron legte die Hand auf Alex' Arm. „Ich danke Ihnen, dass Sie mir ermöglicht haben, sie zu sehen. Das sind alles nette Jungs, nicht?"

„Einige etwas blutrünstiger als die anderen", meinte er leichthin.

„Ich denke, sie geben sich nur den Anschein, wollen hart wirken. Alex, der Junge von der Kolchose – wird er es schaffen, wieder nach Hause zu kommen?"

„Ich denke, Sie sollten diese Kerze schnell anzünden, wenn Sie das vorhaben. Sein Zustand verschlimmert sich von Tag zu Tag. Er kämpft jetzt gegen eine Infektion an, aber nichts, was wir bisher unternommen haben, hat geholfen."

„Ich wünschte, ich könnte beten und eine Kerze für ihn anzünden." Cameron schüttelte den Kopf und seufzte. „Ich wünschte, ich wäre davon überzeugt, so etwas könnte ihm helfen."

„Ist das nicht der Fall?"

„Seit ich in dieses Krankenhaus gekommen bin, habe ich so viel über religiöse Dinge gesprochen wie seit Jahren nicht mehr." Sie versuchte, passend zu ihren Worten ein sarkastisches Lachen auszustoßen, doch es gelang ihr nicht.

„Das ist nicht verwunderlich. Krankenhäuser scheinen Gedanken über geistliche Themen zu fördern."

„Wenn ich wüsste, dass es dem Jungen hilft, würde ich es auch mit Beten versuchen."

„Sie haben es nicht mit der Religion?"

„Ich brauche sie nicht, Sie etwa?"

Wieder trat dieser melancholische Ausdruck auf sein Gesicht. Falls er es darauf angelegt hatte, sie neugierig zu machen auf die tiefen Geheimnisse, die sich unter der Maske seines gewinnenden Wesens verbergen mochten, dann hatte er Erfolg. Sie fühlte sich in einem Ausmaß zu ihm hingezogen, das sie beunruhigte und gegen das sie glaubte ankämpfen zu müssen. Andrerseits sehnte sie sich danach, zum ersten Mal in ihrem Leben aufgeben zu dürfen, statt kämpfen zu müssen. Sie hätte ohne jede Gegenwehr in diesen Abgrund springen können.

Mit letzter Kraft versuchte sie, gegen die aufsteigende emotionale Spannung anzugehen, die sich zwischen ihnen aufbaute. „Huch, jetzt habe ich wieder den Geheimnisträger geweckt in Ihnen, tut mir leid."

„Ich fürchte, Sie interpretieren da mehr hinein als nötig." Er war nicht ehrlich, wie sie bemerkte, doch es schien keinen Zweck zu haben, weiter in ihn zu dringen. Er hatte ein Recht auf seine Geheimnisse. Dann fuhr er fort: „Der Glaube an Gott war mir früher sehr wichtig, doch als ich ihn am meisten gebraucht hätte, ließ er mich im Stich."

„Darum ist es besser, gar nichts zu brauchen", meinte sie leichthin.

„Sie sind eine zynische Frau", flüsterte er beinahe zärtlich. Sein Gesicht war ihrem so nahe, dass ihr der Atem stockte vor Verlangen, von ihm geküsst zu werden. Dann trat ein sanftes Lächeln auf sein Gesicht und der elektrisierende Augenblick war vorüber. „Jeder braucht etwas, Cameron", sagte er. „Sogar die starken Journalistinnen."

„Sie scheinen mir nicht gerade der bedürftige Typ von Mann zu sein, Alex."

Spottend verdrehte er die Augen. „Oh doch, das bin ich, glauben Sie mir. Ich stehe zwar an vorderster Front, weil Ärzte göttlichen Wesen gleichgestellt werden, aber ich bin tief genug gefallen, um zu wissen, dass ich schwach bin."

„Möchten Sie darüber reden?"

„Ein Krankenhausflur ist nicht der richtige Ort für ein solches Gespräch, aber irgendwann werden wir reden." Dann nahm er ihren Arm und wechselte rasch das Thema: „Kommen Sie, ich wollte Ihnen noch eine andere Station zeigen."

„Die Offiziere?"

„Oh nein, bei denen würden Sie sogar noch wildere Parolen zu hören bekommen. Nein, was ich Ihnen zeigen möchte, ist besser – und gleichzeitig auch schlimmer."

Neugierig zog sie die Augenbrauen in die Höhe und überließ sich seiner Führung.

35

Schon bald kamen sie in den hinteren Teil des Krankenhauses, wie es schien, zumindest war er vom übrigen Krankenhaus separiert. Eine Wache ließ sie durch eine verschlossene Tür ein, dann kamen sie zu einer weiteren Tür auf einem Korridor, vor der wieder ein Wachposten stand. Auch er ließ sie passieren.

Alex schloss die Tür hinter sich und erklärte: „Hier liegen die verwundeten deutschen Kriegsgefangenen."

Auf dieser Station standen an die zwanzig Betten, aber es ging leiser zu als auf der Station, die sie gerade besucht hatten. Diese Männer hatten guten Grund zu schweigen, weil sie die Besiegten waren, gestrandet auf feindlichem Territorium. Trotzdem empfand Cameron keine feindselige Atmosphäre. Auch keine Verzweiflung. Das waren einfach Männer, die sich ihren Schwächen hatten stellen müssen, nicht nur der körperlichen, sondern auch der emotionalen Schwäche. Sie waren davon ausgegangen, innerhalb weniger Wochen über Russland hinwegfegen zu können, wie sie es mit so vielen anderen Ländern getan hatten, doch es war ihnen nicht gelungen.

„Das ist Helmut Othmann", stellte Alex vor, als er bei einem Bett stehen blieb. Er wechselte mit dem Soldaten ein paar Worte auf Deutsch und das Gesicht des Mannes hellte sich sichtlich auf ob der Tatsache, dass der vermeintliche Feind ihn in seiner Muttersprache anredete. Alex untersuchte den dick verbundenen rechten Arm des Mannes. Er betastete die Finger und schien zufrieden. An Cameron gewandt, sagte er: „Ich habe ihn vor zwei Tagen operiert. Sein Arm war schrecklich zertrümmert, aber ich glaube, wir haben ihn retten können."

„Woher kommen Sie, Helmut?", fragte Cameron. Alex übersetzte.

„Ich komme aus Hamburg, war aber schon lange nicht mehr zu Hause." Er war auffallend jung – ein Kind im Körper eines Krieges. Seine blauen Augen und das kurz geschnittene, blonde Haar verrieten die sogenannte arische Abstammung, auf die Hitler so viel Wert legte. Doch sein Blick war traurig und seine Stimme leise, kaum zu verstehen.

„Was haben Sie vor dem Krieg gemacht?"

„Ich habe in der Bäckerei meines Vaters gearbeitet, dem besten Konditor von Hamburg. Ich hatte die Aufgabe, die Torten zu verzieren. Mein Vater sagte, ich sei gut genug, um das zu übernehmen. Dem Doktor hier ist zu verdanken, dass ich das auch weiterhin tun kann, denn für diese Aufgabe braucht man zwei gesunde Arme. So gern ich in der Bäckerei gearbeitet habe, so gerne hätte ich bei der Wehrmacht in der Feldküche mitgeholfen. Doch sie haben mich zur Infanterie gesteckt."

„Wissen Sie, warum Sie in den Krieg gezogen sind, Helmut?"

„Mein Land ist im Krieg und ich wurde einberufen." Er zuckte die Achseln. So einfach war das für ihn. „Gegen das russische Volk habe ich nichts. Sie haben zwar einige meiner Kameraden getötet, aber ich habe auch einige von ihnen erwischt. Ich möchte nichts weiter, als nach Hamburg zurückzukehren und Torten zu verzieren."

Erneut war Camerons Kehle wie zugeschnürt. Ihr fiel es schwer, einem Feind ins Auge zu sehen, der sich als einfacher Junge entpuppte. Alle hatten sie Eltern und Freundinnen, Ehefrauen und Kinder und alle wollten nichts weiter, als zu ihnen zurückzukehren. Sie waren Verkäufer, Fabrikarbeiter und Bauern, alles andere als die Finsterlinge, Zinnsoldaten und Roboter, die in der Vorstellung der Amerikaner die Wehrmacht darstellten.

Ein Junge sagte, sein bester Freund sei an seiner Seite während des Kampfes um Kiew gefallen. „Damals hatte ich keinen anderen Wunsch, als die Iwans zu töten."

Er hatte Sommersprossen auf der Nase und sein rotes Haar war von einem dicken Verband um den Kopf verdeckt. „Aber hier im Krankenhaus sind sie sehr freundlich zu mir gewesen. Jetzt weiß ich nicht mehr, was ich denken soll."

Cameron empfand genauso.

Nachdem sie die Station verlassen hatten, führte Alex sie in den kleinen Aufenthaltsraum für Ärzte auf diesem Flur. Er zapfte für jeden von ihnen eine Tasse Tee aus dem Samowar. Sie setzten sich auf die harten, wackeligen Stühle an den Tisch, die schrecklich ächzten, wann immer sie sich bewegten.

„Warum haben Sie mich hierhergebracht?", fragte Cameron. Es war der erste Satz, seit sie die Station der Kriegsgefangenen verlassen hatten. Ihre Stimme war rau. Nur mit Mühe konnte sie ihre Gefühle verbergen.

„Sie schienen mir die Art von Journalistin zu sein, die beide Seiten einer Angelegenheit betrachten will“, erwiderte er einfach.

„Das bin ich, aber ...“ Sie starrte in ihre Tasse mit der dunklen, starken Flüssigkeit. „Ich dachte, Sie wären Patriot und wüssten, dass es nicht gut für die eigene Sache ist, Mitleid für den Feind zu wecken.“

„Für mich sind diese Männer nicht der Feind“, antwortete er mit ungewohnter Heftigkeit. Er schien schon häufiger ein solches Gespräch geführt zu haben. „Sie sind meine Patienten. Ich habe genauso um ihr Leben gekämpft wie um das der russischen Jungen. Was meinen Patriotismus betrifft – ich weiß nicht. Ich habe Russland als mein Land adoptiert, aber ich bin und bleibe hier ein Außenseiter. Und in Amerika bin ich ebenfalls ein Außenseiter. Und was Deutschland betrifft, ich hasse Hitlers Politik. Jeden Tag sehe ich vor mir das Übel, das er anrichtet, und wenn ich könnte, würde ich ihm persönlich eine Kugel in den Kopf jagen.“ Unvermittelt sprang er auf und marschierte zum Samowar. „Möchten Sie noch eine Tasse?“, fragte er, während er seine Tasse erneut füllte.

„Nein. Aber ich weiß noch immer nicht, warum Sie mir diese Station gezeigt haben.“

Er wandte sich zu ihr um. Noch nie hatte sie einen Mann mit einem so ausdrucksstarken Gesicht kennengelernt. In einem seltsamen Gegensatz zu seiner Rätselhaftigkeit schlummerten seine Emotionen dicht an der Oberfläche. Und Cameron wollte es wissen. Sie kannte keinen Mann, dessen Seele sie so gern berührt hätte, sie kannte keinen Mann, der überhaupt eine Seele besaß. Ihr Vater ganz bestimmt nicht, und was Shanahan anging – oh, er hatte zärtliche Anwandlungen, aber sie war sich sicher, dass es nicht tiefer ging. Und sie begann zu erkennen, was in ihrer Beziehung die ganze Zeit gefehlt hatte.

Alex' Augen waren jetzt von einem tiefen Blau. Er betrachtete sie. Seine Stimme war weich, als er seinen Platz wieder einnahm. „Ich schätze, ich wollte Sie Anteil haben lassen an meiner widersprüchlichen Welt. Vielleicht dachte ich, Sie würden genauso verwirrt sein wie ich und ich würde Trost in Ihrer Gesellschaft finden. Ziemlich grausam von mir, nicht?“

„Ja, das war es“, erwiderte sie mit einem Anflug von Humor. „Wenn ich die Wahl gehabt hätte, hätte ich nicht sehen wollen, was ich gerade gesehen habe. Aber vermutlich verstehe ich diesen Krieg jetzt besser. Trotzdem, diese Geschichten der deutschen Gräueltaten, von denen wir hören, sind das denn alles Lügen?"

„Die SS, das sind die Ungeheuer unter den Deutschen, und ich bin sicher, dass sie für diese Gräueltaten verantwortlich sind. Der gewöhnliche Soldat erobert Städte und Dörfer, dann rückt die SS an und nimmt den Menschen ihr Herz und ihre Seele. Von denen habe ich noch keinen behandeln müssen. Vermutlich sind sie zu fanatisch, um sich lebendig fangen zu lassen."

Sie erkannte den Zwiespalt in seinen Augen und wusste, selbst wenn er einen SS-Offizier auf dem Operationstisch hätte, würde er genauso um sein Leben kämpfen wie um das eines jeden anderen.

„Cameron, haben Sie den Krieg für eine einfache Schwarz-Weiß-Angelegenheit gehalten?"

„Nun, um ehrlich zu sein, dachte ich, es ginge um Ehre. Ich dachte an all die aufregenden Storys, die ich schreiben könnte. Ich bin zwar im Tiefflug angegriffen und bombardiert worden und hatte schreckliche Angst, dennoch war es ein Abenteuer für mich. Ich habe einen Menschen gesehen, der unmittelbar vor meinen Augen gestorben ist. Ich kannte die Frau nicht und habe nur ein paar Worte mit ihr gewechselt. Es war schockierend und gleichzeitig bester Stoff für einen herzzerreißenden Artikel." Ein ungeahnter Druck baute sich in Cameron auf und machte sie unruhig. Sie sprang auf und ging mit ihrer Tasse zum Samowar. „Vermutlich sollte ich Ihnen für diese Erfahrung danken, die mir die Augen geöffnet hat", fügte sie hinzu. Sie stand mit dem Rücken zu Alex, als sie ihre Tasse füllte.

„Es tut mir leid, ich hätte nicht ...", begann Alex, doch Cameron war noch nicht fertig.

„Nein! Ich wollte mit Soldaten sprechen. Ich möchte auch an die Front fahren, um Schlachtfelder zu sehen, um Schlachten mitzuerleben! Aber ich dachte, ich könnte das tun, ohne es wirklich an mich heranzulassen." Auf einmal musste sie wieder an die Fabrik denken, an die Frau, die sich so fröhlich mit ihr unterhalten hatte und wenige Augenblicke später bei der Explosion ums Leben gekommen war. Sie hatte versucht, diese Frau aus ihren Gedanken zu verbannen. Diese freundliche Arbeiterin, die sich Cameron zugewandt hatte – und dann so schnell gestorben war. Cameron hatte versucht, den Schmerz zu umgehen, der entstand, wenn man im einen Augenblick noch das Licht in den Augen eines Menschen sieht und dieselben Augen im nächsten vom Tod verdunkelt werden. Auch sie hätte dabei ums Leben kommen können. Aber daran wollte sie nicht denken.

Sie hatte seine Bewegung nicht wahrgenommen und bemerkte ihn nicht, bis sie die Wärme seiner Nähe spürte. Er legte ihr seine Hand auf die Schulter.

„Es musste passieren, Cameron." Seine Stimme war so sanft wie seine Berührung. „Ihre Seele ist zu zart, um von solchen Erfahrungen unbeeindruckt zu bleiben."

Niemand, nicht einmal sie selbst, hatte sich jemals als zart betrachtet. Sie hatte das Gefühl, dass irgendetwas in ihr aufbrach, dass der Panzer, den sie angelegt hatte, einen Sprung bekam. Ganz bestimmt war es kein Zufall, dass ausgerechnet dieser Mann ihn so sanft aufbrach.

Unvermittelt drehte sie sich um und fand sich nur knapp zwei Zentimeter von ihm entfernt. Auf seinem Gesicht lag ein Ausdruck, den sie nicht deuten konnte – und dem sie nicht widerstehen konnte. Sie berührte seine Lippen mit ihrem Mund und das Gefühl überwältigte sie. Ihre Arme legten sich um ihn und sie drückte sich an ihn. Als er reagierte und sie fest in seine Arme schloss, den Kuss aufnahm und ihr beinahe den Atem raubte, wurde ihr klar, wie verzweifelt sie sich eine solche Umarmung gewünscht hatte, die ihr das ganze Leben lang versagt geblieben war.

Seine Lippen waren weich und gleichzeitig fest, sanft und leidenschaftlich. Wie er selbst, so war auch sein Kuss voller Widersprüche, als wüsste er nicht, ob das nur eine tröstende Geste war oder aus Leidenschaft geboren. Doch nach einer ganzen Weile in seiner Umarmung war Cameron sicher, dass Letzteres gesiegt hatte. Als die Tür aufflog, wusste sie nicht, ob sie erleichtert oder zornig sein sollte.

Zwei lachende Krankenschwestern platzten herein und ihr Gelächter brach so abrupt ab, wie Cameron und Alex sich rasch voneinander lösten. Es war eine peinliche Situation, von beiden Seiten wurden Entschuldigungen gestammelt und Alex verschwand hastig mit ihr aus dem Aufenthaltsraum. Schweigend liefen sie Seite an Seite den Korridor entlang. Camerons Herz raste noch immer, ihre Lippen spürten noch immer seinen Kuss.

Sie konnte nichts anderes denken, als dass sie ihn erneut küssen wollte. Ihr war es egal, dass sie den Kuss herausgefordert hatte, und noch immer war sie nicht sicher, ob er nur reagiert hatte, um ihre Würde zu wahren.

Auf einmal blieb er mitten im Schritt stehen und drückte sie gegen die schmutzig weiße Wand. Er kam ihr wieder sehr nahe und sie hätte ihn leicht küssen können, aber sein finsterer, beinahe ablehnender Gesichtsausdruck hielt ihre aufgewühlten Gefühle in Schach.

„Cameron“, sagte er mit leiser und rauer Stimme, „ich bin kein Mann, mit dem Sie sich einlassen sollten.“

„Was?“

„Das sind zu viele Komplikationen. Sie sollten ...“

„Einen Augenblick mal!“, unterbrach sie ihn. „Niemand sagt mir, was ich tun oder nicht tun sollte.“

„Tatsächlich?“

Trotz allem musste sie über seinen Ernst lachen. Wie dumm das klingen musste. „Wollten Sie mich küssen, Alex, oder waren Sie nur freundlich?“

„Freundlich?“ Ein amüsiertes Lächeln umspielte seine Lippen. „Denken Sie, ein Mann würde eine Frau so küssen, wenn er nur versucht, freundlich zu sein?“

„Nun ...“

„Ich wollte dich beinahe von jenem ersten Abend unserer Begegnung an küssen, als wir oben auf dem Dach standen und sich das Feuer der Explosionen in deinen Augen spiegelte. Ich sah, dass das kein reines Spiegelbild war, sondern dass es aus deiner Seele aufstieg. Damals wusste ich, ich wollte die Schale knacken, die du als Fassade um dich herum aufgerichtet hattest.“ Er hielt inne und holte Luft. Ganz offensichtlich hatte er mehr gesagt, als er vorgehabt hatte. Dann fügte er mit einem Anflug von Trotz hinzu: „Aber es gibt Dinge in meiner Vergangenheit, die dich abstoßen würden.“ Er sah sich um und ihm wurde klar, dass sie sich schon wieder in einem Korridor befanden.

Eine Ordonnanz eilte, einen Wagen vor sich herschiebend, den Flur entlang. Krankenschwestern, Ärzte und Besucher kamen vorbei. Das Leben im Krankenhaus brandete an ihnen vorüber. Lärm drang aus den Stationen zu ihnen, gedämpfte Gespräche, Schmerzensschreie, entferntes Gelächter. Aber alles ging unter in der Unmittelbarkeit des Augenblicks zwischen Cameron und Alex.

„Hör zu, Alex", sagte Cameron entschlossen, „Korridor oder nicht, ich denke, es ist an der Zeit, dass du alle diese entsetzlichen Geheimnisse offenbarst. Bist du ein Axtmörder oder so was?"

Er seufzte und der Ausdruck auf seinem Gesicht sagte ihr, dass er wusste, dass es an der Zeit war, und vielleicht würde es nie einen besseren Ort geben. „Ich bin vor drei Jahren nach Russland gekommen, weil ich davonlief – nicht vor der Polizei. Ich versuchte, meiner persönlichen Scham zu entgehen. Ich habe in den Staaten meine Lizenz als Arzt verloren, weil ich einen Patienten auf dem Operationstisch getötet habe."

„Oh Alex! Das kann doch nicht ..."

„Doch, so war es!", beharrte er. Er wollte kein fehlgeleitetes Mitgefühl. „Es war reine Inkompetenz. Ich war ein sehr ehrgeiziger Chirurg. Ich wollte der jüngste Chefchirurg sein, den es je in dem Krankenhaus, in dem ich arbeitete, gegeben hatte. Ich habe mich bis an die Grenze getrieben und dann versuchte ich, sie zu überschreiten, indem ich Drogen genommen habe. Ich pumpte mich mit stimulierenden Substanzen so voll, dass ich ohne Schlaf auskommen konnte. Und wenn ich dann unbedingt einmal schlafen musste, nahm ich Schlafmittel. Dann weitere Stimulanzien, um die Wirkung der Schlafmittel zu vertreiben. Ein ganzes Jahr lang war ich schwer abhängig und die Ironie war, dass ich trotzdem erstaunlich gut funktionierte und mein Problem gut verbergen konnte. Ich war ein hervorragender Chirurg. Zweifellos hätte mein Talent auch ausgereicht." Er hielt inne und lachte verächtlich. „Und ich habe dir vorgeworfen, du seist arrogant! Trotzdem, die Wahrheit ist, anfangs hätte ich die Drogen nicht gebraucht. Selbst jetzt weiß ich noch nicht genau, wie alles begonnen hat. Langsam und unschuldig, da bin ich sicher, bis ich in einem Teufelskreis gefangen war, dem ich nicht mehr entrinnen konnte. Und dann ist eine Frau gestorben. Es war eine schwierige Operation und meine Hand ist abgerutscht und hat mit dem Messer eine Arterie verletzt. Meine Freunde sagten, das hätte jedem passieren können. Vielleicht stimmt das."

„So etwas passiert doch ..."

„Nicht, Cameron! Ich erzähle dir das nicht, weil ich dein Mitgefühl möchte. Das will und brauche ich nicht. Und ich bin froh darüber, dass ich damals Kollegen hatte, die nicht bereit waren, mir mit Mitgefühl zu begegnen, die sich weigerten, mich zu decken. Ich habe bekommen, was ich verdiente. Ich bedauere nur, dass meine Mutter unter dem Skandal gelitten hat. Ich bin sicher, das hat sie schließlich getötet. Sie war so stolz auf meine Leistung, und dann alles auf so schändliche Weise zu verlieren ..." Er hatte steif vor ihr gestanden, doch jetzt wandte er sich ab und ließ sich gegen die Wand sinken, als hätte allein das Sprechen über den Verlust ihn der letzten Kräfte beraubt.

Ihr war es egal, wie es klang, sie hatte das Bedürfnis, etwas zu sagen, ihm Verständnis entgegenzubringen, wenn nicht Mitgefühl. „Trotzdem hast du nicht aufgegeben. Du bist nach Russland gekommen und du praktizierst weiter."

„Die Medizin war alles, was ich hatte, alles, was ich je wollte. Und dieses Bedürfnis zwang mich, in meinem Leben aufzuräumen. Ein Freund der Familie, ein anderer russischer Immigrant, stellte den Kontakt zu seinem Bruder hier in Russland her, der zufällig Dr. Fedortschenko war." Er hielt inne und wandte ihr den Kopf zu. „Jetzt kennst du meine Geheimnisse, zumindest die meisten davon. Und jetzt kennst du auch den Grund für mein Zögern. Tag für Tag werde ich von meiner Vergangenheit verfolgt und der Furcht, es könnte erneut passieren. Wenn man erst einmal eine solche Abhängigkeit erlebt hat, ist dies tatsächlich wie ein Geist, der einen für immer verfolgt. Aus dieser Furcht heraus nehme ich nicht einmal ein Aspirin. Alkohol rühre ich nicht an. Aber es gibt Zeiten, Gott helfe mir, wenn ich einen besonders langen Tag hinter mir habe und so müde bin, dass ich meine Gedanken kaum noch richtig ordnen kann, und dann ein Notfall hereinkommt – dann denke ich daran. Ich denke, dass vielleicht eine Tablette ..."

„Aber du kämpfst dagegen an." Ihre Worte waren zum Teil Frage, zum Teil eine hoffnungsvolle Bemerkung.

„Ja, ich kämpfe dagegen an. Aber ich weiß nie ganz sicher, ob ich den Kampf verlieren werde."

„Danke, dass du mir diese Dinge erzählt hast, Alex." Sie fragte sich, ob er dachte, seine Geschichte würde ihre Gefühle für ihn ändern. „Aber hältst du mich wirklich für so oberflächlich, dass das Wissen um diese Sache irgendetwas verändern würde?"

„Du bist alles andere als oberflächlich. Und ich ahne vieles von dem, was du zu verbergen versuchst." Er lächelte schwach.

„Tatsächlich?"

Er nickte. „Du bist nicht so abgebrüht, wie du dich gibst. Und ich fühle mich sehr zu dir hingezogen, Cameron." Seine Augen schienen sie einzuhüllen. „Aber ich kann eine Frau nicht mit meinen persönlichen Dämonen belasten. Es gibt einfach zu viele Komplikationen, als dass es für uns eine gemeinsame Zukunft geben könnte."

„Eine Zukunft?" Sie verdrehte die Augen. Männer! Sie dachten, alle Frauen könnten es kaum erwarten, unter die Haube zu kommen. „Entspann dich, Alex. Ich bin nicht auf der Suche nach einer Zukunft mit einem Ehemann."

„Was willst du denn dann?"

„Ich weiß es nicht", erwiderte sie gereizt. „Ich weiß nur, dass deine Umarmung oder meine Umarmung – was immer es war – ein Bedürfnis befriedigt hat. Vielleicht war es einfach das Bedürfnis nach der Nähe eines Menschen."

„Irgendeines Menschen? Und ich war gerade zufällig in der Nähe?"

Sie überhörte seinen zornigen Unterton. Noch vor einer Minute hatte er doch versucht, sie abzuweisen! „Oh bitte!" Sie wollte davongehen, doch er legte ihr die Hand auf die Schulter und hielt sie sanft zurück.

„Das klingt alles lächerlich, nicht wahr?", meinte er entschuldigend. „Ich verstehe es selbst nicht. Wir beide haben offensichtlich Bedürfnisse, doch beide wollen wir uns davor schützen. Es ist verwirrend."

Sie lächelte. „Ich sage dir, was ich an dir so anziehend finde. Du bist ein tief denkender und sehr vielschichtiger Mann. Da ist so vieles an dir, das ich faszinierend finde. Ich weiß nie, was du sagen oder tun wirst, aber mir gefällt diese Ungewissheit. Auf der anderen Seite, Alex, ist das auch so frustrierend an dir. Kannst du denn nicht nur einmal etwas akzeptieren, ohne alle Aspekte analysieren zu wollen?"

„Und was sollte ich akzeptieren?"

„Einfach die Tatsache, dass wir uns zueinander hingezogen fühlen, und es genießen sollten."

„Ich fürchte, für Einfachheit oder Genuss bin ich zu sehr Russe, geschweige denn beides auf einmal."

„Nun, ich bin Irin. Wir sind sehr für Einfachheit und Genuss. Ich werde dir den Weg zeigen."

Seine Augen funkelten und tanzten. Sein hungriger Blick wanderte über ihr Gesicht. „Ich möchte dich noch einmal küssen."

„Jetzt endlich begreifst du!"

Sie lehnte sich an ihn und ihre Lippen berührten sich. In diesem Augenblick plärrte der Lautsprecher los.

„Dr. Rostowtschikow ..." Der Rest war auf Russisch, aber der Name war für Cameron deutlich zu verstehen.

„Ein Notfall", erklärte er widerstrebend. „Ich muss gehen. Kannst du allein zu deiner Station zurückkehren?"

„Ja, natürlich."

„Ich komme später noch mal zu dir."

Sie sah ihm nach, wie er den Korridor entlangeilte; dann lehnte sie sich seufzend gegen die Wand. Als wären diese Vielschichtigkeiten des Krieges noch nicht genug in ihrem Leben, war sie etwa dabei ...? Nein, sie war nicht dabei, sich zu verlieben. Aber irgendetwas stand ihr bevor und sie fürchtete, dass das viel gefährlicher war als der Krieg.

Teil 4

„Eine zensierte Presse dient nur der Demoralisierung.“

Karl Marx

36

Los Angeles, Kalifornien
September 1941

Blair wusste, dass Gary sich in sie verliebte. Und es war mehr als ein Gefühl. Das hatte er ihr gesagt.

Sie waren zu einem gemütlichen Zusammensein in seiner Gemeinde gewesen. Sie hatte einen Auflauf mitgebracht – Kartoffeln und Schinken. Er hatte geschwärmt, wie gut er schmecke. Einer der anderen Männer hatte Gary zugeblinzelt und trocken bemerkt: „Und sie kann auch noch kochen! Die solltest du dir halten, Gary."

Gary hatte zugestimmt.

Natürlich hatte Blair nicht erzählt, dass sie, während ihr Vater im Büro war, nach Hause gefahren und die Köchin ihrer Eltern gebeten hatte, ihr dieses Gericht zuzubereiten. Eine Lüge mehr oder weniger – kam es darauf noch an?

Nach dem Essen hatten sie sich gemeinsam an den Aufwasch gemacht. Sie standen an dem großen Spülbecken in der Küche des Gemeindehauses, die Hände tief in das Spülwasser getaucht. Irgendwie fanden sie sich von ganz allein. Gary blickte sie an, wie er es so häufig in den Wochen seit diesem Picknick am vierten Juli getan hatte, als sie angefangen hatten, miteinander auszugehen. Es war ein Blick, in dem sie sich leicht hätte verlieren können. Seine Augen waren dunkel, eindringlich, warm und einladend, alles zur selben Zeit. Es war ein Blick, in den eingetaucht sie den Rest ihres Lebens hätte verbringen können. Fürsorge lag darin, aber noch mehr. Er sah sie an, als sei sie ein wertvoller Mensch, nicht nur wegen ihrer Schönheit, sondern wegen ihrer inneren Werte. Manchmal fragte sie sich, ob er ihr Äußeres überhaupt wahrnahm.

„Er hat recht, weißt du", sagte Gary, während er ihr einen Teller zum Abspülen reichte.

„Wer hat recht?"

„Mr Thomas, wenn er sagt, ich solle an dir dranbleiben."

„Ach Gary, wirklich!" Sie lachte fröhlich, ein wenig verlegen.

„Du solltest doch mittlerweile wissen, was ich für dich empfinde, Blair."

„Du kennst mich doch kaum."

„Ich kenne dich genug, liebe, was ich kenne und möchte den Rest meines Lebens damit verbringen, das Übrige kennen- und lieben zulernen."

„Ich hätte nicht gedacht, dass du ein solcher Romantiker bist, Gary." Kichernd schnipste sie Seifenschaum in sein Gesicht. „Jetzt werde mal wieder ernst. Wir haben noch zu arbeiten."

Er revanchierte sich, indem er sie scherzhaft mit Wasser bespritzte. Sie lachten und einen Augenblick später war die ernste Stimmung verflogen.

Aber der schreckliche Knoten in Blairs Magen löste sich nicht. Er liebte sie. Aber was liebte er? Das verlogene Trugbild, das sie von sich aufgebaut hatte? Oder liebte er das, was tatsächlich in ihrem Herzen war?

Eine Frau kam in die Küche und machte ihr ein Kompliment zu ihrem Essen.

„Sie müssen mir das Rezept geben. Diese besondere Kombination der Gewürze war einfach wundervoll!"

„Vielen Dank", erwiderte Blair mit der richtigen Mischung aus Stolz und Demut. „Ich werde das Rezept am Sonntag mitbringen."

Wie leicht ihr diese Lügen von der Zunge gingen. Fred Banister wusste gar nicht, was ihm entging. Sie war eine bessere Schauspielerin als Lilian Gish, Helen Hayes und Jean Harlow zusammen!

Gary hatte vorgeschlagen, nach dem Essen zu ihm nach Hause zu fahren – während seines Urlaubs von Fort Arthur wohnte er dort –, um Bridge mit ihnen zu spielen. Ja, sie hatte seine Eltern bereits kennengelernt und Gefallen an ihnen gefunden. Im Gegensatz zu ihrer eigenen Familie waren sie bodenständige Leute. Ed Hobart war ein lebenslustiger Mann, der zu allem eine Geschichte oder einen Witz auf Lager hatte, während seine Frau Marjorie still und freundlich war. Blair war gern mit ihnen zusammen. Aber sie lehnte Garys Einladung ab unter dem Vorwand, noch ein Vorstellungsgespräch zu haben.

Manchmal fühlte sie sich durch all die Täuschungsmanöver regelrecht ausgelaugt. Ihr Leben glich mittlerweile einem Kartenhaus. Immer wieder wurde eine neue Lüge nötig, um eine vorhergehende zu decken. Am schwierigsten war ihr Job zu tarnen. Sie hatte sich geschämt, Gary zu gestehen, wo sie arbeitete, darum hatte sie erzählt, sie würde freiwillig in einem Krankenhaus die Nachtschicht übernehmen und darum könnte sie die Abende nur an ihren freien Tagen mit ihm verbringen. In den ersten Wochen, als sie sich nur zwei- oder dreimal gesehen hatten und seine Arbeitszeit mit ihrer kollidierte, hatte es keine Mühe gemacht, diese Täuschung aufrechtzuerhalten. Doch vor zwei Wochen hatte er die Nachtschicht übernommen, sodass sie sich jetzt fast jeden Tag sahen.

Und dann war da noch ihre Familie. Sie hatte es eine ganze Weile vor sich hergeschoben, ihn vorzustellen, aber irgendwann musste sie seinen Bitten, ihre Eltern kennenlernen zu dürfen, nachgeben oder neue Märchen erfinden. Das größte Problem war Keagan, aber das konnte leicht gelöst werden, weil er sich noch immer weigerte, mit ihr zu sprechen. Ganz aufrichtig erzählte sie Gary, sie und ihr Vater hätten sich entzweit und seit Langem kein Wort mehr miteinander gewechselt, aber ihre Mutter würde ihn sehr gern kennenlernen. Sie trafen sich in einem Restaurant und Jackie kam dazu. Sie verbrachten eine nette Zeit miteinander – fast wie normale Menschen.

Ja, Blair genoss jeden Augenblick mit Gary. Es gefiel ihr, dass er sie wie eine Prinzessin behandelte – nicht, dass er sie verwöhnte, sondern indem er einfach auf sie reagierte, als wäre sie etwas Besonderes. Noch nie hatte ein Mann sie so respektiert. Er hörte ihr zu, wenn sie über sich und ihr Leben erzählte. Er hörte wirklich zu, als wären ihre Worte etwas wert. Sie hatte ihm sogar in Ansätzen von ihrer Rebellion erzählt und ließ ihn in der Annahme, sie sei Christ geworden und habe sich geändert. Auch erzählte sie ihm die Wahrheit über ihren Vater und seine Enttäuschung. Gary fragte nicht nach Einzelheiten, weil es ihr offensichtlich schwerfiel, über dieses Thema zu reden. Und sie weihte ihn auch in ihre Träume ein.

Dabei musste sie ausnahmsweise nicht lügen, weil ihre Träume sich tatsächlich verändert hatten. Die Dinge, derentwegen sie Jackie noch verspottet hatte, als diese ihr erzählte, sie wolle ein einfaches Heim und eine Familie, erschienen auch Blair jetzt immer wünschenswerter. Vielleicht lag der Grund darin, dass sie Gary mit diesen Dingen verband.

Vielleicht würde sich das, was als Lüge begonnen hatte, doch noch zur Wahrheit entwickeln.

Wenn da nicht das Gespräch gewesen wäre, das sie vor Kurzem mit Jackie geführt hatte. Ihre Schwester hatte ihr Versprechen gehalten und Blairs Geheimnis nicht verraten, aber sie nahm jede Gelegenheit wahr und versuchte Blair zur Aufgabe ihrer Lügengeschichten zu bewegen.

„Gott kannst du nicht täuschen“, hatte Jackie gesagt.

„Ich versuche doch gar nicht, Gott zu täuschen.“ Du meine Güte, hielt Jackie Blair tatsächlich für so bösartig?

„Aber du tust so, als wärst du Christ, nicht?“

„Nun ...“ Blair hatte versucht, diesem Thema aus dem Weg zu gehen. „Ich glaube tatsächlich an Gott, weißt du. Bei so etwas würde ich nicht lügen.“

Jackie hatte eine ausweichende Antwort gegeben und das Thema fallen gelassen, zumindest für den Augenblick.

Blair wusste, dass sie einen Glauben vortäuschte, den sie nicht besaß. Um ein richtiger Christ zu sein, musste man bestimmte Dinge tun, zuerst und vor allem anderen ein Gebet sprechen, mit dem man Jesus in sein Herz aufnahm. Darum beschloss Blair, das auch zu tun, nur um eine Antwort zu haben, wenn Jackie sie das nächste Mal wieder darauf ansprach. Was konnte es schaden, dieses Gebet zu sprechen?

Also tat sie es.

Sie merkte zwar danach keinen Unterschied, aber der Pastor von Garys Gemeinde hatte eine Predigt über den Glauben gehalten, der auf Tatsachen basierte, nicht auf Gefühlen – eine der wenigen Predigten, denen Blair ihre ungeteilte Aufmerksamkeit geschenkt hatte. Also brauchte sie gar nichts zu empfinden und konnte sich dennoch als Christ betrachten. Doch je stärker sie versuchte, sich ihres Glaubens zu versichern, desto mehr wusste sie, dass das so nicht funktionieren konnte. Irgendetwas fehlte. Sie hatte Hollywood zwar den Rücken gekehrt, doch nun glich ihr ganzes Leben einem Film. Sogar die Worte, die sie sprach, schienen einem Drehbuch zu entstammen, das von einer anderen Person geschrieben worden war.

Wieder dachte sie an das Kartenhaus, das eines Tages über ihr einzustürzen drohte.

Wie fern lagen ihr jedoch solche Gedanken an dem Tag, an dem sie zweieinhalb Monate zusammen waren und Gary sie zu einem ganz besonderen Abendessen ausführte. Sie hatte sich lustig darüber gemacht über diese ungewöhnliche Wahl des Termins, aber er sagte, er wolle jede einzelne Woche feiern, die sie zusammen waren. Sie gingen in ein sehr elegantes Restaurant – zum Glück nicht die Art von Lokal, in der ihre Hollywood-Freunde verkehrten, aber die Kellner trugen weiße Jacketts und schwarze Fliegen und das Essen kostete mehr, als Gary sich von seinem Sold leisten konnte.

„Das ist so lieb, Gary", sagte sie, als sie ihr Essen beendet hatten, „aber es muss doch nicht gleich so teuer sein."

„Heute ist ein besonderer Tag." Er lächelte und ergriff ihre Hand.

„Du bist wirklich zu gut zu mir. Doch du musst wissen, dass ich so etwas nicht erwarte." Ihre Hand lag ruhig in seiner. Sie erwartete tatsächlich nicht mehr als die Wärme und Sicherheit seiner Berührung. Das war es, was sie sich immer gewünscht hatte, und in ihm hatte sie es endlich gefunden.

„Keine Sorge, okay? Ich weiß, dass du das nicht erwartest. Ich weiß auch, dass ich dir nicht den Lebensstandard bieten kann, den du gewöhnt bist." Er grinste über seine Worte, die einem Film entnommen zu sein schienen. „Ich weiß, dass du schöne Kleider und solche Dinge magst, aber sie sind dir nicht wichtig. Du liebst Gott und er ist der Mittelpunkt deines Lebens."

„Gary ..." Einen kurzen Augenblick lang dachte sie daran, ihm alles zu erzählen. Mit großer Klarheit erkannte sie in diesem Moment, wie sehr sie ihn zum Narren machte. Er würde sie hassen, wenn das aufflog, und so schwieg sie.

„Sch-sch", fuhr er fort. „Ich habe den ganzen Abend darauf gewartet, das zu sagen, also lass mich jetzt. Ich habe meinen Marschbefehl bekommen. Ich werde auf die Philippinen geschickt ..."

„Oh nein, Gary!"

Er drückte ihre Hand und lächelte sie beruhigend an. „Ich wollte die Sache mit uns nicht überstürzen. Aber ich weiß, was ich will, und ich denke, du auch. Also warum warten? Lass uns heiraten, Blair. Ich liebe dich so sehr."

Sein Blick ruhte auf ihr, als wäre sie eine Heilige. Sah er es denn nicht? Sie war eine Lügnerin, eine Betrügerin, eine Spötterin. Wie hatte sie ihn nur so an der Nase herumführen können? War er wirklich so naiv? Doch sie hatte ihn als einen intelligenten, scharf denkenden Mann kennengelernt. Es gab einfach keinen Grund, warum er ihren Lügen nicht hätte glauben sollen. Wie sollte ein vernünftiger Mensch mit einer solchen Täuschung rechnen?

„Gary, das kommt so plötzlich."

„Willst du sagen, du hättest das nicht kommen sehen?" Er grinste. „Das kann ich nicht glauben, Blair, mein Liebling. Ich kann in dir lesen wie in einem Buch."

„Gary, wirklich ..."

„Es stimmt. Ich habe mich noch nie so stark mit einem Mädchen verbunden gefühlt. Ich weiß, dass du genauso empfindest. Ich habe darüber gebetet und ich bin sicher, dass wir füreinander bestimmt sind. Das Einzige, was mich vom Gegenteil überzeugen würde, wäre, wenn du mir sagst, dass du mich nicht liebst."

Und das war der schlimmste Teil ihrer verflixten Täuschung. Sie liebte ihn tatsächlich.

„Ich – es ist nur – wir ..." Ihr fiel kein anderes Argument gegen seinen Heiratsantrag ein als die Wahrheit.

„Ist es das Leben in der Armee, das dich beunruhigt? Du hast Angst davor, nicht? Wir haben noch nicht viel darüber gesprochen. Vermutlich ist das meine Schuld. Ich wollte dir keine Angst machen. Vielleicht ist es unfair von mir, dich zu heiraten und dann wegzugehen."

„Du meinst, ich würde nicht mitgehen?" Neue Hoffnung glomm in ihr auf, doch noch einen Ausweg aus ihrem Dilemma zu finden.

„Die Familien der auf den Philippinen stationierten Militärangehörigen werden in die Staaten zurückgeschickt. Die Situation dort drüben ist heikel, nachdem die japanischen Truppen in China einmarschiert sind. Doch die Probleme gibt es eher auf dem Festland, weniger auf den Philippinen, wo es noch immer ziemlich idyllisch ist", fügte er schnell hinzu, wie um sie zu beruhigen. „Sobald sich die Situation etwas entspannt, werden die Familien zurückkehren. Vermutlich ist das nur eine Sache von Monaten, vielleicht bis zum Januar. Eigentlich wäre es sinnvoller, mit der Heirat bis dann zu warten, aber ich weiß nicht genau, wann ich den nächsten Urlaub bekomme, und unsere Familien sollen doch bei der Hochzeit dabei sein."

Sie sah in seine Augen und hinab auf ihre Hände, die noch immer auf dem Tisch lagen. Er liebte sie und wollte sie zu seiner Frau machen. Und sie liebte ihn. Eigentlich lag zum ersten Mal in ihrem Leben das Glück in Reichweite. Und Gary brauchte von ihren Lügen nie zu erfahren. Sie könnte es auch weiter durchziehen, was sie jetzt seit beinahe drei Monaten schaffte. Seine Eltern mochten sie. Die Leute in der Gemeinde mochten sie. Sie konnte diese Rolle ewig spielen. Sie wusste es. Es musste, verdammt noch mal, wahr werden.

„Ja“, sagte sie. „Ja, Gary, ich werde dich heiraten!“

37

Jackie ging mit Sam Okuda den von Bäumen gesäumten Weg am Rande des Campus entlang. Es war warm, sogar ein wenig schwül. Sie hatten sich gerade in dem überfüllten, stickigen Universitätsgebäude für das neue Semester eingeschrieben und waren nach draußen gegangen, um frische Luft zu schnappen. Jackie hatte alle ihre Seminare für ihr letztes Jahr am College zusammen. In diesem Semester gab es keine gemeinsamen Seminare mit Sam, weil sie sich darauf konzentrierte, die Voraussetzungen für ihre Lehrtätigkeit zu erwerben, während Sam jetzt an seinem Master's Degree in Englisch arbeitete.

Sie unterhielten sich eine Weile über ihre Stundenpläne, aber schon bald lenkte Jackie das Gespräch auf ein ernstes Thema, zu dem sie seinen Rat hören wollte. Im Laufe des Sommers hatten sie sich häufig getroffen und sie schätzte seine Klugheit und Freundschaft.

„Sam, ich stecke in einer schrecklichen Klemme", begann sie. „Ich brauche einen Rat."

„Ah ..." Er fuhr sich über sein bartloses Kinn, als trüge er einen ehrwürdigen weißen Bart. „Erzähle mir von deinen Schwierigkeiten, mein Kind. Der weise Sam wird alle deine Probleme lösen."

Kichernd verdrehte sie die Augen. „Nun, du bist nicht gerade Salomo, aber doch das Beste, was ich bekommen konnte."

„Autsch! Was für ein Volltreffer!"

„Ich verlange doch nicht, dass du Superhirn spielst." Sie seufzte. „Wirklich, Sam, ich unterhalte mich gern mit dir. Du weißt doch, dass du mein Freund bist." Verwirrt fügte sie schnell hinzu: „Natürlich nicht Freund in dem Sinne, aber ... na ja, du weißt schon, was ich meine."

„Was meinst du denn, Jackie?" In seinen Augen blitzte der Schalk und sie wusste, dass er sie nur aufzog.

„Hast du schon mal eine Freundin gehabt?", fragte sie.

„Natürlich meinst du nicht Freundin in dem Sinne, oder?", neckte er sie weiter.

„Das ist etwas anderes, meinst du nicht?"

„Ja, das ist es." Sein spaßiger Tonfall verschwand, das Leuchten erstarb in seinen Augen. „Also gut, Mädchen oder Freundin, was ist dein Problem?"

Sie war erleichtert, dieses Thema fallen lassen zu können, von dem sie den Eindruck hatte, dass es zu weit führte.

„Es geht um meine Schwester", begann Jackie. „Ich weiß nicht, was ich machen soll. Sie hat mir das Versprechen abgenommen, nichts zu verraten, aber dir möchte ich es erzählen, wenn du mir schwörst, dass es unter uns bleibt."

„Okay, schieß los."

„Ich habe dir doch von meinen Schwestern erzählt –"

„Sicher. Die kompetente Reporterin und die chaotische Schauspielerin. Ich kann es kaum erwarten, sie eines Tages kennenzulernen."

Jackie ging nicht auf diese Bemerkung ein. Keiner von beiden hatte bisher den Wunsch geäußert, die Familie des anderen kennenzulernen. Jackie wusste auch nicht, welchen Grund es dafür geben konnte. Sie hatte eher den Eindruck, dass das ihre Freundschaft verkomplizieren könnte.

Stattdessen erklärte sie ihm ihr Problem. „Also, es geht um Blair, die Chaotische. Ihr Leben war ganz schön verkorkst, Sam. Ich möchte nicht in die Details gehen, aber es war wirklich schlimm. Auf jeden Fall hatte sie einen Mann kennengelernt und mir vorgeschwärmt, was für ein toller Hecht er sei. Unerklärlicherweise hat sie seine Anrufe jedoch nicht erwidert, bis er schließlich aufgab. Ich glaube, sie hatte kalte Füße bekommen, weil er nicht wie die anderen Kerle war, mit denen sie sonst ausging. Er ist wirklich ein anständiger Christ. Ich bin ihm neulich zufällig begegnet und habe es so arrangiert, dass sie sich bei einem Gemeindepicknick wieder getroffen haben."

„Ich dachte, deine Schwestern gehen nicht zur Kirche", meinte Sam.

„Das tun sie auch nicht. Aber als ich Blair in die Gemeinde eingeladen habe, war sie so schlimm dran, dass sie doch gekommen ist."

„Dann hat deine Schwester also angefangen, in die Kirche zu gehen, und sie hat diesen tollen gläubigen Typen kennengelernt. Wo liegt das Problem?"

„Findest du es nicht auch seltsam, dass ein tiefgläubiger Mann sich für meine wilde und ausschweifend lebende Schwester interessiert?"

„Ich gebe es nur ungern zu, aber wir Männer verhalten uns in Bezug auf hübsche Frauen manchmal ganz schön dumm. Waren wir nicht zusammen in diesem Film, in dem deine Schwester mitspielt? Sie ist wirklich mächtig hübsch."

„Es kommt noch schlimmer. Gary ist nicht nur von einer hübschen Frau geblendet. Weißt du, meine Schwester imitiert nun den Typ von Mädchen, zu dem sich Gary hingezogen fühlen würde. Sie tut so, als sei sie Christ."

„Ich schätze, sie könnte schlimmere Dinge vortäuschen."

„Jetzt bleib doch mal ernst, Sam. Das ist wirklich ein Problem."

„Entschuldige, ich wollte mich nicht darüber lustig machen. Also geht deine Schwester tagsüber in die Kirche und lässt nachts die Puppen tanzen?"

„So kann man es auch wieder nicht sagen. Sie singt zwar noch immer in einem Nachtklub, aber nur, weil sie einen Vertrag unterzeichnet hat und nicht aussteigen kann. Ich bin sicher, dass sie auch nicht mehr trinkt und auch den wilden Partys fern bleibt, die sie früher so gern besucht hat. Wenn ich die Wahrheit nicht wüsste, müsste ich annehmen, sie habe sich tatsächlich verändert."

„Dann ist es vielleicht gar nicht so schlimm, wie du denkst."

„Und doch kann man nicht so tun, als sei man Christ!", rief Jackie. „Das ist einfach nicht richtig."

Sam kratzte sich nachdenklich am Kopf. „Natürlich ist das falsch. Aber irgendwie habe ich den Eindruck, dass Gott sie genau da hat, wo er sie haben möchte. Du bist dein ganzes Leben lang Christ gewesen, Jackie, du weißt nicht, wie es ist, wenn man auf der anderen Seite steht. Ich wurde Christ, als ich die Highschool besuchte und die weißen Freunde meines Vaters mich in den Gottesdienst eingeladen haben, der mich irgendwo tief berührt hat. Hier war alles viel lebendiger und positiver als im Buddhismus meiner Eltern. Je mehr ich mit den Leuten aus der Gemeinde zusammen war, desto mehr wünschte ich mir, das zu bekommen, was sie hatten."

„Und du willst sagen, das könnte auch in Blair wachsen?" Jackie fing an, die Situation in einem neuen Licht zu sehen.

„Ja, in gewisser Weise. Wer weiß, was in ihrem Herzen vorgeht? Nun, Gott weiß es auf jeden Fall! Wenn du meinen Rat hören willst, ich denke, du solltest den Dingen ihren Lauf lassen. Lass Gott an deiner Schwester handeln. Irgendwie habe ich den Eindruck, dass du seit Jahren erfolglos versuchst, deine Schwestern zu bewegen, sich Gott zuzuwenden. Wenn Blair bisher nicht zugehört hat, glaubst du wirklich, sie würde jetzt auf dich hören?"

Jackie blieb stehen und sah ihn an. Dann schüttelte sie beinahe ergriffen den Kopf und lächelte.

„Vielleicht bist du doch Salomo", meinte sie.

Er lachte. „Ein gelber, schlitzäugiger, jüdischer König – also bitte, was für eine Vorstellung."

„Sag nicht so etwas über dich, Sam", entgegnete sie, empört darüber, dass er sich so herabsetzte. „Du bist nicht gelb. Und deine Augen sind sehr hübsch."

„Ich kenne nicht viele weiße Menschen wie dich, Jackie. Der Freund meines Dads und mein Namensvetter Sam und seine Frau Joan sind so, und auch einige Leute in der Gemeinde. Aber selbst dort werde ich von vielen als andersartig betrachtet. Nun, ich bin tatsächlich anders, das weiß ich", sagte er ernst. „Aber dir macht meine japanische Herkunft überhaupt nichts aus. Du scheinst es kaum zu bemerken."

„Ich bemerke das tatsächlich nicht mehr."

„Aber du weißt, dass es bei anderen Leuten nicht so ist. Merkst du denn nicht, wie sie uns ansehen?"

Sie brummte abwehrend. Tatsächlich zeigten sie und Sam sich selten in der Öffentlichkeit. Und es stimmte, auch Jackie bemerkte die missbilligenden Blicke der anderen.

Aber sie winkte entschlossen ab. „Die Leute sind mir egal."

„Nun, so wie sich die Japaner den Weg durch den Fernen Osten gebrannt haben, schäme ich mich manchmal meiner Herkunft. Mehr denn je werde ich von den Leuten misstrauisch beäugt. Ihnen scheint nicht klar zu sein, dass ich amerikanischer Staatsbürger bin. Ich wurde hier geboren. Ich habe Japan nie gesehen!" Er hielt inne und blickte sie eindringlich an. „Jackie, ich weiß nicht, was passieren wird, wenn wir gegen Japan in den Krieg eintreten."

„Das wird nie geschehen."

„Wie kannst du so sicher sein?"

„Es ist ein so kleines Land. Wie könnten sie den Mut haben, einen Krieg gegen uns zu führen?"

Er schüttelte hoffnungslos den Kopf. „Gerade weil sie ein so kleines Land sind, könnte es passieren. Sie brauchen mehr Platz und mehr Rohstoffe. Sie bedrohen diese kleinen Länder in Asien nicht einfach nur so. Die Japaner werden wegen ihrer kleinen Statur und der Größe des Landes verachtet, aber ich glaube, dass sie ganz bewusst ein gefährlicher Gegner sein wollen.“ Mit einem traurigen Lachen schüttelte er den Kopf. „Hör nur, was ich sage! ‚Sie‘ und ‚ihre‘. So weit fühle ich mich von meinem japanischen Erbe entfernt. Ich bin *Nisei*, das heißt, ich wurde hier geboren. *Issei* dagegen bedeutet, dass man in Japan geboren wurde, wie meine Eltern. Aber ich bin von Geburt amerikanischer Staatsbürger.“ Sam hatte sich in Fahrt geredet, als müsse er sich vor ihr verteidigen. Das kränkte sie und er erkannte das an ihrem Gesichtsausdruck. „Verzeih mir, Jackie.“ Er fuhr sich mit der Hand durch seine dichten schwarzen Haare. „Hast du als Kind mal einen Pakt geschlossen?“ Als sie nickte, fuhr er fort: „Nun, es klingt vielleicht kindisch, aber das wollen wir jetzt tun, okay? Egal was passiert, wir beide werden immer Freunde sein.“

„Es könnte nicht anders sein, Sam. Deine Freundschaft bedeutet mir sehr viel. Ich weiß nicht, was ich ohne sie anfangen sollte.“

Er nahm ihre Hand. Da er offensichtlich zuerst nicht wusste, was er damit anfangen sollte, legte er sie plötzlich an seine Brust in die Nähe seines Herzens.

„Dann legen wir ein feierliches Gelübde ab. Für immer Freunde“, hauchte er.

Seltsamerweise kam sie sich dabei nicht töricht vor. Es war natürlich kindisch, aber er hatte so eine Art an sich, die dies ganz natürlich und sehr lebendig erscheinen ließ.

„Für immer Freunde“, wiederholte sie.

Er ließ ihre Hand nicht so schnell los. In seinem Griff lag eine Intensität, die ihren Arm prickeln ließ. Ihr Herz raste, als sie in seine Augen sah. Einen Augenblick lang, der so lange zu dauern schien wie die Ewigkeit ihrer Freundschaft, hielten ihre Blicke sich fest. Sie wusste, er fühlte genau dasselbe wie sie.

Unvermittelt ließ er ihre Hand los, dann lachte er nervös auf. „Junge, ich komme mir vor wie ein Trottel. Immerhin bin ich zweiundzwanzig Jahre alt!“, lachte er.

„Darum mag ich dich. Du hast keine Angst, dich dann und wann zum Narren zu machen.“

„Hey, ich bin halb verhungert. Ich werde dir ein Mittagessen spendieren.“

„Es ist drei Uhr nachmittags. Wir haben bereits zu Mittag gegessen.“

„Dann spendiere ich dir ein frühes Abendessen.“

„Okay, weil ich es mir ganz bestimmt nicht leisten kann, dir ein Essen zu spendieren, so viel wie du verputzt!“

38

Blair rechnete mit Widerspruch, als sie Jackie von ihrer geplanten Heirat mit Gary erzählte. Sie war erstaunt, wie wenig davon kam.

„Bist du sicher?“, fragte Jackie.

„Nie bin ich mir in einer Frage sicherer gewesen.“ Das war eine weitere Lüge, aber nur eine kleine. Sie steckte voller Furcht und Zweifel, aber sie hatte Zeit gehabt, sie zu verdrängen.

„Hast du ihm, äh, alles erzählt?“

„Was gibt es denn zu erzählen? Ich bin der Mensch, den er zu bekommen erwartet. Das bin ich wirklich, Jackie.“ Das klang überzeugend. Sie glaubte es sogar selbst – meistens.

„Was ist mit dem Nachtklub?“

„Er wird davon erfahren.“

„Versprich es mir, Blair. Du kannst nicht mit einer solchen Täuschung eine Ehe eingehen.“

„Er wird in ein paar Tagen auf die Philippinen abreisen.“

„Was? Du gehst auf die Philippinen?“

„Nein, ich kann nicht sofort mitkommen, weil die Familien von Militärangehörigen evakuiert worden sind. Aber während seiner Abwesenheit kann ich das Chaos mit dem Treasure Cove ausbügeln.“

„Wann wollt ihr heiraten?“

„Morgen.“

Jackies Kopf ruckte hoch. „Was!“

„Nun, entweder jetzt oder wir müssen noch Monate warten.“

„Was ist mit Mom und Dad und seinen Eltern? Blair, weißt du wirklich, was du tust?“

„Seine Eltern werden dabei sein und ich hoffe, Mom und du, ihr werdet kommen. Dad“, sie stieß frustriert den Atem aus, „ist mir egal. Ed, das ist Garys Dad, sagte, er würde mich vor den Altar führen. Er sagte, er würde mit Dad sprechen, aber ich habe ihn gebeten, dies nicht zu tun. Das würde alles nur noch schlimmer machen.“ Blair erschauderte innerlich bei dem Gedanken an diese Beinah-Katastrophe. Ed hatte den Arm um sie gelegt und ihr gesagt, er würde mit Keagan sprechen, „von Mann zu Mann, weißt du.“ Nur Blairs Tränen – sehr echte Tränen! – hatten diesen gut gemeinten Vorschlag zu Fall gebracht. Sie wollte nicht daran denken, was für Geheimnisse ein solches Gespräch ans Licht bringen würde.

„Vor den Altar“, sagte Jackie. „Die Hochzeit wird in einer Kirche stattfinden?“

„In Garys Gemeinde. Aber ohne weitere Gäste. Wir wollten keine große Feier.“

Als das Interview – oder war es ein Prüfungsgespräch? – mit Jackie vorüber war, hatte Blair erleichtert aufgeatmet. Viel leichter war es, die Neuigkeiten ihrer Mutter zu erzählen. Cecilia war absolut begeistert. Sie liebte Gary. Wenigstens einmal im Leben hatte Blair das Gefühl, die Billigung ihrer Mutter errungen zu haben. Und Cecilia deutete sogar an, ihr Vater würde ebenfalls erfreut sein. Dies untermauerte noch Blairs Entschlossenheit und überdeckte den größten Teil ihrer Zweifel. Würde diese Heirat tatsächlich die Billigung ihres Vaters finden? Erstaunlich.

Blair stand hinten in der Kirche und wartete auf ihr Stichwort. Mit zitternden Fingern fuhr sie über den weichen Stoff ihres beigefarbenen Satinkleides mit dem schmal geschnittenen Rock in angemessener Nachmittagslänge. Instinktiv hatte sie sich geweigert, Weiß zu tragen, und niemand hatte etwas zu ihrer Farbwahl gesagt. Beige brachte ihre Hauttöne ohnehin vorteilhafter zur Geltung. Sie betete, das Thema der Farbwahl möge nicht aufkommen. Auf jeden Fall war das Kleid recht einfach geschnitten; der einzige Schmuck daran war der in der Taille geraffte Rock.

Sie hatte darauf bestanden, die Feier einfach zu halten. Keinen Kuchen, keinen Empfang danach, keine Gelegenheit für die Familien, sich gegenseitig kennenzulernen. Zum Glück war Gary das mehr als recht. Nach der Trauung würde er nur noch zwei Tage Zeit für seine Frau haben, bevor er mit dem Schiff auslief, und er wollte jede Minute mit ihr verbringen.

Innerlich lobte sich Blair dafür, dass alles so glattgelaufen war. In wenigen Minuten würde Ed kommen und sie in die Kirche geleiten und in zehn Minuten würde alles vorüber sein. Aber es war nicht Ed, der durch die Kirchentür trat.

„Dad!“, rief sie erstaunt.

„Denkst du, ich würde die Hochzeit meiner eigenen Tochter versäumen?“, fragte er gepresst.

„Nun, ich, ich bin froh, dass du gekommen bist.“ Sie hielt es für besser, nicht zu überschwänglich auf ihren Vater zu reagieren – obwohl ihre Gedanken sich überstürzten und ihr leicht schwindelig wurde. Ihr Vater war zu ihrer Hochzeit gekommen!

„Sieht so aus, als hättest du beschlossen, sesshaft zu werden.“

„Ich glaube schon, Daddy.“

„Das ist alles, was ich gewollt habe, weißt du.“

Wenn er es so ausdrückte, klang das so einfach, und natürlich fügte sie sich seinen Wünschen.

„Danke, Daddy.“

„Wofür?“

„Dass du hier bist und mich in die Kirche führst.“

„Wer sollte das denn sonst übernehmen, das würde ich gern wissen“, erwiderte er in gespieltem Hohn – zumindest hatte sie den Eindruck.

Sie lächelte ihn an. Wann hatte sie ihren Vater das letzte Mal angelächelt? Dann setzte die Orgel mit dem „Hochzeitsmarsch“ ein. In der einen Hand hielt sie einen kleinen Brautstrauß mit duftenden Gardenien, die andere Hand legte sie auf die Hand ihres Vaters. So betraten sie die Kirche.

Danach verschwamm für Blair alles wie in einem Nebel, bis der Pastor sagte: „Durch die mir vom Staate Kalifornien und von Gott, unserem Vater, verliehene Autorität erkläre ich euch zu Mann und Frau.“

Gary küsste sie ganz zart, beinahe schüchtern. Dann scharten sich ihre Familien um sie, um sie zu umarmen und zu beglückwünschen. Noch immer konnte sie das alles nicht fassen.

Nicht einmal, als Keagan großzügig verkündete: „Ich wünschte, ihr Neuverheirateten würdet zulassen, dass ich euch zur Feier des Tages zum Abendessen ausführe. Aber wie ich höre, kann es der Leutnant kaum erwarten, sein Ehe ... äh ... glück zu beginnen.“

„Sie haben doch nur noch zwei Tage, bevor Gary abreisen muss“, entschuldigte Jackie die beiden.

„Ich will dem nicht im Wege stehen“, meinte Keagan gutmütig.

Blair fing tatsächlich an, sich zu fragen, ob sie träumte. Vielleicht war ihr Vater von Cecilia und Jackie gut präpariert worden. Vielleicht verstand er es auch nur, vor der Öffentlichkeit nicht die „schmutzige Wäsche“ seiner Familie zu waschen. Auf jeden Fall verlor er kein Wort über die Vorfälle.

„Es war ein wunderschöner Tag“, sagte Blair zu ihrem frischgebackenen Ehemann, als sie am Strand entlanggingen.

Sie hatten ein kleines Ferienhäuschen in Malibu gemietet.

„Ich wusste es.“ Garys Arm lag fest auf ihren Schultern, als wolle er sie nie mehr loslassen. „Alles an dieser Verbindung ist perfekt. Aber als dann noch dein Vater auftauchte! Das war wirklich die Krönung!“

„Ja. Mir ist noch immer ganz schwindelig von dieser Überraschung.“

„Wir können uns sehr glücklich schätzen, Blair.“

„Abgesehen davon, dass du weggehen musst.“

„Sch-sch.“ Er legte ihr den Finger an die Lippen. „Daran wollen wir jetzt nicht denken.“

„Ich möchte jetzt einfach nur noch Mrs Hobart sein. Blair Hobart. Mir gefällt der Klang.“

„Perfekt ...“

Die Art, wie er das Wort aussprach, mit solcher Zufriedenheit, ließ die Zweifel in Blair wieder hochsteigen. „Gary, wir werden ein vollkommenes Leben führen, ich weiß es. Aber, nun, wir beide wissen, dass die Menschen nicht vollkommen sind. Wir machen Fehler. Das weißt du doch, nicht?“

Er lachte. „Ich weiß nicht, wie es mit dir ist, Schatz, aber ich bin perfekt. Ich werde nie irgendwelche Fehler machen.“

„Ach du!“ Spielerisch boxte sie ihm in die Rippen. „Ich meine es ernst.“

Er blieb stehen und drehte sich zu ihr um. „Ich glaube Folgendes, Blair. Die Liebe ist langmütig und freundlich; sie neidet nicht und lässt sich nicht so leicht provozieren; sie denkt nichts Böses.“ Er hielt inne. „Ich kann mich nicht an alle Verse erinnern, sie stehen im ersten Korintherbrief, im Kapitel dreizehn. Aber wie auch immer, ich möchte dir Folgendes sagen. Liebe erträgt alles, glaubt alles, erduldet alles. Die

Liebe versagt nie. Das ist meine eigene Fassung dieses Kapitels. Das ist, was ich für dich empfinde – und das geht über das Oberflächliche hinaus. Es reicht bis ins Herz und bedeckt eine Menge von Sünden."

„Oh Gary ..." In diesem Augenblick wusste sie, dass sie ihm alles erzählen könnte, und es würde seine Liebe nicht schmälern. Doch warum sollte sie sich die Mühe machen? An der Situation würde es doch nichts ändern.

Am Morgen ihres letzten gemeinsamen Tages nahmen sie das Frühstück auf der Veranda ihres Ferienhauses ein. Eine warme Brise, ruhig und sanft, strich über sie dahin. Beide achteten darauf, nicht über das zu sprechen, was in wenigen Stunden auf sie wartete – um genau zu sein, um Mitternacht. Dann würde Gary das Flugzeug besteigen, das ihn so unendlich weit fortbringen würde.

„Ich wünschte, unsere Hochzeitsfotos wären fertig, damit ich eins mitnehmen könnte", sagte Gary, womit er sich dem Tabuthema seiner Abreise bedrohlich näherte.

Blair lächelte verschmitzt. „Vielleicht erfüllen sich deine Wünsche ja."

„Das ist bereits geschehen. Aber dass der Fotograf uns so weit entgegenkommt, das wäre dann doch wohl ein wenig zu viel verlangt."

„Ich hoffe, ich kann dir noch mein besonderes Geschenk an dich geben."

„Und was wäre das?"

„Die Überraschung wäre ja verdorben, wenn ich es dir erzählen würde. Aber" – sie sah auf ihre Armbanduhr – „in Kürze werde ich zu Hause anrufen und nachfragen, ob das Geschenk bereit ist."

„Die Fotos?"

„Wirst du auch an Weihnachten so neugierig sein und versuchen, alle Geheimnisse zu erraten? Wirst du in die Päckchen unter dem Weihnachtsbaum linsen?"

„Wenn du es mir durchgehen lässt." Er grinste schief. „Du etwa nicht?"

„Ich mogle nie. Ich möchte es gar nicht wissen, weil ich Überraschungen liebe."

„Das erstaunt mich nicht. Du bist so romantisch." Er erhob sich von seinem Stuhl, kam zu ihr und nahm sie in die Arme. „Ich liebe dich so, Blair! Ich kann kaum glauben, dass Gott so großzügig zu mir gewesen ist.“ Sanft drückte er seine Lippen auf ihre und ließ sie lange nicht los.

An diesem Morgen hatte er sich noch nicht rasiert und sein Bart, ein dunkler Schatten auf seinen ausgeprägten Gesichtszügen, war ein wenig kratzig. Blair liebte dieses Gefühl, seine Nähe, der süße Duft von Orangensaft in seinem Atem, die Berührung seiner Wimpern auf ihrer Haut. Das waren Einzelheiten, die sie genoss und nicht vergessen würde. Sie seufzte vor Zufriedenheit, aber sie erschauderte, wenn sie daran dachte, warum sie sich all dies einprägen musste. Die Stunden vergingen. Panik machte sich in ihr breit. Mitternacht stand viel zu dicht bevor.

„Was denkst du, mein Liebling?“, fragte er.

„Ich möchte in Erinnerung behalten, wie du riechst.“

„Nicht bevor ich geduscht habe!“ Sein Humor war erzwungen. Er wusste genau, was sie dachte. Beide hörten die Uhr ticken.

„Dann werde ich dich danach auch riechen.“

„Ich freue mich schon darauf.“

„Aber zuerst gehe ich an die Rezeption und mache diesen Anruf.“

„Ich wünschte, wir hätten den Aufschlag für ein Telefon in der Wohnung bezahlt. Dann brauchtest du nicht zu gehen.“

„Nimm deine Dusche und du wirst nicht einmal merken, dass ich weg bin.“

Blair machte ihren Anruf und war erfreut, als sie von dem Fotografen erfuhr, dass die Hochzeitsfotos fertig waren. Er hatte sie allerdings ins Haus ihrer Eltern geschickt – die einzige Adresse, die er gehabt hätte. Sie hatte gehofft, die Fotos nach Malibu geliefert zu bekommen, damit sie keine kostbare Zeit mit der Fahrt zu ihren Eltern vergeuden müssten, aber dazu war es nun zu spät. Als sie Gary mit einem enttäuschten Seufzer davon erzählte, meinte er, es sei vielleicht für etwas gut.

„Ich möchte mich sowieso noch von meinen Eltern verabschieden und es ist nur in Ordnung, dass ich vor meiner Abreise auch mit deinen Eltern noch einmal spreche. Wir fahren zu deinen Eltern, verabschieden uns, holen die Fotos und fahren dann noch bei mir vorbei. Es wird meiner Mutter ein Trost sein, wenn sie die Fotos hat.“

„Ja, das ist eine gute Idee“, stimmte Blair mit wenig Enthusiasmus zu. Sie wollte ihn ganz für sich allein.

Erst nach Mittag brachen sie auf. Blair hatte sie angekündigt, sodass sie bei ihren Eltern erwartet wurden.

Bei der Begrüßung war sie sehr nervös. Würde ihr Vater sein gutes Benehmen beibehalten? Ihre Mutter hatte dem Koch aufgetragen, ein leichtes Mittagessen für sie vorzubereiten. Donna, die Haushälterin, hatte eine Nachricht für Blair.

„Ein Herr hat für Sie angerufen, Miss Blair."

„Oh, das war vermutlich der Fotograf."

„Vermutlich. Er hinterließ keinen Namen, war aber froh zu hören, dass Sie heute hier sein würden."

Wie auf ein Stichwort brachte Cecilia die Fotos. Für ein paar kostbare Augenblicke vergaß Blair alles andere, während sie und Gary ihren Hochzeitstag noch einmal durchlebten. Die Fotos waren hervorragend gelungen. Keagan hatte den besten Fotografen des *Journal* damit beauftragt. Er hatte ihn gut bezahlt und ihm noch einen Bonus für eine schnelle Entwicklung gegeben. Das war, abgesehen von seiner Anwesenheit, das schönste Hochzeitsgeschenk, das ihr Vater ihr hatte machen können.

Blair hatte ihre Mutter gebeten, ein kleines Foto von ihr und Gary zu rahmen. Das schenkte sie jetzt ihrem Mann.

„Ich habe darauf geachtet, dass es klein genug ist, damit es nicht zu viel Platz in deiner Tasche beansprucht", erklärte sie und nur diese einfachen Worte ließen wehmütige Gefühle in ihr hochkommen.

Nachdem er das Foto bewundert hatte, küsste er sie sanft, dann steckte er es zu seinen Sachen. In diesem Augenblick rief Donna sie zum Essen.

Sie hatten gerade im Speisezimmer Platz genommen, als die Türklingel läutete. Die Haushälterin öffnete und ein Mann kam ins Speisezimmer marschiert. Blair ließ die Gabel fallen.

„Na, endlich habe ich dich gefunden!", rief der Mann mit rauer Stimme.

„Was hat das zu bedeuten?", fragte Keagan.

„Ich möchte Ihre Tochter sprechen."

„Stan ...", keuchte Blair fassungslos.

„Du kennst diesen Mann?", fragte Keagan.

Auch Gary blickte Blair an und dieselbe Frage lag in seinen Augen.

„Oh ja, sie kennt mich sehr gut – in jeder Beziehung, nicht, Baby?"
„Stan, bitte nicht hier!" Blair sprang auf und warf dabei ein Wasserglas um. Sie bemerkte es kaum.
Gary sprang ebenfalls auf und legte schützend den Arm um Blair, während er den Neuankömmling anfunkelte.
„Mir gefällt Ihr Tonfall nicht", sagte er warnend.
„Das ist wirklich zu schade", schnaubte Stan Welton. „Diese kleine Schlampe ..."
„Ich warne Sie!", knurrte Gary.
Blair hatte noch nie einen so drohenden Tonfall von Gary gehört. Er war immer so freundlich und sanft gewesen, dass sie seine militärische Ausbildung beinahe vergessen hatte. Er konnte sie tatsächlich vor Stan beschützen. Aber würde er das noch wollen, wenn die schreckliche Wahrheit ans Licht gekommen war?
„Also, sie hat ihren Vertrag mit mir in den letzten Tagen gebrochen. Meine Gäste hatten erwartet, sie zu sehen."
„Was?", begann Gary.
Verzweifelt ging Blair dazwischen. „Bitte Stan, lass uns draußen darüber reden." Sie löste sich von Gary.
„Tut mir leid, dass ich eure kleine Teeparty unterbreche", spottete Stan, „doch ich sage dir, dass du deinen Vertrag erfüllen wirst – sonst werde ich dir einen Prozess an den Hals hängen, verstanden? Denk nicht, dass du mich hinters Licht führen kannst, nur weil du einen reichen Daddy hast. Ich reiß dir trotzdem den ..."
Doch den Satz konnte er nicht mehr zu Ende sprechen, weil Garys Faust sein Kinn traf. Stan taumelte zurück. Blut sprudelte aus seiner aufgerissenen Lippe und nur die Wand hinter ihm verhinderte, dass er zu Boden ging.
„Ich habe Ihnen gesagt, Sie sollen nicht so mit meiner Frau reden", erklärte Gary. Er sah aus, als würde er jeden Augenblick erneut zuschlagen. Blair hatte das Gefühl, dass er Stan viel härter hätte schlagen können und dass er dies auch tun würde, wenn er noch weiter provoziert würde.
„Frau?" Stan lachte. „Wann ist das denn passiert, Puppe? Bevor oder nachdem wir beide Musik miteinander gemacht haben? Und ich meine nicht im Nachtklub. Auf jeden Fall wirst du heute Abend im Klub singen, sonst passiert was!"

Garys Beschützerzorn verwandelte sich in Verwirrung. „Blair? Was meint er?"

„Gary, es ist nicht so, wie es aussieht", verteidigte Blair sich lahm. Aber würde das ihre letzte Lüge sein? Ihr Kartenhaus begann einzustürzen – auf sie beide.

Stan brach in Gelächter aus. „Oh Junge, es ist genau so, wie es aussieht. Also, wen wirst du jetzt als Nächsten schlagen, Kumpel? Ich habe den Eindruck, du bist hinters Licht geführt worden, Kommisskopp." Er schnaubte verächtlich. „Nun, meine Arbeit hier ist getan. Du wirst um neun Uhr im Treasure Cove sein, Puppe." Er hielt inne und warf Keagan einen Blick hinzu. „Es sei denn, der liebe Daddy möchte bezahlen." Damit wirbelte er herum und marschierte davon.

Die Stille nach Stans Abgang zog sich ewig hin, nur durchbrochen von Blairs Schluchzen. Gary stand noch immer neben ihr, still und steif. Erklärungen ohne Ende gingen Blair durch den Sinn, aber sie fand weder die Willenskraft noch den Mut, auch nur eine davon vorzubringen. Stattdessen drehte sie sich um und rannte aus dem Zimmer.

In dem Moment, als sie zur Hintertür hinauslief, wurde ihr klar, dass sie besser in den Wagen gesprungen und davongefahren wäre – weit weg und ohne wiederzukehren. Sie eilte gerade zum Auto, als sich die Küchentür öffnete.

„Wir sollten miteinander reden, Blair", sagte Gary gepresst. Seine Haltung war militärisch beherrscht.

Erneut dachte sie, wie seltsam es war, dass sie ihn so selten als Soldat gesehen hatte. „Willst du wirklich hören, was ich zu sagen habe?"

„Natürlich will ich." Er klang reserviert. „Du bist meine Frau."

Sie dachte an das, was er am Tag zuvor gesagt hatte, über die Liebe, die alles erträgt, alles glaubt, alles hofft, alles erduldet und niemals aufgibt. Sie wusste, das konnte nicht alles einschließen, nicht die Dinge, die sie getan hatte. Es war sowieso an der Zeit, diese Liebe auf die Probe zu stellen. Sie hatte keine andere Wahl.

„Ich singe in einem Nachtklub", gestand sie, als wäre dies die schlimmste ihrer Sünden. „Ich wollte aufhören damit, nachdem ich dich kennengelernt habe, aber ich habe einen Vertrag."

„Warum hast du mir das nicht erzählt?"

„Ich hatte Angst, dass du dich für ein solches Mädchen nicht interessieren würdest."

„Du hast keine besonders hohe Meinung von mir, nicht wahr?", und schnell, so als fürchte er ihre Antwort auf diese Frage, fügte er hinzu: „Und was ist mit diesem Stan? Was ist mit dir und ihm?"

„Das war vor dir, ich habe mich so geschämt." Sie hielt inne, weil ein Schluchzen ihr die Kehle zuzuschnüren drohte. Sie schluckte und zwang sich fortzufahren. „Ich dachte, dass du keine Frau würdest haben wollen, die nicht rein ist."

Sie weinte so sehr, dass sie kein weiteres Wort mehr herausbrachte. Gary schwieg lange, bevor er weitersprach.

„Du hast gesagt, diese Dinge seien passiert, bevor wir uns näher kennenlernten." Noch immer lag militärische Zurückhaltung in seinem Tonfall. „Du meinst, bevor du Gott gefunden hast?"

Es war ihr unmöglich, diese Frage zu beantworten, und allmählich setzte sich das ganze hässliche Bild von selbst zusammen. Warum sollte sie noch etwas sagen?

„Blair, war alles eine Lüge?" Sie konnte noch immer nicht antworten. „Sag es mir. War es so?" Seine Stimme klang jetzt hart und sie wäre nicht erstaunt gewesen, wenn er sie geschlagen hätte. Aber das tat er nicht. Der Ausdruck seiner Augen wechselte von Zorn in abgrundtiefe Traurigkeit. Seine Hände lagen steif an seiner Seite, seine Finger waren zu Fäusten geballt.

Sie hatte das Gefühl, als würde eine dieser Fäuste ihre Kehle umklammern, denn sie brachte kein Wort heraus. Sie nickte nur.

Er zog scharf die Luft ein und alle Flammen der Wut erloschen in ihm. Plötzlich wirkte er nur noch ausgezehrt und verzweifelt.

„Lieber Gott, Blair", murmelte er, bevor er ins Haus ging.

Wenige Augenblicke später hörte Blair den Motor seines Fords anspringen und das Knirschen der Reifen in der Einfahrt. Er war fort.

Da Blair nicht wusste, wo sie hingehen sollte, kehrte sie ins Haus zurück. Vielleicht, weil sie das Gefühl hatte, bestraft werden zu müssen. Ihre Eltern saßen noch im Speisezimmer. Cecilias Augen waren rot geweint. Sie hielt ein Taschentuch in der Hand. Keagan umklammerte ein Glas Whisky.

„So, hast du wieder mal alles verdorben, ja?", sagte er in so sachlichem Tonfall, dass Blairs Eingeweide sich beinahe so sehr zusammenkrampften wie bei Garys letztem, verzweifeltem Blick. Ihr Vater hatte damit gerechnet, dass sie versagte.

Noch immer hielt diese Faust ihre Kehle im Griff. Sie brachte kein Wort heraus. Trotzdem schaffte sie es, über das Telefon im Foyer ein Taxi zu rufen. Sie wartete draußen darauf. Cecilia kam heraus, um sie zu trösten, aber sie schob sie beiseite.

„Verschwende nicht deine Zeit, Mutter. Ich bin es nicht wert."

Und das war, was sie wirklich glaubte, egal was ihre Mutter sagte.

39

Garys Leben war immer recht einfach verlaufen. Er war in einer liebevollen Familie aufgewachsen, die ihn einen starken Glauben an Gott gelehrt hatte, einen Glauben, der ihm bisher über alle Klippen hinweggeholfen hatte. Er hatte die Schule mit Bravour hinter sich gebracht und trotz fehlender Beziehungen beharrlich sein Ziel verfolgt, in West Point aufgenommen zu werden. Die Akademie erfüllte seine kühnsten Träume und er machte seinen Abschluss als einer der Besten seines Jahrgangs. Auch seine erste Aufgabe im Ausland glich einem Traumjob. Immerhin waren die Philippinen eine der Perlen Asiens.

Und dann hatte er eine wundervolle Frau getroffen, die jede Stunde, die sie gemeinsam verbrachten, zu einem Erlebnis machte. Eine Frau, die seinen Glauben teilte, seine Träume und, dessen war er sicher, auch seine Liebe. Noch eine Woche zuvor hatte er keinen Grund gesehen, warum er sie nicht heiraten, eine Schar Kinder bekommen und bis an sein Lebensende glücklich mit ihr zusammenleben sollte.

Doch was eine Stunde zuvor passiert war, hätte ihn nicht unvorbereitet treffen müssen. Hatte er nicht immer geahnt, dass sie etwas vor ihm verbarg? Er hatte das Ganze ihrer schwierigen Beziehung zu ihren Eltern, insbesondere zu ihrem Vater zugeschrieben. Sie hatte ihm erzählt, sie kämen nicht besonders gut miteinander aus, und er hatte das Gefühl gehabt, dass sie sich dessen schämte. Er nahm an, dass sie als Christ das Gefühl hatte, bei ihnen irgendwie versagt zu haben. Jedenfalls wollte sie nicht darüber reden. Und er hatte sie nicht gedrängt, weil er merkte, dass es ihr schwerfiel. Auf keinen Fall hatte er sie irgendwie verletzen wollen.

Die Tatsache, dass Keagan Hayes zur Hochzeit gekommen war, hatte Gary in dem Glauben bestärkt, dass schon alles in Ordnung kommen würde.

Nie hätte er vermutet, dass Blairs Geheimnisse so tief reichten und so verdreht wären. Sie hatte ihm das anständige Mädchen vorgespielt, das aus einer wilden Vergangenheit zu Gott gefunden und alles hinter sich gelassen hatte. Es hätte ihm auch wirklich nichts ausgemacht, wenn sie ihm von dem Nachtklub erzählt hätte, er wusste immerhin in Vertragsangelegenheiten Bescheid. Und vielleicht hätte er sogar über diesen Stan hinwegsehen können – wenn er nur informiert gewesen wäre. Zwar hatte er sich immer gewünscht, irgendwann einmal ein reines und gläubiges Mädchen zum Traualter zu führen, aber das war keine Voraussetzung, solange ihr Herz Gott zugewandt war. Christus hatte auch Prostituierten vergeben und Gary war nicht besser als sein Herr.

Doch Blairs Lügen hatten alles auseinanderbrechen lassen. Nicht einmal ansatzweise hatte sie ihm die Wahrheit gesagt. Und es ging noch viel tiefer. Sie hatte ihn benutzt, hatte ihn zum Narren gehalten. Das war, was ihm wirklich zu schaffen machte.

Doch sie waren jetzt verheiratet, auch wenn Blair nicht die Frau war, die zu heiraten er geglaubt hatte. Er war eine Bindung eingegangen und sie hatten diese Bindung besiegelt, indem sie ein Fleisch geworden waren. Von ganzem Herzen hatte er geglaubt, dies sei die Frau, die Gott für ihn bestimmt hätte.

„Du leichtgläubiger Narr!“, murmelte er, während sein Taxi auf den Long Beach Pier einbog.

Doch immer wieder musste er an sein Ehegelöbnis denken. Er hatte ein Versprechen gegeben. Sie hatten auch einen Vertrag miteinander. Er war ein Mann, der zu seinem Wort stand. Ein Ehrenmann.

Auf seiner Fahrt von Beverly Hills nach Long Beach war er an einer Telefonzelle vorbeigekommen und hatte aus dem Telefonbuch die Adresse des Treasure Cove herausgesucht. Zunächst aber war er bei seinen Eltern vorbeigefahren. Er musste den Wagen dort lassen und ein Taxi nehmen. Er hatte sich von ihnen verabschiedet und erzählt, was passiert war. Sie hatten sich schnell gefasst, mit ihm gebetet und ihm versichert, sie wüssten, er würde das Richtige tun.

Jetzt war es zehn Uhr abends. In zwei Stunden würde er abfliegen, zuvor aber wollte er Blair in ihrem Element sehen. Er hoffte, das würde ihn das Ausmaß ihrer Lügen erkennen lassen. Natürlich wollte er nur zu gern glauben, dass wenigstens ein Teil der Blair, die er kennen- und liebengelernt hatte, real war.

„Somewhere over the rainbow …"

Blairs Finger glitten über die Klaviertasten. Sie hielt die Augen geschlossen und in ihrer Fantasie glitt sie durch das verzauberte Land Oz. Auf keinen Fall wollte sie daran erinnert werden, wo sie tatsächlich war – an den Zigarettenrauch in der Luft, den Gestank nach billigem Schnaps und den Schweißgeruch der Männer, die gerade von ihrer Arbeit im Hafen gekommen waren.

„… Vögel fliegen. Vögel fliegen über den Regenbogen, warum nur, ach, warum kann ich das nicht?"

„Hey, Baby, tanz uns was vor." Eine Stimme aus dem Publikum holte sie in die harte Realität zurück.

„Ja, Süße, was Lebhaftes!"

Sie beendete die Melodie und rührte sich nicht. Die Augen hielt sie geschlossen. Claude trat neben sie ans Klavier.

„Komm schon, Blair. Ich habe das Gefühl, dass du dich hinter diesem Klavier versteckst." Seine Stimme, obwohl so leise, dass niemand sonst ihn hören konnte, zwang sie, die Augen zu öffnen. Ihm schien nicht wohl bei seinen Worten zu sein, auch schien er nicht stolz darauf zu sein, dass er ihr heute Stan hinterhergeschickt hatte. Aber er fügte hinzu: „Ich bezahle dich nicht, damit du nur hier herumsitzt und traurige Lieder singst, Schatz."

Ohne ein Wort zu sprechen, erhob sie sich und flüsterte der Band etwas zu. Ein lateinamerikanischer Rhythmus wurde angestimmt. Sie nahm das Mikrofon in die Hand und begann „South of the Border" zu singen. In ihrem roten Satinkleid mit den silbernen Pailletten wirkte sie eher wie eine fröhliche Señorita und nicht wie eine traurige Barsängerin. Doch wen interessierte schon, wie ihr innerlich zumute war?

Während sie sang, tanzte sie um die Tische. Sie war Schauspielerin, eine gute Schauspielerin, und sie lernte immer mehr dazu. Nur wenige würden vermuten, dass das Lächeln auf ihrem Gesicht und das lockende Glühen in ihren Augen nicht echt waren. Die Männer jubelten und pfiffen. Schon bald war sie ganz auf ihre Rolle konzentriert. Sie legte die Hände an den Kragen eines Gastes und beugte sich so tief hinunter, als wollte sie ihn küssen, doch im letzten Augenblick zog sie sich mit einem frivolen Zwinkern zurück. Sie spielte mit der Krawatte eines anderen und fuhr mit der Hand über die Schulter eines dritten Gastes. Dem Publikum gefiel das und es johlte nach mehr.

Sie tanzte in den hinteren Teil des Raumes und verlor sich im Rhythmus. Das fiel ihr nicht schwer, weil sie das ihr ganzes Leben lang getan hatte.

Sie wollte sich gerade einem anderen Mann widmen, als sie aus den Augenwinkeln eine Kakiuniform wahrnahm, sich umdrehte und Gary erblickte!

Sie verpasste einen ganzen Takt der Melodie, während sie ihn fassungslos anstarrte. Spontan wollte sie sich umdrehen und davonlaufen, aber die Schauspielerin in ihr war stärker, als sie für möglich gehalten hatte. Niemand darf dich weinen sehen, ermahnte sie sich und wirbelte davon, als hätte die Pause zur Vorstellung gehört.

Die Show musste weitergehen.

Sie tanzte um die Tische herum zur Bühne zurück und erreichte die Bühne, als die Band das Finale spielte. Sie hatte einige besondere Bewegungen zum Ende des Liedes einstudiert. Ein Hüftschwung, ein Shimmy der Schultern und ein paar Mal die Beine in die Höhe werfen. Alle Bewegungen gelangen ihr mit Bravour, nicht nur weil sie sie geprobt hatte, sondern weil irgendetwas in ihr wollte, dass Gary endlich ihr eigentliches Ich zu sehen bekam.

Als der letzte Ton verklang, hastete sie von der Bühne in ihre Garderobe.

Obwohl sie gehofft hatte, ihre Vorstellung würde Gary vertreiben, rechnete sie beinahe mit dem Klopfen an der Tür. Trotzdem zögerte sie, bevor sie sich überwinden konnte, ihn hereinzubitten. Sie saß an ihrem Schminktisch und tat so, als würde sie ihr Make-up erneuern. Als sie Garys Bild im Spiegel sah, drehte sie sich nicht um.

„Das war eine tolle Show“, sagte er.

„Mag sein“, erwiderte sie und betupfte ihr Gesicht mit einer Puderquaste. „Ich dachte nicht, dass du Lokale wie dieses magst, Gary.“

Sie sah, wie er näher trat. Noch immer drehte sie sich nicht um.

„Dreh dich um und sieh mich an“, forderte er sie auf.

„Du verlangst ziemlich viel“, erwiderte sie barsch.

Er trat neben sie, beugte sich über sie und zwang sein Gesicht neben ihres in den Spiegel. „Sieh mich an und lass uns reden.“ Er ging neben ihr so tief, wie es ging, in die Knie.

„Denkst du, es gäbe wirklich noch etwas zu besprechen?“

„Wie kannst du so etwas sagen?“

Die abgrundtiefe Verzweiflung in seiner Stimme brach schließlich die harte Schale auf, die sie zur Schau getragen hatte. Tränen sprangen ihr in die Augen. „Ich habe dich angelogen, Gary, von vorn bis hinten“, gestand sie. „Ich glaube, nichts, was ich dir je erzählt habe, ist wahr.“ Ihre Stimme zitterte, Tränen brannten ihr in den Augen, aber sie wollte nicht weinen. Sie wollte kein Mitleid von ihm.

„Nichts?“, fragte er traurig.

„Sicherlich verspotten meine Lügen den kleinen Kern Wahrheit, der in dem gelegen haben mochte, was ich gesagt oder getan habe.“

„Wenigstens bist du jetzt ehrlich.“ Versuchte er tatsächlich immer noch, ihr eine goldene Brücke zu bauen?

Nein, diese Worte entsprangen seiner Verzweiflung, genau wie ihre Lügen und jetzt sogar ihre Ehrlichkeit. „So wie die Dinge jetzt stehen, dürfte das wohl keine große Heldentat mehr sein.“

„Nein, vermutlich nicht.“ Er seufzte. „Und was nun? Wir sind verheiratet.“

„Du kannst eine Annullierung der Ehe beantragen. Vielleicht reicht ja als Grund, dass ich dir vorgemacht habe, ich wäre noch Jungfrau.“

„Ich habe dir ein Versprechen gegeben.“

„Einer Lüge.“

„Ich glaube nicht, dass es ehrenhaft wäre, dich zu verlassen.“

Sie starrte ihn an, hin- und hergerissen zwischen dem Drang, über diese kuhäugige Anständigkeit zu lachen, und zu weinen darüber, dass er nach wie vor glaubte, sie habe es verdient, anständig behandelt zu werden. Doch was sie richtig schockierte, war die plötzlich aufwallende Hoffnung in ihr, ihn vielleicht doch behalten zu können.

Im selben Moment wusste sie, was sie zu tun hatte. Sie hatte ihn genug verletzt.

„Gary, es ist an der Zeit, dass ich dir alles sage. Du setzt dich besser hin.“ Sie sprach mit harter Stimme und deutete mit dem Kopf auf das kleine Sofa. Dann fuhr sie sich mit der Zunge über die Lippen und bereitete sich innerlich auf ihre bisher größte Rolle vor. „Ich werde es dir jetzt ganz deutlich sagen, damit es keine Unklarheiten mehr zwischen uns gibt. Ich bin kein Christ, kein richtiger Christ, nicht wie Jackie oder die Leute in der Gemeinde. Vor diesem Tag, an dem ich dich bei dem Picknick getroffen habe, bin ich nie regelmäßig zur Kirche gegangen. Na ja, ich hatte gerade damit angefangen ...“ Ihr wurde klar, dass sie schon wieder versuchte, sich zu rechtfertigen, und fügte barsch hinzu: „Und ich habe mich zu Tode gelangweilt. Weißt du, warum ich überhaupt angefangen hatte, den Gottesdienst zu besuchen? Eines Nachts kam ich betrunken nach Hause, so betrunken, dass ich mich nicht mehr an das erinnern konnte, was ich getan hatte. Es war nicht das erste Mal, dass so etwas passierte, aber dieses Mal war es am schlimmsten. Ich schätze, das hat mir die ‚Furcht Gottes' eingeflößt. Nur die Furcht, nicht den richtigen Glauben."

„Aber warum hast du dann ...? Ich verstehe nicht ..."

Der Ausdruck auf seinem Gesicht glich nun eher dem, was sie erwartete – Enttäuschung, absolute Verwirrung. „Um mir dich zu schnappen natürlich." Dann, weil sie wusste, dass sie sein Mitleid nicht verdient hatte, und fürchtete, er könnte schließlich ihr gegenüber so empfinden, fügte sie hinzu: „Vermutlich habe ich mich mit den Männern Hollywoods gelangweilt. Mal was anderes, nehme ich an. Stan war wirklich das Allerletzte, ein Schwein, aber doch eher mein Typ, meinst du nicht?"

„Tu das nicht, Blair."

„Du bist ein netter Mann, Gary. Ich hätte nicht so mit dir spielen sollen, wie ich es getan habe." Aber ihre Stimme verriet sie. Eine Träne rollte aus ihrem Auge. Sie wischte sie fort. „Ich fühle mich mies. Das ist alles", fügte sie hinzu, um ihre Gefühle zu erklären.

Er starrte sie an. In seinen Augen lag Schmerz und ihr Inneres verkrampfte sich, aber sie würde nicht auf sein Leiden eingehen. Sie hatte das Gefühl, dass sie es könnte, dass sie ihm nur zu sagen brauchte, sie würde ihn lieben, trotz allem, was sie getan hätte. Das zumindest stimmte. Aber sie hatte es nicht verdient. Sie verdiente nichts Gutes.

„Hast du mich je richtig geliebt?" Das war die Frage, die sie am meisten gefürchtet hatte, ja, sie hatte sogar gebetet, dass er sie nicht stellen möge.

Aber was war schon eine weitere Lüge? „Nein, Gary, das habe ich nicht. Du warst eine Beute, das ist alles." Sie ließ nicht zu, dass weitere Tränen in ihre Augen traten. Stattdessen richtete sie ihren Blick auf ihn. „Ich weiß, das war nicht gut. Du hast es nicht verdient. Es tut mir leid."

Er stieß ein bitteres Lachen aus. „Du bist eine sehr gute Schauspielerin. Aber ich bin nicht sicher, was gespielt war und was nicht. Ich weiß nicht mehr, was ich denken soll."

Sie versuchte, ihr brutales Vorgehen noch zu unterstreichen, indem sie den Ehering vom Finger zog. „Den kannst du mitnehmen. Ich habe keine Verwendung dafür."

Als Gary keine Anstalten machte, den Ring zu nehmen, drückte sie ihn ihm in die Hand. Ihre Finger berührten die seinen und sie bemerkte sein Zittern. Erfolglos versuchte sie, den Augenblick zwei Tage zuvor aus ihren Gedanken zu verbannen, als er ihr den Ring an den Finger gesteckt hatte. Reglos starrte er auf den Goldring in seiner Hand, als hätte er keine Ahnung, was er damit anfangen sollte.

„Mein Rat ist, überhaupt nicht nachzudenken", sagte sie kalt. „Verschwinde hier, solange du noch kannst."

Er nickte seufzend. „Ja, das sollte ich wohl. Aber ich habe dich geliebt, Blair. Vielleicht habe ich eine Lüge geliebt. Ich weiß es einfach nicht. Im Augenblick kann ich keinen klaren Gedanken fassen." Er sprang auf. „Ich werde in weniger als zwei Stunden abfliegen."

„Das ist doch das Beste, meinst du nicht?"

„Vielleicht. Vielleicht gibt mir das die Zeit, darüber nachzudenken."

„Vergiss mich, Gary", unterbrach sie ihn scharf.

„Denkst du, ich könnte je meine Frau vergessen?"

Das Wort Frau schnitt ihr ins Herz mit einem Schmerz, von dem sie nie gedacht hatte, dass ein Mensch ihn empfinden könnte.

„Wir sind verheiratet und ich kann ein solches Versprechen nicht einfach in den Müll werfen."

„Vielleicht wäre es leichter, wenn du dir klarmachst, dass du mit Müll verheiratet bist."

Er schüttelte den Kopf, nicht so sehr, um ihr zu widersprechen, dachte sie, sondern eher verzweifelt.

„Gary, merkst du denn nicht, wenn du betrogen worden bist? Es ist zu Ende. Vorbei!"

Er öffnete den Mund, um zu antworten, aber nichts kam heraus. Seine dunklen, leidenschaftlichen Augen waren tränenverhangen. Einen kurzen Augenblick lang kämpfte er mit seinen Gefühlen, dann schien er sich innerlich dagegen zu wappnen.

Er steckte den Ring in seine Tasche, als hätte er eine Entscheidung getroffen, und setzte sich in Bewegung. Aber bevor er ging, blickte er sie an mit diesem Blick, der ihr früher gesagt hatte, dass sie etwas ganz Besonderes sei. Es war, als suche er verzweifelt nach der Frau, die er geliebt hatte. Selbst wenn nur ein Splitter von ihr in ihrem Körper steckte, schien sein Blick zu sagen, wollte er ihn ein letztes Mal umarmen. Aber Blair zog die Augenbraue hoch und grinste ihn affektiert an.

Dann verließ er die Garderobe.

Blair legte den Kopf auf ihren Schminktisch und weinte.

40

Moskau
Ende September 1941

Nach ihrer Entlassung aus dem Krankenhaus kehrte langweilige Routine ein in Camerons Leben. Selbst die nun beinahe jede Nacht stattfindenden Luftangriffe wurden zu lästigen Ereignissen, die eher Unwillen erregten als Angst.

Die Ausländer verbrachten ihre Zeit mit Theater- und Ballettbesuchen, denn das Bolschoi-Ballett gab noch immer seine fantastischen Vorstellungen. Cameron aber hatte sich noch nie besonders für kulturelle Veranstaltungen dieser Art interessiert. Auch den Pokerspielrunden und Wodkagelagen ihrer Kollegen blieb sie fern. Und nicht nur, weil es noch immer Männer gab, die sich bei diesen Aktivitäten durch Frauen gestört fühlten. Warum also etwas erzwingen wollen und sich und den anderen das Leben schwer machen?

Cameron hatte ganz andere Sorgen.

Während der Sommer sich seinem Ende näherte und die Luft sich als Vorbote des russischen Winters abkühlte, fragte sie sich, wie ihr Traum so schnell hatte verblassen können. Manchmal dachte sie sehnsüchtig an ihr Leben in Los Angeles. Selbst die Klatschkolumne erschien ihr nun als lohnendes Betätigungsfeld. Wenigstens konnte sie hier selbst verfasste Artikel unterbringen und musste keine *Prawda*-Zitate wiederkäuen. Um die Leere auszufüllen, verbrachte sie viel Zeit mit dem Verfassen eines Tagebuches, in das sie Erlebnisse und Gedanken schrieb, die niemals den Tisch eines Zensors passieren würden, doch eines Tages besten Stoff für einen Bestseller in den Staaten liefern könnten. Natürlich sprachen alle Korrespondenten davon, ein Buch über ihr „russisches Exil" zu schreiben, wie einige es nannten. Sie dachte an die Fülle von Memoiren, die es nach dem Krieg geben würde, und während sie die Tasten ihrer Schreibmaschine bearbeitete, schüttelte sie den Kopf.

„Was für ein Leben!", murmelte sie.

„Miss Hayes, haben Sie etwas gesagt?“, fragte Sophia von der Couch aus.

Cameron war nicht aufgefallen, dass sie laut gesprochen hatte und Sophias Anwesenheit hatte sie auch vergessen. Das Mädchen kam jeden Tag in ihr Hotelzimmer. Mittlerweile ging sie die Zeitungen für sich allein durch und übersetzte nicht mehr alles für Cameron, denn sie hatte ein Gespür dafür bekommen, was Cameron suchte. Alle Artikel, die sie für interessant hielt, las sie Cameron vor. Und eigentlich hätte sie die Artikel auch gleich selbst schreiben können. Cameron wäre dann endgültig überflüssig geworden.

„Nein, ich bin nur gelangweilt. Schon was gefunden?“

„Da ist ein Artikel über Leningrad, aber Sie haben bereits über das Ende der deutschen Blockade Leningrads geschrieben. Und es gibt einen Artikel über eine Fabrik, die Maschinengewehre herstellt und in diesem Monat bereits ihre Quoten überschritten hat. Sie hat ein besonderes Lob von Genosse Stalin bekommen, doch weitaus interessanter sind die Produktionszahlen.“

„Palgunow und seine Jungs mögen es nicht, wenn man zu sehr ins Detail geht und gar Zahlen nennt. Nicht auszudenken, wenn die Deutschen mitbekämen, über wie viele Maschinengewehre Stalin verfügt! Das könnte das Ende der Welt bedeuten.“ Cameron drosch den Wagen ihrer Schreibmaschine so schwungvoll zurück, dass die Maschine beinahe vom Tisch gekippt wäre, was ihr allerdings kaum noch Kopfzerbrechen bereitet hätte, da sie ihr ja doch zu nichts mehr nütze war.

Sie starrte auf das Papier in der Schreibmaschine. Wieder ein Artikel, der nie gedruckt werden würde, ihr Versuch, die ergreifenden Erfahrungen ihres Krankenhausaufenthalts zu verarbeiten:

Die zwei Gesichter des Krieges
Ich habe mit Generälen und Strategen gesprochen, für die der Krieg auf ein Jonglieren mit Prozentzahlen reduziert ist. Ein General sagte mir, in einer bestimmten Schlacht rechne er mit einer dreißigprozentigen Reduzierung seiner Truppen. Wenn man dies gegen die Bedeutung eines bestimmten militärischen Zieles abwäge, sei das für ihn ein fairer Tausch. Vielleicht stimmt das ja. Ein Hügel, eine Stadt, eine Brücke – das sind wichtige Schritte zum Sieg.

Aber neulich wurde ich mit der anderen Seite der Medaille konfrontiert und diese Begegnung hat meine Perspektive verändert. Ich verbrachte einige Zeit in einem russischen Krankenhaus, einem Ort, wo man dem menschlichen Element in dem weltweiten Konflikt nicht mehr ausweichen kann. Innerhalb der Mauern eines Krankenhauses verblassen solche Überlegungen sehr schnell. Da gibt es Schmerz, Verlust und Tod. Aber mehr noch gibt es da Menschen, menschliche Wesen. Wenn man in ein menschliches Gesicht sieht, vergisst man sehr schnell strategische Ziele. Ein Hügel, eine Stadt, eine Brücke – diese Dinge verlieren bei dem Anblick dieses menschlichen Gesichtes ihre Bedeutung. Eines Gesichtes, wie ich hinzufügen möchte, das kaum den Schatten eines Bartes getragen hat. Ja, es sind fast noch Kinder. Ich stelle mir vor, wie sie in ihren Albträumen nach ihren Müttern rufen. Für diese russischen Jungen ist das Leben nie so einfach gewesen wie für ihre Altersgenossen in den Staaten, dessen bin ich sicher, aber ich glaube nicht, dass ihre Hoffnungen und Träume sehr von denen des jungen Joe Smith in Madison abweichen. Sie haben eine Freundin zu Hause und eine Familie und sie haben nur den einen Wunsch, zu ihnen zurückzukehren. Sie erzählen sich grobe Witze und hören Musik, die ihre Eltern bestimmt viel zu laut finden werden. Noch vor weniger als einem Jahr haben sie sich über ihre Schulnoten Gedanken gemacht oder ob es genügend regnen wird, damit der Weizen gut wachsen kann.

Es kann kein Zweifel daran bestehen, dass ein Krankenhausaufenthalt niemals in ihren Plänen vorgekommen ist, geschweige denn der Verlust eines Armes oder eines Beines. Ich habe einen Jungen kennengelernt, der mir von seiner Familie und dem Bauernhof erzählt hat, auf dem er, bevor er in den Krieg zog, gearbeitet hat. Er wünschte sich nichts weiter, als zu diesem Leben zurückzukehren, aber er ist sehr schwer verletzt und es ist zweifelhaft, ob er das Krankenhaus je verlassen wird. Ein anderer junger Mann wollte, dass ich meinen Namen auf seinen Gips setze – er war begeistert, die Unterschrift einer Ausländerin zu bekommen. Wieder ein anderer sagte, er sei stolz, seinen Arm für sein Land verloren zu haben.

Diese Männer waren fröhlich und redselig. Sie wollten kein Mit-

leid und ich war gezwungen, sorgfältig meine Gefühle zu verbergen. Ich wiederhole, auf der Militärstation in einem Krankenhaus ist kein Ruhm zu finden, aber Heroismus die Fülle.

Cameron dachte an den verwundeten Deutschen. Doch die Kriegsgefangenen durfte sie nicht erwähnen, denn selbst den amerikanischen Lesern würde es schwerfallen, etwas zu lesen, was Mitleid mit ihnen erregte. Und wie Alex befand sie sich im Zwiespalt. Als Individuen hatten diese Jungen ihr Herz berührt, aber als Teil des Bösen, des Naziregimes, waren sie ihr zuwider. Sie fragte sich, ob sie das so würde rüberbringen können. Dann schüttelte sie resigniert den Kopf. Das würde sowieso niemand lesen, abgesehen von Shanahan. Sie hatte ihm den ersten Entwurf gezeigt und er war beeindruckt gewesen.

„Ich sehe, du lernst endlich vom Meister!", hatte er sie aufgezogen.

Doch es gab nur wenige Augenblicke dieser Art, die sie von dem Gefühl ablenkten, in Moskau fehl am Platze zu sein. Shanahan war für einige davon verantwortlich, im Übrigen aber sorgten die Komplimente von Alex für ein wärmendes Licht im Nebel der russischen Bürokratie. Zu schade, dass er im Krankenhaus so eingespannt war, viel zu selten konnte er sich für einen Besuch freinehmen.

Cameron stieß einen tiefen Seufzer aus. Das Telefon klingelte und Sophia hob ab, die sich angewöhnt hatte, die Anrufe entgegenzunehmen.

„Das war die amerikanische Botschaft", sagte sie, nachdem sie aufgelegt hatte. „Sie sind zu einem Cocktailempfang für heute Abend um sieben Uhr eingeladen."

„Wurde gesagt, für wen er gegeben wird?" Immerhin wurde seit Langem gemunkelt, Churchill wolle nach Moskau kommen.

„Tut mir leid, ich habe nicht gefragt", entschuldigte sich Sophia.

„Macht nichts. Aber ich hoffe inständig, dass es jemand Interessantes sein möge. Ich brauche Ablenkung, sonst werde ich noch verrückt."

„Verrückt, Miss Hayes?"

„Allerdings, verrückt, absolut wahnsinnig!" Cameron stieß das letzte Wort in ungewohnter Heftigkeit hervor, fletschte die Zähne und fixierte sie mit einem irren Blick. Auf Sophias entsetzte Reaktion hin brach sie in Gelächter aus. „Tut mir leid, wie wäre es, wenn du mir die Artikel über Leningrad vorlesen würdest? Ich denke, das könnte ich jetzt gebrauchen."

Die Cocktailparty in Botschafter Steinhardts Residenz schien eine unspektakuläre Abendgesellschaft zu werden und Cameron gab sich alle Mühe, ihre Enttäuschung nicht zu zeigen. Als Frau befand sie sich in hoffnungsloser Unterzahl, weil die Gattinnen sämtlicher Botschaftsangehöriger zu Beginn des Krieges evakuiert worden waren.

Botschafter Lawrence Steinhardt war ein umgänglicher, intelligenter Mann, aber die Korrespondenten konnten sich nicht wirklich für ihn erwärmen. Sie hatten nicht den Eindruck, dass er sich bei seinen Verhandlungen mit den Sowjets in irgendeiner Weise in die Karten blicken ließ. Richtig übel jedoch nahmen sie ihm seine Angewohnheit, bei Empfängen die besten Weine für hochrangige Gäste zu reservieren und dem „Fußvolk", zu dem in der Regel auch die Korrespondenten gehörten, den billigen russischen Fusel zu überlassen.

Auch er fühlte sich auf seinem Posten nicht besonders wohl. Das hätte er natürlich nie zugeben, aber mehrere Journalisten wollten aus den üblichen gut unterrichteten Kreisen erfahren haben, dass er Washington bereits eindringlich um einen möglichst unbegrenzten Urlaub ersucht hatte.

Natürlich war es Shanahan, der den Mut aufbrachte, dieses heikle Thema anzusprechen. Ein Glas Martini in der einen und eine Zigarette in der anderen Hand haltend, schlenderte er zu Steinhardt, der gerade mit einem seiner Attachés scherzte.

„Als ich Ihre Einladung erhielt, Exzellenz, war ich erstaunt, dass Sie noch immer unter uns weilen", begann Shanahan. Es lag eine gewisse Schärfe in seinem Tonfall.

„Warum waren Sie erstaunt, Mr Shanahan?"

„Ich hatte ein Gerücht gehört, dass Sie drauf und dran wären, Ihre Reisekoffer zu packen."

„Ach, ihr Reporter, wenn ihr euch erst mal in etwas verbissen habt, lasst ihr einfach nicht mehr los." Steinhardt drehte einen Zigarillo in seiner schlanken, manikürten Hand. „Nun, ich bin hier und werde so lange bleiben, wie der Präsident es wünscht, wenn auch nicht unbedingt an diesem speziellen Ort."

Shanahan zog erstaunt die Augenbrauen hoch. „Was kann denn diese Bemerkung bedeuten, Sir?"

„Das werden Sie alle bald genug erfahren." Der Botschafter verzog die Lippen und seine Augen blitzten. Offensichtlich gefiel es ihm, den Reporter zappeln zu lassen. „Jetzt möchte ich jedenfalls meinen Wein genießen. Sieht so aus, als sollten auch Sie sich noch einen Martini genehmigen."

Shanahan sah auf sein Glas und zuckte die Achseln. „Vielen Dank für die Information, Sir", meinte er trocken. „Ich denke, das mache ich."

Shanahan schlenderte davon. An der Bar blieb er kurz stehen, um sich einzuschenken; dann suchte er Cameron.

„Dieser Steinhardt schweigt wirklich wie ein Grab", flüsterte er ihr zu.

„Er ist vielleicht nicht unser bester Freund, Shanahan, aber es bringt auch nichts, ihn so anzugehen."

„Ach, das ist doch der einzige Spaß, den wir noch haben."

Dem konnte sie nicht widersprechen und nahm einen Schluck von ihrem zweiten Glas Wein.

William Tramble, einer der britischen Attachés, gesellte sich zu ihnen. Er war ein großer, distinguiert wirkender Mann Anfang vierzig und trug einen gut geschnittenen Anzug. Seine Zigarette steckte in einem Mundstück aus Elfenbein.

„Wissen Sie schon, was der Anlass für diese Party ist?", fragte er. Seine exakte Aussprache ließ auf eine Ausbildung in Eton schließen.

„Steinhardt hält das noch unter Verschluss", erklärte Shanahan.

„Ich habe gehört, er möchte über die Evakuierungsmaßnahmen reden."

„Ist es wirklich so schlimm, Bill?", fragte Cameron. „Haben Sie neue Informationen?"

„Im Augenblick höre ich ein wenig mehr als früher." Er hielt inne und führte seine Zigarette an die Lippen. „Bis zum Krieg hatte unser Botschafter Cripps Stalin nicht persönlich kennengelernt. Wir wurden von den Häuptlingen in der Sowjethierarchie ziemlich klein gehalten. Jetzt sind Churchill und Stalin einander herzlich zugetan und wir kommen besser zum Zug." Er zog an seiner Zigarette und blies langsam und genießerisch vollendete Rauchkringel in den Saal. „Auf jeden Fall zieht sich die Schlinge der Deutschen mit jedem Tag enger um Moskau zusammen. Stalin braucht endlich einen Sieg. Auch Kiew soll gefallen sein, selbst wenn die Sowjets das noch tagelang abstreiten sollten. Allerdings denke ich, dass uns die Zeit davonläuft."

„Ach Bill, ihr Briten seid doch schon immer Schwarzseher gewesen", meinte Cameron. „Der Krieg hier in Russland dauert schon viel länger, als ihr vorausgesagt habt."

„Das stimmt und ein Ende ist noch nicht abzusehen, aber es ist zweifelhaft, dass Moskau standhalten wird."

„Wenn Moskau fällt, wird Russland fallen", erklärte Shanahan und trank seinen Martini aus.

„Moskau ist noch nie einem Eroberer in die Hände gefallen", sagte Cameron entschieden.

„Bei Baseballspielen haben wir immer Wetten abgeschlossen. Vielleicht sollten wir das jetzt auch machen", schlug Shanahan vor. „Derjenige, der am nächsten an Tag und Stunde herankommt, wann Moskau fällt, hat gewonnen." Er lächelte grimmig. „Oder verloren, je nach Standpunkt."

Cameron starrte in ihr Glas und sah die Gesichter der verwundeten Soldaten im Krankenhaus vor sich, sowohl der russischen als auch der deutschen. Und es war ihr unmöglich, über Shanahans gedankenlose Worte zu lachen, nicht mal aus Höflichkeit. In diesem Krieg würde es keine Sieger geben.

„Shanahan, ich glaube, Sie haben die Dame verärgert", bemerkte Tramble. „Geht es Ihnen gut, Cameron?"

„Mir gefällt die Vorstellung nicht, auf den Ausgang eines Krieges zu wetten. Tut mir leid, dass ich so nüchtern bin, Johnny." Sie hob ihr Glas an die Lippen und trank es aus. Wenigstens hatte Steinhardt an diesem Abend den guten Wein ausgeschenkt. Vielleicht versuchte er, ihn aufzubrauchen, bevor er den Deutschen in die Hände fiel.

„Ich hole Ihnen ein neues Glas", erbot sich Tramble.

„Oh nein, machen Sie sich keine Mühe."

„Aber ich bitte Sie. Das macht doch keine Mühe. Es ist mir ein Vergnügen, den Abend in Gesellschaft einer Dame zu verbringen." Tramble war ein glattzüngiger Charmeur, für den Cameron eigentlich nichts übrig hatte, aber sie konnte die Aufrichtigkeit seiner Worte an diesem Abend nicht anzweifeln. Er schnappte sich ein Glas Wein von einem Kellner, der ein Tablett durch die Menge trug, und reichte es Cameron mit einer formvollendeten Verbeugung.

Obwohl sie eigentlich nichts mehr trinken wollte, nahm sie es aus Höflichkeit an. „Sie sind zu freundlich, Bill." Bewusst vertrieb sie ihre düstere Stimmung mit einem strahlenden Lächeln. Die schiere Langeweile schien sie in einen lächerlichen Flirt mit diesem steifen Briten zu treiben.

Aus den Augenwinkeln heraus bemerkte sie, dass Shanahan grinste. Es war ihr egal, Tramble war eine angenehme Ablenkung.

„Da fällt mir ein", fuhr Tramble fort, „ich habe zwei Karten für das Ballett morgen. Ich wäre entzückt, wenn Sie mir die Ehre Ihrer Begleitung geben würden."

„Aber sehr gern, Bill."

„Du solltest es nicht übertreiben, Cameron", warf Shanahan ein.

Cameron starrte ihn konsterniert an. „Wie bitte?"

„Ich denke, dass du dich ein wenig übernimmst, seit du aus dem Krankenhaus entlassen worden bist."

„Aber das ist Wochen her, Johnny." Sie funkelte ihn an, weil ihr klar wurde, dass er sich nicht im Geringsten Gedanken um ihre Gesundheit machte. Da Eifersucht ebenfalls als Beweggrund ausschied, konnte es nur der pure Übermut sein, der ihn dazu trieb, ihr den Spaß zu verderben.

„Sie waren im Krankenhaus?", fragte Tramble. „Das wusste ich gar nicht. Weshalb denn?"

„Ich bin einer Explosion ein wenig zu nahe gekommen und habe eine leichte Gehirnerschütterung davongetragen. Jetzt bin ich wieder okay."

Tramble nahm einen Zug von seiner Zigarette und ließ den Rauch anmutig entweichen. Selten hatte Cameron eine so vollkommene Vorstellung genossen.

„Ich habe gehört, dass die russischen Krankenhäuser ein Albtraum sein sollen."

„Ganz im Gegenteil, ich war eigentlich ziemlich beeindruckt von der Versorgung", erwiderte Cameron mit unverhohlener Begeisterung.

„Natürlich war die Tatsache, dass du mit dem Doktor so außerordentlich gut harmoniert hast, der Sache nicht gerade abträglich“, warf Shanahan ein.

„Mit einem russischen Arzt?“, fragte Tramble, als Cameron Shanahan mit dem Ellbogen in die Seite stieß. Was sollte das?

„Ja, ein sehr kompetenter Mediziner.“

In diesem Augenblick gesellte sich Levinson zu ihnen. „Sprichst du von deinem Arzt, Cameron? Nun, ich wollte über seine Arbeit ja nichts sagen – das heißt bezüglich dieser unseligen Sache damals in Chicago – solange du im Krankenhaus warst, aber seither habe ich mich gefragt, ob ich nicht doch etwas hätte sagen sollen, damit man dir einen anderen zugeteilt hätte.“

„Wovon sprichst du, Lev?“, fragte Shanahan.

In einem unglaublichen Zug kippte Cameron den Wein hinunter. „Ach, sieh nur“, sagte sie schnell, „mein Glas ist schon wieder leer. Lev, würdest du so lieb sein und mir ein neues holen?“

„Du hast genug“, bestimmte Shanahan und nahm ihr das Glas aus der Hand. Zweifellos hatte er recht, denn Cameron war auf einmal hundeelend zumute. Als ihr klar wurde, dass ihr Ablenkungsmanöver fehlgeschlagen war, konnte sie nur zuhören, wie Shanahan nachhakte. „Was ist mit dem Doktor, Lev?“

„Ich war zu der Zeit gerade für den *Tribune* unterwegs und habe die Story verfolgt. Der Zwischenfall hat zwar keine landesweiten Wellen geschlagen, aber in Chicago war es ein Skandal. Wie es aussieht, hat er eine Patientin getötet, die er unter dem Einfluss von Drogen operierte. Hat seine Lizenz für die Vereinigten Staaten verloren.“

Cameron bewegte die Lippen, um Alex zu verteidigen, doch ihre Zunge gehorchte ihr nicht.

„War das bevor oder nachdem er Kommunist geworden ist?“, fragte Shanahan.

„Sein ganzes Leben lang hatte er Verbindungen zur Partei. Seine Eltern waren Rote“, erklärte Levinson.

„Schockierend, in der Tat.“ Offensichtlich fasziniert mischte Tramble sich wieder ein. „Und so einer war Camerons Arzt? Du liebe Güte, ich bin so froh, dass Sie das überlebt haben. Wenn ich davon gewusst hätte, hätte ich persönlich dafür gesorgt, dass Sie eine bessere Behandlung bekommen hätten.“

Endlich fand Cameron ihre Stimme wieder. Sie nuschelte. „Einen Augenblick! Ich ha... habe den Besten bekommen. Alex ist ei... ein hervorragender Arzt. Sie wissen nicht, was – hoppla!“ Sie brach abrupt ab, als der Klumpen in ihrem Hals auf einmal ein Eigenleben zu entwickeln schien. Seit dem Mittagessen hatte sie nur ein paar Kanapees zu sich genommen, ihr Magen war in Aufruhr und sie hatte das zwingende Gefühl, sich übergeben zu müssen.

„Cameron, alles in Ordnung?“ Das war Shanahan und seine Stimme klang seltsam gedämpft und wie von weit her.

Tramble reichte ihr die Hand, die sie beiseiteschob.

„Keine Sorge, mir geht es gut“, beharrte sie, wandte sich um und entfernte sich.

Sie hätte eine Toilette aufsuchen sollen, doch der Balkon lag näher und die Vorstellung, frische Luft zu schnappen, war sehr verlockend. Sie hatte sich in ihrem ganzen Leben nur selten übergeben und sie gedachte auch nicht, ausgerechnet in der Residenz des US-Botschafters damit anzufangen.

Die Luft draußen war kühl und erfrischend. Sie tat einige tiefe Atemzüge, so wie Tramble seinen Zigarettenqualm inhaliert hatte. Was war nur los mit ihr? Sie hatte doch keinen schwachen Magen. Wie viel Wein hatte sie denn getrunken? Sie versuchte, die Gläser zu rekapitulieren und stellte fest, dass es weitaus mehr gewesen sein mussten, als sie vertragen hätte.

Sie hörte Schritte. Auch wenn sich ihr Zustand bei dem Gedanken an den impertinenten Tramble umgehend verschlechterte, als Shanahan an ihrer Seite auftauchte, war sie nicht unbedingt erfreuter.

„Wirst du überleben?“, fragte er.

„Natürlich!“

Er blickte über das Balkongeländer. „Hast du die Pflanzen da unten gedüngt?“

„Natürlich nicht. Und jetzt will ich allein sein.“ Der Sauerstoff hatte ihren Kopf ein wenig klarer gemacht und ihr Zorn vertrieb die Benommenheit.

„Wieso bist du jetzt auf mich sauer? Es war doch Levinson, der in Bezug auf Rostow die Katze aus dem Sack gelassen hat. Das hat dich so mitgenommen, nicht?“ In seiner Stimme lag ein Anflug von Mitgefühl.

„Nein. Ich habe zu viel Wein getrunken, das ist alles. Dennoch ärgert mich euer Gerede über Alex. Ihr habt euch angehört wie ein Haufen tratschender Weiber."

„Denkst du, das mit Rostow ist wahr?"

„Das ist egal. Es ist jedenfalls nicht in Ordnung, bösartige Geschichten über einen anderen zu verbreiten." Sie klammerte sich am Balkongeländer fest und starrte in den Nachthimmel. Die Wolken ließen nur ein paar wenige Sterne durch.

„Cameron ..."

Seine Stimme war so ungewohnt weich, dass sie sich zu ihm umdrehte. Das war eine unkluge Bewegung, weil ihr sofort schwindelig wurde.

„Du bist in diesen Kerl verliebt, nicht?", fragte er.

„Natürlich nicht", erwiderte sie. „Doch es gefällt mir nicht, mit anhören zu müssen, wie er so herabgesetzt wird."

„Und doch bist du verliebt. Ich habe es im Krankenhaus gemerkt."

„Nein, bin ich nicht." Ihre Stimme war jetzt leise, ihr Leugnen wirkte lächerlich.

„Das wird Probleme geben, Cameron."

„Er ist ein guter Mensch."

„Das streite ich ja nicht ab. Aber er ist ein stilles Wasser, das sehr tief gründet, wie man so schön sagt. Ein Sowjetbürger, ein Kommunist und obendrein noch ein Ex-Drogenabhängiger, wenn das, was Levinson sagt, stimmt. Du willst dir doch nicht wirklich alle diese Komplikationen ans Bein binden?"

„Ich will mir gar nichts ans Bein binden." Sie wandte ihren Blick wieder zum Himmel, weil sie Angst hatte, er könnte bemerken, dass sie log. „Alex ist ein Freund wie du, Shanahan. Das ist alles."

„Okay, wenn du es sagst."

Shanahan hielt es für besser, das Thema für heute ruhen zu lassen.

„Möchtest du jetzt zur Party zurückkehren?"

„Ich denke, ich gehe nach Hause."

„Darf ich dich begleiten?"

„Nein, du bleibst besser und hörst, warum Steinhardt das alles organisiert hat. Ich möchte einen vollen Bericht am Morgen." Sie drehte sich vom Balkongeländer weg und hielt inne. „Johnny, würdest du dafür sorgen, dass Tramble und Levinson diese Geschichte über Alex nicht weiter verbreiten? Wahr oder nicht, er versucht, sich hier ein neues Leben aufzubauen, und kann das jetzt ganz bestimmt nicht brauchen."

„Ich werde dafür sorgen, Cameron."

Cameron ging die Strecke zum Metropole zu Fuß. Sie trug ihr Abendkleid aus dünnem Seidenstoff und eine Sommerjacke, die kaum Schutz bot vor der kalten Herbstluft, und als sie ihr Hotel erreichte, war sie bis auf die Knochen durchgefroren. Ihr Magen hatte sich beruhigt, aber sie sehnte sich nach einem heißen Bad und hoffte inständig, die Wasserhähne würden genug heißes Wasser ausspucken.

Aber der Gedanke an ein Bad war schnell vergessen, als sie ihr Hotelzimmer betrat und Sophia auf der Couch sitzend vorfand. Sophia war nach Einbruch der Dunkelheit nur selten da. Irgendetwas stimmte nicht.

41

„Was ist los, Sophia?“

„Bitte entschuldigen Sie, dass ich in Ihr Zimmer gekommen bin, ohne vorher anzurufen. Aber es ist sowieso nicht gut, das Telefon zu benutzen. Ich habe gebetet, dass Sie nicht zu spät von Ihrer Party zurückkommen.“

„Wie es scheint, sind deine Gebete erhört worden. Ich bin früh gegangen. Was ist los?“

Cameron warf ihre Abendtasche auf den Tisch und zog sich die Schuhe aus, hochhackige Sandalen, die sie an den Fersen drückten. Sie setzte sich neben Sophia auf die Couch und legte ihre wunden Füße hoch.

„Es geht um meinen Mann.“

„Oh Sophia, er ist doch nicht etwa ...?“

„Nein, Miss Hayes, er ist Gott sei Dank am Leben, aber ...“ Sophia starrte auf ihre gefalteten Hände. In ihren Gesichtszügen lag großer Schmerz. „Er ist hier in Moskau.“ Cameron war besorgt und neugierig. Sophia fuhr fort: „Er wurde vor wenigen Wochen von den Deutschen gefangen genommen, das habe ich erst jetzt erfahren. Aber er ist geflohen, und ... und ... er ... er ist hier.“

„Ich verstehe das Problem nicht so ganz“, erwiderte Cameron.

„Ich wünschte, Sie könnten die Geschichte von ihm selbst hören.“ Sophia lächelte und offensichtlich war sie drauf und dran, eine besondere Bitte an ihre Arbeitgeberin und Freundin zu richten. „Würden Sie mitkommen und ihn anhören?“

„Natürlich würde ich ihn gern kennenlernen, aber soll ich das als Freundin oder als Reporterin tun? Nicht dass das einen Unterschied machen würde. Ich bin einfach nur neugierig.“

„Das kann ich nicht sagen. Das werden Sie entscheiden müssen.“

Cameron legte ihre Hand über Sophias. „Nun, zumindest werde ich als Freundin kommen. Aber ist das nicht gefährlich?“

„Ich weiß, ich verlange zu viel von Ihnen ...“

„Du verstehst mich falsch, Sophia! Ich mache mir keine Sorgen um mich. Aber du und deine Familie, ihr könntet in große Schwierigkeiten kommen, wenn ihr eine Ausländerin bei euch zu Besuch habt."

Sophia stieß einen leisen Seufzer der Erleichterung aus. „Wir nehmen das Risiko gern auf uns, wenn Sie dazu bereit sind. Wir werden tun, was wir früher auch getan haben, um der Polizei ein Schnippchen zu schlagen, wenn wir zu unseren Gemeindeveranstaltungen gegangen sind."

„Du meinst, mit Umhang und Kapuze?"

Sophia lächelte. „Ja, nur ohne Dolch, wie ich hoffe!"

„Hat dich heute Abend jemand hierherkommen sehen?"

„Nein, niemand. Als ich auf Ihr Stockwerk kam, wartete ich, bis die Schlüsseldame beschäftigt war, dann habe ich den Schlüssel zu Ihrem Zimmer aus dem Flurschrank genommen." Schelmisch zog sie die Augenbraue hoch. „Wenn Sie sie jetzt noch mal ablenken, kann ich den Schlüssel zurücklegen und unbemerkt verschwinden."

„Dann machen wir uns besser auf den Weg, bevor wir noch in einen Luftangriff geraten." Cameron sah auf ihre Uhr. Es war halb zehn. „Aber hast du etwas dagegen, wenn ich mich zuerst umziehe? Ein schwarzes Abendkleid wird vermutlich Aufmerksamkeit erregen. Außerdem ist mir kalt."

Zehn Minuten später trug Cameron ihren Wollrock, einen warmen Pullover und einen dicken Wintermantel. Sophia versteckte sich im Schrank und Cameron bat die Schlüsseldame, sich in ihrem Bad etwas anzusehen – es war nicht schwer, ein Problem hervorzuzaubern, da im Bad immer irgendetwas kaputt war.

Cameron hielt die Frau fünf Minuten lang beschäftigt. Sophia hatte ausreichend Zeit, den Schlüssel zurückzulegen und das Stockwerk zu verlassen. Dann entließ Cameron die Schlüsseldame und ging. Sie meldete sich bei der Frau ab und nannte Shanahans Zimmer als ihr Ziel. Sie nahm den Aufzug zur entsprechenden Etage, dann jedoch folgte sie Sophias Anweisungen und stieg über die Hintertreppe zum Erdgeschoss hinab, ging durch die Korridore zu den billigeren Zimmern und in den Dienstleistungsbereich des Hotels. Schließlich verließ sie das Gebäude durch eine Hintertür. Sophia wartete auf der Straße. Den Rest des Weges legten sie gemeinsam zurück, weil Sophia ihr den Weg nach Hause quer durch die Stadt nur schlecht hatte erklären können. Und als sie schließlich bei Sophias Haus ankamen, waren sie davon überzeugt, dass ihnen niemand gefolgt war. Aber um sicher zu sein, führte Sophia Cameron durch den Hintereingang ins Haus.

Cameron hatte die Orientierung verloren und in der Dunkelheit konnte sie nicht herausfinden, in welchem Teil der Stadt Sophia wohnte. Man sollte annehmen, dass die Tochter des Personalchefs eines großen Krankenhauses in einem der vornehmen Viertel wohnte. Nachdem sie aber das Haus betreten hatten, wurde Cameron klar, dass eher das Gegenteil der Fall sein musste. Die Wände brauchten dringend einen Anstrich, die Böden waren abgewetzt und der Aufzug funktionierte nicht. Wegen der Verdunklung waren die fensterlosen Korridore nur durch eine schwache Glühbirne ohne Lampenschirm beleuchtet.

Sie stiegen die drei Stockwerke zu Sophias Wohnung hoch. Cameron unterdrückte ein Keuchen, als sie oben angekommen war, weil es der armen Sophia schon leidtat, dass sie durch die Stadt hatten laufen müssen. Das Mädchen führte sie in die Wohnung, die wegen der schweren Verdunklungsvorhänge vor den Fenstern auch nur schwach erleuchtet war. Sie hatte nur Zeit für einen kurzen Blick auf die Einrichtung, als sie schon freudig begrüßt wurde.

„Ihr seid in Sicherheit!“ – „Wir haben angefangen, uns Sorgen zu machen!“ – „Kommt herein ... kommt herein!“ – „Willkommen!“

Alle sprachen englisch, was Willkommensgruß genug war. Die Gesichter waren freundlich und die Hände, die ihr den Mantel abnahmen und sie in ein Wohnzimmer führten, waren warm. Cameron erkannte nur ein Gesicht – das von Dr. Fedortschenko. Außer ihm waren drei Frauen und ein junger Mann anwesend.

„Sophia, stell uns Miss Hayes doch vor“, forderte Fedortschenko seine Tochter auf. Offensichtlich gab er als Oberhaupt der Familie dieses Vorrecht an seine Tochter weiter.

„Ja, Papa.“

Cameron spürte dem Tonfall des Mädchens nicht nur Respekt ab, sondern auch eine tiefe Zuneigung. Sie dachte an ihre Beziehung zu ihrem eigenen Vater, schob diese unangenehmen Gedanken aber schnell beiseite.

Sophia stellte zuerst das älteste Mitglied der Gruppe vor. „Miss Hayes, das ist meine Großmutter, die Mutter meines Vaters, Anna Jewnowona.“

Cameron überragte die ältere Frau, die ihr die Hand hinstreckte, um Haupteslänge. Anna Jewnowona war von zierlichem Wuchs, aber der leicht gebeugte Rücken machte sie noch kleiner, als sie in ihrer Jugend gewesen sein mochte. Sie wirkte genauso zerbrechlich wie ihre Enkelin. Ihr weißes Haar hatte sie zu einem Knoten aufgesteckt und Cameron schätzte sie auf mindestens achtzig Jahre. Die Hand, die sie ihr darbot, war knorrig und die Finger von Arthritis verkrümmt, ihr Griff aber erstaunlich fest. Als sie lächelte und ihre hellblauen Augen auf Cameron richtete, erinnerte sich Cameron daran, dass Sophia etwas über die adeligen Wurzeln ihrer Familie erzählt hatte. Diese Frau war früher sicherlich durch die Zimmer von Palästen geschritten.

„Ich freue mich, Sie kennenzulernen", sagte Anna Jewnowona in überraschend feinem Englisch, wenn sie auch mit Akzent sprach. „Sophia erzählt immerzu von ihrer Arbeit mit Ihnen. Sie ist überglücklich, eine so gute Arbeitsstelle zu haben."

„Und sie ist eine richtige Perle", erwiderte Cameron. „Ohne sie wäre ich verloren, Mrs, äh, Fedortschenko?"

„Eigentlich heiße ich Mrs Grigorow – nach meinem zweiten Mann. Ich bin jetzt zum zweiten Mal Witwe, aber ich würde mich freuen, wenn Sie mich nur Anna oder Anna Jewnowona nennen würden. Das ist einfacher." Ihre Augen, für eine ältere Frau erstaunlich klar, leuchteten, als sie Camerons Hand losließ.

Cameron erinnerte sich daran, dass Sophia erzählt hatte, ihr Großvater väterlicherseits sei 1905 gestorben. Damals konnte Anna nicht älter als fünfzig Jahre alt gewesen sein, darum war es nicht verwunderlich, dass sie noch einmal geheiratet hatte. Cameron unterdrückte ihre Neugier und sagte: „Ich würde mich freuen, wenn auch Sie mich einfach Cameron nennen würden. Sophia kann ich dazu noch nicht bewegen, ich gebe aber die Hoffnung nicht auf."

„Wir Russen neigen dazu, in solchen Fällen sehr förmlich zu sein, aber ich weiß, dass ihr Amerikaner in dieser Hinsicht ganz anders seid." Sie hielt inne und lächelte ihrer Enkelin zu. „Mach weiter, Sophia, meine Liebe, die anderen können es kaum erwarten, vorgestellt zu werden."

Als Nächstes machte Sophia sie mit ihrer Mutter bekannt. Sie hieß Katja und hätte eine ältere Ausgabe ihrer Tochter sein können, mit hellbraunem, von grauen Strähnen durchzogenem Haar und einem fein geschnittenen Gesicht. Sie war sehr hübsch und hielt sich kerzengerade. Auch ihr sah man die adelige Herkunft an.

Die dritte Frau war Sophias Schwester Valentina, die, wie Cameron später erfuhr, zwei Jahre älter war als Sophia. Mit ihren dunkelbraunen Haaren und Augen ähnelte sie eher ihrem Vater. Ihr Englisch war nicht so gut wie das der anderen und sie sprach nur wenig.

Schließlich stellte Sophia mit unverhohlenem Stolz ihren Mann vor.

Oleg nahm Camerons Hand und verbeugte sich höflich. „Es ist sehr nett von Ihnen zu kommen, Miss Gayes." Sein Englisch war eindeutig das schlechteste von allen und seine Wortwahl verriet eine angestrengte Konzentration, die deutlich machte, wie schwer er sich mit der Sprache tat.

Oleg Gorbenko hatte volles, schwarz gelocktes Haar und über seine Wangen zog ein dunkler Schatten, der darauf schließen ließ, dass er sich länger nicht mehr rasiert hatte. Über seinen grünen Augen hatte er dichte schwarze Augenbrauen. Cameron musste unwillkürlich an eine schwarze Katze denken, schlank, geschmeidig und geheimnisvoll. An Körpergröße übertraf er Cameron gerade mal um wenige Zentimeter und er war sehr dünn, was Cameron seinem Aufenthalt in einem Kriegsgefangenenlager zuschrieb.

„Oleg", sagte Cameron lächelnd, als hoffte sie dadurch, die angespannte Haltung des jungen Mannes lockern zu können, „Sie hätten mich nicht abhalten können."

„Wir sollten uns setzen", schlug Katja als Gastgeberin vor. „Ich werde uns Tee kochen."

„Mama", warf Oleg ein, „Tee passt nicht so richtig zu dem, was ich zu berichten habe."

„Das wissen wir, Oleg", antwortete Dr. Fedortschenko. „Aber wir haben einen Gast und es gehört sich, dass man eine Erfrischung anbietet. Außerdem kann der Tee harte Worte manchmal abmildern, nicht?"

„Vielleicht sollte man sie gar nicht abmildern."

„Lass gut sein, Junge", sagte Anna. „Komm jetzt." Sie legte den Arm um seine Schulter und schob ihn sanft, aber bestimmt zu einem Sessel. „Katja und Tina haben deine Geschichte bereits gehört. Sie werden uns Tee kochen, während du schon einmal anfängst. Ich weiß, dass du es kaum erwarten kannst."

Oleg nickte der alten Frau respektvoll zu. Er nahm in dem Sessel Platz, während Dr. Fedortschenko Cameron zu einem bequemen Sessel neben dem von Oleg führte. Sophia zog sich einen Stuhl zu ihrem Mann heran. Sie hielten sich noch immer an den Händen. Auch die anderen nahmen Platz.

„Also, Oleg, was haben Sie zu berichten?", fragte Cameron.

Er brauchte keine weitere Ermutigung. Mit gelegentlicher Hilfe von Sophia bei der Suche nach dem richtigen englischen Wort erzählte er eine unglaubliche Geschichte.

„Vor wenigen Wochen wurde mein Flugzeug in der Nähe von Kiew abgeschossen. Ich komme aus einem Dorf in der Ukraine und habe noch ein paar Verwandte dort." Er hielt inne und sah Sophia an. „Hast du ihr erzählt, dass ich Jude bin?"

„Ich glaube nicht. Es erschien mir nicht wichtig."

„Es ist sehr wichtig", rief er erregt. „Es könnte entscheidend dafür sein, ob sie mir glaubt oder nicht, aber ich werde in Bezug auf meine Herkunft nicht lügen. Andere denken vielleicht, dass ich, weil ich Jude bin, übertrieben habe, doch was ich sage, ist die Wahrheit. Nur ein Verrückter könnte sich so etwas ausdenken.

Ich bin kein praktizierender Jude mehr. Ich bin jetzt Christ. Trotzdem sage ich die Wahrheit!" Sein Blick fiel auf Cameron und die Leidenschaft, die nun in seinen Augen loderte, nahm ihr den Atem. Sie ahnte, warum Sophia darauf bestanden hatte, dass sie diese Geschichte von Oleg selbst hörte. Wenn er nicht von diesen netten Menschen umgeben gewesen wäre, hätte sie, die praktisch keine Furcht kannte, Angst vor ihm bekommen. Er erinnerte sie an den Rufer in der Wüste, von dem sie als Kind in der Sonntagsschule gehört hatte, und er brauchte dazu nicht einmal das Gewand aus Tierfellen. Jeden der beiden einzeln betrachtet, hätte sich Cameron vermutlich gefragt, was die nette Sophia und den wilden Oleg verbinden mochte. Aber als sie sie nebeneinandersitzen sah, fand Cameron, dass sie sehr gut zueinanderpassten. Sie war der Tag und er die Nacht – eine sehr stürmische Nacht.

Cameron atmete durch und sagte mit fester Stimme: „Ich bin bereit, Ihnen zu glauben, Oleg. Ich sehe keinen Grund, warum ich das nicht tun sollte."

„Drei meiner Kameraden und ich sind den Deutschen entwischt", fuhr Oleg fort. Offensichtlich hatte er sich wieder etwas beruhigt. „Die anderen wurden erschossen oder wieder eingefangen. Ich weiß nicht, wie es kam, dass ich verschont wurde, oder ob ich überhaupt verschont wurde. Ich schlug mich nach Dniepropetrowsk durch, zu der Stadt, in der ich noch Verwandte habe. Ich hatte Angst, direkt zu meiner Einheit zurückzukehren. Ich weiß nicht, ob Ihnen bekannt ist, Miss Gayes, dass Russen, die von den Deutschen gefangen genommen werden, im eigenen Volk als Verräter gelten. Ich wäre möglicherweise erschossen worden, nur weil ich in Kriegsgefangenschaft geraten war, und meine Familie hätte verhaftet werden können. Ich bin nur ein einfacher Feldwebel, Schütze in meinem Flugzeug und von geringer Bedeutung. Zweifellos blieb meine Familie nur aus diesem Grund verschont. Ich hatte gehofft, meine ukrainischen Verwandten würden mir sagen, was ich tun soll."

„Und nun gelten Sie als fahnenflüchtig?", fragte Cameron.

„Das russische Militär weiß vermutlich noch nicht über meine Flucht Bescheid. Für sie sitze ich noch immer in deutscher Kriegsgefangenschaft. Aber das wird nicht für immer so bleiben. Schon bald werde ich mich bei meiner Einheit melden und meine Strafe auf mich nehmen müssen." Sophia stöhnte und er hielt inne, zog sie näher in seine Arme. „Ich musste es riskieren. Es tut mir leid. Und jetzt möchte ich Ihnen erzählen, was ich gesehen habe. Ich bin den Deutschen entkommen und machte mich auf den Weg nach Dniepropetrowsk, weil ich, wie ich bereits sagte, dort Verwandte habe. Ich fand sie, sie haben mich aufgenommen und in ihrem Haus versteckt. Ich hielt mich viele Tage dort auf, während wir auf eine günstige Gelegenheit zur Weiterreise warteten. Mittlerweile waren die Stadt und der gesamte Bezirk von den Deutschen besetzt worden. Wir hörten von Exekutionen, zuerst von gefangen genommenen Partisanen und kommunalen Beamten, von denen nicht erwartet werden konnte, dass sie den Deutschen gegenüber loyal sein würden. So etwas ist üblich. Ich habe gehört, dass die SS auch einfache Mitglieder der kommunistischen Partei in den besetzten Städten hinrichten lässt. Auch viele Gefangene werden erschossen – wenn sie nicht verhungern.

Schon bald rückte die SS in die jüdischen Sektoren der Stadt ein. Ganze Viertel wurden gesäubert – Männer, Frauen und Kinder wurden verhaftet, nur weil sie Juden waren.

Ich war in einem Erdloch unter dem Haus meines Onkels versteckt und hörte das Gejammer der Menschen, die abgeführt wurden. SS-Männer drangen auch in das Haus ein, in dem ich versteckt war, und holten meine Verwandten. Ich aber – Gott vergebe mir – blieb in meinem Versteck und wurde nicht entdeckt. Bald darauf schlich ich mich hinaus und sah, wie ganze Lastwagen voller Menschen abtransportiert wurden. Ich folgte ihnen zu Fuß, in der Hoffnung zu sehen, wo sie hingebracht wurden. Es war dunkel und die Kolonne kam nur langsam voran, sodass ich ihnen auf den Fersen bleiben konnte. Sie fuhren nur wenige Kilometer vor die Stadt. Ich hielt mich im Wald neben der Straße versteckt und konnte nichts weiter tun, als zu beobachten. Ich war hilflos."

Oleg hielt inne, atmete tief durch und schluckte. In diesem Augenblick grollte draußen ein Donnerschlag. Als er mit seinem Bericht fortfahren wollte, kamen Katja und Valentina mit dem Tee. Katja reichte zuerst Cameron eine Tasse. Als sie Oleg, der zuerst gegen die Vorstellung, Tee zu trinken, protestiert hatte, eine Tasse gab, umklammerte er seinen Becher und stürzte die Hälfte in einem Schluck hinunter.

„Verzeiht mir", sagte er, „ich rede so viel, das macht mich durstig." Er versuchte zu lächeln, doch es passte nicht zu seinem dunklen und ausgezehrten Gesicht. So schwieg er und betrachtete jedes einzelne Gesicht, wie um zu kontrollieren, ob der Tee seine Zuhörer so weit gestärkt hätte, dass sie den Rest seiner Geschichte hören könnten.

Schließlich stellte er seine Tasse ab und rutschte in dem Sessel hin und her. Cameron hörte den Regen gegen die Scheibe prasseln. Sie hoffte, dass die deutschen Bomber in dieser Nacht wegen schlechter Sicht nicht kommen würden. Alle im Raum schwiegen, die Spannung war spürbar und das Klirren der Löffel in den Porzellantassen ließ die Atmosphäre noch bedrückender erscheinen.

Schließlich fuhr Oleg mit leiser Stimme fort. „Ich erinnere mich, dass mein Onkel früher mit mir in diesen Wald gegangen ist – er liegt nur wenige Kilometer von der Stadt entfernt. In einem Sommer haben wir geangelt und ich habe meinen ersten Fisch gefangen. Miss Gayes" – die Eindringlichkeit kehrte in seine Stimme zurück – „habe ich Ihnen gesagt, dass Hunderte, vielleicht über tausend Menschen an diesem Tag aus der Stadt geholt worden waren? Ich konnte mir nicht vorstellen, was passieren würde, aber als ich sah, dass Gräben im Feld gegraben wurden, gab es keine Zweifel mehr. Die Deutschen erschossen sie alle – jeden Mann, jede Frau, jedes kleine Kind. Oh mein Gott!“ Seine Augen füllten sich mit Tränen, die unablässig in den dunklen Bart tropften. „Ich kann dieses Bild einfach nicht mehr aus meinen Gedanken verbannen. Es ist so lebendig wie ein Foto.“ Seine Stimme blieb fest, strafte die Tränen Lügen, die nun eine nach der anderen sein Gesicht herunterrannen. „Wissen Sie, wie es ist, wenn man zusieht, wie Hunderte Menschen erschossen werden? Das Blut überall, die Schreie. Eine so abscheuliche Tat dauert nicht nur eine Minute oder fünf, es geht immer weiter und weiter, bis man als Betrachter selbst schreien möchte. Eine Zeit lang dachte ich, ich sollte loslaufen und mich ihnen anschließen – schließlich waren sie ja mein Volk.“ Er brach abrupt ab und fuhr sich mit dem Ärmel über die Augen. Seine Lippen hatten zu zittern begonnen und das Sprechen fiel ihm zunehmend schwer.

„Oleg, Sie hätten es nicht aufhalten können, nicht einmal mit Ihrem eigenen Tod.“ Camerons Stimme bebte und auch ihre Augen brannten wie Feuer.

„Nein, aber ich wäre dem unablässigen Sterben in mir, wann immer ich daran denke, entgangen.“ Jetzt war es um seine Fassung geschehen.

Trotz Olegs düsterem Aussehen empfand Cameron den Drang, den jungen Mann in die Arme zu nehmen. Sie war froh, als Sophia das tat, ihn tröstete und ihm beruhigend über den Rücken strich. Er klammerte sich an seine Frau, wie ein Kind sich an seine Mutter klammert. Seine Schultern bebten. Es war in der Tat ein seltsamer Anblick – die zarte Sophia, die diesen Mann in den Armen hielt, als wäre sie eine Eisensäule.

Erneut war es still in dem Zimmer. Olegs Schmerz war stumm, sein Schluchzen kaum hörbar. Cameron betrachtete die anderen Anwesenden und staunte darüber, dass niemand Oleg ansah. Verblüfft erkannte sie, dass die Fedortschenkos ihre Köpfe gesenkt und die Augen geschlossen hielten.

Sie beteten!

Auch sie wusste nicht, was sie in diesem Augenblick hätte sagen sollen, alles erschien unpassend. Sie fühlte sich unbehaglich und war froh, dass niemand von ihr eine Reaktion erwartete, am wenigsten ein Gebet. Sie erinnerte sich an die Kirchenbesuche mit ihrer Mutter. Wenn die Gemeinde betete, hatte sie den Kopf neigen und so tun müssen, als ob sie auch betete. Doch alles, was ihr durch den Kopf gegangen war, beschränkte sich auf die Frage, wie sie den Rest des Tages verbringen würde. Seltsamerweise fühlte sie sich in diesem Augenblick frei von jedem Zwang zur Heuchelei, ja sie wünschte sich sogar aufrichtig, beten zu können. Das Knarren von Olegs Sessel lenkte ihre Aufmerksamkeit wieder auf ihn. Er hatte sich von seiner Frau gelöst und wandte sich Cameron zu. Seine Lippen zitterten nicht mehr, seine Stimme war beherrscht und seine Augen blickten sie fest an.

„Sie haben es jetzt gehört, Miss Gayes. Was werden Sie unternehmen?“, fragte er. War das eine Herausforderung?

Ich?, dachte sie. Wer war sie denn? Was konnte sie schon unternehmen?

Dann fiel es ihr ein.

Sie war Reporterin und das war die Art von Story, für die sie lebte. Story? Das war Mord von einer solchen Größenordnung, dass es mit einem Zeitungsartikel nicht getan sein konnte. Warum hatte er ihr das vor die Füße geworfen?

„Oleg, das ist eine komplizierte Angelegenheit“, zögerte sie. Ja, es war wirklich seltsam, dass sie mit einer Geschichte von solcher Tragweite konfrontiert wurde und nicht in der Lage war, sie nach journalistischen Kriterien zu bewerten. Das allein war schon eine beängstigende Situation.

„Kompliziert? Ich verstehe nicht.“

Cameron sah ihn an und ihr wurde klar, dass Männer, die in der Wüste rufen, dazu neigen, Dinge nur schwarz oder weiß zu sehen. Wie sonst konnten sie so leidenschaftlich für ihre Sache kämpfen?

„Ja, eine heikle Sache,“ antwortete sie. „Warum haben Sie das mir und nicht Ihren sowjetischen Vorgesetzten erzählt?“

„Meine Regierung unterdrückt praktisch jede Nachricht vom Kriegsgeschehen und ich hatte befürchtet, dass das auch hiermit geschehen würde, vor allem, da ein Freund meines Schwiegervaters, ein Regierungsbeamter, heute Morgen hier war, um mich anzuhören. Er hat mir nicht geglaubt. Er sagte, ich sei Jude und würde alles tun, um Mitgefühl für mein Volk zu wecken. Er hat mich gewarnt. Wenn das, was ich zu berichten habe, wahr sei, sollte ich das niemandem erzählen. Es sei nicht vorauszusehen, was die Regierung mit einer solchen Geschichte machen würde. Aber keinesfalls würde ich dadurch zu einem Helden, warnte er mich, schon gar nicht als entflohener Kriegsgefangener. Ich verstehe nicht, warum so etwas unter der Decke gehalten wird. Wenn der Rest der Welt davon erführe, wenn die Regierenden wüssten ..."

„Man kann nicht voraussehen, was sie tun würden." Sie unterbrach ihn ein wenig heftiger als nötig, der Grund dafür war ihre eigene Skepsis.

„Amerika würde in den Krieg eintreten!", drang Oleg in sie.

Sie schüttelte den Kopf. Es gab eine Vielzahl von Gründen, die die Amerikaner davon abhielten, Deutschland den Krieg zu erklären. Und doch war sie nicht bereit, die Hoffnung dieses jungen Mannes zu zerschlagen. Die Hoffnung, die Schreie in seinem Kopf zu dämpfen und das Blutvergießen seines Volkes aufzuhalten. Hilflos sah sie sich in dem Zimmer um. Konnte auch nur einer der Anwesenden ermessen, in welch entsetzlicher Lage sie sich befand?

„Oleg, jetzt beruhige dich erst mal", ertönte Dr. Fedortschenkos Stimme. Cameron warf ihm einen dankbaren Blick zu. „Du musst Cameron Zeit geben. Sie ist viel mehr Gefangene unseres Systems als wir selbst."

Cameron klammerte sich an den von dem Arzt dargebotenen Strohhalm und sagte: „Es gibt keine Möglichkeit, einen Artikel über diese Vorfälle auf regulärem Weg aus dem Land zu bringen. Und wenn ich es über die Diplomatenpost versuchen würde, bräuchte ich die Unterstützung des Botschafters."

„Aber wenn die Amerikaner wüssten, wenn sie hören würden ..." Olegs Stimme verklang, als würde ihm plötzlich die Aussichtslosigkeit seines Anliegens klar. „Es muss doch einen Weg geben", murmelte er.

„Wenn ich Ihre Story schreiben würde", kam Cameron ihm entgegen, „bräuchte ich Beweise."

Bei diesen Worten hellte sich sein Gesicht auf. Er griff in seine Tasche und nahm ein Blatt heraus. Er reichte es ihr. „Ich habe alles aufgeschrieben. Ich habe es unterschrieben und es wurde von meinem Schwiegervater und meiner Schwiegermutter bezeugt. Sehen Sie, es ist rechtsgültig."

Cameron wusste sofort, dass sie dieses Dokument unter keinen Umständen an sich nehmen durfte. Was würde passieren, wenn sie damit erwischt würde? Aber sie nahm es trotzdem und steckte es in ihre Aktenmappe.

„Ich werde sehen, was ich tun kann“, sagte sie und selbst ihr kamen diese Worte sehr schwach vor.

„Vielen Dank, Miss Gayes.“ Entweder hatte Oleg ihre unterschwellige Ablehnung nicht bemerkt oder er war klug genug zu wissen, wann er aufhören musste, sie zu drängen.

42

Kurz darauf bot Dr. Fedortschenko an, Cameron nach Hause zu bringen. Sie konnte die Wohnung nicht schnell genug verlassen. Er führte sie durch die regennassen Straßen. Ein morscher Schirm schützte sie nur notdürftig vor dem Regen. Die Metro stellte ihren Verkehr um zehn Uhr ein, darum mussten sie den ganzen Weg laufen.

Als sie nach zwanzig Minuten Fußmarsch unter einem Vordach stehen blieben, um wieder zu Atem zu kommen, dankte Fedortschenko Cameron erneut für ihr Kommen. „Oleg ist ein guter und ehrlicher Junge ..."

„Daran zweifle ich nicht", unterbrach Cameron schnell.

Dr. Fedortschenko lächelte. Seine Brillengläser waren beschlagen, und sie konnte seine Augen nicht sehen, glaubte aber, einen ebenso entschuldigenden wie belustigten Blick aufgefangen zu haben. „Zuweilen ist er etwas übereifrig – keine schlechte Eigenschaft, aber in diesem Fall könnte sie sich zu seinem Nachteil auswirken."

„Sie müssen ihm einschärfen, dass er mit niemandem über das spricht, was er mir gerade erzählt hat – zumindest jetzt noch nicht. Es ist wichtig, an all das mit einem kühlen Kopf heranzugehen. Ich würde es gern mit einem vertrauenswürdigen Kollegen durchsprechen."

„Wo aber viele Ratgeber sind, findet sich Hilfe", zitierte der Doktor einen Text, den Cameron nicht kannte. Aber es war ein gutes Zitat, egal wo es herkam. „Aber", fügte er energisch hinzu, „wir alle werden sehr darauf achten, die Zahl dieser Ratgeber auf ein Minimum zu begrenzen. Niemand von uns möchte unsere Verteidigung sabotieren, doch ich kenne Oleg und kann sagen, dass er bald an den Punkt kommen wird, wo er moralische Verpflichtungen über pragmatische Erwägungen stellen wird. Männern wie Oleg fällt es schwer, Begriffe wie übergeordnete Interessen zu verstehen. Anderen wiederum geht jegliche Moral ab und das ist auch nicht unbedingt von Vorteil."

„Ich hätte Sie gar nicht für einen Zyniker gehalten, Doktor, und das passt auch nicht zum Image eines Arztes, wissen Sie. Er muss doch allen Menschen helfen."

„Vielleicht sind die Ärzte die Schlimmsten, vor allem alte Ärzte, so wie ich. Wir sind häufiger dem Tod begegnet als der übelste Kriminelle und haben den Menschen in seinem schlimmsten Zustand erlebt. Und doch habe ich auch Wunder gesehen, Hoffnung gefühlt und beobachtet, wie die Hand Gottes dort eingriff, wo meine eigenen Hände versagt haben. Ich glaube nicht, dass ich in Bezug auf Gott ein Zyniker bin, nur in Bezug auf Menschen, vor allem auf mich selbst. Ich frage mich, wie Gott uns überhaupt aushält. Vielleicht ist auch er ein Zyniker." Er hielt inne und lachte leise. „Man behauptet, ich würde dazu neigen, mich zu tief in die Dinge hineinzubohren, und so bin ich auch jetzt vom Thema abgekommen. Wo waren wir stehen geblieben? Ach ja, Oleg. Er ist kein Zyniker. Er erwartet von Ihnen, dass Sie handeln, Cameron. Neben seinem Idealismus ist er auch mit einer guten Dosis Ungeduld beschenkt."

„Ungeduld ist eine Krankheit der Jugend, nicht?"

„Sie sind wie alt? Nur vier oder fünf Jahre älter als Oleg, nicht?"

Sie lachte. „Du meine Güte! Das ist wahr, doch im Vergleich zu ihm fühle ich mich wie eine alte Frau." Sie wurde wieder ernst. „Ich werde versuchen, bald zu entscheiden, was zu tun ist, aber ich muss Sie darauf hinweisen, dass ich in dieser Sache keine Handlungsfreiheit habe. Mir sind die Hände gebunden, doch ich will es versuchen."

„Das weiß ich", sagte er. „Ich habe nur Gutes über Sie gehört. Darum riet ich den jungen Leuten auch dazu, Ihnen diese Geschichte zu erzählen."

Sie war froh, einer Antwort auf dieses Kompliment enthoben zu sein, da der Regen nachließ und Fedortschenko vorschlug, diese Pause zum Weitergehen zu nutzen.

Die Vorsicht gebot, sich in einigem Abstand vom Hoteleingang zu verabschieden. Er wollte ihr seinen Regenschirm überlassen, aber sie weigerte sich, ihn zu nehmen. Ihr Mantel würde ihr genügend Schutz für den kurzen Weg zum Hotel geben. Als sie die Lobby betrat, hängte sie ihren tropfnassen Mantel an einen Haken und ging in den Aufenthaltsraum des Hotels.

Es war schon fast elf Uhr und sie rechnete nicht damit, ein vertrautes Gesicht zu sehen, da sie aber um jeden Preis Shanahan aufstöbern musste, erschien ihr die Bar als der geeignete Ort, ihre Suche zu beginnen. Was für eine Überraschung, als sie Johnny und Alex einträchtig am Tresen sitzen sah!

Shanahan erblickte sie sofort. Er wandte sich an Alex und sagte: „Alex, habe ich Ihnen erzählt, dass ein Weibsbild mich zum Trinker gemacht hat?“ Er hob sein Wodkaglas und fügte hinzu: „Und ich habe mich nicht einmal bei ihr bedankt!“ Er kippte seinen Drink und grinste Cameron an.

„War ja klar, dass ich dich hier finden würde, Shanahan“, bemerkte Cameron, als sie die beiden Männer erreichte. „Aber Alex, Ihnen hätte ich einen besseren Geschmack in der Wahl Ihrer Gesellschaft zugetraut.“

Alex lächelte und wirkte erleichtert. Das vor ihm stehende Glas war größer als das von Shanahan und mit einer sprudelnden Flüssigkeit gefüllt. Mineralwasser, vermutete Cameron, obwohl es natürlich nicht ihre Aufgabe war, diesen Mann zu kontrollieren.

„Ich wollte dich besuchen“, erklärte Alex. „Stattdessen traf ich auf Johnny und er sagte, du hättest eigentlich schon längst da sein müssen von der Party. Wir haben, äh, wir haben uns Sorgen um dich gemacht.“

„Nun, keiner von euch sieht aus wie ein Kindermädchen.“ Aber sosehr sie auch versuchte, sich durch dieses ritterliche Gebaren bevormundet zu fühlen, so gut tat es ihr auch.

„Alex, Alex“, meinte Johnny in überlegenem Tonfall, „haben Sie denn noch nicht gelernt, dass man dieser Frau niemals in einer so erniedrigenden Haltung wie Besorgnis gegenübertreten darf?“

„Ach, was soll’s“, wehrte sie ab. „Ich bin ja froh, dass ihr hier seid, weil ich euch beide sprechen muss.“

„Immer rauf auf den Barhocker“, forderte Shanahan sie auf. Und an den Barkeeper gewandt, sagte er: „Iwan, ein Glas Wodka für die Dame!“

„Nein danke“, winkte Cameron ab. „Ich muss eine ernste Angelegenheit mit euch besprechen. Setzen wir uns lieber an einen Tisch“, raunte sie mit einem misstrauischen Blick auf den Mann hinter dem Tresen. Keiner der Kollegen hatte bisher herausfinden können, wie viel Englisch der Gute wirklich verstand. Man musste davon ausgehen, dass er mehr verstand, als er sich anmerken ließ. Sicher war er ein Agent des NKWD.

„Oder nein – wenn ich es recht bedenke, sollten wir besser in mein Zimmer gehen.“ Shanahan öffnete den Mund, um eine launige Bemerkung zu machen, aber Cameron schnitt ihm das Wort ab. „Es ist mir wirklich ernst, Johnny."

Für alle Fälle schnappte er sich sein Glas und die Wodkaflasche und verließ mit Alex und Cameron die Bar. In ihrem Zimmer begann Cameron sofort mit ihrem Bericht über den Besuch bei den Fedortschenkos. Als sie fertig erzählt hatte, folgte ein Augenblick fassungslosen Schweigens. Sogar Johnny schien die Geschichte aus der Fassung gebracht zu haben. Er füllte sein Glas mit Wodka und nahm einen großen Schluck.

„Du lieber Himmel!", brummte er. „Ich habe schon ähnliche Berichte gehört, ihnen aber keinen Glauben geschenkt und ich weiß noch immer nicht, was ich davon halten soll."

„Ich kenne Oleg", sagte Alex. „Er verbreitet keine Lügen."

„Ja, aber vielleicht spielt ihm sein Verstand einen Streich. Der Junge hat sich wochenlang in deutscher Gefangenschaft befunden. Ich habe gehört, wie die ihre Kriegsgefangenen behandeln, und zweifellos hat er die ganze Zeit gehungert, vielleicht wurde er auch gefoltert und lebte in ständiger Angst, jeden Augenblick erschossen zu werden. Dann die Flucht, bei der er zusehen musste, wie seine Freunde und Verwandten erschossen wurden. Zwanzig Opfer können da leicht zu Hunderten werden."

„Ich möchte keine Zeit mit der Überlegung vergeuden, ob Olegs Geschichte stimmt", warf Cameron ein. „Lasst uns einfach davon ausgehen, dass sie stimmt."

„Oh nein, so einfach läuft das nicht", widersprach Johnny ihr mit seltenem Ernst. „Deine Karriere, deine ganze Lebensplanung könnte vom Wahrheitsgehalt dieser Aussage eines jungen Oleg abhängen. Wie leicht könnte dich diese womöglich frei erfundene Story, die er dir diktiert, vollkommen lächerlich machen. Solide Quellen sind das Rückgrat des Journalismus. Das ist eine Grundregel in unserem Geschäft, das solltest du doch eigentlich wissen, Hayes!"

„Ja, ja, ich sehe es ja ein!", erwiderte sie, gereizt darüber, dass er ihre eigenen Zweifel an der Geschichte so gnadenlos bestätigt hatte. Doch hätte sie diese Zweifel um Alex und seiner Freundschaft zu den Fedortschenkos willen etwa nicht herunterspielen sollen?

„Und vergiss nicht die Reaktion der Sowjets", bemerkte Alex. Er beugte sich mit grimmigem Gesichtsausdruck vor. „Die ganze Sache könnte sich sehr schnell von selbst erledigen, wenn sie nicht mitspielen, und du wärst dieser Entscheidung ohne jeden Gesichtsverlust enthoben."

„Das ist ja das, was ich möchte,", betonte Cameron. „Aber auf mich kommt es jetzt nicht an."

„Okay", sagte Shanahan an Alex gewandt, „Sie sind der Sowjetexperte hier. Wie werden die Russen reagieren?"

„Ihr müsst wissen, dass Stalin fast ebenso antisemitisch eingestellt ist wie Hitler", antwortete Alex. „Er würde toten Juden gegenüber nur wenig Mitgefühl empfinden und er kann sich auch nicht vorstellen, dass der Rest der Welt da anders denkt. Aber er ist schlau und ich bin sicher, wenn etwas der Rettung seiner Macht dient, würde er es trotz persönlicher Vorbehalte als Waffe gegen die Nazis einsetzen."

„Da bin ich mir nicht so sicher", unterbrach Johnny, „weil er befürchten muss, dass ein Schatten dieser Verbrechen auch auf ihn fallen könnte."

„Vielleicht bin ich ja genauso naiv wie Oleg", seufzte Cameron frustriert, „aber welcher vernünftige, zivilisierte Mensch könnte von solchen Abscheulichkeiten hören und nicht zum Handeln bewegt werden?"

„Mach dich nicht lächerlich, Cameron." Johnny schlürfte seinen Wodka, und ein schwaches Lächeln umspielte seine Lippen. „Nur wenige Amerikaner werden in einen Krieg ziehen, um Juden zu retten. Ich wäre nicht erstaunt, wenn manch ein Amerikaner, im Geheimen oder offen, der Meinung zustimmte, die Hitler in „Mein Kampf" dargelegt hat. Auch wir sind eine antisemitisch angehauchte Nation. Was tut denn Roosevelt, der zumindest in einem gewissem Ausmaß von diesen Dingen unterrichtet sein muss? Wir wissen seit Jahren davon, dass Hitler die Juden verfolgt. Aber der Präsident kann den Kongress nicht einfach übergehen, nicht einmal wenn er Roosevelt heißt."

„Aber auch im Kongress gibt es Juden, Juden in Roosevelts Regierung", widersprach Cameron.

„Selbst eine Reihe von wichtigen Zeitungsherausgebern sind Juden", stimmte Johnny zu. „Aber wurde je über diese Judenverfolgung berichtet? Jeder denkt zuerst an sich selbst – und das musst auch du tun, Cameron."

„Ich würde mich selbst hassen, wenn dies mein Motiv wäre", sagte Cameron bestimmt. „Ich bin kein Idealist, aber ich bin auch kein Feigling. Ich werde tun, was richtig ist – ich weiß nur noch nicht genau, was das sein wird!“

„Cameron“, sagte Alex in seiner einfühlsamen Art, „ich denke, du wirst nicht abstreiten, dass auch ich an das Gute im Menschen glaube. Deshalb kann auch ich nicht glauben, dass die Amerikaner herzlos sind. Mögen sie auch den Juden in manchem kritisch gegenüberstehen – wenn sie mit unwiderlegbaren Beweisen für Abscheulichkeiten des geschilderten Ausmaßes konfrontiert werden, dann werden sie entschlossenes Handeln fordern.

Doch ohne einen einzigen Beweis werden sie eine solch monströse Geschichte einfach nicht glauben können. Sie geht so weit über das hinaus, was man gemeinhin hört – dass Juden aus ihren Geschäften und Häusern vertrieben werden und Ähnliches mehr. Selbst mir, der um Olegs Aufrichtigkeit weiß, fällt es schwer, all das zu glauben. Aus demselben Grund werden wohl auch die führenden Juden in den Staaten nicht so reagieren, wie du erwartest. Niemand möchte etwas so Schlimmes für möglich halten, und wenn alle Olegs der Welt ihre Stimme erheben.

Und noch ein anderer Gedanke“, fuhr Alex fort. „Du hast erzählt, wie hilflos Oleg war. Selbst wenn er bewaffnet gewesen wäre, hätte er dem Morden keinen Einhalt gebieten können.

Du bist genauso hilflos, Cameron. Du hast zwar Macht über das geschriebene Wort, doch auch das stößt hier an seine Grenzen. Hitler und seine Mörder sind nur mit Feuer und Schwert aufzuhalten.“

„Ja eben – umso wichtiger, dass wir dazu beitragen, Amerika zum Kriegseintritt zu bewegen“, entgegnete Cameron aufgeregt.

„Das wird auch passieren“, widersprach Shanahan, „doch Olegs Geschichte kann nicht der Katalysator sein, der das zustande bringt. Es muss weitaus mehr geschehen und das tut es ja auch. Roosevelt wird früher oder später tatsächlich eingreifen.“

„Das kann ich nur hoffen“, sagte Cameron.

„Hältst du es nicht selbst für besser, diese Geschichte zurückzuhalten?“, fragte Alex.

Für einen kurzen Augenblick huschte der Schatten eines Zweifels über Camerons angespannte Gesichtszüge, doch dann hatte sie einen Entschluss gefasst.

„Nein, nein und nochmals nein – ich habe das Gefühl, dass ich um Olegs willen einen weiteren Versuch machen muss, seinen Bericht hinauszuschmuggeln."

Alex lächelte und Cameron sah die Bewunderung in seinem Blick. Auch wenn er ihr geraten hatte, die Story zurückzuhalten, gefiel es ihm, dass sie nicht so leicht aufgab. Auch Johnny lächelte, doch in seiner Miene las sie den unausgesprochenen Vorwurf: Oh, du dummes Mädchen! Wann wirst du endlich lernen?

Und dann wurde ihr klar, dass sie diese beiden Männer wieder einmal miteinander verglich. Alex mit seiner Aufrichtigkeit, die überhaupt nicht aufgesetzt wirkte, und Johnny, dessen Grinsen sie verstand, wie nur eine gleich gesinnte Seele das konnte. Ja, falls es so etwas wie Seelenverwandtschaft gab, dann war sie bei ihr und Johnny zu finden.

Zwei Männer – so unterschiedlich, dass jeder Versuch zwecklos war, sie miteinander zu vergleichen. Wie konnte sie sich von zwei so gegensätzlichen Charakteren angezogen fühlen? Vielleicht waren sie sich ähnlicher, als eine oberflächliche Betrachtung ahnen ließ, wie zwei Seiten ein und derselben Münze, jede vollkommen unterschiedlich, doch aus demselben Material gefertigt. Vielleicht hatte sie in diesen beiden Vertretern des starken Geschlechts den perfekten Mann gefunden.

Als ob sie überhaupt einen Mann haben wollte!

Und doch ...

Wenn sie einen Mann finden könnte, der Johnnys schnellen Verstand und seine leichte Lebensart verband mit Alex' sanftem Wesen, seinem gewinnenden Äußeren und seiner bedingungslosen Ehrlichkeit ...

Seufzend verscheuchte sie diese Gedanken. Wie konnte sie diesen läppischen Träumereien nachhängen, wo sie ein Problem zu lösen hatte, das so groß war, dass sie sich zum ersten Mal in ihrem Leben überfordert fühlte?

„Also gut", sagte sie geschäftsmäßig, „ich denke, wir haben alles besprochen, und ich danke euch beiden, dass ihr zugehört und mir eure Meinung gesagt habt."

„Gern geschehen", antwortete Johnny trocken und sie hätte ihn am liebsten auf seinen grinsenden Mund geküsst.

„Du wirst das Richtige tun, Cameron, das weiß ich", sagte Alex.

Und nur aus seinem Mund klang eine solche Bemerkung nicht wie eine abgedroschene Phrase. Auch er hätte einen Kuss verdient.

Und plötzlich fühlte sie sich ganz elend, konnte aber nichts dagegen tun. Sie *liebte* alle beide – oder besser – sie *mochte* beide sehr.

43

Am folgenden Morgen, als Cameron bei William Tramble in der britischen Botschaft vorsprach, sah sie schon viel klarer. Sie war auch nicht einmal erstaunt, als er sie gutmütig anlächelte und ihr in seiner akkuraten britischen Art mitteilte, er würde mit einer solchen Geschichte nichts zu tun haben wollen. Seiner Meinung nach könne sie nicht wahr sein und er würde sich zum Narren machen, wenn er sie vor übergeordneter Stelle vortragen wollte.

Daraufhin ging sie zu Bob Wood in die amerikanische Botschaft. Wood sagte nicht geradeheraus, er würde die Geschichte nicht glauben, aber sein Gesichtsausdruck sprach eine deutliche Sprache. Das war seine Art, ihr mitzuteilen, dass sie auf den sprichwörtlichen Holzweg geführt worden war. Er versprach, mit dem Botschafter zu sprechen, aber Cameron traute ihm nicht. Bei einem zweiten Gespräch jedoch, einige Tage später, erklärte er, der Botschafter würde nicht zulassen, dass eine solche Story über die Diplomatenpost in die Vereinigten Staaten gelange.

„Ich schätze, das war's dann", sagte sie und wandte sich zum Gehen, doch noch während sie sich umdrehte, überlegte sie sich ihre nächsten Schritte.

„Cameron, Sie müssen die Lage begreifen, in der die Botschaft sich befindet ..."

„Bob", unterbrach sie ihn scharf „es ist wirklich nicht nötig, noch mehr Entschuldigungen zu konstruieren. Sehen wir es doch, wie es ist – Sie lassen mich und meine Quelle hängen und vielleicht ist das auch gut so."

„Was sollen wir denn tun? Sie haben keinerlei konkrete Beweise."

„Ich habe nichts weiter als einen ehrlichen jungen Mann, der von den Dingen, die er mit eigenen Augen gesehen hat, in seinem Lebensmut zutiefst erschüttert ist."

„Wenn er so glaubwürdig ist, wie Sie sagen, dann könnte er Ihr bester Beweis sein."

„Ach ja, und wie soll ich ihn verwenden?", fragte sie schneidend. „Soll ich seine Story mit seinem Blut schreiben?"

Wood kratzte sich den Kopf, erhob sich von seinem Schreibtisch und ging zum Fenster. Eine Weile starrte er hinunter auf die Straße. Cameron versuchte, sein Verhalten zu deuten. Hatte sie sein Widerstreben falsch verstanden? War es möglich, dass er glaubte, was sie ihm von Oleg erzählt hatte?

„Ich habe das Gefühl, Sie glauben mir nicht, dass ich tatsächlich mit dem Botschafter gesprochen habe." Nachdenklich hielt er den Blick auf die Straße gerichtet.

„Nun, ich ..."

„Ich habe wirklich mit ihm gesprochen. Wir hatten sogar eine lebhafte Diskussion, vor allem ich wurde lebhaft. Er fragte mich, warum mich das so berührt." Jetzt wandte er sich zu ihr um und sein Blick wurde sehr eindringlich. „Ich konnte es ihm natürlich nicht sagen. Gott weiß, was passieren würde, wenn das herauskäme."

„Bob ..."

„Lassen Sie mich aussprechen, Cameron. Ich werde Ihnen jetzt etwas anvertrauen, das nur wenige wissen. Vor etwa fünfzig Jahren wanderte eine Familie mit Namen Grunwald von Deutschland nach Amerika aus. Sie ließ sich in New York nieder, doch wegen seiner jüdischen Abstammung hatte mein Großvater Schwierigkeiten, in seinem Beruf Arbeit zu finden. Er war Anwalt, ein hochgebildeter Mann. Schließlich endete er als Aufseher in einer Fabrik und diesen Job bekam er nur, weil er den Namen auf seiner Bewerbung in Wood geändert hatte."

Cameron schnappte nach Luft und Bob nickte.

„Seither heißen wir Wood", fügte Bob hinzu. „Vorbildliche Mitglieder der presbyterianischen Gemeinde. Mein Vater ist Ältester – unglaublich! Jakob Grunwald war mein Großvater und ihm ist es zu verdanken, dass mein Vater jetzt Präsident unseres Country Clubs ist – eines Klubs, wohlgemerkt, in dem Juden nicht zugelassen sind. Ich habe Harvard besucht, gehörte der richtigen Verbindung an und trat später in eine Anwaltskanzlei ein, in der keine Juden beschäftigt sind. Heutzutage sind in unserem Land viele Juden in Führungspositionen aufgestiegen und ich muss sagen, dass ich mich der Lüge meiner Familie schäme. Ich wünschte, ich hätte schon vor Jahren den Mut gehabt, mich zu meinen Wurzeln zu bekennen."

„Warum erzählen Sie mir das alles, Bob?"

„Als ich gestern vor dem Botschafter stand und sagte, wir sollten Ihre Information nicht ignorieren, wusste ich, dass meine Worte weit mehr Einfluss gehabt hätten, wenn ich mein Geheimnis preisgegeben hätte und damit das Risiko eines Karriereknicks eingegangen wäre. Ich wäre gern ein solcher Mann gewesen, aber ich habe versagt. Und dadurch, dass ich Ihnen das erzähle, hoffe ich, mich zu entlasten."

„Sie können noch immer ein solcher Mann werden, Bob." Aber Cameron wusste, was sie da verlangte, und auch, dass es ihr nicht zustand. Sie schüttelte den Kopf. „Es tut mir leid, ich will so etwas nicht von Ihnen erwarten, aber ich denke, Sie sollten es durchaus riskieren. Wir leben nicht nur in einer Welt, in der ein guter Mensch wegen seiner Herkunft ruiniert werden kann, wegen des Gottes, an den sein Volk glaubt, wir müssen sogar den Tatsachen ins Auge sehen, dass wir in einer Welt leben, wo Menschen aus denselben Gründen umgebracht werden. *Ermordet,* Bob!"

Wood rang nach Worten und in seinen Augen standen Tränen.

„Mein Volk ... nie habe ich das jüdische Volk so genannt. Erst kurz bevor ich in Harvard eingetreten bin, habe ich erfahren, dass ich Jude bin. Mein Vater dachte, ich sollte das wissen, damit ich erkenne, was für ein Geschenk ich bekommen hatte. Ich verdrängte das und habe nicht mehr zurückgesehen – bis jetzt." Er fuhr sich mit der Hand über die Augen. „Ich werde Ihnen das niemals vergeben, Cameron." Aber ein ironisches Lächeln umspielte seine Lippen. „Und Ihnen doch immer dankbar sein. Meine Leute werden ermordet. Ich glaube es."

„Danke, Bob", sagte Cameron. „Mir ist klar, dass wir sehr wenig dagegen unternehmen können, aber ich weiß es zu schätzen, dass Sie mich ernst nehmen."

„Vielleicht sind wir nicht ganz so hilflos."

„Wie Sie gerade andeuteten, haben wir ohne handfeste Beweise nur geringe Chancen."

„Und Sie haben gesagt, der einzige Beweis sei ein leidenschaftlicher junger Mann mit Namen Oleg."

„Ja ..." Cameron betrachtete ihn neugierig. Worauf wollte er hinaus?

„Er könnte als Zeuge ausreichen, wenn wir ihn aus dem Land schaffen könnten."

„Sie machen Witze!"

„Ich mag im Augenblick wie ein weinerlicher Dummkopf wirken,

Cameron", sagte er. Er zog ein Taschentuch aus der Tasche und putzte sich die Nase. „Aber ich mache keine Witze. Überlegen Sie doch nur – wenn Oleg mit einflussreichen Männern in Washington sprechen könnte, vielleicht sogar mit dem Präsidenten! Welchen Einfluss könnte das haben? Vielleicht keine unmittelbare Kriegserklärung an Deutschland, aber es könnte entscheidend dazu beitragen, die Regierung in diese Richtung zu bewegen."

„Sie denken nicht, das könnte ins Auge gehen?"

„Ich habe den Vorteil, das amerikanische Volk von einer neutralen Warte aus beobachten zu können", bemerkte er nüchtern, „und ich bin mit Ihrem Freund, dem Doktor, einer Meinung. Das amerikanische Volk ist im Grunde genommen anständig. Vielleicht lieben sie die Juden nicht gerade, aber nur wenige würden durch Gleichgültigkeit dem Massenmord Vorschub leisten wollen. Das Schlimmste, was uns passieren kann, wäre, dass sie es einfach nicht glauben."

Cameron starrte auf Woods kostbaren Perserteppich und fuhr sich über das Kinn. „Könnten wir es schaffen? Können wir ihn wirklich aus dem Land bringen?" Ihre Gedanken überschlugen sich.

„Er wäre nicht der erste russische Überläufer."

„Haben Sie so etwas schon mal ...?"

„Noch nie. Ich habe keine Ahnung, wie man jemanden außer Landes bringt."

„Johnny könnte es wissen. Er hat ein paar Artikel hinausgeschmuggelt."

„Das will ich aber nicht gehört haben!"

Die beiden schritten nun gemeinsam durch das Zimmer und blieben stehen, als ihnen klar wurde, dass sie an einem toten Punkt angekommen waren.

„Wir werden einen Plan entwickeln müssen", erklärte Bob. „Wenn Sie nichts dagegen haben, würde ich gern selbst mit Oleg sprechen."

„Uns bleibt nicht viel Zeit. Oleg lebt in der Angst, als entflohener Kriegsgefangener verhaftet zu werden."

„Ich werde meine Fühler ausstrecken, Sie aber, Cameron, müssen vorsichtig sein. Ich kann mich auf meine diplomatische Immunität berufen. Das können Sie nicht."

„Ich bin immer vorsichtig, Bob." Ihre Zuversicht erstaunte sie selbst, doch als sie Woods Büro verließ, hatte sie zum ersten Mal seit dem Gespräch mit Oleg das Gefühl, dass sie ihm mehr zu bieten hatte als mitfühlende Aufmerksamkeit. Als sie Sophia traf, überlegte sie, ob sie mit ihr über Woods Idee sprechen sollte, doch dann beschloss sie zu schweigen. Aus Russland fortzugehen, war ein großer Schritt für die jungen Leute und es schien nicht fair, sie mit diesen Gedanken zu konfrontieren, bevor klar war, dass dieses Vorhaben auch wirklich durchführbar war.

Ein geheimes Treffen zwischen Bob und Oleg wurde arrangiert, das Bob in seinem Entschluss bestärkte, dem jungen Mann zu helfen.

Doch die Vorbereitungen brauchten Zeit, und während die Tage vergingen, schuf Camerons Schweigen eine unbehagliche Atmosphäre zwischen ihr und Sophia. Sie waren auf dem besten Weg gewesen, eine echte Freundschaft aufzubauen, doch jetzt konnte Cameron dem Mädchen nicht mehr in die Augen sehen. Natürlich hatte Sophia den Anstand, die Untätigkeit ihrer Vertrauten nicht zu kritisieren, aber Cameron machte die Situation trotzdem zu schaffen.

Umso gelegener kam ihr die lang ersehnte Sensation – sie wurde neben Shanahan für einen Besuch an der Front ausgewählt.

44

An einem regnerischen Morgen trafen sich zehn britische und amerikanische Korrespondenten vor dem Kommissariat für Auslandsangelegenheiten. Fünf schwarze M-1, die russische Version eines Ford Sedans, fuhren vor. Die Journalisten wurden begleitet von bewaffneten Soldaten und ein paar Angehörigen der sowjetischen Presseabteilung. Darunter befanden sich auch ein Zensor und ein Hauptmann, der als Mittelsmann zum Militär fungieren sollte.

Camerons Überraschung war grenzenlos, als Alex aus einem der Wagen ausstieg.

„Ich habe die Erlaubnis erhalten, mich der Gruppe anzuschließen, um die medizinischen Einrichtungen an der Front zu inspizieren", erklärte er.

Diese Aussicht erfreute Cameron mehr, als sie zugeben wollte.

Das Ziel der Gruppe war Jelnja, etwa zweihundertfünfzig Kilometer südwestlich von Moskau gelegen. Noch vor wenigen Tagen war dieses Gebiet heftig umkämpft gewesen und die Russen hatten endlich einen Sieg errungen – einen Sieg, den sie der Welt jetzt durch den Besuch der Journalisten bekannt machen wollten.

Unmittelbar hinter der Stadtgrenze von Moskau fuhr die kleine Karawane bereits an der rot-weißen Straßensperre vorbei, die den Beginn der militärischen Zone anzeigte. Hinter diesem Punkt befand sich Russland mitten in einem verzweifelten Krieg. Kolonnen von Militärfahrzeugen rumpelten in einem nicht abreißenden Strom über die Straße und Cameron stellte erfreut fest, dass sich unter die russischen Fabrikate auch einige Fords mischten. Material aus dem Leih-Pacht-Vertrag wurde also in das belagerte Land gebracht. An der Straße entlang hielten russische Posten in Regenmäntel gehüllt Wache.

Die ohnehin schlechten Straßen wurden durch den Strom schwerer Fahrzeuge und den unablässig nieselnden Herbstregen noch mehr beschädigt. Selbst schwere Lastwagen blieben im Schlamm stecken. Auch Camerons Kolonne blieb nicht verschont und immer wieder drehten die Reifen im Schlamm durch. Aber am Nachmittag erreichten sie die kleine Stadt Wjazma, ihre erste Station.

Cameron sprang aus dem Wagen, sie konnte es kaum erwarten, ihre verkrampften Beine zu strecken. Da sie zu den kleineren Mitgliedern der Gruppe gehörte, hatte sie den Platz auf den Vorratskisten bekommen, von denen auffällig viele die Aufschrift Wodka trugen. Alex gesellte sich zu einem kleinen Spaziergang zu ihr. Die Wachposten warnten sie, sich nicht allzu weit zu entfernen.

„Es sieht hier gar nicht mal so übel aus", sagte Cameron mit einem Blick die Straße hinunter.

„Ja, ich hatte mit weitaus mehr Zerstörungen gerechnet."

Abgesehen von ein paar ausgebombten Gebäuden war die Stadt im Großen und Ganzen intakt geblieben. Das Leben schien normal weiterzulaufen. Blumen blühten in den Gärten, Frauen tratschten über die Zäune hinweg, Ladenbesitzer verkauften ihre Waren. Natürlich war die militärische Anwesenheit nicht zu übersehen, aber das war zu erwarten gewesen.

„Wie weit sind wir deiner Meinung nach von der tatsächlichen Frontlinie entfernt?", fragte Cameron.

„Jelnja, wo definitiv schwere Kämpfe stattgefunden haben, liegt etwa hundertzwanzig Kilometer südwestlich von hier. Hier dagegen scheint es ungefährlich zu sein."

„Mag sein, aber beim bisherigen Kriegsgeschick der Russen macht mich das misstrauisch. Wir sollten uns nicht zu sicher fühlen."

Alex grinste. „Ich denke, diese Befürchtung entspringt eher deinem Wunschdenken."

„Was willst du mir denn damit unterstellen?", fragte sie in gespielter Beleidigung.

„Nun, Miss *Gayes*", erwiderte er mit sehr ausgeprägtem russischem Akzent, „ich denke, Sie wünschen sich nichts weiter, als mitten in ein Gefecht zu geraten. Ihre russischen Beschützer werden es schwer haben, Sie in Zaum zu halten."

Lachend, aber auch ein wenig verlegen über die Wahrheit dieser Aussage, erwiderte sie: „Das möchte ich, das möchte ich wirklich."

„Wie man so schön sagt, sei vorsichtig mit dem, was du dir wünschst."

Die Gruppe wurde für die Nacht im Wjazma International Hotel untergebracht – dem dieser Titel zweifellos ein paar Schuhnummern zu groß war. Sie schliefen zu dritt in einem Zimmer – abgesehen von

Cameron, der als Dame ein Einzelzimmer zustand. Allerdings war diese Räumlichkeit kaum größer als eine Besenkammer. Die Betten waren wackelig und die Matratzen schmutzig. Es gab eine Toilette im Zimmer, aber zum Waschen mussten die Gäste den Gemeinschaftswaschraum am Ende des Korridors benutzen. Die Verpflegung jedoch an diesem Abend war gut und Champagner wie Wodka flossen in Strömen.

Sie sprachen mit einem General, der ihnen versicherte, die Deutschen würden Moskau auf keinen Fall zu nahe kommen, der Rest war Propaganda. Viel interessanter wurde es, als sie mit einigen Fliegern zu sprechen kamen, die gerade einen deutschen Flugplatz in der Nähe von Smolensk bombardiert hatten. Die jungen Männer waren stolz auf ihren erfolgreichen Überfall. Ihr Kommandeur berichtete, sie würden bis zu sieben Flüge pro Tag über das von Deutschen besetzte Gebiet machen. Jeder Flug dauerte ungefähr eine Stunde.

Am folgenden Morgen übten die Deutschen Vergeltung, indem sie Wjazma bombardierten, als alle noch schliefen. Cameron wurde vom Heulen der Sirenen geweckt und hatte gerade noch Zeit, sich unter ihr Bett zu verkriechen, als schon die ersten Bomben fielen. Es dauerte jedoch nicht lange, bis sie das Dröhnen der russischen Kampfflugzeuge hörte, die aufstiegen, um die Bomber zu vertreiben.

Als sie sich nach der Entwarnung in den Flur wagte, erfuhr sie, dass kein übermäßiger Schaden entstanden war.

Doch das Bild der Zerstörung wurde schlimmer, als sie nach dem Frühstück weiterfuhren. In dem Gebiet, das von den Russen zurückerobert worden war, kamen sie durch die Überreste von Dörfern, die teilweise vollkommen ausgelöscht worden waren. In einer Stadt hatten bestimmt zehntausend Einwohner gewohnt. Nur wenige davon waren geblieben. Niemand konnte sagen, wie viele getötet und wie viele von der Besatzungsmacht in Arbeitslager verschleppt worden waren. Roggen- und Kornfelder waren nicht abgeerntet worden, weil die Landarbeiter fehlten.

Die Karawane machte halt in einem Divisionshauptquartier etwa sechzig Kilometer nordöstlich von Smolensk und nur fünf Kilometer von den deutschen Linien entfernt. Sie waren umgeben von dichtem Wald, der den regulären Armeeeinheiten wie den Partisanen gute Deckung bot. Weniger beruhigend war das Wummern der Artillerie, nicht weit von ihnen entfernt.

Auch in dieser wenig anheimelnden Umgebung schienen die Russen entschlossen, ihren ausländischen Gästen gute Gastgeber zu sein. Die Journalisten wurden in das große Messezelt geführt und bekamen ein verschwenderisches Mahl vorgesetzt. Selbstverständlich gab es die obligatorischen Alkoholika, so viel sie trinken konnten – und trinken mussten sie, einerseits, weil sie die Gastgeber nicht beleidigen wollten, andererseits, weil man dem Wasser nicht trauen konnte.

Nach den üblichen Reden wurden Trinksprüche ausgebracht.

„*Pobeda budet za nami!* Der Sieg wird unser sein!", rief der Divisionskommandeur Oberst Kirilow.

„Auf den Sieg!", ertönte die Antwort und der Wodka wurde gekippt.

Cameron wäre nach zehn Minuten schon umgekippt, wenn sie nicht Alex' Beispiel gefolgt wäre und nur so getan hätte, als würde sie trinken, dabei aber so viel wie möglich verschüttete. Das wurde ihr nicht leicht gemacht, denn es gab immer einen aufmerksamen Gastgeber in der Nähe, der dafür zu sorgen hatte, dass die Ausländer vom Alkohol benebelt wurden.

Dann setzte die Musik ein. Jemand spielte auf einem Klavier, das man eigens bis auf fünf Kilometer an die deutschen Linien herangeschafft hatte. Neben den russischen Melodien wurden viele der schönsten amerikanischen Volkslieder gespielt und die Menge geriet schier aus dem Häuschen, als der Pianist „Jeepers Creepers" anstimmte. Der einzige Wermutstropfen, der in die Stimmung tropfte, war das unablässige Geschützfeuer von der Front.

Schon bald wurde getanzt. Die russischen Soldaten machten sich nichts draus, miteinander zu tanzen, da nur wenige Mädchen aus dem Dorf gekommen waren, um die Gäste zu bedienen. Erst nachdem sie genügend Wodka getrunken hatten, verloren auch die Ausländer ihre Hemmungen. Als eine der wenigen Frauen hätte Cameron ohne Unterlass tanzen können, die ganze Nacht hindurch, aber nach einer Weile war ihr der Alkohol zu Kopf gestiegen. Zwischen zwei Tänzen gelang es ihr, aus dem Zelt zu schlüpfen, um frische Luft zu schöpfen.

Sie schlenderte bis zum Ende des Lagers und sog tief die kalte Nachtluft ein. Die ersten Anzeichen von Frost lagen in der Luft, der Schnee würde nicht mehr lange auf sich warten lassen. Es war eine friedliche Nacht. Der Geschützlärm war verstummt und die gelegentlichen Detonationen verliehen dem Abend einen Hauch von Traurigkeit. Sie wandte sich nach Westen und stellte sich die Front nur fünf Kilometer entfernt vor. Ein schneller Fußmarsch könnte sie innerhalb kürzester Zeit dorthin bringen. Natürlich lag ein Labyrinth von Wäldern dazwischen und zweifellos ein Haufen Landminen und andere Todesfallen.

„Keine Schüsse mehr", ertönte eine Stimme hinter Cameron. Sie fuhr zusammen.

„Du meine Güte, Shanahan! Du solltest dich so dicht am Schlachtfeld an niemanden heranschleichen."

„Tut mir leid, Süße." Er stellte sich neben sie. „Es ist ziemlich nah, nicht wahr? Kannst du es nicht beinahe spüren?"

„Denkst du, sie werden uns noch näher heranbringen?", fragte sie. Ihr war bewusst, wie einfältig ihre Frage klang.

„Das ist eigentlich egal. Wie du weißt, benebeln sie unseren Kopf und füllen uns mit Essen ab, damit wir zu benommen sind, um die interessanten Einzelheiten dieses kleinen Ausflugs mitzubekommen."

„Du musst zugeben, dass das alles trotzdem sehr aufregend ist. Du meine Güte, wir sind die ersten Ausländer, die diese Schlachtfelder zu Gesicht bekommen! Wir werden endlich etwas zu berichten haben. Ich kann es kaum erwarten, meinen ersten Artikel zu schreiben mit der Überschrift ‚Bei der Roten Armee'!"

Johnny sah lächelnd auf sie herab und strich ihr eine Haarsträhne aus dem Gesicht. „Dein journalistischer Eifer steht dir gut!" Ein Schauder überlief sie, als Shanahan hinzufügte: „Du gehst mir unter die Haut, Hayes. Ja, das tust du!" Sie spürte sein Gesicht nur wenige Zentimeter von ihrem entfernt und sein alkoholgeschwängerter Atem strich ihr warm über die Wange.

„Johnny ..." Sie wusste nicht, ob er aufhören oder weitermachen sollte, aber sie trat auch nicht von ihm zurück.

„Ich liebe dich, Cameron!"

Diese Worte trafen sie wie ein Schlag und sie zuckte zusammen. „Wie bitte?"

„Ich liebe einfach alles an dir", fuhr er fort. „Deine scharfe Zunge, die Art, wie deine Nasenflügel beben, wenn du zornig bist." Er nahm ihre Hand. „Ich liebe die Tinte deines Farbbandes unter deinen Fingernägeln." Er küsste ihre Hand.

Was passierte da? Das konnte doch nicht der alte Johnny Shanahan sein. War es ein schamloser Betrüger?

„Johnny, du bist betrunken“, sagte sie scharf, um das unwillkommene Prickeln zu vertreiben, das sie bei seinen Worten empfand. Fast krampfhaft rief sie sich ins Gedächtnis, dass sie Johnny nicht wollte. Auch wenn er sie immer wieder magisch anzog, lieben konnte sie ihn nicht.

„Sehr, sehr, sehr betrunken!“, bestätigte er. „Aber du weißt, das hat mich noch nie davon abgehalten, die Wahrheit zu sagen.“

„In all den Jahren, die ich dich jetzt kenne, hast du nie gesagt, dass du mich liebst.“

„Hättest du das denn hören wollen?“

„Um Himmels willen, nein!“ Und doch wusste sie, es hatte eine Zeit gegeben, bevor ... Bevor was? Vor Alex?

Und plötzlich schien Johnny in sich zusammenzusacken. „Ich wollte nur sehen, wie es sich anhört“, kam seine lahme Erklärung. „Nur zu deiner Information, ich habe noch nie einer Frau gesagt, dass ich sie liebe.“

„Das erstaunt mich nicht.“

„Vielleicht liebe ich dich ja wie eine Schwester, die ich nie hatte. Ich habe einen Bruder, aber er hat seit zwanzig Jahren nicht mehr mit mir gesprochen.“

„Warum?“, fragte sie und griff dankbar den Themenwechsel auf.

„Er denkt, ich sei für den Tod unseres Vaters verantwortlich. Der gute alte Dad hat sich umgebracht, kurz nachdem ich mit fünfzehn von zu Hause fortgegangen war.“ Er schüttelte den Kopf. „Der Mann, der mich fast jeden Tag nach Strich und Faden verdrosch und keine Gelegenheit ausließ, mir vor Augen zu führen, wie wertlos ich sei. Ausgerechnet er soll so verzweifelt über mein Fortlaufen gewesen sein, dass er sich erschoss? Lächerlich!“

„Johnny, das hast du mir nie erzählt. Das ist ja furchtbar!“

„Ist das nicht der beste Beweis meiner Liebe, wenn ich dir meine tiefsten, dunkelsten Geheimnisse anvertraue?“ Er beugte sich wieder zu ihr herüber, seine Lippen berührten fast die ihren, doch im selben Moment zog er sich auch wieder zurück. „Meine Schwester küsse ich besser nicht.“ Er atmete tief durch. War es ein Seufzer des Bedauerns oder der Erleichterung? Cameron konnte es nicht sagen, aber sie war selbst erleichtert. Dann fuhr er beiläufig fort, als wäre sie tatsächlich seine Schwester: „Ich brauche ein Pferd.“

„Wie bitte?“

Unvermittelt riss er sich los und verschwand zwischen den Bäumen des Waldes.

Sie starrte ihm nach, hin- und hergerissen zwischen Zuneigung und Zorn. Warum hatte er gerade jetzt mit ihr über Liebe gesprochen? Was bedeuteten ihm solche Worte überhaupt? Brüderliche Liebe? Sie konnte sich nicht vorstellen, dass er dieses Gefühls überhaupt fähig war. Immerhin waren er und sein Bruder gerade nicht durch ein solches Band verbunden gewesen.

Oh, sie hätte ihn erwürgen können, weil er ihr Inneres so aufgewühlt hatte.

Da trat wie auf ein Stichwort Alex neben sie.

„Ich brauche eine Pause“, sagte er.

„Ich auch. Zu viel des Guten.“

Er deutete mit dem Kopf zum Zelt. „Das ist etwas Gutes?“

„Kommt darauf an, wie man es sieht. Da sind diese Russen, von den Deutschen fast in die Knie gezwungen, umgeben von Tod und Zerstörung, und doch können sie noch tanzen, singen und mehr trinken als der Rest der Welt.“

„Ja“, überlegte er, „für Russen gibt es nur selten eine Mitte. Alles oder nichts.“

„Ich fange an, das zu begreifen.“

Sie plauderten noch eine Weile über ihre Erfahrungen auf der Besichtigungstour, doch Camerons Gedanken schweiften immer wieder ab, bis sie schließlich sagte: „Weißt du, ich mache mir Sorgen um Johnny.“

„Warum?“

„Vor gut zwanzig Minuten ist er in den Wald gegangen, um irgendwas zu erledigen. Er müsste längst zurück sein.“

Alex zog die Augenbraue in die Höhe. „Das ist überhaupt nicht gut. Wir sind in der Nähe der deutschen Linien; der Feind könnte den Wald durchstreifen.“

„Wir machen uns besser auf die Suche nach ihm.“

Eigentlich hätten sie Hilfe holen sollen. Cameron wusste das sehr wohl, genau wie Alex. Aber mit den misstrauischen russischen Soldaten oder gar den Agenten des NKWD, die sie seit Moskau begleiteten, wollten sie nur zu tun haben, wenn es sich absolut nicht mehr vermeiden ließ.

Also schlugen sie sich auf eigene Faust in die Büsche, blieben aber dicht zusammen, um sich in der Dunkelheit nicht zu verlieren.

„Johnny!“, riefen sie abwechselnd, aber nicht zu laut, um nicht die Aufmerksamkeit der Gegenseite zu erregen.

Gerade als sie zum Lager zurückkehren wollten, um Hilfe zu holen, wurden sie durch eine Bewegung im Gebüsch aufgeschreckt. Alex packte Cameron am Arm und zog sie beschützend an sich. Natürlich waren sie unbewaffnet.

Im nächsten Augenblick taumelte Johnny auf die kleine Lichtung, auf der sie standen. Er taumelte, weil er grob gestoßen wurde. Eine in Kakiuniform gekleidete Gestalt hielt ihn mit einer Hand am Kragen fest und drückte ihm mit der anderen eine Pistole an die Schläfe. Der Mond tauchte die Lichtung in ein trübes Licht und Cameron konnte erkennen, wer Johnny da gefangen hielt – es war eine Frau!

In seinem gewohnten Sarkasmus sagte Johnny: „Ich weiß nicht, ob sie mich erschießen oder mit mir schlafen möchte.“

Alex sprach mit der Frau, die, wie Cameron fand, nicht einmal unattraktiv war. Sie überragte Johnny um einige Zentimeter und hatte ein eher herbes Äußeres. Ihre in mehreren Schichten übereinandergetragenen Kleidungsstücke verbargen alle weiteren weiblichen Reize. Ihre sehr ausgeprägten Gesichtszüge wären der Traum eines jeden Bildhauers gewesen – hohe nordische Wangenknochen, mandelförmige Augen und eine gerade Nase. Ihr blondes Haar war teilweise unter einer Kappe verborgen.

Alex fasste das Gespräch mit der Frau zusammen: „Sie gehört zu den Partisanen und hielt Sie für einen deutschen Spion – eigentlich war sie drauf und dran, Sie zu erschießen.“

„Nun, würden Sie ihr freundlicherweise die Wahrheit sagen?“, forderte Johnny ihn mit einem mitleiderregenden Lächeln auf.

„Das habe ich schon, aber sie möchte unsere Papiere sehen.“

Schnell kamen sie der Aufforderung nach. Ganz vorsichtig holte Johnny seinen Ausweis heraus, damit sie nicht in Panik geriet und den Abzug drückte. Zufrieden, dass diese Leute Ausländer, aber keine Deutschen waren, ließ sie die Waffe sinken. Johnny nahm sie eingehend unter die Lupe und schenkte ihr ein Lächeln, das normalerweise jede Frau in seinen Bann zog. Aber diese Frau verzog keine Miene.

„Sie gehören also zu den Partisanen“, sagte Johnny und betrachtete sie bewundernd von oben bis unten. „Sie hätten mich nie überwältigen können, wenn ich ... nun, Sie haben mich in einer recht prekären Situation angetroffen."

Alex übersetzte, dann wiederholte er ihre Antwort. „Tatiana – so ist ihr Name – möchte wissen, warum Sie sich so weit vom Lager entfernt haben, um Ihr Geschäft zu erledigen."

Shanahan zuckte die Achseln. „Ich bin ein Stadtjunge. Ich hatte keine Ahnung, was das Protokoll in solchen Situationen vorschreibt." Dann fügte er hinzu, sobald Alex übersetzt hatte: „Fragen Sie sie, ob sie den Weg zur Front kennt."

Alex starrte ihn irritiert an. „Natürlich kennt sie den Weg zur Front."

„Dann fragen Sie sie, ob sie uns dorthin bringt."

„Jetzt?"

„Ja, und ich meine zur richtigen Front, nicht diese langweilige Operettenkulisse, mit der die Presseabteilung uns abspeisen möchte. Ich möchte Sauerkraut riechen, verstanden?"

„Sie sind verrückt. Sie wird niemals ..."

„Fragen Sie sie!"

Cameron schwieg während dieses Wortwechsels. Shanahans Idee war natürlich verrückt, aber falls er damit durchkam, würde sie nicht widersprechen.

Alex fragte und es war offensichtlich, dass die Frau nicht die Absicht hatte, ein solches Risiko auf sich zu nehmen. Sie schüttelte entschlossen den Kopf und der Munitionsgürtel über ihrer Brust klapperte wie billiger Schmuck. Alex brauchte ihre Antwort nicht zu übersetzen.

„Meine Liebe", sagte Johnny und seine weißen Zähne funkelten, als sich seine Lippen zu einem Lächeln verzogen, das Schnee zum Schmelzen hätte bringen können, „ich wäre Ihnen sehr dankbar, wenn Sie das für mich tun würden." Auch seine Worte brauchten nicht übersetzt zu werden. Doch sie schüttelte erneut den Kopf.

Und dann griff Johnny wie ein Zauberer in die Tasche und holte ein Paar Seidenstrümpfe hervor!

„Wie um alles in der Welt ...?", rief Cameron verdattert. „Du hast tatsächlich Seidenstrümpfe dabei?"

„Hey, das ist eine bessere Währung als Rubel", verteidigte Johnny sich.

Aber noch verblüffender war die unmittelbare Verwandlung der Partisanin. Sie staunte und streckte die Hand nach dem Schatz aus.

„Ja, Baby, ich wusste doch, dass wir dieselbe Sprache sprechen", grinste Johnny. Er legte die Strümpfe über ihre schmutzige, mit Schwielen übersäte Hand.

Sie fuhr sich damit über die Wange, dann vergrub sie sie irgendwo tief in den Schichten ihrer Kleidung. Und damit war der Handel besiegelt.

45

Ein Ast schlug Cameron ins Gesicht. Die Tropfen von den Blättern regneten auf sie herab wie ein Regenschauer. Tatiana marschierte durch den dichten Wald und schien ihre Gefährten vergessen zu haben. Shanahan schritt an der Seite der Partisanin. Sie führten ein gedämpftes, aber lebhaftes Gespräch, er auf Englisch, sie auf Russisch. Inwieweit sie sich verstanden, blieb ihr Geheimnis.

Cameron sah zu Alex hinüber und deutete auf die beiden vor ihnen.

Er zuckte die Achseln. „Erstaunlich, nicht? Ich habe ihn gefragt, ob ich für ihn übersetzen soll, aber er hat abgewinkt."

„Nun, Johnny hat seine eigene Art der Kommunikation, vor allem mit Frauen."

Alex sah sie an und trotz der Dunkelheit erkannte sie die Fragen in seinem Blick.

Überschlug er, wie viele eigene Erfahrungen sie mit Johnnys kommunikativen Fähigkeiten haben konnte? Er wusste, dass sie und Johnny sich nahestanden.

In diesem Augenblick signalisierte ihnen Tatiana, sie sollten still sein. Sie blieben sofort stehen, als sie die Hand hob. Cameron lauschte. Sie mussten sich jetzt ganz in der Nähe der deutschen Linien befinden, aber sie hatten noch keine russischen Soldaten, Gewehrstellungen, Schützengräben oder andere Hinweise auf die Front zu Gesicht bekommen.

Alles war friedlich. Nicht ein einziger Schuss zerriss die Stille der Nacht. Im nächsten Augenblick bedeutete ihre Führerin ihnen, sich wieder in Bewegung zu setzen, doch sie hatte den Finger an die Lippen gelegt, eine Mahnung, leise zu sein. Sie wandte sich scharf nach rechts und schlich mit der Geschmeidigkeit einer Katze weiter durch das Dickicht. Cameron versuchte, ihr Beispiel nachzuahmen, aber wie Johnny war sie kein Waldmensch. Ungeschickt trat sie auf einen Zweig, der krachend brach. Tatiana drehte sich um und blickte sie missbilligend an.

Zehn Minuten später blieb Tatiana erneut stehen und sprach mit rauer, leiser Stimme.

„Kakaia sivodnia pagoda?", murmelte sie.

„Das ist seltsam …" Alex wollte Cameron etwas ins Ohr flüstern, wurde jedoch von gedämpften Stimmen aus dem Dickicht unterbrochen.

„Sivodnia tiplo."

„Duyit vietir", erwiderte Tatiana.

In diesem Augenblick trat der Mann, dem die Stimme gehörte, aus dem Unterholz. Und er war nicht allein. Im nächsten Augenblick waren Cameron, Alex und Johnny von mindestens sechs schwer bewaffneten Männern und Frauen umstellt. Cameron schluckte. Waren sie in eine Falle gelockt worden? Die Leute trugen zumindest keine deutschen Uniformen. Einige hatten Fliegerjacken und Bauernhosen an oder trugen Militärkappen mit den Insignien der Roten Armee, aber keiner konnte eine komplette Uniform vorweisen und ganz bestimmt war bei ihnen nichts zu finden, das auf deutsche Herkunft schließen ließ.

Tatiana sprach mit Alex und er erklärte, diese Leute seien ihre Kameraden.

„Wir befinden uns hinter den deutschen Linien", erklärte er sachlich, fast ein wenig zu beiläufig für die Bedeutung seiner Worte.

„Was?", riefen Cameron und Shanahan gleichzeitig.

Tatiana brachte sie schnell zum Schweigen, dann flüsterte sie aufgeregt mit Alex.

Schließlich konnte Alex übersetzen. „Als wir auf sie trafen, hatte ich ihr erzählt, ich sei Arzt und ihr seiet Journalisten. Nun, wie es scheint, ist sie Johnnys Bitte nicht wegen ihrer verrückten Liebe zu Seidenstrümpfen so schnell nachgekommen –" Er warf Johnny einen wissenden Blick zu. „Einer ihrer Kameraden ist verletzt. Sie verspricht, dass sie uns, sobald ich mir den Mann angesehen habe, zu einer russischen Einheit zurückbringen wird."

„Ach Süße", sagte Johnny zu Tatiana, „und ich dachte schon, wir könnten einander trauen." Er schüttelte den Kopf und grinste. „Nun, ich verzeihe dir. Dann wollen wir uns mal um die Sache kümmern und hier schnellstens wieder verschwinden. So nah wollte ich der Front eigentlich gar nicht kommen!"

Sie wurden noch ein Stück tiefer in den Wald geführt. Auf einer kleinen Lichtung lag der Verwundete. Ein Mann kniete neben ihm und betupfte seine Stirn mit einem Tuch. Alex eilte an seine Seite und kniete nieder. Cameron erschrak, als sie entdeckte, dass der Patient noch ein Junge war, kaum älter als vierzehn Jahre. Der Mann neben dem Jungen war mindestens vierzig. Sein Bart war von grauen Strähnen durchzogen. War er der Vater des Jungen? Als er sie mit einem schmerzerfüllten Blick ansah, konnte kein Zweifel an seiner engen Bindung zu dem Jungen bestehen.

Alex untersuchte den Jungen und erklärte: „Tatiana meinte, sie hätten Angst, ihn ins Feldlazarett zu bringen, das mehr als zehn Kilometer entfernt liegt. Als wir sie trafen, war sie auf dem Weg dorthin, weil sie versuchen wollte, einen Arzt dazu zu bewegen hierherzukommen." Er schob das blutdurchtränkte Hemd des Jungen hoch und sah sich die Wunde an. „Gut, dass sie ihn nicht bewegt haben. Das hätte er vermutlich nicht überlebt."

Nicht einmal die Dunkelheit konnte das leidenschaftliche Funkeln in Alex' Augen verbergen. Denselben Blick hatte er bei ihrer ersten Begegnung gehabt, als er den alten Mann während des Luftangriffes behandelt hatte. Es war der Blick eines Mannes, der eine Aufgabe ausführte, die sein Innerstes erfüllte. Sie konnte sehr gut verstehen, warum er so viel aufgegeben hatte, um nach Russland zu kommen und dort das zu tun, was er als seine Lebensaufgabe betrachtete.

„Natürlich habe ich nie meine Tasche dabei, wenn ich sie brauche", brummte er. Doch dann wandte er sich an den älteren Mann, der sich schnell erhob und die Vorräte durchsah. Im nächsten Augenblick kehrte er mit einem Erste-Hilfe-Kasten zurück. „Nähmaterial! Lieber Gott, lass Nähmaterial dabei sein!", murmelte Alex, als er ihn öffnete und den Inhalt überprüfte. „Halleluja", rief er, als er eine Packung mit dem Benötigten herausholte, wie Cameron vermutete. „Ich muss diese Kugel herausholen. Cameron, komm her und hilf mir."

Cameron sah sich um und dachte, dass Tatiana bestimmt die bessere Assistentin abgegeben hätte. Aber sie war verschwunden und Johnny mit ihr. Eigentlich war nur noch ein anderer Partisan geblieben und sie hoffte, dass seine Kameraden sie sorgfältig bewachten. In Ermangelung anderer Helfer war sie gezwungen, sich neben Alex auf die Knie niederzulassen. Alex hatte dem älteren Mann aufgetragen, den Jungen abzulenken und ihn, so gut er konnte, zu beruhigen.

Alex murmelte vor sich hin: „Ich brauche Licht."

Er sprach mit dem Mann, der mit einem entschiedenen *„Niet!"* antwortete.

Cameron erhob sich und sagte: „Alex, unter den Vorräten habe ich eine Taschenlampe entdeckt. Du könntest doch dasselbe machen wie während des Luftangriffs bei der Behandlung des alten Mannes."

„Natürlich!" Er grinste. „Du entwickelst dich langsam zu einer erstklassigen Krankenschwester!"

„Danke, Herr Doktor", gab sie zurück.

In Windeseile hatten sie aus ein paar Decken ein passables kleines Operationszelt errichtet. Der Mann musste ihm die Taschenlampe halten.

„Hast du schon jemals so operiert?", fragte Cameron.

„Du meinst, außerhalb der sterilen Umgebung eines Operationssaals?" Er schüttelte den Kopf. „Als der Krieg ausbrach, wollte ich einem Feldlazarett zugeteilt werden, aber ich schätze, ich war noch nicht lange genug im Land, sodass sie mir noch nicht trauten. Sie wollten mich in Moskau unter den wachsamen Augen des NKWD behalten. Nein, so habe ich noch nicht operiert." Er hob den Blick und sah sie an. „Ich könnte Angst bekommen, wenn ich zuließe, dass ich darüber nachdenke."

„Dann denke nicht darüber nach."

„Diese Geschichte von der Operation eines verwundeten Partisanen hinter den deutschen Linien werden wir unseren Enkelkindern erzählen ..." Er brach unvermittelt ab und fügte etwas verlegen hinzu: „Ich meinte natürlich, jeder seinen Enkelkindern. Das heißt ..."

„Ich weiß, was du gemeint hast, Alex." Sie lächelte ihm zu, um ihm zu zeigen, dass sie seine Worte in keiner Weise falsch aufgefasst hatte. Und doch war sie froh, als sie mit der Arbeit begannen.

Nachdem Alex dem Jungen Morphium aus dem Erste-Hilfe-Kasten verabreicht hatte, nahm er das Skalpell und goss Alkohol über das Instrument. Auch goss er etwas davon über die Wunde. Dann schnitt er. Seine Hände waren unglaublich ruhig. Camerons zitterten.

„Es wird viel Blut geben", erklärte er. „Wir haben nicht genügend Desinfektionsmittel für unsere Hände, aber wenn du die Tupfer aus dem Kasten vorsichtig anfasst, müsste es eigentlich gehen."

„Tupfer?" Sie sah im Kasten nach. „Ich sehe keine Tupfer –"

„Die Gaze – dort." Er deutete auf die Päckchen mit sterilen Gazetupfern.

Cameron ließ sich so von dem Drama der Operation gefangen nehmen, dass ihr von dem Blut und dem Stöhnen des Jungen nicht einmal übel wurde. Der Junge war selbst in seinen Schmerzen beherrscht genug, um nicht laut zu schreien und somit die Deutschen zu alarmieren. Nach einer Stunde war die Arbeit getan. Die Kugel war entfernt und Alex nähte die Wunde zusammen.

„Er darf nicht sofort bewegt werden", murmelte Alex. „Aber sie können trotzdem nicht hierbleiben. Es besteht die Gefahr, dass sie entdeckt werden."

Als er fertig war, wurde die Taschenlampe ausgeknipst und das Zelt entfernt. Der ältere Mann bedankte sich überschwänglich bei Alex und Cameron. In seinen Augen standen Tränen, als er Alex' Hände nahm und sie schüttelte, dann nahm er ihn in die Arme und drückte ihn fest an sich. Cameron war froh, dass der große, bärtige Partisan ihr nur einen Kuss auf die Wange gab.

Cameron räumte den Erste-Hilfe-Kasten weg, während Alex besorgt seinen Patienten beobachtete und murmelte: „Wenn er nur keine Infektion bekommt, hoffentlich hält die Naht, wenn sie ihn bewegen. Er ist jung und braucht eine anständige Ernährung ..."

Cameron war immer der Meinung gewesen, sie und Alex wären sehr gegensätzlich, doch als sie ihn bei seiner Arbeit beobachtete, erkannte sie elementare Ähnlichkeiten zwischen ihnen. Sie verhielt sich genauso, wenn sie eine Story witterte oder einen Artikel schrieb. Sie verstand dieses Brennen in Alex' Augen, weil sie sich sicher war, dass ihre Augen ähnlich glühten. Sie lächelte über die Vorstellung und wusste nicht, warum ihr das so gefiel.

Ein paar Minuten später raschelte es im Unterholz und Johnny und Tatiana tauchten auf. Johnnys Haar war zerzaust und Gras und Zweige hingen darin. Tatiana war in keinem besseren Zustand. Wäre der törichte Ausdruck auf ihren Gesichtern nicht gewesen, Cameron hätte annehmen können, sie kämen gerade von einem Scharmützel mit den deutschen Soldaten. Aber sie wusste es besser. Johnny hatte gerade wieder einmal seine alten Tricks angewandt.

Jelnja glich eher einem Friedhof als dem Schauplatz des ersten großen russischen Sieges.

In den zwei Tagen seit der Begegnung mit Tatiana war die Journalistengruppe durch so viele zerstörte Dörfer und zerzauste Wälder gekommen, sie hatten so viele von Panzern aufgewühlte Äcker gesehen, auf denen noch Reste reifen Getreides standen, dass sie, als sie ihr letztes Ziel erreichten, eigentlich wissen mussten, was sie erwartete. Doch all das hatte sie nicht auf den gespenstischen Anblick vorbereiten können, der sich ihnen bot. Jelnja hatte früher einmal fünfzehntausend Einwohner gehabt. Die waren jetzt fort, Gott wusste, wohin. Übrig geblieben waren nur noch verkohlte Dachbalken und gemauerte Kamine und aus den Ruinen stiegen kleine Rauchsäulen auf.

Cameron hatte einige der Kriegsverwüstungen in Jugoslawien und Griechenland gesehen, aber so etwas bisher noch nicht. Sie dachte an die deutschen Gefangenen, mit denen sie sich im Moskauer Krankenhaus unterhalten hatte. Sie schienen zu so etwas nicht fähig gewesen zu sein. Doch hier sah sie es mit eigenen Augen und ihr wurde klar, dass dieser Krieg zwischen zwei alten Gegnern einen bestialischen Trieb freilegte, der für Cameron unvorstellbar gewesen war.

Shanahan fand einen alten Mann, der in den Ruinen eines Hauses herumstocherte. Ein paar der anderen Reporter sammelten sich um sie und mithilfe von Alex' Übersetzung erzählte der Mann, was er erlebt hatte.

„Die deutschen Teufel haben alle gesunden Männer und Frauen fortgebracht, gleich nachdem sie eingerückt waren", erklärte er. „Mein Sohn befand sich darunter. Ich denke, er ist in einem Arbeitslager sicher aufgehoben. Uns Ältere ließen sie bleiben. Aber an dem Abend, da die russische Armee näher rückte, haben uns die Schweine alle in der Kirche eingeschlossen." Er deutete mit dem Kopf auf eine alte Steinkirche, das einzige noch stehende Gebäude. „Wir hörten den Lärm der Schlacht, wir sahen Feuer und Rauch aufsteigen, als der Feind unsere Häuser ansteckte. Aber die Fenster der Kirche waren zu hoch, um den Verlauf der Dinge verfolgen zu können. Bis unsere Leute in die Kirche eindrangen, hatten wir keine Ahnung, wer als Sieger hervorgehen würde."

Am Ende seines Berichts kehrte er zu seinen nutzlosen Versuchen zurück, letzte Überreste seines früheren Lebens zu finden. Cameron entfernte sich und blieb vor der Kirche stehen. Sie dachte an die Angst, die diese Menschen an jenem Abend ausgestanden haben mussten. Sie versuchte, sich vorzustellen, wie es wäre, hilflos und eingeschlossen den Geräuschen einer Schlacht zu lauschen. Sie dachte an ihr Heim, das Haus ihrer Eltern, das sicher und intakt in Beverly Hills stand. Würde der Krieg auch sie erreichen? So? Bei diesem Gedanken erschauderte sie und eilig kehrte sie zu ihren Freunden zurück.

Doch selbst die abgebrühtesten Reporter in der Gruppe rangen um ihre Fassung bei dem, was sie sahen. Hauptmann Pitinow, ihr Verbindungsmann zum Militär, wählte gezielt diesen Augenblick, um das Thema einer zweiten Front anzusprechen.

„Sie müssen in Ihren Zeitungen schreiben, wie wichtig das ist", tönte er. „Der russische Soldat ist der beste Kämpfer der Welt, aber auch er kann keine Wunder vollbringen."

Die Reporter hatten nicht den Mut, ihm entgegenzuhalten, dass ihre Artikel durchaus die öffentliche Meinung beeinflussen könnten, wenn seine eigenen Zensoren ihnen nicht die Hände binden würden. Sie seufzten nur, schüttelten die Köpfe und waren froh, weiterfahren zu können.

Diese Nacht verbrachten sie in einem Feldlazarett, das eigentlich nur aus einigen Unterständen an einem Berghang bestand. Alex war hocherfreut zu sehen, dass es dennoch gut ausgerüstet war. Es verfügte sogar über einen Röntgenapparat und saubere Operationssäle. Das Personal bestand aus sieben Chirurgen, sechs Ärzten und achtundvierzig Krankenschwestern. Im Augenblick lagen hier nur eine Handvoll besonders schwer verletzte Patienten, die nicht transportfähig waren, aber in der Hitze des Gefechts hatten diese Mediziner schon mehr als dreihundert Patienten pro Tag versorgt.

An diesem Abend gab es keinen Tanz, keinen Wodka, nur ein stilles „Wegtrinken" der Schrecken dieses Tages. Kaum einer hatte Appetit auf das Essen, das ihnen vorgesetzt wurde.

Nach dem kurzen Abendessen spazierte Cameron mit Alex und Shanahan über das Gelände.

„Ich habe alles mit eigenen Augen gesehen, aber ich kann es noch immer nicht glauben. So viel Tod und Zerstörung", murmelte sie.

„Als wir neulich diesen Partisanen begegnet sind, habe ich zum ersten Mal seit Jahren wieder gebetet", bemerkte Alex.

„Wirklich, Alex? Ich dachte, du hättest deinen Glauben aufgegeben", erwiderte Cameron.

„Das hatte ich auch, aber dies schien mir der einzige Weg zu sein, ein Ventil für all die Gefühle zu finden, die in mir tobten. Vermutlich hat es nichts bewirkt."

„Der Krieg bringt das mit sich, denke ich", erwiderte Cameron, „das lässt einen Menschen an die geistliche Dimension denken. Auch ich habe mir Gedanken über Gott gemacht."

„Ach kommt schon, ihr zwei!", unterbrach Shanahan sie schneidend. „Ich hätte gedacht, ihr beide hättet ein wenig mehr Rückgrat."

„Ich glaube nicht, dass das eine Frage des Rückgrats ist", entgegnete Alex. „Es gab eine Zeit, wo ich davon überzeugt war, der Glaube an Gott sei genauso ein Teil von mir wie mein Herz oder meine Lungen."

„Sie gehörten früher zu den Religiösen, Doktor?", fragte Johnny ungläubig. „Was ist passiert? Hat dieser Schlamassel in den Staaten Sie von diesem Wahn kuriert?"

Cameron blieb die Luft weg. Johnny war wirklich viel zu direkt.

Alex warf Cameron einen Blick zu und erwiderte: „Du hast es ihm erzählt?" Sie spürte seine Enttäuschung, obwohl das, was er ihr erzählt hatte, kein großes Geheimnis war.

„Nein, ich war das nicht", erwiderte sie schnell. „Einer der anderen Journalisten hielt sich damals gerade in Chicago auf. Er hat das erzählt."

„Tut mir leid", entschuldigte sich Alex aufrichtig. „Es ist ja sowieso kein Geheimnis. Und ja, Johnny, genau das hat meinen Glauben absterben lassen. Ich habe erfahren, dass ich ihm nicht gewachsen war."

„Nicht gewachsen", wiederholte Johnny schneidend. „Sie sind Arzt, ein guter Arzt, ein kluger Mann. Sie brauchen Gott nicht. Sie sollten froh sein, dass Sie ihn aufgegeben haben."

„Es ist seltsam", überlegte Alex, „doch trotz allem, was mir zugestoßen ist, kann ich das so nicht empfinden. Ich kann die Existenz Gottes nicht leugnen."

„Also gut, wenn es tatsächlich einen Gott gibt, wie kann er dann dieses Ausmaß von Zerstörung zulassen, das wir hier erleben?"

Ein Lächeln umspielte Alex' Lippen. „Das ist das Argument, das fast alle Kritiker früher oder später ins Feld führen. Ich habe keine Antwort darauf und ich bin der Letzte, der auf den Gräbern der Gefallenen über Theologie diskutieren möchte. Und doch frage auch ich mich, was all das bedeutet. Auch ich stelle Gott infrage."

„Sehen Sie, ich aber kann Ihnen sehr genau die Bedeutung des Krieges erklären." Shanahans selbstgefälliger Blick trieb Cameron die Zornesröte ins Gesicht. Er hatte auf alle Fragen eine Antwort – dachte er zumindest. „Kriegshetzer, Verrückte und Tyrannen zetteln Kriege an, um Reportern wie Cameron und mir Korn für ihre Mühlen zu geben. Kriege sind journalistische Gelegenheiten und ich sage, gesegnet seien sie! Halleluja!"

„Johnny", sagte Cameron, „wenn das tatsächlich deine Überzeugung wäre, würde ich nichts mit dir zu tun haben wollen."

„Sie hat recht, Johnny. Ich habe Ihren Artikel gelesen, der mit dem Pulitzerpreis ausgezeichnet wurde ..."

„Tatsächlich?"

„Ja. Er wurde in allen nationalen Zeitungen abgedruckt, nicht wahr? Er erschien auch in den Chicagoer Zeitungen und ich erinnere mich daran. Es ging um einen Mann, der seine Frau und seine zwei Kinder als Geiseln genommen hatte. Er war Opfer der großen Weltwirtschaftskrise und hatte beschlossen, sein Leiden und das seiner Familie zu beenden. Was Sie geschrieben haben, hat mich tief bewegt, und ich glaube nicht, dass Ihnen das möglich gewesen wäre, ohne selbst tief berührt gewesen zu sein."

„Ja, ja. Ich sag ja immer, das Wichtigste im Journalismus ist die innere Beteiligung. Wenn Sie die vortäuschen können, dann haben Sie es geschafft!" Johnny grinste.

Falls er eine Seele hatte, dachte Cameron, dann hatte er sie gut versteckt.

„Sie haben nichts vorgetäuscht", erwiderte Alex fest.

„Sprechen wir über etwas anderes", schlug Johnny vor. „Dieses ganze Gerede über Religion macht mich verrückt."

Alex schien das Thema auch nicht zu behagen, denn nur zu gern ging er auf Johnnys Bitte ein. „So, was werdet ihr zwei denn nun von diesem Ausflug berichten?", fragte Alex, als sie unter einer dicken Eiche stehen blieben, die alle Blätter verloren hatte.

Ein eiskalter Wind fegte über das Gelände und Cameron zitterte. Der Winter war noch nicht angebrochen, aber die Kälte drang ihr schon tief in die Knochen.

„Jetzt oder wenn wir nach Hause kommen, wo wir sagen dürfen, was wir eigentlich denken?"

„Eigentlich? Was denkst du denn eigentlich?", fragte Cameron.

„Der Krieg ist nicht so lustig, wie ich ihn mir vorgestellt hatte", erwiderte er trocken.

Cameron musste daran denken, wie er gerade eben noch eine zynische Begeisterung für die Segnungen des Krieges zur Schau getragen hatte. Auch fiel ihr die Szene im Wald ein, wo er sich mit der hübschen Partisanin vergnügt hatte. Seit jenem Abend schien seine professionelle Kaltschnäuzigkeit gebrochen. Was war tatsächlich zwischen ihm und Tatiana vorgegangen?

„Haben Sie nicht manchmal das Gefühl, dass Sie mit der Art, wie Sie die Dinge darstellen, Probleme eher noch vergrößern als lösen?", fragte Alex.

„Mag sein", erwiderte Johnny. „Aber wenn ich über die Zerstörung dieses Landes lamentiere, über die dreckige kleine Schlacht bei Jelnja, die die Russen auf Kosten vieler tausend Menschenleben gewonnen haben, und über ihre selbstmörderische Politik der verbrannten Erde, würden die Leute zu Hause sagen: ‚Was geht uns das an? Sollen die Deutschen Russland doch erobern. Das sind ja sowieso nur Kommunisten.' Nichts für ungut, Rostow!"

„Wir könnten aber auch über den Heldenmut der russischen Soldaten schreiben, die wir selbst gesehen haben ...", überlegte Cameron, doch Shanahan unterbrach sie mit einem spöttischen Lachen.

„Dann werden sie sagen: ‚Hey, diese Ruskies brauchen uns nicht. Lasst sie ihre Differenzen doch selbst austragen.'"

„Und wenn ihr die Wahrheit sagen würdet?", fragte Alex.

„Kommen Sie, Doktor, das erste Opfer eines Krieges ist die Wahrheit", erwiderte Shanahan.

„Da bin ich anderer Meinung", widersprach Alex. „Ich habe viele Jahre in den Staaten gelebt und glaube, dass das amerikanische Volk die Wahrheit vertragen kann. Es kann damit umgehen. Und alle Entscheidungen seiner Politiker sollten aus der Wahrheit geboren werden und nicht aus der Propaganda."

Shanahans spöttischer Gesichtsausdruck schien zu sagen: *Du bist genau der idealistische Narr, für den ich dich gehalten habe.* Aber er besaß den Anstand, den Mund zu halten.

Stattdessen bemerkte er: „Nun, wir wollen erst mal sehen, was die Presseabteilung uns durchgehen lässt."

Er wurde unterbrochen von der Sirene einer Ambulanz. Ärzte und Krankenschwestern rannten hinaus, auch Alex schloss sich ihnen an. Cameron und Shanahan folgten in einigem Abstand.

Die hinteren Türen des Fahrzeugs wurden aufgerissen und eine Trage kam zum Vorschein. Cameron entdeckte zuerst die blonden Haarsträhnen, die über den Rand der Trage herunterhingen, doch das war alles, was sie sehen konnte, weil sich die Ärzte über die Verletzte beugten. Während die Anweisungen hin und her gingen, drehte sich Alex auf einmal um und warf Johnny einen schnellen Blick zu. Cameron wusste sofort, was dieser Blick zu bedeuten hatte. Johnny auch. Er stöhnte auf.

Sie legte ihm die Hand auf den Arm. „Johnny, noch ist ..."

Aber er entwand sich ihrem Griff und eilte auf die Trage zu, die bereits in den provisorischen Operationssaal geschoben wurde, doch Alex trat ihm in den Weg.

„Sie müssen operieren", erklärte Alex ernst.

„Dann ist sie es?" Johnnys Stimme klang seltsam leer.

„Sieht so aus, als sei sie von einer Granate getroffen worden."

„Oh nein ...", ächzte Johnny.

Cameron legte den Arm um ihn. „Komm, wir suchen uns einen Platz, wo wir warten können. Sie wird bestimmt wieder in Ordnung kommen. Diese Ärzte müssen immerzu solche Verletzungen versorgen, stimmt's, Alex?"

Alex seufzte leise und schüttelte den Kopf. „Es sieht nicht gut aus."

Kaum fünfzehn Minuten später kam das Operationsteam heraus. Der grimmige Ausdruck auf ihren Gesichtern zeugte von ihrem Misserfolg. Die hübsche junge Partisanin war tot. Unter Gefechtsbedingungen hätten die Ärzte nicht einmal den Versuch einer Operation unternommen, sondern einen Verwundeten mit einer besseren Überlebenschance vorgezogen.

Johnny ging davon und Cameron fand ihn erst viel später wieder. Er saß auf einer Bank im Stabszelt, die Hände um eine Tasse Kaffee gelegt. Sie setzte sich neben ihn.

„Sag nichts, Cameron. Ich weiß, du meinst es gut, aber tu es nicht."

„In Ordnung." Sie erhob sich, holte sich eine Tasse Kaffee und kehrte zu ihm zurück.

Sie schwiegen gut zehn Minuten. Es war spät und nur wenige andere hielten sich in dem Zelt auf. Sie tranken schweigend Kaffee oder Tee und erholten sich von den Anstrengungen ihrer Arbeit.

Schließlich sagte Johnny: „Sie wusste, dass sie sterben würde."

„Du meinst, sie hatte eine Vorahnung?"

„Nein. Alle Partisanen rechnen mit dem Schlimmsten. Auch sie rechnete mit ihrem Tod. Wenn die Deutschen sie nicht erwischt hätten, wäre sie vom Hungertod bedroht gewesen, weil die Partisanen nach dem russischen Rückzug von allem Nachschub abgeschnitten sind. Sie kämpfen mit dem Rücken zur Wand, und sie wissen es." Er hielt inne, nahm die Tasse an die Lippen und trank. „Bäh! Er ist kalt." Den Rest des Kaffees schüttete er auf den Boden.

„Soll ich dir neuen holen?"

„Das schaff ich schon noch selbst!", murmelte er, angelte sich eine Packung Zigaretten aus der Tasche, zündete eine an und nahm einen tiefen Zug. „Jeder Tag, den sie am Leben war, war ein Geschenk für sie."

Cameron schwieg. Es gab nichts zu sagen.

„Ich trauere nicht um sie, weißt du." Es klang so, als würde er sich verteidigen. „Ich habe sie kaum gekannt. Wir haben etwas Schönes miteinander geteilt, das ist alles."

„Ich weiß", murmelte Cameron mitfühlend.

„Übrigens sprach sie ein wenig Englisch und sagte mir, sie habe keine Angst vor dem Sterben. Alles, was sie besaß, und fast jeder, den sie liebte, war durch den Krieg zerstört worden. Deutsche zu töten, das war zu ihrem einzigen Lebenszweck geworden." Er wandte sich mit leerem Blick zu Cameron um. „Warum fühle ich mich dann nur so schlecht, Hayes? Sie war bereits tot, als ich mit ihr zusammen war."

„Das kann nicht sein, Johnny, denn sonst hätte sie dich nicht so tief berührt."

„Das stimmt. Sie lebte tatsächlich, aber ein verfluchtes Leben!" Unvermittelt sprang er auf. „Ich hasse diesen Krieg, Cameron." Damit eilte er davon.

Cameron trank den Rest ihres Kaffees, doch er half nicht gegen die Kälte, die sich in ihr ausbreitete. Sie legte die Arme fest um ihren Körper und hätte am liebsten geweint. Um eine Frau, die sie nicht kannte?

Es war ein dreckiger Krieg und sie versuchte sich zu erinnern, warum sie vor Äonen von Jahren so erpicht darauf gewesen war, daran teilzunehmen. Sie konnte sich nicht erinnern.

Teil 5

„Die Geschichte kennt keinen größeren Mut als den, den das Volk der Sowjetunion bewiesen hat.“

Henry L. Stimson
US-Kriegsminister unter F. D. Roosevelt

46

Los Angeles
Oktober 1941

Blair hatte zwei Tage Zeit, das Hotel zu räumen. Wie es hieß, schadete sie dem guten Ruf des Hauses. Tatsache war, dass sie einmal zu oft betrunken in die Lobby getaumelt war, und offensichtlich hatte sie in der vergangenen Nacht vor dem Aufzug eine Szene gemacht. Sie erinnerte sich nicht mehr daran, aber der Hotelmanager musste es ja wissen.

Ihr Rausschmiss aus dem Hotel war in Ordnung, da ihr ohnehin das Geld ausging und sie sich ein so elegantes Hotel nicht mehr leisten konnte. Ihre Mutter hatte aufgehört, ihr durch Jackie Geld zukommen zu lassen. Offensichtlich hatte ihr Vater es herausgefunden und sie entsprechend bearbeitet. Um keinen Preis wollte er sich erneut von seiner Tochter zum Narren machen lassen.

Blair starrte in den Badezimmerspiegel und schnitt ihrem Gegenüber eine Grimasse. Ihr platinblondes Haar wuchs von den Haarwurzeln her deutlich dunkler nach. Warum sollte sie sich die Mühe machen, es nachzufärben? Ihrem Publikum im Treasure Cove schien das egal zu sein. Ihre einst so strahlenden blauen Augen hatten ihren Glanz verloren, waren blutunterlaufen und von dunklen Ringen umgeben. Sie musste an Cynthia Bell denken, das Mädchen, mit dem sie bei dem Film *Three on a Match* zusammen im Chor gesungen hatte. Mitleiderregend hatte sie gewirkt, wie sie sich an ihre verschwindende Jugend geklammert hatte. Doch Blair sah jetzt tatsächlich so aus, wie Cynthia sich gefühlt hatte.

Aber wen interessierte das?

Blair ganz bestimmt nicht. Sie fragte sich ernsthaft, warum sie überhaupt weitermachte. Tag für Tag, wenn die Auswirkungen ihrer Trinkgelage nachließen, dachte sie daran, ihrem Leben ein Ende zu setzen. Manchmal lag sie auf ihrem Bett und überlegte, wie sie ihre elende Existenz beenden könnte. Das Einfachste wäre, die Schlaftabletten zu schlucken, die in ihrem Medizinschrank standen. Sie öffnete den Schrank und fand die Flasche sofort.

Es befanden sich zwanzig Tabletten darin, die würden reichen. Wenn nur ...

Wenn sie nur den Mut dazu besäße. Aber sie war ein Feigling. Warum sonst versuchte sie jeden Abend, sich mit Alkohol zu betäuben? Nur einmal war sie richtig glücklich gewesen – und zwar, als sie eine Lüge gelebt hatte. Sie betrank sich, weil es ihr nicht einmal gelungen war, diese Lüge aufrechtzuerhalten. Sie war eine wertlose Versagerin. Das hatte sie schon immer gewusst und ihr Vater hatte ihr das ja auch immer wieder bestätigt.

Das Telefon klingelte, aber Blair ignorierte es. Außer Jackie rief sie in letzter Zeit niemand mehr an. Und mit ihr wollte Blair auf keinen Fall sprechen. Jackie würde sie nur wieder anpredigen, ihr die Dummheit ihrer Täuschungsmanöver vor Augen halten.

Das Klingeln brach nicht ab. Schon seit mehreren Tagen ging Blair nicht mehr ans Telefon. Dass es Jackie war, die anrief, wusste sie nur, weil ihre Schwester ihr einige Nachrichten geschickt hatte, in denen sie sie bat, sich doch zu melden. Blair wusste, dass sie ihre Schwester quälte, aber dieses Wissen bereitete ihr kein Vergnügen.

Im Gegenteil, tief in ihrem Inneren wusste Blair, dass Jackie ihre einzige Freundin war. Wie traurig. Ihre einzige Freundin war jemand, mit dem sie keinerlei Gemeinsamkeiten hatte.

Blair betrachtete erneut die Flasche mit den Schlaftabletten, die verlockend im Schrank stand.

„Noch nicht“, murmelte sie und schlurfte ins Wohnzimmer. Das Telefon klingelte immer weiter. Jackie war beharrlicher als sonst. Jedes Schrillen schien Blair zu durchzucken wie ein scharfer Stich der Einsamkeit.

Ja, es machte sie einsam, weil sie wusste, dass Trost und Liebe am anderen Ende dieser Telefonleitung auf sie warteten. Da war jemand, mit dem sie reden konnte, jemand, der ihr zuhörte. Und tief in ihrem Herzen wusste Blair, dass Jackie ihr keine Predigt halten würde. Sie würde nicht sagen: „Das habe ich dir ja gesagt.“ Vermutlich mied sie deshalb ihre Schwester. Blair hatte keine Ahnung, was sie einer Zuhörerin wie Jackie sagen würde, und doch sehnte sie sich danach, einmal nicht von zwei Augen angestarrt zu werden, die sie lüstern taxierten. Doch Blair zögerte noch immer, den Hörer abzunehmen. Das letzte Mal, als sie so tief gesunken war, hatte Jackie sie in die Kirche mitgenommen. Blair wollte das nicht noch einmal riskieren. Denn obwohl sie Gemeinde, Religion und Gott zu ihren eigenen Zwecken missbraucht hatte, konnte sie nicht leugnen, dass sie etwas Wahres in das Netz ihrer Lügen gewoben hatte. Bei den Frommen hatte sie etwas gespürt, was eine tiefe Sehnsucht in ihr geweckt hatte. Zwar war kein Einziger von ihnen vollkommen gewesen und doch hatten einige von ihnen einen Frieden ausgestrahlt, der von dem Wissen kommen musste, dass Gott sie so akzeptierte, wie sie waren. Allerdings hatte keiner von ihnen so viel auf dem Kerbholz wie sie und Gott konnte schließlich nur ein gewisses Maß an Sünden vergeben, dessen war sie sicher.

Mittlerweile war die Versuchung, den Hörer abzunehmen, unwiderstehlich geworden. Blair streckte die Hand aus, doch in diesem Moment brach das Klingeln ab und das Geräusch hallte in Blairs Ohren nach. War das nicht auch eine Antwort? Sie hatte einfach keine Freunde verdient, keinen gnädigen Gott.

Jackie legte den Hörer auf und seufzte. „Und Sie sind sicher, dass sie noch nicht ausgezogen ist?"

Der Portier zuckte die Achseln. „Ich weiß nur, dass sie heute Nacht in der üblichen Verfassung, äh, eingetrudelt ist und ich bezweifle, dass sie jetzt schon wach ist, geschweige denn in der Lage, ihre Sachen zu packen."

Jackie wusste, dass Blair in dem Hotel nicht länger geduldet wurde, und hatte erfolglos versucht, dem Manager das auszureden.

„Würden Sie mich in ihr Zimmer lassen?"

Der Mann zögerte.

„Sie könnte krank sein oder so etwas", fügte Jackie hinzu.

Ein ironisches Lächeln umspielte die Lippen des Mannes. „Krank, ja?" Dann griff er unter den Tisch und holte einen Schlüsselbund hervor. „Mich geht es sowieso nichts an. Vielleicht können Sie ihr ja beim Packen helfen."

Ja, vielleicht konnte sie ihr tatsächlich helfen, ihre Sachen zu packen. Aber wohin dann? Zu schade, dass Cameron vor Kurzem Jackie gebeten hatte, ihre Wohnung zu kündigen. Offensichtlich hatte sie keinen Bedarf mehr an einer Wohnung als Rückversicherung. Jackie hatte schnell neue Mieter gefunden – zwei Freundinnen vom College, die außerhalb des Campus wohnen wollten. Sie hatten sich in der kleinen Wohnung eingerichtet und für eine dritte Mitbewohnerin war kein Platz.

Vielleicht ein anderes Hotel. Aber schon vor dem Bruch mit Gary hatte Blair ihr anvertraut, sie könnte sich ein Hotelzimmer nicht länger leisten. Wahrscheinlich war ihre Situation mittlerweile so verzweifelt, dass Blair in Betracht zog, ihren Job zu kündigen. Es musste doch einen Weg geben, aus dem Vertrag auszusteigen, wenn das alles war, was sie dort noch festhielt. Und wenn das klappte, könnte sie vielleicht wieder nach Hause kommen. Doch der Gedanke, dass Blair zu ihrem Vater zurückgekrochen kam, war selbst für Jackie unvorstellbar.

Sie ging die Liste ihrer Bekannten durch. Einige würden Blair sicher zeitweilig aufnehmen, aber keiner würde sich mit ihren Exzessen abfinden. Und an Blairs Hollywood-Freunde war nicht zu denken, eher hätte man Al Capone mit der Leitung des Sittendezernats von Chicago betrauen können.

Es musste einen anderen Weg geben, Blair zu helfen. Jackie erinnerte sich an ihr Gespräch mit Sam und ihre Entscheidung, sich aus dieser Sache herauszuhalten, nun aber hatte sie sich eingemischt und es sah so aus, als müsste sie das Ganze auch zu einem guten Ende bringen. Es war nicht Jackies Schuld, dass Blair Gary getäuscht hatte, doch immerhin war sie es gewesen, die die beiden zusammengebracht hatte. Und auch wenn Blair ihrem Mann etwas vorgespielt hatte, war sich Jackie doch sicher, dass diese Lüge durchaus Wahrheit hätte werden können. Wenn Blair nur ein wenig mehr Zeit gehabt hätte, wäre eine tatsächliche Veränderung nicht auszuschließen gewesen. Jackie war so zuversichtlich gewesen, dass alles in Ordnung kommen würde.

Jetzt aber war nichts in Ordnung und Jackie hatte das Gefühl, etwas dagegen unternehmen zu müssen. Blair und Gary mussten um jeden Preis wieder zusammenkommen. Er war das Beste, was Blair je passiert war. Doch Gary war so weit entfernt.

Der Portier räusperte sich, um Jackies Aufmerksamkeit auf sich zu lenken. Sie hatte ihn beinahe vergessen. Er hielt ihr die Schlüssel vor die Nase.

„Sehen Sie, ich bin beschäftigt. Wollen Sie jetzt hochgehen oder nicht?", fragte er scharf.

Wenige Minuten später klopfte Jackie an die Tür von Blairs Zimmer.

Das Klopfen war wie eine Erleichterung für Blair. Als das Telefon aufgehört hatte zu klingeln, erschien ihr ihre Einsamkeit unerträglicher denn je. Sie wusste wieder, dass es etwas Besseres dort draußen gab, ein Leben in Frieden und Glück. Wenn sie nur Gary hätte sagen können, dass sie ihn wirklich liebte. Warum hatte ihr Stolz sie davon abgehalten, mit dem Lügen aufzuhören, und dem Mann, den sie liebte, ihr Herz und ihre Seele zu öffnen? Ihrem Mann.

Du meine Güte! Sie war wirklich durcheinander, vermutlich auch verrückt.

Und jetzt klopfte jemand an ihre Tür. Jackie? Hatte sie von der Lobby aus angerufen? Sicher war es nur der Hotelmanager, der gekommen war, um ihren Auszug zu beschleunigen.

Sie ging zur Tür und starrte sie an.

„Blair, bist du da? Ich möchte gern mit dir sprechen", ertönte Jackies Stimme.

Blair blieb reglos stehen.

„Komm schon, Schwester! Ich habe meinen Unterricht geschwänzt, um hierherzukommen", drängte Jackie.

Blair streckte die Hand aus. Ihr Bedürfnis, nicht alleine zu bleiben, verdrängte in ihr den selbstquälerischen Hang, sich zu isolieren.

Blair öffnete die Tür einen Spalt. Zu ihrem Leidwesen befand sich Jackie in Begleitung des Portiers.

Doch Jackie zwängte sich flink durch den schmalen Spalt und schloss die Tür hinter sich. Als sie sich umdrehte, sah sie den leeren, verzweifelten Blick in den Augen ihrer Schwester.

„Du siehst entsetzlich aus, Blair!"

„Oh Mann, ich war so froh, dich zu sehen", sagte Blair beleidigt, „und das ist alles, was dir einfällt?"

„Es tut mir leid, aber es ist ein Schock für mich." Jackie ließ sich auf das Sofa sinken und klopfte auf den Platz neben sich. „Komm, setz dich. Lass uns reden."

Blair gehorchte. Sie wollte hart und sarkastisch antworten, doch als sie die Wärme und Liebe spürte, die Jackie ihr entgegenbrachte, war es ihr unmöglich. Sie setzte sich neben ihre Schwester, zog die Beine an und wartete. Sie wusste nicht, was sie sagen sollte oder was ihre Schwester hören wollte, darum beschloss sie, Jackie das Wort zu überlassen.

„Entschuldige, dass ich mich einmische", begann Jackie. „Sam sagte, ich sollte es nicht tun, aber ich kann einfach nicht danebenstehen und zusehen, wie du vor die Hunde gehst."

„Wer ist Sam?", unterbrach Blair sie. „Mir gefällt der Gedanke nicht, dass du mit Fremden über mich sprichst."

Jetzt war es an Jackie, verletzt dreinzuschauen. Sollte sie schon wieder einen Fehler gemacht haben?

„Ich musste einfach mit jemandem sprechen", erklärte sie. „Für mich ist er kein Fremder. Ich schätze seine Meinung und du hast mich in den vergangenen Monaten sehr durcheinandergebracht."

Blairs Zorn verpuffte. „Es tut mir leid, dass ich euch das angetan habe. Ich habe so ziemlich alles vermasselt!"

„Auf jeden Fall kannst du Sam vertrauen. Er wird nicht darüber reden."

„Aber wer ist er? Ein neuer Freund? Was ist aus Jeffrey geworden?"

„Jeffrey hat mir nie etwas bedeutet. Mom mochte ihn mehr als ich. Aber Sam ist nur ein Freund, ein sehr kluger und lieber Freund."

„Ein *Freund,* ja?" Blair tat es gut, einen Augenblick über jemand anderen als sich selbst zu reden.

Doch Jackie ließ das nicht zu. „Wir sind hier, um über dich zu reden, Blair."

„Das ist ein zu deprimierendes Thema."

„Ich möchte eines wissen." Jackies Augen verloren etwas von ihrer Wärme und einen Augenblick lang sah sie Cameron sehr ähnlich.

„Was?"

„Liebst du Gary?"

„Wen interessiert das?"

„Mich interessiert das. Gary interessiert das."

Blair wollte erneut ihre wahren Gefühle leugnen. Was brachten die Diskussionen über eine Situation, die nicht mehr zu ändern war? Obwohl Gary noch keine Schritte unternommen hatte, die Ehe annullieren zu lassen, musste Blair die Tatsache akzeptieren, dass es vorbei war. Sie hatte kein einziges Wort von ihm gehört, das war doch Beweis genug.

Aber als sie jetzt in die ehrlichen Augen ihrer Schwester blickte, hatte Blair das Lügen auf einmal so satt. Wenigstens ein Mensch musste erfahren, was sie in ihrem Herzen empfand, auch wenn dieser Mensch nicht Gary sein konnte. Ein Mensch sollte glauben, dass sie keineswegs durch und durch böse war und dass in all ihren Täuschungen auch ein kleines Körnchen Wahrheit gelegen hatte.

„Ja, Jackie, ich ... liebe ... ihn ..." Die Worte blieben ihr beinahe im Hals stecken. Ihre Kehle war wie zugeschnürt. Unvermittelt traten ihr Tränen in die Augen.

Jackie nahm Blairs Hand. „Hast du ihm das gesagt?"

Blair schüttelte den Kopf. „W-was h-hätte das genützt? Wie könnte er mir g-glauben bei all meinen anderen Lügen?"

Jackie holte ein Taschentuch aus ihrer Tasche und gab es Blair. Sie nahm es, putzte sich die Nase und versuchte, die Tränen zu unterdrücken.

„Ich möchte, dass du mal über etwas nachdenkst", sagte Jackie und blickte sie mit einem Scharfsinn an, der viel eher zu Cameron passte als zu der süßen kleinen Jackie. „Was ist denn deine eigentliche Lüge, Schwester?"

„Was meinst du?"

„Ist die Lüge die Person, die du Gary vorgespielt hast? Oder ist es das hohle, rebellische, böse Mädchen, das du dein ganzes Leben lang darzustellen versuchst?"

Blair brach in bitteres Gelächter aus. „Das ist noch verrückter als all die anderen Verrücktheiten, die ich in letzter Zeit angestellt habe! Und ich bin erstaunt, dass ausgerechnet du versuchst zu rechtfertigen, was ich getan habe. Ich habe die Dinge verspottet, die dir wichtig sind, nicht? Ich habe Gott verspottet, die Kirche, Mom, Apfelkuchen, vermutlich sogar das Sternenbanner!"

„Ich versuche überhaupt nicht, irgendetwas zu rechtfertigen. Ich weiß, was du getan hast, war falsch. Doch ich weiß auch, dass du das nicht aus bösem Willen getan hast."

Blair sprang auf. Ohne nachzudenken, marschierte sie zu der Minibar in der Ecke des Zimmers. Die Flaschen mit Alkohol lachten sie an, aber seltsamerweise konnten sie sie nicht locken. Jetzt war sie so klar im Kopf wie seit Tagen nicht mehr, und dieses Gefühl war gut. Das Gespräch mit ihrer Schwester hatte ihrer Depression die Spitze genommen. Jackies Worte hatten eine Hoffnung in ihr geweckt, an die sie sich, wie sie feststellte, verzweifelt klammerte.

„Böswilligkeit war das mit Gary wirklich nicht, Jackie, aber warum ich das letztendlich getan habe, kann ich nicht sagen", gestand sie. Noch immer hing ihr Blick an den Flaschen. „Es war einfach nur schön, von einem Mann so liebevoll und voller Respekt behandelt zu werden. Ich wäre ein richtiger Christ geworden, um mir das zu verdienen. Aber eine Bekehrung zu diesem Zeitpunkt wäre nicht angebracht gewesen. Nicht einmal Gott hätte das Echte von dem Vorgetäuschten unterscheiden können."

„Doch, das hätte er, Blair."

„Ich habe es versucht, weißt du ..." Blair wandte sich um und zwang sich, ihre Schwester anzublicken. „Einmal habe ich das Gebet gesprochen, wie du mir geraten hast. Ich habe Jesus angenommen. Aber ich habe es nur getan, damit ich sagen konnte, ich hätte es getan, damit du mich nicht mehr drängst. Nichts ist passiert. Es war nicht echt."

„Wolltest du es denn wirklich?"

Blair seufzte verzweifelt auf, dann ging sie zu einem Sessel und ließ sich niedergeschlagen hineinsinken. „Ich weiß nicht, was ich will! Will ich das Gebet sprechen, um Gary zu bekommen? Will ich, dass es alle Lügen ausradiert? Will ich es, damit ich dieser elenden Grube entkomme, zu der sich mein Leben entwickelt hat? Oder möchte ich es, weil ich Gott liebe?"

„Ich wusste gar nicht, dass du so komplex denken kannst, Blair", erwiderte Jackie mit einem leisen Lachen.

„Ich auch nicht. In letzter Zeit erkenne ich Dinge über mich, die ..." Sie brach ab und schüttelte den Kopf. „Das ist alles ziemlich beängstigend."

„Also gut." Jackie zögerte und schien ihre Gedanken erst während des Sprechens zu ordnen. „Was ist der Kern, Blair? Was möchtest du wirklich?"

„Ich möchte das wiederhaben, was ich in den vergangenen zwei Monaten mit Gary gehabt habe", antwortete Blair, ohne zu zögern.

„Aber das kannst du nicht haben, bis Gott für dich zur Realität wird."

„Du verstehst, warum ich mich Gott nicht zuwenden kann, nicht? Ich kann einfach meine Motive nicht richtig erkennen. Vielleicht im Laufe der Zeit ..." Aber Blair fürchtete, dass sie sich im Lauf der Zeit vollkommen zerstören würde, noch bevor sie Klarheit über ihre Motive fand. Wenn sie nur mehr Zeit mit Gary hätte verbringen können. Sie wusste nun, dass sie ihn brauchte. Vielleicht wären alle ihre Probleme gelöst, wenn sie Gott auch so sehr brauchen würde. Schlummerte nicht dieses Bedürfnis gleichermaßen tief in ihr drin? Hing nicht eines mit dem anderen zusammen? Einerseits war es nicht richtig, Gott zu suchen, um Gary zu bekommen, aber andererseits spürte sie, dass sie ohne Gary ihre Beziehung zu Gott nicht würde entwirren können.

Doch Gary war Tausende Kilometer entfernt.

Und dann kam Blair eine Idee. Es war verrückt, doch zum ersten Mal seit langer Zeit keimte neue Hoffnung in ihrem Herzen auf.

„Jackie, denkst du, ich könnte eine letzte Anleihe von Mom bekommen?"

„Dad hält sie ziemlich knapp."

„Ich würde mehrere hundert Dollar brauchen."

„Woran denkst du?"

„Ich denke an eine Reise."

Jackies Augen verengten sich. „Hast du etwa vor, auf die Philippinen zu reisen?"

„Ich muss Gary wiedersehen", stieß Blair hervor. „Ich glaube, nur so werde ich Klarheit bekommen können."

„Ich weiß nicht, Blair, und wenn nun ...?" Sie brach ab.

Irgendwie wusste Blair genau, was sie dachte. „Und wenn Gary mich zurückweist, mir sagt, dass er mit einer lügenden, verwirrten Frau in seinem Leben nichts anfangen kann?" Sie lächelte ironisch. „Dann werde ich Gott mehr denn je brauchen und ich kann mich ihm zuwenden, ohne meine Motive in Zweifel ziehen zu müssen."

Jackie blinzelte, dann lächelte sie widerstrebend.

„Ich weiß jetzt, dass ich etwas unternehmen muss." Blair erhob sich. „Komm einen Augenblick mit."

Jackie folgte ihr ins Bad. Blair öffnete den Medizinschrank, nahm die Flasche mit Schlaftabletten heraus und reichte sie ihrer Schwester. Entsetzt starrte Jackie die Flasche an. Sie begriff genau, was das bedeutete.

„Vielleicht kann ich auf den Philippinen zu mir selbst finden, Jackie, vielleicht nicht. Aber ich bin ziemlich sicher, was passieren wird, wenn ich hierbleibe."

Jackie nahm die Flasche in die Hand und steckte sie in ihre Tasche. Tränen brannten in ihren Augen und sie legte die Arme um Blair. Weinend hielten sie sich eine Weile umschlungen. Zum ersten Mal in ihrem ganzen Leben fühlte Blair sich gut. Sie war endlich aufrichtig gewesen, ihrer Schwester und sich selbst gegenüber.

47

Moskau
Oktober 1941

„Hab' dich schon wieder, Hayes!" Shanahan strahlte, als er auf dem Weg aus dem Telegrafenamt an Cameron vorbeikam.

„Du magst vielleicht schnell sein, meine Arbeit aber hat Qualität", entgegnete sie kämpferisch.

Nach ihrer Rückkehr von der Front hatten die Reporter miteinander gewetteifert, wer als Erster das Telegrafenamt erreichte. Aber Cameron machte sich nichts daraus, dass Johnny ihr zuvorgekommen war. Bald nach dem Tod Tatianas führte er wieder eine große Klappe und nur Cameron konnte die Leere dahinter erkennen. Die schneidenden Bemerkungen und Spötteleien ließen eine tiefe Verzweiflung durchschimmern. Aber sie kannte ihn auch gut genug, um zu wissen, dass er nicht zu lange trauern würde über das Erlebte. Auch würde er nicht wollen, dass andere sich ihm gegenüber rücksichtsvoll benahmen. Sein Verhalten kam Cameron entgegen. Es brachte nichts, in der Depression zu verharren.

Nachdem sie ihren Bericht über die russische Front abgeschickt hatte, kehrte sie ins Metropole zurück. Bob Wood wartete in der Lobby auf sie.

„Das ist das perfekte Timing!", sagte er. „Ich wollte gerade eine Nachricht für Sie hinterlassen, aber ein persönliches Gespräch ist doch besser. Wollen wir ein wenig über den Roten Platz spazieren?"

„Aber gern." Sie stellte seinen Wunsch, draußen in der Kälte herumzulaufen, nicht infrage. Ihr war klar, dass Wood, der in der Vergangenheit nur selten mit ihr zu tun gehabt hatte, sie nicht ohne Grund aufsuchte. Und falls dieser Besuch mit Oleg Gorbenko zu tun hatte, dann fand die Unterredung am besten draußen statt, fernab von neugierigen Ohren und Wanzen.

„Tut mir leid", entschuldigte sich Bob, als ihnen ein kalter Wind ins Gesicht wehte.

„Ich gewöhne mich allmählich an die Kälte. Sie hätten sehen sollen, was ich an der Front alles auf mich genommen habe."

„Irgendwann würde ich gern mehr über Ihre Erlebnisse hören", sagte er. „Ich hoffe, mich bald einer Besichtigungstour für Diplomaten anschließen zu können."

„Das sollte besser bald geschehen. Dort draußen ist es nicht besonders sicher, obwohl die Russen viel Aufhebens um ihren ersten ‚Sieg' machen." Ein Windstoß erfasste sie und Cameron blieb stehen, um ihre Wollmütze auf dem Kopf festzuhalten. „Aber darüber können wir ja ein anderes Mal reden, Bob", fügte sie hinzu, „vielleicht bei einem heißen Tee im Innern eines Restaurants. Ich habe das Gefühl, dass Ihnen ein anderes Thema auf der Seele brennt, und ich hoffe, Sie haben eine gute Nachricht."

Er lächelte. Bisher war Cameron noch nicht aufgefallen, wie jung er wirkte. Er musste dreißig sein, sah aber aus wie zwanzig. Und er passte überhaupt nicht in das Bild eines Juden. Seine Haut war eher blass, sein Haar sandfarben und an seinem Kinn schien nur Pfirsichflaum zu wachsen, was seine Jugendlichkeit noch unterstrich. Seine Nickelbrille verlieh ihm das Aussehen eines Collegestudenten.

„Ich denke, ich habe tatsächlich gute Neuigkeiten", begann er. „Es gibt einen Weg, Ihren Freund aus dem Land zu schaffen." Nervös hielt er inne und sah sich um.

„Tatsächlich? Wie? Du meine Güte, ich habe mich schon gefragt, ob wir uns nicht in ein Hirngespinst verrannt haben. Wenn ich an die vielen Kontrollstellen denke, die wir passieren mussten, um ins Land zu kommen – und das mit Journalistenpass."

Obwohl Camerons Interesse während der Fahrt an die Front von anderen Dingen in Anspruch genommen worden war, hatte sie auch über dieses Problem nachgedacht, war aber an der Aussichtslosigkeit einer detaillierten Planung gescheitert. Bobs Andeutung machte sie nun umso neugieriger.

„Nach Norden, Westen oder Süden zu reisen, ist natürlich unmöglich", stimmte Wood zu. „Die einzige Möglichkeit ist, nach Osten zu fahren."

„Das geht nur per Eisenbahn. Auf andere Weise Sibirien zu durchqueren, ist zu dieser Jahreszeit unmöglich." Sie wandte sich zu ihm um. „Um ehrlich zu sein, habe ich dem Jungen gegenüber noch nicht einmal eine Andeutung gemacht. Der Zustand des Landes, wie ich es in der vergangenen Woche zu sehen bekommen habe, hat mir nicht gerade Hoffnung gemacht, dass wir es schaffen."

„Jeder Versuch ist gefährlich", räumte Bob ein. „Auf jeden Fall muss er diese Gefahren gegen seinen Wunsch abwägen, seiner Geschichte Gehör zu verschaffen. Hatten Sie nicht erwähnt, dass ihm sowieso eine Verhaftung droht? Dann stehen seine Chancen fünfzig zu fünfzig. Aber wie auch immer, ich habe das Kernproblem der Flucht gelöst und einen Weg gefunden, ihm gefälschte Papiere zu verschaffen."

Cameron lachte. „Daran habe ich gar nicht gedacht." Wie viele andere Einzelheiten würde sie noch übersehen? Anscheinend kannte sich Bob in diesen Dingen viel besser aus, als sie gedacht hatte.

Doch umgehend machte er ihre Hoffnung zunichte. „Der Gedanke war mir auch nicht gekommen, aber ich habe mit einem Kollegen gesprochen –"

„Sie haben noch jemandem von Oleg erzählt?"

„Natürlich habe ich die Einzelheiten für mich behalten. Ich hatte ursprünglich gehofft, wir könnten ihn an Bord eines Diplomatenflugzeuges schaffen, das von Zeit zu Zeit hier ankommt."

„Das scheint mir ein guter Plan zu sein."

„Nein, daran wären zu viele Personen beteiligt. Und für ein solches Unternehmen würden wir von der Botschaft niemals die Erlaubnis bekommen. Sie verstehen doch, dass wir in dieser Sache vollkommen auf uns allein gestellt agieren müssen?"

Seufzend nickte Cameron. „Also dann – gefälschte Papiere und eine Eisenbahnfahrt nach Osten. Das scheint mir zu einfach."

„Mit Ihrem Pessimismus klingen Sie schon richtig russisch." Er grinste sie mitfühlend an. „Denken Sie nur, je einfacher, desto besser, dann kann auch weniger schiefgehen."

Sie waren schnell gegangen und blieben nun vor dem Kaufhaus GUM stehen, um zu Atem zu kommen. Obwohl es kurz nach Mittag war, herrschte dort nicht viel Betrieb. Stalin hatte viele der Geschäfte in dem Gebäude zu Büroflächen umfunktioniert. Die übrigen führten zu wenig Waren, um die Menschen anzulocken. Cameron war versucht, Bob vorzuschlagen hineinzugehen, um Schutz vor dem Wind zu suchen, und dort ihr Gespräch fortzusetzen, aber irgendwie fühlte sie sich in dem fast leeren Gebäude nicht sicher.

„Bob", sagte sie, als sie sich wieder in Bewegung setzten, „glauben Sie, dass die Sache das Risiko wert ist?"

„Ich würde das Risiko nicht auf mich nehmen, wenn ich nicht davon überzeugt wäre." In seiner Stimme lag eine Zuversicht, die sie in der Vergangenheit nicht bemerkt hatte. „Aus eigener Erfahrung weiß ich, dass man Oleg nicht in die Augen sehen kann, ohne von dem, was er zu sagen hat, betroffen zu sein. Es ist sehr wichtig, dass auch andere ihn anhören."

„Also gut, das reicht mir. Ich werde so bald wie möglich mit Oleg sprechen. Ich bin sicher, dass er dem Plan zustimmen wird." Ihre Zuversicht kehrte zurück. „Erzählen Sie mir von dem Fälscher."

Als Sophia an diesem Abend kam, um mit Cameron gemeinsam die abendliche Pressekonferenz zu besuchen, erzählte Cameron ihr von dem Gespräch. Die Idee, das Land zu verlassen, war ihr nicht neu. In der Tat hatte Oleg bereits von Flucht gesprochen, doch die Familie hatte ihm das ausgeredet.

„Bedeutet das, dass deine Familie ihn in dieser Sache nicht unterstützen würde?", fragte Cameron.

„Ihr wird die Vorstellung nicht gefallen, aber sie wird uns unterstützen."

„Ihn", korrigierte Cameron.

„Nein, Miss Hayes. Wenn mein Oleg geht, werde ich mitgehen."

Cameron war überrascht über den festen Standpunkt des Mädchens in dieser Angelegenheit. Sie versuchte nicht, ihr zu widersprechen, denn die jungen Leute brauchten einander zu sehr, um eine lange Trennung aushalten zu können.

„Der erste Schritt ist, Reisepapiere zu bekommen", erklärte Cameron. „Du und Oleg, ihr müsst von dem Fälscher Passfotos anfertigen lassen. Der Mann, der die Dokumente herstellt, ist um ..."

„Miss Hayes, ich weiß, dass ich zu dem Mann hingehen muss, und normalerweise würde ich auch nicht zögern, aber ich werde beobachtet. Wir sind sicher, dass der NKWD von Olegs Flucht aus dem deutschen Gefangenenlager erfahren hat. Und er hat sich nicht bei seiner Einheit gemeldet. Sie beobachten mich und meine Familie. Meiner

Meinung nach wissen sie nicht, dass er sich in Moskau aufhält, aber sie rechnen damit, dass er früher oder später hier auftaucht. Es ist schwieriger denn je, meinen Beobachtern zu entkommen. Hier ins Hotel kann ich problemlos kommen, ich kann auch ins Narkomindel und nach Hause gehen, aber jeder andere Ort würde sofort Verdacht erregen."

„Ich befinde mich in einer ähnlichen Situation." Cameron sah auf ihre Armbanduhr. Schon bald würden sie zur Pressekonferenz aufbrechen müssen. „Vielleicht könntet ihr die Fotos selbst herstellen."

„Mein Papa besitzt eine gute Kamera. Der Fälscher kann dann den Film entwickeln."

Cameron dachte einen Augenblick nach. „Also, wir brauchen eine vertrauenswürdige Person, die nicht unter Beobachtung steht, jemand, der die Fotos wegbringen und die fertigen Papiere abholen kann. Somit fallen alle Ausländer und deine Familie weg. Aber wer?" Ihr gefiel der Gedanke nicht, der ihr plötzlich kam, aber sie konnte an nichts anderes mehr denken.

„Miss Hayes?"

„Es wird wohl das Beste sein, wenn ich nichts mehr sage, Sophia. So funktioniert das bei Spionen doch, oder? Die rechte Hand weiß nicht, was die linke tut. Auf jeden Fall sorgst du dafür, dass ich die Fotos morgen früh bekomme."

„Dann sind wir jetzt also zu Spionen geworden?", fragte Sophia mit besorgtem Blick.

„Nur im besten Sinne des Wortes." Cameron lächelte ihr ermutigend zu. Wie sehr wünschte sie, sie hätte etwas von Johnnys Sorglosigkeit.

„Ich habe Angst um Sie." Sophia nahm Camerons Hände. In ihren Augen lag eine Intimität, die früher nicht da gewesen war. Ihre Beziehung ging auf einmal viel tiefer als die normale Beziehung zwischen Arbeitgeber und Arbeitnehmer. Cameron wäre es lieber gewesen, sie wären echte Freunde und nicht nur Komplizen.

„Sophia, es gibt ein Sprichwort, das unter Reportern zitiert wird, wenn man versucht, unter allen Umständen an eine Story zu kommen: ‚Um ein Omelett zu machen, muss man einige Eier zerbrechen.' Ich fürchte, wir alle werden sehr bald merken, wie es ist, zu den Eiern zu gehören. Aber die Sache hier ist wichtiger als der Einzelne. Oleg wusste das schon die ganze Zeit. Wir tun etwas, das in dieser Welt wirklich etwas bewirken könnte. Ich akzeptiere die Risiken, die das mit sich bringt, so wie du und Oleg das auch tun. Lassen wir es einfach dabei."

Mit Tränen in den Augen nickte Sophia und aus einem Impuls heraus warf sie die Arme um Cameron, die die Umarmung erwiderte. Auch in ihren Augen schimmerten Tränen.

48

Mit seiner schwarzen Tasche in der Hand fiel Alex überhaupt nicht auf. Er war ein Arzt, der einen Hausbesuch macht. In seiner anderen Hand hielt er einen Regenschirm. Es regnete ununterbrochen und nur ein Mensch, der absolut musste, würde sich bei solchem Wetter aus dem Haus wagen. Bis auf die unvermeidlichen Militärfahrzeuge waren die Straßen leer gefegt.

Alex hatte diesen Zeitpunkt für seinen Marsch quer durch die Stadt bewusst gewählt, weil die hereinbrechende Dunkelheit eine gute Deckung war und mit Luftangriffen noch nicht gerechnet werden musste. Während er durch die nassen Straßen wanderte, überlegte er, wie seltsam es doch war, dass bei dieser Flucht eines russischen Bürgers gerade er mithalf, der drei Jahre zuvor nach Russland geflüchtet war. Andererseits war er der Letzte, den der NKWD der Beihilfe zu einem solchen Unterfangen verdächtigen würde.

Cameron hatte mit ihm als Komplizen eine gute Wahl getroffen und er war froh, dass sie ihn gefragt hatte. Es war ihr sichtlich schwergefallen, doch er erinnerte sie daran, dass auch ihm das Schicksal Olegs und seiner Familie am Herzen lag. Und als ihm klar geworden war, dass Oleg entschlossen war, diese Sache unter allen Umständen durchzuziehen, wollte er zum Gelingen der Flucht seinen Beitrag leisten. Von allen Beteiligten stand er am wenigsten im Fadenkreuz der Behörden. Hin und wieder überprüften sie ihn eher halbherzig. Sie schafften es einfach nicht, mit dem Terminplan eines russischen Arztes Schritt zu halten.

An diesem Tag hatte Alex seinen Verfolger bereits nach der ersten Metrostation abgehängt. Für jeden offensichtlich, besuchte er einen Patienten. Einen Patienten, bei dem er bereits vor ein paar Tagen gewesen war – mit Olegs und Sophias Fotos. Jetzt holte er die fertigen Reiseunterlagen ab.

Alles ging glatt. Als Alex eine Stunde später ins Krankenhaus zurückkehrte, hatte er das Gefühl, Entscheidendes geschafft zu haben. Die gefälschten Dokumente in seiner Tasche machten ihn ein wenig nervös. Umso größer war der Stein, der ihm vom Herzen fiel, als er die Papiere Dr. Fedortschenko überreichte, der sie an seine Tochter Sophia weitergeben würde.

„Juri," beteuerte er, „du weißt, dass ihr auch weiterhin auf mich zählen könnt."

„Vielen Dank, mein Freund", sagte der Vater Sophias, als er die Papiere sorgfältig in seinem Hemd verstaute. Sie waren allein in einem Untersuchungsraum im Krankenhaus. „Aber du hast bereits so viel getan."

„Dann ist alles klar?"

Juri nickte, wenn auch widerstrebend.

„Du hast noch immer Bedenken?", fragte Alex.

„Ich darf gar nicht daran denken, was passiert, wenn diese Sache fehlschlägt. Doch", er schüttelte traurig den Kopf, „falls es gelingt, verliere ich meine kleine Sophia. Ich bin innerlich zerrissen, weißt du."

„Wenigstens wird sie Andrei und Talia haben, wenn sie nach Amerika kommt."

„Daran muss ich mich festhalten. Irgendwie beneide ich Sophia darum. Manchmal vermisse ich meinen Bruder, meine Schwester und Talia sehr. Ich habe sie jetzt dreiundzwanzig Jahre nicht mehr gesehen. Wir haben uns sehr nahe gestanden, vor allem Andrei, Talia und ich. Wenn ich daran denke, tut mir das Herz weh."

Alex verstand Juris Gefühle für seinen Bruder und seine Schwester, die kurz nach der Revolution in die Vereinigten Staaten gegangen waren. Juris Schwester Mariana und ihren Mann Daniel Trent kannte Alex nicht. Sie lebten in New York. Mit seinem Bruder Andrei und dessen Frau Talia aber verband ihn eine tiefe Freundschaft. Andrei hatte entscheidend dazu beigetragen, dass die Rostows zu Gott gefunden hatten, und war Alex während der Schwierigkeiten drei Jahre zuvor väterlich zur Seite gestanden. Auch Alex vermisste diesen Bär von einem Russen.

„Vielleicht kannst du sie eines Tages besuchen. Möglicherweise bringt der Krieg dem Land ja neue Freiheiten", tröstete Alex.

„Mir wurde nie gestattet, das Land zu verlassen, nicht einmal zu Kongressen. Ich kann mir nicht vorstellen, dass sich das je ändern wird. Aber ich kann mir auch eine Emigration nicht vorstellen. Ich habe das Gefühl, dass hier im Land Arbeit auf mich wartet und dass ich nur hier vor Ort etwas Gutes für mein Land bewirken kann. Nein, ich muss akzeptieren, dass die Trennung von Sophia endgültig sein wird."

„Es tut mir so leid, Juri." Alex legte seinem Freund tröstend die Hand auf die Schulter.

Juri tätschelte Alex' Hand und blickte ihn an. „Gott wird mir die Kraft geben, es zu ertragen. Dafür bin ich dankbar."

„Oh Juri, dein Beispiel macht mir Mut."

Alex lächelte, dann wandte er sich um und trat an das Fenster. Er dachte an seine Erlebnisse während der Inspektionstour an die Front. Es war ihm nicht mehr ohne Weiteres möglich, Juris Standpunkt abzutun, und andererseits konnte er nicht mit Bestimmtheit sagen, er hätte zu seinem alten Glauben zurückgefunden. Er setzte an, um das seinem Freund zu erklären, aber das Schnarren des Lautsprechers hielt ihn davon ab.

„Dr. Rostowtschikow, bitte sofort auf die Intensivstation!"

„Wir müssen ein anderes Mal weiterreden, Juri", sagte er und ging zur Tür. „Vielleicht wenn diese Sache mit Sophia über die Bühne ist."

Ungeduldig wartete Sophia am Ende der Straße. Die schweren Regenfälle hatten nachgelassen, aber die Wolken am Himmel waren immer noch dunkel und schwer. Der Grund für ihre Ungeduld war jedoch nicht das Wetter. Oleg verspätete sich. Er hatte nicht gewollt, dass sie in sein Versteck kam, um ihn abzuholen. Den Grund dafür verstand sie nicht, denn seit sie an die Durchführung ihres Planes gegangen waren, hatte sie ihn schon zwei Mal dort aufgesucht.

„Ich möchte das Schicksal nicht herausfordern", hatte er bei ihrem letzten Treffen zwei Tage zuvor gesagt, als sie die Details ihres Fluchtplans noch einmal durchgegangen waren.

„Wir können unserem Herrn vertrauen", hatte sie ihn sanft erinnert. „Dieses Schicksal liegt letztendlich in seiner Hand."

Daraufhin hatte er gelächelt und wie immer passte dieses Lächeln nicht zu den Schatten auf seinen dunklen Gesichtszügen. Doch das machte ihn für Sophia nur noch anziehender. Er nahm sie in die Arme und küsste sie mit der Leidenschaft, die er für alles empfand, was ihm wichtig war. Seine Berührung gab ihr das Gefühl, lebendig zu sein.

„Sophia, ich brauche dich so!“, murmelte er ihr ins Ohr. „Doch ich fürchte, ich bin selbstsüchtig, weil ich dich mitnehmen möchte.“

„Unter keinen Umständen lasse ich zu, dass man uns wieder trennt, Oleg. Das könnte ich nicht ertragen.“

Er strich ihr eine Haarsträhne aus dem Gesicht. „Ich weiß“, hauchte er. „Ich könnte das auch nicht ertragen. Aber trotzdem, du darfst nicht noch einmal herkommen. Ein Keller in einem ausgebombten Gebäude ist kein besonders gutes Versteck.“

„Aber ich bin nicht verfolgt worden.“

„Mag sein, doch sie werden wachsamer. Wir treffen uns morgen am Ende der Straße, bei dem kleinen Porzellanladen.“

Jetzt wartete sie schon seit einer halben Stunde auf ihn. Weitere sechzig Minuten und der Zug nach Osten würde in den Kazanskij-Bahnhof einlaufen und wenn Oleg nicht bald kam, auch ohne sie abfahren. Der nächste ging erst am folgenden Tag, doch jede Verzögerung ihrer Flucht erhöhte das Risiko ihrer Entdeckung.

Konnte es sein, dass sie ihn in der Nacht verhaftet hatten? Vielleicht war er aber auch krank, möglicherweise während des nächtlichen Luftangriffs verletzt worden, obwohl der Stadtteil, in dem er sich aufhielt, in letzter Zeit verschont geblieben war. Während sie gedanklich all diese beängstigenden Möglichkeiten durchging, beschloss sie, ihm noch fünf Minuten zu geben und dann zu dem Keller zu gehen und nach ihm zu suchen.

Und dann sah sie ihn kommen. Ihr Herzschlag beschleunigte sich vor Erleichterung und Freude. Am liebsten wäre sie in seine Arme gelaufen, doch eine solche Szene konnten sie sich jetzt nicht erlauben. Mit Mühe hielt sie sich zurück, nahm ihre Reisetasche und ging ihm entgegen.

„Es tut mir leid, dass ich so spät bin“, entschuldigte er sich. „Ein paar Arbeiter haben das Gebäude inspiziert. Ich musste warten, bis sie fort waren.“ Auch wenn seine Worte sehr sachlich gewählt waren, Sophia ahnte, in welch nervenzermürbender Angst er all die Tage gelebt haben musste, jeden Augenblick entdeckt zu werden.

Sie mussten sich beeilen, zum Bahnhof zu kommen, und Sophia befürchtete, dass ihnen in ihrer Hast entscheidende Fehler unterlaufen könnten. Als sie den Bahnhof erreichten, tauchten sie in der Menge der Flüchtlinge unter, die versuchten, Moskau zu verlassen und in die sichereren Gebiete des Ostens zu gelangen. Oleg war noch angespannter als sonst. Ohne Unterlass schossen seine Blicke hin und her.

„Oleg, du musst dich entspannen“, bat sie ihn.

Er nickte, aber sie merkte, dass er seiner Nervosität nicht Herr werden konnte. Natürlich empfand sie ähnlich, wusste aber auch, wie viel davon abhing, dass es ihnen gelang, sich den Anschein normaler Reisender zu geben.

„Das geht mir zu glatt“, murmelte er.

„Das ist doch gut.“ Es schien in der Tat alles bestens zu laufen. Aber ihr Optimismus war nicht echt. Es war tatsächlich einfach gewesen, doch andererseits war sie sicher, nicht verfolgt worden zu sein. „Ich werde eine Zeitung kaufen. Vielleicht hilft dir das zu entspannen.“

„Sophia, nein –“

Aber sie hatte sich bereits umgedreht und ein Strom von Menschen hatte sie voneinander getrennt.

Oleg wollte ihr nachgehen. Das war nicht der richtige Zeitpunkt, sich voneinander zu trennen. Der Zug würde jeden Augenblick einlaufen.

Dann entdeckte er die Polizisten. Natürlich hielten sich ständig Beamte am Bahnhof auf, vor allem in den letzten Wochen, da so viele Bürger eine Transportmöglichkeit suchten. Doch heute schienen es mehr als sonst zu sein. Schlimmer noch, er entdeckte auch einige Männer in schwarzen Lederjacken – NKWD! War dieses Polizeiaufgebot nur ein Zufall?

Oleg wusste, dass alles von seinem Verhalten abhing. Er musste ganz ruhig zu Sophia gehen.

Während sein Blick über die Menge glitt, fing er den Blick eines der NKWD-Agenten auf. Es war ein kurzer Blick, aber er reichte. Panisch wirbelte Oleg herum und begann zu laufen. Das war natürlich das Schlimmste, was er tun konnte, aber sein einziger Gedanke war, die Aufmerksamkeit von Sophia abzulenken. Wenn auch der Mann Oleg nicht als einen Gesuchten erkannt hatte, so konnte ihm die Furcht in Olegs Augen nicht verborgen geblieben sein.

„Stehen bleiben!“, schrie der Agent.

Oleg rannte unbeirrt weiter, drängte und zwängte sich durch die

Menschenmenge. Jemand stolperte und fiel hin, aber Oleg blieb nicht stehen. Andere fingen an zu schreien und machten, so gut es ging, Platz für die Polizisten, die dem Agenten bei der Verfolgung halfen. Das Pfeifen des einlaufenden Zuges vermischte sich mit dem Lärm der Menge und versetzte Oleg einen Stich. Nun würden sie diesen Zug nicht besteigen, ihr Weg in die Freiheit war verbaut.

Flüchtig sah er über die Schulter zurück und erhaschte einen letzten Blick auf Sophia, die ihm verzweifelt nachstarrte.

Sophias erster Impuls war, ihm nachzulaufen und bei ihm zu bleiben, egal was passierte. Wie dumm von ihr, ihn allein zu lassen. Für eine Zeitung! Wie hatte sie nur so töricht sein können? Das einzige Mal, wo er ihre Unterstützung, ihre beruhigende Gegenwart wirklich gebraucht hätte, hatte sie ihn im Stich gelassen.

Ihr gesunder Menschenverstand siegte jedoch über ihren Instinkt und so blieb sie stehen und sah zu, wie die Katastrophe ihren Lauf nahm. Etwas tief in ihr drin sagte ihr, dass er ein Opfer brachte, um sie zu beschützen, und sie musste dafür sorgen, dass dieses Opfer nicht umsonst war. Und so sah sie zu, wie ihr geliebter Mann wie ein Tier gejagt wurde, beobachtete, wie ein stiernackiger Kerl im Ledermantel Oleg zu packen bekam. Die beiden stürzten zu Boden. Oleg wehrte sich gegen den Mann, bis eine große Faust ihn ins Gesicht traf und Blut aus Olegs Nase und Mund spritzte.

Sophia schnappte nach Luft, aber niemand schien es zu bemerken. Die Menge hatte sie verschluckt.

Der Agent zerrte Oleg mithilfe zweier Kollegen auf die Beine und legte seine Hände in Handschellen. Sie schleppten ihn fort, direkt an Sophia vorbei. Oleg schenkte ihr nicht einen einzigen Blick. Ihr Herz brach, weil sie wusste, was es ihn gekostet hatte, sie zu übersehen. Sie wusste, er sehnte sich nach ihrem Trost, ihrer Nähe, doch für sie selbst war das Opfer nicht kleiner.

Zum Glück war Oleg nicht der Einzige, der sie ignorierte, auch die Häscher der Geheimpolizei schenkten ihr keine Beachtung. Das überzeugte sie davon, dass Olegs Verhaftung dem Zufall zu verdanken war und man sie nicht verfolgt hatte, denn sonst wäre auch nach ihr gesucht worden. Trotzdem war das Ergebnis dasselbe. Ihr Fluchtplan war gescheitert. Oleg war in den Händen der Staatsgewalt.

Sophia drehte sich um und verließ den Bahnhof. Sie trat auf den Bürgersteig, als der schwarze Wagen des NKWD mit Oleg sich gerade in Bewegung setzte. Es hatte wieder zu regnen begonnen, der Regen tropfte ihr ins Gesicht und sie suchte Schutz unter dem Vordach eines Gebäudes. Erst jetzt hatte sie sich so weit beruhigt, dass sie ihre nächsten Schritte überlegen konnte. Ihr erster Impuls war, nach Hause zu gehen, aber sie wohnte auf der anderen Seite der Stadt, und bis sie dorthin gelangt war, hätte die Polizei Olegs Identität längst festgestellt und würde auf sie warten, um sie ebenfalls zu verhaften. Für den Augenblick hielt sie sich am besten von zu Hause fern. Natürlich konnten die Agenten ebenfalls im Metropole auf sie warten, aber das lag nur zwei Kilometer entfernt. Sie musste vor der Polizei dort eintreffen. Alles, was sie jetzt tat, war gefährlich, doch sie musste mit einem Menschen reden, dem sie vertrauen konnte. Im Augenblick konnte sie nicht vernünftig denken. Sie brauchte Hilfe.

49

Cameron saß im Speisesaal des Hotels und starrte auf ihren Teller Essen, von dem sie nur ein paar Happen genommen hatte. An den Tischen um sie herum wurden lebhafte Gespräche geführt, doch sie saß allein und versuchte, sich durch das Abendessen abzulenken. Das wollte ihr jedoch nicht gelingen, weil ihr Magen wie zugeknotet war.

Der Zug nach Osten musste jetzt den Bahnhof verlassen haben. Nie hatte sie sich hilfloser gefühlt. Am liebsten hätte sie Oleg und Sophia zum Zug gebracht, doch ihre Anwesenheit hätte Aufmerksamkeit erregt und für die beiden gefährlich werden können. Wenigstens hatte sie dazu beigetragen, dass der Fluchtplan überhaupt entstanden war. Auf ihre Veranlassung hin hatte Bob Wood seine Verbindungen spielen lassen. Er hatte den Fälscher und einen Kapitän in Wladiwostok aufgetrieben, der Oleg und Sophia über die Beringsee nach Alaska bringen würde. Und sie hatte Oleg Mut gemacht, die Gelegenheit zu nutzen.

Doch auch wenn ihr Anteil am Gelingen des Planes nur bescheiden war – mit seinem Scheitern würde sie sehr viel mehr zu tun bekommen.

„Süße, du siehst schrecklich aus!" Johnnys anzügliche Bemerkung riss sie aus ihren Gedankengängen. Er schlenderte zu ihrem Tisch. „Das kommt von diesem Hotelfraß. Ich kenne da ein kleines Lokal ..."

„Nicht jetzt, Johnny!", fuhr sie ihn an, lenkte jedoch schnell wieder ein. „Ach entschuldige, mir geht im Augenblick so viel durch den Kopf."

Er setzte sich auf den Platz ihr gegenüber. „Das habe ich gemerkt. Irgendetwas beschäftigt dich in den letzten Tagen ganz besonders. Hat es mit Oleg zu tun?"

„Nicht hier!", zischte sie und sah sich schnell um.

„Puppe, bleib ruhig." Er grinste und lachte, als hätte sie gerade einen Witz gemacht. „Lächle und unterhalte dich ganz normal mit mir und um Himmels willen hör auf, dich dauernd umzusehen! Also, erzähle Onkel Johnny, was los ist."

„Das kann ich nicht."

„Also jetzt sind meine Gefühle wirklich verletzt." Er hielt inne und schmunzelte. „Wenigstens deine kleine Sekretärin hat Vertrauen zu mir."

„Was meinst du damit?" Cameron schnappte nach Luft.

„Lächeln, Baby, lächeln", erinnerte er sie.

Es war nicht leicht, aber sie verzog ihre Lippen zu einem strahlenden Grinsen. „Also, was ist jetzt mit Sophia?"

„Sie hat mir gerade vor dem Hotel aufgelauert."

„Oh nein!" Obwohl sie tapfer weitergrinste, zog sich ihr Magen zusammen.

Johnny lachte erneut und raunte: „Folge mir." Sie nickte und er fuhr lautstark fort: „Hey Baby, jetzt wollen wir ein richtiges Essen zu uns nehmen. Die Essensmarken brennen mir ein Loch in die Tasche."

„Das klingt gut, Johnny." Sie legte ihre Serviette auf den Tisch und erhob sich.

Zuerst musste sie ihren Mantel aus ihrem Zimmer holen, es hätte nur Verdacht erregt, wenn sie im Kleid in die eisige Kälte hinausgeeilt wäre. Fünf Minuten später verließen sie Arm in Arm das Hotel. Sie schlenderten gemächlich, als würde nichts sie antreiben. Wenigstens konnten sie draußen ungestörter reden. Vielleicht wurden sie verfolgt, aber was sie sagten, konnte nicht belauscht werden.

„Also gut, Johnny, schieß los, sofort!"

Er hielt einen Regenschirm über ihre Köpfe. „Ich weiß nicht viel", antwortete er stirnrunzelnd. „Aber sie hat mich etwa einen halben Straßenzug vom Hotel entfernt aus dem Schatten her angesprochen. Ich war jedoch geistesgegenwärtig genug, mir nichts anmerken zu lassen. Ich tat so, als würde ich mich bücken, um mir den Schuh zuzubinden, und ich glaube nicht, dass wir bemerkt wurden. Sie sagte, sie stecke in Schwierigkeiten und müsse unbedingt mit dir reden. Ich glaube, sie hat schon seit einiger Zeit draußen auf dich gewartet. Ich habe ihr gesagt, wir würden uns im Café Kuznetskij treffen, du weißt schon, das Café neben dem Bolschoi-Theater."

Cameron wollte sich mit der Hand durch die Haare fahren, vergaß jedoch, dass sie eine Wollmütze aufhatte. Schnell rückte sie ihre Kopfbedeckung gerade und atmete tief durch. „War sie allein?"

„Soweit ich sehen konnte, ja. Also, was soll das heißen, Cameron? Das klingt alles ziemlich ernst."

Eigentlich wollte sie mit Johnny nicht darüber reden. Er würde sie einen Narren schimpfen, weil sie versucht hatte, Oleg aus dem Land zu bringen. Außerdem versprach er sich nichts von dem Plan, die Story von dem Massaker zu verbreiten. Doch Johnny war mit allen Wassern gewaschen und sie ahnte, dass ihr seine Qualitäten sehr bald sehr nützlich werden könnten. In den wenigen Minuten, die sie brauchten, um zu dem Café zu gelangen, erzählte sie ihm von dem Plan. Er verzichtete auf jeglichen Sarkasmus und machte ihr nicht die geringsten Vorwürfe. Dafür hätte sie ihn umarmen können.

„Das war mutig", sagte er schließlich.

„Ich habe doch kaum etwas gemacht. Und es sieht auch noch so aus, als sei die Sache fehlgeschlagen."

„Trotzdem hast du getan, woran du geglaubt hast." In seiner Stimme schwang Hochachtung mit.

Sie war froh, dass sie das Café erreicht hatten und sie nicht zu antworten brauchte. Mit seinen Spötteleien konnte sie leichter umgehen als mit seinem Lob.

Vor dem Eingang des Cafés blieben sie stehen und warteten einen Augenblick. Es sah so aus, als wären sie nicht verfolgt worden. Sophia saß an einem Ecktisch. Das Lokal war leer und Cameron fragte sich, ob es die geeignete Umgebung für ein solches Treffen darstellte. Doch für den Augenblick schien die Luft rein zu sein.

Sophias Gesicht war blass. Sie zitterte, als sie Cameron und Johnny begrüßte, und war nicht einmal zu einem höflichen Lächeln in der Lage. Cameron setzte sich neben sie und nahm ihre Hände. Als sie die eiskalten Finger des Mädchens spürte, zog sie ihre Handschuhe aus und reichte sie Sophia.

„Vielleicht helfen sie ja ein wenig", sagte Cameron. Sophia streifte dankbar die Wollhandschuhe über und murmelte etwas davon, dass sie ihre eigenen am Bahnhof fallen gelassen hatte. „Was ist passiert?", fragte Cameron so leise sie konnte, obwohl ihr eher nach einem Schreikrampf zumute war.

„Er wurde am Bahnhof verhaftet", antwortete Sophia mit ersterbender Stimme, als könnte sie es nicht ertragen, diese schrecklichen Worte auch nur auszusprechen.

„Ihr wurdet verfolgt?"

„Nein, ich glaube nicht. Ich denke, es war reiner Zufall. Ich war losgegangen, um eine Zeitung zu kaufen. Ich hoffte, das könnte ihn ablenken. Er war schrecklich nervös. Er hat sich verdächtig gemacht und ich nehme an, die Beamten haben das bemerkt. Und dann lief er davon, um sie von mir abzulenken, dessen bin ich sicher." Tränen liefen ihr über die Wangen. „Ich hätte ihn nicht allein lassen dürfen, nicht mal eine Minute!"

„Sag so etwas nicht, Sophia, so etwas passiert eben." Sie drückte beruhigend die Hand des Mädchens. Selbst durch die Handschuhe hindurch spürte sie die eisigen Hände. „Wir wollen uns nicht mit Schuldzuweisungen aufhalten, okay?" Das war genauso für sie selbst bestimmt wie für ihre Assistentin. Und trotzdem spürte sie den Schatten der Verantwortung. Auch ihre Bemühungen hatten nicht nur rein selbstlose Motive. Sie wollte diese Geschichte bekannt machen – nicht allein um der ermordeten Juden willen, sondern auch wegen der Story, der Sensation. Sie spürte, wie die Verzweiflung in ihr hochstieg, und sah Johnny an.

„Sie hat recht", sagte er zu Sophia.

Obwohl Cameron keine Unterstützung erwartet hatte, war sie dankbar dafür.

„Wir müssen herausfinden, wie groß die Schwierigkeiten sind, in denen du steckst –"

„Was aus mir wird, ist mir egal!", protestierte Sophia.

„Nun, Sie sollten sich aber in erster Linie Sorgen um sich selbst machen", sagte Johnny mit fester Stimme, „wenn Sie Ihrem Mann helfen wollen. Deshalb meine erste Frage – wer hat die gefälschten Papiere?"

„Ich", erwiderte Sophia. „Ich habe beide Ausweise, weil ich keine Zeit hatte, Oleg seinen zu geben."

„Das ist gut. Wenn Oleg seinen bei sich gehabt hätte, dann wäre das Spiel vermutlich für Sie beide aus."

„Das Spiel?" Sophia zog verwirrt die Augenbrauen hoch.

„Johnny, sprich englisch, damit das arme Mädchen dem Gespräch folgen kann", forderte Cameron ihn auf.

„Also gut, zuerst müssen Sie diese Papiere loswerden. Wo sind sie?" Als sie auf ihre Reisetasche deutete, fügte er hinzu: „Geben Sie sie mir, ich werde sie vernichten. Wenn Sie das Café verlassen, dürfen Sie sie nicht mehr bei sich haben. Vorerst müssen Sie Ihr Leben fortsetzen, als wäre nichts passiert. Das wird nicht leicht werden, aber Sie müssen es schaffen. Die Polizei wird Sie ganz bestimmt verhören, aber Sie müssen die Ahnungslose spielen. Sie wussten von nichts! Verstanden?"

„Aber wenn ich behaupte, dass er auf dem Weg zurück zu seiner Einheit war?"

„Am Kazanskij-Bahnhof? Das wird man Ihnen nie abnehmen. Nichts, was Sie sagen könnten, wird ihm helfen."

„Johnny!" Cameron fand, dass er etwas zu hart mit ihr umging.

Mit sanfterer Stimme fuhr er fort: „Sophia, ich denke, Sie wissen, in welchen Schwierigkeiten Ihr Mann steckt. Ich will ja nicht grausam sein, aber ich denke, ich spreche in seinem Sinne, wenn ich sage, das Wichtigste für Sie und Ihre Familie ist jetzt, möglichst unbeschadet aus der Sache rauszukommen. Das ist doch, was er sich am meisten wünschen würde, nicht?"

Sie nickte mit Tränen in den Augen. Dann atmete sie tief durch und fuhr sich mit der Hand über die feuchten Augen. „Danke, Mr Shanahan, für Ihre Aufrichtigkeit. Sie haben natürlich recht."

In seinem Verhalten lag keinerlei Überheblichkeit, als er ihre Hand tätschelte. In diesem Fall konnte er es ausnahmsweise nicht so richtig genießen, recht zu haben.

„Ich bin mit Johnny einer Meinung, Sophia. Du solltest dich so weit wie möglich aus der Sache rausziehen", sagte Cameron. „Aber ich kann doch bestimmt irgendwie helfen."

„Nein", knurrte Johnny.

„Aber irgendetwas muss es doch geben", beharrte Cameron. Es gefiel ihr nicht, so hilflos zu sein. Das war die Gelegenheit, ihren Fehler wiedergutzumachen. „Ich kenne ein paar hochrangige Regierungsbeamte. Ich ..."

„Ich glaube nicht, dass es gut wäre, wenn Sie noch tiefer in die Sache verwickelt würden", sagte Sophia mit mehr Entschiedenheit, als man ihr zugetraut hätte. „Ich muss jetzt einfach darauf vertrauen, dass Gott ihn beschützen wird."

„Das ist schön und gut für dich, Sophia, mehr kannst du auch nicht machen. Aber ich kann vielleicht noch andere Beziehungen spielen lassen."

„Sie kennen die Sowjets nicht." Mit einem Blick auf Johnny fügte sie hinzu: „Mr Shanahan hat mir das wieder in Erinnerung gerufen." Sophias Gesichtsausdruck verdüsterte sich und Cameron wurde klar, dass die kleine Sophia dieses Problem sehr genau kannte. Ihr Vater war neun Jahre zuvor ohne besonderen Grund verhaftet worden. Die Eltern ihres Mannes waren beide in einem sowjetischen Gulag gestorben.

Cameron hatte ihr ganzes Leben lang nur Freiheit gekannt, wenn man ihre kurzen Aufenthalte in Russland nicht mitzählte. Sie hatte ein rein theoretisches Bild von dem, was Sophia meinte, das aber gegen ihre typisch amerikanische Vorstellung nicht ankam, dass ein Mensch mit der nötigen Entschlossenheit alles erreichen könnte, was er wollte.

„Sophia, ich möchte, dass du jetzt nach Hause gehst", sagte Cameron. „Johnny, meinst du nicht auch, dass das sicher ist?"

„Verhalten Sie sich genau wie immer", schlug er vor.

„Und selbst der NKWD wird verstehen, dass du dir ein paar Tage freinimmst, wenn du von der Verhaftung deines Mannes erfährst", sagte Cameron. Tröstend legte sie den Arm um die Schulter des Mädchens. „In der Zwischenzeit werde ich mich umhören – diskret natürlich. Ich habe da ein paar Freunde."

Am nächsten Vormittag kam Alex mit der offiziellen Nachricht von Olegs Verhaftung zum Hotel. Seine Identität war geklärt worden und er wurde als Flüchtling aus einem deutschen Gefangenenlager festgehalten. Im Augenblick wurde er noch nicht als Deserteur eingestuft, ein Verbrechen, für das er auf der Stelle erschossen werden konnte. Mehr wurde nicht bekannt. Sophia war von der Polizei verhört worden, die auf weitere Schritte aber verzichtete.

Zehn Minuten nach Alex verließ auch Cameron das Hotel. Sie nahm die Metro zu Boris Tiulenews Büro. Über die Gegensprechanlage befahl er seiner Sekretärin, Cameron sofort hereinzuführen. Er telefonierte gerade, winkte sie aber trotzdem herein und deutete auf einen der Stühle.

Das Gespräch wurde auf Russisch geführt, aber Camerons Sprachkenntnisse hatten sich inzwischen so weit verbessert, dass sie den Sinn der Unterhaltung verstand. Der Regierungskommissar versuchte, einen Fabrikbesitzer zu veranlassen, seine Waffenproduktion zu steigern. Der liebe alte Onkel Boris brüllte ins Telefon, sein Gesicht färbte sich dunkelrot, seine Augenbrauen zogen sich wie Sturmwolken über den Augen zusammen. Schließlich knallte er den Hörer auf die Gabel.

„Ich höre nichts als Entschuldigungen!“, rief er. „Störungen, verzögerte Lieferungen des Rohmaterials, Mangel an Arbeitskräften. Pah! Genosse Stalin hat Männer schon für geringere Vergehen erschießen lassen.“ Unvermittelt brach er ab und atmete tief durch. „Es tut mir leid. Ich wollte nicht ...“

„Ich habe nichts gehört, Oberst“, versicherte Cameron schnell. Es war ihr auch egal. Selbst wenn sie ihren Lesern von der Exekution von Generälen, die Schlachten verloren hatten, und von Beamten, die durch niedrige Produktionszahlen mangelnde Loyalität zeigten, hätte berichten wollen, spätestens an den Zensoren wäre so etwas gescheitert.

Er beruhigte sich und sagte: „Sie sehen gut aus. Das freut mich.“

Seit der Explosion hatte sie einmal mit ihm gesprochen und versucht, einen Besuch zu vereinbaren, aber sein voller Terminplan hatte ein Treffen nicht erlaubt.

„Und sie sehen gehetzt aus, Oberst. Bekommen Sie denn gar keinen Urlaub?“

Er lachte. „Urlaub, das ist ein amerikanischer Begriff, der die Sowjetunion noch nicht erreicht hat.“

„Und für wen sind dann all diese Datschas auf dem Land?“

„Die meisten befinden sich jetzt in deutschem Besitz“, sagte er grimmig. „Aber ich schwöre, sobald dieser Krieg vorüber ist, werde ich einen eurer Urlaube nehmen. Und glauben Sie mir, dann werden die Datschas wieder in unserem Besitz sein!“

„Daran zweifle ich nicht.“ Doch sie versuchte, die Bilder zu verdrängen, die sie während ihrer Reise an die Front zu Gesicht bekommen hatten.

„So, Camruschka, welchem Umstand verdanke ich diesen überraschenden, aber höchst willkommenen Besuch?“

„Es tut mir leid, dass ich nicht vorher angerufen habe, aber, na ja, Sie wissen ja, wie das mit den Telefonen ist.“ Sie rutschte auf ihrem Stuhl herum und plötzlich kamen ihr Zweifel. Tat sie das Richtige? Sollte sie Sophias Ängste nicht berücksichtigen? Doch Boris Tiulenew war ein Freund. „Ich brauche Hilfe für einen Bekannten, der in Schwierigkeiten steckt.“

„Wäre es nicht besser, sich an Ihre Botschaft zu wenden?"
„Mein Freund ist ein Russe."
„Ich verstehe nicht."
„Ich möchte Sie nicht mit näheren Einzelheiten belasten", erwiderte sie, „bis Sie entschieden haben, ob Sie gern mehr darüber hören möchten. Es geht darum, dass der Mann meiner Dolmetscherin verhaftet worden ist. Er war Kriegsgefangener und ist entflohen, aber anstatt direkt zu seiner Einheit zurückzukehren, ist er nach Moskau gekommen, um seine Familie zu sehen."
Seine Augenbrauen zogen sich zusammen. „Das ist eine traurige Sache in Kriegszeiten. Ich werde Ihnen etwas sagen, was nur wenige Leute wissen, und Sie dürfen das niemandem erzählen – aber Stalins Sohn wurde vor Kurzem von den Deutschen gefangen genommen und sein Vater ließ umgehend die Frau des Jungen verhaften."
„Warum?", fragte Cameron verblüfft.
„Das soll den Jungen davon abhalten, dem Feind Geheimnisse zu verraten. Es soll seine Loyalität der sowjetischen Regierung gegenüber stärken."
„Das ist schrecklich! Einfach schrecklich!", rief Cameron. Auch ihr Gesicht rötete sich jetzt. „Was für eine Loyalität ist das, die mit dem Gewehr im Nacken erzwungen wird? Diese russischen Jungen konnten doch nichts dafür, dass sie gefangen genommen wurden."
„Das hängt vom Standpunkt des Betrachters ab. Unsere Führer erwarten, dass die Männer bis zum Tod kämpfen. Wenn sie sich gefangen nehmen lassen, haben sie vielleicht nicht hart genug gekämpft."
„So ein Blödsinn!" Cameron blinzelte und versuchte, sich wieder unter Kontrolle zu bekommen. Sie wollte den Mann um Hilfe bitten, ihn nicht verärgern. „Es tut mir leid, Oberst. Aber als ich an der Front war, habe ich gesehen, wie hart Ihre russischen Soldaten gekämpft haben. Mr Stalin hat keinen Grund, die Loyalität auch nur eines Einzigen von ihnen infrage zu stellen."
Mit einem wohlwollenden Lächeln nickte Tiulenew. „Auch mir fällt es schwer, das zu verstehen, aber so ist es hier eben. Wir müssen das akzeptieren."
Cameron hatte es allmählich satt, sich immerzu anhören zu müssen, wie anders die Dinge in Russland gehandhabt wurden, aber sie zwang sich bei ihrer Antwort zur Gelassenheit. „Mein Freund Oleg liebt sein

Land. Ich glaube, er würde wieder hinausziehen und dafür kämpfen, falls er die Gelegenheit dazu bekäme."

„Und das wird auch geschehen, wenn die Regierung davon überzeugt ist, dass er nicht vom Feind umgedreht wurde. In der Zwischenzeit, Camruschka ...", er seufzte, aber seine folgenden Worte waren eindeutig als Warnung zu verstehen, „würden Sie gut daran tun, sich nicht in die inneren Angelegenheiten des russischen Staates einzumischen. Nicht nur um Ihretwillen, sondern auch im Sinne der Familie Ihres Freundes. Sie möchten doch nicht, dass sie in den Gulag wandern, oder?"

„Aber ich fühle mich verantwortlich ..." Sie bedauerte die Worte, kaum dass sie ihren Mund verlassen hatten.

„Wieso das denn?"

„Ach, nur so." Auf einmal verspürte sie ein tiefes Misstrauen. Ja, das war zwar Onkel Boris, aber er war auch noch immer ein einflussreicher sowjetischer Beamter.

„Wie ist der Name des Jungen?", fragte Tiulenew.

Cameron hätte seinen interessierten Gesichtsausdruck durchaus positiv interpretieren können, aber ihre Zweifel waren nun stärker. Sie erhob sich.

„Ich möchte Sie nicht länger belästigen, Oberst", sagte sie und reichte dem Mann die Hand. „Vielen Dank, dass Sie mich empfangen haben."

Auch er erhob sich und erwiderte kraftvoll ihren festen Händedruck. Sein Blick ruhte freundlich, aber voller Sorge auf ihr.

„Cameron, bitte lassen Sie diese Angelegenheit ruhen. Ich kann Ihnen das nicht genug ans Herz legen."

Sie nickte, dankte ihm erneut und ging. Sie fragte sich, ob Tiulenew genauso wenig in der Lage war, ihr bei der Suche nach Semjon Luban zu helfen. Dies war ganz entschieden kein guter Zeitpunkt, ihn danach zu fragen, aber es gab ihr schon zu denken, dass der Mann ihre Bitte mit keinem Wort erwähnt hatte. Das war überhaupt kein gutes Zeichen.

Tiulenew kehrte zu seinem Stuhl zurück. Er knarrte, als er sich hineinsinken ließ.

Sein Rücken schmerzte auch und das alte Holzgestell trug nicht gerade zur Linderung seiner Qualen bei, auch nicht der Druck, der auf ihm lastete und vor dem ihn sein Arzt gewarnt hatte. Und jetzt wurde ihm noch eine weitere Bürde aufgeladen. Er war gut mit Keagan Hayes befreundet gewesen. Der Mann hatte seine letzte Flasche teuren Whiskeys mit ihm geteilt und an einem einzigen Abend geleert. Bei dieser Gelegenheit hatten sie sich ihre tiefsten Geheimnisse anvertraut.

Tiulenew befürchtete nun, dass die Tochter seines Freundes sich in Schwierigkeiten brachte, wenn sie sich in Dinge einmischte, die sie nichts angingen. Ihr Wunsch, einen vermissten Russen zu finden – wie hieß er noch, Luban? –, war schon ungewöhnlich genug. Dann hatte er gehört, dass sie sich mit einem russischen Arzt angefreundet hatte, vermutlich als Folge dieses schrecklichen Unfalls, bei dem sie beinahe ums Leben gekommen wäre.

Sie lebte gefährlich und sie war zu amerikanisch, um das zu bemerken, zu unverfroren, zu großspurig. Letztlich dumm, fand er. Aber andererseits hatte sie keine Angst vor den Dingen, die die Russen fürchteten.

Er fuhr sich mit der Hand durch sein dünnes Haar. Was konnte er tun? Am besten seinen eigenen Rat beherzigen und sich aus allem raushalten. Doch falls er je seinen Freund Keagan wieder treffen würde, wie könnte er dem Mann in die Augen sehen mit dem Wissen, dass er untätig danebengestanden hatte, als seine Tochter über eine Klippe gestürzt war?

Mit plötzlicher Entschlossenheit nahm Tiulenew den Telefonhörer ab. Wenige Augenblicke später hatte er den gewünschten Gesprächspartner in der Leitung. Sie tauschten einige Belanglosigkeiten aus, bevor er zum Zweck seines Anrufs kam.

„Was wissen Sie über die Verhaftung eines entflohenen Kriegsgefangenen mit Namen Oleg? Tut mir leid, einen Nachnamen habe ich nicht." Er wartete einen Augenblick, hörte zu, dann sagte er: „Warum ich mich dafür interessiere? Nun, ein Freund einer bekannten Familie bat mich, mich einmal zu erkundigen. Nein, ich kenne weder den Jungen noch seine Familie."

Das Herz des Oberst sank. Er spürte, wie er mehr und mehr in eine

Angelegenheit verwickelt wurde, die ihn eigentlich überhaupt nichts anging.

Zwei Tage später hielt sich Cameron in ihrem Zimmer auf, um sich vor der abendlichen Pressekonferenz auszuruhen, als ein Junge mit einer Nachricht an ihre Tür klopfte. Sie gab ihm ein Trinkgeld und schickte ihn fort. Dann öffnete sie den Umschlag.

Liebe Miss Hayes,
vielleicht sind Sie in der Stimmung, an diesem Abend die Kirche zu besuchen? St. Markus auf der Spasoglinischtschewskij Pereulok wird Ihnen bestimmt gefallen – tut mir leid, diese Straße hat wirklich einen schwierigen Namen. Sie nehmen die Kitaj-Gorod-Metro, die Kirche liegt einen Straßenzug von der Metrostation entfernt. Die Abendmesse beginnt um acht Uhr.

Das war alles, keine Unterschrift, keine Gründe für diese seltsame Aufforderung. Ja, Sophia hatte Cameron einige der Sehenswürdigkeiten gezeigt, aber das hier klang nicht nach einem Ausflug und sie hatte auch nicht den Eindruck, dass Sophia im Augenblick der Sinn nach einer Besichtigungstour stand.

Cameron sah auf die Uhr und stellte fest, dass es schon fast acht Uhr war. Sie würde es nicht rechtzeitig schaffen, aber eine innere Stimme sagte ihr, dass das auch egal war, dass sie eigentlich nicht zu einem Gottesdienst eingeladen worden war. Schnell verbrannte sie den Zettel im Waschbecken, nahm ihre Handtasche und zog sich den Mantel an.

Obwohl sie sich beeilte, erreichte sie die Kirche nicht vor halb neun. Es war ein hübsches Gebäude mit Kuppel und einer rot-weißen Fassade. Man hatte versucht, sie notdürftig zu tarnen. Kein einziger Lichtschimmer drang durch die geschwärzten Fenster. Sie trat in den dunklen Eingangsbereich und schloss sorgfältig die Eingangstüren, bevor sie ins Kirchenschiff eintrat. Auf diese Weise konnte kein Licht aus dem Kirchenraum auf die Straße fallen. Aber eigentlich war es auch im Kirchenschiff recht dunkel, abgesehen von ein paar Kerzen auf dem Altar. Ihr Licht fiel auf die wunderschönen Ikonen vorne im Kirchenschiff.

Ein Priester stand vor ein paar Leuten, die vorne am Altar knieten. Andere schlenderten durch den Gottesdienstraum, in dem nicht eine einzige Bank zu finden war. Die Messe war vorüber.

Cameron fragte sich, ob sie verpasst hatte, was immer sie hier erleben sollte, doch dann sprach eine leise Stimme sie an.

„Ah, Cameron, ich bin so froh, dass Sie gekommen sind."

50

Cameron wandte sich zu der Stimme um. Es war die alte Anna Jewnowona. Sie trug einen langen, schwarzen Wollmantel und hatte einen hellblauen Schal um den Kopf gebunden. In dieser Aufmachung sah sie wie eine alte Bäuerin aus, nichts ließ auf ihre adelige Abstammung schließen. Abgesehen von den Augen, die funkelten und glänzten und Cameron mit ihrer Herzlichkeit und Weisheit anzogen.

Cameron lächelte. Sie war froh über die Gelegenheit, noch einmal mit dieser Frau zu sprechen. „Ich habe gelernt, niemals eine so geheimnisvolle Einladung abzuschlagen."

„Ja, das war es wohl, nicht? Ein wenig wie damals ..." Ein träumerischer, abwesender Ausdruck huschte über ihre Augen, doch schnell wurden sie wieder klar. „Wir hatten das Gefühl, dass Vorsicht geboten sei."

„Nun, wer denkt schon an Gottesdienste?"

„Ja, und es ist eine wunderschöne Kirche, nicht wahr? Ich praktiziere den orthodoxen Glauben schon seit Jahren nicht mehr, doch noch immer bewegt mich die Pracht der orthodoxen Gotteshäuser. Sie erklärt, warum der erste christliche Zar sich für den orthodoxen Glauben entschieden hat. Kennen Sie die Geschichte?"

„Ich glaube nicht."

„Im zehnten Jahrhundert statteten die Vertreter der großen Glaubensrichtungen – Islam, Judentum, römisch-christlicher Glaube und byzantinisch-christlicher Glaube – Zar Wladimir einen Besuch ab in der Hoffnung, ihn zu ihrer jeweiligen Religion bekehren zu können. Der Inhalt des Glaubens schien ihn weniger zu berühren, ihm ging es eher um die Ästhetik. Die Juden fand er zu streng, die Muslime zu fanatisch und im römisch-katholischen Glauben fand er keine ‚Ehre'. Aber von dem Pomp und der Pracht von Byzanz war er tief beeindruckt, darum entschied er sich im Namen Russlands für den orthodoxen Glauben." Ihr Blick wanderte zu dem prächtig vergoldeten Altar mit den einzigartigen Ikonen. „Ich habe mich oft gefragt, ob er auch so seinen Gott ausgewählt hat."

„War das denn nicht dasselbe?"

Sie lächelte ein wenig geheimnisvoll. „Wir werden nie erfahren, wie er das gesehen hat. Mir gefallen die hübschen Dinge hier. Aber mit meinem Gott haben sie wenig zu tun."

„Und was ist dann der Zweck des Ganzen?"

„Das ist eine gute Frage, meine Liebe. Darüber muss ich nachdenken, bevor ich versuche, eine Antwort zu geben. Wie wäre es, wenn wir in der Zwischenzeit draußen einen kleinen Spaziergang machen?"

„Aber gern."

Ein eisiger Wind empfing sie, als sie die Kirche verließen. Dichte Wolken verdeckten den Mond, sodass kein einziger Lichtstrahl die tiefe Dunkelheit erhellte. Es gab keine Straßenlaternen, keine Scheinwerfer an den Fahrzeugen und ganz bestimmt drang kein Lichtschimmer aus den Fenstern der umliegenden Gebäude. Moskau musste von der Luft aus aussehen wie ein großer Tintenfleck. Doch die Deutschen würde das nicht in die Irre führen. Die Luftangriffe hatten sich seit Camerons Rückkehr von der Front verstärkt. Der Feind rückte immer näher an die Stadt heran und doch spazierten sie und die alte Dame durch die Straßen, als wäre es ein schöner Sommerabend in den Vereinigten Staaten.

„Wollen Sie wissen, warum ich Sie sehen wollte, Cameron?", fragte Anna nach einigen Minuten des Schweigens.

„Es geht um Olegs Verhaftung. Geht es ihm gut?"

„Wir wissen es nicht. Niemand scheint ihn seit seiner Verhaftung gesehen zu haben." Sie schwieg erneut.

Cameron fand keine Erwiderung, darum schwieg auch sie. Schließlich fuhr die Frau fort. „Gestern Abend wurden Sophia und ihre Eltern von dem NKWD zum Verhör geholt."

„Nein! Aber Sophia hat nichts gesagt, als sie heute Morgen zur Arbeit gekommen ist."

„Sie befürchtet, Sie schon genug in Schwierigkeiten gebracht zu haben. Vielleicht hat sie recht." Anna seufzte und ihr schneller Gang, der erstaunlich fest war für eine einundachtzigjährige Frau, wurde langsamer. „Ich habe sie veranlasst, Ihnen diese Nachricht zu schicken. Ich habe darauf bestanden, mit Ihnen zu reden. Sie war nicht meiner Meinung – noch nie in ihrem ganzen Leben hat sie mir oder ihren Eltern widersprochen. Als sie ihren Willen nicht durchsetzen konnte, wollte sie mich begleiten, doch ich hielt es für besser, Sie allein zu treffen."

Verblüfft erwiderte Cameron: „Aber ich weiß gar nicht, warum sie widersprochen hat oder warum Sie mich so dringend sprechen wollten."

„Haben Sie seit Ihrer Begegnung mit Oleg oder seit seiner Verhaftung mit irgendjemandem über ihn gesprochen?"

„Nur mit ein paar Leuten, die direkt mit dem Fluchtplan zu tun hatten, einem meiner Kollegen, mit Alex und ..." Erschrocken legte sie die Hand an ihre Lippen. „Oh nein! Vor zwei Tagen habe ich einen Freund besucht, einen Mann mit Namen Boris Tiulenew. Er ist Kommissar in der Verteidigungsindustrie. Ich dachte, er könnte helfen herauszufinden, was die Polizei wegen Oleg zu unternehmen gedenkt. Der Oberst ist ein guter Mann. Da bin ich, äh, fast sicher. Aber wenn Sophia und die anderen gestern verhört wurden, kann das kein Zufall mehr sein, zumal ich vorgestern mit Boris gesprochen habe. Aber ich kann kaum glauben, dass er darüber informiert war."

Anna stieß einen Seufzer aus, der von ihrer tiefen Lebenserfahrung zeugte. „Er hat vielleicht gedacht, Ihnen einen Gefallen zu tun. Vielleicht hat er die Sachlage nur beiläufig erwähnt, vollkommen unschuldig."

„Aber das Ergebnis ist dasselbe," stöhnte Cameron. „Es tut mir so leid. Ich dachte, ich könnte helfen."

„Das weiß ich, meine Liebe. Und es ist durchaus möglich, dass Ihr Gespräch nichts mit dem zu tun hat, was Sophia und ihren Eltern zugestoßen ist. Gott sei Dank sind sie ja auch wieder freigelassen worden. Aber ich wollte Ihnen noch einmal dringend ans Herz legen, dass es jetzt das Wichtigste ist, die Dinge nicht noch weiter aufzurühren. Hier in Russland ist alles anders als in Amerika. Lange Jahre der Unterdrückung haben uns gelehrt, wie wichtig Diskretion ist. Man mag das Feigheit nennen, für mich ist es Klugheit. Cameron, bitte, Sie dürfen keine weiteren Nachforschungen mehr anstellen."

Auf einmal schrillte eine Sirene los, die vor einem Luftangriff warnte. Cameron und Anna schlossen sich der wachsenden Menschenmenge an, die sich zur nächstgelegenen U-Bahn-Station begab. Normalerweise blieben die Züge in Kriegszeiten um zehn Uhr stehen. Doch an diesem Tag wurden sie etwas früher angehalten. Alle Rolltreppen fuhren nach unten.

Als sie auf eine der Rolltreppen traten, fächelte sich Anna mit der Hand Luft zu und lachte nervös. „Ich werde mich nie an all diese modernen Errungenschaften gewöhnen."

Es war in der Tat eine Ehrfurcht gebietende Erfahrung. Cameron kannte die Untergrundbahnen von New York, aber die russische Metro war etwas ganz Besonderes. Es war der russischen Paranoia geschuldet, dass man die Bahnschächte so tief wie nur möglich in die Erde getrieben hatte, um gute Luftschutzkeller für Kriegszeiten zu gewinnen. Die Rolltreppe, die sich mit unglaublicher Geschwindigkeit bewegte, brachte die Menschen dreißig, vierzig Meter tief in den Bauch der Stadt. Die Bahnhöfe und Bahnsteige waren museumsreife Kunstwerke. Prächtige Leuchter, wunderschöne Skulpturen und feine Mosaiken verherrlichten die Revolution, die Rote Armee und die sowjetische Lebensart. Besonders beeindruckt war Cameron von der Sauberkeit. Kein Müll, keine Schmierereien wie in New York. Über den Grund dafür konnte man geteilter Meinung sein. Vielleicht musste man es begrüßen, dass die Einwohner New Yorks wenigstens die Freiheit hatten, ihre Untergrundbahn so zu verschmutzen, wie sie wollten, ohne mit drakonischen Strafen rechnen zu müssen. Sie konnte nur spekulieren über das Schicksal eines Russen, der seine Initialen hier in eine Wand kratzte.

Doch Anna ergriff das Wort und ersparte Cameron weitere Gedankengänge.

„Ich erinnere mich an den ersten Zug, den ich je gesehen habe", erzählte Anna. „Ich war sechzehn. Kein Untergrundzug, nur der Zug von Pskow nach St. Petersburg. Mir kam er vor wie hundert sibirische Bären, die sich brüllend auf mich stürzten. Ich dachte, nur der Schnee könnte ihn aufhalten, aber das Ungeheuer fand seinen Weg sogar durch die Schneemassen! Ein Grund für meine Angst war natürlich die Tatsache, dass der Zug mich von meinem geliebten Dorf fortführte. Ich sollte eine Stellung als Dienstmädchen im Haus eines Fürsten in St. Petersburg antreten."

„Ein Dienstmädchen? Aber Sophia sagte doch, Sie seien adeliger Herkunft?"

„Das kam erst sehr viel später. Ich war ein Bauernkind und bin es in meinem Herzen immer noch."

Die Rolltreppe kam unten an und Anna hielt sich an Camerons Arm fest, um nicht das Gleichgewicht zu verlieren, als sie auf den Bahnsteig traten.

„Vielen Dank, meine Liebe", sagte Anna, nachdem sie wieder festen Boden unter den Füßen hatte.

„Haben Sie lange in St. Petersburg gelebt?“, fragte Cameron, nachdem sie einen Platz gefunden hatten.

Die wenigen Bänke waren schnell besetzt, darum suchten sie sich einen Platz auf dem Marmorfußboden. Viele hatten Decken, sogar Matratzen, Körbe mit Essen und andere Utensilien dabei, um sich die Zeit, die sie im Luftschutzkeller verbringen mussten, angenehmer zu gestalten. Cameron und Anna versuchten, es sich auf dem wunderschönen, aber kalten und harten Marmor so bequem wie möglich zu machen.

„Ich habe in St. Petersburg gelebt – ich werde die Stadt nie anders nennen können – seit ich sechzehn war“, antwortete Anna schließlich. „Ich bete jeden Tag für viele Freunde, die noch immer dort wohnen und jetzt die schreckliche deutsche Belagerung mitmachen müssen. Vor acht Jahren, nachdem mein Juri aus dem Gulag entlassen worden war, bin ich mit meiner Familie nach Moskau gezogen. Die Regierung bot ihm die Stellung des Personalchefs an Russlands größtem und bestem Krankenhaus an, zweifellos um ihn zu besänftigen.“ Sie lächelte trocken. „Verzeihen Sie, wenn ich prahle, aber ich bin stolz auf meinen Sohn. Trotzdem bin ich davon überzeugt, dass diese Beförderung auch dazu diente, ihn aus der Stadt zu entfernen, in der er sein ganzes Leben lang gelebt und in der er viele Freunde und Kontakte hatte. Sie wollten ihn isolieren.“

„Anna, darf ich Ihnen eine etwas gefährliche Frage stellen?“ Anna nickte neugierig. „Was empfinden Sie für Russland nach allem, was Ihre Familie durchgemacht hat?“

„Ich liebe Russland“, antwortete Anna, ohne zu zögern. „Ich hätte gehen können. Ich hätte fliehen können. Mein Sohn und meine Tochter in Amerika hätten mich aufgenommen. Ich habe darüber nachgedacht, vor allem in jenen dunklen Jahren, als ich Angst hatte, den Namen meines Gottes auch nur auszusprechen. Ich könnte auch behaupten, ich hätte das Gefühl gehabt, bleiben und mich dafür einsetzen zu müssen, den Glauben und die Freiheit lebendig zu halten. Aber um ehrlich zu sein, habe ich das Land nie verlassen wollen. Es ist mein Land, meine Heimat, meine Eltern liegen hier begraben und auch meine geliebten beiden Ehemänner. So etwas ist schwer zu erklären.“

„Die gegenwärtige Religionsfreiheit muss doch eine große Erleichterung für Sie sein.“

Anna bewegte sich auf dem harten Fußboden und wickelte den Mantel fest um ihre Knie. „Ich bin nicht optimistisch genug, um das als Erleichterung zu empfinden." Sie hielt inne und sah sich um.

Sie unterhielten sich gedämpft und niemand saß so dicht neben ihnen, dass er ihr Gespräch hätte mit anhören können, selbst wenn er Englisch verstehen würde. Aber es war trotzdem riskant, sich überhaupt in einer fremden Sprache zu unterhalten.

„Unsere Führer lassen die Religion zu, wie es ihnen in den Kram passt. Wer weiß, was nach dem Krieg sein wird? Im Laufe der Jahre habe ich die Gezeiten von Duldung und Unterdrückung erlebt – sogar unter dem Zaren wurden nicht orthodoxe Gemeinschaften streng verfolgt. Und seit der Revolution bemühen sich die Führer um ‚Rückerziehung', wie sie es nennen. Jegliche Religionslehre wurde aus den Schulen verbannt und durch kommunistische Indoktrination ersetzt. Als das nicht zu funktionieren schien, versuchten sie es mit körperlicher Verfolgung, Inhaftierung und sogar einigen Hinrichtungen derer, die versuchten, ihren Glauben zu praktizieren. Jetzt sind Gottesdienste gestattet und was ist passiert? Die Kirchen haben sich gefüllt! Sicher, vorwiegend mit alten Menschen, aber es gibt eine steigende Zahl junger Leute unter den Gottesdienstbesuchern, was die Regierung alarmieren muss, denn was hat ihre ‚Rückerziehung' und Verfolgung gebracht?"

„Nichts, wie es scheint", erwiderte Cameron, obwohl sie wusste, dass es eine rhetorische Frage gewesen war.

Anna lachte. „Genau! Etwas, was aus der Tiefe der menschlichen Seele entspringt, kann nicht so leicht abgetötet werden."

Cameron dachte an Alex. Er sagte, er hätte seinen Glauben verloren, doch selbst er betete in emotional schwierigen Situationen.

„Aber Gott", fuhr Anna fort, „widerspricht allem, was dem Kommunistischen Manifest heilig ist, falls ich diesen Begriff einmal verwenden darf. Und darum werden sich das Reich Gottes und das atheistische Reich des Kommunismus wohl bis in alle Ewigkeit bekämpfen." Anna schüttelte grimmig den Kopf. „Also vergeben Sie mir, wenn mir der Optimismus trotz aller sichtbaren Veränderungen fehlt. Für uns Gläubige macht das keinen Unterschied. Wir werden unseren Glauben auch weiterhin praktizieren, ob in Freiheit oder nicht."

„Ich bewundere Ihren ..." Cameron hielt inne und suchte nach dem richtigen Wort.

„Eigensinn?“, half Anna ihr.

Cameron lachte. „So könnte man es natürlich nennen. Ich frage mich, ob ich so fest zu meinen Glaubensüberzeugungen stehen würde, wenn ich dafür kämpfen müsste, wie Sie es tun.“

„Was ist Ihr religiöser Hintergrund, Cameron? Wir in Russland glauben natürlich, alle Amerikaner seien Christen.“ In Annas Bemerkung schwang ein Hauch von Ironie mit.

„Das sehen die Amerikaner selbst auch so. Ich denke aber, viele wissen gar nicht, woran sie wirklich glauben, und zu viel christlicher Eifer ist ihnen eher peinlich.“ Cameron fühlte sich verpflichtet, etwas persönlicher zu werden, nicht weil Anna dies erwartete, sondern weil sie selbst so offen gewesen war, und Cameron wollte ihr dieselbe Offenheit entgegenbringen. „Meine Mutter ist sehr religiös, Anna. Sie geht jeden Sonntag in die Kirche und manchmal auch mitten in der Woche! Ich glaube, wenn sie allein ist, liest sie in der Bibel und betet. Und doch ist sie schwach – zumindest sehe ich sie so. Sie lässt sich so weit von meinem Vater dominieren, dass sie zugelassen hat, dass er allen seinen Töchtern Jungennamen gab, was ihr eigentlich überhaupt nicht gefällt. Ich habe nie erlebt, dass sie sich ihm gegenüber behauptet hat. Wie gesagt – ich bin der Meinung, dass ihre Religion nur ein Ausdruck ihrer Schwäche ist.“

„Und welche Einstellung hat Ihr Vater zur Religion?“

Cameron verdrehte die Augen. „Er betet sich selbst an! Er geht nur des äußeren Scheins willen zur Kirche, und das auch nur an den großen Feiertagen. Ich würde in Ohnmacht fallen, wenn ich ihn jemals beten sehen würde!“

„Hmm ...“ Anna fuhr sich über das Kinn. „Ihre Mutter beweist eine große Stärke, dass sie ihren Glauben trotz einer solchen Haltung ihres Mannes so mutig praktiziert.“

Cameron starrte die Frau fassungslos an. Und dann traf es sie wie eine der Bomben, die vom Himmel fielen.

„So habe ich das nie gesehen!“, erwiderte sie verblüfft. Ihre Mutter stark? Diese Vorstellung war ungewohnt und widersprach dem Bild, das Cameron sich von ihrer Mutter gemacht hatte. Doch diese Frau, Anna Jewnowona, wusste, was Stärke war, und sie sagte, Cecilia Hayes wäre ebenfalls ein starker Mensch. Unglaublich!

Cameron wandte sich Anna zu. „Darüber muss ich nachdenken.“

Noch immer verblüfft schüttelte sie den Kopf. Dann lehnte sie den Kopf gegen das Mosaik an der Wand. „Hier in Russland habe ich so viel gesehen und gelernt, dass ich manchmal das Gefühl habe, schon hundert Jahre hier zu sein. Ich habe auch sehr viel über mich selbst gelernt. Nicht alles gefällt mir, einiges davon macht mir sogar Angst!"

„Ja, jede Veränderung bringt Unsicherheit, manchmal auch Angst mit sich."

„Ich könnte mir vorstellen, dass Sie viele solcher Umwälzungen erlebt haben, Anna."

„Ja, und ich habe sie überlebt!" Sie strich über Camerons Arm. „Und Sie werden sie auch überleben. Manchmal hatte ich das Gefühl, dass diese Wechsel mich zu zermalmen drohten, doch dann erinnerte ich mich an einen Satz aus der Bibel, den mein Papa so sehr liebte. Dort heißt es, dass ein Samenkorn, das in die Erde gelegt wird, zuerst sterben muss, bevor es Frucht bringen kann. Und genauso ist es auch mit einer Veränderung. Sie tötet so manches in uns, damit etwas Neues wachsen kann. Ich habe immer gehofft, dass das Neue besser sein wird, als das, was vorher war."

„Ich fürchte, mir fehlt der Optimismus, um mich dem anzuschließen", meinte Cameron. „Meine erster Gedanke wäre jedes Mal – *Und wenn stattdessen etwas Gutes stirbt?*"

„Mein Leben hat mich gelehrt, diese Sorgen abzulegen. Gott kann auch aus dem winzigsten Samenkorn des Guten einen mächtigen Baum wachsen lassen. Dessen bin ich sicher!"

Wie konnte Cameron das Strahlen im Gesicht der alten Frau übersehen? Sie hatte vielleicht nicht genügend Glauben, um den Optimismus der Frau zu teilen, doch sie war davon überzeugt, dass er echt war. Und in gewisser Weise empfand sie durch dieses Wissen auch einen schmerzhaften Mangel …

51

Lozowskis Bart wackelte wie immer, wenn er bei den regelmäßigen Pressekonferenzen seinen lächerlichen Optimismus verbreitete.

„Ich lache über Hitlers Einbildungskraft!", rief er. Er bezog sich auf eine Rede, in der der deutsche Diktator ein paar Tage zuvor den entscheidenden Angriff auf Moskau ankündigte. „Er ist so verzweifelt, dass er alles tun würde, um sein Volk bei der Stange zu halten."

„Was ist mit Hitlers Behauptung, in der Ukraine eine halbe Million Gefangene gemacht zu haben?", fragte Shanahan.

„Die Kämpfe in der Ukraine dauern an", wich Lozowski aus. „Wir dürfen die sowjetische Position nicht in Gefahr bringen, indem wir zu früh Zahlen herausgeben."

„Was ist mit den Gerüchten, die Deutschen seien bei Wjazma durchgebrochen?", fragte Levinson.

Cameron erinnerte sich an diese kleine Stadt. Sie hatten sie bei ihrer Inspektionstour besucht. Von den Schlachten im Sommer war sie ziemlich unberührt geblieben. Sie lag zweihundertvierzig Kilometer von Moskau entfernt.

„Die Situation im Bezirk Wjazma ist sehr komplex", antwortete Lozowski.

Shanahan beugte sich zu Cameron hinüber und flüsterte: „Wir alle wissen ja, dass ‚komplex' in Russland so viel heißt wie ‚schlecht'."

Konnte diese Aussage bedeuten, dass der große Sieg bei Jelnja umsonst gewesen war? Was war mit den Soldaten, die sie an der Front kennengelernt hatte, diese lächelnden Jungen, mit denen sie getanzt und gelacht hatte? Was war mit den stolzen Fliegern? Waren sie tot? Gefangen genommen? Das ganze Blut, das vergossen worden war, um ein kleines Stück Land zurückzuerobern – war alles umsonst?

Am Ende der ersten Oktoberwoche war sich keiner über den Ernst der Lage im Klaren. Zweifellos wussten nur Stalin und sein kleines Kriegskabinett, bestehend aus Berija, Malenkow, Molotow und Woroschilow, überhaupt etwas.

Am siebten Oktober brachte die *Prawda* einen Artikel über die Rüstungsindustrie. Die Situation an der Front wurde kaum erwähnt, geschweige denn die prekäre Lage Moskaus.

Nur die Gerüchteküche funktionierte bestens. Das war der Preis für die sowjetische Pressezensur. Berichte über deutsche Panzer, die in einem Moskauer Vorort gesichtet worden seien, waren aus der Luft gegriffen, aber das trug nicht dazu bei, die wachsende Spannung in der Stadt abzubauen. Eine Zeit lang hörten die Luftangriffe auf Moskau auf, doch das nahm niemand als Grund zur Freude, weil alle davon ausgingen, dass die Luftwaffe vorübergehend an anderen Orten gebunden war und keine Bomber mehr für Moskau übrig hatte.

Schließlich erfuhren sie, dass die Schlacht um Moskau, oder die Operation Taifun, wie sie von den Deutschen genannt wurde, begonnen hatte. Es verwunderte sie kaum zu hören, dass dies bereits am zweiten Oktober geschehen war, mehrere Tage vor der Bekanntgabe.

Lozowski gestand mürrisch: „Die Faschisten planen anscheinend den Verlust mehrerer hunderttausend Männer bei dieser Offensive ein. Das wird auch das einzige Ziel sein, das sie erreichen werden."

Die russische Presse mahnte zur Vorsicht, rief die russischen Bürger zur Wachsamkeit auf und warnte vor einer Panik. Und am zwölften Oktober gestand die *Prawda* schließlich ein, dass das Land von einer „schrecklichen Gefahr" bedroht würde. Unruhe breitete sich aus wie kleine Wellen auf einem Teich, die kaum merklich beginnen und dann immer größer werden, bis der ganze Teich in Aufruhr geraten ist.

Die Luftangriffe wurden wieder aufgenommen, fanden zu unregelmäßigen Zeiten statt und ganze Fabriken wurden in den Osten evakuiert, damit die Kriegsproduktion nicht zum Stillstand kam. Viele der verbleibenden Fabriken wurden mit Sprengstoff vermint, sodass nur ein Knopf gedrückt werden musste, im Fall, dass die Deutschen durchbrachen. Dadurch sollte verhindert werden, dass sie dem Feind in die Hände fielen. Man hörte, die Deutschen hätten die Wolga bei Kalinin, hundertsechzig Kilometer von Moskau entfernt, überschritten und die lebenswichtige Bahnstrecke zwischen Leningrad und Moskau sei unterbrochen worden. Niemand zweifelte mehr daran, dass die Deutschen aus der Schlacht um Moskau als überragende Sieger hervorgehen würden.

Während der Feind immer näher rückte, wurde Alex mit einem neuen Problem konfrontiert. Sein Freund Anatoli Bogorodsk wartete auf ihn, als er die Station mit den frisch operierten Patienten verließ. Alex war ausgelaugt, gehetzt und überhaupt nicht begeistert von dem Besuch des freundlichen NKWD-Agenten. Lange vor den anderen hatte er gewusst, dass die Auseinandersetzungen an Intensität zugenommen hatten, denn die Zahl von Verwundeten wuchs stündlich.

„Anatoli, seien Sie gegrüßt. Ich dachte, Sie mögen keine Krankenhäuser", empfing Alex ihn und ging unbeirrt weiter. Bogorodsk musste sehen, dass er mitkam. Er hatte noch Dutzende von Patienten zu untersuchen, bevor er in den Operationssaal zurückkehrte.

„Dies scheint Ihr neues Zuhause zu sein, also muss ich Sie hier aufsuchen." Bogorodsk lächelte, aber in seinen Augen lag keine Herzlichkeit.

„Ich fürchte, es handelt sich nicht um einen Freundschaftsbesuch."

„Nun, wenn ich nicht selbst so beschäftigt gewesen wäre, wäre ich schon früher gekommen, aber ..." Er zuckte die Achseln. Neuerdings waren alle in Russland beschäftigt, das brauchte keine Erklärung. Dann seufzte er, als müsse er eine sehr lästige Aufgabe angehen. „Aleksei, wann haben Sie Ihre amerikanische Freundin, diese Reporterin, das letzte Mal gesehen?"

Alex kratzte sich am Kopf, als hätte er eine so unwichtige Information nicht sofort parat, doch im Grunde erinnerte er sich nur zu gut daran. Es war im Metropole gewesen, eine kleine Musikgruppe hatte im Ballsaal gespielt und sie hatten zu Melodien von Dorsey und Goodman getanzt. Er hatte sie fester an sich gedrückt, als notwendig gewesen wäre, und noch immer erinnerte er sich an den Rosenduft in ihrem Haar. Shanahan war nirgends zu sehen gewesen, was ihn ungemein erleichterte.

„Ich glaube, das war vor ein paar Tagen", antwortete er und er war froh, dass der Agent nicht bemerkte, wie sich bei der Erinnerung daran sein Pulsschlag beschleunigte.

Anatoli zog ein kleines Notizbuch aus der Tasche und blätterte ein paar Seiten um. „Vor zwei Tagen, am Samstag. Sie haben zu Abend gegessen und im Metropole getanzt."

„Wissen Sie noch, was wir gegessen oder gesagt haben?"

„Wir kamen nicht dicht genug heran, um das hören zu können", erwiderte der Mann ernst. Den Sarkasmus in Alex' Bemerkung hatte er offensichtlich nicht bemerkt. „Hat sie Ihnen gegenüber Kontakte zu anderen russischen Bürgern erwähnt?"

„Nein. Was soll das?"

„Sie wissen nicht, dass sie in engem Kontakt zu der Familie ihrer Dolmetscherin Sophia Gorbenko steht?"

„Nein, davon weiß ich nichts." Natürlich hatten sie ausführlich über Olegs Verhaftung gesprochen. Er hatte ihr nahegelegt, Annas und Tiulenews Warnungen zu beherzigen. Konnte Anatoli über all das Bescheid wissen? Vielleicht sogar über Alex' Besuch bei dem Fälscher?

„Waren nicht Sie es, der dem Gorbenko-Mädchen diese Stelle vermittelt hat?", setzte Bogorodsk nach.

„Doch, doch."

„Ihr Vater ist Ihr Vorgesetzter?"

„Ja." Alex' Gedanken überschlugen sich. Er versuchte, sich über die Verbindungen klar zu werden, die Anatoli herstellte. „Sehen Sie, Anatoli, ich bin sehr beschäftigt. Was wollen Sie?"

„Die Amerikanerin ist so unklug, sich mit Russen einzulassen, noch dazu mit Leuten, die unter polizeilicher Beobachtung stehen. Und ich fürchte, ich kann nichts tun, um ihr zu helfen."

„Was meinen Sie damit?"

Anatoli zog die Augenbrauen in die Höhe. Er war kein Dummkopf. Alex' scharfe Entgegnung ließ darauf schließen, dass es sich bei der betreffenden Person eben nicht um eine flüchtige Bekannte handelte.

„Hören Sie mir zu, und zwar sehr genau, Aleksei", erwiderte der Agent mit einem warnenden Unterton. „Ich hielt es für einen kleinen Freundschaftsdienst, Ihnen den Umgang mit der Amerikanerin zu gestatten. Ein wenig Romantik kann niemandem schaden. Aber jetzt hat sich die Situation geändert. Sie hat angefangen, Grenzen zu überschreiten. Ich muss Sie warnen, Aleksei, halten Sie sich von der Frau fern, sonst riskieren Sie, dass Ihr Schicksal ganz eng mit dem dieser unerwünschten Person verknüpft wird."

Alex wünschte sich nichts sehnlicher, aber nicht auf die Art, die der Agent andeutete. „Und welches Schicksal wäre das?", fragte er.

„Sie hat sich nicht an die Spielregeln gehalten, wie die Amerikaner so schön sagen. Wegen dieses Vergehens kann sie ausgewiesen werden."

„Ich hätte gedacht, dass Sie jetzt, wo die Deutschen an Moskaus Türen klopfen, sich mit anderen Angelegenheiten zu beschäftigen hätten als mit den geringfügigen Vergehen einer Ausländerin."

„Innere Sicherheit steht für die Sowjetunion immer an erster Stelle. Und Ausländer dürfen gerade in dieser Zeit nicht unterschätzt werden." Anatoli seufzte, sein harter Gesichtsausdruck wurde wieder freundlicher und weicher. „Ich verstehe ja, dass die Frau als Amerikanerin nicht in vollem Ausmaß die Risiken begreifen kann, mit denen sie spielt. Ich halte sie nicht für eine Gefahr für die nationale Sicherheit. Aber, Aleksei, wenn ich diesen Job nicht übernehme, wird es jemand mit viel weniger Verständnis tun."

„Ich werde mit ihr reden", bot Alex an.

„Das dürfen Sie nicht. Es war nicht gerade leicht für Sie, das Vertrauen der Sowjetregierung zu erwerben. Sie dürfen das nicht leichtsinnig aufs Spiel setzen. Was mit der Frau passiert, liegt nicht in meinen Händen. Sie sind es, um den ich mir Sorgen mache."

Diese Bemerkung ging Alex den Rest des Tages nicht mehr aus dem Sinn. Am liebsten hätte er sich sofort auf die Suche nach Cameron gemacht, aber es war einfach unmöglich, das Krankenhaus zu verlassen. Cameron bedeutete ihm sehr viel, vielleicht zu viel, aber er konnte sie nicht über seine Patienten stellen, nicht wo so viele sterbende Männer im Korridor lagen.

Selbst wenn er sich davonstehlen könnte, um sie zu sehen, so müsste er das diskret tun. Anatolis Warnung bedeutete, dass seine Bewacher vom NKWD nun wachsamer sein würden als bisher. Zum Glück waren diese Agenten immer leicht abzuschütteln. Und das zunehmende Chaos in Moskau würde seinen Teil dazu beitragen.

Zum Glück kannte Cameron die Stelle. Die Büros der Iswestija befanden sich an der nordöstlichen Ecke des Puschkin-Platzes und die Journalisten hatten vor ein paar Monaten die Gelegenheit gehabt, die russische Zeitung zu besichtigen.

Der Platz lag einige Hundert Meter nördlich des Hotels. Um drei Uhr nachmittags, als Cameron eintraf, hätte in der Redaktion eigentlich große Hektik herrschen müssen, doch alle wollten die Sektoren verlassen, wo die Deutschen zuerst angreifen würden. Sie strebten in die Stadtmitte, in der es mittlerweile von Moskowitern wimmelte, und die Ausfallstraßen nach Osten und Südosten waren verstopft. Der Bahnhof, von dem die Züge in den Ural ausliefen, war noch überfüllter als gewöhnlich und das Viertel, das Cameron nun durchquerte, war im Vergleich zu dem, das sie gerade verlassen hatte, geradezu ruhig.

Zu jedem anderen Zeitpunkt hätte Cameron all diese heimlichen Treffen, die sie in letzter Zeit gehabt hatte, willkommen geheißen, aber sie musste in der Nähe des Telefons bleiben, weil die Reporter in Alarmbereitschaft versetzt worden waren. Sie sollten sich bereit machen, die Stadt jederzeit zu verlassen, und jede Minute konnte der Evakuierungsbefehl eintreffen. Nicht nur das, sie wollte auch für weitere Neuigkeiten erreichbar bleiben. Trotz ihrer privaten Aktivitäten war sie immer noch Reporterin und die kommenden Wochen konnten durchaus die aufregendsten und wichtigsten Tage ihres Russlandaufenthalts werden.

Aber der Zettel, den sie vor einigen Stunden erhalten hatte, konnte nicht ignoriert werden. Die Nachricht war wieder einmal äußerst geheimnisvoll gewesen. „Puschkin-Platz, drei Uhr", mehr hatte nicht darauf gestanden. Sie hatte keine Ahnung, von wem diese Botschaft stammte. Die Handschrift kam ihr nicht bekannt vor. Ihr erster Gedanke war gewesen, dass er von Anna stammen könnte. Sehr gern hätte sie die alte Frau wiedergesehen, auch wenn sie für ihren Geschmack ein bisschen viel über Religion sprach. Doch die Handschrift schien eher die eines Mannes zu sein, die Worte waren kaum lesbar gewesen. Aber wer auch immer der Absender war, Cameron sah keinen Grund, die Nachricht zu ignorieren. Die Bereitschaft, Risiken auf sich zu nehmen, hatte sie in ihrem Beruf dahin gebracht, wo sie jetzt war, und dass es gefährlich war, einen Unbekannten zu treffen, daran konnte kein Zweifel bestehen. Aber sie war vorsichtig gewesen und hatte einige der Tricks angewandt, die Sophia ihr beigebracht hatte, sodass sie sicher sein konnte, dass niemand ihr gefolgt war.

Auch die hereinbrechende Dunkelheit würde ihr Schutz bieten. Als sie die große Bronzestatue des russischen Dichters Alexander Puschkin am Nordende des Platzes erreichte, hatte leichter Schneefall eingesetzt. Die ganze Woche hatte es schon geschneit und der

Schnee war auf den Straßen liegen geblieben. Sie stapfte mit den Füßen auf und rieb ihre behandschuhten Hände aneinander, um sie warm zu halten.

Nach einer halben Stunde begann sie sich zu fragen, wie lange sie noch auf den mysteriösen Absender der Botschaft warten sollte. Sie war warm eingepackt, doch sie kam aus Los Angeles und der Oktober in Moskau war bereits sehr viel kälter, als sie gewohnt war.

Mehrere Leute kamen vorbei, aber niemand nahm Notiz von ihr. Sie musste sich gedulden. Ein paar Minuten später fiel ihr ein Mann auf, der langsamer als die anderen über den Platz schlenderte. Seine Mütze war tief in das Gesicht gezogen, seine große Gestalt steckte in einem dicken Wollmantel und um Ohren und Mund hatte er einen langen Schal gewickelt. Vorsichtig kam er näher und dann erkannte sie sein Gesicht.

„Alex! Du also. Ich freue mich, dich zu sehen, aber ..."

Er lächelte. „Tut mir leid, dass ich dich so auf die Folter spannen musste." Er schob seinen Arm durch ihren. „Komm, wir wollen ein wenig frische Luft schnappen."

„Meinetwegen, aber eigentlich habe ich schon genug frische Luft gehabt."

„Die Verspätung tut mir leid. Ein Notfall. Ich fürchtete schon, überhaupt nicht wegzukommen, und habe mir Sorgen gemacht, dass du in der Kälte erfrierst. Dr. Fedortschenko ist für mich eingesprungen."

Sie liefen ein paar Minuten. Cameron konzentrierte sich darauf, das Klappern ihrer Zähne zu unterdrücken. Sie schienen allein zu sein, abgesehen von ein paar eiligen Passanten. Finstere Gestalten konnte sie keine entdecken.

Schließlich sagte Alex: „Mir wurde befohlen, den Umgang mit dir einzustellen."

„Was? Von wem?"

„Dem NKWD. Ich habe dir doch erzählt, dass ich einen Freund bei dem Verein habe? Nun, er hat mir eine freundschaftliche Warnung zukommen lassen. Er deutete an, du würdest unter Beobachtung stehen, und jeder Russe, der Kontakt zu dir hat, könnte ebenfalls in die Sache hineingezogen werden."

„Und daraufhin hast du als Erstes ein Treffen mit mir vereinbart?", fragte sie mit einem süffisanten Lächeln.

„Cameron, ich denke gar nicht daran, dich künftig zu meiden, es sei denn, du forderst mich dazu auf. Und selbst dann wäre ich mir nicht sicher, dass ich darauf eingehen würde.“ Er hielt inne, wandte sich um und blickte sie an. Zärtlich wischte er ihr einige Schneeflocken aus dem Haar. „Was immer du mit dem NKWD hast, ich möchte dir zur Seite stehen.“

„Alex, wir wollen doch beide keine feste Beziehung.“ Doch sein eindringlicher Blick ließ sie all die Gründe vergessen, die gegen eine solche Bindung sprachen.

„Das werden wir später klären“, meinte er abwehrend, dann grinste er. „Zuerst müssen wir zusehen, dass wir aus ihrem Fadenkreuz verschwinden.“

„Und wie machen wir das?“

„Weiß ich noch nicht. Komm, lass uns weiterlaufen, bevor wir noch eingeschneit werden.“

Es war ein schönes Gefühl, an seiner Seite zu gehen. Die Stadt stand buchstäblich kurz davor, in Rauch aufzugehen, und die Polizei wollte sie ausweisen, aber irgendwie war sie nur mäßig beunruhigt. Sie brauchte keinen Mann, aber an diesem Mann war etwas, das ihr das Gefühl gab, stärker zu sein, vollständiger. Es fühlte sich so richtig an, mit ihm Arm in Arm über den Platz zu spazieren.

„Also gut, ich habe von meiner Wühlarbeit in Sachen Oleg Abstand genommen“, sagte sie.

„Ja, aber sie scheinen einen wütenden Bären von der Kette gelassen zu haben, und ihn wieder unter Kontrolle zu bekommen, wird sehr schwierig werden.“

„Ich frage mich, ob Oleg ihnen von dem erzählt hat, was er nach seiner Flucht gesehen hat.“

„Ich glaube nicht, dass das von Bedeutung wäre. Ich bezweifle, dass das, was passiert ist, im Zusammenhang damit steht. Oleg war mehrere Wochen lang in deutscher Kriegsgefangenschaft. Er ist entflohen und wurde in Moskau aufgegriffen. Er hat sich nicht bei den Behörden gemeldet. Hinzu kommt die Tatsache, dass seine Eltern beide Dissidenten waren. Der NKWD ist bekannt dafür, Schlussfolgerungen zu ziehen, wie idiotisch sie auch sein mögen. Hinzu kommt die Tatsache, dass er sich nach seiner Flucht mit einer Ausländerin getroffen hat.“

„Ich weiß nicht, ob sie das beweisen können“, warf Cameron hoffnungsvoll ein.

„Das ist vermutlich der Grund, der sie noch hat zögern lassen, etwas gegen dich zu unternehmen – für den Augenblick. Doch falls jemand dich in die Wohnung der Fedortschenkos hat gehen sehen und beschließt, dich zu denunzieren ... Und selbst das ist nicht einmal nötig. Wenn die Polizei zu dem Entschluss kommt, dass sie dich nicht mehr in der Nähe haben wollen, dann werden sie schon Gründe finden.“

Sie hatten den Platz abgeschritten. Cameron erinnerte sich, dass auf der anderen Straßenseite früher ein hübsches Kloster gestanden hatte, nach dem der Platz benannt worden war. Im Jahr 1935 hatte man es zerstört und an seine Stelle das Rossija-Theater gebaut. Sie fragte sich, ob das Kloster ansprechender gewesen war als die freudlose Fassade des stalinistischen Theaters. Auch fragte sie sich, ob es die kommenden Tage überstehen würde. Noch immer konnte sie die Bilder von den zerstörten Dörfern und Städten, die sie gesehen hatte, nicht vergessen.

„Dann können wir nichts tun“, sagte Cameron schließlich. „Nur abwarten. Der Krieg kommt uns irgendwie dazwischen und das könnte sowohl zu meinem als auch zum Vorteil des NKWD sein. Aber ich mag nicht still sitzen und die Hände in den Schoß legen. Man müsste doch etwas für Oleg tun können. Er wurde verhaftet, weil er aus der Kriegsgefangenschaft geflohen ist. Das ist wirklich lächerlich!“

„Cameron, versprich mir etwas.“ Er blieb stehen, sah sie an und legte seine Hände fest auf ihre Schultern, damit sie gezwungen war, ihm direkt in die Augen zu sehen. „Versprich mir, dass du nichts mehr unternehmen wirst, um Oleg zu helfen.“

„Schon gut, ich verspreche es. Ich bin mit meinem Latein sowieso am Ende.“

Und dann beugte er sich unvermittelt vor und küsste sie. Seine Lippen waren genauso kalt wie ihre und sie berührten sie kaum, aber sofort wurde sie von einer Hitze durchströmt, dass sie nicht erstaunt gewesen wäre, eine Pfütze geschmolzenen Schnees zu ihren Füßen vorzufinden.

„Du wirst bald aus Moskau evakuiert werden“, meinte er leise.

„Und was ist mit dir?“

„Ich muss hingehen, wohin sie mich schicken, wo ich gebraucht werde.“ Er schluckte. „Wir werden aber miteinander in Kontakt bleiben.“

„Ja, das werden wir.“

Doch beide wussten, was so ein Versprechen in einem Krieg wert war. Sie wussten, dass das, was zwischen ihnen entstanden war, genauso gut in Rauch aufgehen könnte. Aber niemand sprach das aus.

„Wie lange haben wir noch?“, hauchte er.

Sie bemerkte, dass er das Wort „wir“ gebraucht hatte. Wie sehr wünschte sie, sie könnte ihre letzten Tage in Moskau nur mit ihm verbringen und den Rest der Welt ignorieren. „Die Evakuierung kann jederzeit stattfinden, jeden Augenblick.“

Er nickte.

„Alex ...“

„Cameron, ich möchte dir etwas geben“, sagte er schnell, wie um düstere Gedanken zu verbannen. „Vielleicht sehen wir uns eine ganze Weile nicht mehr und dies soll nur eine kleine Erinnerung sein.“

„Als ob ich dich vergessen könnte!“

Lächelnd griff er in seine Manteltasche. „Ich weiß. Ich dachte, es könnte eine kleine Verbindung herstellen. Hier.“ Er öffnete die Hand. Darin lag ein alter Schlüssel an einer leicht angelaufenen Goldkette. Der Schlüssel sah so aus wie die Schlüssel, die man vor fünfzig Jahren benutzte.

Ehrfürchtig nahm sie ihn in die Hand, als wäre er ein kostbarer Edelstein. „Er muss eine Bedeutung haben“, sagte sie.

„Er ist nicht besonders ansehnlich, aber er hat tatsächlich eine besondere Bedeutung, zumindest für mich. Meine Mutter trug diesen Schlüssel bis zu ihrem Tod um den Hals. Es ist der Schlüssel zu unserem Haus in Leningrad, in dem sie bis zu ihrer Hochzeit gelebt hat. Sie hat ihn behalten, weil sie, wie ich dir gesagt habe, immer gehofft hatte, eines Tages in dieses Haus zurückkehren zu können. Ich dachte, ich könnte das Haus eines Tages aufsuchen, aber unter den gegenwärtigen Bedingungen ist daran nicht zu denken.“

Sie schloss die Hand darum, als wäre er eine Rettungsleine. „Ich werde ihn in Ehren halten, Alex.“

„Ich weiß, dass du keinen Schmuck trägst, aber das ist ja kein Schmuckstück und du brauchst die Kette ja nicht umzuhängen.“

„Ich fühle mich geehrt, sie tragen zu dürfen.“ Sie legte sich die Kette um den Hals. Der Verschluss funktionierte noch erstaunlich gut. Während sie die Kette unter ihren Schal steckte, sagte sie: „Ich weiß, deine Mutter hat nicht mehr zurückkehren können, aber wir beide wollen uns das Versprechen geben, dass wir, wenn der Krieg vorüber und Leningrad wieder frei ist, gemeinsam dieses Haus besuchen werden."

„Das ist meine Hoffnung. Darum wollte ich ihn dir geben. Ich kann jetzt nur noch mit dir dorthin fahren."

„Oh Alex ...!"

Doch bevor sie den Satz zu Ende sprechen konnte, nahm er sie in die Arme. Weder der Schnee noch das leise Geräusch der deutschen Artillerie störte sie in diesem Augenblick. Er drückte sie fest an sich und küsste sie voller Leidenschaft und sie gab seinen Kuss mit derselben Leidenschaft zurück, die die Furcht zu verdrängen schien, dass das ihre letzte Umarmung sein könnte.

52

Cameron nahm Rauchgeruch wahr. Zusammen mit dem Schnee fiel Asche vom Himmel. Ausländische Diplomaten und Regierungsbeamte verbrannten wichtige Dokumente, damit sie den Deutschen nicht in die Hände fielen. Es waren so viele, dass graue Schwaden durch die Straßen zogen.

Am Abend des sechzehnten Oktober drängten sich Cameron und mehrere andere Korrespondenten durch die überfüllten Straßen. Sie waren auf dem Weg zum Spaso-Haus. Man hatte sie angewiesen, nur so viel Gepäck mitzubringen, wie sie tragen konnten.

Die Evakuierung der Ausländer hatte begonnen.

Trotz Lozowskis Versicherungen, die Deutschen würden Moskau niemals erobern, war in der *Prawda* die Schlagzeile zu lesen gewesen: „Das faschistische Ungeheuer rollt auf Moskau zu“. Das löste in der Bevölkerung eine Panik aus. Denn wenn schon die Regierung, die sonst aus allem ein Geheimnis machte, so etwas zugab, dann musste es wirklich schlimm stehen.

Achtzig Kilometer nordwestlich vor Moskau tobten bereits erbitterte Kämpfe. Zivilisten wurden aufgerufen, freiwillig „Frontarbeit“ zu leisten. Es waren vorwiegend Frauen aus den Fabriken, die vor die Stadt gebracht wurden, um Schützengräben auszuheben. Sophia und ihre Schwester gehörten auch dazu. Cameron war nicht wohl bei dem Gedanken, dass die zarte Sophia diese schwere Arbeit leisten musste. Aber ihre Stellung als Camerons Dolmetscherin hatte sie bereits verloren. Mit keinem Wort wurde der Grund dafür erwähnt – Zweifel an ihrer Loyalität. Eines Tages war ihr einfach mitgeteilt worden, sie könnte nicht mehr für die Journalistin arbeiten. Cameron befürchtete, Sophia hätte sich dem Arbeitstrupp in dem verzweifelten Versuch angeschlossen, ihre Loyalität zu beweisen. Und es war eine gefährliche Arbeit, so knapp vor den deutschen Linien.

Und jetzt würde Cameron Moskau verlassen. Sie würden nach Kuibyschew gebracht werden, etwa achthundert Kilometer südöstlich der russischen Hauptstadt. An diesem Morgen war es ihr gelungen, Alex die Neuigkeit telefonisch durchzugeben. Er versprach, zum Bahnhof zu kommen, um sie zu verabschieden. Kein Vorwurf darüber, dass sie ihn angerufen hatte, kam über seine Lippen.

Ungefähr auf Höhe der amerikanischen Botschaft schlossen sich zwei Russen der Journalistengruppe an und arbeiteten sich sofort zu Cameron durch. Zweifellos gehörten sie dem NKWD an.

„Würden Sie uns bitte begleiten, Miss Gayes?“, fragte einer.

Er sah aus wie der Agent, der sie kurz nach ihrem Eintreffen in Moskau abgeholt und zu Onkel Boris gebracht hatte. Sicher eine ungefährliche Angelegenheit. Doch der Knoten in ihrem Magen sagte ihr, dass diese Sache nicht so glimpflich abgehen würde.

„Sie machen Witze, ja?“, fragte sie mit einem spöttischen Lachen. „Sie haben einen schlechten Zeitpunkt gewählt.“

„Was ist hier los?“, mischte sich Shanahan ein.

„Wir möchten nur ein paar Minuten Ihrer Zeit, Miss Gayes“, erwiderte der Agent.

Auch die anderen Reporter protestierten, doch Cameron zuckte die Achseln.

„Vielen Dank, Leute, aber ich bin sicher, dass da nichts dabei ist. Ich bin bestimmt vor Abfahrt des Zuges wieder da.“ Sie wandte sich an die Agenten. „Das ist doch so, oder?“

„Natürlich, eine Routineangelegenheit“, erwiderte der Agent. Er log nicht besonders gut. „Ein Problem mit Ihren Papieren, das geklärt werden muss, bevor Sie die Stadt verlassen.“

„Ich begleite dich, Hayes“, bot Shanahan an.

„Das ist nicht nötig ...“, begann der Agent, aber Johnny fuhr ihm ins Wort.

„Vergiss es, Kumpel! Ich komme mit.“ Er wandte sich an Levinson. „Du teilst dem Botschafter mit, was hier los ist.“

„Johnny, du machst aus einer Mücke einen Elefanten, da bin ich sicher.“ Obwohl Camerons Nervosität stieg, sagte ihr der Verstand, dass die Polizei ihre Abreise nicht in Gefahr bringen würde. Sie konnten es doch kaum erwarten, die Ausländer aus der Stadt zu schaffen.

Doch wenn es sich um eine unbedeutende Angelegenheit handelte, warum befassten sie sich ausgerechnet jetzt damit?

„Ich komme mit, Süße. Kein Widerspruch.“

Johnny war fest entschlossen und Cameron war froh, einen anderen Amerikaner bei sich zu haben – als Zeugen.

Nachdem sie ihr Gepäck den anderen Korrespondenten anvertraut hatten, stiegen Cameron, Johnny und die beiden Agenten in einen Wagen und fuhren durch die überfüllten Straßen zum Narkomindel. Dort wurden Cameron und Johnny in einen Raum gebracht, wo sie warten sollten. Man sagte ihr, in wenigen Minuten würde sich ein Agent um sie kümmern. Die Tür wurde zugezogen und abgeschlossen.

Shanahan sprang auf. „Hey!“ Er schlug mit der Faust gegen die Tür.

„Entspann dich, Johnny“, beruhigte ihn Cameron, doch auch sie war alles andere als entspannt. „Vielleicht sind wir ja nur zu unserem Schutz eingeschlossen worden.“

„Ja, bestimmt. Für den Fall, dass die Deutschen durchbrechen.“

„Nun, stell dir nur vor, was wir zu berichten hätten, wenn wir es nicht schaffen, Moskau zu verlassen.“

„Ich habe kein Problem damit, in Moskau festzusitzen“, versicherte Johnny. „Aber ein verpasster Zug ist leider nicht alles, worüber du dir Gedanken machen musst.“

Sie saßen auf zwei einfachen Holzstühlen, die zusammen mit einem Tisch die einzige Möblierung dieses Raumes darstellten.

„Ich mache mir Sorgen“, gestand Cameron schließlich. „Aber sie können mich ja nicht ins Gefängnis werfen. Das Schlimmste, was passieren kann, ist, dass sie mich deportieren. Aber meine Eltern haben Verbindungen nach Washington. Durch sie habe ich ja auch mein Visum bekommen, zumindest bin ich sicher, dass ein Freund meiner Mutter beim State Department nachgeholfen hat.“

„Dann musst du also doch deinen Vater um Hilfe bitten?“ Shanahan blickte sie skeptisch an.

„Ich hoffe, dass es so weit nicht kommt.“

Eine Stunde verging, dann noch eine und noch eine. Mehrmals hämmerte Johnny gegen die Tür und schrie. Aber sie waren in einer abgelegenen Ecke des Gebäudes untergebracht und Cameron zweifelte nicht daran, dass sie im Chaos der Evakuierung vergessen worden waren. Die Zeit zog sich dahin. Beide „Gefangene“ mussten dringend zur Toilette. Johnny wurde langsam auch hungrig. Cameron hätte keinen Bissen heruntergebracht.

Schließlich wurde der Schlüssel umgedreht und die Tür geöffnet. Ein kahlköpfiger, unordentlich aussehender Bürokrat, der nicht aussah wie ein Polizeiagent, trat ein.

„Bitte um Entschuldigung", sagte er ohne Vorrede. „So viel passiert."

„Ja!", brummte Johnny. „Sie haben sich wirklich einen sehr schlechten Zeitpunkt ausgesucht, um uns hier festzuhalten. Und ich möchte gern den Grund dafür erfahren!"

„Ich versichere Ihnen, dies sollte nur eine kurze Befragung werden. Die Agenten, die Sie hierhergebracht haben, wurden in einer dringenden Angelegenheit abberufen und haben es versäumt, die Verantwortlichen über Ihre Anwesenheit zu informieren. Das ist unentschuldbar, abgesehen von den gegenwärtigen Zuständen in der Stadt." Er hielt inne und schloss die Tür, verschloss sie jedoch nicht. „Mein Name ist Major Smilga." Er streckte ihnen die Hand hin.

Cameron und Shanahan ignorierten sie. „Was soll das alles?", fragte Cameron. „Wir müssen unseren Zug erreichen."

„Sie werden Ihren Zug erreichen", erwiderte Smilga mit einer Zuversicht, die nicht zur Situation zu passen schien.

„Ich habe nur ein paar Fragen an Sie bezüglich ..."

„Was für Fragen?", unterbrach Cameron ihn scharf. Angriff schien ihr die beste Verteidigung.

„Bezüglich Ihrer Dolmetscherin Sophia Gorbenko."

„Wann wird sie wieder zu mir zurückkehren, wenn wir schon mal dabei sind? Sie ist mir unersetzlich."

„Es wurde ihr eine neue, äh, Aufgabe übertragen. Aber sobald Sie Kuibyschew erreichen, wird Ihnen ein neuer Dolmetscher zugewiesen werden. Bitte nehmen Sie doch Platz." Smilga deutete auf die Stühle.

„Ich kann stehen, da es sich ja nur um eine *kurze* Befragung handelt", erwiderte Cameron.

Mit einem beiläufigen Achselzucken begann Smilga: „Sie haben Sophia Gorbenkos Mann Oleg kennen gelernt?"

Cameron hatte das Gefühl, als hätte ein Faustschlag sie in den Magen getroffen, aber unter Aufbietung aller Willenskraft schaffte sie es, sich nichts anmerken zu lassen. „Wie kommen Sie darauf?"

„Ich stelle hier die Fragen", gab Smilga scharf zurück. Von dem freundlichen Menschen war nichts mehr zu merken.

„Bitte vergessen Sie nicht", warnte Shanahan, „dass Miss Hayes amerikanische Staatsbürgerin ist und bestimmte Rechte hat."

„Bitte, Sie müssen verstehen, dass ich keinerlei Vorwürfe gegen Miss

Hayes erhebe. Ich versuche nur, eine Angelegenheit, in die ein Russe verwickelt ist, zu klären, und ich hatte gehofft, sie könnte dazu beitragen."

„Mir ist noch immer nicht klar, warum Oleg Gorbenko verhaftet wurde", sagte Cameron.

„Dann kennen Sie ihn?"

„Nur von ein paar Bemerkungen, die meine Dolmetscherin über ihren Mann gemacht hat", log Cameron. „Also, warum wurde er verhaftet?"

„Sie sind falsch informiert, Miss Hayes. Gorbenko wurde nicht verhaftet."

Cameron zog die Augenbrauen in die Höhe. Entweder log dieser Mann genauso schamlos wie sie oder sie war tatsächlich falsch informiert. „Wie nennen Sie das dann?"

„Der Junge befand sich in einem sehr aufgewühlten Zustand", erklärte Smilga. Jetzt klang er wieder wie der gutmütige Wohltäter. „Er wurde nur zur Beobachtung an einem sicheren Ort festgehalten, bis, äh, bis sich sein Zustand stabilisiert. In einem Krankenhaus, könnte man sagen."

Cameron glaubte dem Mann kein Wort, obwohl seine Geschichte wie alle guten Lügen recht plausibel klang.

„Und was wollen Sie von mir?"

„Nur Ihre Meinung als objektive Beobachterin über den Zustand des Jungen. Vielleicht könnten Sie mir weiterhelfen mit dem, was er gesagt und getan hat. Das würde seine Wiederherstellung beschleunigen."

Das war eine wirklich dreiste Lüge. „Ich fürchte, ich muss Sie enttäuschen, da ich ihm nie begegnet bin."

„Vielleicht hat seine Frau etwas gesagt?"

„Nichts. Nur dass er im Krieg gefangen genommen wurde und sie sich Sorgen um ihn macht. Sie hat auch seine Verhaftung, das heißt seine *Einweisung ins Krankenhaus* erwähnt."

Smilga nickte. „Das ist sehr schade. Ich hatte gehofft, Sie könnten uns helfen."

„Ich wünschte, ich könnte helfen. Wie ich schon sagte, Sophia ist ein nettes Mädchen und eine hervorragende Angestellte."

Smilga ging zur Tür und öffnete sie. „Ich werde dafür sorgen, dass ein Wagen Sie zum Bahnhof bringt. Der Zug nach Kuibyschew wird nicht vor Mitternacht auslaufen, wie mir versichert wurde."

Alex war außer sich, als er von den anderen Korrespondenten auf dem Bahnhof erfuhr, dass Cameron von NKWD-Agenten in das Narkomindel gebracht worden war. Beinahe genauso entsetzt war er, als er hörte, Shanahan hätte sie begleitet. Er hätte froh sein sollen, dass sie einen Gefährten zur Seite hatte, der sie im Umgang mit der Polizei unterstützte. Aber warum musste es unbedingt Shanahan sein?

Er kämpfte gegen einen ungewöhnlichen Anfall von Eifersucht an, um sich auf weit wichtigere Angelegenheiten zu konzentrieren. Welche Absichten verfolgte der NKWD in Bezug auf Cameron? War ihre Begegnung auf dem Puschkin-Platz ihre letzte gewesen? Alles in ihm lehnte sich gegen diesen Gedanken auf, aber es lag durchaus im Bereich des Möglichen. Sie könnte ausgewiesen und nicht mehr ins Land gelassen werden. Und ihm würde man sicher ein Ausreisevisum verwehren; er könnte sich dann nicht einmal mehr auf die Suche nach ihr machen. Doch am meisten machte ihm die Unsicherheit zu schaffen, ob die Bindung zwischen ihnen stark genug war, um die Hindernisse zu überwinden, die die russische Regierung ihnen in den Weg legte.

Diese Frage schob er beiseite, an denselben Ort, wohin er auch seine Eifersucht geschoben hatte. Was sollte er jetzt tun? Sein erster Impuls war, das Narkomindel zu stürmen. Aber er wusste, dass das nichts bringen würde. Vernünftiger schien es ihm, einfach am Bahnhof zu warten. Die Polizei würde bestimmt nicht die Verantwortung dafür übernehmen, dass eine amerikanische Staatsbürgerin die letzte Gelegenheit verpasste, aus einer belagerten Stadt evakuiert zu werden.

Alex lief unruhig im Bahnhof umher, soweit die Menschenmassen auf dem überfüllten Bahnsteig es zuließen. Dann setzte der Sturm auf den letzten Zug nach Kuibyschew ein. Die Ausländer drängten zusammen mit den privilegierten Sowjetbürgern, vorwiegend Regierungsbeamten, in die Waggons. Unwillkürlich kam Alex der Gedanke, dass die Deutschen, wenn sie eine Bombe auf den Bahnhof hätten fallen lassen, ihrem Ziel einen großen Schritt näher gekommen wären.

Aber es fielen keine Bomben. In den vergangenen zwei Tagen hatte es eine beinahe unheimliche Pause in der Bombardierung gegeben.

Alex versicherte den Korrespondenten, die genauso besorgt waren über ihre verspäteten Kameraden wie er, er würde nach ihnen Ausschau halten und dafür sorgen, dass sie die Stadt rechtzeitig verließen. Dann lief der Zug aus.

Niedergeschlagen ließ sich Alex auf eine Bank sinken. Er wusste nicht, was er tun sollte, darum betete er. Nach ein paar Minuten fühlte er sich besser, ohne erklären zu können, warum. Er erhob sich, verließ den Bahnhof und ging zum Metropole. Dort sprach er mit dem Hotelmanager, doch Cameron war nicht aufgetaucht. Dann begab er sich zur amerikanischen Botschaft. Die beiden Attachés, die zurückgeblieben waren, um die restlichen Akten zu vernichten und die Botschaft zu schließen, wussten auch nichts über den Verbleib von Hayes oder Shanahan.

Er überlegte, ob er sich im Metropole einmieten sollte. Aber vielleicht hatte Cameron einen anderen Weg gefunden, die Stadt zu verlassen, und würde nicht zum Hotel zurückkehren. Außerdem war Alex nicht ganz frei in seinen Entscheidungen. Der Arbeitsaufwand im Krankenhaus nahm ständig zu und die Leute wurden immer weniger, da viele Ärzte und Schwestern den Lazaretten an der Front zugeteilt wurden. Er musste an seine Arbeit zurückkehren. Cameron würde einen Weg finden, ihn zu erreichen. Ihm blieb nichts anderes übrig, als sie in Gottes Hände zu befehlen.

Der Verkehr auf den Straßen war unglaublich. Cameron hatte nicht gedacht, dass es in ganz Russland überhaupt so viele Fahrzeuge gab. Aber es waren nicht nur motorisierte Fahrzeuge unterwegs, sondern auch Pferdewagen und Flüchtlinge mit Handkarren. Endlose Menschenströme taten das Übrige, den Verkehr zum Erliegen zu bringen. Der M-1 des NKWD kroch mit einer Geschwindigkeit von weniger als zehn Stundenkilometern durch die Straßen. Schließlich sprangen Cameron und Johnny aus dem Wagen und liefen zu Fuß weiter.

Um halb zwölf erreichten sie den Bahnhof Kazan. Niemand brauchte ihnen zu sagen, dass sie auch den letzten Zug, der die Stadt verließ, verpasst hatten. Der leer gefegte Bahnsteig war der erste Hinweis.

Die Leute, die im Zug nicht mehr mitgekommen waren, verließen die Stadt über die verschiedenen Ausfallstraßen. Falls einer von ihnen Lozowskis Ankündigung gehört hatte, Moskau würde nicht fallen, schien er ihm keinen Glauben zu schenken. Es war wie die Flucht von einem sinkenden Schiff.

Da sie nicht wussten, was sie sonst tun sollten, schlugen sie sich zur amerikanischen Botschaft durch, wo Bob Wood die Stellung hielt.

„Was für ein Missgeschick!", rief er, nachdem er ihre Geschichte gehört hatte.

„Nicht schlimmer, als hier festzusitzen wie Sie", entgegnete Cameron.

„Ich habe mich freiwillig gemeldet. Es ist eine ebenso schreckliche wie einmalige Erfahrung, die Schlacht um Moskau mitzuerleben, denke ich."

Cameron nickte. Sie fragte sich, inwiefern sein Zurückbleiben mit dem Debakel von Olegs Flucht zusammenhing. Bob war am Boden zerstört gewesen, als er davon gehört hatte. Aber sie konnten nichts anderes tun, als weiterzumachen. Vielleicht war sein Ausharren in Moskau bis zum bitteren Ende seine Art, sich eng an die russische Sache zu binden.

„Ja", stimmte Shanahan zu, „aber das wird nicht lange dauern. Unsere Fahrer sagten, sie würden ein Transportmittel für uns organisieren, vielleicht schon morgen. Auf keinen Fall werden sie uns hier im Mittelpunkt des Geschehens lassen. Wir könnten ja brisante Neuigkeiten weitergeben."

„Vielleicht gehen wir ja in dem Durcheinander verloren", meinte Cameron hoffnungsvoll.

„Nicht bei unserem Glück." Shanahan verzog das Gesicht.

„Da wir gerade von Glück sprechen", meinte Wood, „vor etwa einer Stunde war jemand hier, der nach Ihnen gefragt hat, Cameron. Kennen Sie einen Russen namens Rostow?"

„Ja!" Sofort hellte sich Camerons Gesicht auf. Ihr Herzschlag beschleunigte sich. „Er war hier?"

„Ja. Er hat sich große Sorgen um Sie gemacht."

„Dann weiß er also, dass wir den Zug verpasst haben?"

„Ja, und er ist über Ihre Begegnung mit dem NKWD informiert. Wie ich sagte, er war ziemlich ratlos."

„Ratlos, ja?“, fragte Shanahan mit hochgezogener Augenbraue.

Cameron verdrehte die Augen, aber in erster Linie wegen der vielschichtigen Gefühle, die sie in diesem Augenblick durchströmten. „Nun, das ist doch verständlich, nicht? Die Stadt wird evakuiert. Die Polizei hat mich festgehalten. Ich meine, jeder würde sich Sorgen machen, wenn er so etwas von einem Freund hören würde. Er hat sich auch um dich Sorgen gemacht, Shanahan.“

„Oh, bestimmt war er außer sich vor Sorge, weil ich verhaftet wurde und dann den letzten Zug aus diesem Inferno verpasst habe“, schnaubte Shanahan. „Bestimmt war er wegen mir so fassungslos.“

Cameron schüttelte den Kopf. „Du bist unmöglich, Shanahan.“

„Der Kerl ist dir verfallen, Hayes. Nachtigall, ich hör dir trapsen, wie man so schön sagt.“

„Ich könnte jetzt tatsächlich eine Tasse Kaffee gebrauchen“, sagte sie.

„Im Nebenzimmer steht eine Kanne“, bot Wood an.

Cameron nahm ihn beim Wort und eilte aus dem Zimmer. Doch Shanahan wollte sie nicht so leicht davonkommen lassen. Er folgte ihr.

„Was hast du vor?“, fragte er.

„Eine Tasse Kaffee zu trinken.“

„Wegen des Doktors?“

Cameron nahm sich einen Becher, schenkte sich ein, doch Shanahan hielt ihre Hand fest, als sie den Kaffee an die Lippen führen wollte. Sie drückte ihm den Becher in die Hand und goss sich neuen Kaffee ein.

Genussvoll nahm sie einen Schluck des starken schwarzen Gebräus. „Was geht es dich an, was ich wegen Alex unternehmen werde?“

„Hey, ich mache mir nur Sorgen, das ist alles.“ Er sah keinen Grund, sich zu verteidigen. Er meinte es wirklich ehrlich.

„Das ist alles?“

„Ja.“

Sie starrte ihn über die Tasse hinweg an und erkannte, dass er es ernst meinte. Er war ein besorgter Freund – ein lieber Freund – aber nicht mehr. Sie musste daran denken, wie er ihr vor wenigen Wochen in betrunkenem Zustand seine Liebe erklärt hatte. Und ihr fiel Tatiana ein und das, was an der Front passiert war, und all die verdrängten Fragen waren wieder da.

Shanahan liebte sie nicht. Und Alex war außer sich vor Sorge um sie. Kein Wunder, dass sie sich ihre Gefühle nicht eingestehen wollte. Es war einfach alles zu viel. Vor allem da sie Bindungen dieser Art immer ausgeschlossen hatte. Bisher hatte sie es hervorragend geschafft, alle Männer auf Armeslänge von sich fernzuhalten. Das konnte nur zu Verletzungen führen. Doch jetzt merkte sie, wie ihre Schutzmauer Risse bekam, und sie war nicht sicher, ob dieses Gefühl ihr gefiel.

53

Cameron ruckte aus dem Schlaf hoch. Schweißgebadet setzte sie sich im Bett auf. Die Nacht war unruhig gewesen und voller Albträume. Sie und Shanahan hatten beschlossen, die Nacht in der Botschaft zu verbringen und nicht zum Hotel zurückzukehren. Ein Luftangriff hatte sie daran gehindert, Alex aufzusuchen. Die Telefone funktionierten nicht, sodass sie ihn nicht einmal anrufen konnte. Aber sie musste ihn unbedingt sehen, bevor sie Moskau verließ. Abgesehen von ihren zwiespältigen Gefühlen schuldete sie ihm das.

Sie stieg aus dem Bett. Im Badezimmer spritzte sie sich ein wenig kaltes Wasser ins Gesicht. Wie sehr wünschte sie, sie könnte sich die Zähne putzen. Aber alle ihre Habseligkeiten waren vermutlich auf dem Weg nach Kuibyschew. Sie ging zu Woods Büro. Er war mit dem Brennofen beschäftigt.

„Haben Sie die ganze Nacht durchgemacht?“, fragte sie, während sie sich eine Tasse Kaffee eingoss.

„Eine Mütze voll Schlaf war schon drin.“ Er schob einen weiteren Stapel Papiere in das Feuer.

„Wo ist Shanahan?“

„Er schläft noch.“

„Irgendeine Nachricht vom Narkomindel?“

Wood schüttelte den Kopf. Cameron nahm noch einen Schluck Kaffee und traf eine Entscheidung.

„Bob, kann ich einen Botschaftswagen benutzen?“

„Wozu? Hoffentlich nicht, um die Stadt zu verlassen. Das geht nicht ohne eine Eskorte.“

„Ich brauche ihn nur für eine Stunde. Ich muss ans andere Ende der Stadt. Die U-Bahn fährt nicht mehr regelmäßig und Taxis gibt es nicht mehr. Aber ich muss unbedingt mit jemandem sprechen –“

„Mit diesem Rostow, richtig?“ Wood schüttelte betrübt den Kopf. „Sie lassen sich doch nicht schon wieder mit einem Russen ein? Ich dachte, die Erfahrung mit Oleg hätte Sie klüger gemacht.“

„Ich lasse mich mit niemandem ein! Aber Sie haben selbst gesagt, dass er außer sich vor Sorge war. Telefonisch kann ich ihn nicht erreichen, und bevor ich die Stadt verlasse, muss ich ihm mitteilen, dass es mir gut geht. Das ist eine Frage des Anstands."

„Ach so, hier," schmunzelnd holte er einen Schlüsselbund aus der Tasche. „Aber seien Sie vorsichtig. Im Augenblick haben die Luftangriffe nachgelassen, aber das wird nicht lange dauern."

Der Botschaftswagen stand in der Garage und Cameron brauchte nicht lange zu rangieren, um ihn auf die Straße zu lenken. Sie war schon lange nicht mehr hinter dem Steuer eines Wagens gesessen, in Los Angeles hatte sie öfter Taxis genutzt als ihren eigenen Wagen, doch sie gewöhnte sich schnell wieder an das Fahren. Die Straßen waren nicht mehr so verstopft wie am vergangenen Tag, aber es herrschte noch immer reger Verkehr. Gespenstische Szenen spielten sich ab. Ein Mann fiel ihr auf, der über die Straße hastete und einen Ring Würstchen um den Hals geschlungen hatte wie eine Perlenkette. Ein Stück weiter hatte sich ein Lastwagen überschlagen und die Menschenmenge durchsuchte die Ladung. Bei vielen Geschäften standen die Türen offen und Plünderer machten sich über die Waren her. Wo war die Polizei? Hatte sie die Stadt schon aufgegeben?

Sie bog in die Querstraße zum Krankenhaus ein und brachte den Wagen zum Stehen. Ihr war gar nicht klar gewesen, dass sie so schnell gefahren war. Sie eilte in das große Gebäude, fragte sich durch und stand endlich Alex gegenüber. Er kam in seinem grünen Operationskittel aus dem Operationssaal. Seine Haube hatte er noch auf dem Kopf, die Maske hing ihm um den Hals. Wieder wirkte er unglaublich attraktiv, trotz seines blutbefleckten Hemdes.

„Cameron, du!", rief er.

„Habe den Zug verpasst, aber ich schätze, das weißt du alles."

„Es tut mir so leid." Stimmte das? Sie konnte es nicht sagen.

Heulend ging die Sirene los und riss sie aus ihren Gedanken, die ihr ein angenehmes Kribbeln verursacht hatten.

„Du hättest nicht während eines Luftangriffs kommen sollen", sagte er.

„Ich konnte dich telefonisch nicht erreichen und ich dachte, du würdest wissen wollen, dass es mir gut geht. Auf jeden Fall war alles ruhig, als ich aufgebrochen bin. Bob in der Botschaft hat mir seinen Wagen geliehen und ich dachte, ich würde es schaffen, bevor es wieder losgeht."

„Man kann nie vorhersagen, wann die Deutschen losschlagen."

„Wird man das Krankenhaus evakuieren?“, fragte sie.

„Einige Patienten sind bereits verlegt worden, aber es gibt viele, die nicht transportiert werden können.“

„Du wirst bei ihnen bleiben.“

„Ich muss tun, was mir aufgetragen wird.“

„Genau wie ich.“

Seufzend fuhr er sich mit der Hand durch die Haare und wischte die Haube vom Kopf. Er ignorierte es und blickte Cameron an. „Wir wussten, dass das passieren würde.“

„Ja.“

„Ich bin nur froh, dass es dir gut geht. Ich habe mir Sorgen gemacht und ich mache mir immer noch Sorgen, bis du außer Gefahr bist.“ Er hielt inne und lächelte verlegen. „Ich weiß, du magst das nicht, aber ich kann es nicht ändern. So empfinde ich eben meinen Freunden gegenüber.“

„Freunde, ja.“ Ihr Mund wurde trocken und plötzlich ergriff sie eine unerklärliche Furcht. Ihre Welt war auf den Kopf gestellt und die Detonationen draußen gaben diesem Gefühl den passenden Rahmen. Sie war hin- und hergerissen zwischen dem Wunsch, alles erklären zu wollen, und dem Wunsch davonzulaufen. Seine Besorgnis berührte sie ebenso, wie sie ihr Angst einjagte und ihr das Gefühl gab, gefangen zu sein, erstickt zu werden. Sicher, an diesem Tag auf dem Puschkin-Platz hatten sie sich ein Versprechen gegeben, aber auch da war keiner von ihnen eine Bindung eingegangen.

„Wo ist Shanahan?“, fragte er unvermittelt.

„In der Botschaft. Warum?“

„Er hat sich deiner angenommen –“

„Ich brauche keinen, der sich meiner annimmt!“

„Liebst du ihn?“

Fassungslos über die unerwartete Frage starrte sie ihn an, aber sie leugnete es nicht. Sie hasste sich selbst für ihr Schweigen, sie hasste die Furcht, die plötzlich Besitz von ihr ergriff.

Eine Schwester eilte herbei. „Doktor, der Patient hat Blutungen.“

„Ich muss gehen“, sagte er mit hohler Stimme.

Sie öffnete den Mund, um etwas zu sagen, aber außer „Ich liebe dich“ fiel ihr nichts ein. Doch sie konnte sich nicht überwinden, diese Worte auszusprechen.

Er verschwand durch eine Tür. Am ganzen Körper zitternd sah sie ihm nach. Dann drehte sie sich um und ging den Flur entlang.

Was war nur los mit ihr? Diese Art der Furcht war ihr neu. Draußen hörte sie die Bomben fallen. Sie waren schrecklich nahe, aber das kümmerte sie kaum. Konnte sie eher eine Bombardierung aushalten als eine Liebeserklärung? Sie redete sich ein, dass auch Alex ihr seine Liebe nicht gestanden hatte. Dann waren sie beide schreckliche Dummköpfe. Shanahan wusste es. Sogar Bob Wood wusste es. Aber sie und Alex hatten zu große Angst, diese Worte auszusprechen, und noch mehr, die mit diesen Worten verbundene Bindung einzugehen. Würde sie ihr ganzes Leben lang vor der Liebe davonlaufen, weil ihr Vater sie mit seiner Zurückweisung verletzt hatte? Und Alex war kaum besser. Ihm stand seine Angst im Wege, sich abhängig zu machen.

Wie dumm sie waren!

Doch wenn sie sich eingeengt fühlte, dann nicht wegen Alex. Von Anfang an hatte sie gewusst, dass er der Typ war, der klammerte. Wenn er sich Sorgen um sie machte, was war daran so ungewöhnlich mitten in einem Krieg? Sie machte sich auch um ihn Sorgen.

Als sie das Krankenhaus verließ, erbebte der Boden unter ihren Füßen. Was tat sie während eines Luftangriffs hier draußen? War sie nicht mehr klar im Kopf?

Sie wirbelte auf dem Absatz herum, um im Krankenhaus Schutz zu suchen. Sie hörte das Geräusch, bevor sie die Bombe erkannte. Das Gebäude auf der anderen Straßenseite explodierte und nur einen Bruchteil einer Sekunde später wurde sie von der Druckwelle erfasst und mehrere Meter weit geschleudert. Sie schlug mit dem Kopf gegen eine Wand, dann wurde alles schwarz.

Alex kam aus dem Aufwachraum, nachdem er sich davon überzeugt hatte, dass die Aufregung der Schwester unbegründet gewesen war. Die Blutung war nicht stärker, als zu erwarten gewesen war. Aber sie war neu hier, nicht einmal eine ausgebildete Krankenschwester, und sie hatten viel zu wenig Personal, um sich wegen solcher Dinge aufzuregen.

Plötzlich erbebte das Gebäude mit solcher Wucht, wie er es vorher noch nicht erlebt hatte. Putz regnete auf ihn herab und er taumelte gegen eine Wand. Das war wirklich nahe! Erkannte der Feind das Rote Kreuz auf dem Dach nicht mehr an?

Einen Augenblick später tauchte ein Sanitäter auf. „Doktor, eine Bombe hat das Gebäude auf der anderen Straßenseite getroffen! Vor dem Haus stand ein Wagen, der jetzt unter dem Schutt begraben wurde."

„Oh nein!", stöhnte Alex. Hatte Cameron ausreichend Zeit gehabt, das Krankenhaus zu verlassen? Sie hatte gesagt, sie sei mit dem Wagen gekommen. Sein Puls raste. „Holen Sie Hilfe!", rief er und rannte davon.

Während er durch die Flure nach draußen eilte, rief er verzweifelt ihren Namen. Er wusste, sie würde nicht antworten. Sein Verstand sagte ihm, dass sie nicht im Luftschutzkeller des Krankenhauses in Sicherheit sein konnte. Warum hätte sie bleiben sollen? Er hatte sich von ihr abgewandt, getrieben von Furcht und Eifersucht. Das bereute er jetzt.

Als er die Straße erreichte, hielt er beim Anblick des zerstörten Bürogebäudes auf der anderen Straßenseite den Atem an. Da stand tatsächlich ein Wagen, der den Fahrzeugen glich, die von Botschaftsangehörigen gefahren wurden. Unter dem Schutt war nur noch wenig davon zu sehen, aber die wenigen unverbeulten Blechteile ließen keinen Zweifel zu.

Wie von Sinnen stürzte er sich auf den Haufen und begann, die Trümmer beiseitezuräumen. „Cameron!", rief er. „Bist du da drin? Oh Gott, bitte lass sie nicht in dem Wagen sitzen. Gib, dass sie nicht verletzt ist!" Er bemerkte kaum, wie selbstverständlich er sich jetzt an Gott wandte. Aber seit dem Besuch an der Front hatte er das häufiger getan. Er hatte sich keine großen Gedanken darüber gemacht und er stellte es jetzt auch nicht infrage. Im Gegensatz zu Cameron wusste er sehr wohl, dass seine Flucht vor Gott nie eine Aussicht auf Erfolg gehabt hatte, weil er Gott zum Leben brauchte wie Sauerstoff zum Atmen. Und keineswegs fühlte er sich deshalb als minderwertiger Mann.

Während er in den Steinen wühlte und seine Hände zu bluten begannen, murmelte er: „Ich weiß, dass ich es nicht verdient habe. Aber Gott, bitte hör mein Schreien. Rette sie!"

Es war ihm egal, ob sie verschont wurde, nur um zu Johnny Shanahan zurückzukehren. Alex wollte sie nur lebendig wiedersehen, das war ihm das Wichtigste.

„Brauchen Sie Hilfe?“, ertönte eine Stimme hinter ihm.

Er registrierte gar nicht, dass die Stimme ihn in Englisch angesprochen hatte, auch kam sie ihm überhaupt nicht bekannt vor.

„Ja, sie ist da drin. Ich muss sie retten!“

„Alex ...“

Er hielt in seinem hektischen Tun inne, umklammerte den Stein, den er hatte beiseitewerfen wollen, und fürchtete sich davor, sich umzudrehen, wollte es nicht glauben, dass sein Gebet bereits erhört worden war. Sie legte ihm die Hand auf die Schulter und die Berührung war sehr real, sehr warm und sehr lebendig. Er ließ den Stein fallen und drehte sich um. Im nächsten Augenblick lag sie in seinen Armen, und er küsste ihr Gesicht, dieses liebe Gesicht, das er befürchtet hatte, nie wiederzusehen.

„Bist du in Ordnung?“ Sein Blick glitt prüfend über sie hinweg.

„Ja. Durch die Druckwelle habe ich für kurze Zeit das Bewusstsein verloren. Bobs Wagen ist es viel schlechter ergangen.“ Sie deutete auf den Blechhaufen.

„Ich hatte Angst ...“ Aber seine Kehle war wie zugeschnürt und die Worte blieben ihm im Hals stecken, darum küsste er sie einfach weiter. Es dauerte eine Weile, bis er bemerkte, dass sie seine Küsse mit der gleichen Heftigkeit erwiderte.

Die Zeit verstrich. In der Ferne waren die Explosionen der Bomben zu hören. Die Flugzeuge flogen nun Angriffe auf andere Sektoren der Stadt. Der Boden bebte noch immer unter ihren Füßen, aber sie bemerkten es nicht. Sie hielten erst inne, als ein Rettungsteam auftauchte. Alex zog Cameron in den Eingangsbereich des Krankenhauses. Sie suchten sich ein ruhiges Plätzchen.

„Ich liebe dich, Cameron!“, flüsterte er.

„Einen Augenblick mal! Das war mein Text“, wandte sie ein.

„Was?“, fragte er verwirrt.

„Ich liebe dich.“ Ihre Augen strahlten.

„Du ...? Was ist mit Shanahan?“ Er konnte es noch immer nicht glauben.

Sie schnaubte. „Johnny ist – war – nur ein Irrtum. Ich hatte mehr Ehrfurcht vor dem, was er darstellt, als vor seiner Person. Aber du ...“

„Ich?“, drängte er, als sie zögerte.

„Ich weiß nicht. Eigentlich wollte ich keine Beziehung, keine Bindung eingehen. Aber es ist dumm, davor davonzulaufen, wenn es so offensichtlich ist, dass sogar ich es schließlich erkannt habe.“ Lächelnd glitt ihr Blick über ihn hinweg, als hätte sie dieselbe Angst gehabt, ihn zu verlieren. „Warum ausgerechnet wir? Ich habe keine Ahnung. Eine starrsinnige Reporterin und ein idealistischer Arzt? Das macht keinen Sinn. Johnny und ich, das hätte gepasst, aber ...“

„Sch-sch“, unterbrach er sie. „Du hast mir zu Recht vorgeworfen, ich würde die Dinge viel zu stark analysieren. Mach jetzt nicht denselben Fehler. Gott hat mein Gebet erhört und dich zu mir zurückgebracht. Ich bin sicher, dass er uns zusammengeführt hat. Das reicht mir.“

„Gott?“

Er zuckte die Achseln. „Ich habe im Stillen gebetet, als ich dich in diesem Wagen verschüttet glaubte.“

„Ich schätze, im umgekehrten Fall hätte ich auch gebetet.“

Er legte die Hände an ihr Gesicht, um sie näher an sich zu ziehen, aber sie entwand sich seinem Griff.

„Alex, deine Hände!“ Sie nahm seine zerschundene Rechte und liebkoste sie. „Deine armen Chirurgenhände.“

„Das heilt wieder.“ Er zog sie an sich und küsste sie erneut, lang und genüsslich, als hätten sie alle Zeit der Welt.

Cameron holte sie sanft, aber bestimmt in die Wirklichkeit zurück. „Und was jetzt, Alex?“

„Das Ende. Und sie lebten glücklich und zufrieden bis an ihr Lebensende.“

„Du sollst keine Witze darüber machen. Ich muss fort von hier und du musst bleiben. Nur Gott weiß, was passieren wird.“

„Das reicht mir. Wir wollen es in seine Hände legen.“

„Ich bin noch nicht bereit, das zu tun“, sagte sie.

Er spürte einen Stich in seinem Herzen, ging aber darüber hinweg und sagte: „Es besteht die Möglichkeit, dass ich auch nach Kuibyschew komme.“

„Versprich mir, dass wir einander nicht verlieren werden – du weißt, wie Menschen sich in Kriegszeiten aus den Augen verlieren.“

„Ich verspreche es“, sagte er mit solcher Zuversicht, dass sie ihm einfach glauben musste.

Teil 6

„Das wird eine Nacht in Russland dauern,
wenn die Nächte dort am längsten sind."

Shakespeare
Maß für Maß, 1604

54

Los Angeles
November 1941

Jackie wollte den Ort, wo sie und Sam sich trafen, nicht als geheimen Ort sehen. Er befand sich auf dem Campus der UCLA eher am Rande des Geländes, unter einer Baumgruppe, wo nur selten jemand hinkam. Im Augenblick spielten einige Studenten in der Nähe Fußball. Sie und Sam sahen keinen Grund, ihre Treffen zu verheimlichen. Sie waren Freunde und sie mochten die Einsamkeit der Bäume, wie sie den kleinen Hain nannten. Dann und wann besuchten sie auch die öffentlichen Cafés und ab und zu gingen sie sogar gemeinsam ins Kino. Sie hatten nichts zu verbergen.

„Deine Schwester ist also auf die Philippinen gereist?", fragte Sam, nachdem Jackie ihn über die neusten Ereignisse in Kenntnis gesetzt hatte.

„Ich war schockiert, als sie es erzählte, aber nachdem ich darüber nachgedacht hatte, kam ich zu dem Schluss, dass es das Beste für sie sein wird."

„Damit sie sich diesen Leutnant schnappen kann?"

Seine scharfe Bemerkung entsetzte Jackie. „So kann man das wohl kaum bezeichnen. Sie sind ja bereits verheiratet", verteidigte sie ihre Schwester. „Eher, um die Dinge mit ihm zu klären, und natürlich mit Gott."

„Das verstehe ich nicht."

„Es ist kompliziert, aber so wie sie es darstellte, macht es Sinn. Sie steckt in einer Zwickmühle. Sie hat Angst, ihre Motivation, sich Gott zu öffnen, könnte allein darin liegen, Gary zurückzugewinnen. Aber auf der anderen Seite ..." Jackie hielt inne und kratzte sich am Kopf. „Nun, vorher machte das schon Sinn. Aber du bist nicht meiner Meinung?"

„Ich schätze, ich sehe es von Garys Standpunkt aus", erwiderte Sam. Sie saßen im Gras unter einer großen Eiche, deren Blätter bereits bunt wurden und zu Boden fielen. Sam hob ein heruntergefallenes Blatt auf und betrachtete es. Ganz offensichtlich widerstrebte es ihm, seine Meinung zu einer Angelegenheit zu sagen, die ihn nicht direkt betraf.

„Und was siehst du?", fragte Jackie nach.

„Es geht mich wirklich nichts an. Ich kenne diese Leute nicht."

„Aber ich merke doch, dass du etwas zu sagen hast."

Er grinste sie an, weil sie recht hatte. „Also gut. Ich weiß, ich werde es bedauern, dass ich meine Nase da reinstecke. Ich kenne diesen Gary zwar nicht, aber in meinen Augen scheint er ein Mensch zu sein, für den es wichtig ist, dass die Frau, die er liebt, seinen Glauben teilt."

Jackie nickte und Sam fuhr fort.

„Ich glaube fest an die Heiligkeit der Ehe, aber was für eine Ehe führen sie denn? Eine Ehe, die, wie es scheint, auf Lügen aufgebaut ist. Ich weiß, ich habe gesagt, das Beste wäre, Gott an deiner Schwester handeln zu lassen, aber das war, bevor sie den Jungen in eine Ehe gelockt hat. Verzeih mir, wenn das ein wenig hart klingt. Vielleicht liebt sie ihn ja wirklich, aber wie soll er ihr je wieder vertrauen können?"

„Darum fährt sie ja zu ihm, um zu versuchen, dieses Vertrauen wieder aufzubauen. Gary hat sie nicht richtig verlassen. Er musste wegen der Armee abreisen. Er hat ihr gesagt, er fühle sich verpflichtet, an ihrer Ehe festzuhalten. Das sei eine Frage der Ehre."

„Was für eine schlechte Grundlage für eine Ehe!"

„Ja, das finde ich auch. Aber vielleicht wird es ja funktionieren, wie du schon angedeutet hast. Gott kann die zerbrochenen Teile nehmen und sie zu etwas Gutem zusammensetzen. Du warst auch einmal der Meinung, dass Gott sie vielleicht zusammengeführt haben könnte."

„Ich glaube nicht, dass ich das gesagt habe", protestierte er. „Ich dachte nur, für dich wäre es besser, dich nicht einzumischen."

„In dem Punkt hattest du recht", gestand sie ein.

Er lächelte ein wenig triumphierend. „Und ich sollte meinen eigenen Ratschlag beherzigen."

„Das liegt jetzt sowieso nicht mehr in unseren Händen. Aber ich blicke noch immer nicht durch. Ich verstehe, was du meinst, wenn du sagst, es sei nicht klug von Gary, sich an eine Frau zu binden, die seinen Glauben nicht teilt. Aber was ist mit der Möglichkeit, dass Blair durch das alles zu Gott findet?"

„Kann Gary jemals sicher sein, dass ihr Glaube nicht nur ein weiteres Täuschungsmanöver ist, um ihn zu halten?"

„Ich schätze, das werden sie Gott anvertrauen müssen."
Er lachte. „Ach was, jetzt bist du also auch dieser Meinung!"
„Ich weiß, aber ich konnte meine Nase einfach nicht heraushalten. Du hättest sehen sollen, wie Blair langsam über die Klippe rutschte. Ich glaube, sie hat sogar über Selbstmord nachgedacht." Jackie atmete tief durch, weil ihr ein Kloß im Hals saß. Tränen traten ihr in die Augen. „Sie hat mir so verzweifelt leid getan. Ich habe für sie gebetet und vielleicht habe ich nicht auf Gott gewartet, aber ich dachte, es bestünde ja die Möglichkeit, dass Gott mich gebrauchen wollte – oh Sam! Denkst du wirklich, dass ich wieder alles vermasselt habe?" Sie schniefte laut.
„Nein!", sagte er bestimmt. „Ich glaube nicht, dass du je etwas vermasseln könntest."
Er starrte sie mit einer Eindringlichkeit an, dass Jackie innerlich erbebte. Er griff nach ihrer Hand und wie immer verlieh ihr seine Berührung das tiefe Gefühl der Sicherheit.
„Was ich gesagt habe, tut mir leid, Jackie, sie sind in Gottes Händen."
„Und er wird sich auch meiner Fehler annehmen?", fragte sie mit tränenerstickter Stimme.
„Immer", versicherte er ihr. Er rückte näher an sie heran und legte den Arm um ihre bebenden Schultern.
Sie lehnte sich an ihn. Nie hatten sie sich gestattet, einander so nahe zu kommen. Sie ignorierte ihr klopfendes Herz und redete sich ein, das sei nur ein brüderlicher Akt des Trostes. Sie legte den Kopf an seine Schulter und spürte seine Wange auf ihrem Kopf. Das fühlte sich so gut an, dass sie nur zufrieden seufzen konnte.
Sam gab ihr einen Kuss auf den Kopf.
Sie seufzte erneut.
Ein Ball kam herbeigerollt und störte ihre Harmonie. Und dann waren Schritte zu hören.
„Tut mir leid", ertönte eine Stimme.
Jackie drehte sich zu der Stimme um. „Schon in Ordnung." Sie hatte sich keine Gedanken darüber gemacht, ob das, was sie tat, falsch sein könnte.
„Jackie!"
Es war Jeffrey Meade. Sams Kopf ruckte hoch und sein Arm rutsch-

te von ihrer Schulter. Schuldgefühle verdüsterten seinen Gesichtsausdruck und sie wäre zornig darüber geworden, wenn sie nicht gewusst hätte, dass ihr Gesicht denselben Ausdruck trug.

„Du meine Güte, Jackie! Was machst du denn da?", rief Jeffrey empört, während er den Fußball aufhob.

„Ich ... wir ...", stammelte sie, aber sie brachte keinen zusammenhängenden Satz heraus. Sie fühlte sich schuldig, so als wäre sie bei einer kriminellen Handlung ertappt worden.

Sam machte denselben Eindruck, fasste sich aber sehr viel schneller.

„Wir unterhalten uns, wenn du nichts dagegen hast", sagte er. Stolz und auch eine Spur Arroganz lagen in seinem Tonfall.

„Unterhalten, ja? So nennt man das jetzt also. Und dazu noch mit einem Japsen, Jackie! Ich hätte dir wirklich mehr Verstand zugetraut."

Sam sprang auf. „Nimm das zurück, Meade!" Er stand Auge in Auge mit dem jungen Mann.

„Halt die Luft an!", fuhr Meade ihn an, dann schob er Sam beiseite und wandte ihm den Rücken zu, als wäre er unwichtiger als ein Käfer im Gras. „Jackie, deine Eltern werden einen Aufstand machen, wenn sie erfahren, dass du dich mit diesem Japsen eingelassen hast."

Sam packte Meade am Kragen und schleuderte ihn herum. „Rede nicht so mit ihr! Und wenn du anfängst, Lügen über Jackie zu verbreiten, werde ich ..."

„Was wirst du tun, du gelber Affe?", schnaubte Jeffrey. „Und jetzt schieb deine kümmerliche Visage aus meinem ..."

Sam schmetterte Meade die Faust ins Gesicht. Jeffrey taumelte und Blut trat aus seiner Nase. Seine Hand fuhr an sein Gesicht, und als er das Blut spürte, wurde er blass.

„Du ... dafür sollte ich dich verprügeln", drohte Jeffrey. „Aber du bist es einfach nicht wert." Er drehte sich um und stolzierte davon.

Fassungslos schweigend hatte Jackie die Szene verfolgt. Sie wusste nicht, was sie so verblüffte, Sams tatkräftige Verteidigung ihrer Ehre, Jeffreys unglaubliche Anmaßung oder die Vorstellung, dass ihre Eltern bald von Sam erfahren würden, wenn auch durch sie. Sie verdrängte ihre Ängste und konzentrierte sich allein auf Sam. Er rieb sich seine wunde Faust.

„Ich habe noch nie einen Menschen geschlagen", murmelte er wie betäubt.

Sie erhob sich und nahm seine Hand. Die Knöchel waren aufgeschürft und sie zog die verletzte Hand an ihre Lippen. Aber er entriss sie ihr.

„Bist du verrückt?“, fuhr er sie an. „Sie sehen doch alle zu.“

Die Gruppe der Fußballspieler stand tatsächlich ein Stück entfernt und starrte in ihre Richtung.

Ein Lächeln trat auf ihre Lippen. „Du hast dem beliebtesten und einflussreichsten Jungen in der Schule eine blutige Nase verpasst und du machst dir Sorgen darum, dass ich deine Hand küsse?“

„Sie sollen nicht schlecht von dir denken.“

„Mir ist egal, was sie denken.“ Aber sie erinnerte sich an die Schuldgefühle und die Scham, die sie überkommen hatten.

„Wir wollen hier verschwinden“, schlug er vor. „Aber wir sollten nicht gemeinsam gehen.“

„Hör auf, Sam. Hör auf, mich beschützen zu wollen.“

„Das könnte deinem Ruf schaden!“

„Pah! Das glaube ich keine Sekunde.“

Es traf sie mit solcher Wucht wie Sams Hand Jeffreys Nase. Der starke, unvermittelte Drang, Sam zu küssen. Und nicht, weil alle zusahen. Sondern weil er sie verteidigt hatte und weil er sie jetzt so besorgt ansah, dass ihr Herz brechen wollte.

Sie widerstand dem Drang, aber mehr um seinetwillen als um ihretwillen, weil ihm das ganz schrecklich peinlich gewesen wäre.

„Entweder wir verschwinden hier gemeinsam oder gar nicht“, beharrte sie eigensinnig. Sie versuchte, ebenso leidenschaftlich zu klingen wie er bei ihrer Verteidigung.

Mit einem resignierten Achselzucken setzte er sich in Bewegung und tat nichts, um sie aufzuhalten, als sie ihn einholte und neben ihm herging.

Als sie außer Sichtweite der anderen waren, wandte er sich ihr zu. „Jackie, wir dürfen uns nicht wieder sehen.“

„Was?“

„Deine Eltern werden es sowieso verbieten.“

„Das ist mir egal“, schnaubte Jackie

„Es darf dir aber nicht egal sein, was deine Eltern denken. Du hast dich dein ganzes Leben lang bemüht, ihnen zu gefallen.“ Als sie protestieren wollte, schüttelte er den Kopf. „In unserer Kultur ist das eine gute Sache. Man muss seine Eltern ehren. Ich würde mich meinen Eltern nicht widersetzen und ich weiß, ihnen würde das genauso wenig gefallen wie deinen."

„Aber wir haben uns ihnen bereits widersetzt."

„Eigentlich nicht. Wir haben sie nicht angelogen, wir haben es ihnen nur nicht erzählt, das ist alles."

„Ich hätte nicht gedacht, dass du so hinterlistig bist, Sam Okuda!"

„Nicht hinterlistig. Nur praktisch."

„Ist auch egal", beharrte sie. „Wir haben nichts Falsches gemacht. Was für eine Welt ist das denn, in der zwei Menschen verschiedener Rasse keine Freunde sein können?"

„Vielleicht wäre es anders, wenn wir dasselbe Geschlecht hätten."

„Das hört sich so an, als würden wir im finsteren Mittelalter leben!"

„So ist es eben. Wir müssen das akzeptieren."

Sie starrte ihn ungläubig an. „Und was ist mit ‚für immer Freunde'?"

„Wir werden immer Freunde sein."

„Blödsinn! Das ist nur wieder so eine Spitzfindigkeit."

Er blieb stehen. Für einen Mann, der gerade einem Gegner die Faust ins Gesicht geschlagen hatte, sagte er mit erstaunlicher Ruhe: „Ich werde jetzt zu meinem Wagen gehen. Dort drüben." Er deutete mit dem Kopf zu einem Parkplatz. „Du wirst in die Bibliothek gehen. Da hinten." Er deutete mit dem Kopf in die entgegengesetzte Richtung. „So muss es sein."

Er setzte sich in Bewegung. Sie wollte ihm hinterherlaufen, aber sie tat es nicht. Irgendetwas in ihr vertraute ihm so voll und ganz, dass sie sich nicht überwinden konnte, gegen die Autorität seiner Worte zu handeln. Sam wusste immer genau, was er wollte. Seine Klugheit erstaunte sie manchmal. Sie musste einfach davon ausgehen, dass er wusste, was er tat. Aber sie musste auch glauben, dass eine größere Macht, eine größere Weisheit alles irgendwie in Ordnung bringen würde.

Nachdem sie ihm eine Weile nachgesehen hatte, drehte sich Jackie um. Aber sie ging nicht in die Bibliothek, sondern in die Kapelle auf dem Campus. Dort ließ sie sich auf eine Bank sinken und schüttete Gott ihr Herz aus. Als sie diese Kirche verließ, hatte sie keine Antworten, aber sie fühlte sich besser. Und das war auch gut, weil schon bald ihre Welt auf den Kopf gestellt werden würde.

Es dauerte ein paar Tage, bis die Nachricht über ihre Beziehung zu Sam ihren Vater erreichte. Keagan hatte sich mehrere Tage beim Gouverneur in Sacramento aufgehalten. Als er nach seiner Heimkehr seine Tochter darauf ansprach, lag eine auffällige Zurückhaltung in seinem Verhalten. Jackie war das Nesthäkchen und hatte deshalb schon immer größere Freiheiten genossen als die anderen Töchter. Dennoch hatte sie nie versucht, daraus Vorteile zu ziehen, und immer getan, was von ihr erwartet wurde. Das hatte ihr zwar wenig Lob von ihrem Vater eingebracht, doch wenigstens war sie umso seltener ins Fadenkreuz seiner Aggressionen geraten.

Als Keagan am Abend seiner Rückkehr aus der Landeshauptstadt zu ihr ins Zimmer trat, wappnete sie sich gegen das volle Ausmaß seines Zorns.

„Jackie, ich hab da so ein paar Sachen von einem deiner Kommilitonen gehört", begann er gleichmütig. Er hatte die Arme vor der Brust verschränkt, und wie er so in ihrem Türrahmen stand, wirkte er überaus imposant. In seinen Augen loderte ein Unheil verkündendes Feuer.

„Tatsächlich?"

„Du weißt, wovon ich spreche?"

Sie nickte.

„Ich bin sehr enttäuscht von dir."

„Warum, Daddy? Das verstehe ich nicht. Sam ist ein Freund –"

„Ein japanischer Junge, richtig?"

„Was spielt denn das für eine Rolle?"

„Ich bin kein Spießer, aber es gibt da Probleme, die nicht ignoriert werden können. Dazu gehört, dass ein Junge und ein Mädchen unterschiedlicher Rassen keine Freunde sein können. Um ehrlich zu sein, ich bin mir nicht mal sicher, ob ein Junge und ein Mädchen ein und derselben Rasse überhaupt einfach nur Freunde sein können – so, wie du deine Beziehung zu diesem Jungen darstellst."

„Das ist lächerlich!"

„Pass auf, was du sagst, junge Dame!"

„Es tut mir leid, Daddy. Aber ich verstehe dich einfach nicht. Wir sind einfach nur Freunde. Bei all der Unruhe auf der Welt ist es doch nur gut, wenn sich zwei Rassen so begegnen. Das kann doch nur hilfreich sein."

„Hör mir jetzt genau zu. Du möchtest Harmonie unter den Rassen in diese Welt bringen? Dann suche dir eine Japs ... ein japanisches Mädchen, mit dem du dich anfreundest. Alles andere ist nicht akzeptabel ..." Er brach ab und rang nach Luft. Seine frische Gesichtsfarbe war einer hässlichen Blässe gewichen.

„Daddy, was ist los?"

„Nichts. Ich habe nur Probleme mit der Verdauung dieses fetten Bratens, den Eleanor heute Abend auf den Tisch gebracht hat." Er klopfte sich mit der Faust gegen die Brust, atmete noch einmal durch und fuhr fort. „Verstehst du? Du wirst diesen Jungen nicht wiedersehen."

„Aber Daddy, er ist ein guter Freund ..."

„Genug!", brüllte er plötzlich. Seine Ruhe war verflogen. „Du wirst dieser Familie keine weitere Schande bringen. Wenn ich höre, dass du dich mir widersetzt, dann werfe ich dich raus wie deine Schwester, das schwöre ich dir!"

Er drehte sich auf dem Absatz um und marschierte davon.

Mitten in der Nacht erwachte Jackie vom Geräusch von Schritten in der Halle. Ihre Mutter öffnete die Tür.

„Jacqueline, dein Vater ist krank! Ich musste einen Krankenwagen rufen."

Jackie griff sich ihren Morgenrock und rannte hinter ihrer Mutter aus dem Raum. In diesem Augenblick war eine Sirene draußen zu hören. Innerhalb kürzester Zeit wurde Keagan Hayes ins Krankenhaus transportiert. Cecilia fuhr im Krankenwagen mit, Jackie folgte ihr mit dem Auto. Es war eine schreckliche Nacht. Sie saßen im Warteraum des Krankenhauses, Jackie hielt die Hand ihrer Mutter und beide rechneten von Minute zu Minute mit dem Schlimmsten. Jackie quälte der Gedanke, dass sie der Grund dafür sein könnte, weil sie der Familie Schande gemacht hatte.

Umso mehr sehnte sie sich nach Trost, nach der Nähe ihres vertrauten Freundes und dachte unentwegt an Sam. Schließlich schlich sie sich davon, die Treppe hinunter zum Telefon. Zwar drückte sie ihr Gewissen nun nur noch mehr, doch es war einfach zu viel verlangt, die Verbindung zu Sam so radikal und plötzlich abzubrechen. Vor allem jetzt.

Er kam, so schnell er konnte. Sie stieg zu ihm in den vor dem Krankenhaus geparkten Wagen. Sie wollte ihm erzählen, was sie für ihren Vater empfand, doch eine Tränenflut erstickte ihre Worte.

Sanft nahm er ihre zitternde, schluchzende Gestalt in die Arme, strich ihr über den Kopf und sprach besänftigend auf sie ein. Bald hatte sie sich so weit beruhigt, dass sie reden konnte, wenn auch immer wieder von Schluchzen unterbrochen.

„Ich bin schuld an diesem Herzinfarkt!", gestand sie. „Er hatte Schmerzen, als er mich anschrie wegen ..." Sie brachte den Grund für seine Erregung nicht über die Lippen. Doch Sam wusste ohnehin Bescheid.

„Jackie, du bist nicht schuld."

„Aber sieh doch mal, auch jetzt widersetze ich mich seinem Willen. Er liegt auf dem Sterbebett und ich konnte ... oh Sam, ich brauchte dich einfach!"

„Das ist in Ordnung. Ich bin ja da."

„Ich habe auch dich dazu gebracht, dich deinen Eltern zu widersetzen."

„Das ist im Augenblick nicht wichtig." Er strich ihr die feuchten, wirren Haare aus den Augen. „Sieh mich an. Wir sind Freunde, Jackie. Das kann niemand ändern."

Sie schniefte laut und frische Tränen tropften ihr aus den Augen. „Sam, es tut mir so, so unendlich leid, ich glaube, es ist mehr als Freundschaft. Sam, ich, ich glaube, ich liebe dich!"

„Sprich es nicht aus!" Seine Stimme klang gepresst, als hätte auch er mit den Tränen zu kämpfen.

„Ich kann nichts dagegen tun! Ich bin ein schrecklicher Mensch. Mein Vater stirbt, aber ich konnte nur an dich denken, wie sehr ich dich brauchte."

„Du brauchst nur Gott!", unterbrach er sie scharf. Er ließ sie los und rutschte so weit wie möglich zur Wagentür.

„Du weißt, was ich meine! Gott wird immer der Mittelpunkt dessen sein, was wir haben. Er hat dich mir geschenkt, da bin ich sicher." Sie blickte ihn an. Seine asiatischen Gesichtszüge, bei vielen ihrer Landsleute so verhasst, schienen jetzt deutlicher zutage zu treten denn je, aber sie wusste, dass sie sein Äußeres genauso liebte wie den Mann dahinter.

Bei ihren Worten schüttelte Sam den Kopf, zwar ohne Überzeugung, aber Jackie traf diese Geste der Ablehnung tief. Hatte sie sich geirrt? Waren seine Gefühle nicht dieselben wie ihre? Dieser Gedanke brachte sie aus der Fassung und neue Tränen traten ihr in die Augen. Und dieses Mal glaubte sie, zusammenbrechen zu müssen, weil sie nicht von seinen starken Arme gehalten wurde. Sein Körper drückte sich steif gegen die Tür.

Nur einen Augenblick lang. Dann streckte er ihr die Arme entgegen und sie sank hinein. Seine starken Arme stützten sie wie eine Säule.

„Sam, kannst du es sagen?", hauchte sie schluchzend.

„Jackie ..." Er zögerte.

„Bitte!"

Eine lange Pause entstand. Sie spürte das Zittern seiner Arme um sie. Dann sprach er.

„Ich habe dich von Anfang an geliebt." Seine Stimme zitterte vor Erregung. „Als du mit deinem Englischprofessor diskutiert und ihm von der Liebe Gottes erzählt hast. Du warst so furchtlos."

„Ich hatte eine Todesangst."

„Jackie, ich liebe dich so. Aber warum fühle ich mich deshalb so schuldig?"

„Egal was die anderen sagen, wir tun nichts Unrechtes!"

„Aber wir verstecken uns in der Dunkelheit meines Wagens ..."

„Das ist mir egal!"

„Kann Gott so etwas gutheißen?"

„Ja!"

Doch trotz ihrer Bestätigung flossen neue Tränen und sie wusste nicht, wo sie herkamen. Ihr Vater starb vielleicht. Sie liebte einen Mann, der in ihrer Gesellschaft niemals anerkannt werden würde, und sie hatte keine Ahnung, was daraus werden würde. Sie hatte Angst, war unsicher. Sie klammerte sich an die einzige Gewissheit, die sie hatte.

„Sam, sag es noch einmal."

„Ich liebe dich, Jackie."

„Ich liebe dich auch, Sam!"

Und das schien genug zu sein, zumindest für den Augenblick.

55

Stadtrand von Moskau
November 1941

Cameron verrenkte sich den Hals, um die letzten Häuser der Stadt hinter sich verschwinden zu sehen.

„Werden wir je hierher zurückkommen?“, überlegte sie laut.

„Frage dich lieber, ob es überhaupt noch eine Stadt geben wird, in die wir zurückkommen können“, erwiderte Shanahan.

„Für mich ist es unvorstellbar, dass Moskau zerstört werden könnte. Ich denke, dass das Wetter und die aufgeweichten Straßen die Deutschen aufhalten werden.“

„Na klar, General Winter wird's schon richten.“ Shanahan machte sich lustig, doch Cameron spürte in seinen Worten die Hoffnung, die auch sie empfand.

Diese Hoffnung hatte sie auch bei den Bürgern der Hauptstadt gespürt. Es hatte mit der Nachricht begonnen, Stalin sei nicht aus Moskau geflohen. Das richtete die in der Hauptstadt zurückgebliebenen Bürger auf. Auch das Kriegsrecht, das jede Form der Plünderung und sogar das Verbreiten von Gerüchten streng bestrafte, trug dazu bei, dem Leben in der Stadt wenigstens einen groben Rahmen normalen Lebens zu geben.

Als Cameron in einem Konvoi von Nachschublastwagen die Stadt in Richtung Osten verließ, fühlte sie sich innerlich zerrissen. Sie war zornig auf die Sowjetbehörden, die ihr vorschrieben, was sie zu tun und zu lassen hätte. Es war nicht in Ordnung, sie zum Gehen zu zwingen, obwohl sie selbst das Risiko des Bleibens auf sich nehmen wollte. Dabei waren die Möglichkeiten der Berichterstattung nicht der einzige Grund für ihren Entschluss, bleiben zu wollen. Sie hatte einen für ihre Verhältnisse riesengroßen Sprung gewagt und einem Mann ihre Liebe erklärt, nur um am nächsten Tag gleich wieder getrennt zu werden von ihm. Sie wollte diese neue Beziehung genießen, doch stattdessen wurden sie auseinandergerissen und sie konnte nur flüchtig gesprochene Worte mitnehmen.

Und mit dieser Frustration kamen auch die Zweifel. Waren ihre Liebesschwüre der Situation entsprungen, in der sie sich befunden hatten? Handelte es sich hierbei um die klassische Kriegsromanze? Sie hatte die Liebe nicht gesucht, empfand aber auch keine Reue, nun, da sie sie gefunden hatte. Schon fühlte sie sich leer ohne Alex. Die Aussicht, ihn nicht in der Nähe zu haben und mit ihm sprechen zu können, ließ sie ihre Einsamkeit umso stärker empfinden. Sie vermisste das Glitzern seiner Augen, die manchmal so blau waren wie ein Teich im Sommer, sodass man den Wunsch verspürte, hineinzutauchen und die Wärme aufzunehmen, die darin lag. Diese Wärme, die auch sein Lächeln durchdrang – allein der Gedanke daran verursachte ihr eine Gänsehaut.

Wie ein Schulmädchen, Hayes!, ermahnte sie sich im Stillen.

Johnny gegenüber hatte sie nie so empfunden. Verstohlen warf sie einen Blick auf Shanahans Augen. Nein, sie waren einfach nur braun. Jetzt wurde ihr klar, dass es weder seine Augen noch sein Lächeln gewesen waren, von denen sie sich angezogen gefühlt hatte, sondern sein Talent zum Schreiben. Und obwohl Johnnys Talent ein wichtiger Teil von ihm war, machte es doch nicht seine Persönlichkeit aus. Sie hatte sich in Papier und Worte verliebt, nicht in den Mann. Doch selbst jetzt, da sie ihre Liebe zu Alex eingestehen konnte, wusste sie, dass auch noch Gefühle für Shanahan da waren. Respekt, Freundschaft, vielleicht sogar ein wenig Ehrfurcht. Sie liebte ihn auch – aber wie er selbst gesagt hatte – wie einen Bruder. Sie fragte sich, ob sie um Alex' willen sogar das würde aufgeben können. Sie glaubte nicht, dass Alex in dieser Hinsicht zu engstirnig sein würde, doch offensichtlich war er durchaus eifersüchtig auf Shanahan gewesen.

Cameron wollte nicht darüber spekulieren, was für die Liebe aufzugeben sein würde. Waren diese Ängste nicht ein Grund dafür gewesen, dass sie so lange vor der Liebe davongelaufen war? Würde Alex solche Opfer von ihr verlangen? Sie seufzte unwillkürlich und schüttelte die beunruhigenden Gedanken ab.

Durch die schlechten Straßenverhältnisse, viele Pannen und die allgemeine russische Ineffizienz dauerte es einige Tage, bis sie Kuibyschew erreichten. Zusammen mit anderen Korrespondenten und Ausländern wurden sie im Grand Hotel untergebracht, einem einfachen Holzgebäude, das Beste, was die Stadt zu bieten hatte. Jedcs Stockwerk verfügte über zwei Gemeinschaftswaschräume, einen für die Männer und einen für die Frauen. Cameron musste feststellen, dass es in ihrem Waschraum nur einen Wasserhahn und somit nur kaltes Wasser gab, während die einzige Badewanne des Hotels erwartungsgemäß defekt war. Cameron ging es zwar nicht um Komfort, doch da der Winter immer kälter wurde, vermisste sie ein durchgehend beheizbares Zimmer schon schmerzlich. Zudem handelte es sich bei ihrer Unterkunft eher um eine Kammer, die man ihr aus Mangel an Zimmergenossinnen mit großem Bedauern zugeteilt hatte. Cameron vermisste Sophia, vor allem, nachdem man ihr ihre neue Dolmetscherin Olga vorgestellt hatte, eine dralle Frau mittleren Alters, deren verschlagener Blick im Verein mit ihren muskulösen Armen die NKWD-Agentin erahnen ließ.

Schon bald verlief das Leben in Kuibyschew nach dem alten Muster: Jeden Morgen wurden die Zeitungen nach interessantem Material durchforstet. Sie bekamen Palgunows tägliche Kommuniqués, besuchten Lozowskis nichtssagende Pressekonferenzen, hatten es mit Zensoren zu tun und schickten ihre Artikel ab. Doch diese Stadt, die sich rühmte, während des Krieges der Regierungssitz der Sowjetunion zu sein, konnte nicht annähernd mit Moskau mithalten. Zwar war die Bolschoi-Theatergesellschaft in die Stadt umgezogen und hatte ihre regelmäßigen Vorstellungen aufgenommen, es gab ein Kino und die dorthin verlegten Botschaften gaben sich die größte Mühe, regelmäßig Empfänge und Feste zu veranstalten, aber all das war nicht mit dem Leben in Moskau zu vergleichen und Cameron konnte kaum glauben, dass sie sich in der Hauptstadt über Langeweile beklagt hatte!

Hinzu kam, dass Moskau der Ort zu sein schien, an dem sich jetzt die Ereignisse überschlugen. Die größte Überraschung war, dass die Russen zwei Wochen nach der panikartigen Evakuierung diese Stadt noch immer hielten, obwohl die Deutschen bis auf achtzig Kilometer an den Stadtkern herangerückt waren.

Am siebten November feierte die Sowjetunion den vierundzwanzigsten Jahrestag der Revolution. Die Korrespondenten scharten sich um das Gemeinschaftsradio im Speisesaal des Hotels, um Stalins Rede zu hören.

„Wie gern wäre ich dort gewesen, um ihn persönlich zu erleben", lamentierte Cameron.

„Ein eindrucksvoller Anblick, da bin ich sicher", meinte Donovan. „Onkel Joe dort auf dem Roten Platz, umgeben von seinen Truppen, die Kanonen dröhnend im Hintergrund."

„Ja, das verursacht mir eine Gänsehaut", brummte Shanahan. Ihm setzte die Langeweile in Kuibyschew besonders zu und immer häufiger sprach er davon, sich in eine andere Stadt versetzen zu lassen. Allerdings musste er sich der Realität stellen, dass in Bezug auf den Krieg im Augenblick kaum etwas anderes in der Welt passierte.

„Ich bin sicher, das wird großen Einfluss auf die Moral des russischen Volkes ausüben", meinte Cameron.

„Alles, was von offizieller Seite kommt, ist sehr bewegend für sie, weil sich ansonsten nicht viel bewegt in diesem Land", spottete Shanahan.

„Still, es fängt an!", rief jemand.

Im Radio ertönte ein statisches Rauschen, dann war die Stimme von Stalin zu hören. Shanahans Sekretärin übersetzte die Rede für die Gruppe. Die Korrespondenten lachten, als Stalin nach ausführlichen Hasstiraden auf die Deutschen und der obligatorischen Glorifizierung der russischen Armee behauptete, 350.000 russische Männer wären gefallen, 378.000 würden vermisst und 1.020.000 wären verwundet, während die Deutschen insgesamt mehr als viereinhalb Millionen Männer verloren hätten – tot, verwundet und gefangen genommen!

„Diese Zahlen muss er von Lozowski haben", spottete Donovan.

„Bestimmt nicht von Hitler." Shanahan schüttelte den Kopf. „Seine Zahlen sehen vermutlich genauso aus – nur umgekehrt."

„Nur der Himmel kennt die richtigen Verhältnisse", meinte Cameron.

Und doch war es eine bewegende Rede, daran konnte kein Zweifel bestehen. Auch Camerons Herzschlag beschleunigte sich, als Stalin sagte: „Genossen, Männer der Roten Armee und der Roten Marine, Arbeiter, Partisanen und Partisaninnen! Die ganze Welt schaut auf euch, als die Macht, die in der Lage ist, die deutschen Räuberhorden zu vernichten! Die versklavten Völker Europas blicken auf euch als ihre Befreier."

Der Sowjetführer musste innehalten, um den donnernden Applaus für diese Bemerkung entgegenzunehmen.

„Erweist euch als dieser großen Mission würdig!", fuhr er fort. „Der Krieg, den ihr führt, ist ein Befreiungskrieg und ein gerechter Krieg. Tod den deutschen Invasoren! Lang lebe unser ruhmreiches Land, seine Freiheit und Unabhängigkeit! Vorwärts zum Sieg!"

Der Applaus, der aufbrandete, war ohrenbetäubend – so hätten sie es zumindest empfunden, wenn sie nicht hier in einem schmutzigen Speisesaal Hunderte Kilometer vom Zentrum des Geschehens festgesessen hätten.

Im Krankenhaus in Moskau blieb wenig Zeit, sich die Reden anzuhören. Aber Alex hatte alles von den Patienten und den Schwestern erzählt bekommen. Er war Russe, sogar Parteimitglied, doch Stalins melodramatische Phrasen ließen ihn kalt. Cameron hatte ihn einen Idealisten genannt und im Vergleich zu Journalisten wie Shanahan war er das auch, aber er erlebte die hässlichen Seiten des Krieges zu intensiv, um bei der Verherrlichung des Krieges, die Stalin zelebrierte, Beifall zu klatschen.

Der eigentliche Grund für seine lustlose Reaktion auf die Rede lag jedoch in seiner physischen und psychischen Erschöpfung. Nur zu gern ließ er sich deshalb von Juri zu einer Pause überreden.

Die beiden Männer holten sich eine Tasse Tee aus dem Samowar und setzten sich in den schäbigen Aufenthaltsraum für die Ärzte. Alex kam die Pause auch deshalb gelegen, weil er schon seit einiger Zeit mit Juri sprechen wollte.

„Ich habe mir überlegt, mich nach dem Krieg auf plastische Chirurgie zu spezialisieren", meinte er beiläufig.

„Ich hätte nie gedacht, dass du dich dafür interessierst." Juri schob seine Brille hoch, wie um sich zu vergewissern, dass er mit der richtigen Person sprach.

Alex lachte nervös. „Ich würde es auch nicht gerade als Leidenschaft bezeichnen, aber es wäre doch mal eine interessante Abwechslung, etwas zu tun, bei dem man ganz exakt arbeiten muss. Ich habe diese Operationen am Fließband, die ich im Augenblick gezwungenermaßen vornehmen muss, so satt. Ich sehe nicht mal mehr Gesichter, nur noch Unterleib, Glieder und Brust."

„In diesem Land gibt es einige hervorragende plastische Chirurgen. Du würdest eine ausgezeichnete Ausbildung bekommen können."

„Und dann gibt es auch noch eine weit dringendere Angelegenheiten für die Zukunft zu bedenken", überlegte Alex, „und ich freue mich, dass ich jetzt die Gelegenheit habe, mit dir darüber zu reden."

„Und die wäre?"

„Es geht um Cameron Hayes."

„Aha. " Juri lächelte nicht, äußerte sich auch nicht spöttisch, und dafür war Alex dankbar.

„Wir haben endlich die Tatsache akzeptiert, dass wir einander lieben", fuhr Alex fort, doch als ihm klar wurde, dass diese Bemerkung zu förmlich klang, fügte er so fröhlich, wie er konnte, hinzu: „Und wir sind sehr glücklich darüber."

„Ich verstehe."

Alex schwieg eine Weile. Er wusste, Juri erkannte mehr, als er zugab. Und selbst Alex wusste, dass sein müder Tonfall nur teilweise auf seine körperliche Erschöpfung zurückzuführen war.

„Ich weiß nicht, was ich davon halten soll, Juri", sagte er schließlich.

„Bedauerst du diese Entwicklung?"

„Nein, ja, ich glaube nicht. Nein", fügte er mit mehr Entschlossenheit an, „ich bedauere es nicht. Aber was kann denn daraus werden? Sie ist gegangen, bevor wir auch nur versuchen konnten, unsere Gefühle auf die Probe zu stellen. Und vor allem, was wird später? Sie wird in die USA zurückkehren, aber werde ich Russland verlassen können? Und wenn, was erwartet mich in den Staaten? Würde ich für sie die Medizin aufgeben? Würde sie für mich ihr Land aufgeben? Ich für meinen Teil glaube, dass meine Liebe echt ist und eines Opfers wert, doch was ist mit den Opfern, die ich gebracht habe, um praktizieren zu können? Ich bin deswegen in die Partei eingetreten."

„Das habe ich noch nie verstanden", bemerkte Juri. „Ich bin kein Mitglied der Partei."

„Ich musste mich beweisen vor der Sowjetregierung und wollte es ihnen leichter machen, mich zu akzeptieren. Jetzt bedauere ich diesen Schritt, doch damals war ich so verbittert, dass mich weder die eine noch die andere Ideologie interessierte. Ich merke, ich werde dieses Stigma nur schwer abschütteln können. Doch ich war bereit, dieses

Risiko einzugehen, weil ich glaubte, sterben zu müssen, wenn ich nicht Arzt sein könnte."

„Jeder verändert sich, Alex."

„Willst du damit sagen, ich solle tun, was ich tun muss, um mit ihr zusammen zu sein?"

Juri hob protestierend die Hand. „Eine solche Bemerkung würde ich mir nie anmaßen! Aber sage mir, hast du vor, sie zu heiraten?"

Alex schnaubte. „Vermutlich würde Cameron die Flucht ergreifen, wenn ich ihr zum jetzigen Zeitpunkt eine Heirat vorschlagen würde. Bevor ich sie kennenlernte, habe auch ich eine Ehe nicht einmal in Betracht gezogen. Aber jetzt ..." Seine Worte verklangen, während er über seinen Traum nachdachte, ein Leben mit Cameron. Leise, als würde er heiligen Boden betreten, sagte er: „Ja, ich möchte sie heiraten."

„Ich bin sicher, wenn du es langsam angehen lässt, wird sie schon irgendwann dazu bereit sein."

„Das ist nicht das einzige Problem."

„Du meinst, es gibt noch andere Probleme außer ihrer Angst vor einer Ehe und der Tatsache, dass du ein Bürger eines Polizeistaates bist, während sie jederzeit ausgewiesen werden kann?" Juri gestattete sich ein trockenes Lächeln.

„Ja, und auch das ist recht komisch. Fast in demselben Moment, als ich in der Lage war, ihr meine Liebe zu gestehen, entdeckte ich, dass mein Glaube an Gott nicht so tot ist, wie ich dachte."

„Was du nicht sagst." Juri grinste.

„Du hast natürlich die ganze Zeit geahnt, dass das so kommen würde, stimmt's?" Alex lächelte ebenfalls. Trotz der damit verbundenen Probleme war sein wiedergewonnener Glaube in letzter Zeit sein einziger Lichtblick.

„Es war nur eine Frage der Zeit", sagte Juri. „Abhängig von dem Zeitpunkt, da du endlich aufhören würdest, dich selbst bestrafen zu wollen."

„Ich denke, was meine Beziehung zu Gott anbelangt, habe ich diesen Punkt erreicht, und auch meine Einstellung zur Liebe verändert sich seither. Dass ich keine Frau in mein durcheinandergebrachtes Leben hineinziehen wollte, war auch eine Art der Bestrafung."

„Und jetzt bist du für beides bereit."

„Und Cameron ist für keins von beidem bereit."

„Vielleicht ist der Grund nur der, dass ihr beide einen ziemlich unterschiedlichen Tagesablauf habt."

„Das hoffe ich."

„Vor Kurzem habe ich mit meiner Mutter über Cameron gesprochen."

„Wirklich?" Alex zog eine Augenbraue hoch und beugte sich vor. Es lohnte sich, sich die Erkenntnisse von Anna Jewnowona anzuhören.

„Sie und Cameron saßen während eines Luftangriffs in einer U-Bahn-Station fest. Sie haben sich gut unterhalten. Wusstest du, dass Camerons Mutter eine gläubige Frau ist?"

„Sie hat es erwähnt, aber eigentlich nur, um die Nachteile des Glaubens zu belegen."

„Ja, das hat Mama erwähnt. Aber ich habe da so meine Theorie, Alex. Ich denke, dass die Einflüsse auf einen Menschen in der Kindheit sehr stark sind, und selbst wenn sie eine Zeit lang abzuirren scheinen, werden sie zurückkehren. So war es bei meinem Bruder und mir, weißt du. Wir beide haben unseren eigenen Weg gesucht. Andrei in der Revolution und ich in gesellschaftlicher Stellung und Macht. Und es war gut, dass wir diese Wege ausprobiert haben, denn nur im Glauben unserer Mutter und unseres Vaters haben wir endlich Frieden gefunden."

Alex erinnerte sich, dass der stämmige ehemalige Bolschewik, den er in den Staaten kennengelernt hatte, ihm einmal dasselbe erzählt hatte. Andrei Fedortschenko hatte ihm den Vater ersetzt und sein Glaube an Gott hatte Alex' Glauben stark beeinflusst. Er erinnerte sich deutlich an den Schmerz in Andreis Gesicht, als Alex in die Drogenabhängigkeit rutschte, anstatt sich an Gott zu klammern, und bei der Beerdigung von Alex' Mutter vier Jahre zuvor hatte Andrei ihn in die Arme genommen und ihm ins Ohr geflüstert: „‚Mein Sohn, vergiss meine Weisung nicht, und dein Herz behalte meine Gebote, denn sie werden dir langes Leben bringen und gute Jahre und Frieden.'"

Alex kannte diese Stelle aus dem Buch der Sprüche, aber er hatte nicht verstanden, warum Andrei sie ausgerechnet in diesem Augenblick sagte. Unter dem Einfluss von Drogen und mit einem Herzen voller Bitterkeit war er nicht in der Verfassung gewesen, ihn danach zu fragen. Doch jetzt war ihm klar, dass er ihn hatte anflehen wollen, an dem Glauben seiner Eltern festzuhalten.

Ehrfürchtig sagte Alex nun zu Andreis Bruder: „Dasselbe ist mir passiert, nicht?“

„Ja, und das gibt mir die Hoffnung, dass auch Cameron es erleben wird“, meinte Juri.

„Ach Juri, ich glaube nicht, dass Cameron eine vergleichbare Vorgeschichte hat.“ Er hielt inne und schüttelte voller Selbstmitleid den Kopf. „Vor ein paar Wochen noch waren Cameron und ich wie füreinander geschaffen. Wie schnell hat sich das verändert.“

„Eben noch hast du gesagt, du würdest deine Liebe zu ihr nicht bedauern. Und wann wirst du deinen neu gefundenen Glauben an Gott infrage stellen?“ Der vorwurfsvolle Unterton in Juris Tonfall war nicht zu überhören.

Alex zögerte lange mit der Antwort, doch als er es schließlich tat, war seine Antwort voller Gewissheit. „Nein, ich werde weder meinen Glauben noch meine Liebe zu Cameron anzweifeln, und doch scheinen sich diese beiden Dinge gegenseitig auszuschließen.“

„Nur weil du lediglich einen Teil des ganzen Bildes siehst“, erklärte Juri. „Gott sieht das ganze Bild. Und in seinem Bild ist Cameron vielleicht eine große Frau des Glaubens. Und ihr beide seid Partner in Christus. Wenn du das Gefühl hast, dass das, was ihr beide jetzt miteinander habt, die Mühe lohnt, dann gib eurer Beziehung Zeit. Warte, was Gott tun wird.“

Alex nickte. Zwar war er nicht vollkommen überzeugt, aber er wusste, dass seine Begegnung mit Cameron kein Zufall gewesen war. Er glaubte, dass es gut war und richtig war, wie nur Gott etwas inszenieren konnte. Und daran klammerte er sich.

Eine Woche nach Stalins jährlicher Ansprache bekam Cameron ein Telegramm von zu Hause. Während sie es las, wurde sie blass.

„Was ist los?“, fragte Shanahan, der sie zum Telegrafenamt begleitet hatte, um einen Artikel abzuschicken.

„Es geht um meinen Vater. Er hatte einen Herzinfarkt.“

„Lebt er?“

Sie nickte. „Aber es steht noch auf der Kippe. Meine Mutter denkt, ich sollte nach Hause kommen.“

„Er wird wieder gesund werden. Diesen Mann kann nichts umhauen."

„Das habe ich auch immer gedacht."

„Was wirst du tun?"

„Das nächste Flugzeug nehmen."

Ihre Worte klangen entschlossen, doch Zweifel und Furcht nagten an ihr. Nicht wegen der Notwendigkeit, nach Hause zurückzukehren. Sie und ihren Vater trennte nach wie vor eine große Kluft gegenseitiger Verletzungen, doch sie zweifelte nicht daran, dass sie jetzt bei ihm sein musste. Er war immerhin ihr Vater. Und falls er sterben würde, mussten sie ihre Beziehung in Ordnung bringen.

Dass sie nach Hause fliegen würde, stand außer Frage.

Furcht machte ihr nur das, was sie zurückließ. Auf keinen Fall würde sie Alex vor ihrer Abreise noch einmal wiedersehen können. Seit dem Tag, an dem sie sich ihre Liebe gestanden hatten, hatten sie nicht mehr miteinander gesprochen. Briefe waren unmöglich und riskant. Der NKWD hatte ihm nahe gelegt, sich von ihr fernzuhalten. Und das stellte das größte Risiko dar bei ihrer Abreise. Falls die Geheimpolizei Zweifel an ihr hatte, war ihre Heimreise die beste Gelegenheit, sie endgültig loszuwerden, denn es stand allein in ihrer Macht, ihr ein neues Visum für die Rückkehr auszustellen – oder eben nicht.

Wenn sie in dieses Flugzeug stieg, war es durchaus möglich, dass sie keinen Fuß mehr in das Land setzen würde.

Sie erinnerte sich an Alex' Beteuerung, sie würden einander nicht verlieren, und sie legte die Hand an den Schlüssel um ihren Hals als greifbaren Beweis dieses Versprechens. Aber jetzt schien sich alles gegen sie verschworen zu haben. Und trotz der aus tiefstem Herzen kommenden Versprechen waren beide machtlos dem unausweichlichen Gang der Ereignisse ausgeliefert.

56

Cameron wurde von Jackie am Flughafen abgeholt. Ihre Freude über das Wiedersehen war groß und ihre Kehle war wie zugeschnürt, sodass sie erst ein paar Tränen wegblinzeln musste, bevor sie sich unter Kontrolle hatte.

„Sieh dich nur an!", rief Jackie, als sie Camerons kleinen Koffer und die Schreibmaschine in den Kofferraum des Cadillacs luden. „Du bist jetzt eine berühmte Weltreisende. Du hast bestimmt interessante Dinge zu berichten."

„Ja, sieh mich nur an!" Cameron lachte. „Ich sehe schrecklich aus. Ich brauche dringend einen anständigen Haarschnitt. Und was würde ich nicht geben für einen Lippenstift. Blair würde einen Anfall bekommen, wenn sie mich so sehen würde – wo steckt Blair übrigens? Ich dachte, sie wäre mitgekommen."

„Von Blair erzähle ich dir später. Dann ist die Situation in Russland so schlimm, dass es nicht einmal mehr Lippenstift gibt?"

„Mein Lippenstift ist schon seit einem Monat aufgebraucht. Und für einen neuen hätte ich so viele kostbare Rationierungscoupons opfern müssen, dass ich mich lieber für Seife und Toilettenpapier entschieden habe. Aber ich bin so froh, wieder zu Hause zu sein, dass ich sogar einen Besuch in einem Schönheitssalon in Kauf nehme. Wir müssen übrigens unbedingt einkaufen gehen, weil ich meine Kleider und die restlichen Toilettenartikel den russischen Frauen überlassen habe, die als Dolmetscherinnen und Sekretärinnen für uns gearbeitet haben."

„Warum?"

Cameron wurde bewusst, dass die Leute in Amerika keine Ahnung hatten von der Not, die in Russland und anderen Teilen Europas herrschte.

„In Russland ist alles knapp", erklärte sie, „und ich kann mich hier ja wieder neu ausstaffieren."

„Das wird Spaß machen. Ich bin so froh, dass du nach Hause gekommen bist!", freute sich Jackie in ihrem jugendlichen Enthusiasmus, den Cameron in den vergangenen Monaten oft vermisst hatte. Sie bemerkte, dass Jackie blasser war als sonst, und hinter ihrer Begeisterung schien sich eine gewisse Anspannung zu verbergen, doch als Jackie liebevoll den Arm um Cameron legte, beschloss sie, diese Gedanken für den Augenblick zu ignorieren.

Während der Fahrt vom Flughafen zum Krankenhaus plauderten sie unentwegt. Jackie hatte ihr berichtet, dass der Zustand ihres Vaters sich stabilisiert habe und er von Tag zu Tag kräftiger würde, doch Cameron bestand darauf, zuerst nach ihm zu sehen. Ihre Schwester war ganz die Alte, während sie selbst ein vollkommen anderer Mensch zu sein schien. Jackie hatte noch ein Jahr am College vor sich und wollte nach wie vor Grundschullehrerin werden.

Während der Fahrt sagte Cameron: „Erzähle mir von Blair."

Jackie stöhnte. „Blair, oh Blair. Sie ist schon eine Weile fort. Hat die Stadt verlassen. Vermutlich hat dich Moms Brief, in dem sie dir von der Hochzeit berichtet hat, gar nicht erreicht."

„Der Hochzeit? Blair hat geheiratet? Ich habe keinen Brief bekommen. Warum hat Mom mir kein Telegramm geschickt? In letzter Zeit ist dies der einzig verlässliche Kommunikationsweg."

„Für ein Telegramm gab es zu viel zu sagen und Mom wollte nicht nur ein paar Zeilen schicken, wie zum Beispiel: *Blair hat geheiratet. Stop.* Und das war's."

„Das verstehe ich. Dann hat sie also geheiratet und ist mit ihrem Mann fortgezogen?"

Jackie zögerte und fuhr sich mit der Hand durch die Haare. Mit der anderen umklammerte sie das Lenkrad. „Eigentlich war es nicht ganz so. Zuerst ist ihr Mann abgereist. Nun, er hätte sowieso abreisen müssen, weil er bei der Armee ist. Doch als er herausfand, dass sie ihn angelogen hatte ..."

„Moment, Jackie, das ist alles ein bisschen verwirrend. Warum fängst du nicht einfach vorne an?"

Jackie atmete tief durch, dann berichtete sie kurz und knapp die neusten Ereignisse aus Blairs Leben. Es war noch immer ziemlich kompliziert, aber Cameron begriff das Wesentliche. Blair hatte ihr Leben ruiniert und in einer Blitzaktion einen anständigen Mann geheiratet, dem sie anscheinend das nette Mädchen von nebenan vorgespielt hatte. Cameron schüttelte den Kopf, dann erinnerte sie sich daran, dass auch ihr Leben kaum besser war als Blairs.

„Er hatte seinen Marschbefehl bekommen", beendete Jackie den Bericht über die neusten Entwicklungen, „und mit Blair ging es wieder abwärts. Ihr Alkoholkonsum. Schließlich wachte sie auf und beschloss, ihm nachzureisen und zu versuchen, alles wieder in Ordnung zu bringen. Sie nahm mir das Versprechen ab, niemandem etwas zu sagen, bis sie fort war. Sie hatte Angst, Dad könnte etwas unternehmen, um sie aufzuhalten." Jackie schüttelte ironisch den Kopf. „Für ein Mädchen, das immer behauptete, ihr Vater würde sich nicht um sie kümmern, hatte sie große Angst vor dem, was er plötzlich tun könnte."

„Blair hat noch nie besonders logisch gedacht." Blair hatte sich also gelöst, überlegte Cameron. Aber was für eine törichte Idee, niemandem seinen Aufenthaltsort zu verraten – nicht einmal der eigenen Mutter. Die arme Cecilia war bestimmt außer sich vor Sorge.

„Mom und Dad fanden es dann schließlich doch heraus."

Cameron schüttelte den Kopf. „Dieses Mädchen hat wirklich den Verstand verloren. Ich dachte, mit dieser Beschäftigung im Nachtklub hätte sie endlich ihren Platz gefunden. Nach ihren Briefen zu urteilen, schien ihr das Singen zu gefallen. Aber andererseits war ihren zwei Briefen nicht viel zu entnehmen. Sie hat nicht einmal von dem Mann erzählt, den sie geheiratet hat."

„In dem Nachtklub war sie nicht glücklich, nicht richtig. Sie war nirgendwo glücklich, bis sie Gary kennengelernt hat. Aber sie hat ihn angelogen und alles ist auseinandergebrochen."

„Und seit ihrer Abreise hast du nichts mehr von ihr gehört?"

„Kein einziges Wort. Ich bete nur, dass die beiden es schaffen, ihre Beziehung zu klären. Sonst könnte sie dort stranden."

„Nun, wenn er ein anständiger Mann ist, wie du gesagt hast, wird er ihr sicher helfen. Sie sind verheiratet – es sei denn, er hat die Ehe annullieren lassen."

„Soweit ich weiß nicht."

„Wow!" Cameron lehnte den Kopf gegen den Sitz und fragte sich, was sie zu Hause wohl erwartete. Sie hatte gehofft, dieser Besuch könnte ihr eine Atempause von der anstrengenden Arbeit in Russland bieten. Stattdessen sah es so aus, als würde es außer der Krankheit ihres Vaters noch viele andere Probleme geben.

Schweigend fuhren sie weiter und je näher sie dem Krankenhaus kamen, desto mulmiger wurde es Cameron. Sie war zwar Tausende von Kilometern gereist, um diesen Besuch zu machen, aber je näher sie kamen, desto mehr Bedenken bekam sie. „Kann Dad denn Besucher empfangen?“ Sie suchte nach einem Fluchtweg, das war ihr klar.

„Die Schwestern sind sehr streng“, antwortete Jackie. „Aber sie werden dir ein paar Minuten Zeit geben, nachdem du so weit gereist bist.“

„Dann ist es gut“, sagte Cameron entschlossen.

„Das klingt nicht so, als würdest du es ehrlich meinen“, bemerkte die sensible Jackie.

„Wir sind nicht gerade in bestem Einvernehmen auseinandergegangen und seit meiner Abreise habe ich kein einziges Wort mehr von ihm gehört. Ich befürchte das Schlimmste.“

„Aber du bist gekommen.“

„Ja. Zum Teil wegen Mom ... aber vermutlich auch wegen ihm. Ich wollte nicht, dass er stirbt über all den ungeklärten Fragen, die zwischen uns stehen.“ Cameron sah ihre Schwester an, die den Blick stur auf die Straße gerichtet hielt, und wartete vergeblich auf das erlösende Signal von Jackie, dass ihr Vater sich verändert haben könnte. „Trotz allem habe ich ihn nie gehasst.“

„Keiner von uns hasst ihn“, erwiderte Jackie. „Das ist das Schlimmste daran. Wir wollen nichts anderes als unseren Vater lieben und wünschen uns, dass er uns liebt.“ Jackie umklammerte das Lenkrad so fest, dass ihre Knöchel weiß hervortraten. Cameron bemerkte Tränen in ihren Augen.

„Was ist los, Jackie?“

„Ich habe vergessen, dass dir nichts entgeht.“ Jackie biss sich auf die Lippe, dann fuhr sie entschlossen fort. „Ich mache mir Sorgen, dass ich ... nun, dass ich Dads Herzinfarkt ausgelöst habe.“

„Du? Jackie, du bist doch die einzige Tochter, die ihm bisher keinen Kummer gemacht hat.“

„Wir hatten einen heftigen Streit ... kurz bevor ...“

Cameron konnte sich nicht vorstellen, dass Jackie irgendjemanden zornig machen könnte. Das zeigte nur wieder einmal, was für ein unleidlicher Mensch ihr Vater war. Beruhigend legte sie ihrer Schwester die Hand auf die Schulter. „Worüber habt ihr denn gestritten?“

Mit zitternder Stimme antwortete Jackie: „Er hatte Gerüchte über mich und einen Freund gehört – einen japanischen Freund.“

„Und darüber hat Dad sich aufgeregt? Ich hätte nicht gedacht, dass er so engstirnig wäre.“

„Nun, Dad sah rot, weil er die falschen Schlussfolgerungen gezogen hat."

„Oh, liebe Jackie!" Cameron strich mit der Hand über Jackies Haar. „Du weißt doch, wie Dad ist! Er verlangt von sich genauso viel wie von allen anderen. Er ist ein getriebener Mensch. Vermutlich hat er an diesem Tag ein Dutzend Leute angebrüllt. Du darfst nicht dir die Schuld dafür geben."

Jackie schien noch etwas anderes sagen zu wollen, aber in diesem Augenblick erreichten sie ihr Ziel und sie machte sich auf die Suche nach einem Parkplatz.

Schließlich brachte Jackie den Wagen zum Stehen. „Danke, Schwester. Ich habe bisher mit niemandem außer Sam darüber sprechen können. Ich bin froh, dass du nach Hause gekommen bist." Sie stellte den Motor ab. „Das Krankenhaus befindet sich um die Ecke. Näher konnte ich nicht ranfahren."

„Nach den Stunden im Flugzeug wird mir ein wenig Bewegung guttun", versicherte Cameron ihr.

Aber es war nur ein kurzer Weg, und als sie die Stufen zum Krankenhaus hochstiegen, wünschte sich Cameron, sie hätte sehr viel mehr Zeit gehabt. Auf dem langen Flug hatte sie über ihren Vater nachgedacht und überlegt, was sie wohl zueinander sagen würden, doch ausgerechnet jetzt fehlte ihr die Fantasie, die mögliche Reaktion ihres Vaters einzuschätzen. Ihre Mutter hatte ein paar kurze Telegramme nach Russland geschickt, in denen sie aber – vermutlich bewusst – wenig über Keagan schrieb. Und von Keagan selbst hatte sie nicht ein einziges Wort erhalten. Sie musste vom Schlimmsten ausgehen.

Was sie selbst betraf, war ihr Zorn abgeflaut. Doch das hätte sie ihrem Vater niemals mitteilen können. Er selbst hatte ihr immer den Eindruck vermittelt, dass Entschuldigungen nur etwas für die Schwachen seien. Sie war der festen Überzeugung, dass jedes Einlenken von ihrer Seite nur zu ihrem Nachteil verwendet werden würde. Konnte die Tatsache, dass er dem Tode nahe gewesen war, den Mann verändert haben?

Cameron hatte keine Ahnung, was sie erwarten würde, umso dankbarer war sie für die herzliche Begrüßung ihrer Mutter. Zwar hatte sie auch ihr gegenüber ein schlechtes Gewissen, da sie wegen Semjon noch nichts unternommen hatte und die Fragen ihrer Mutter zu diesem Thema fürchtete, doch Cecilia, die vor dem Zimmer stand, lief auf ihre Älteste zu, warf die Arme um sie, küsste sie und weinte. Jetzt konnte auch Cameron ihre Tränen nicht mehr im Zaum halten.

„Du bist da!“, rief Cecilia. „Ich habe es nicht zu hoffen gewagt – aber du bist gekommen! Gott sei Dank! Du bist gekommen!“

„Das war doch selbstverständlich.“ Tapfer kämpfte Cameron ihre Tränen nieder. Keinesfalls wollte sie Keagan mit rot geweinten Augen und zitterndem Stimmchen gegenübertreten.

„Ich habe dich so vermisst!“

Diese Worte klangen seltsam aus dem Mund ihrer Mutter, wenn man bedachte, dass Cameron und ihre Mutter früher nur wenig verbunden hatte. Sosehr Cameron ihr aus dem Weg gegangen war, so schmerzlich hatte sie in Russland das angenehme Gefühl vermisst, ihre Mutter jederzeit aufsuchen zu können.

„Und wie hältst du dich, Mutter?“, fragte sie, weil sie irgendetwas sagen wollte.

„Nun, da er über den Berg zu sein scheint, geht es mir wieder besser –“

„Dann geht es ihm gut?“

„Der Arzt sagt, wenn er einige Veränderungen in seinem Lebensstil vornehmen würde, könnte er sehr alt werden. Aber du kennst ja deinen Vater.“

Ja, Cameron kannte ihren Vater. Er würde tun, was ihm gefiel, weil er fest davon überzeugt war, dass er immer recht hatte, also musste auch das, was er wollte, richtig sein.

„Kann ich ihn sehen?“

„Im Augenblick ist die Schwester bei ihm und sie hat mir gesagt, ich solle draußen warten. Aber wenn sie fertig ist, kannst du hineingehen.“

Cameron fuhr sich mit der Zunge über die Lippen. „Will er mich denn überhaupt sehen? Ich meine, ich möchte ihm keinen unnötigen Stress bereiten.“

„Du bist von weit her gekommen. Natürlich will er dich sehen!“

Cameron starrte ihre Mutter an. Die Festigkeit ihrer Worte erstaunte sie. Hatte sie sich tatsächlich verändert oder sah Cameron sie jetzt nur mit anderen Augen? Cameron hatte erwartet, dass Cecilia durch die Ereignisse gänzlich aus der Fassung gebracht worden sei, doch sie wirkte eher ruhig und schien alles unter Kontrolle zu haben. Erneut dachte Cameron an das, was Anna Jewnowona über die Stärke einer Frau gesagt hatte, die trotz des Desinteresses ihres Mannes an ihren Überzeugungen festhielt. War Cameron vorher blind gewesen, dass sie das nicht erkannt hatte?

„Was ist los?“, fragte Cecilia und Cameron wurde klar, dass sie sie angestarrt hatte.

„Oh, nichts. Es ist nur, dass ich noch kein Jahr fort bin, aber mir erscheint es sehr viel länger.“

„Ja.“ Cecilia nahm Camerons Hand. „Ich habe das Gefühl, dass du dich verändert hast, Cameron – zum Guten.“ In diesem Augenblick kam die Krankenschwester aus dem Zimmer. Cecilia sprach sie an: „Schwester, meine Tochter ist gerade aus Russland angekommen. Darf sie Mr Hayes sehen?“

„Aus Russland!“, rief die Schwester. „Was ist denn dort so interessant, dass Sie Ihre Heimat verlassen?“

„Na ja, so dies und das“, erwiderte Cameron einfach. Sie war zu höflich, um die Schwester zu fragen, ob sie in einer Höhle gelebt habe, dass sie eine solche Frage stellte. Las sie denn keine Zeitungen?

„Nun“, sagte die Schwester, „Sie können ein paar Minuten hineingehen.“

„Soll ich dich begleiten?“, fragte Cecilia.

Cameron konnte sich nicht erinnern, wann sie sich das letzte Mal auf ihre Mutter gestützt hatte, aber jetzt war sie für das Angebot sehr dankbar. „Ja, Mom. Vielen Dank.“

Bevor Cameron die Tür öffnete, sah sie schnell zu ihrer Schwester hinüber. Jackie, die auf dem Korridor warten wollte, lächelte ihr aufmunternd zu. Cameron öffnete die Tür und ließ ihrer Mutter den Vortritt.

„Keagan, mein Lieber, sieh nur, wer hier ist“, sagte Cecilia freundlich.

„Ich darf keine Besucher haben außer Fam...“ Keagan brach ab, als er seine Besucherin erkannte.

Sein Gesicht erstarrte zu einer Maske, die Cameron nicht deuten konnte. Nur seine Augen funkelten, aber das konnte alles Mögliche bedeuten.

„Was machst du denn hier?“ Sein Tonfall war rau, aber vermutlich nicht rauer als sonst.

„Ich konnte nicht wegbleiben, als ich hörte, dass du krank bist“, erwiderte Cameron. Das klang so lahm, dass selbst sie es kaum ertragen konnte.

„Vermutlich willst du dich an meinem Zustand weiden.“

Es war, als wäre sie nie fort gewesen. Die alten Kämpfe wurden schon wieder ausgetragen.

„Keagan!“, sagte Cecilia so leise, dass es schwierig, aber nicht unmöglich war, die Warnung in ihrer Stimme zu erkennen.

„Nein, Dad“, erwiderte Cameron ruhig. Ihr Drang zu weinen war verflogen. „Ich bin einfach gekommen, das ist alles.“

„Ich brauche dich nicht.“

„Das habe ich auch nie geglaubt“, gab Cameron zurück. Den Zorn, der wahrscheinlich doch nicht so weit verraucht war, wie sie gedacht hatte, konnte sie nun kaum noch unterdrücken. „Du bist mein Vater, und wenn Väter krank sind, werden sie von ihren Töchtern besucht.“

„Ich habe meine Tochter verloren, als sie anfing, für den Feind zu arbeiten.“

„Das ist lächerlich! Nicht einmal die Korrespondenten betrachten sich gegenseitig als Feinde. Wir arbeiten zusammen. Manchmal helfen wir einander sogar. Du bist ein Narr, wenn du dich an einen so dummen Groll klammerst.“

„Ein Narr also?“ Seine Stimme wurde lauter.

Cecilia legte ihm die Hand auf die Schulter. „Bitte reg dich nicht auf, Lieber.“

Er schüttelte ihre Hand ab. „Nun da du bewiesen hast, dass du es auch allein schaffst, bin ich ein Narr, ja?“

„Wer sagt, dass ich überhaupt irgendetwas bewiesen habe?“

„Ach, versuche nicht, mich zu täuschen. Und bitte, keine falsche Bescheidenheit. Für dieses Wiesel Arnett wirst du Beifall und Ruhm erwerben. Zum Teufel mit dem *Globe!*“

„Ich weiß überhaupt nicht, wovon du redest, aber ich glaube, ich gehe jetzt besser. Die Schwester hat gesagt, du darfst dich nicht aufregen –“

„Zum Teufel mit der Schwester und ihren Kohorten! Ich tue, was ich will! Und versuche nicht, mir einzureden, du wüsstest nichts von der Liste, die ich gerade gesehen habe.“

„Was für eine Liste?“

„Die Nominierungen für den Pulitzerpreis. Als ob du das nicht wüsstest."

Cameron spürte, wie ihr alles Blut aus dem Kopf wich und ihre Knie schwach wurden. Der Pulitzerpreis? Sie war nominiert? Das konnte nicht sein.

„Ich wusste es nicht", erwiderte sie schwach.

Keagan schnaubte. „Eine Frau wird ihn sowieso nicht bekommen."

Fassungslos starrte sie ihn an, hin- und hergerissen zwischen Begeisterung über ihr Glück und Zorn darüber, dass sie sich wegen ihres Vaters nicht richtig darüber freuen konnte.

„Ich ... ich gehe jetzt besser", stammelte sie.

Traurig blickte Cecilia von ihrem Mann zu ihrer Tochter. „Keagan", sagte sie schließlich, „ich schäme mich für dich!"

Schockiert, solche Worte aus dem Mund ihrer Mutter zu hören, folgte Cameron ihr aus dem Zimmer.

Jackie fuhr sie nach Hause. Cameron hatte ein seltsames Gefühl, als sie die Auffahrt zu dem weitläufigen Haus in Beverly Hills hinauffuhren. Schon lange vor ihrer Abreise nach Russland war es ihr kein Zuhause mehr gewesen, dennoch konnte sie das Gefühl nicht abschütteln, nach Hause zu kommen. Die Zimmer waren nach der neusten Mode geschmackvoll eingerichtet. Da Cecilia nur wenig anderes zu tun hatte, wurden die Räume alle paar Jahre neu ausgestattet. Dieses Mal war es sehr luftig, mit vielen Herbstblumen und in hellen und erfrischenden Farben. Überall standen Vasen mit Astern, Dahlien und Malven, denn Cecilias Garten war der schönste in der ganzen Stadt. Frischer Blumenduft durchströmte das Haus.

„Eleanor sagte, sie würde uns das Abendessen vorbereiten. Wir brauchen es nur noch warm zu machen", erklärte Cecilia und ging in die Küche.

„Dann ist die alte Eleanor also noch immer da", bemerkte Cameron. Eleanor war als Köchin bei der Familie angestellt, seit Keagan das letzte Mal aus Russland zurückgekommen war. Cameron erinnerte sich an die Zeit, als mehrere Dienstboten für die Hayes arbeiteten. Jetzt gab es nur noch die Köchin, die Haushälterin und den Gärtner, und keiner von ihnen wohnte mehr bei ihnen.

Ein wundervolles Essen stand auf dem Herd. Braten, Petersilienkartoffeln, grüne Bohnen und ein herrlicher Apfelkuchen. Zwar bekamen die Korrespondenten in Russland besseres Essen als der Durchschnittsbürger, doch für Cameron war das ein Festmahl.

Sie hätte gern in der Küche gegessen, aber Cecilia bestand darauf, dass Camerons erste Mahlzeit zu Hause im Esszimmer eingenommen wurde. So trugen sie die Speisen, Teller und das Besteck nach nebenan und deckten den eleganten Tisch aus Kirschholz, an dem zwölf Personen Platz finden konnten, ohne dass er ausgezogen wurde. Cecilia knipste den Leuchter an und die drei Frauen setzten sich an ein Ende des großen Tisches.

Sie plauderten miteinander, wie sie es seit Verlassen des Krankenhauses getan hatten. Niemand hatte die Szene in Keagans Krankenzimmer erwähnt. Cameron wollte sie vergessen, aber das ging nicht. Gern hätte sie geglaubt, dass Keagans Medikamente schuld daran seien, aber leider wusste sie, dass dem nicht so war. Trotzdem würde sie sich nicht vom Kummer über ihren Vater Eleanors wundervolles Essen verderben lassen.

Cecilia empfand anscheinend ähnlich, denn erst nachdem sie ihren Kuchen aufgegessen hatten und ihren Kaffee tranken, wurde das heikle Thema angesprochen.

„Ich bin noch immer fassungslos über das Benehmen deines Vaters", sagte sie.

Cameron zuckte die Achseln, als wäre alles gar nicht so schlimm. „Du kennst doch Dad. Ich dachte, die Russen wären besonders nachtragend, aber es würde mich nicht wundern zu erfahren, dass Dad ihnen das beigebracht hätte."

„Ich weiß, es tut weh, Liebes. Versuch nicht so zu tun, als wäre das nicht der Fall."

„Ja, es tut weh. Vor meiner Abreise aus Russland glaubte ich den Streit überwunden und ich ging einfach davon aus, dass es bei Dad genauso wäre."

„Vielleicht wenn du ihm geschrieben hättest."

„Und warum hat er mir nie geschrieben?"

Cecilia lächelte verzerrt. „Es hat wohl keinen Sinn, ein totes Pferd zu schlagen."

„Es ist wohl kaum tot."

„Was ist im Krankenhaus passiert?", fragte Jackie. „Ich habe gemerkt, dass die Begegnung nicht besonders erfreulich verlaufen sein kann."

Cameron schilderte ihrer Schwester die Auseinandersetzung.

„Irgendjemand sollte dem Mann endlich Verstand eintrichtern!", schimpfte Jackie.

„Ich hoffte, das wäre durch den Herzinfarkt geschehen", meinte Cecilia, „aber ich glaube nicht, dass das etwas bewirkt hat."

„Ich weiß nicht, wie du es so lange mit ihm ...", platzte Cameron heraus, dann bedauerte sie ihre Worte. Es war ein unpassender Zeitpunkt für eine solche Bemerkung.

Cecilia lächelte. „Nur durch die Gnade Gottes."

„Also gut, Mom, ich würde gern etwas wissen. Hat Gott dich stärker oder Dad nur erträglicher gemacht?" Cameron machte keinen Versuch, die Herausforderung in ihren Worten zu verschleiern.

Cecilia und Jackie sahen sich bedeutungsvoll an.

„Was ist los?", fragte Cameron.

„Es kommt nicht gerade oft vor, dass du eine Frage zu religiösen Dingen stellst", erwiderte Cecilia.

Cameron rutschte unbehaglich auf ihrem Stuhl herum und fragte sich, wie sie ihre Worte zurücknehmen könnte. Es stimmte, in Gegenwart ihrer Mutter und ihrer jüngeren Schwester war sie immer darauf bedacht gewesen, geistliche Themen zu meiden. Ihr Schutzwall war gefallen.

Cecilia beeilte sich fortzufahren. „Aber da du gefragt hast, und bevor du die Frage zurücknehmen kannst –" Sie grinste. „Ich zweifle nicht daran, dass Gott mich stärker gemacht hat. Ich konnte nicht davonlaufen wie du, Cameron, darum habe ich mich auf Gott verlassen."

Die Worte ihrer Mutter ließen Cameron zusammenzucken. „Mom, ich habe immer gedacht, zu gehen oder wegzulaufen, wie du es nennst, wäre ein Zeichen von Stärke. Ich hielt dich für schwach, weil du geblieben bist."

„Ich bin geblieben, weil ich bleiben musste. Keagan ist mein Mann und euer Vater, und ihn zu verlassen, kam überhaupt nicht infrage." Cecilia hielt inne.

Cameron hatte den Eindruck, dass sich ein Schatten auf das Gesicht ihrer Mutter legte. Ja, überlegte Cameron, natürlich hatte ihre Mutter daran gedacht, ihn zu verlassen, nicht nur damals in Russland, als es einen anderen Mann gegeben hatte, sondern auch bei anderen

Gelegenheiten. „Manchmal denke auch ich, dass ich geblieben bin, weil ich schwach bin. Gott weiß besser als jeder andere, wie schwach ich bin."

„Nein, Mama", widersprach Jackie mit fester Überzeugung. „Es erfordert eine große Stärke, zu bleiben und die Familie intakt zu erhalten." Sie wandte sich an ihre Schwester. „Cameron, Mom ist diejenige, die diese Familie zusammengehalten hat, und wenn du das für Schwäche hältst ..."

Cameron hob die Hand. „Ich weiß, Jackie." Dann legte sie die Hand sanft auf den Arm ihrer Mutter. „Ich habe mich da geirrt, nicht wahr? Anna hatte recht."

„Anna?"

„Eine kluge alte Frau, die ich in Russland kennengelernt habe. Du würdest sie mögen, Mom. Sie hat mir gesagt, du müsstest sehr stark sein, wenn du trotz der mangelnden Unterstützung von Dad an deinem Glauben festhalten würdest." Sie schwieg eine Weile, bevor sie hinzufügte: „Trotzdem begreife ich nicht, wie jemand, der stark genug ist, Gott oder so etwas brauchen sollte."

Cecilia legte die Hand über die Hand ihrer Tochter. „Ja, ich verstehe, dass das ein Problem für dich ist, Cameron. Du bist eine sehr starke Frau. Ich habe dich deswegen immer bewundert."

„Aber?", drängte Cameron, als ihre Mutter innehielt.

Cecilia schüttelte den Kopf und eine grau melierte Haarsträhne löste sich aus dem Knoten, zu dem sie es aufgesteckt hatte. Sie ist noch immer eine wunderhübsche Frau, dachte Cameron und in gewisser Weise erinnerte ihre Zerbrechlichkeit sie an Sophia.

„Nein, wirklich, Liebes", erwiderte Cecilia, „ich bewundere dich, aber – oh, scheinbar gibt es doch ein ‚Aber'." Sie lachte verlegen. „Weißt du, nichts im Leben ist so, wie es scheint. Oft steckt mehr dahinter, als wir erwarten, manchmal weniger. Stärke ist eine wundervolle Sache, aber längst nicht alles."

„Das verstehe ich nicht."

„Ich weiß. Doch eines Tages wird dir das klar werden, und leider ist das etwas, was du ganz allein für dich herausfinden musst. Dann solltest du jedoch in der Lage sein, über dich hinauszusehen, um keinen Schaden zu erleiden."

„Auf Gott hin?"

„Wenn ich dir auf diese Frage mit Ja antworten würde, wäre das genug?“

„Ich sehe nur einfach die Notwendigkeit nicht, Mom.“

„Mein Mutterherz hofft einerseits, dass du nie in die Lage kommst, diese Notwendigkeit zu erkennen, weil es eine sehr schmerzliche Situation sein könnte. Andererseits muss ich dir wünschen, dass du doch hineinkommst, weil es der einzige Weg für dich sein könnte, zu Gott zu finden.“ Sie blinzelte, als würde sie gegen Tränen ankämpfen. „Gott weiß, was das Beste ist, und so bete ich für dich.“

„Du solltest auch für Dad beten.“

„Oh, das tue ich, Cameron. Ich bete unablässig für euch beide.“ Sie hielt inne und ein kleines, beinahe verschwörerisches Lächeln umspielte ihre Lippen. „Aber ich gestehe, für ihn bete ich noch ein wenig mehr! Verzeih mir, dass ich das so sage, aber ich glaube, er braucht es mehr.“

Die für das Haus Hayes so ungewohnte Atmosphäre der Offenheit brachte Cameron dazu, von Alex zu erzählen, obwohl sie das nicht vorgehabt hatte – zumindest noch nicht sofort.

„Ich habe in Russland jemanden kennengelernt – einen Mann.“ Ihre Stimme war so leise, dass sie kaum zu verstehen war. Aber sie hatten ihre Worte gehört.

„Oh Cameron, das ist ja wundervoll!“, rief die romantische Jackie.

„Das hätte ich mir nie träumen lassen, Liebes“, sagte Cecilia. „Erzähle uns von ihm.“

„Er ist russischer Arzt. Er ist …“ Sie hielt inne, verlegen, weil sich ihre Wangen heiß anfühlten. „Er ist etwas ganz Besonderes.“

„Ein Arzt! Du liebe Zeit!“, rief Jackie mit einem schelmischen Grinsen.

„Ein Russe?“ Cecilias Tonfall hatte sich verändert, aber Cameron bemerkte es nicht sofort.

„Ja, auf beide Fragen“, erwiderte Cameron.

„Höre ich da etwa schon die Hochzeitsglocken läuten?“, fragte Jackie.

„Darüber haben wir noch nicht gesprochen. Ich weiß nicht, ich bin nicht sicher, was passieren wird. Ich bin nicht einmal sicher, ob ich in die Sowjetunion zurückkehren kann.“ Unvermittelt fiel Cameron wieder ein, warum sie ihrer Familie nicht von Alex hatte erzählen wollen.

Es gab zu viele Unwägbarkeiten und sie würden Einzelheiten hören wollen, die sie ihnen nicht geben konnte.

„Warum solltest du nicht wieder einreisen können?", fragte Jackie.

„Das ist eine lange Geschichte." Cameron hielt inne und sah ihre Mutter an, die sehr schweigsam geworden war. Erst jetzt bemerkte sie den Schatten auf ihrem Gesicht. Sie starrte in ihren Kaffee. Ihre Lippen zitterten. „Mom? Was ist los?"

Seufzend leckte sich Cecilia die Lippen. „Oh, nichts. Ich bin auf einmal sehr müde. Ich denke, ich werde zu Bett gehen." Sie erhob sich. „Cameron, ich habe dein altes Zimmer für dich vorbereiten lassen."

„Bist du auch wirklich in Ordnung?"

„Ja, gute Nacht, Mädels."

Fassungslos sahen beide Schwestern ihrer Mutter nach. Die Veränderung war so plötzlich eingetreten.

„Macht sie das öfter?", fragte Cameron, nachdem Cecilia fort war.

„Nein, aber ich schätze, Dads Krankheit setzt ihr mehr zu, als sie sich anmerken lässt."

Cameron spürte, dass die seltsame Veränderung ihrer Mutter nichts mit ihrem Mann zu tun hatte, sondern vielmehr mit Alex. Cameron hatte nie darüber nachgedacht, wie ihre Mutter ihre Beziehung zu Alex aufnehmen würde. Bis jetzt hatte sie nicht den auf der Hand liegenden Vergleich zu Cecilias unglücklicher Beziehung zu einem Russen gezogen. Camerons Kehle war wie zugeschnürt und gleichzeitig spürte sie Alex' Schlüssel um ihren Hals. Es war, als würden Hoffnung und Furcht gleichzeitig Besitz von ihr ergreifen.

57

Cameron sah Max Arnett am folgenden Morgen. Er bestätigte ihr die Nominierung für den Pulitzerpreis, zumindest wurde ihr Artikel dafür in Betracht gezogen. Er wies sie darauf hin, dass es eine Ehre sei, allein schon für einen solchen Preis vorgeschlagen zu werden. Schnell wurde ihr klar, wie gering ihre Chance war, ihn wirklich zu bekommen. Der Artikel, der die Aufmerksamkeit der Juroren errungen hatte, war die Reportage über die Verwundeten im Moskauer Krankenhaus. Kurz vor der Evakuierung hatte sie ihn Bob Wood in der Botschaft übergeben, mit der Bitte, ihn aus dem Land zu schaffen. Offensichtlich hatte er Erfolg gehabt.

„Das war wirklich ein exzellenter Artikel, Cameron", sagte Arnett stolz. „Mehrere nationale Zeitungen haben ihn aufgegriffen. Mit jedem Artikel, den ich von Ihnen bekam, habe ich eine zunehmende Reife feststellen können. In Ihren Berichten liegt ein Reichtum, der aus Ihrem Innern kommen muss. Seit Sie nach Übersee gegangen sind, haben Sie eine enorme Entwicklung durchgemacht, kann das sein?"

Sie nickte, weil ihr das Sprechen schwerfiel. Sie hätte sich freuen sollen, ein solches Gespräch mit diesem Mann zu führen, aber immer wieder musste sie daran denken, wie schön es gewesen wäre, wenn ihr Vater ihr stattdessen gesagt hätte, wie stolz er auf sie sei.

Schließlich sagte sie: „Max, ich habe mich verändert, das ist wahr. Ich glaube, tatsächlich reifer geworden zu sein. Wie hätte es auch anders sein können, nachdem ich gesehen habe, welches Herzeleid der Krieg bringt? Manchmal sehne ich mich nach der Zeit, wo ich einfach nur ein Heißsporn war und nur die Story im Blick hatte. Ich habe an die Möglichkeit gedacht, hier in den Staaten zu bleiben, aber ich bezweifle, dass ich auch hier je wieder dieselbe sein kann. Ich muss nach Russland zurückkehren, weil es für mich bedeutet weiterzukommen."

„Hatten Sie denn Zweifel an Ihrer Rückkehr? Ich versichere Ihnen, ich möchte, dass Sie zurückkehren."

Daraufhin erzählte sie ihm von ihren Problemen mit dem NKWD. Er versprach, dafür zu sorgen, dass ihr Visum erneuert würde. Er wollte seinen besten „Mann“ in der Sowjetunion haben, und das war sie. Natürlich hütete er sich, zu sehr von ihren Erfolgen zu schwärmen, aber es wurde deutlich, wie sehr er sich darüber freute.

Sie fragte ihn wegen Oleg Gorbenkos Situation um Rat und er deutete an, dass ihm die Verhaftung des jungen Mannes zwar leidtue, die Story aber wenig Aussicht auf Veröffentlichung gehabt hätte.

„Im Augenblick zumindest“, fügte er hinzu. „Leider ist das Land noch nicht bereit für solche Nachrichten.“

„Seit wann richten wir uns bei unseren Meldungen nach der nationalen Laune?“, fragte sie. „Das kommt ja fast der Situation in Russland gleich.“

Er schüttelte traurig den Kopf. „Sie müssen wissen, dass so etwas auch bei voller Pressefreiheit möglich ist. Ich nenne es nicht Zensur, sondern Zweckmäßigkeit. Außerdem würde die Story, die Ihr Freund Gorbenko von uns gedruckt sehen will, ohne stichhaltigen Beweis niemals geglaubt.“

„Und wenn ich Beweise liefern könnte?“

„Ich weiß nicht, ob die persönliche Darstellung Gorbenkos viel bewirkt hätte. Fotos wären wohl die einzigen Beweise, denen man Glauben schenken würde. Ohne das, fürchte ich, haben Sie keine Story.“

„Ich weiß Ihre Offenheit zu schätzen, Max. Um ehrlich zu sein, ich hoffe und bete, dass es niemals den Beweis für eine so entsetzliche Tat geben wird.“

Nach dem Gespräch mit Max fuhr Cameron zum Krankenhaus, doch ihr Vater schlief gerade, und sie versuchte, keine Erleichterung darüber zu empfinden. Das nächste Mal besuchte sie ihn zusammen mit ihrer Mutter und Jackie und er benahm sich besser. Wenigstens war er höflich. Jackie und Cecilia übernahmen das Reden, während Cameron stumm dabeisaß.

Das beste Gespräch mit ihrem Vater hatte sie, als sie ihm von Oberst Tiulenew erzählte. Keagan entspannte sich sichtlich, als sie über die „guten alten Zeiten“ plauderten. Cameron dagegen konnte in Gegenwart ihres Vaters einfach nicht unverkrampft erzählen, weil sie nie wusste, welches Wort oder Tabuthema ihn wieder auf die Palme bringen würde, was bei ihren Begegnungen häufig passierte.

Und so vergingen die Tage. Sie besuchte alte Freunde beim *Journal,* doch die meiste Zeit verbrachte sie mit ihrer Mutter und ihrer Schwester. Sie gingen zusammen einkaufen und sie kaufte Kleider ein, wie sie es niemals zuvor getan hatte, einfach weil es so viel Spaß machte. Zum Mittagessen besuchten sie ihre Lieblingslokale. Sie redeten über alles Mögliche, doch über Alex verlor Cameron kaum ein Wort, denn jedes Mal, wenn sein Name fiel, verdüsterte sich Cecilias Stimmung. Und sehr zu Camerons Erleichterung erwähnte Cecilia ihr Geheimnis Keagan gegenüber mit keinem Wort.

Cameron staunte über die sonnigen Novembertage und genoss das milde Klima Kaliforniens wie nie zuvor. Einmal regnete es tagelang, aber das störte sie nicht, denn der Regen in diesem Landstrich war kaum mehr als ein Nieseln im Vergleich zu den Regengüssen in Russland. Und doch begann sich in Cameron so etwas wie Heimweh zu regen nach dem Land, Tausende Kilometer weit weg von ihrer Heimat. Sie musste sich eingestehen, dass ein Teil von ihr nun bei Alex war, was ihre starke Bindung an Russland zu erklären schien.

Bald fragte sie sich, wann sie wohl zurückkehren würde. Ihrem Vater ging es besser und in Kürze würde er aus dem Krankenhaus entlassen werden. Sollte sie abreisen, bevor er nach Hause kam? Sie wollte ihm keinen Anlass zu neuen Aufregungen bieten, denn die Tatsache, dass er sich im Krankenhaus gelegentlich mit ihr unterhalten hatte, bedeutete noch lange nicht, dass sie ihre gezwungene Höflichkeit würden beibehalten können, vierundzwanzig Stunden am Tag gemeinsam unter einem Dach. Wenn er einen Rückfall bekam und starb? Irgendwie mussten sie ihr Verhältnis noch vor ihrer Abreise bereinigen.

Dieser Gedanke zauberte ein bitteres Lächeln auf ihr Gesicht. Wann war ihr Verhältnis jemals *bereinigt* gewesen? Bestenfalls hatten sie kaum mehr als einen Waffenstillstand geschlossen. Im Augenblick jedoch schien sie mehr nicht erwarten zu können. Trotzdem fuhr sie Tag für Tag ins Krankenhaus. Cameron sehnte sich nach einer freundschaftlichen Beziehung zu ihrem Vater. Vor allem jetzt, wo sie mehr denn je die Vergänglichkeit des Lebens kennengelernt hatte.

Sie, ihre Mutter und Jackie verbrachten ein ruhiges Erntedankfest mit Keagan im Krankenhaus. Der Besuch verlief ruhig in dem Sinne, dass Keagan sehr schweigsam und in sich gekehrt war. Er hatte den Arzt bedrängt, ihn für den Feiertag zu entlassen, aber in der Nacht zuvor hatten ihm wieder Schmerzen in der Brust zugesetzt, sodass er gezwungen war, eine weitere Woche zu bleiben. Wenn Cameron für etwas dankbar war an diesem Tag, dann dafür, dass Keagan zu deprimiert war, um seine Töchter zu quälen.

Nachdem die Frauen nach Hause zurückgekehrt waren, erhielt Jackie einen Telefonanruf von einer ihrer Freundinnen, die sie ins Kino einlud. Cameron und Cecilia machten es sich im Wohnzimmer gemütlich, um Präsident Roosevelts Feiertagsrede im Radio zu hören, doch sie hatten sie verpasst und so lauschten sie den sanften Melodien von Glenn Miller und Tommy Dorsey.

Cameron setzte sich in den großen Sessel, schlüpfte aus ihren Schuhen, zog die Beine an und legte ihr Kinn auf ihre Knie. Cecilia nahm auf dem Sofa Platz. Ihre Hände lagen gefaltet auf ihrem Schoß und sie schien der Musik zu lauschen, doch offensichtlich waren ihre Gedanken weit weg.

„Ich habe heute viel über Blair nachgedacht", begann Cecilia schließlich. „Sie war immer sehr schwer im Umgang, aber ich vermisse sie. Ich frage mich, ob sie jemanden hat, mit dem sie den Feiertag verbringt."

„Wenn ich sie das nächste Mal sehe, drehe ich ihr den Hals um, weil sie nicht geschrieben hat." Camerons Worte sollten eher scherzhaft klingen als verärgert. „Vielleicht sind sie und ihr Mann ja wieder zusammen und alles ist für sie gut ausgegangen."

„Nein, ich glaube, wenn es gute Nachrichten gäbe, hätte sie sich gemeldet. Ihr Vater und ich haben diese Heirat unterstützt. Ich fürchte, sie denkt, wir würden sie für eine Versagerin halten, weil die Beziehung in die Brüche gegangen ist. Ich fürchte auch, dass wir nichts mehr von ihr hören werden, bis sie ihr Leben in Ordnung gebracht hat. *Falls* sie es je in Ordnung bringen kann." Bei diesen letzten Worten zitterten Cecilias Lippen. Die ganzen letzten Wochen war sie sehr kontrolliert aufgetreten und Cameron hatte keinen Gedanken daran verschwendet, wie schwer es für eine Mutter sein musste, mit ansehen zu müssen, wie ihr Kind ihr entglitt. „Cameron, denkst du, dass sie auf den Philippinen in Sicherheit ist?"

„Noch schielt Japan nicht nach den Philippinen, wahrscheinlich weil es dort eine starke amerikanische Präsenz gibt." Es sollte nicht so aussehen, als wollte auch sie unter dem Eindruck der allgemeinen Stimmung in den Staaten billige Schönfärberei betreiben. Es stimmte, viele Amerikaner erkannten zunehmend die Unausweichlichkeit des Krieges, doch es herrschte noch immer das Gefühl der Unbesiegbarkeit, besonders Japan gegenüber. „Aber Mom, dir ist doch klar, dass die Philippinen mittendrin liegen und strategisch äußerst wichtig sind. Roosevelt will einen Krieg im Pazifik vermeiden, doch sein Ölembargo gegen Japan macht die Sache auch nicht leichter."

„Dein Vater hielt es für kein gutes Zeichen, dass der alte Premierminister ... wie hieß er noch gleich?"

„Konoye."

„Ja ... nun, er fand seinen Rücktritt nicht gut. Keagan denkt, der neue Mann, Tojo, wird Japan in den Krieg treiben."

„Es gibt viele Gesichtspunkte zu berücksichtigen", erwiderte Cameron. Es war ungewohnt, mit ihrer Mutter eine politische Diskussion zu führen, denn bisher hatte sie nur selten Interesse an solchen Dingen gezeigt. Aber jetzt war sie vom Gang der Weltereignisse betroffen. Und die Zahl der Amerikaner, die ähnlich empfanden, wuchs täglich. Der Krieg würde auch an ihrer Heimat nicht vorübergehen. Sie hasste den Gedanken, dass das idyllische Amerika mit Baseball, Barbecue und Boogie-Woogie den Aufruhr eines Krieges erleben würde. Doch ihr Aufenthalt in Russland hatte sie davon überzeugt, dass ohne amerikanisches Engagement Russland zusammen mit vielen anderen Nationen Deutschland und Japan unterliegen würde.

„Mom", sagte sie nach langem Schweigen, „es wäre gut, wenn du dich zumindest gedanklich auf einen Krieg einstellen würdest. Wir können uns nicht mehr länger heraushalten."

Ein nachdenkliches Lächeln umspielte Cecilias Lippen. „Ich dachte, die Tatsache, dass ich nur Töchter habe, würde mir ersparen, meine Söhne in den Krieg ziehen zu sehen. Aber jetzt steckst du mittendrin und bei Blair könnte es auch bald der Fall sein." Sie hielt inne und das Lächeln erstarb. „Musst du nach Russland zurückkehren?"

„Ich dachte, du würdest es wollen, nicht zuletzt wegen des Auftrages, den du mir im Frühling ans Herz gelegt hattest." Cameron starrte auf ihren Schoß und rutschte unruhig hin und her. Doch sie wusste, dass der Zeitpunkt gekommen war, wo sie ihr Versagen eingestehen musste. „Ich habe in dieser Sache noch nicht viel unternehmen können. Es ist nicht so einfach, wie ich gedacht hatte. Es tut mir leid. Ich habe ein schlechtes Gewissen."

„Ich hätte es nicht erwähnt", erwiderte Cecilia. „Vielleicht ist es gut, dass nichts daraus geworden ist. Mir wäre es lieber, du würdest zu Hause bleiben, fern von diesem Ort, der ein Menschenleben so leicht ruinieren kann."

„Mom, bitte versuch doch zu verstehen. In der Sowjetunion wartet ein wichtiger Job auf mich. Manchmal macht mich die Aufgabe regelrecht verrückt, weil ich das Gefühl habe, als würde ich im Sumpf der sowjetischen Bürokratie untergehen. Doch dann gibt es auch Augenblicke, in denen ich einen richtigen Durchbruch erziele, und dann weiß ich, dass ich dorthin gehöre." Ganz bewusst erwähnte sie Alex mit keinem Wort.

„Ich denke, ich verstehe." Während Cameron beim Reden unruhig geworden war, saß Cecilia noch immer in derselben Haltung da. Nur ihre Augen hatte sie nicht unter Kontrolle. Darin lag eine tiefe Sorge, die sie nicht verbergen konnte. „Das ist es ja eigentlich gar nicht. Ich bin ..." Sie hielt inne und schien sich zum Weitersprechen zwingen zu müssen. „Ich mache mir nur Sorgen, weil du mit einem Russen zusammen bist."

„Ich habe mir gedacht, dass du es nicht billigen würdest."

„Du weißt, dass es das nicht ist. Er ist bestimmt ein netter Mann. Aber kannst du mir vorwerfen, dass ich dich in dieser Beziehung nicht ermutigen möchte? Ich sehe nur Herzeleid für dich. Ich hätte nicht für möglich gehalten – vor allem nach dem, was ich dir im vergangenen Frühjahr erzählt habe –, dass du so etwas zulassen würdest." Ihre Stimme wurde zu einem verzweifelten Flehen. „Das ist die erste Regel für Ausländer in Russland."

„Ich habe nicht nach dieser Beziehung gesucht." Cameron staunte darüber, dass sie noch vor einem Augenblick eine einfache politische Diskussion geführt hatten. Wie schnell hatte sich das Gespräch gedreht! Aber andererseits war eine Aussprache unumgänglich gewesen. „Was du mir erzählt hast, hat mir natürlich zu denken gegeben, aber was konnte ich tun? Noch nie habe ich einen Mann wie Alex kennengelernt und noch nie habe ich einem Mann gegenüber so empfunden. Wir sind so unterschiedlich, wie das bei zwei Menschen nur sein kann, aber bei ihm fühle ich mich gut. Er ist ein bemerkenswerter Mensch und ich weiß, dass wir irgendwie alle Probleme überwinden werden."

„Oder sie werden euch überwinden."

„Das werde ich nicht zulassen." Zum ersten Mal war Cameron davon überzeugt, dass sie um Alex kämpfen würde. Zum ersten Mal wurde ihr richtig klar, dass sie vorhatte, den Rest ihres Lebens mit ihm zu verbringen.

„Sicher, deine Situation ist ganz anders als meine damals, aber ich weiß auch, wie leicht Menschen in einem Land wie Russland verloren gehen können. Es gibt so vieles, was sich zwischen dich und deinen jungen Mann stellen kann."

„Das wissen wir. Aber ich liebe ihn", erwiderte Cameron einfach, doch das Wort *liebe* sprach sie mit tiefer Eindringlichkeit aus.

Cecilia lächelte. „Das merke ich. Das habe ich sofort gemerkt, als du von ihm erzählt hast."

„Es macht mir ein wenig Angst", gestand Cameron. „Sowohl meine starke Liebe zu ihm als auch die damit verbundenen Komplikationen." Ihre Lippen verzogen sich zu einem schiefen Lächeln. „Siehst du, ich bin doch nicht so überheblich, wie du befürchtet hast."

„Vielleicht ist die Liebe der Schlüssel zu deinem Überleben."

Bei dem Wort „Schlüssel" erinnerte sich Cameron an Alex' Geschenk. Impulsiv löste sie die Kette von ihrem Hals und reichte sie ihrer Mutter.

„Das hat Alex mir gegeben. Es hat seiner Mutter gehört. Das ist der Schlüssel zu ihrem Haus in Leningrad. Vor dem Großen Krieg war sie gezwungen, das Land zu verlassen, aber sie hat den Schlüssel behalten, weil sie immer hoffte, noch einmal zurückkehren zu können. Sie starb, bevor sie sich diesen Traum erfüllen konnte. Vermutlich ist es für Alex und mich ein Symbol, dass wir eines Tages hinfahren und den Wunsch seiner Mutter erfüllen werden. *Gemeinsam.*"

Cecilia betrachtete den Schlüssel in ihrer Hand. „Jetzt weiß ich, dass es wirklich Liebe ist, denn nur wahre Liebe kann einem so alten Gegenstand den gewissen Zauber verleihen." Sie erhob sich, ging zu Cameron und legte ihr die Kette wieder um den Hals. Sie küsste sie auf die Wange, legte die Arme um ihre Schultern und murmelte: „Lieber Vater, behalte diese beiden ganz besonderen Menschen in deiner beschützenden Hand. Bewahre sie vor allem Schaden und gib, dass sich niemand zwischen sie stellt."

Früher hatte sich Cameron immer unbehaglich gefühlt, wenn ihre Mutter so für sie gebetet hatte, doch jetzt war das anders. Sie empfand es als seltsam tröstend.

58

Keagan Hayes' Laune ließ in den ersten Tagen nach seiner Entlassung aus dem Krankenhaus viel zu wünschen übrig. Er war nicht daran gewöhnt, sich den ganzen Tag in seinem Haus aufzuhalten. Cameron konnte sich nicht einmal daran erinnern, dass er jemals Urlaub genommen hätte.

Zweimal fand Cameron Eleanor, die Köchin, und Donna, die Haushälterin, nach einem Zusammenstoß mit dem Mann in Tränen aufgelöst vor. Einmal traf sie sogar den alten Gärtner Jiro, der sich normalerweise durch nichts aus der Ruhe bringen ließ, nach einer Begegnung mit Keagan laut fluchend im Garten an, einem Ort, den Keagan in der Vergangenheit nur selten mit seiner Gegenwart beehrt hatte. Cameron selbst ging ihm aus dem Weg, wo immer das möglich war. Jackie hatte Zwischenprüfungen im College und war mit der Entschuldigung, sie müsse näher am College wohnen, zu einer Freundin in der Nähe der Bibliothek gezogen. Cecilia schwebte durchs Haus wie ein blasser Geist. Sie machte kaum Lärm und schien sich in sich selbst zurückzuziehen. Sie umsorgte Keagan wie eine pflichtbewusste Frau, schien aber weit von ihm entfernt zu sein. Cameron fragte sich jedoch, ob das zwischen ihren Eltern vielleicht schon immer so gewesen war und ob sie das vielleicht erst jetzt bemerkte.

Zwei Tage nach Keagans Entlassung hatte Cameron einen besonders schlimmen Zusammenstoß mit ihrem Vater. Danach wusste sie, dass der Zeitpunkt ihrer Abreise gekommen war. Nur ungern gestand sie das Scheitern ihrer Versöhnungsmission ein, aber seine Kälte und seine schneidenden Bemerkungen konnte sie keine Minute länger ertragen. Die wenigen vernünftigen Gespräche schienen den Aufwand nicht wert.

Am Abend nach ihrem Streit zog sie sich in ihr Zimmer zurück, wo sie an ihrem russischen Tagebuch arbeitete. Sie fragte sich, ob sie den Mut aufbringen würde, ihrer Mutter von ihrer bevorstehenden Abreise zu erzählen – sie, die, ohne mit der Wimper zu zucken, Generälen und Kommissaren gegenübergetreten war. Sie hatte Angst, das zu tun, was ihrer Mutter das Herz brechen könnte.

Gegen elf Uhr stellte Cameron fest, dass sie ein Buch brauchte, das sie im Arbeitszimmer ihres Vaters gesehen hatte. Ihr Vater war vor über einer Stunde zu Bett gegangen, daher dachte sie, es holen zu können, ohne ihm noch einmal über den Weg zu laufen.

Das Haus war dunkel, die Dienstboten längst gegangen. Nur das Ticken der Standuhr im großen Salon war zu hören. Das Arbeitszimmer befand sich im ersten Stock im hinteren Teil des Hauses. Cameron öffnete die Tür und trat ein.

Durch das große Fenster hinter dem Schreibtisch drang Mondlicht ins Zimmer. Es war das einzige Licht im Zimmer, aber es fiel auf eine Gestalt am Schreibtisch. Die Ellbogen waren aufgestützt, der Kopf war in den Händen vergraben.

„Dad", sagte Cameron leise, um ihn nicht zu erschrecken.

Sein Kopf ruckte hoch und in einem einzigen Augenblick erlebte sie ihren Vater gänzlich ohne Masken. Und was sie sah, erstaunte sie, weil sie in seinen Augen etwas entdeckte, das sie bei Keagan nie vermutet hätte – es war Verzweiflung!

„Was willst du?", fuhr er sie an. Die Maske rutschte fast sichtbar wieder vor sein Gesicht. Schnell schob er ein paar Papiere vom Schreibtisch und stopfte sie in eine Schublade.

Cameron, die nur selten von etwas fernbleiben konnte, bei dem sie nicht willkommen war, ging ins Zimmer und ließ sich auf den Stuhl neben dem Schreibtisch sinken.

„Ich wollte mir ein Buch holen", erklärte sie.

„Nun, wenn du da sitzt, wirst du es wohl nicht finden."

„Was ist los, Dad? Bist du in Ordnung?" Sie fragte sich, ob die Papiere, die er sich angesehen hatte, mit seiner Stimmung zu tun hatten oder ob es etwas anderes gewesen war. Aber sie wagte nicht, ihn danach zu fragen.

„Ist dir klar, wie sehr ich es verabscheue, diese Frage zu hören?"

Sie nickte. „Aber ich weiß nicht, was ich sonst zu dir sagen soll."

„Niemand braucht irgendetwas zu mir zu sagen!"

„Was kann ich denn für dich tun, Dad?" Sie fühlte sich töricht, eine solche Frage überhaupt zu stellen, doch der kurze Blick auf seine Verletzlichkeit verfolgte sie. Keagan hatte nur wenig angenehme Eigenschaften, aber er war noch immer Camerons Vater. Sie erinnerte sich an die glückliche Zeit in Russland und ihre Sehnsucht, diesen Vater zurückzubekommen, überwältigte sie. Auch jetzt wurde sie wieder angezogen von ihrem Wunschtraum, wie eine Fliege vom tödlichen Netz einer Spinne.

„Ich brauche gar nichts, schon gar nicht von dir, du verräterische kleine Schlange!“, fuhr er sie an. Seine Worte trafen sie wie ein Schlag. „Ich habe dich nicht gebeten hierherzukommen.“

„Mom hat mich gebeten –“

„Dann geh und mach ihr das Leben schwer. Ich will dich nicht.“

„Das kann ich nicht glauben.“

Er schnaubte. „Du denkst, mein kaputtes Herz hätte mich weicher gemacht? Nun, denk noch mal darüber nach, Mädchen! Ich werde dir nie verzeihen, was du mir angetan hast, und dass du mir jetzt um den Bart gehst, wird nichts daran ändern.“

„Was habe ich denn getan, Dad, das so schrecklich war?“

„Du weißt genau, was du getan hast.“

„Du hast mich gezwungen zu gehen.“

Beide beugten sich vor, und wenn der Schreibtisch nicht zwischen ihnen gestanden hätte, hätten sie sich wie zwei wütende Hunde Nase an Nase gegenübergestanden. Ihr Schweigen war aufgeladen mit wilden Emotionen und Cameron fragte sich, wie sie immer wieder so dumm sein konnte zu hoffen, dass ihre Beziehung in Ordnung gebracht werden könnte. Der Vater, nach dem sie sich sehnte, war eine Illusion, die nur in ihrer Fantasie bestanden hatte.

„Das habe ich nicht getan“, erwiderte Keagan schließlich. „Du wurdest frech und bist gegangen, ohne mir eine Chance zu geben.“ Er hielt inne und der Ausdruck auf seinem Gesicht war jetzt alles andere als verletzlich. Seine grünen Augen blitzten. „Dann musstest du mir noch einen Stich in den Rücken versetzen, indem du angefangen hast, für den *Globe* zu arbeiten!“

„Ich glaube nicht, dass das alles ist!“, gab sie zurück. Ihr Zorn gewann nun die Oberhand. „Es wurmt dich, dass ich es geschafft habe, und ich habe es ohne dich geschafft! Seit ich für den *Globe* arbeite, haben sich die Verkaufszahlen der Zeitung um zehn Prozent gesteigert. Darum bist du wütend. Du bist mein Vater und solltest eigentlich stolz sein, aber du bist zu selbstsüchtig, zu sehr mit dir selbst beschäftigt, um so etwas zu empfinden.“ Sie sprang auf. „Ich war ein Dummkopf zu denken, ich würde eine Beziehung zu dir wollen. Ich bin erstaunt, dass du einen Herzinfarkt bekommen hast, soweit ich sehen kann, hast du doch gar kein Herz!"

„Du gehst jetzt besser", erwiderte er mit leiser, Unheil verkündender Stimme.

Cameron biss sich auf die Unterlippe, um ihm nicht noch eine letzte schneidende Bemerkung an den Kopf zu werfen. Nichts hatte sich zwischen ihnen geändert, nichts würde sich je ändern.

Doch dann erinnerte sie sich an das, was Max Arnett und andere über ihren Reifungsprozess gesagt hatten. *Sie* hatte sich auf jeden Fall verändert. Sie war nicht mehr derselbe Mensch, der sie noch vor einem Jahr gewesen war, als sie und ihr Vater so viele verbale Schläge ausgetauscht hatten. Den Tod so hautnah zu erleben, das Leid ihrer Freunde zu sehen, mit so vielen Unwägbarkeiten des Lebens konfrontiert zu werden – all das hatte ihr die Fähigkeit verliehen, ihrem Vater auf Augenhöhe zu begegnen.

Sie musste sich nur das Bild ihres Vaters in tiefer Verzweiflung vor Augen rufen, das sie wenige Augenblicke zuvor noch gesehen hatte. Und mehr noch, sie empfand tiefes Bedauern für diesen Mann, dem nicht klar zu sein schien, dass er ein leeres Leben führte – ein Leben, das er selbst entleert hatte.

Und auf einmal verspürte Cameron den Drang, ihn zu umarmen. Nur sein finsterer Blick, seine angespannten Wangenmuskeln und seine geballten Fäuste hielten sie davon ab.

Sie hatte sich verändert, er nicht.

„Wenn dich das glücklich macht, Dad", sagte sie leise, „ich werde morgen gehen." Es erstaunte sie, wie abrupt ihr Ärger verschwunden war. „Ich wünschte, wir hätten mehr miteinander reden können, ich hätte dir von meinen Erlebnissen in Russland erzählen können. Vielleicht werde ich dir einen Brief schreiben, wenn du einverstanden bist."

Er starrte sie an. Selten hatte sie einen derart zynischen Blick bei ihrem Vater gesehen.

„Ich werde die amerikanische Post wohl kaum daran hindern können, ihn auszuliefern", schnaubte er.

Leise und niedergeschlagen verließ sie das Zimmer. Wie schaffte es dieser Mann, sie so leicht in Asche zu verwandeln? Noch vor wenigen Augenblicken hatte sie sich so stark und großherzig gefühlt, hatte sich ihm zugewandt und ganz flüchtig sogar eine zärtliche Versöhnung für möglich gehalten. Umso vernichtender traf sie nun diese radikale Zurückweisung. Sie blieb zurück wie ein Trümmerstück nach einem Bombeneinschlag.

So viel zu den Gebeten ihrer Mutter, dachte sie verbittert.

Am folgenden Morgen verließ Cameron das Haus, begleitet von den Tränen und Klagen ihrer Mutter. Ihr Vater ließ sich nicht blicken. Da ihr Visum einige Tage nach dem Erntedankfest gekommen war, konnte sie jederzeit das Land verlassen.

Cecilia hatte Cameron angefleht, wenigstens noch über die Weihnachtstage in L.A. zu bleiben. Beide wussten, dass dieser Feiertag eine Qual für Cecilia werden würde, da ihre beiden Töchter nicht nur fort waren, sondern sich auch noch mit ihrem Vater entzweit hatten. Cameron hatte sich gefragt, ob sie um ihrer Mutter willen bleiben sollte. Aber Weihnachten war erst in drei Wochen! Schon um der Gesundheit ihres Vaters willen war es besser zu gehen. Und so suchte sie sich für die restlichen Tage ein Hotelzimmer.

„Mutter, ich möchte Dad einfach nicht noch mehr aufregen." Cameron versuchte, ihrer Mutter ihre Gründe klarzumachen. „Außerdem sind meine Papiere da und übermorgen reise ich ab."

„Nun habe ich Blair und dich verloren", sagte Cecilia traurig. „Ich fürchte, auch Jacqueline wird bald ausziehen. Ich weiß nicht, was ich tun soll, aber ich sorge mich nicht um mich selbst. Cameron, du kannst nicht einfach gehen, wo diese Sache zwischen dir und deinem Vater steht. Diese Entfremdung wird euch beide zerfressen."

Cameron schüttelte sanft den Kopf. „Ich habe versucht, es in Ordnung zu bringen, aber er will mich nicht."

„Du verstehst deinen Vater einfach nicht. Er kann seine wahren Gefühle nicht zeigen."

„Ach komm schon, Mutter, verteidige ihn nicht auch noch." Plötzlich war all ihre Beherrschung verschwunden und sie war wieder das verletzte Kind, das sich die lahmen Entschuldigungen seiner Mutter anhören musste. Cameron erkannte die Dynamik, die schon seit Jahren in ihrer Familie herrschte. Während Keagan im Krankenhaus lag, hatten sie und ihre Mutter eine enge Beziehung gehabt. Aber nun, da Keagan wieder aufgetaucht war und die Kontrolle übernommen hatte, hatte auch Cecilia ihren Platz als hin- und herlavierende Vermittlerin wieder eingenommen. Auch wenn sie sich ängstlich bemühte, Klebstoff und Katalysator zu sein, war sie doch in keiner Hinsicht erfolgreich, weil sie immer nach einer Mitte suchte und sich weigerte, die eine oder andere Partei zu ergreifen.

„Dein Vater ist nicht perfekt, aber …"

„Er ist so unvollkommen, dass du seit siebenundzwanzig Jahren Angst hast, ihm von deinem Kind zu erzählen!" Cameron brach abrupt ab, schockiert über ihre Worte. Wie leicht war es doch, in das alte Muster zurückzufallen. Aber sie war entschlossen, das nicht zu tun, denn wenn sie tatsächlich gereift war, dann musste sich das hier in ihrer Familie bewähren.

„Ich habe diese Familie ruiniert, das weiß ich." Cecilia weinte.

„Oh nein, Mom. Das ist doch nicht deine Schuld. Jackie hat gesagt, dass du die Familie immer zusammengehalten hast, und das stimmt auch. Ich habe das nur gesagt, weil ich so frustriert bin wegen Dad. Bitte gib dir nicht die Schuld daran. Ich war im Unrecht."

„Ich hätte ihn nicht verteidigen sollen, weil ich wusste, dass er im Unrecht war." Cecilia schniefte und tupfte sich mit einem Taschentuch die Tränen ab. „Aber ihr Mädchen seid erwachsen und schon bald wird auch Jacqueline fortgehen. Dann habe ich nur noch deinen Vater, darum muss ich Frieden mit ihm halten. Aber ich möchte dich nicht dabei verlieren. Ich weiß einfach nicht, was ich tun soll."

Cameron gab dem Drang nach, ihre Mutter zu umarmen, und Cecilia war dankbar dafür. Cameron war überwältigt vom Mitleid mit ihrer Mutter angesichts der Aussicht, die Zukunft allein mit Keagan verbringen zu müssen, und bitter fragte sie sich, was Cecilias Gebete ihr brachten. Sollten sie nicht wenigstens das bewirken? Sollten sie Cecilia nicht wenigstens ein Mindestmaß an Glück geben?

Jackie kam, um sie zum Flughafen zu bringen. Nachdem Cameron ihr Gepäck eingecheckt und die Fluginformationen gelesen hatte, zog Cecilia sie beiseite, um allein mit ihr zu reden. Cecilia hatte auf der

Fahrt leise geweint, das zeigten ihre rot geränderten Augen. Cameron hoffte, eine weitere emotionale Szene vermeiden zu können.

„Cameron, ich habe etwas für dich." Cecilias Stimme klang unerwartet fest. „Neulich habe ich voreilig behauptet, dass ich es für das Beste hielte, *ihn* nicht zu finden." Sie brauchte nicht zu erklären, von wem sie redete, Cameron wusste das sofort. „Mal habe ich mich damit abgefunden, mal kommen mir Zweifel. Immer wieder gerate ich ins Grübeln."

„Mom, ich empfinde dieselbe Verwirrung wie du. Im vergangenen Frühjahr war ich sehr blauäugig, doch seither habe ich viel dazugelernt. Zum Beispiel, wie schwierig es ist, Informationen zu bekommen. Wenn ich nach all dem, was schon vorgefallen ist, diese Recherchen mit Nachdruck wieder aufnehme ...", sie zögerte und erinnerte sich an die Probleme, die ihre Fragen nach Oleg verursacht hatten, „könnte es gefährlich werden."

„Ich möchte nicht, dass du dich in Schwierigkeiten bringst oder deinen Job dort gefährdest, aber ..." Ihr flehender Blick brachte den Gedanken zu Ende.

„Ich glaube nicht, dass ich etwas erreichen würde", meinte Cameron. „Und wenn ich die beiden tatsächlich finde? Was würdest du tun, Mom? Was ist mit Dad?"

„Ich habe keine Ahnung, was ich tun würde, aber wenigstens wüsste ich, ob mein Sohn noch am Leben ist."

„Mama." Cameron legte einen Arm um ihre Mutter und zog sie an sich. „Du darfst dich nicht schon wieder damit quälen."

„Ich muss es wissen", unterbrach Cecilia sie verzweifelt, „ich muss es einfach wissen."

„Also gut, Mom. Ich werde tun, was ich tun kann."

Cecilia hielt ihr einen Umschlag hin. „Dies sind Jakows Briefe und ein paar Fotos. Nimm sie. Vielleicht helfen sie dir ja weiter."

„Du hast sie aufgehoben? Im Haus?"

„In einem Haus wie unserem gibt es viele Verstecke. Warum sollte jemand danach suchen?" Cecilia lächelte schwach. „Sieh zu, ob du deinen Bruder finden kannst, Cameron. Danach werden wir entscheiden, was zu tun ist."

Cameron nahm den Umschlag und steckte ihn in den Schreibmaschinenkoffer. Sie konnte es kaum erwarten, sich den Inhalt des kleinen Päckchens anzusehen, aber gleichzeitig fürchtete sie sich auch davor. Auf jeden Fall wollte sie allein sein, wenn sie hineinsah. Welche Emotionen der Anblick ihres Bruders und die Briefe seines Vaters in ihr auslösen mochten, konnte sie nicht sagen.

Als ihr Flug aufgerufen wurde, umarmte Cameron ihre Mutter und ihre Schwester und alle versprachen, miteinander in Kontakt zu bleiben, obwohl sie wussten, dass dies bei dem Krieg, von dem die halbe Welt betroffen war, schwierig werden könnte. Während das Flugzeug zum Pazifik abdrehte, fragte sich Cameron, was aus ihnen werden würde. Wenn der Krieg nun auch nach Amerika kam? Würde er sie noch weiter auseinanderreißen? Wann würde sie ihre Familie wiedersehen und unter welchen Umständen würde sie Blair wieder treffen?

Und was war mit ihrem Vater? Eigentlich wollte sie gar nicht an ihn denken, denn jedes Mal, wenn sie das tat, beschlich sie das Gefühl, versagt zu haben. Sie konnte ihn deswegen hassen, tat es aber nicht, denn er war zwar ein Narr, aber immer noch ihr Vater.

Cameron versuchte, diese quälenden Gedanken beiseitezuschieben, doch es gelang ihr nicht und über ihren inneren Kämpfen schlief sie schließlich erschöpft ein.

Sie erwachte in den frühen Morgenstunden des neuen russischen Tages. Es war vier Uhr morgens. Die Stewardess hatte erklärt, sie flögen gerade über Sibirien hinweg. Schon bald würde sie in Kuibyschew landen. Dort würde sie den Schmerz, den sie von zu Hause mitgebracht hatte, leichter vergessen können. Und doch wusste sie, dass ihr Verhältnis zu ihrem Vater einer Klärung bedurfte. Es war eine schwärende Wunde in ihrem Leben, die heilen musste, ehe alles andere in Ordnung kommen konnte.

Einem plötzlichen Impuls nachgebend, holte sie ihre Schreibmaschine unter dem Sitz hervor und stellte sie auf ihren Schoß. Sie nahm ein Blatt Papier und spannte es ein.

Ihr Vater und sie – waren sie nicht beide Mitglieder der schreibenden Zunft? Konnte der Grund dafür, dass ihre Gespräche so oft im Chaos endeten, nicht darin liegen, dass sie sich auf dem Papier einfach leichter und besser ausdrückten? Eilig glitten ihre Finger über die Tasten.

7. Dezember 1941

Lieber Dad,
ich befinde mich auf dem Flug in die Sowjetunion. Wenn man so weit von zu Hause fort ist, wird man nachdenklich. Die unsichere Zukunft liegt wie eine Last auf meinen Gedanken. Deine Krankheit hat dieses Gefühl noch verstärkt. Wer weiß schon, wo wir morgen oder übermorgen sein werden? Alles kann sich von heute auf morgen verändern. Das macht mir Angst, Dad. Ich weiß, du hast mir beigebracht, stark zu sein, aber ich bin ein Mensch – und du auch. Ich weiß, du lässt vieles nicht an die Oberfläche kommen. Ich weiß, dass auch du manchmal Angst haben musst. Ich denke, du hast Angst vor dem Sterben, und auch ich mache mir Sorgen, dass du sterben könntest, solange noch unsere zornigen Worte zwischen uns stehen. Bitte, Dad, lass uns unsere Beziehung in Ordnung bringen! Ich liebe dich, Daddy, und ich weiß, dass du mich auch liebst. Ich werde nie verstehen, warum wir so gegeneinander kämpfen. Ich brauche dich. Ich möchte, dass du stolz auf mich bist, ich brauche deine Unterstützung …

Cameron brach ab, ihre Finger blieben auf den Tasten liegen. Sie fragte sich, ob sie wohl den Mut haben würde, einen solchen Brief an ihren Vater zu schicken. Vermutlich nicht. Es war riskant, ihm gegenüber ihre Schwäche einzugestehen. Er hatte sie schon so oft an ihren wunden Punkten getroffen. Unvermittelt riss sie den unfertigen Brief aus der Maschine. Sie wollte ihn gerade zusammenknüllen, als sie erneut innehielt. Sie strich das Blatt glatt und steckte es unter den Umschlag ihrer Mutter.

Vielleicht würde sie eines Tages in der Lage sein, ihn ihrem Vater zu schicken. Die Welt veränderte sich, alles konnte passieren. Es bestand die Möglichkeit, dass sich sogar der hartgesottene Keagan Hayes veränderte. Schließlich hatte sich auch Cameron verändert. Sie hatte sich immerhin dahin entwickelt, einen solchen Brief überhaupt in Erwägung zu ziehen. Du meine Güte, sie hatte sich sogar verliebt, richtig verliebt. Sie, die immer beteuert hatte, sie würde niemals heiraten, zog nun in Erwägung, ihr Leben mit einem Mann zu teilen. Wunder konnten immer wieder passieren.

Sie schloss den Schreibmaschinenkoffer, stützte die Ellbogen darauf und legte ihr Kinn in die Hände. Sie sah aus dem kleinen Fenster und versuchte, einen Blick auf die schneebedeckte Weite unter sich zu erhaschen. Aber das erinnerte sie nur daran, wie weit sie von zu Hause fort war. Einer solchen Schwäche würde sie nicht nachgeben. Sie würde sich ein anderes Mal um ihre Familie sorgen. Es gab so vieles, was sie lockte – ein Zweck, eine Aufgabe ... und Alex. Irgendwie würde sie aus all dem, was vor ihr lag, Mut schöpfen, sich eines Tages dem zu stellen, was hinter ihr lag.

Wie es weitergeht

Judith Pella
Von ferne klingt ein Lied
Sturmzeiten – Band 2
ISBN 978-3-86827-670-1
515 Seiten, Paperback

1941/42: Das Jahr 1941 endet mit einem Paukenschlag: dem Angriff auf Pearl Harbour. Und auch die Philippinen werden bombardiert – ausgerechnet jetzt, wo Blair dort ist. Sie wollte einen letzten, verzweifelten Versuch unternehmen, ihre Ehe zu retten. Deshalb folgte sie ihrem Mann in ein Pulverfass. Jetzt muss Blair nicht nur um ihre Ehe, sondern auch ums Überleben kämpfen.
Währenddessen sehen ihre Schwestern sich in Russland und den USA mit ganz eigenen Problemen konfrontiert. Wo werden die drei Halt finden in einer Welt, die auf den Abgrund zutaumelt?

Judith Pella
Bevor der Morgen dämmert
Sturmzeiten – Band 3
ISBN 978-3-86827-671-8
507 Seiten, Paperback

1942–45: Über drei Kontinente verstreut, führt jede der drei Töchter des Zeitungsmagnaten Hayes ihren eigenen Kampf gegen das innere und äußere Chaos. Der Zweite Weltkrieg hat ihre Welt in Flammen gesetzt und ihre Familie zerrissen. In einem kalifornischen Internierungslager teilt Jackie mit ihrem frisch gebackenen Ehemann das harte Los der Amerikaner japanischer Herkunft. Doch irgendwie gehört sie nirgends mehr richtig dazu: Weder die Japaner noch die Amerikaner sehen sie als eine der ihren. Wird ihr Glaube ihr die Kraft geben durchzuhalten?

Judith Pella
Heimat meines Herzens
Sturmzeiten – Band 4
ISBN 978-3-86827-672-5
439 Seiten, Paperback

1946–48: Der Krieg ist vorüber. Das Leben der Hayes-Schwestern könnte wieder in ruhigeren Bahnen verlaufen – wäre da nicht das ungeklärte Schicksal von Camerons Mann. Nachdem sich der Eiserne Vorhang gesenkt hat, kann er die Sowjetunion nicht mehr verlassen. Doch aus Liebe zu seiner Frau setzt er alles auf eine Karte: Im Dienst des amerikanischen Geheimdienstes will er die Flucht in die Freiheit erzwingen. Als sein Plan scheitert, können Cameron, Blair und Jackie nicht länger tatenlos abwarten. Gemeinsam machen sie sich auf den Weg in das Reich des roten Zaren.